U0165603

國家考試 作文

得分技巧及寫作要領

《第七版》

李智平 編著

五南圖書出版公司 印行

蟲文鳥篆應有價，不信文風喚不回
一種值得推薦的作文教學法

　　與李智平在東吳大學中文系結下師生緣迄今，忽忽已踰十餘載，眼見智平由青澀中稍帶叛逆的大學生，到現在穩重自持、好古敏求之博士生，並且在大學裡兼任講師，心中懷有無比的欣慰。智平念了碩、博士班後的研究領域與我不同，所以他並非我的導生，但是我們師生在這十幾年間的聯繫卻頗為頻繁，其中最主要的原因是：我們都重視青少年的語文教育。語文教育中最為重要的就是作文，這件事與年輕人的人文素養息息相關，也是國家興衰的命脈之一，絕不允許忽視。所以我們都付出了很大的心血與努力，十幾年來也累積了一些共同的心得與成果。

　　民國八十九年八月教育部公布二年制技術學院招生入學考試廢掉國文作文，只考測驗題的消息，輿論一片譁然，然而也改變不了任何事實，我在憂心語文教育的命脈會被摧毀之餘，該年八月十日也在《自由時報》的「自由廣場」發表〈二技國文科為何不考作文〉一文，以抒憤懣之氣，原文如下：

　　九十年度開始，全國二年制技術學院首次採用考招分離之招生制度，共考四科，合計四百分，正慶幸國文、英文等文科，第一次可以揚眉吐氣的與技職體系的專業科目平分秋色，各占四分之一的時候（之前是考四科共七百分，國文、英文各占一百分），沒想到居然又傳出國文以測驗題為主，不考作文的消息。筆者空歡喜一場之餘，覺得寧可回到從前只占七分之一而考作文之情況。

　　主導技職考試之官員並沒有說明為何不考作文之原因，但是用心揣測，不難明白，不外乎有人抱怨，作文並無標準答案，評分方面易因閱卷者之自由心證，而造成給分不公平的現象。行文至此，筆者不由擲筆長嘆，又是一個典型的因噎廢食之社會畸形心態。我們的社會，人文素養之高度缺乏，大家有目共睹，已經到了難以想像的地步。

　　從前筆者參與過許多大型考試之作文閱卷工作，但是現在除非有特殊因素非去不可，早已經洗手不幹了。不是老邁，非因心虛，只是傷懷。因爲我們的莘莘學子，學了好多年的本土外國文化，只能在作文上談國父十次革命，終於在第十一次成功了；或者蔣公小時候受到家門前小河流裡小魚兒的刺激，才如此偉大！再不然就談愛迪生發明電燈，或華盛頓砍倒櫻桃樹的事，博學一點的會提到蜘蛛結網（其實蜘蛛不結網要幹嘛？大家何曾看過一隻閒逛的蜘蛛？）、羔羊跪乳（高度問題？）等例子，卻罕見文中提及任何一本好書的書名，任何一個孫中山、蔣介石以外人物的嘉言懿行，或者任何一種完整的思想。

　　有一次作文題目是類似於「我最喜歡的一本書」或者「一本書的啟示」之類，要考生談讀書心得的文章，雀屏中選、票數最高的風雲書居然是《三民主義》，其次是《汪洋中的一條船》；不久的將來，再有類似考題出現，筆者推測，風雲書當會是賴東進的《乞丐囡仔》；這一切現象，在在說明了我們造就出來的學生，是處於缺乏人文素養的貧血狀況，以及社會上一窩蜂的湊熱鬧現象，然而這些都還是在要考作文的情況下，考生使盡吃奶力氣所寫出內容雖貧乏、文筆還算清楚的作品。筆者不敢想像，一旦取消作文之後，我們的莘莘學子還會不會明瞭天底下還需要拿筆寫文章這件事。

　　一種健全的人文教育底下，要教會學生除了勇於發言之外，還要勤於握筆，我們的人文教育方法所造就的學生，除了公開場合怯於發言之外，還懼於握筆，能不說就不說，能不寫就不寫，所以我們大部分的年輕人，文筆真的很差，所知道的有內涵的東西真的很少，能夠少寫錯別字的人實在也不多，但是只要考試還考作文，考生至少知道自己的缺點所在，而有所慚愧、有所警惕，如此至少還有進步的空間，否則，這種每況愈下的作文程度，就不知要伊於胡底了。

　　考不考作文，這種表面上看起來只是沒有標準答案，評分公不公平的事，事實上茲事體大，我們絕不能因爲它可能造成不公平而廢了它，更何況，漫漫人生，有幾樣事是有標準答案，而可以論斤論兩測得出來的呢？

事隔十數年，重讀此文，發現自己雖然有點見解、充滿熱情，但是並沒有將問題的根源點出來，那就是：為什麼我們國家主事者的官員，從上到下，沒有人重視作文？為什麼？這才是病根的所在！當今社會科技掛帥，自然科學優先的觀念，充斥在生活中的每個角落，人文素養相對缺乏，科技改造世界的態度一向被戲稱為「怨天尤人」，因為不滿意「天」，所以要征服自然；因為不滿意「人」，所以要改造他人；這種氛圍下，很少教育孩子們「反躬自省」──認識自己的心靈，掌控自己的行為；所以儘管科技發達，但是長期以來漠視人文教育的結果，使得人我之間、物我之間的矛盾越演越烈，得不到解答。語文教育本來是人文素養中很重要的一環，也是解決這種矛盾的最佳契機，但是因為它們不具備有立竿見影的功效，必須要經過長期的薰陶與醞釀，所謂的「日日孳息」，才能有一丁點的進步，所以在這充滿速食文化的社會裡，也就更加的不被重視了。年輕人不會電腦、不會英文，可能影響就業，但是他們若是國語文程度低劣、錯別字連篇、口中講不出幾個成語，卻被這個社會認為「合情合理」，只因為司空見慣。面對這種現象，我們學人文科學的更應該深切反省，就算不能力挽狂瀾，也要讓社會大眾明瞭，自然科學與人文科學在教育的領域中是同等重要的，前者在使人「知物」，後者在使人「知人」；在某種程度上來說，「知人」還應該放在「知物」的前面。因為一個人從學習本國文字開始，到逐漸閱讀本國文化之經典，受其啟發影響，感同身受，必能有所覺醒，自知之後，必能自省，之後不論身體力行或抒發成文，都能成為自己的人文素養，具此素養，無論從事任何方面的學習（當然包括自然科學），都能及時進入狀況，巧思泉湧，不借苦想；其光融融，不借外求。

　　反觀今天我們的人文教育之所以看不出績效，其原因就在於老師與學生都缺少本國文化經典的薰陶，也沒有身體力行的真功夫，更沒有抒發成文的內涵，學生在學習階段僅憑一己之偏，構思出的文章與見解，往往粗糙淺薄、不知思想與內容為何物？長此以往，學生求學過程若再沒有別的學習因緣，則免不了成為一個沒有人文素養的俗物而已。然而我們的官員、老師、家長、社會人士，覺悟者少，執迷者多，在這種情況下要談學習作文章的蹊徑，等同於緣木求魚！

　　智平對於以上所述，惡劣的作文學習環境，知之甚詳，但是他拿出一

個年輕人該有的衝勁與理想，不計一切的想要改變這個幾乎是無法改變的狀況，所以從他踏上大學講臺開始，就全力投入這個工作，這期間包括努力認真的批改學生的作文、利用課堂時間增進他們的文史知識，到現在累積了許多寶貴的經驗，要出版一本有關於如何寫作文的專書，在在都可證明他這些年來的付出。這本書的內容，絕對不是傳統所謂頭痛醫頭、腳痛醫腳的人云亦云，而是要學習者從根本做起，先充實自身的內涵，一個人假使腹笥甚窘，就如同蜜蜂沒有採蜜一般，如何能釀出蜂蜜呢？如何能文思泉湧、寫出有意義的文章呢？所以智平的這本書不同於坊間的作文參考書，而是針對學習者最欠缺的寫作方法與寫作材料，作為重點訴求，將經典中的文史知識作系統而深入的介紹，之後才教導如何運用這些文史資料作出一篇有結構、有系統、又有內涵的好文章。有關此點，讀者可以在閱讀本書後一一發現，不用我在這裡喋喋不休、浪費筆墨了。

　　就一個過來人的角度來看，我從年輕到白頭，為年輕人「寫作文」所做的付出，所出版的相關書籍，這一切的心血，智平都看在眼裡，如今他能挺身而出，繼續在這條寂寞的道路上踽踽而行，古代志士「任重道遠」的感慨，油然的自我心中緩緩升起，其實，我真正想告訴智平的是：這段路還很長、很有得走呢！

羅麗容

謹誌於東吳大學中國文學系

2013年仲秋

寫在書前

寫作很難？

　　寫作很難，這是許多人共有的經驗。長久以往，總是將「寫作課」附屬於國文課之下，未曾獨立教學。既少了文體、文類的觀念，更缺乏寫作方法的建構，以致於章法結構混亂，構思內容空洞，文句啼笑皆非。於是，寫作成為心中的痛。

　　寫作是人際溝通的重要管道，平日生活中的記敘、抒情；應對進退的書信、公文、自傳、簡報……之應用文書；論辨、說明的論說文，到專業報告、論文，無不屬於此範疇，實是身為現代知識分子必備的基礎技能，不容小覷。

　　從各類升學考，國中升高中，大專院校、碩博士班入學考；再到職場應聘的自傳履歷，也都看重寫作能力；國家考試的作文，動輒占國文考科的六十分到一百分，「專業科目」得分差距不大的情況下，作文足以撼動金榜題名的關鍵，然而，沒有設限的出題方向，根本無從準備起，只能徒呼負負。

　　教授寫作的過程中，常看到這些無奈，或產生一種自棄觀念，認為寫出好文章是天賦，是少數人，如：作家們與生俱來的本事。給自己安慰後，寫不好成了理所當然，到最後是「兵來將擋，水來土淹」，將所有寫作概然等同，無論怎樣出題，反正「萬變不離其宗」，回應方式就這麼一種，自然無法得到青睞。

　　寫作真的難嗎？不諱言說：「難」。難在缺乏概念，沒有準備。而本書就解決這難題，提出寫作概念、提供準備材料的方法，化簡馭繁。

什麼是論說文？為何要學論說文？

　　進入「國家考試」階段，幾乎很少再看到記敘文、抒情文，絕大多數是論說文，論說文是由「議論」、「說明」兩種文體組合而成的大文類。其中，「議論文」的功能在「辯證然否」，即辨別抽象觀念、實際事物的是非

正誤。「說明文」則是對人、事、物進行客觀解說，並著重在事物形狀、性質、成因、關係、功用的說明，但衍生出的形式、範疇更加廣泛，除抽象性質，還包括實事、實物的說明，如：一般用品的說明書。

這兩種文體有三個共通特質：一是文辭，講求文辭簡練易懂，文句通順，不求辭采華美、虛浮誇張。二是結構，皆著重旨意、段落層次的分明。三是構思、證明，以追求客觀、精確。所以，以下合併為「論說文」一起討論。

目前中小學國語文教育的寫作，多以記敘文、抒情文為主，這兩類型考題占升學考試的絕大多數，很合情合理。因為語文學習的進程，以敘事為先，情感表達為次，有一定水平後，才能進行論辯、說明。

只不過中學進到大學高等教育階段，有明顯斷層。大學院校課程的報告、單篇論文、學術論文，都是論說文延伸出的「專業寫作」，然而，書寫的先備知識未建立，且各校國文教學目標迥異，導致相關教學多付之闕如。這還不光是寫作的問題，寫作前的材料，如：閱讀方法的教學，口語表達的訓練，誠可獨立出一門語文能力培養的課程，形成從閱讀，到寫作，與口語表達的系統性教學。

又有論者以為寫論說文流於制式、八股，真是大偏見。如同上述，論說文可「辯證然否」，但談哪些「然否」呢？答案是：只要跟「人」、「人生」有關的一切觀念、現實生活者，悉數含括。舉例來說：「人生哲理類」的題目是探索生命內在的價值，或說明人生抉擇與不變的至理。「工作休閒類」則是從工作、休閒兩面，反思人生的價值性。

只不過生活中的習以為常，經常是感性以對，頓時要理性、條理化的說明、論證，自有些難度，任誰都無法避免。

換個角度想，這些林林總總的論說題目，不正是全面性的釐清、反思自我的人生課題？有生命的，有學習的，有社會的，有環保的，有生活的……各式各樣，五花八門。只是不可以情緒化的好憎、謾罵，也不可以缺乏邏輯順序，想到哪裡寫到哪裡，而是經由清楚的界定、按部就班的論證過程，使我們思考變得清晰縝密。

所以，不宜太早學論說文，是因為閱歷尚淺，讀書不多，學識不豐，徒有空想，誇言無根，自難有佳作。然而，可學習、應學習之際，卻又少了好

的教導，蹉跎學習機會，不見其優點，反斥為制式、八股，不是很可惜？

如何閱讀本書？

　　我撰寫本書，除了面對國家考試外，另一重要目標，是教讀者寫論說文的方法，所以要懂得閱讀、使用本書。

　　首先，掌握寫作類型及範疇，洞悉各種類型的基本界定，方能將不同題型分類處理。本書總共分成四大群組，十五種類型。

　　第一群組是「個人修養與知識提升」，轄分四大類型，依次為「人生哲理」、「品德修養」、「讀書學習」、「理想立志」，從最根本的人生課題，推衍到知識、立志，此群組以「個人」為主。

　　第二群組是「處世態度與社會教化」，轄分六大類型，依次為「待人處世」、「安邦治國」、「公權人權」、「徵拔人才」、「工作休閒」、「環境教化」，從人際交流開始，廣延至治國、公權力等議題；以及拔擢人才，到工作休閒，再論環境教化。此群組以「個人與團體互動」為主。

　　第三群組是「感物生情與情景交融」，轄分兩大類型，依次為「時空記敘」、「感情抒發」，著重個人對宇宙萬物的敘事，與表達情意。這是記敘文、抒情文體，此群組以「人類對萬物感悟」為主。

　　第四群組是「經驗分享與學以致用」，是通用於前面群組的輔群組，轄分三大類型。依次是「經驗分享」、「專業知能」、「綜合融通」，分別著重在「個人經驗」、「專業能力」、「原則性與抽象性的思考」。此群組以「個人思維與經驗能力」為主。

　　掌握十五個分類之後，就可進入各章的每一節，略述如下。

1. 「話說類型」。這是各類型題目的「題解」，界定該類型的題旨範疇，並分析出不同的小類，以及說明解題的方法。

　　此外，有些精彩的中國哲學流派、概念，也融入「話說類型」，既可當作人生課題，待人應物的思考，也有助於深化解題，而不拘於字面意義。分別撰寫於：第一章，論人的價值。第二章，儒家思想、道家思想、善惡論、理欲論。第五章，公私、義利之辨。第七章的情、理、法的關係。第十五章的經權論、知行論等。最末則以「重點摘要」的方

式，扼要提點「話說類型」之要義。

2.「名言典故集錦」。除「經驗分享類」以外，各類型之下都依時代先後，舉列三十條名言、典故，總計四百二十條。取材廣及經史子集各部，以及基礎常見的文言文。部分敘事性、寓言性、啟發性者，則以「細說典故」、「白話典故」列於該條目之下，提供更多節錄、徵引的選擇。

3.「考古大觀園」。根據考選部網站公布的國文考科的作文，從民國八十二年開始，將二十餘年間的考題按類、按出題年分之順序編排，讓讀者能熟稔各種考題的出題模式與變化。

　　唯試題分類以我的觀念為準。讀者可依個人理解，排列到自己認可的類型。此無關是非正誤，因為，詮釋題目的主控權在寫作者本身，道理能說得通，觀點、論證能說服他人就好，萬勿受制於一隅，比方說：「天生我才（材）必有用」這個題目，該屬於「人生哲理類」？還是「徵拔人才類」？對身心障礙特考的考生，近於前者；對一般考生而言，偏向後者。實質而論，這沒有既定答案，端視如何解題。

4.「追蹤執行力」。這是融會「考古大觀園」後的總提問，以具體思考、提出如何實踐的方法，可謂是條理化的落實各類題型。

5.「奇文共賞與評析討論」。

⑴每類型之下各選錄一至兩篇「奇文共賞」，共十七篇。每篇定在1200-1400字，是國家考試寫作的最大極限。就以往教學經驗，未受過寫作訓練者，六十分鐘的限時寫作，大約能寫出500-700字；經過一般的閱讀、寫作訓練後，約可達800-1200字；最優秀之才思敏捷者，則有1200-1400字的實力。誠然，字數只是「量」的問題，「質」也要夠格。基本上，這些文章無論是謀篇布局、構思、例證、文句，都已超乎一般水平。

⑵每篇文章之後，附有「評析討論」以論其「質」。先舉列「結構分析」，一篇好的論說文，定然層次分明，條縷清晰。其次，再以「總講評」舉列該文優點、可強化之處。縱然是優秀作品，但寫作是無止盡的學習進程，不可能絕對完美，幾近「吹毛求疵」的講評，希冀能供給新思考、寫作面向，且能理解閱卷者的批閱重點，增進自我實力。

(3)每類型文章之後，附一「錦囊」呼應各篇作品，每次討論一個寫作要領；也可單獨閱讀，因為每個錦囊與其他佳文環環相扣，倘若能仔細善用，便會發現這些「小撇步」，不只是停留在學寫作，還是指引評析文章優劣的方法。

總之，學習寫作從不是件簡單的事，更不可能一蹴可幾。但所謂的「不簡單」，不是學不好的藉口，而是願意付出多少心力，有沒有找到正確的學習方法。

學習，從摹仿開始，但不是抄襲

「摹仿」是學習的開端，清人曾國藩曾說：

> 不特寫字宜摹仿古人間架，即作文亦宜摹仿古人間架。《詩經》造句之法，無一句無所本。《左傳》之文，多現成句調。……即韓、歐、曾、蘇諸巨公之文，亦皆有所摹擬，以成體段。爾以後作文作詩賦，均宜新有摹仿，而後間架可立，其收效較速，其取徑較便。（曾國藩：《曾文正公家書·喻紀澤·咸豐九年三月初三》）

這段文字說得很清楚，學習寫作得從摹仿為先，從簡單的造句到形式、結構之體段，再到一篇文章，我們推崇的唐宋八大家的文章，都可看到仿古痕跡。

我常遇到學生們類似的提問：「為什麼寫作一定要按照某種『公式』？」「我為何不可以有自己的想法？」當然，所謂的文章架構、公式，都不是既定的存在，而是後人推擬出的理想寫作法，用以對讀古文，定然有很多不同。

但是，如果缺乏一基本架構的學習，基礎不穩，又憑什麼談變化？曾國藩說「其收效較速，其取徑較便」，正指出好的摹仿是迅速學習的方便法門，根柢穩固後，才來談變化，講創新。

　　但摹仿不是抄襲，曾聽聞一些錯誤的方法，如：直接抄襲範文，或考前猜題，這都治標不治本。我曾在閱卷場合中，看到內容幾乎一模一樣的卷子，因為背得一樣。尤有甚者，管是什麼題目，背什麼抄什麼，死命硬拗，寫得是牛頭不對馬嘴，荒誕至極。

　　所以，摹仿前要大量準備寫作材料，與隨便抄襲不同。上述曾國藩提到《詩經》、《左傳》有很多摹仿與引用古人、時人的文句，即是說明取材不苟的態度。

　　不過，曾國藩的摹仿是以古人「經典」為對象，但時隔世異，學習目標不同，但取一「形似」為基本目標，最基本要撐得出一個好的寫作架構，所以我尤其在乎文章結構的穩妥，也就是曾氏所謂的「間架」。

學寫作，要學帶得走的知識

　　從事相關教學多年，學生都知道修我的課不輕鬆。第一次上課先釐清所有分類，之後還隨時測驗有無熟記。

　　自第二次上課到學期末，先利用上課前十五分鐘，分別講授一個類型的題解法，再共同閱讀歷屆考題。課後，視情況與學生條件，給予不同作業，以達自學之目標：或自行按類閱讀、改寫「議題時事例」；或閱讀文言經典，按類抄寫名言、典故；或書寫各類型的「追蹤執行力」。這是寫作前應有的準備，也是上述所謂摹仿前的準備功夫。因此，每個人都有自己的作業本，記錄著學習成長。

　　當開始寫作，頭一件事，必要求三到五分鐘內擬出基本寫作大綱、欲列舉的例證，而後方可落筆成篇。學習完基礎寫作知識，包括上述的「錦囊」，便要求學生於寫作後，從構思、結構、文辭……自行檢討文章的優缺點，條列出問題癥結，而非老師批閱後，將作文塗抹紅通通一片。自學法的優點是讓學生理解批閱者的思考模式、閱讀重點，而後方能自我強化、進步。俗謂：「給魚吃，不如給根釣竿」，正是如此。

　　我看過很多放棄寫作的學生，經過嚴格要求後，重拾自信，方知「寫作不就那麼回事兒！不是只有作家可以，我一樣行。」也逐漸明白寫作絕非三兩天的工夫，必須經年累月而成；對文章的涵泳與體會，更得用一輩子的

人生閱歷、終身學習來體證。那麼，我的工作是指引一個方向，至於知識涵養，寫作功力的深淺，端看個人勤奮程度而定。

　　歷經這番「折磨」，走出課堂後的學生們，不僅會寫，還懂得鑑別良窳，更能教別人寫作，這就是帶得走的知識。

　　也可想而知，為何補習寫作的成果有限。因為功夫要自己扎根，不經一番努力，何來梅花撲鼻香？書寫這本書，核心目的是國家考試，何嘗不是提供如何增進閱讀、寫作的方法，實是一舉數得。

致謝

　　完成這本書，是場長期奮戰的過程，很感謝家人無盡的包容與支持，讓我心無旁騖的撰書。東吳大學中文系羅麗容教授，是開啟我作文教學的啟蒙師，將畢生「絕學」傳承給我，也為本書贈寫書序並於書寫過程中，提供許多寶貴意見；我的業師，中研院近代史研究所張壽安研究員，長期以來磨練我的寫作技能，鍛鍊了我對評析文章的敏銳度；臺灣警察專科學校的李蓬齡教授、輔仁大學進修部主任趙中偉教授、中文系系主任孫永忠教授，無私的分享、指點，讓我能吸收到前輩們的經驗與智慧；同事莊蕙菁、黃笠寧小姐，在我多頭忙碌時，協助打字、提供許多資源。以上諸多師友，都要致上最誠摯的感謝。

　　同時，我曾教過的警專、輔大、東吳、世新的學生們，你們認真的學習，勇於發問，都是激發思考、創發、解決問題的源泉活水，我們並肩走過一條長遠的學習之路，「教學相長」莫過如此吧！還有林依慈在內，共十餘位提供佳文的寫作者，這些曾是我的學生，願意在百忙之中撰寫、修改文章，在此一併致上謝意。

　　最後，僅將本書獻給所有讀者，書中有疏漏之處，懇請見諒，也請不吝指正、交流。

李智平

謹識於臺北

中華民國一零二年七月十三日

再版序

　　《國家考試作文——得分技巧及寫作要領》短短兩年多已出到第四版，成為許多有志於公職者的教材，期間收到許多讀者、師友、學生的回饋與指教，非常感謝各位支持。

　　對多數讀者而言，這是完成人生理想的工具書，但我更想表達一條記敘文、抒情文以外的論說文寫作教學理念，以備高階寫作之基本能力所需，回首當初寫的書序——〈寫在書前〉，已有提及。在這講求展現自我能力的時代，我們更應懂得如何理性闡述、溝通、論辯自己的觀點或論點，而非流於純情感式的我喜歡或我不喜歡，那麼，論說文對「結構」、「文辭」、「構思（內容）」的嚴謹要求，是很好的訓練，不容忽視。

　　近一兩年高中、大學的入學考，重新重視論說形式的題目，如：「面對未來，我應該具備的能力」（103年國中會考）、「審己以度人」（104年大學指考），但屢屢題目一出，輿論免不了有八股、守舊的質疑。值得思考的是，究竟是題目八股了？還是內容八股？若是題目，則論說亦為人生思考面向之一，何可謂之八股？至於內容，那得根據寫作者實際書寫狀況而定，各人狀況不同。我認為更應考量十五六歲，乃至於十七八歲的年紀能寫出怎樣質量的論說文；而身為老師，又該如何引導學生學習思考、思辨之能力，非一竿子打翻一船人。

　　誠如前臺大校長李嗣涔在臺大電機系七十週年系慶強調：「只會搶1分2分的學生，不是我們要的人才，因為他從小就沒有思辨。」並建議甄試時加考小論文，強化學生的思辨能力。同時，臺大中文系許暉林教授在《獨立評論@天下》的〈讀中文系的人〉一文也提到：「……而在寫作標準上，特別是議論文的寫作標準上，句構簡潔、修辭精準、概念清晰、論述具連貫性是基本的要求。強調這樣的寫作能力訓練，目的是培養現代公民在一般意見表達與議題論辯當中，從描述現象、提出論點、找尋例證、分析例證，到最後形成完整論述的能力。」不僅如此，如果我們仔細分析當前社會、職場對寫作力的要求，便會清楚知道其所需者，絕非辭采華美，天馬行空的美文，而是能否有條理，有結構、層次性的敘述一件事，進而透過文字，表達與站

穩自己的觀點、立場，以與他人交流、論辨。如果基本思辨能力不足，又缺乏對應之寫作能力，這該如何學以致用呢？

　　緣此之故，我們必須釐清兩組不同的概念，才能知道問題癥結；一是「語文」、「文學」，二是「寫作」、「創作」。

　　先論前者。「語文」指表達能力，包括：閱讀、寫作、口語。其內涵不限於文學，大凡天地間一切的學問，都可以透過語文表達。而「文學」籠統來說，是文藝之學，用來欣賞，伸展情意，提升心靈美感的學問。因此，「文學」只是「語文」的一部分，不能等論。

　　同樣的，「寫作」涵蓋範圍亦廣，凡能綴句成段，綴段成篇者，無不屬於寫作。「創作」則主發乎情意，具有原創意義的文藝作品。故然，「創作」也可納入「寫作」之一環，亦不可同論。

　　因此，本書著重「語文」，而非文學；是「寫作」，而非創作，冀能指引一條「如何寫作」的方法。若從此角度以觀，本書價值就不只為了考試，如：透過各章第一節的「話說類型」，簡略說明洞觀、思考宇宙萬物事理、情理之道；各章之末共十五條的「錦囊」，則提供如何寫作的要領與評鑑文章的方法。

　　這幾年，我除了學術研究，也將心力放在「語文」教學，從「閱讀」到「寫作」，再到「口語表達」。與一般教學最大的區隔，是特別重視「方法論」，教導學生「如何學」，實欲開啟自主學習、思考判斷、肯定自我之能力，在知識走向專業分科化的今日，這些應世能力格外重要，已是未來的學習趨勢。而這本《國家考試作文──得分技巧及寫作要領》是我課程內容的一部分，期盼不久的將來，能完成一系列的教學著作。

　　本書出版至今，除原〈序〉提攜我的學術界前輩外，我的好友香港中文大學的陳世祈教授，提供他在國外讀書的經歷，完備了我的思考。而臺灣警察專科學校眾多愛護我的長官，則給予我很大的發揮空間。若沒有五南圖書的黃惠娟主編的協助，本書也不可能一而再的再版。在此一併致上最誠摯的謝意。

　　最後，希望本書的拋磚引玉，能與更多有志於語文教學者對話、請益；也期盼讀者準備國家考試之餘，還能開拓更廣博的思考視野，發揮本書更大的價值。

李智平

謹識於臺北

中華民國一零五年一月二十日

改編版序

　　最新版的《國家考試作文 —— 得分技巧及寫作要領》，我決定增添、修訂一些內容，使整本書更加充實與完備。其中，最重要的是擴充各類型「奇文共賞」範文數量，總數達到26篇，提供更多寫作參考。

　　當仔細回顧既往學習階段的寫作教育，大多專主於文學創作，情感多於論理，詞藻情采勝過平鋪直敘，主觀創作大過客觀寫作。所以，一般對寫作的認知，往往停留在記敘文、抒情文，卻不太懂得如何說明分析、與人論辨。

　　可是，在步入更高深學習階段的大學殿堂、職場後，我們才赫然發現此時大多數寫作是要有邏輯性、條理性、徵實性的，從前視為理所當然的各種寫作原則、方法，反而踢到鐵板。

　　若進一步思考哪個環節出了問題，是大學的國文課？各系所應開設相關的語文應用課程？近幾年，中文系、各大學科系對大學國文應該教導哪些內容，有過不少討論，但公說公有理，婆說婆有理，爭議難解。

　　事實上，這非關對錯，而跟學習進程、時代需求有關。進入高深、專業的知識領域後，本應學習相對應的寫作模式；而社會開始正視邏輯思考對工作的助益時，也會衍生出相和的寫作要求。所以，國家考試的作文，既是國家最高層級的考試，又擬藉此測驗考生的邏輯思考力，以面對將來各類型公務實務與寫作所需，對寫作的規範、要求，必然更嚴格。

　　我屢屢教到此類型寫作時，最常遇到學習者提出以下幾個問題：「為何一定要有結構？」「為何不可以用自己的經驗或假設情境來舉例？」「是否要背誦很多名言錦句？」終歸來說，就是為什麼不可隨心所欲，想寫什麼，就寫什麼。這是因為寫作者並不明瞭該類型寫作的幾個特點：「結構分明」、「論證嚴謹」、「文句淺練」所致，以下分別說明。

　　首先，任何寫作都有結構，結構可檢視出寫作者的思維邏輯。仔細審視國家考試的題目，大多偏向論說文，而論說寫作有兩個目的：一是如何有條有理的「說明」一件事情；二是櫛比鱗次的「議論」某一議題。若結構不緊密、鬆散，論述便會缺乏脈絡，導致前後邏輯不一，又怎能清楚解說事情，

以及與人理性溝通、論辨？

　　其次，論說文是著重客觀寫作的文類，例證也定然得客觀，故縱向時空的「歷史例」，平行時空的「議題時事例」，具有專業知識背景的「學理例」，都能一展寫作者知識的深廣度。除非題目特別標明要援引個人經驗，如本書第十三類的「經驗分享類」考題，便是特殊狀況。但別忘了例證目的是證成寫作者的論點，例證可信度愈高，愈能證明論點的可行性。

　　復次，一般人很容易混同「名言錦句」、「歷史例證」。以為名言錦句就是歷史例證，其實不然。使用「名言錦句」是希望藉由「熟語」，如：成語、格言以雅化或深化文句（熟語還包括：慣用語、歇後語、諺語、俗語等，但這些語句多具有「地域性」，普遍性不足，故謹嚴的論說寫作，宜避免使用）。至於「歷史例證」，係以佐證論點，二者不同。只是二者常以同一形式出現，如：名言錦句中帶有歷史例證的特質，或歷史例證源發於某名言錦句，不容易清楚釐清。但可否不用名言錦句？沒問題。論說文平鋪直敘，如同公文寫作的四個原則：簡、淺、明、確，亦可援作論說寫作之用，故名言錦句是充要條件，非必要條件。又可否不用歷史例證？也沒問題。那麼，寫作者就必須使用議題時事例、學理例來填補論證的不足。

　　言說至此，實已打破既往強調修辭，著重個人經驗的寫作方法。可是，一旦革新過去寫作經驗後，寫作者的內容幾乎直接被架空，寸草不剩，這是教導、學習此類型寫作最大的挑戰。畢竟，一般對寫作有太多根深柢固的傳統觀念，突然改變，以及被許多新的寫作規範制約，寫作者的確很難在一時之間接受。

　　我個人教學也經常面對這樣的挑戰。當一步步解構學習者原本寫作觀念，其縱有獲得新知的喜悅，伴隨而來的，卻是更大的惶恐，因為不知該寫什麼了。所以，想學好寫作，他們得補一些功課，諸如：分析題目類型、理解文章結構、閱讀與吸收歷史文化與時事議題、思索如何解決問題的進程等等。相關學習方法，本書都有提及。儘管學習過程很辛苦，但走過這條路後，學習者會發現自己不只是學寫作，而是學理性思考、解決問題的方法，對往後任何事情的思辨、判斷與分析，影響深遠。

　　再看到近幾年，社會頗多借鏡其他先進國家大學入學考試之語文、社會、哲學教學的討論，從而思考在是非二元對立的是非題或選擇題外，能否

以申論題、情境題、論說寫作等方式，提升與檢測學生的思考與分析能力。又如大學學測自107年度開始，作文獨立於國文考科之外，改單獨測驗，且必須於80分鐘內撰寫知性、感性文章各一篇。其中，大學入學考試中心對新形態「知性類文章」提出兩大測驗目標：「⑴能否正確解讀文字或圖表，適當分析、歸納，具體描述說明。⑵能否針對各種現象提出自己的見解。」皆可知學習理性的、知性的寫作，用簡練字句表達己意，隱然成為新興的學習趨勢。

　　可惜此類型寫作總被冠以束縛情性，形式八股之批判，這也不盡公允。不同的文體，有不同寫作規範；不同的寫作目的，亦有其特殊性的要求，豈可等概而論？這非指情性不重要，而是要懂得在不同環境背景下，運用不同的文體來寫作。

　　因此，本次的改編，我邀請了幾位優秀的青年才俊來撰寫「奇文共賞」的範文，他們年紀很輕，就有不凡的思考與文筆，未來發展可期。學習寫作過程中，他們不只是學習形式，更以積極好學的精神，廣博的閱讀、吸收各類型知識、訊息、新聞，裁化為寫作之資，與以往偏重於歷史例證的套用，他們更樂於參與世界的脈動。我批閱時，也不再是單向性點評，而是從其文章觀看世界，從不同視野思考各種議題。對為人師者而言，最快樂者，莫過於此師生間的教學相長。

　　最後，非常感謝長期合作，協助出版的主編惠娟、責編佳伶，讓本書能夠一而再的再版。臺灣警察專科學校、輔仁大學、東吳大學中國文學系的長官、同事、師長、學友們，也都給了我莫大鼓勵。沒有年輕學子們的相互激盪，啟發，我很難在這條教學路上持續前行。最重要的是我的家人，他們無私的支持，才能讓我實踐人生許多理想。在此一併致上最誠摯的謝意。

李智平

謹識於臺灣警察專科學校萬芳樓110室

中華民國一零七年三月十一日

第七版序

我會寫作嗎？我會溝通嗎？

　　《國家考試作文 —— 得分技巧及寫作要領》自102（2013）年9月出版至今，已邁向第七個年頭，非常謝謝眾多讀友們的支持。

　　雖然這是一本考試用書，但我希望藉由本書傳達一些寫作的理念與方法，並找出命題方式、題目設計的思考脈絡。從近程來看，本書以如何幫助考生金榜題名為要；就長程來說，如何透過穩固的寫作架構、合理的證據與論證過程、精準的詞彙、寫作者情理兼備的思維，最終以簡單明確的方式與他人「溝通」，是我撰寫本書最重要的目的。

　　很多人常跟我說：「我不會寫作」、「寫作很難」。但我更想反問：「你會不會溝通？溝通很難嗎？」被問者也許會想：「平日講話聊天都是溝通，有什麼難？」若再追問：「要達成彼此都能同意、理解的溝通，會很難嗎？」怕將有所遲疑了。

　　生活中，我們處處與人溝通、訴情講理，結果卻很難盡如人意。有意思的是，在各大書籍排行榜非文學類型書籍中，最暢銷的往往是教導如何與他人溝通，諸如：談親情（教養）、愛情、友情、職場生存的書籍，這也間接說明了我們不是不會溝通，而是缺乏有效溝通的方法。

　　反觀「寫作」也是溝通之一環。倘若言語肢體、情感交流都會存在歧見，更遑論寫作者、讀者得透過文章來溝通。只是到了大學（專）以上程度，這已不再是會不會寫作的問題，大家都會寫作，只是書寫內容能否與讀者有效溝通。我們得理解讀者（或閱卷者）想看到什麼，然後細想我能給予些什麼，盡可能達成彼此間的共識。

　　因此，溝通有方法，寫作自然也有方法，而本書的特點，以及與其他考用書間的差異，便是強調把握方法解決各種寫作問題。

守經通權，推陳出新

　　一本作文的考用書歷經七年光景，如何站穩腳跟，掌握方法推陳出新，

是我每次再版前，不斷思索的問題。寫作原則不會有太大差異，但社會在變，題型也會變，如何守經通權以達變？是我關注的。因而第七版除了原本內容，與補充最新國考作文試題、調整某些歸類有誤的考題、更正錯別字以外，尚有三處新亮點。

其一，增補「議題時事例」。本書第四錦囊談到議題時事例用法時，我羅列了近年流行的時事議題。但時局變化速度很快，短短幾年間，部分議題儼然已成明日黃花，走下世界流行的舞台；卻有更多議題是現在進行式，此刻正上演著。我重新梳理並汰舊換新，增列成十五項大議題，內轄數十個各別議題。讀者不妨於平日多蒐集、閱讀自己喜歡的議題，既可作為寫作參考，亦可關注世界脈動，開拓視野，兼備更多生活談資。

其二，提供「審題」方法。「審題」是作答關鍵，一旦審題偏差，文章內容再情理兼備也無濟於事。我常遇到考生平日準備充足，上考場時也自信滿滿，結果卻不甚理想，當回過頭檢討時，多是審題不精，連帶內文偏離題所致。所以，這次在「附錄4：國家考試審題方法分析」一文中，共羅列出九項檢視原則，把命題者沒說的事講給讀者聽，連帶檢討命題時可能出現的狀況。

其三，應對專技考試「多元型式作文」解題方法。自108年6月開始，共有九項專技考試的國文考科產生重大變革，不再考選擇題，而以兩大題「多元型式作文」取而代之，其中一題偏「說理論辨」，一題偏「敘事抒情」，型式也不再獨專「引導式命題」。對尚在發展中的命題型式，我們無法完全掌握所有類型，卻可掌握基本的命題型式、命題方向與內容，故本書的「附錄5：專技人員『多元型式作文』寫作方法分析」，我針對新型態命題分析出幾項寫作原則。

最後，本書一如既往將歷屆國考作文考題進行分類，時間自82年～108年，跨度長達二十餘年，為精省篇幅，82年～87年考題將放在本書的QR code，提供讀者掃描下載。此外，本書還附有90年～108年的所有國家考試公文試題分類，同樣可透過QR code下載閱讀。

時代改變，經驗分享成主流？

　　自106年度開始，國考作文命題逐漸偏向應考人個人的經驗分享、收穫，到108年度更達到當年國考總作文考題數的三分之二。但「經驗分享類」題目是否更容易書寫？或許應試者會說：「太棒了，終於不必再背名言錦句，不必套用各種歷史例、時事例、學理例，只消說說自己的經驗就能得分，真是再好不過。」果真如此嗎？

　　此類型題目除了欲測驗應試者的敘事、論理能力，最大問題癥結在於：應試者有無相關經驗？個人經驗的深廣度能否撐起題目所需？應試者為何、如何能在限定時間內，汲取生命中的經驗，向陌生的閱卷者訴說個人經歷？如果人生歷練平淺，無大風大浪，是否不適合書寫此類型考題？最常見莫過於消費親友生死欲博取同情，或瞎掰故事當成自己經驗，內容看似聳動驚人，但仔細閱讀文章前後因果關係，大多不堪一擊。

　　這種題型同樣考驗閱卷者的閱卷標準。究竟想要看到應試者精彩生動的經驗敘事？還是平淺中亦能體會出人生智慧？或希望應試人跳脫一般思維？抑且是經驗背後得到哪些收穫與感動？相較於一般論說文，在文章深淺、真假虛實之間，經驗分享類的寫作評閱標準更難訂定。所以，此類型題目似是容易作答，卻難得高分；似是容易評閱，卻有更多層面的考量。

　　這讓我想起106年學測考題「關於經驗的N種思考」，有位中一中考生以經濟學「微笑曲線」分析生產加工端、消費端對於經驗的不同態度，對比同齡學生多以生活周遭的家庭或就學經驗為例，識見顯然超乎旁人，成功摘下最高分的桂冠。

　　所以，經驗不足無妨，重要的是如何從其他面向，如：強化各種類型的輔助例證、撰寫收穫的方法，豐富文章內容。本書第十三章「經驗分享類」有完整的說明，連帶第十一章「時空記敘類」的記敘文、第十二章的「感情抒發類」的抒情文撰寫方法，以及「附錄4：國家考試審題方法分析」，都有相關寫作方法，讀者可連綴起來閱讀。從中當可發現無論是否為經驗分享，該準備的功夫一樣都不能少，惟有周延準備，方能換得豐碩成果。

致謝

　　最後，要感謝一路以來支持我的師友、長官、同事、學生，以及廣大的讀者，還有惠娟副總編的協助，方能使本書不斷再版。特別是本版出版前，原末預計書寫本序，感謝主編邀稿，還保留了前面三篇序文，這幾篇序文彙集了我從事國家考試、大學語文教學工作十餘年來的理念、心得。

　　近年來，各界對於國文課程教學、考科的反省，諸如：「文言與白話」、「經典與反經典」、「教材選文本土化」、「傳統選文與實用中文」、「語文與文學」間的爭議與討論愈形豐富，但不變的是，我們都期待國文能教導「如何有效溝通」的方法。因為，擁有精準的語文表達能力，便能掌握更多與他人對話、溝通的話語權。那麼，本書除了提供國考之用，也盼經由一些語文教學理念的提出，以待更多反響。

李智平

謹識於臺灣警察專科學校萬芳樓110室

中華民國一零九年六月十四日

目錄

全書大綱

第一群組
個人修養與
知識提升

- 第一章　人生哲理類
- 第二章　品德修養類
- 第三章　讀書學習類
- 第四章　理想立志類

第二群組
處世態度與
社會教化

- 第五章　待人處世類
- 第六章　安邦治國類
- 第七章　公權人權類
- 第八章　徵拔人才類
- 第九章　工作休閒類
- 第十章　環境教化類

第三群組
感物生情與
情景交融

- 第十一章　時空記敘類
- 第十二章　感情抒發類

第四群組
經驗分享與
學以致用

- 第十三章　經驗分享類
- 第十四章　專業知能類
- 第十五章　綜合融通類

PART 1

個人修養與
知識提升

第一章　人生哲理類

第一節　話說類型

　　「人生哲理」目的是探索生命內在的價值，或說明人生的抉擇與不變的至理。

　　此類型題目不容易作答，因為題旨往往觸及最深刻的自我，一般人不輕易輕啟心扉做思考。舉例來說：「論生命的意義」（93年地方公務人員三等特考）、「打開心靈的窗」（96年警察四等特考），如果未曾仔細領略生命的價值，何以能在短時間內寫出一篇佳作？

　　所以，本類型的提問基礎在於「人生存於世的價值。」人之所以為人，必有不同於鳥獸草木之處，如：道德、智慧、創造力。此等能力是人類生存於宇宙天地間的價值所在，也是歷來許多哲學家思索的課題，包括：「生命與生存的目的為何」、「人的價值到底是什麼」、「如何提升自我的精神」、「人要如何提升自我的精神或物質生活」……

　　因此，生命價值的可貴，是歷經挫折、考驗得到的收穫，而「幸福」也正是透澈生命蹇困、悲喜交織後的感懷。於是，「平凡與偉大」（92年醫事人員等普考）、「如果心中有愛」（89年基層公務人員四等特考），看似飄飄渺渺的題目，莫不是提煉自我生命的意義，進而存乎於一心的生命態度。

　　以下幾個提問可以幫助釐清「人生的價值」，只要能仔細思考，這類型的考題，就不難回應：

　　1. 你如何界定「生命」的意義與價值？

　　2. 你喜歡哪些「人生哲理」的名言？或自己的座右銘是什麼？
　　　 而這些名言對你產生哪些實質性的影響？

3. 你要如何積極、正面迎向人生挫折？具體解決挫折的方法有哪些？

4. 你對於人生的無常、禍福相依，要如何積極應對？

5. 人為何要知足、感恩？如何落實知足、感恩，有哪些具體的方法？

ᯤ 重點摘要

1. 「人生哲理」目的是探索生命、人生抉擇等議題。

2. 人生的價值在於歷經挫折、考驗後的體悟。

3. 要在「精神」與「物質」生活間取得一平衡。

第二節 名言典故集錦

1. 上善若水。水善利萬物而不爭，處眾人之所惡。

　白話翻譯：沒有比水還有更高境界的。水善於有利萬物而不與萬物爭強，而願處於眾人所厭惡的地方。引申其意，人要像水一般的謙沖自牧。

　典故出處：先秦・老子：《老子・第八章》

2. 寵辱若驚，貴大患若身。

　白話翻譯：寵愛和羞辱都會受到驚嚇，要以重視自己身體的態度面對災禍。引申其意，人要能忘卻寵辱，有獨立而完整的心靈。

　典故出處：先秦・老子：《老子・第十三章》

細說典故

　　寵辱若驚，貴大患若身。何謂寵辱若驚？寵為下。得之若驚，失之若驚，是謂寵辱若驚。何謂貴大患若身？吾所以有大患者，為吾有身，及吾無身，吾有何患？故貴以身為天下，若可寄天

下；愛以身爲天下，若可托天下。

⓪⓪⓪ 白話典故

　　寵愛和羞辱都會受到驚嚇，要以重視自己身體的態度面對災禍。什麼叫作寵愛和羞辱都會受到驚嚇？寵愛是下等的。得到寵愛會受到驚嚇，失去寵愛也會驚嚇，這就叫作寵愛和羞辱都會受到驚嚇。什麼叫作以重視身體的態度面對災禍？人之所以會有大災禍，是因爲我們自私，如果不自私，又有何災禍呢？所以能以貴重自己身體的態度治理天下，那就可以將天下寄託給此人；能以愛惜自己身體的態度執掌天下，那就可以將天下托付他打理。

3. **強大處下，柔弱處上。**

　　白話翻譯：強大是處於下等的，而柔弱是處於上等的。引申其意，
　　　　　　　說明柔弱勝剛強之理。

　　典故出處：先秦・老子：《老子・第七十六章》

⓪⓪⓪ 細說典故

　　人之生也柔弱，其死也堅強。草木之生也柔脆，其死也枯槁。故堅強者死之徒，柔弱者生之徒。是以兵強則滅，木強則折。強大處下，柔弱處上。

⓪⓪⓪ 白話典故

　　人活著的時候身體是柔軟的，死亡卻是硬梆梆的。草木生長時是柔軟的，死亡時卻是枯槁的。所以堅強是屬於死亡一類，而柔弱才是屬於生的一類。因此，兵力強盛會招致滅亡，樹木強硬，會被風吹斷。強大是處於下等的，柔弱是處於上等的。

4. **生，亦我所欲也；義，亦我所欲也，二者不可得兼，故舍生而取義者也。**

白話翻譯：生存，是我所想要的；正義，也是我所欲求的，二者不
　　　　　能兼得的情況下，所以捨棄生存的欲望而選擇正義。

典故出處：先秦・孟子：《孟子・告子》

細說典故

孟子曰：「魚，我所欲也；熊掌，亦我所欲也。二者不可得兼，舍
　　　　魚而取熊掌者也。生，亦我所欲也；義，亦我所欲也。二
　　　　者不可得兼，舍生而取義者也。生亦我所欲，所欲有甚於
　　　　生者，故不為苟得也。死亦我所惡，所惡有甚於死者，故
　　　　患有所不辟也。……」

白話典故

孟子說：「魚，是我想要的；熊掌，也是我想要的。當兩者不能同
　　　　時擁有，我捨魚而取熊掌。生存，是我所想要的；正義，
　　　　也是我所欲求的，二者不能兼得時，捨棄生存的欲望而選
　　　　擇正義。生存是我的欲望，但有其他欲望更勝於生命時，
　　　　我不會苟且偷生。死亡是我所厭惡的，但有更厭惡的事情
　　　　超越死亡時，我不會逃避死亡。……」

5. 孟子曰：「莫非命也，順受其正。是故知命者，不立乎巖牆之下。盡其
　　道而死者，正命也。桎梏死者，非正命也。」

　　白話翻譯：孟子說：「人物之生，吉凶禍福都是天命所定，要順從
　　　　　　　天道接受命運。所以，知道天命的人，不會處於危險的
　　　　　　　牆下。而竭盡所能為盡道義而亡者，這就是順應天道，
　　　　　　　得其天年而死之『正命。』若犯罪受刑而亡，這就不是
　　　　　　　正命了。」

　　典故出處：先秦・孟子：《孟子・盡心》

6. 庖丁解牛。

　　白話翻譯：引申其意，指善於養生的人，是順著自然而行。

典故出處：先秦・莊子：《莊子・養生主》

⟨細⟩⟨說⟩⟨典⟩⟨故⟩

　　庖丁爲文惠君解牛，手之所觸，肩之所倚，足之所履，膝之所踦，砉然嚮然，奏刀騞然，莫不中音。合於〈桑林〉之舞，乃中〈經首〉之會。

　　文惠君曰：「譆，善哉！技蓋至此乎！」

　　庖丁釋刀，對曰：「臣之所好者道也，進乎技矣。始臣之解牛之時，所見無非牛者；三年之後，未嘗見全牛也；方今之時，臣以神遇而不以目視，官知止而神欲行。依乎天理，批大郤，導大窾，因其固然。技經肯綮之未嘗，而況大軱乎！良庖歲更刀，割也；族庖月更刀，折也。今臣之刀十九年矣，所解數千牛矣，而刀刃若新發於硎。彼節者有閒，而刀刃者無厚；以無厚入有閒，恢恢乎其於遊刃必有餘地矣，是以十九年而刀刃若新發於硎。雖然，每至於族，吾見其難爲，怵然爲戒，視爲止，行爲遲。動刀甚微，謋然已解，如土委地。提刀而立，爲之四顧，爲之躊躇滿志，善刀而藏之。」

　　文惠君曰：「善哉！吾聞庖丁之言，得養生焉。」

⟨白⟩⟨話⟩⟨典⟩⟨故⟩

　　廚師爲文惠君殺牛，其手接觸的，肩膀所依靠的，腳所踏的，膝蓋所頂的，以刀分離肉、骨時的砉然聲響，動刀時皮、骨分離的騞然聲，都能合乎音節。就好似能合乎商湯時〈桑林〉的正雅之樂，合於堯時的〈經首〉之樂。

文惠君說：「呵！眞好呀！技術怎能到此地步？」

廚師放下刀，回答說：

　　　　「我所擅長的，是掌握解牛的原理，超越了技術。一開
　　　　始我準備肢解牛時，眼前所見的，就是一頭牛。三年之

後，我所見的已經不是一頭牛。現在，我是以精神而不是以眼睛，不用官能而是以精神來肢解牛。依照牛身體自然的紋理，以刀切入其中較大的皮、肉相連處，並順著孔隙切開肉，依著牠本然的紋理解開。牠的經絡與筋骨都沒有碰到，更何況是大骨頭呢！好的廚師每年要換一次刀，因為他拿刀來割肉。一般的廚師每個月都要換一次刀，因為他用刀來斷筋劈骨。今天，我的刀已用了十九年，刀刃還像剛剛磨過。骨頭之間的骨節有空隙，而刀刃厚度極薄，以極薄厚度的刀刃切入有空隙的骨節，寬廣的讓刀刃尚有運轉餘地。因此，十九年來刀刃像是剛剛磨過。雖然，每每刀至於筋骨肌肉交錯聚結之處，真的很難下手，便會因為驚懼謹慎而引為警惕，讓我的目光凝止於切肉處，行動變慢，動刀很細微，很快地，骨肉便被剝離分割了，肉如同土一樣落於地。於是我提刀站立，四面看看，而從容自得，將刀子擦拭後收起來。」

文惠君說：「真好啊！我聽廚師你所說的話後，得知了養生之理。」

7. 安時而處順，哀樂不能入也。

白話翻譯：要能安於天時且順應天時而處，這樣哀樂的情緒才不會侵犯干擾養生。引申其意，養生之理在於順應天道自然。

典故出處：先秦・莊子：《莊子・養生主》

細說典故

老聃死，秦失弔之，三號而出。

弟子曰：

「非夫子之友邪？」

曰：「然。」

「然則弔焉若此，可乎？」

曰：「然。始也吾以爲其人也，而今非也。向吾入而弔焉，有老者哭之，如哭其子；少者哭之，如哭其母。彼其所以會之，必有不蘄言而言，不蘄哭而哭者。是遁天倍情，忘其所受，古者謂之遁天之刑。適來，夫子時也；適去，夫子順也。安時而處順，哀樂不能入也。古者謂是帝之縣解。」

⓪⓪⓪ 白話典故

老子死了，朋友秦失（即秦佚）去弔唁他，乾嚎三聲便出來了。

老子的弟子說：

「你不是我們老師的朋友嗎？」

秦佚說：「是啊。」

弟子說：「你乾嚎三聲的弔唁，這樣可以嗎？」

秦佚說：「可以的。一開始我以爲老子不過是世俗的人，現在才知道他不是。剛剛我進去弔唁時，有老人在哭，如同喪子一般；有年輕人在哭，如同喪母一般。當他們與死者心靈相通時，一定會有不待言語，不預期要哭反而哭了的情感。這些行爲，是悖離了天道與自然的情感，忘記了稟受的天性，這是古人所謂逃避天理而得到心靈的刑罰。該來的時候，老子順應天時而生；該去的時候，老子也是順應天時而亡。要能安於天時且順應天時而處，這樣哀樂的情緒才不會干擾養生，古人說，這就是自然的解脫。」

（編按：「三號而出」的說法有兩種：一是了悟生死，連乾嚎三聲都不必要；二是不通生死，責備秦佚只乾嚎三聲，此處採第一種說法。）

8.澤雉十步一啄，百步一飲，不蘄畜乎樊中。神雖王，不善也。

白話翻譯：生活在水邊的雉雞，怡然自得的吃吃喝喝，不求生活在
　　　　　牢籠中。在牢籠中雖然精神旺盛，但卻失去自由。

典故出處：先秦・莊子：《莊子・養生主》

9.鼓盆而歌。

白話翻譯：莊子妻死，莊子卻敲著瓦盆而唱著歌。引申其意，生死
　　　　　皆自然流轉，何須因哀傷死亡而戕害自我生命的本真。

典故出處：先秦・莊子：《莊子・至樂》

⸢細說典故⸥

莊子妻死，惠子弔之，莊子則方箕踞鼓盆而歌。

惠子曰：「與人居，長子，老身，死不哭，亦足矣，又鼓盆而歌，
　　　　　不亦甚乎？」

莊子曰：「不然。是其始死也，我獨何能無慨然？察其始而本無
　　　　　生，非徒無生也，而本無形，非徒無形也，而本無氣。雜
　　　　　乎芒芴之間，變而有氣，氣變而有形，形變而有生。今又
　　　　　變而之死。是相與為春秋冬夏四時行也。人且偃然寢於巨
　　　　　室，而我噭噭然隨而哭之，自以為不通乎命，故止也。」

⸢白話典故⸥

莊子的妻子死了，惠子去弔唁，莊子卻隨意張開腿席地而坐，還敲
著瓦盆在唱歌。

惠施便說：「她與你生活了一輩子，又為你生兒育女，如今年老而
　　　　　亡故，你不哭泣也就罷了，竟還敲著瓦盆唱歌，不是太
　　　　　過分了嗎？」

莊子說：　「不是這樣的，我妻子剛死時，我怎能不悲傷感嘆？但
　　　　　我思考到了生命的本源，人本來就沒有生命；不僅是沒
　　　　　有生命，還沒有形狀；不僅沒有形狀，還沒有氣。『生

命』始於恍恍惚惚，不可捉摸的變化之中，而後慢慢有了生氣；有了生氣之後，又有了形狀；之後有了生命。今天隨著生命流轉而過世，正如同四季自然一般的交替流轉。妻子死了，不過是安寢於天地自然之間，我還不斷在旁哀嚎痛哭，我覺悟到這是不通天命的舉動，所以不哭了。」

10.濠梁之辯。

白話翻譯：此指莊子、惠施在濠水橋上的一場辯論，旨意是無論面對生命，或看待事理，都應超越自我主觀的限制。

典故出處：先秦・莊子：《莊子・秋水》

細說典故

莊子與惠子遊於濠梁之上。

莊子曰：「儵魚出游從容，是魚樂也！」

惠子曰：「子非魚，安知魚之樂？」

莊子曰：「子非我，安知我不知魚之樂？」

惠子曰：「我非子，固不知子矣；子固非魚也，子之不知魚之樂，全矣！」

莊子曰：「請循其本。子曰：『汝安知魚樂』云者，既已知吾知之而問我，我知之濠上也。」

白話典故

莊子與惠施在濠水橋上遊玩。

莊子說：「小白魚如此悠然自得的在水中游來游去，魚真是快樂啊！」

惠施說：「你不是魚，怎麼知道魚是快樂的？」

莊子說：「你不是我，你怎麼知道我不知道魚是快樂的？」

惠施說：「我不是你，本來就不知道你的想法；而你本來也不是
　　　　魚，所以你也不知道魚是不是快樂的，我的論點是正確
　　　　的。」

莊子說：「請追溯問題的本源。當你說：『你怎麼知道魚是快樂
　　　　的』之時，既然你問我『怎麼知道』，這就表示你預設我
　　　　是知道的，然後你才會問我。所以我知道濠水中的魚是愉
　　　　快的。」

11.吾以天地爲棺槨。

白話翻譯：我死了將以天地爲棺木。引申其意，說明生死不過是自
　　　　　然的流轉，死不過是回歸自然。

典故出處：先秦・莊子：《莊子・列禦寇》

細說典故

莊子將死，弟子欲厚葬之。

莊子曰：「吾以天地爲棺槨，以日月爲連璧，星辰爲珠璣，萬物爲
　　　　齎送。吾葬具豈不備邪？何以加此！」

弟子曰：「吾恐烏鳶之食夫子也。」

莊子曰：「在上爲烏鳶食，在下爲螻蟻食，奪彼與此，何其偏
　　　　也！」

白話典故

莊子將死，他的弟子想厚葬老師。

莊子說：「我死了將以天地爲棺木，以太陽、月亮爲陪葬的美玉，
　　　　以天上的星星爲陪葬珠寶，萬物都是我的陪葬牲品。我的
　　　　安葬之禮不早就準備好了？還有比這個更好的嗎？」

弟子說：「我們怕烏鴉、老鷹會吞食老師的身體啊！」

莊子說：「在土地上被烏鴉、老鷹吞食，在地下不也被螻蛄、螞蟻

> 蠶食，搶了烏鴉、老鷹的食物，而給螻蛄、螞蟻，豈不是
> 一種偏執！」

12. 知之曰知之，不知曰不知，內不自以誣，外不自以欺。

　　白話翻譯：知道就是知道，不知道就是不知道，對內不要自我欺
　　　　　　　騙，對人不要昧了良心。

　　典故出處：先秦・荀子：《荀子・儒效》

13. 名無固宜，約之以命，約定俗成謂之宜，異於約則謂之不宜。

　　白話翻譯：事物本來沒有固定的名稱，是人們相互約定而為它們定
　　　　　　　名的，只要大家約定俗成，就是合宜的，凡是異於約定
　　　　　　　的，就是不合宜。引申其意，世上所謂的合宜合義，
　　　　　　　會隨著時空地域而有不同，人應敞開心胸來面對人事
　　　　　　　變化。

　　典故出處：先秦・荀子：《荀子・正名》

14. 非其說異也，所聽者易也。

　　白話翻譯：不是他的主張有何不同，而是聽話者的態度轉變了。引
　　　　　　　申其意，因為主觀意識的不同，對事物的態度與感覺也
　　　　　　　不同。

　　典故出處：西漢・劉向：《說苑・雜言》

細說典故

　　祁射子見秦惠王，惠王說之，於是唐姑纏之。復見惠王，懷怒
以待之。非其說異也，所聽者易也。故以徵為羽，非弦之罪也；以
甘為苦，非味之過也。

白話典故

　　祁射子拜見秦惠王。秦惠王很高興，於是唐姑進讒言詆毀
他。當祁射子又拜見惠王，懷王很生氣的對待他。不是他的主張有

何不同，而是聽話者的態度轉變了，所以，把徵聲聽成羽聲，不是弦的過錯；以乾甜之味當作苦味，不是味道的過錯。

15.死生亦大矣！

　　白話翻譯：死、生是人生重要的大事。

　　典故出處：東晉・王羲之：〈蘭亭集序〉

細說典故

　　夫人之相與，俯仰一世，或取之於懷抱，晤言一室之內；或因寄所托，放浪形骸之外。雖取捨萬殊，靜躁不同，當其欣於所遇，暫得於己，快然自足，不知老之將至。及其所之既倦，情隨事遷，感慨係之矣。向之所欣，俯仰之間，已為陳跡，猶不能不以之興懷；況修短隨化，終期於盡。古人云：「死生亦大矣。」豈不痛哉！

白話典故

　　人與人的相處，很快就度過一世。或是倡言理想抱負，在房間內暢所欲言；又或是將情感寄託在喜愛事物上，生活放縱而不受拘束。雖然每個人的取、捨各自有別，是動是靜也不一樣，但遇見自己喜好的事物，便能暫時感到滿足，且喜悅滿意，不自覺衰老即將到來。等到對喜愛的事物厭倦了，感情隨著事物變遷而轉變，感慨因此產生。曾經喜好的事物，霎時之間已成過去，這樣的景象不能不引起感觸；更何況人壽命的短長各隨造化而不同，最終都將走向死亡。古人說：「死、生是人生重要的大事。」豈不令人感到悲痛！

16.人生得意須盡歡，莫使金樽空對月。

　　白話翻譯：人生得意時，就要縱情享受歡愉，別讓酒杯空對明月，辜負美好時光。

典故出處：唐・李白：〈將進酒〉

<細><說><典><故>

　　君不見黃河之水天上來，奔流到海不復回！君不見高堂明鏡悲白髮，朝如青絲暮成雪！人生得意須盡歡，莫使金樽空對月。天生我材必有用，千金散盡還復來。

<白><話><典><故>

　　你沒見到黃河之水從天上流下來，奔流到大海而不再回來。你沒見到父母對著鏡子，悲傷年華逝去，早上還是黑髮，到了晚上竟是白髮如雪。人生得意時，就要縱情享受歡愉，別讓酒杯空對明月，辜負美好時光。上天生我，必有我的用處、使命，金錢散盡之後還會回來的。

17. 抽刀斷水水更流，舉杯銷愁愁更愁。人生在世不稱意，明朝散髮弄扁舟。

　　白話翻譯：拿著刀想要切斷流水，水仍舊會流下去；舉杯醉酒以澆愁，憂愁反而更深了。人生在世如果不如意，何不明日披髮駕著小船縱意自如。

　　典故出處：唐・李白：〈宣州謝朓樓餞別校書叔雲〉

18. 寄蜉蝣於天地，渺滄海之一粟。哀吾生之須臾，羨長江之無窮。挾飛仙以遨遊，抱明月而長終。知乎不可驟得，托遺響於悲風。

　　白話翻譯：我如同是蜉蝣一樣短暫的生活在這天地之間，渺小得像是大海中的一粒米。哀嘆我的生命是短暫有限的，而羨慕長江的無窮盡。希望能和仙人一同遨遊，抱著明月而長存。但知道這不可能突然得到，只能將此心情寄寓在簫聲餘韻，托和於悲涼的秋風中。引申其旨，嘆人生有限，而羨慕宇宙天地的無窮。

　　典故出處：北宋・蘇軾：《東坡全集・前赤壁賦》

19.蘇子曰：「客亦知夫水與月乎？逝者如斯，而未嘗往也；盈虛者如彼，而卒莫消長也。蓋將自其變者而觀之，則天地曾不能一瞬；自其不變者而觀之，則物於我皆無盡也。而又何羨乎？」

白話翻譯：蘇先生說：「客人啊！你知道水跟月亮嗎？人世間的一切，看似如同流水般的不停流逝，實際卻不曾真正的逝去。人生如同月亮般的盈虛圓缺，其實不曾有過消長；倘若從變化面觀看，宇宙天地之間，無時無刻都在變化；從不變的面向來看，萬物和人一樣，都是綿綿不絕而沒有窮盡的。因此，又何必『哀吾生之須臾，羨長江之無窮』呢？」

典故出處：北宋‧蘇軾：《東坡全集‧前赤壁賦》

20.橫看成嶺側成峰，遠近高低各不同。

白話翻譯：橫看過去是是平矮的山嶺，從側面看卻是高聳的山峰，遠眺、近觀、高視、低看，所見到的景色各有不同。引申其意，指事物具有多面性。

典故出處：北宋‧蘇軾：〈題西林壁〉

21.人之所欲無窮，而物之可以足吾欲者有盡。美惡之辨戰乎中，而去取之擇交乎前，則可樂者常少，而可悲者常多，是謂求禍而辭福。

白話翻譯：人的欲望無窮盡，但萬物能滿足我們欲望者，卻很有限。當美善與醜惡的分辨在內心交戰，而捨去或選取的選擇必須做出決斷，可感到快樂的事便很少，感到悲哀惋惜的事很多，這是所謂的「追求災禍，遠離福氣。」

典故出處：北宋‧蘇軾：《東坡全集‧超然臺記》

⸻

細說典故

　　夫所謂求福而辭禍者，以福可喜而禍可悲也。人之所欲無窮，而物之可以足吾欲者有盡。美惡之辨戰乎中，而去取之擇交乎

前，則可樂者常少，而可悲者常多，是謂求禍而辭福。夫求禍而辭福，豈人之情也哉？物有以蓋之矣。彼遊於物之內，而不遊於物之外。物非有大小也，自其內而觀之，未有不高且大者也。彼挾其高大以臨我，則我常眩亂反覆，如隙中之觀鬥，又焉知勝負之所在？是以美惡橫生，而憂樂出焉，可不大哀乎！

⑬⑲⑳⑭ 白話典故

　　正所謂「追求福氣，遠離災禍」，是因為福氣令人可喜，災禍令人感到悲哀。人的欲望無窮盡，但萬物能滿足我們欲望者，卻很有限。當美善與醜惡的分辨在內心交戰，而捨去或選取的選擇必須做出決斷，可感到快樂的事便很少，感到悲哀惋惜的事很多，這是所謂的「追求災禍，遠離福氣。」而「追求災禍，遠離福氣」又怎是人之常情呢？是物欲蒙蔽了人的性情。導致人的思想受限於事物之內，無法跳脫於主觀認定的事物之外。萬物本無大小的區別，但從物體內部而往外看世界時，沒有不又高又大的。其以高大之姿面對我，我常常會迷惑顛倒，就好像是從細縫中看人爭鬥，又怎能知道真正的勝負關鍵？因此，當內心因物欲而產生美善、醜惡的辨別，心情的憂傷、快樂由此而生，不是很悲哀嗎！

22.士生於世，使其中不自得，將何往而非病？使其中坦然，不以物傷性，將何適而非快？

　　白話翻譯：士人活在世上，如果內心不愉快，無論到哪裡不感到憂愁呢？若內心坦蕩，不因外在環境紛擾傷了自己本性，那麼到何處不會快樂呢？

　　典故出處：北宋・蘇轍：《欒城集・黃州快哉亭記》

23.大丈夫行事，論是非，不論利害；論順逆，不論成敗；論萬世，不論一生。

　　白話翻譯：有德君子做人處事，只論公正是非，而不論個人的利與

害；只講是否順逆於情理，而不論成功或是失敗；講求
能否流芳萬世，而不講一生的富貴。

典故出處：南宋・謝枋得：〈與李養吾書〉

24.利名竭，是非絕，紅塵不向門前惹。綠樹偏宜屋角遮，青山正補牆頭
缺，更那堪竹籬茅舍。

白話翻譯：當名利窮盡了，是非也就會斷絕，紅塵俗事也不會惹
上門。綠樹成陰遮蔽了屋簷，青山正填補了牆頭的缺
角，住在竹籬笆內的茅草屋，便能心滿意足。

典故出處：元・馬致遠：〈秋思〉，【撥不斷】

25.百歲光陰一夢蝶，重回首往事堪嗟。今日春來，明朝花謝。急罰盞夜闌
燈滅。

白話翻譯：百年的人生時光，就像是莊周夢蝶般的短暫，再回首往
事，也不過是徒留感嘆。今天春天來了，明天花又凋零
了，趕緊罰杯酒，要不然夜深燈要熄滅了。引申其意，
人要能把握時光，享受當下。

典故出處：元・馬致遠：〈秋思〉，【雙調】【夜行船】

26.列國周齊秦漢楚。贏，都變做了土；輸，都變做了土。

白話翻譯：列國的周、齊、秦、漢、楚，都是當時的泱泱大國。贏
了，現在不過化成歷史遺跡；輸了，也都化成灰燼。引
申解釋為人生在世，無須過分計較。

典故出處：元・張養浩：〈山坡羊・驪山懷古〉之一

細說典故

驪山四顧，阿房一炬，當時奢侈今何處。只見草蕭疏，水縈
紆，至今遺恨迷煙樹，列國周齊秦漢楚。贏，都變作了土。輸，都
變作了土。

白話典故

　　從驪山往四處遠望，想當初秦朝阿房宮被大火付之一炬，當時的奢侈如今安在？只看見一片稀疏淒涼的草地，與水流盤旋繚繞，而今遺留的憾恨，尚如眼前瀰漫煙霧繚繞在樹林。列國的周、齊、秦、漢、楚，都是當時的泱泱大國。贏了，現在不過化成歷史遺跡；輸了，也都化成灰燼。

27. 世人都曉神仙好，只有功名忘不了。古今將相在何方，荒塚一堆草沒了！

世人都曉神仙好，只有金銀忘不了。終朝只恨聚無多，及到多時眼閉了！

世人都曉神仙好，只有嬌妻忘不了。君生日日說恩情，君死又隨人去了！

世人都曉神仙好，只有兒孫忘不了。癡心父母古來多，孝順兒孫誰見了？

白話翻譯：世上人都知道當神仙好，但是都忘不了功名。自古而今的名將在哪裡呢？不過是剩下孤墳野草而不見了。

世上人都知道當神仙好，但都忘不了金銀財寶。每日怨恨財富不夠多。等到累積夠的時候，就雙眼一閉將亡了。

世上人都知道當神仙好，但對妻子割捨不下。丈夫活著時候天天談情論義，丈夫一死，又跟人跑了。

世上人都知道當神仙好，卻又時時惦念著兒孫。自古以來癡心愛護子女的父母很多，但又看見了多少孝順的兒孫呢？

典故出處：清・曹雪芹：《紅樓夢・第一回》

28.心欲其定，氣欲其定，神欲其定，體欲其定。

白話翻譯：思想要穩定，氣息要穩定，精神要穩定，體魄也要
穩定。

典故出處：清·曾國藩：〈養身要言·癸卯入蜀道中作〉，收入
《曾文正公家書·致溫弟沅弟·道光二十四年三月
初十》

細說典故

　　一陽初動處，萬物始生時。不藏怒焉，不宿怨焉。（右仁，所
以養肝也。）

　　內而整齊思慮，外而敬慎威儀。泰而不驕，威而不猛。（右
禮，所以養心也。）

　　飲食有節，起居有常。作事有恆，容止有定。（右信，所以養
脾也。）

　　擴然而大公，物來而順應。裁之吾心而安，揆之天理而順。
（右義，所以養肺也。）

　　心欲其定，氣欲其定。神欲其定，體欲其定。（右仁，所以養
腎也。）

白話典故

　　一旦陽氣回復之時，就是萬物開始萌生的時候。此時不要藏著
怒氣，不要累積宿怨。（以上屬仁，是保養肝的養身方法。）

　　內心能將思慮整齊劃一，外表要恭敬謹慎而有威儀。要能安定
平靜而不驕縱，有威嚴卻不兇猛。（以上屬禮，是保養心的養身方
法。）

　　飲食要有節度，起居要定時。作事要有恆心，儀容舉止要能安
定。（以上屬信，是保養脾的養身方法。）

　　心胸寬大而大公無私，萬事萬物的出現都能應時以對。任何事

情裁量於心而能安定，能用天理裁度而順應無違。（以上屬義，是保養肺的養身方法。）

　　思想要穩定，氣息要穩定，精神要穩定，體魄也要穩定。（以上屬智，是保養腎的養身方法）

29.凡富貴功名，皆有命定，半由人力，半由天事。**惟學作聖賢，全由自己作主，不與天命相干涉。**

白話翻譯：凡是富貴與功名利祿，是命中注定的，一半可以人為努力，一半是天注定的。惟有自我修養學作聖賢，可全由自己作主，而與天命宿命無關。

典故出處：清·曾國藩：《曾文正公家書·諭紀鴻·咸豐六年九月二十九日夜》

30.吾於凡事皆守「**盡其在我，聽其在天**」二語，即養生之道亦然。

白話翻譯：我對於任何事情，都守著「能做的事，便盡己力完成；其他不能掌握的，就由天來決定」這兩句話，即便當作養生方法，也是通用的。

典故出處：清·曾國藩：《曾文正公家書·諭紀澤·同治四年九月初一》

細說典故

　　吾於凡事皆守「盡其在我，聽其在天」二語，即養生之道亦然。體強者，如富人因戒奢而益富；體弱者，如貧人因節嗇而自全。節嗇非獨食色之性也，即讀書用心，亦宜檢約，不使太過。余「八本」匾中，言「養生以少惱怒為本」。又常教爾胸中不宜太苦，須活潑潑地，養得一段生機，亦去惱怒之道也。既戒惱怒，又知節嗇，養生之道，已盡其在我者矣！此外壽之長短，病之有無，一概聽其在天，不必多生妄想去計較他。凡多服藥餌，求禱神祇，

皆妄想也。

⊙白⊙話⊙典⊙故

　　我對於任何事情，都守著「能做的事，便盡己力完成；其他不能掌握的，就由天來決定」這兩句話，即便當作養生方法，這也通用。身體強健者，如同富貴人家能戒除奢侈而更加富有；身體衰弱者，如同貧苦人家能因儉約而自我保全。「儉約」，不僅適用於飲食、男女之間的欲望，讀書也要儉約，別讀過了頭。我的「八本：讀古書以訓詁為本；詩文以聲調為本；事親以得歡心為本；養生以少惱怒為本；立身以不妄語為本；治家以不晏起為本；居官以不要錢為本；行軍以不擾民為本」匾額中，便提到「養生以少惱怒為本」一條。我又常教你們內心不要太苦，心要活潑潑地，方能培養出一股盎然生氣，這也是去除惱怒的方法。既然戒了遇事易惱怒，又懂得儉約，養生方法就掌握在自我手中了。此外，年紀長短，有沒有病痛，那就聽任天命吧！不用多妄想而多生計較。至於多服用藥物，求神拜佛，也都是妄想的。

第三節　考古大觀園

88年

1. 災難的啟示　（88年情報人員各類組等三等考試）
2. 燈塔的啟示　（88年第二次航海人員正駕駛等特考）
3. 順境與逆境　（88年民航人員技術員考試）
4. 愛惜生命　（88年第一次航海人員正駕駛等特考）
5. 論樂觀的心情與進取的態度　（88年公路人員員級考試）

89年

1. 如果心中有愛　（89年基層公務人員四等考試）

2. 開拓人生的領域　（89年各科別普考）

3. 積極的人生　（89年電信人員佐級考試）

4. 關懷生命　（89年中醫師特考）

5. 知福惜福　（89年財務行政類等高考）

6. 順境與逆境　（89年電信人員員級考試）

7. 論道德與人生　（89年技職各類科高考）

90年

1. 飲水思源，常懷感激　（90年公務人員高等考試）

91年

1. 美化從心靈做起　（91年公務人員普考第二試）

2. 生命的轉化與提升　（91年消防設備士特考）

3. 飲水思源　（91年民航人員四等特考）

4. 日日是好日　（91年財務行政、法務類高等檢定考試）

5. 閱讀下文後，請就作者所見所感，發表你的觀點，寫作一篇短文，
　必須自訂題目。

　　路邊有一截斷木，已經完全腐朽，輕輕用腳一踏，就粉碎了。
但是木幹上長了幾朵蘭菇，長得很好，鮮潔的顏色，肥厚的菇
的帽子，十分飽滿神氣。我們以為完全無用的東西，還可以生
養出這樣飽滿的生命。對我們來說，是一截枯木，對這幾朵蘭
菇而言，卻無疑是富庶膏腴的大地啊！（蔣勳《蘭菇》）　（91
年不動產估價師等特考）

92年

1. 平凡與偉大　（92年醫事人員等普考）

2. 熱愛生命　（92年技術類各科別普考）

3. 一生之計在於勤　（92年醫事人員等高考）

4. 從逆境中挺進　（92年醫事人員高等考）

93年

1. 珍惜生命，開創美景　（93年身心障礙四等特考）

2. 論生命的意義　（93年地方公務人員三等特考）

3. 真誠面對與珍惜當下　（93年委任升等考試）

4. 據報載：時時以「努力工作、活出自我、享受人生」自我惕厲的美籍華裔滑冰女將關穎珊小姐，在今年全美花式滑冰錦標賽的女子花式滑冰賽中，總計獲得三十五個滿分，第八度摘下全美冠軍，報上以「滿分的人生」加以稱讚。請即以「滿分的人生」為題，作文一篇。　（93年公務人員初等考試）

94年

1. 福禍之際　（94年鐵路人員等員級晉高級考試）

2. 珍愛生命　（94年關務人員等三等考試）

3. 心中有愛，人生最美　（94年四等警察特考）

4. 務本　（94年中醫師高考）

95年

1. 生命的光輝　（95年四等警察特考）

2. 人生的目的　（95年警正警察官升官等考試）

3. 禍福倚伏，轉危為安　（95年外交領事三等考試）

4. 生命中的堅持　（95年地方公務人員四等考試）

5. 面對困境，開創美好未來　（95年身心障礙四等特考）

96年

1. 打開心靈的窗　（96年四等警察特考）

2. 「態度」決定「高度」 （96年身心障礙人員三等特考）

3. 做命運的主人 （96年身心障礙人員四等特考）

4. 逆境的啟示 （96年海岸巡防人員五等特考）

5. 天生萬物，看似不齊，但是卻又賦予萬物各自的生存之道。有人含著金湯匙出生，因而習於奢侈揮霍，最後拿著金湯匙討飯；有人生下來就缺手缺腳，但是奮勉不輟，最後開墾出一片燦爛的花園。語云：「一支草，一點露。」只要一息尚存，懷抱理想，肯努力踏實，生命就充滿著希望，個人如此，國家也如此。試以「擁抱生命中的每一分鐘，彩繪理想中的每一筆絢爛」為題，作文一篇，寫出你的看法，文長不拘。 （96年公務人員普考）

97年

1. 以微笑面對人生 （97年身心障礙人員五等特考）

2. 豈能盡如人意，但求無愧我心 （97年交通事業鐵路與公路佐級考試）

3. 進路與退路 （97年交通事業鐵路與公路佐級考試員級考試）

4. 換一個角度看世界 （97年律師高考）

5. 真正的財富 （97年不動產經紀人普考）

6. 抱殘守缺與樂觀進取 （97年身心障礙三等考試）

7. 人世間不如意事十常八九，有時是自己私慾不滿，有時是長官不能賞識，有時是同僚惡毒陷害，……當橫逆來臨，應面對解決。試以「如何尋覓快樂的泉源」為題，寫作一篇文章；除詩歌體外，文體不限。 （97年公務人員普考）

8. 面對挫折的調適之道

說明：月有陰晴圓缺，人有悲歡離合，在人的一生當中，難免會遭遇或大或小的挫折，這時便要調適自己，化危機為轉機。請以「面對挫折的調適之道」為題，抒發見解。 （97年外交領事三等特考）

98年

1. 健康的人生　　（98年第二次專門職業及技術人員高等暨普通考試）

2. 王維的〈終南別業〉詩中有兩句話說：「行到水窮處，坐看雲起時。」這兩句話，暗含豐富的人生哲理。請以〈行到水窮處，坐看雲起時〉為題作文。　　（98年身心障礙三等特考）

99年

1. 人生際遇有幸有不幸，處事有成功有失敗，外貌有美與不美，形體有完好有缺陷，心智有聰敏有魯鈍……凡此種種，有的是我們能掌握的，但也有許多是我們個人無法全然掌握的。在所謂的圓滿與缺憾之間，我們該如何自處？蔣勳的〈祝福〉一詩云：「樂觀的人說你太哀傷／悲觀的人認為你不夠沮喪／但是你看到／生命既不是圓滿，也不是缺憾／不過是一個沈重的試驗」，請以「圓滿與缺憾之間」為題，寫一篇文章。　　（99年身心障礙三等特考）

2. 「價格」與「價值」並不相同，但現代人常常將「價格」等同於「價值」。請以「價格與價值」為題，作文一篇，加以申論。
　　（99年不動產估價師高考）

3. 「關卡」可以是阻礙，也可以是出路；可以是危機，也可以是轉機。用在事情發展的過程中，「關卡」通常指的是某一個關鍵性的轉折點，有待檢驗與解決；用在人生的路途上，「關卡」則意謂著面對挑戰困難，有待突破與承擔。請以「關卡」為題，掌握題旨，寫一篇結構完整的文章。　　（99年原住民四等特考）

100年

1. 孫思邈有云：「性既自善，內外百病皆悉不生，禍亂災害亦無由作。」又曰：「百行周備，雖絕藥餌，足以遐年；德行不克，縱服玉液金丹，未能延壽。」請以「論養性與養生」為題，作文一篇，闡述其義。　　（100年第二次中醫師特考）

101年

1. 用信心創造美好人生　（101年三等身心障礙特考）

2. 有一種人，會為自己的失敗作檢討，其目的在找出原因，避免重蹈覆轍；也有一種人，在失敗時不願面對，而編造各式理由，文過飾非。前者的人生態度積極、光明；後者則消極、灰暗，哪一種人最後較有成就，不言而喻。試以「拒絕為自己找藉口」為題，作文一篇，加以論述。　（101年警察四等特考）

102年

1. 老子云：「自知者明，自勝者強。」人最難戰勝的往往是自己，只有了解自己、克服自己的弱點，超越自己的缺點，才能展現生命的精彩。請以「挑戰自我」為題，發揮其義。　（102年身心障礙四等特考）

103年

1. 如何為人生定價　（103年民間之公證人高考）

105年

1. 每個人心中都有一道圍牆，作為自我防衛的設施，避免心靈受到外來的傷害；然而，它也可能阻止我們接受新資訊及他人善良的建議，也可能成為我們往外發展的障礙，而不利於成長。試以「拆卸自己心中的圍牆」為題，作文一篇，闡述己見。　（105年警察人員四等、鐵路人員員級特考）

106年

1. 從小父母及師長總是要我們認真讀書，認真工作，才能讀好書，才有好前途。認真真的很重要，但是古人又說：「有真人而後有真知」，則進一步期許我們揚棄俗世的價值觀，體會生命的真諦。陶淵明之所以令人讚嘆，就在於他能任真自得，不為五斗米折腰。試

以「認真看待自我的生命」為題，作文一篇，闡述己見。　（106年第二次社會工作師高考）

2.「幸福的獲得，不是你能左右多少而是有多少在你左右」。請以「幸福的獲得」為題，作文一篇，闡述其旨。　（106年地方政府公務人員四等特考）

107年

1. 回歸到生命的本真吧！人剛出生的時候很單純，也不知何謂煩惱。在日後成長的過程中，接觸的事情多了，生命固然跟著成長，相對的也會產生很多雜亂的思想，所以不再單純，煩惱也會增多。成長雖說重要，但本真的天性更不能失去。請以「回歸生命本真」為題，作文一篇，暢抒己見。　（107年第二次中醫師高考）

2. 去跳蚤市場買二手貨比買新品便宜，我們雖然少付了一點錢，卻可能增加了其他無形的成本——購物的時間和交通，買到假貨、劣貨的風險⋯⋯。所有這些成本加起來，才是買到二手貨的總成本。因此，有時你看似付了更多錢，總成本卻不一定比較高。人生的經營也是如此，我們容易計較有形的成本，卻往往忽略了時間、健康、情感等無形的成本。那麼，該如何省視這些迷思，用合理的成本創造自己的幸福。請以「精算人生的成本」為題，作文一篇，闡述己見。　（107年不動產經紀人、記帳士普考）

3. 有人說人生如戲，也有人說戲如人生，無論我們認同那一種說法，事實上任何一齣戲都要根據擬好的劇本演出，情節如何變化，表達什麼理念，無不需事先構想妥當。劇本的重要，可想而知。請以「為人生寫一個精彩的劇本」為題，作文一篇，詳抒己意。　（107年警察人員二等特考）

第四節　追蹤執行力

　　生命的價值，不純然僅有物質欲望，而是如何能從挫折與蹇困中，一次又一次挺立，體悟人生的真、善、美，並成就更高的生命價值，而這正是我們人生最重要的目的，為自己活，也為他人而活。

　　請思考面對災禍、挫折時，該以什麼樣的精神、方法解決問題，並提升個人的道德心靈，請提出具體可施行的辦法，以供他人借鏡。

第五節　奇文共賞與評析討論

一、奇文共賞㈠

題目：真正的財富　　（97年不動產經紀人普考）

作者：陳瑋成

1

　　孔子曰：「君子愛財，取之有道」，係指有德君子宜守道德原則，取予財貨。當然，財物不只是實質需求品，更包含心靈滿足。夫飲食、男女之欲，人皆有之，物質欲望誘人，過度耽溺，汲營於競逐名利，恐身陷而無法自拔。精神心靈的提升，更該是基本物質滿足後，應更一步體證的。歐陽修〈醉翁亭記〉有謂：「宴酣之樂，非絲非竹，射者中，弈者勝，觥籌交錯，起坐而喧嘩者，眾賓歡也。」足見生命之真、善、美俯拾即是，不必定是物質豐裕，但觀能否以「心」體會，珍惜眼前，活在當下，知足常樂，這便是「真正的財富」。

2

　　人，時常在尋找一個偉大理想的目標，如同屈原在〈漁父〉喟嘆：「舉世皆濁我獨清，眾人皆醉我獨醒。」混亂時代中，無法忍受外在嫉言，寧赴湘流，葬於江魚之腹，以表忠貞。其為義捨身為歷史詠嘆，但或許生命另有他途，未必皆得「以死明志。」

　　沉澱自己心靈，將會發現世上還有許多美好，等著去完成。歐陽修之樂在「負者歌於塗，行者休於樹，前者呼，後者應，傴僂提攜，往來而不絕者，徐人遊也。」放情遊樂於山水，與民同樂，對貶謫失志者，何不是實現自己理想的另一扇窗？須知：心轉，念轉。能改變心境，臻及心中的世外桃源，更是「真正的財富」，其徘徊身側，端看自我是否心澄鏡明，有所領悟。

　　蘇軾〈前赤壁賦〉曾說：「且夫天地間，物各有主，苟非無之所有，雖一毫而莫取，惟江上之清風，與山間之明月，耳得之而為聲，目遇之而成色，取之無盡，用之不竭，是造物者之無盡藏也，而吾與子之所共適。」仔細體悟，生命處處皆美感，只要懂得知足，便能品味財富之樂！

3

　　欲得此「財富」，應從下列幾點開始做起。

一、分享。如同子路：「願車馬衣輕裘與朋友共，敝之而無憾。」分享能拓展人緣，友情更是財富所不可或缺。張潮在《幽夢影》提醒著：「對淵博友，如讀異書；對風雅友，如讀名人詩文；對謹飭友，如讀聖經傳；對滑稽友，如閱傳奇小說。」凡朋友言行舉止，都是學習與改進的一面鏡，除了豐富我們的人生，更能在危厄時，適時提攜一把。

二、欣賞。歐陽修的〈秋聲賦〉，聽到那風吹的聲音，就能提筆描摹秋色、秋容、秋氣，更藉秋對已逝人生感到悲傷。欣賞，不只觀看到美景，更能在自然流轉變化中，對人生有更深刻體悟，嘗盡箇中酸甜苦辣。所以，「真正的財富」往往是在親身體驗後，才見於眼前。

三、樂觀。追求人生真正財富，免不了有挫折，能如蘇軾在〈定風波〉所說：「竹杖芒鞋輕勝馬，誰怕？一蓑煙雨任平生。」處在

嚴峻政治環境下，卻能保持坦蕩胸懷，以豪邁個性，和不畏挫折的堅毅精神，擺脫世俗枷鎖，樂然面對，誠可效法。

綜上述三點，以分享爲先，拓展人際關係；繼而能領略人生不同的旅程，體驗那生命眞實的光輝；最後樂觀面對，努力進取。「財富」也就唾手可得，生命因而精彩無憾。

4

禪宗六祖慧能曾云：「菩提本無樹，明鏡亦非臺。本來無一物，何處惹塵埃。」引申其旨，生命中的蹇困，往往是心執、我執下的「作繭自縛」，家財萬貫不是富有，知足以常樂才是。體悟過程或許困難重重，也不可能立馬頓悟，但能從挫折中，適時放慢腳步，終會看到不同的人生風景。至若執著道義若屈原者，縱可佩可感，但未必是生命的唯一選擇；執著的苦痛，在於緊握雙手，無法得到任何東西；若能張開雙手，卻可擁有全部。因此，生命若能拋開世俗價值觀的評議，將正面能量影響周遭，而「眞正的財富」已然操控在我。

二、評析討論㈠

1.結構分析

題型：單軌題。

> ⑴第 **1** 段次（WHAT）：什麼是「真正的財富」。
>
> ① 名言錦句開頭，引用孔子、歐陽修。
>
> ② 解釋、界定題目：「真正的財富」在心靈愉悅，而非物質享受。
>
> ⑵第 **2** 段次（WHY）：為何要追尋「真正的財富」。
>
> ① 以屈原為反例，生命蹇困不必然以死明志。
>
> ② 以歐陽修、蘇軾為正例，以「心轉，念轉」面對生命的挫折。
>
> ⑶第 **3** 段次（HOW）：如何追尋、實踐「真正的財富」的進程。
>
> ① 從「分享」開始，其次是「欣賞」，又次是「樂觀」，依點

論述。

②總述三點的實踐進程。

⑷第**4**段次：總結式結尾。

①以名言錦句結尾，採行禪宗六祖慧能之語為示。

②以「執著」與「放手」反覆論證作結。

2.總講評

⑴本文的文句簡練，結構層次分明，尤其善於旁徵博引歷史名言、典故，加深論點的說服力。

⑵「真正的財富」是歷經人生蹇困、挫折後，如何能積極面對人生。但生命中的蹇困、挫折是什麼？「失志」是失了什麼志？名利？權位？還是哪些志向？都可於第二段次更深入說明，這將使第三段實踐方法更形具體。

⑶第四段次焦點在「個人」的執著、放手的對比，如能再延伸出去，使此「真正的財富」的理念能影響更多人，將更完整。

三、奇文共賞㈡

題目：論生命的意義。（93年地方公務人員三等特考）

作者：程煒璁

1

儒學濫觴者孔丘曰：「未知生，焉知死？」一語道破生重於死之生命哲學，倘不把握有限時間長度以創造無限內涵寬度，卻在未可知的身後事上糾結難捨，只是徒然枉費光陰。而「莊周夢蝶」典故中，莊子亦對其生命真實或虛幻存在價值提出疑問。至於人類生命所以存在、延續，究竟是有其特殊使命而造就或僅是單純演化而成的高智慧物種，暫無可考。但可以確信，生命之所以為生命，每個人都擁有一

幅獨一無二的藍圖，由自身鑿繪內容深度，練就獨具匠心之人生旅程，賦予此行生命的意義。

2

北宋理學奠基者之一張載《橫渠語錄》云：「爲天地立心，爲生民立命，爲往聖繼絕學，爲萬世開太平」，誠爲人之生命可戮力進取方向。

東晉因政風敗壞，陶潛不爲五斗米折腰而辭官歸隱，過著「結廬在人境，而無車馬喧」的深居生活，其不戚戚於貧賤，不汲汲於富貴之風骨，諡爲靖節先生。北宋范仲淹，爲人孝義節廉、扶危濟困；做官忠直敢言、爲民請命；治軍嚴謹有方、咸震敵膽，其「先天下之憂而憂，後天下之樂而樂」之濟世情懷，在黎民心裡留下無限感念。

歐洲議會首任主席，也是著名女權運動者西蒙・薇伊，曾爲奧許維茲猶太集中營之階下囚。她在二戰生還後考取法官，獨排眾議爲阿爾及利亞籍女受刑人爭取平等安全服刑環境；並與法國343名女性發表俗稱「343個蕩婦宣言」，推動墮胎合法化，使免於刑事罪；爾後，更超越個人悲情冤屈，致力德、法二國和解。其手臂上被烙印終生的編號78651，標誌著戰爭與和平。

此外，生命的意義，不僅侷限於人類，更包含萬物和諧，以達成生態平衡。1971年，一群懷有共同夢想的環保人士，創立綠色和平組織，聚焦於氣候變化、森林採伐、過度捕撈、商業捕鯨、基因工程及反核議題，爲「保護地球孕育全部多樣性生物的能力」而行動。

3

如何體會生命，進而獲致其意義，端賴於以下兩面向發掘：
一、內在的「內觀」與「自醒」：曾子《大學》中曾提及「格物、致知、誠意、正心」四目基本原則，透過探索事物因果關係，窮究以明瞭其箇中道理，並以內心眞摯的意念，本乎個人赤誠之心，

依循先哲步伐，昂首闊步邁向前，坦然行走紅塵俗世間，且依照上述四目方法，作為心中一盞明燈，砥礪自己勿迷失志向，讓內心的陀螺儀可執允執中。

二、外在的「待人」與「處事」：遵循「嚴以律己，寬以待人」內方外圓之箴言，以同理心和睦對人，寬容且正直的處理日常事務，在身旁留有餘地可容他人轉身，而這亦正是「仁」字真義，並於人事紛擾之現狀中，維持自身主體性，安步當車、謹慎行事，穩定人生船舵，方不致與他人碰撞。能如此，才是處世良方。

4

綜上所述，經由上揭諸先賢實例，可以歸結生命的意義皆存在於其養天地正氣之內在修行、法古今完人之外顯作為，不論是出世，選擇曖曖內含光；抑或是入世，決定盡瘁為民，他們一身風骨或一番作為都為終其一生敘寫深刻詮釋，從自我要求、立定志向做起，進而發揮能力、影響他人，最終實踐抱負，承先啟後。若能走出屬於自己人生道路，坦然面對禍福相倚的多元課題，達成「仰不愧於天，俯不怍於人」此般境地，實然不必贅言，此趟生命旅程，已具足自身所賦予之最美好意義。

四、評析討論㈡

1.結構分析

題型：單軌題。

> (1)第**1**段次（WHAT）：何謂「生命的意義」。
>
> ① 援引例證開頭，引用孔子、莊子，解說兩種生命的意義。
>
> ② 定義每個人生命皆為獨一無二，要拓展生命的深度。
>
> (2)第**2**段次（WHY）：為何要拓展生命的深度。
>
> ① 以張載之觀點，作為拓展生命深度的方向。

②以陶淵明、范仲淹等歷史人物之例，為拓展生命深度的正例。

③以西蒙・薇伊、綠色和平組織等時事例證，同為拓展生命深度的正例。

(3)第 **3** 段次（HOW）：如何追尋、實踐生命的意義之方法及進程。

①以「內在的內觀與自醒」，明自我修為的重要性。

②以「外在的待人與處事」，明同理待人的重要性。

(4)第 **4** 段次：總結式結尾。

①歸結生命的意義在於「養天地正氣，法古今完人」。

②透過個人實踐、影響眾人、永續發展等三個層次，依次作結。

2.總講評

(1)「生命」的定義非常廣泛，同時，題目中亦未設定是「誰（WHO）的生命」，故能書寫面向很多；但重點在於「意義」二字，所以，本文以人如何活出自我價值的深度界定題目，並透過北宋理學家張載之語，奠定出生命的方向。

(2)用辭典雅，文句密度高，且能旁徵博引，娓娓道來生命的價值，甚善。

(3)第二段若能先解說欲呈現生命意義的不同面向，再導入例證，會比直接援引例證更加清楚。

(4)建議於第三段次兩點之後，用一小結作結其序列性，再進入結語，使結構、內容更加嚴謹、完整。

五、第一錦囊：三種基本的「論述結構」

　　基本的論述結構有三種：一是「論辨型」，又稱為「正反合型」；二是「三W型」，又稱為「因果型」；三是「總提分論型」。以下分別說明。

其一，「論辨型結構」。夫《文心雕龍・論說》有言：「原夫論之為體，所以辨正然否。」便點明「論體」宗旨在辨正問題的是非正誤，亦可與西方哲學中的辨證法相連結。辨證法的辭源出自希臘語的「dialektos」，指對話、對談，最初有通過對立意見的衝突，揭示真理的技巧之意，即透過正、反意見的表述，彰顯論題的價值，即為「正、反、合」的結構概念。主要結構有以下三型：

第一型：

1. 起：解釋題目的意義。
2. 承：正面說明或論述，並舉例論證。
3. 轉：反面說明或論述，並舉例論證。
4. 合：結語。

第二型：

1. 起：解釋題目的意義。
2. 轉：反面說明或論述，並舉例論證。
3. 承：正面說明或論述，並舉例論證。
4. 合：結語

第三型：

1. 起：解釋題目的意義。
2. 承：正、反面交互論述。
3. 轉：正、反面舉例論證。
4. 合：結語

上述第二型為第一型的變型。先討論反面，而後轉為正面，目的是直接彰顯論題的矛盾對立，而後再回歸正面，說明其正面意義。

其二，「三W型結構」，又稱為「因果型」。首先，「WHAT，是什麼」，是主題、論點的陳述與解釋。其次，「WHY，為什麼」，為何有

此陳述、解釋的想法來源，即闡述說明或論辨此論題的重要性。又次，「HOW，如何做」，如何具體實踐主題、論點。

「三W型」不僅是一種寫作結構，更是根本的思考模式。生活中一切問題的確立、思考、解決，都是「三W」的運用與實踐。比方說：蘋果掉落是事實，屬「WHAT」；牛頓思考蘋果掉落的理由，爲「WHY」；其鑽研出萬有引力定律，即是「HOW」。又好比說：考試成績不理想是事實，是「WHAT」。思考造成不理想的理由是「WHY」。提出解決考試不理想的方法，就是「HOW」。

落實在寫作上，可銜接起、承、轉、合之四段分法的模式思考，結構概說如下：

1. 起：解釋題目的意義。（WHAT）
2. 承：說明原因，即爲何有此想法的理由。（WHY）
   方法2-1：正面、反面論述
   方法2-2：正面、反面舉例說明
   方法2-3：「正面、反面論述」加上「舉例說明」
3. 轉：提供具體解決、改善、平衡、實踐之道。（HOW）
4. 合：結語。

若以「三W型結構」對照「論辨型結構」，有兩點值得留意：一是「承段」結合了論辨法，寫作者可依據自身能力、考試時間，選擇「正反論述」，或「正反舉例」，或「正、反論述加舉例說明」等方法，擇一書寫。二是三W型結構多出了「如何實踐（HOW）」。一般書寫論說文，往往停留在「正、反、合」便結束了，很少能提出具體實踐的方法；又有論者逕以「合」就是實踐方法，此說頗值得商榷。因爲論說文最精彩處，就是寫作者辨明正反、是非後，能夠提出解決問題的方法。所以，應獨立出一個段次闡述「如何做」，而非直接併入合論作結。

　　其三，「總提分論型結構」。此結構基本概念是先解釋題目，而後每一段用不同觀點或角度，闡釋此一題目。優點是形式井井有條，內容多元而廣博；但在限時寫作下，很難兼顧推論進程；且觀點廣度雖足，但多僅有表面論述，難以深入，時有華而不實之弊。結構概說如下：

　　1. 起：解釋題目的意義。（總提）

　　2. 分論㈠。

　　3. 分論㈡。

　　4. 分論㈢。

　　　　　　～

　　　　　　～

　　n. 合：結論

當總提完論點之後，接著就是分論。而每個「分論」，都可以成為一個段次，然後無限延伸，最後以一結語作結，這便是總提分論法。

　　以上三種結構各有特點，又以「三W型」最為面面俱到，故本書多以此類型作為「奇文共賞」範文的寫作方法示例。至於本書採行「論辨型」示例者有兩篇：其一，第二類品德修養類之〈論慈故能勇〉一文，該文採行「正、反、合」寫作模式；其二，第五類待人處世類之〈見得思義〉一文，該文採「反、正、合」寫作模式。而「總提分論型」的示例，則在第三類品德修養類之〈論「學然後知不足」〉一文。

第二章　品德修養類

第一節　話說類型

「品德修養」是針對個人道德品性提出見解、反省，以及如何實踐在生活中。這類型題目不難發揮，卻難寫得深刻，理由有三：

1. 相較於「人生哲理類」，人不會時時去思考人生的價值；「品德修養類」是難在自己是否曾落實過題旨？如果沒有，憑什麼撰文示人？要不只能寫得飄飄渺渺，盡是違心之論。

2. 「品德修養」很空泛，泛指了一切的「品德」，其中涵攝著一個個令人肅然起敬的道德概念，怎能悉數掌握？

3. 仔細來看，這些「品德修養」的道德概念，不正是我們從小到大耳濡目染，長輩們循循善誘的陳言？根據字面意義順藤摸瓜解釋，不太容易有錯解，如：「論忠與勇」（83年警察人員丙等考試），即是論忠心與勇敢。又如：「進德與修業」（83年第二次航海人員二等船副等特考）則是提升道德，增進學業。但光這樣解釋，難有深度。

面對上述的問題癥結，該如何解決？倘若一條條分析，撒網式包舉一切，不是不能，但太耗時，也不實際。根本解決之道，要回到文化本源處思考。

以下分成兩組四點做討論。

第一組是論中華文化的兩大思想體系——儒家、道家，影響了數千年的文化思想，如能略微了解兩家的學術宗旨，再下貫到各品德修養條目，就很容易了。

　　第二組是從基本哲學概念——善惡論、理欲論，這看似兩兩對立的道德概念，實情如何？善、惡是否容易區隔？又理性、欲望是否是互斥的？

　　以下分別論述：

㈠儒家：仁、義、禮

　　「仁」、「義」、「禮」，代表了儒家思想中的「原則」與「實踐」的關係。

　　「仁者」，《論語‧雍也》有謂：「己欲立而立人，己欲達而達人」、「己所不欲，勿施於人」，簡言之，「仁」是「愛人」、「視人如己」，在儒家思想中，「仁」是道德最高價值的展現。

　　「義者」，行為合宜便可稱為「義」。從實踐角度來看，仁是廣愛於人，義是實踐方法。存有愛人的仁心並不足夠，還要展現在行為上，去協助他人，這就是「義」。

　　「禮」可分成兩層意義：一為形式上的「禮儀」，一為「禮意」。「禮儀」指行禮時表現出的形式化動作。禮儀只是表達情意的方式，真正重要的是「禮意」，強調發自內心的虔敬，對人對事，皆應如此。人與人相處過程中，不能無限擴張自己的需求與欲望，進而侵犯到他人權益，「禮」的節度便使行為有了遵循規範。

　　綜言之，內在誠敬是「仁」；行於外的具體行為是「義」；約定成俗且合乎秩序規範即「禮」。所以說，仁為義的基礎，義又是禮的基礎，形成「仁→義→禮」的儒學實踐體系。當禮不足以制民，「法」就隨之而生，此係後話。

　　那麼，無論是忠勇、守時、負責、誠意、廉恥、信義、禮讓、尊賢、寬恕、愛人、操守、慎獨、誠敬、謙虛、報恩、守分、勤儉……莫不是在「愛人」基礎下的行為表徵，而應合乎禮意、禮儀的規範。因此可知，儒家採取了「積極進取的人生觀」，他們觀看生命的態度，只有做與不做，合不合乎大眾福祉，符合便為，不合則捨，至於做不做得到，那是命限，毋須在乎。

(二)道家：道法自然，少私寡欲

　　道家厭棄一切人為造作，要捨棄過多的欲望，學習與自然和平共存，欲望無窮只會愈陷愈深，流於物欲競逐，迷失其中不可自拔。「少私寡欲」反使生命輕鬆自如，且更能體會天地自然與生命間的融合。所以，道家提倡「道法自然」，以自然為道德修養、行事的準則。

　　落實在個人行為、人際關係，如老子便重視「守柔」、「不爭」的態度。他說：

> 人之生也柔弱，其死也堅強。萬物草木之生也柔脆，其死也枯槁。故堅強者死之徒，柔弱者生之徒。是以兵強則滅，木強則折。強大處下，柔弱處上。《老子・第七十六章》
>
> 天下莫柔弱於水，而攻堅強者莫之能勝。以其無以易之。弱之勝強，柔之勝剛，天下莫不知、莫能行。是以聖人云：受國之垢是謂社稷主，受國不祥是為天下王。正言若反。《老子・第七十八章》

「守柔」是自處之道，「不爭」則是接事應物原則。先以自然物比喻，人活著之時，軀體是溫熱柔軟，活動自如；死亡時，卻是僵硬冰冷。草木也是如此，有生命的花草是柔軟清脆；樹枯葉落反是僵硬易碎。所以堅強者已到生命盡頭，或強弩之末，將要走向衰亡，不能持久永恆。施於人事亦然，急功好利甚而不擇手段，當到達權位巔峰時，反易遭人忌，須花更多的狡計權謀鞏固。我們不禁要問：「這能快樂嗎？權位又能永久持有嗎？」人終將面臨死亡，再多名利也歸於寂然無形。

　　其次，老子還推崇「水」的卑下。「水」是天下至為柔軟者，任何東西都能侵入水波，可是柔弱的屬性卻也造就它成為天下至強。譬如：鑽石是礦石中最硬者，金剛鑽更是切割利器，但是要切割鑽石或是其他巨型硬物時，就必須用水刀，將水施加壓力，使其如同刀般堅韌。又好比螞蟻、

蛆是力量極微弱的動物，任何生物再強壯，當死亡腐爛，卻也免不了被蛆食吞噬。放諸政治，也是如此，能夠肩負全國人之屈辱者，承擔全國災難者，才能成為天下真正的主人，因為他虛懷若谷，總是為人之所不想為，行善卻又是在人先。

所以，一般以「爭」攫取想得到的東西，卻忽略爭的負面傷害。道家強調心靈層次的終極關懷，現代社會只重現實層面的獲得時，提供了自我反省的空間，由執著中學習超越，追求生命的逍遙。

再如：柳宗元〈始得西山宴遊記〉所謂「心凝形釋，與萬化冥合」，蘇東坡〈前赤壁賦〉的「蓋將自其變者而觀之，則天地曾不能以一瞬；自其不變者而觀之，則物與我皆無盡也；而又何羨乎？」〈超然臺記〉的「人之所欲無窮，而物之可以足吾欲者有盡；美惡之辨戰乎中，而去取之擇交乎前；則可樂者常少，而可悲者常多。」都是面對人生變化時，以達觀態度，寄情於自然，與天地萬物相契合的體悟。

道家理論也可以用於「養生」、「養身」。我們都知道心情愉悅，就不易變老且能活得長久，心情愉悅的條件為何？是物質享受嗎？是名利爭奪嗎？非也。知足感恩，才是真快樂，先決條件便是清心寡欲。《老子‧第十二章》所謂：「五色令人目盲，五音令人耳聾，五味令人口爽，馳騁畋獵令人心發狂，難得之貨令人行妨。是以聖人為腹不為目，故去彼取此。」正是指過分的官能享受，易對身體健康產生危害。盲目的追求往往使心為外物所役，身陷在物欲追求中，人心浮躁，行為舉措也不擇手段。生活惟有平淡才能快樂，生命方足以久長。

那麼，品德修養中的清心、寡欲、知足、樂天知命、節儉、樸實、謙卑、無為（非所不為，而是僅守本分，不妄為）、守柔、不爭、養生、逍遙……等概念，則可與道家思想相繫。

歸結而論，儒家成就了倫理道德，讓我們知道什麼是應為或不應為；道家引領著我們超越欲望，靜觀生命中的永恆。兩家學說有相似也有差別，並非互斥對立，但從生命出發，探索生命意義的目的則一。

(三)好善惡惡：論善、惡之間

　　論品德修養，正是區隔善、惡的分野。從字面意義來看，「善」與「惡」是兩組對立，且具有道德評價的概念。善為人所喜，惡為人所厭，為善不為惡，去惡以揚善。但這是「原則上」的對立，現實生活中的善、惡，不容易被二分。

　　生活中的「善」，是某一時空下之民族精神的共通意念，透過具體的行為實踐，產生約定俗成的意識。所以，「善」僅是共通道德原則下的代名詞，內涵因時空而有別。相對的，「非善」（即「惡」）也隨著善的標準而轉折。

　　善、惡難辨的理由，是「動機」、「行動」間的落差。「動機」是好的，是不是都會有好結果？恐不盡然。司馬遷在〈遊俠列傳〉中，就反諷當時許多領導者都是「大偷」，有謂：「竊鉤者誅，竊侯者國，侯之門仁義存。」偷小東西的人，捉到後會被誅殺；但那些竊取他人國家的人，不但能封爵，還大談仁義，不是很虛偽嗎？因此，司馬遷質疑「天道無親，常與善人」的話是否正確，慨嘆動機不純正，似乎未必有不好的下場。相反的，對目的性論者而言，「動機」好壞並不重要，達到最終目的即是善，古謂：「成者為王，敗者為寇」，正是如此。所以，既有「利人利己」的雙贏，有「損人不利己」的雙輸；也有「利人不利己」的無私，亦有「利己不利人」的自私。

　　論「品德修養」要區分「原則」、「現實」中的善惡差別，不該一概對立性的斥為不忠、不勇、無恥、小人……要能多視角做判斷、省視，勿以單一「動機」或「行為結果」直接斷言善惡、良劣。

(四)欲望、慾望：論理、欲之間

　　理性與欲望，是人生在世的兩大價值。理性實質的展現為「秩序」，任何社會皆不可或缺；欲望則是生存最根本的需求。

　　容易誤解的是，「欲望」並非負面意涵。欲望是渴求，人生的渴求有

二：一是道德精神；一是本性衝動的欲望，如：情欲、飲食之欲、好善惡惡，求利避害的欲望。本性衝動欲望，是生理現象所致，原無對錯可論。然而，在人類社會的理性支配下，須受到制約，一旦不符合尋常標準，會形成負面的「慾望」。

至於本性衝動的欲望應如何被限制，歷來哲學家看法皆不同。道家不否認生存欲望，維持基本生存即可，故言：「少私寡欲」。宋明理學家認為道德修養下的天理、人欲相對，而說：「存天理，去人欲」。清人則認為欲、情都是自然天生，有效控制即可，如戴震說：「生養之道，存乎欲者也；感通之道，存乎情者也。二者自然之符，天下之事舉矣！」這沒有對錯是非的固定答案，理性與欲望的界定，需依個人體會而定。

當理、欲觀念放於人際關係時，團體利益是公，是理；個人欲念是私，是欲。人如何節制私欲，符合團體需求，極為重要。反之，團體的「公」是多數人妥協的結果，若不符時勢所需，便可能「以公害私」，成為至高無上的權力，亦有可能被推翻。歷來的革命，對社會自由的追求，皆是如此。

📡 重點摘要

1. 「品德修養」是提出對道德品行的見解、反省、實踐。
2. 思考中國儒家、道家思想對品德修養的潛移默化、影響。
3. 明辨善惡、理欲之各種關係的可能性。

第二節　名言典故集錦

1. 名與身孰親？身與貨孰多？得與亡孰病？是故甚愛必大費，多藏必厚亡。知足不辱，知止不殆，可以長久。

　　白話翻譯：聲名和生命哪一個比較親切？生命和財貨哪一個來得貴重？得到名利與失去生命哪一個為害比較大？所以，過

度愛好虛名定然要耗費很多，斂取豐厚的財貨定然會遭
致重大的損失。知道滿足就不會受到羞辱，知道適可而
止就不會有危險，而可以保持長久。

典故出處：先秦・老子：《老子・第四十四章》

2.天道無親，常與善人。

白話翻譯：自然的天道沒有偏阿，無所偏愛，善人得助，乃是行為
順應自然的結果。

典故出處：先秦・老子：《老子・第七十九章》

(細)(說)(典)(故)

　　和大怨必有餘怨，安可以為善？是以聖人執左契，而不責於
人。有德司契，無德司徹。天道無親，常與善人。

(白)(話)(典)(故)

　　幫人調解深重的怨恨，必定會留有餘恨，怎麼會是好的方
法？因此聖人保存著借據，但不會向人索還。有德之人就像是掌握
借據者，只憑契據來收付，所以顯得從容。但缺乏德行之人，如同
收管稅收者，顯得苛刻。自然的天道沒有偏阿，無所偏愛，善人得
助，乃是行為順應自然的結果。

3.信言不美，美言不信；善者不辯，辯者不善；知者不博，博者不知。聖
人不積，既以為人己愈有，既以與人己愈多。天之道，利而不害；聖
人之道，為而不爭。

白話翻譯：真誠的言語不華麗，華麗的言語不真誠。善良的人不巧
辯，巧辯的人不善良。真正知道自然法則者，不以廣博
的知識為滿足，擁有廣博的知識的人，未必真能知道自
然法則。聖人不私藏，能幫助別人愈多，自己收穫就
愈多；能給予別人愈多，自己得到也就愈多。自然的法

　　　則，是利於萬物而無害；聖人行事的原則，是做該做的

　　　事卻不與人爭利。

　　典故出處：先秦・老子：《老子・第八十一章》

4.**君子務本，本立而道生。**

　　白話翻譯：君子致力於根本，當根本建立了，道就隨之產生。引申

　　　　　　　其意，強調注重德行的根基，注意事情的開端。

　　典故出處：先秦・孔子：《論語・學而》

細說典故

有子曰：「其為人也孝弟，而好犯上者，鮮矣！不好犯上，而好作

　　　亂者，未之有也。君子務本，本立而道生。孝弟也者，其

　　　為仁之本與！」

白話典故

有子說：「做人孝順父母，尊重兄長，而喜好冒犯在上位的人，很

　　　少。不喜好冒犯在上位的人，而喜好做亂的，沒有這樣的

　　　情況。君子致力於根本，當根本建立了，道就隨之產生。

　　　孝順與尊重兄長，這不就是行仁的根本嗎？」

5.**毋意，毋必，毋固，毋我。**

　　白話翻譯：不隨便臆測，不絕對肯定，不固執拘泥，不自以為是。

　　典故出處：先秦・孔子：《論語・子罕》

6.**子曰：「非禮勿視，非禮勿聽，非禮勿言，非禮勿動。」**

　　白話翻譯：孔子說：「不合於禮的，不要看；不合於禮的，不要

　　　　　　　聽；不合於禮的，不要多說；不合於禮的，不要妄

　　　　　　　動。」

　　典故出處：先秦・孔子：《論語・顏淵》

細說典故

顏淵問仁。

子曰：「克己復禮爲仁。一日克己復禮，天下歸仁焉。爲仁由己，
　　　　而由人乎哉！」

顏淵曰：「請問其目。」

子曰：「非禮勿視，非禮勿聽，非禮勿言，非禮勿動。」

顏淵曰：「回雖不敏，請事斯語矣。」

白話典故

顏淵問什麼是「仁」。

孔子說：「克制自己的私欲，使言行合乎先王之禮，這就是仁。一
　　　　旦能夠克制自己的私欲，使言行合乎先王之禮，天下就可
　　　　以歸於仁德了。實踐仁德要靠自己，又豈能依賴別人！」

顏淵說：「請問施行的細節是什麼？」

孔子說：「不合於禮的，不要看；不合於禮的，不要聽；不合於禮
　　　　的，不要多說；不合於禮的，不要妄動。」

顏淵說：「我雖然不聰明，但將謹聽教誨而實踐。」

7. 仲弓問仁。子曰：「出門如見大賓，使民如承大祭。己所不欲，勿施於
　人。在邦無怨，在家無怨。」仲弓曰：「雍雖不敏，請事斯語矣。」

　白話翻譯：仲弓問什麼是「仁」。孔子說：「出門時，要像見到貴
　　　　　重賓客一樣的恭敬；使役人民時，要像重大祭祀一般的
　　　　　慎重。自己不想要的，不要強加於其他人身上。如此則
　　　　　無論在哪裡，都不會讓人抱怨。」仲弓說：「我雖然不
　　　　　聰明，但將謹聽教誨而實踐。」

　典故出處：先秦・孔子：《論語・顏淵》

8. 君子有三戒：少之時血氣未定，戒之在色；及其壯也血氣方剛，戒之在
　鬥；及其老也血氣既衰，戒之在得。

白話翻譯：有德的君子有三件需警惕之事：年輕時，人的形氣尚未
完全，要戒女色；等到壯年時，形氣正旺盛，要戒好鬥
之心；等到老了，形氣衰落，要戒貪得之心。

典故出處：先秦・孔子：《論語・季氏》

9. 履，德之基也；謙，德之柄也。

白話翻譯：〈履〉、〈謙〉，指《易經》的兩個卦。這裡指實踐，
是道德的根柢；謙和，是道德的根本。

典故出處：先秦・孔子：《周易・繫辭下傳》

10. 聞忠善以損怨，不聞作威以防怨。

白話翻譯：聽說忠誠而做善事，可以減少怨恨，卻沒聽說耀武揚威
可以防止怨恨。

典故出處：先秦・左丘明：《左傳・襄公三十一年》

細說典故

鄭人游于鄉校，以論執政。

然明謂子產曰：

「毀鄉校何如？」

子產曰：「何為？夫人朝夕退而游焉，以議執政之善否。其所善
者，吾則行之；其所惡者，吾則改之，是吾師也。若之何
毀之？我聞忠善以損怨，不聞作威以防怨。豈不遽止？然
猶防川。大決所犯，傷人必多，吾不克救也。不如小決使
道，不如吾聞而藥之也。」

然明曰：「蔑也今而後知吾子之信可事也。小人實不才，若果行
此，其鄭國實賴之，豈唯二三臣？」

仲尼聞是語也，曰：

「以是觀之，人謂子產不仁，吾不信也。」

白話典故

鄭國人在學校裡遊玩、聚會，而論政治。

然明跟子產說：

「把學校毀了怎樣？」

子產說：「為什麼呢？人們早晚休息時來遊玩，而論政治的好壞。
他們認為有好的，我就去做，他們認為不好的，我就去修
改，這裡的人都是我的老師啊！為何要毀掉呢？我聽說忠
誠而做善事，可以減少怨恨，卻沒聽說耀武揚威可以防止
怨恨。耀武揚威豈不是能很快制止議論？這就好像防河水
一樣。大洪水氾濫，一定傷及很多無辜，我來不及救。不
如一點一點的將河水疏導，不如讓我聽到這樣的方式，來
作為治河水的良藥。」

然明說：「我從今以後知道您確實是可以事奉的。我實在沒有才
華，如果真如您所說，鄭國能夠信賴的豈止有兩三個大
臣？」

孔子聽到這樣的對話，說：

「以此觀之，有人說子產不夠仁慈，我不相信。」

11.先義而後利者榮，先利而後義者辱。

白話翻譯：以正義為先，以利益為後，就會得到光榮；以利益為
先，以正義為後，就會受到恥辱。

典故出處：先秦・荀子：《荀子・榮辱》

細說典故

榮辱之大分，安危利害之常體：先義而後利者榮，先利而後義
者辱；榮者常通，辱者常窮；通者常制人，窮者常制於人。是榮辱
之大分也。材愨者常安利，蕩悍者常危害；安利者常樂易，危害者

常憂險；樂易者常壽長，憂險者常天折。是安危利害之常體也。

白話典故

　　光榮、恥辱最大的差別，安危、利害間的一般常道是：以正義為先，以利益為後，就會得到光榮；以利益為先，以正義為後，就會受到恥辱。以正義為先的光榮之人境遇常亨通，以利益為先的受辱之人常窮困；境遇亨通的人常常能統治他人，窮困之人常被人所統治。以上是光榮與恥辱最大的差別。其次，樸實謹慎的人常常平安順利，而放蕩兇悍的人常常受到危險禍害；平安順利的人能快樂平易度日，常受到危險禍害的人常憂懼危疑；平安順利的人壽命長，常憂懼危疑的人易短命早死。以上便是是安危、利害間的一般常道。

12.夫私視使目盲，私聽使耳聾，私慮使心狂。

　　白話翻譯：帶著偏私的眼光，會使雙眼盲目；帶著偏私的耳聽，會使雙耳聾聵；自私的思慮會使人心發狂。

　　典故出處：秦・呂不韋：《呂氏春秋・序意》

13.中人之情，有餘則侈，不足則儉，無禁則淫，無度則失，縱欲則敗。

　　白話翻譯：一般人的常情，有多餘就會奢侈，不足就會儉省，沒有禁止則會過度，沒有法度就會放縱，放縱欲望會導致敗亡。引申其意，人不可放縱，而需有度量節制。

　　典故出處：西漢・劉向：《說苑・雜言》

細說典故

孔子曰：「中人之情，有餘則侈，不足則儉，無禁則淫，無度則失，縱欲則敗。飲食有量，衣服有節，宮室有度，畜聚有數，車器有限，以防亂之源也。故夫度量不可不明也，善言不可不聽也。」

白話典故

孔子說：「一般人的常情，有多餘就會奢侈，不足就會儉省，沒有禁止則會過度，沒有法度就會放縱，放縱欲望會導致敗亡。所以飲食宜定量，穿衣服要有節制，房屋應有一定的大小，累積的財物要有限數，車馬器具要有規定，如此能防止禍亂的興起。所以各種度量、規矩不可不清楚，良善的言語不能不聽從。」

14.君子行德以全其身，小人行貪以亡其身。相勸以禮，相強以仁。得道於身，得譽於人。

白話翻譯：君子行道德來保全自身，小人貪財貨而遭致身害。以禮相勸勉，以仁相鼓勵。如此自己成就了道德，別人也會稱譽。

典故出處：西漢・劉向：《說苑・談叢》

15.古之欲明明德於天下者，先治其國；欲治其國者，先齊其家；欲齊其家者，先修其身；欲修其身者，先正其心；欲正其心者，先誠其意；欲誠其意者，先致其知；致知在格物。

白話翻譯：古代想要彰明德性於天下的人，要先能治理好國家。想要治理好國家，要先懂得如何治理一個家。想要治理好一個家，則要先修養身。想要好好修身，要先端正本心。想要端正本心，就要使意念真實不妄。想要使意念真實不妄，就要先通達知識。通達知識的方法在於窮究事物的理則。（另一說為先回復本心的良知之後，便能窮究事物的理則。）

典故出處：西漢・戴聖：《禮記・大學》

16.仁者人也，親親為大；義者宜也，尊賢為大；親親之殺，尊賢之等，禮所生也。

白話翻譯：「仁」就是愛人，以親愛自己的親人最爲重要；「義」
　　　　　就是行爲合宜，以尊敬賢人最爲重要；親愛親人要有親
　　　　　疏遠近之別，尊敬賢人也有等差之分，這就是「禮」的
　　　　　產生。

典故出處：西漢・戴聖：《禮記・中庸第二十章》

17.常人貴遠賤近，向聲背實，又患闇於自見，謂己爲賢。

白話翻譯：一般人多看重古人而輕視現代，崇尚虛名而背棄實學，
　　　　　又患不明於自己的問題，總認爲自己是好的。此原本用
　　　　　於文章寫作，引申可爲品德的修養。

典故出處：三國・曹丕：《典論・論文》

18.善人同處，則日聞嘉訓；惡人從游，則日生邪情。

白話翻譯：與善人相處，則天天都可以聽到好的教導；與惡人相
　　　　　處，則漸生邪佞的情感。

典故出處：南朝宋・范曄：《後漢書・爰延傳》

19.修於身者，無所不獲；施於事者，有得不得焉；其見於言者，則又有能
不能也。

白話翻譯：修身立德者，一定會有收穫；但從於政者，有成不成功
　　　　　的機運；著述立言者，還要看能力足不足夠。

典故出處：北宋・歐陽修：《歐陽文忠公集・送徐無黨南歸序》

細說典故

　　草木鳥獸之爲物，眾人之爲人，其爲生雖異，而爲死則同，一
歸於腐壞澌盡泯滅而已。而眾人之中，有聖賢者，固亦生且死於其
間，而獨異於草木鳥獸眾人者，雖死而不朽，逾遠而彌存也。其所
以爲聖賢者，修之於身，施之於事，見之於言，是三者所以能不朽
而存也。修於身者，無所不獲；施於事者，有得有不得焉；其見於
言者，則又有能有不能也。

白(話)典(故)

　　草木、鳥獸是屬於動植物一類，而一般大眾屬於人的一類，兩類生物活著的時候各有不同的生命形態，但死的時候卻是一樣，屍體都會腐爛消滅殆盡。而在一般大眾，有聖人之人，他們與常人常物一樣有生有死，卻有異於草木、鳥獸、一般大眾之處，雖然死了卻能長存，亙古流芳於後。他們之所以能成為聖賢，主要在於能修身立德，能從政立功，能著述立言，因為這三者而使他們能聲名久遠而不朽。修身立德者，一定會有收穫；但從於政者，有成不成功的機運；著述立言者，還要看能力足不足夠。

20.儉，德之共也；侈，惡之大也。

　　白話翻譯：節儉，是一切德行共同的根本；奢侈，是各類罪惡中最大的問題。

　　典故出處：北宋·司馬光：《傳家集·訓儉示康》

細(說)典(故)

　　御孫曰：「儉，德之共也；侈，惡之大也。」共，同也，言有德者皆由儉來也。夫儉則寡欲，君子寡欲，則不役於物，可以直道而行；小人寡欲，則能謹身節用，遠罪豐家。故曰：「儉，德之共也。」侈則多欲，君子多欲則貪慕富貴，枉道速禍；小人多欲則多求妄用，敗家喪身。是以居官必賄，居鄉必盜。故曰：「侈，惡之大也。」

白(話)典(故)

　　御孫說：「節儉，是一切德行共同的根本；奢侈，是各類罪惡中最大的問題。」共，就是共同的意思，意指有德之人都是由節儉而起。能節儉就能減少欲望，當官的人減少欲望，不會受到外在物質的支配，可以順著正道來行事。一般人減少欲望，則能修身節

行，節省用度，遠離罪惡而豐厚自家。所以說：「節儉，是一切德行共同的根本。」奢侈則欲望多，當官的人欲望多就會貪慕富貴，不依循正道而招來禍端。一般人欲望多，就會貪得無厭而揮霍，導致家破人亡。如此則當官者就會收賄，一般人就會當起盜賊。所以說：「奢侈，是各類罪惡中最大的問題。」

21.才者，德之資也；德者，才之帥也。

　白話翻譯：才能，是德的憑藉；德，是才的統帥。指人要德、才兩　　　　　　得爲最佳，又以德爲首要。

　典故出處：北宋・司馬光：《資治通鑑・周紀一》，周威烈王　　　　　　二十三年

22.天下有大勇者，卒然臨之而不驚，無故加之而不怒。此其所挾持者甚大，而其志甚遠也。

　白話翻譯：天下眞正有勇氣的人，突然面對大事而不受到驚嚇，無　　　　　　緣無故羞辱也不會發怒。這是因爲他抱負很大，而志向　　　　　　高遠的緣故。

　典故出處：北宋・蘇軾：《東坡全集・留侯論》

細說典故

　　古之所謂豪傑之士者，必有過人之節，人情有所不能忍者。匹夫見辱，拔劍而起，挺身而鬥，此不足爲勇也。天下有大勇者，卒然臨之而不驚，無故加之而不怒。此其所挾持者甚大，而其志甚遠也。

白話典故

　　古代被稱爲英雄豪傑的人，一定有過人的節操，一般人之常情所不能忍受的。普通人被羞辱，拔劍起身，挺身戰鬥，這種行爲不能稱爲勇敢。天下眞正有勇氣的人，突然面對大事而不受到驚嚇，

無緣無故羞辱也不會發怒。這是因為他抱負很大，而志向高遠的
緣故。

23.人之初，性本善，性相近，習相遠。

　　白話翻譯：人剛出生時，本性是良善的。而人與人的本性很相近，
　　　　　　　但會因為學習的優劣差異，而導致本性有不同的發展。

　　典故出處：南宋‧王應麟：《三字經》

24.見富貴而生讒容者，最可恥；遇貧窮而作驕態者，賤莫甚。

　　白話翻譯：見到富貴便心生諂媚，說他人壞話重傷他人者，最是可
　　　　　　　恥；遇到貧窮者而故意擺出驕傲姿態，沒有比這種行為
　　　　　　　更下等的。

　　典故出處：明‧朱柏廬：《朱子治家格言》

細說典故

　　見富貴而生讒容者，最可恥；遇貧窮而作驕態者，賤莫甚。
居家戒爭訟，訟則終凶；處世戒多言，言多必失。毋恃勢力而凌逼
孤寡，勿貪口腹而恣殺生禽。乖僻自是，悔誤必多；頹惰自甘，家
道難成。狎暱惡少，久必受其累；屈志老成，急則可相依。輕聽發
言，安知非人之譖愬，當忍耐三思。因事相爭，安知非我之不是，
須平心暗想。

白話典故

　　見到富貴便心生諂媚，說他人壞話重傷他人者，最是可恥；
遇到貧窮者而故意擺出驕傲姿態，沒有比這種行為更下等的。平日
生活戒生事端而打官司，官司無論輸贏，都是不好的；待人處世
戒多話，多話容易惹禍端。不要依靠勢力而欺負孤兒寡母，不要貪
口腹之欲而任意殺生。性格乖張，自以為是，做錯事後悔的時候很
多；自甘墮落，則難以成立與維持家庭。親近不良少年，久了必受

拖累；對人謙恭，親近年長有德之人，有急事可有依託。輕易相信
他人，任意妄言，怎知不是聽信讒言或誹謗了他人，應該要再三忍
耐；因事起爭執，怎知道不是我的過錯，要心平氣和的好好反省。

25. **松柏後凋於歲寒，雞鳴不已於風雨。**

　　白話翻譯：歲末寒冬之時，松柏仍屹立其中；風雨交加時，雞鳴亦
　　　　　　　沒有停止。比喻君子處亂世或逆境，仍能守正而不變
　　　　　　　節操。

　　典故出處：清・顧炎武：《日知錄・廉恥》

26. **傲骨不可無，傲心不可有。無傲骨則近於鄙夫，有傲心不得爲君子。**

　　白話翻譯：人不可以沒有驕傲的風骨，但不可以有驕傲的心。沒有
　　　　　　　驕傲的風骨，就會近於庸俗淺陋之人；有驕傲的心，便
　　　　　　　不能成爲有德君子。

　　典故出處：明・張潮：《幽夢影》

27. **曰癡，曰愚，曰拙，曰狂，皆非好字面，而人每樂居之；曰奸，曰黠，
曰強，曰佞，而人每不樂居之。何也？**

　　白話翻譯：說癲狂，說愚笨，說笨拙，說狂妄，都不是好的字義，
　　　　　　　但人們卻樂於以此自居；說奸邪，說狡猾，說倔強，說
　　　　　　　諂媚，人每每不樂於自居。這到底是爲什麼呢？

　　典故出處：明・張潮：《幽夢影》

28. **富貴不知樂業，貧窮難耐淒涼。可憐辜負好時光，於國於家無望。天下
無能第一，古今不肖無雙。寄言紈袴與膏粱，莫效此兒形狀。**

　　白話翻譯：富貴時，不懂得樂於享受；貧窮時，又難耐淒涼。可憐
　　　　　　　辜負了青春的時光，對國家、對家庭，都不能指望他。
　　　　　　　天下無能屬他第一，古今不成材的也找不到第二個。把
　　　　　　　這些話寄託給那些富貴子弟們，不要效尤此人的模樣。

　　典故出處：清・曹雪芹：〈西江月之二〉，《紅樓夢・第三回》

29. 至於強毅之氣，決不可無。然強毅與剛愎有別。古語云：自勝之謂強。曰強制，曰強恕，曰強爲善，皆自勝之義也。……捨此而求以客氣勝人，是剛愎而已矣！

　　白話翻譯：至於所謂的剛強堅毅的氣質，是絕對不可以沒有的。然而剛強堅毅卻與倔強固執不同。古人說：能戰勝自己就是「強」。包括：努力克制自己，勉力於恕道，力行善事，這都是自勝的意義。……如果捨棄這些特質，而以言行虛驕來待人，這就叫作剛愎。

　　典故出處：清・曾國藩：《曾文正公家書・致沅弟・咸豐八年正月初四夜》

30. 莫怕「寒村」二字，莫怕「慳吝」二字，莫貪「大方」二字，莫貪「豪爽」二字。

　　白話翻譯：不要怕被說「寒酸」，不要怕被說「小氣」，不要貪被讚美「大方」，也不要貪戀被稱「豪爽」二字。引申其意，要以節儉爲上。

　　典故出處：清・曾國藩：《曾文正公家書・致澄弟・同治二年十一月十四日》

第三節　考古大觀園

88年

1. 「有所不為而後可以有為」說　（88年第二次航海人員一等船副等特考）

2. 自由與秩序　（88年第二次航海人員二等船副等特考）

3. 責任心與使命感　（88年電信人員高員級考試）

4. 論信實　（88年保險從業人員等考試）

5. 一勤天下無難事　（88年公路人員士級考試）

6. 禍患常積於忽微，而知勇多困於所溺 （88年技職各類科高考）

7. 耕耘與收穫 （88年第一次航海人員一等船副等特考）

8. 知足常樂，能忍自安 （88年第一次航海人員二等船副等特考）

9. 自律自強 （88年身心障礙人員三等考試）

10. 儉以養廉 （88年關務人員四等特考）

11. 談守信 （88年各類科普考）

12. 論擇善與力行 （88年身心障礙人員四等考試）

13. 論廉恥 （88年退役軍人轉任公務人員四等考試）

89年

1. 論勇往直前 （89年原住民行政人員等三等考試）

2. 敏於事而慎於言 （89年關務人員簡任考試）

3. 論公正與公平 （89年不動產經紀人考試）

4. 以勤教富 （89年金融人員等升等考試）

5. 論積善必獲多福 （89年第一次航海人員三等船長等特考）

6. 論「圖難於其易，為大於其細」 （89年各科別高考三級第二試）

7. 拒絕名利的誘惑 （89年警察人員四等考試）

8. 論謙虛 （89年港務人員高員級考試）

90年

1. 盡心與安心 （90年專責報關等特考）

2. 論誠信 （90年地方公務人員委任升等考試）

3. 知恥近乎勇 （90年航海人員船長等特考）

4. 行有不得，反求諸己 （90年航海人員三等船副等特考）

5. 論儉以養廉 （90年四等司法人員特考）

6. 榮譽至上，盡責為先 （90年律師等高考）

91年

1. 謹言慎行 （91年法務部調查局調查人員三等特考）

2. 論儉樸　（91年一等船副等一次特考）

3. 儉與奢　（91年航海人員二等船副等三次特考）

4. 誠實是上策　（91年司法人員四等特考）

5. 正義與包容　（91年四等警察特考）

6. 防患於未然　（91年三等船副等三次特考）

7. 君子居易以俟命，小人行險以徼幸　（91年高考試題）

8. 論勤奮與守分　（91年關務人員薦任升等考試）

9. 下面一段文字是錢鍾書對門和窗的意見，你的看法呢？你是如何看待門和窗的？務須自訂題目，發表你的觀點，寫作一篇短文。

門跟窗有不同的意義。當然，門是造了讓人出進的。但是，窗子有時也可作為進出口用，譬如賊以及小說裡私約的情人就喜歡爬窗子。若據賞春一事來看，我們不妨這樣說：有了門，我們可以出去；有了窗，我們可以不必出去。窗子打通了大自然跟人的隔膜，把風和太陽引進來，使屋子裡也關著一部分的春天，讓我們安坐了享受，無須再到外面去找。所以，門許我們追求，表示欲望，窗子許我們占領，表示享受。　（91年專責報關等特考）

92年

1. 革新與革心　（92年三等警察特考）

2. 富貴與貧賤　（92年三等警察特考）

3. 論「不忍人之心」　（92年公路人員升等考試）

4. 信義為立業之本　（92年建築師等普考）

5. 心理健康勝過身體健康　（92年身心障礙人員五等特考）

6. 不遷怒，不貳過　（92年營利事業機構人員第八職等升等考試）

7. 論「計利當計天下利，求名當求萬世名」　（93年建築師等高考）

93年

1. 《大學》：「所謂誠其意者，毋自欺也，如惡惡臭，如好好色。此之謂自謙。故君子必慎其獨也。」（試申其義）　（93年關務人員簡任升等）

2. 自尊心　（93年退除役軍人轉任公務人員三等特考）

94年

1. 論「勇敢」　（94年鐵路人員等士級晉佐級升資考試）

2. 敬則慎，怠則苟　（94年中醫師特考）

3. 印度詩人泰戈爾說：「頂不住眼前的誘惑，便失掉了未來的幸福。」試申其義。　（94年關務人員等特考）

95年

1. 論廉潔　（95年社會行政等初等考題）

2. 常存敬畏　（95年記帳士等普考）

3. 論「忠言逆耳」　（95年四等警察特考）

4. 明理省事　（95年中醫師特考）

5. 俗人看眼前，賢哲看久遠。禍患常積於至微，惟有智者慮及深遠。貪圖安逸，苟安一時，為智者所不取。試以「人無遠慮，必有近憂」為題，寫一篇文章，文長不拘。　（95年公務人員普考）

6. 宋·趙師秀《呈蔣薛二友》詩云：「中夜清寒入縕袍，一杯山茗當香醪。鳥飛竹影霜初下，人立梅花月正高。無欲自然心似水，有營何止事如毛。春來擬約蕭閒伴，重上天台看海濤。」全篇充滿暇豫悠然，蕭灑自適之趣，第三句尤佳。其實，能否在為官上保持水波不興的平常心，在事業上堅持有所作為的進取心，就是老子《道德經》所說「虛其心，實其腹」的具體實踐。虛其心，實其腹，就是

處理好虛與實、得與失的關係。仕途一時榮，事業千古事。官無所求，就能有寵辱不驚的平常心，不肯屈節隨俗，不為職務升遷勞神費力，不因利慾蒙蔽偏頗營私，表現寬闊的胸懷和高尚的風格。反之，如有所營求，便要汲汲營營，誠惶誠恐，不知不覺成為功名利祿的奴隸，糾絲絆葛，再無安寧。天得一清，地得一寧，能心如止水，順其自然，看起來是無為，實際上卻是人生哲學的最高境界。請談：「無欲自然心似水，有營何止事如毛」的啟示。　　（95年司法官三等特考）

7. 有一個跛腳、傴背、缺嘴的人去遊說衛靈公，衛靈公很喜歡他；看到形體完整的人，反而覺得他們頸項太細小了。有一個頸項生大瘤的人去遊說齊桓公，齊桓公很喜歡他；看到形體完整的人，反而覺得他們頸項太細小了。所以只要有過人的德性，形體上的殘缺就會被人遺忘。人們如果不遺忘所應當遺忘的「形體」，而遺忘所不應當遺忘的「德性」，這才是真正的遺忘。所以聖人悠遊自適，而智巧是孽根，誓約是膠執，德行是與人交接的媒介，工巧是商賈的行徑。聖人不圖謀慮，哪裡還用智巧呢？順任自然，哪裡還用膠執？渾然無缺，哪裡還用德行呢？不求謀利，哪裡還用通商？這四者就是天養；天養就是受自然的飼養。既然受自然的飼養，又哪裡還用人為的！有人的形體，而沒有人的偏情。有人的形體，所以和人相處；沒有人的偏情，所以一般人的是非都影響不了他。渺小啊！與人同類，偉大啊！和自然同體。（莊子‧德充符譯文）試以「只要有過人的德性，形體上的殘缺就會被人遺忘」為題，加以論述，文章最少須分四段　　（95年身心障礙五等特考）

96年

1. 尊德樂義　　（96年司法人員三等特考）

2. 清心寡欲，知足不辱　　（96年公務人員初等考試）

3. 寬容與感恩 （96年港務人員士級特考）

4. 論人性與尊嚴 （96年公務、關務人員薦任升官考試）

5. 德全不危 （96年第一次中醫師特考）

6. 論「自我管理與持續改進」的企業精神 （96年郵政人員升資員級
晉高員級）

7. 人類慾望無窮，最重要的是知足常樂。對於任何事情，我們要抱著
希望，努力開創。請以「知足與希望」為題，以申己意。 （96年
社會福利工作人員三等考試）

97年

1. 不要做會後悔的事 （97年身心障礙人員四等特考）

2. 儉則約侈則肆 （97年相當專技人員高考）

3. 金玉非寶，勤奮為寶 （97年第一次司法人員三等特考）

4. 有為有守 （97年國防部文職人員二等特考）

5. 容忍與互信 （97年專門職業及技術人員高考）

6. 現代化的社會，一切講究精準，近年來，臺灣追求此一目標尤為顯
著：高鐵與捷運，標榜無誤點、零事故；雪山隧道分從兩端施工，
打通之時，誤差不到幾公分。可見無論做任何事，精準都宜為必要
的要求。請以「論精準」為題，寫一篇結構完整的文章，以抒己
見。 （97年會計師高考）

7. 一個人日常生活所需，可以很簡單。而大多數人所擁有的，往往遠
超過他的需求：我們的冰箱塞進了太多的食物，以致於過期敗壞；
我們的衣櫃，堆滿了不知何時才會穿一次的衣物，卻覺得永遠少一
件。這樣的擁有，反而造成負擔；能夠安然享用的，才是真正的擁
有。請以老子所說的：「少則得，多則惑」為題，寫作一篇首尾俱
足、結構完整的文章，文言、白話不拘，但不得以詩歌、書信體裁
寫作；文長不限，請加新式標點符號。 （97年第二次司法人員五

等特考）

8. 欹器的啟示

　　說明：古代有一種盛水的容器，稱為欹器，又稱為宥坐之器。欹，音ㄑㄧ，傾斜。宥，音ㄧㄡˋ，通「右」。這種容器如果不注入水就會傾斜，但是注滿了水也會傾倒而讓水溢出來，只有水保持適中而不多不少時，容器才能保持平穩。為政者常以此器置於座右，以警惕自己。請以「欹器的啟示」為題，發表看法。　（97年第二次司法人員四等特考）

98年

1. 公道自在人心　（98年鐵路人員佐級考試）

2. 一個人有責任感，他就會常常想到自己的責任，就會盡其所能地負責盡職、達成任務。責任感往往表現出一個人的教養與品格。父母的責任是好好教養孩子，老師的責任是好好教育學生，公務員的責任是依法行政，替人民造福謀利。人人都有責任感，國家社會就上軌道。試以「責任感」為題寫一篇文章。　（98年專門職業及技術人員高等考試）

99年

1. 坦誠與明確　（99年不動產經紀人、記帳士普考）

2. 「慎獨」和「律己」，是美德，也是境界，向為國人重視。而在心靈的建構中，如何抵禦「外物」的誘惑，完善道德，遵紀守法，以突顯「吾心有主」的價值取向，更是人生的重要課題。自古以來，凡是懂得「慎獨」和「律己」的人，都有非凡的成就。請以「知恥自律，成就明天」為題，作文一篇。　（99年公務人員普考）

3. 《論語・為政》：「子曰：道之以政，齊之以刑，民免而無恥；道之以德，齊之以禮，有恥且格。」民免而無恥，說明刑政雖有強制力，但仍不免有「無恥」之憾；有恥且格，展示德禮世界之美，然

美德只能邀請而不宜強制。此中，「民免而無恥」與「有恥且格」如何定位、互動、互補，亦頗堪玩味。請以「論民免而無恥與有恥且格」，撰文一篇。　（99年民間之公證人特考）

100年

1. 論情緒管理　（100年海岸巡防人員等類三等特考）
2. 美國壓力管理專家漢斯塞爾說：「完全沒有壓力，就會死亡。」林肯中心爵士藝術總監馬沙利斯也認為，「如果沒有壓力，你就不會認真對待你的工作。」試以「責任感與壓力承擔」為題，作文一篇，加以申論。　（100年原住民族四等特考）

101年

1. 曾子說：「十目所視，十手所指，其嚴乎！」（〈大學〉）做人做事，必須光明磊落，清清白白。擔任公職，奉行官箴，尤須如此。請以「慎獨省思，光明磊落」為題，作文一篇，申論其義。（101年公務人員三等特種考試）
2. 「反求諸己」是立身處世的根本立足點，也是自我覺知與自我管理的核心概念。若能將「反求諸己」的功夫落實在日常生活中，時時自我反省、自我修正、自我改進，超越困境，追求成長，當能逐步實現人之為人的本性與夙願。試以「反求諸己」為題，撰寫一篇文章，文長不限。　（101年公務人員普考）

102年

1. 司馬光自少至老，語未嘗妄，自言：「吾無過人者，但平生所為，未嘗有不可對人言者耳。」足見其為人行事之光明磊落。請以「光明磊落」為題，撰文一篇，加以申論。　（102年關務人員等三等特考）
2. 己之所長，未必為人之所短；己之所短，又適為人之所長。人居於

世，易見他人不是，而多自負，故孔子說：「三人行，必有我師焉。擇其善者而從之，其不善者而改之。」請以「慎己戒滿」為題，作文一篇，申論其意。　　（102年公務人員高考三級考試）

3. 去年（2012年）美國各地發生嚴重的槍擊案件，其中不少受害者是兒童與青少年，在國內、國際輿論的震驚與關切中，少數報章也登載了微弱而罕見的聲音——受害者的家屬決定選擇寬恕兇手的暴行，選擇「寬恕」作為面對未來人生的方式。請以「寬恕」為題，作文一篇，予以闡述。　　（102年社會工作師等第二次高考）

103年

1. 西哲法蘭西斯·培根（Francis Bacon 1561-1626）在其《隨筆》（Essays）書裡的〈論真理〉一文中，謂做事光明正大乃人性之榮光。又謂真理恰如磊落的天光，所有假相經它一照，則難免窮形盡相。試以『為人真誠，做事務實』為題，加以論述。　　（103年不動產經紀人、記帳士普考）

2. 張耒〈臘初小雪後梅開〉：「一塵不染香到骨，姑射仙人風露身。」意謂雪後梅花一塵不染，清香徹骨，有如姑射山中的仙人，披風戴露一般美麗。比喻人應當像梅花那般清高廉潔，不受壞習氣的沾染。有志服公職者，更當三思這裡的梅花志節。試以「志正則眾邪不生」為題，作文一篇，闡述個人看法或意見。　　（103年公務人員普考）

3. 有人說：「人品的定義是：做事有原則，做人有誠信，態度上不爭、不貪、不諂媚。」請自訂題目，作文一篇，以闡述其旨趣。
（103年警察人員警正、鐵路人員員級晉高員級升官考試）

4. 春天是生命復甦、青春洋溢的日子，也是人們感念、祭祀祖先的清明時節。《論語·學而》篇也記載：「曾子曰：『慎終追遠，民德歸厚矣！』」請以「孝道在現代社會的實踐與省思」為題，作文一

篇，闡述申論個人看法或意見。　　（103年關務人員四等特考）

5. 胡適在1946年北大開學典禮演說，曾引南宋哲人呂祖謙所說：「善未易明，理未易察」作結語，並且解釋，人們之所以會有「不容忍的態度」，乃是基於「我們的信念不會錯」的心理習慣，因此，容忍「異己」是最難得、最不容易養成的雅量。請以「善未易明，理未易察」為題，作文一篇，申論其旨，並抒己見。　　（103年司法官特考第二試）

6. 現代社會贊許自我推銷，傳統價值觀卻標榜謙遜為懷。融合實踐兩項看似矛盾的價值觀，成為現代人一生的必修課。請以「謙虛與進取」為題撰寫白話散文一篇，闡述你的見解。　　（103年水上警察人員三等重新特考）

7. 先賢常以修齊治平勉人處世，今日有識者更期許追求個人權益時，兼顧社會公義，進而與萬物共生共榮。唯一切資源有限，人的慾望卻無窮盡，理想標的實不易達成。請以「需要的不多，想要的太多」為題，作文一篇，論述己見。　　（103年會計師高考）

104年

1. 關口可以是具體，也可以是抽象的；可以是形下，也可以是形上的。關口是追求夢想或帶來夢魘的異境；關口也是介於善與惡、合法與非法之際的特殊空間。光明與自由在此連線，利益與人性在此衝撞。請以「關口」為題，作文一篇，述其思索所得。　　（104年關務人員、身心障礙人員等三等特考）

105年

1. 勇氣往往與剛強之特性有關，我們稱讚人勇敢堅強、性格勇武，法國思想家蒙田尤其推崇：「在全部的美德之中，最強大、最慷慨、最自豪的，是真正的勇敢」，但老子卻說「慈故能勇」，孔子則說「仁者必有勇」。剛性的「勇」為何會與柔性的「慈」、「仁」相

關連？請以「論慈故能勇」為題，作文一篇，申述其旨（須舉出具體實例加以論證）。　（105年公務人員高考三級）

2. 《論語》記載子張問行，孔子回答：「言忠信，行篤敬，雖蠻貊之邦行矣。」意即言語忠誠信實，行為敦厚莊敬，縱使到了文化、體制不同的國家，也是行得通的。時至今日，孔子的話仍允稱不刊之論。請以「言忠信，行篤敬」為題，作文一篇，申論其義。　（105年地方公務人員三等特考）

3. 俗語說：「積思成言，積言成行，積行成習，積習成性，積性成命」。西方也有名言：「播下一個行為，收穫一種習慣；播下一種習慣，收穫一種性格；播下一種性格，收穫一種命運」。人可以因想法的改變、心態的改變，培養不一樣的習慣，因而產生不一樣的命運。請以「習慣、性格、命運」為題，作文一篇，闡述習慣養成的重要性，及其對人生的影響。　（105年地方公務人員四等特考）

4. 涵養一詞，指的是身心修養。身心的修養植基於端正的態度、有恆的修持、學養的充實、品格的提升。有涵養的人，嚴以律己，和以處眾；有涵養的人，明辨是非，通情達理。涵養深厚，則待人接物，必然和善可親，使人有如沐春風的感覺；涵養深厚，則處理公務，必然周到圓融，表現出敬業樂群的精神。涵養之於人實在是太重要了。請以「論公務員的涵養」為題，撰寫一篇結構完整的文章。　（105年司法、調查人員等四等特考）

5. 在憂患中鍛鍊　（105年司法人員、調查人員等三等特考）

106年

1. 魏徵〈諫太宗十思疏〉：「竭誠，則胡、越為一體；傲物，則骨肉為行路。」請以「養其心莫善於誠」為題，作文一篇，申論其旨，並抒己見。　（106年警察人員二等特考）

2. 愛默生說：「自信是成功的第一祕訣」。成功的人必須自信，使他

有勇氣堅持不懈，使他安然度過難關。但自信不等於自負，自信過度尤易流於自負自大，故蘇格拉底說：「驕傲是無知的產物」。事實上，當我們面對難關或新的變局時，需要的是沉著的自信，而非無知的自負。請以「自信的真諦」為題，作文一篇，申論己見。

（106年公務人員高考三級）

3. 孟子認為一切不幸與痛苦，都是上天給人的鍛鍊，足以使人心性更堅韌、能力更強大，並堪擔當重責大任，故尼采也說：「痛苦的人沒有悲觀的權利」。試以「動心忍性，增益己所不能」為題，作文一篇，申述其義。　（106年公務、關務人員薦任、員級晉高員級升官考試）

4. 莎士比亞說：「閃閃發光的，未必就是黃金」。這句話固然提醒我們小心魚目混珠，但同時也讓我們反思，世間許多有價值的事物，未必有吸引人的外表。請以「別讓表象遮蔽真相」為題，作文一篇，闡述其旨。　（106年專門職業及技術人員第二次不動產經紀人、記帳士普考）

5. 當前的社會觀念，在各方面都強調翻轉思維、創發新意，的確帶來許多驚人的成果與貢獻。不過，古來一些名訓，仍有值得現代人省思之處。例如《論語·季氏第十六》孔子說的：「君子有三畏，畏天命，畏大人，畏聖人之言。小人不知天命而不畏，狎大人，侮聖人之言。」這段話中的「天命、大人、聖人之言」，可以指稱廣大自然、有德長者、仁者智者的話語。而「畏」，有敬謹謙恭之意。因為對天命、大人、聖人之言心懷敬謹，以之自我惕厲，乃能於生命志業戒慎恐懼，戰兢以赴，勇於承擔。此種人自可委以重任，福國利民。請以「敬天畏人的當代詮釋」為題，作文一篇，論述己見。　（106年司法官三等特考第二試）

6. 嵇康〈答難養生論〉云：「養生有五難：名利不滅，此一難也；喜

怒不除，此二難也；聲色不去，此三難也；滋味不絕，此四難也；神慮消散，此五難也。」請就此議題，撰文一篇，闡述你的觀點。

（106年第二次中醫師高考）

107年

1. 古代思想家對於理想人格及其行為特質多所論述。在《莊子・天地》中，論及：「四海之内共利之之謂悅，共給之之謂安。」為「德人」特質之一。在二十一世紀的今日，當代「德人」應具備那些特質？又應如何實踐？請以「德人的當代實踐」為題，作文一篇，申論其義。　　（107年不動產估價師高考）

108年

1. 胡適曾經以「差不多先生」諷刺我們民族性裡凡事馬馬虎虎，得過且過的毛病，提醒國人行事應當力求精確，認真不苟。然而我們又看到有「大行不顧細謹」、「大事不拘小節」的說法。請問此二說究竟是可以相濟為用呢？抑或相互矛盾？請以「任事應有的態度與作法」為題，作文一篇，闡述己見，文中必須論及上揭二說的相濟為用或相互矛盾。　　（108年公務人員高考三級考試試題）

2. 下述引文改寫自2019年CNN紀錄影片《三個相同的陌生人》，請仔細閱讀後，回答文末二個問題：

　　1980年19歲的鮑比沙凡上大學時，一直有別人認錯他，叫他另一個名字，後來他驚異萬分的發現原來有另一個雙胞胎兄弟艾迪加蘭，在不同家庭長大。正當新聞大肆報導時，另有一人打電話來說，他是第三個兄弟大衛克爾曼！原來他們是三胞胎兄弟，出生後遭親生父母棄養，經由同一個露意絲懷斯領養機構安排，分別交由三個不同家庭收養。以下是這個事件的相關訊息：

1. 鮑比的父親為醫師，母親為律師。艾迪的家庭是中產階級，父親為學校教師。大衛則身處藍領階級家庭，父親開一家小商店。三兄弟都各有一位大兩歲的姊姊，也是同一機構安排領養。領養機構與領養家庭皆為猶太裔。三兄弟都說最喜歡在大衛家玩，最喜歡大衛熱情親切的爸爸。

2. 三兄弟小時候都有人到家裡來訪問、測量、攝影、記錄他們各階段的生長發展。

3. 三家養父母質問領養機構為何未告知實情，機構回覆因不可能有同一家庭有能力同時收養三胞胎，只好拆開。但鮑比的父親反駁，他若知情一定會同時收養三兄弟。

4. 三兄弟興奮重逢後，曾一起活動、居住，並在紐約創業開了一家「三胞胎」餐廳，轟動一時。

5. 後來三兄弟拆夥，艾迪出入精神病院，舉槍自殺身亡。追蹤後發現他們生母也罹患有精神疾病。

6. 一再探詢後，終於發現這是60年代美國心理學界所做的科學實驗，將先天一致的同卵三胞胎，放在後天不同環境的家庭養育，目的在研究「先天遺傳與後天環境」究竟哪個因素影響更大？

7. 主持研究者為美國著名的精神科醫生紐鮑爾，他是奧地利大屠殺的猶太難民。他直到過世始終不願公開研究結果、參與研究者身分及被實驗者人數，並將研究檔案封存至2066年。

8. 另有一對雙胞胎姊妹也發現她們身處同一實驗，但研究單位一直拒絕公布詳情。實驗當事人三兄弟及兩姊妹非常憤怒，斥責對方邪惡不道德；但有評論者認為60年代當時對學術研究的倫理、界線模糊不清，況且他們本就是棄嬰，交由不同家庭收養，只是為達到科學研究目的而稍做安排，並非真正

邪惡不道德。

問題：

㈠請評論前述三胞胎／雙胞胎實驗，科學研究的合理性與道德性（正、反面皆可）。

㈡請推敲引文第7點的訊息，對實驗主持人紐鮑爾醫生的作為，提出你的看法。　（108年司法官、律師高考第二試作文第一題）

第四節　追蹤執行力

人生於世，皆有自己的道德價值觀，此乃根源於我們生存的文化、環境而來。當對某件事情做出是非正誤的判斷時，這些道德價值觀就會由內而生，成為我們評判標準。以下三個問題請問：

1. 人應該如何不斷涵養、持守、實踐這些好的品德，提升個人的修養？請分別以「儒家」、「道家」的觀點，提出具體可行的方法。
2. 請先界定什麼是善、惡，再請說明辨別善、惡關係的具體方法。
3. 請先界定什麼是理、欲，再請說明平衡理、欲關係的具體方法。

第五節　奇文共賞與評析討論

一、奇文共賞㈠

題目：清心寡欲，知足不辱（96年公務人員初等考）

作者：梁宇馨

1

《老子・第十九章》有云：「見樸抱素，少私寡欲」，即要求人應保持內心的素樸本性，減少個人私欲。人的欲念如無清澈心思分辨、節制，將墜入無窮欲望深淵，不僅失去方向，亦迷失自我。「知

足」，乃滿足現有，不妄求他物，學習如何惜福，減少欲望擴張，不至於受辱，方能使自身、他人及環境皆能滿足並享受現有資源。又如孟子云：「養心莫善於寡欲。其爲人也寡欲，雖有不存焉者寡矣；其爲人也多欲，雖有存焉者寡矣！」故儒、道二家僅管爲學宗旨不同，但提升道德心靈，並節制欲望的無限擴張，是有志一同。惟有減少欲念，方能心明澄澈，不因外在環境或他物而受干擾。「寡欲」與「知足」，實是一體兩面，懂得減少欲念，便能知足且不受辱，兩者爲「並立關係」。

2

北宋司馬光〈訓儉示康〉云：「君子寡欲，則不役於物，可以直道而行；小人寡欲，則能僅身節用，遠罪豐家。」舉凡待人應物，只要能守分，減少欲望，就能明哲保身，不因他人流言蜚語而動搖。

時至今日，又如AVEDA負責人朱平說：「知道自己願意放棄什麼，比知道自己要什麼更重要。」學習選擇放棄，更可明確得知何者爲眞正所需。當物欲無限擴延，現今最大的問題，已非人與人的欲望爭端，更是在文明、科技日新月異下，形成人類欲望對自然環境的掠奪，例如：濫伐森林致沙漠化、濫捕魚群致海洋資源短缺、石化資源消耗致全球暖化……等。當成就科技、未來的同時，未顧及「永續發展」及「循環利用」，對此異常及脫序現象，應懂得能捨才會有得，化族類之私，以成全萬化之公。若不能感恩知足，或有警覺，繁榮社會下的眞實面，可不只環境生態失調，美麗生態尚且無以復得，更將提早進入「世界末日」。

3

如何減少欲念，知足惜福？有下列幾點方法。

一、節制自我，勿凌於公。西漢劉向《說苑》有云：「中人之情，有餘則侈，不足則儉，無禁則淫，無度則失，縱欲則敗。」當

欲望取代理性，會失去本眞自我，若私欲凌駕於公利，社會將失去準則，公平正義亦淪爲口號。

二、存感恩心，知所圖報。無論小事或大事，當他人恩於自己，就應心存感恩，法人盧梭云：「沒有感恩，就沒有眞正的美德。」成就源於扶持自我之人，失去感恩心，不僅有失於人，亦失去最簡樸的美德。

三、持之以恆，不捨晝夜。有恆前提是「守分」，有子曰：「君子務本，本立而道生。」先恪守本分，習慣自然養成，道理自然應運而生。其次是「自信」，管理大師彼得‧杜拉克說：「相信自己，對的事就全力以赴。」心中對於是非應秉持自我原則，別因他人蜚語而動搖，惟有不放棄才可達成目標。再次是「突圍」，如《荀子‧勸學》云：「騏驥一躍，不能十步；駑馬十駕，功在不捨。鍥而捨之，朽木不折；鍥而不捨，金石可鏤。」堅持自身想法，不因困難知退，不因挫敗放棄。

綜上所述，節制自身雜念，防堵過多欲念占滿心靈；再對人、事、物存有感恩心，不因成就倨傲以對，謙卑應物；最後，持之以恆，貫徹自我信念，以「眞積力久則入」的態度實踐，即可節制私欲，懂得知足。

4

「人之所欲無窮，而物之可以足吾欲者有盡」，欲望爲天生本性之一環，難免會因「想要」、「私我」而打破原則。惟有從自身做起，讓儉約成爲習慣，以感恩、珍惜，體悟知足惜福的重要。教育大眾，更是人我之責，須知倘不節制「欲念」，徒耗資源，破壞自然，不僅後患無窮，更糟的是，因自私、搶奪進而泯滅了人心良善的一面，反失卻人之所以爲人之理。惟有寡欲、知足，從「心靈環保」做起，才能使萬物和平共存。

二、評析討論㈠

1.結構分析

題型：雙軌題。

> (1)第**1**段次（WHAT）：何謂「清心寡欲」，何謂「知足不辱」，二者是什麼關係。
>
> ① 名言錦句開頭，引用老子、孟子，解釋什麼是「寡欲」、「知足」。
>
> ② 闡明「寡欲」、「知足」是「並立關係」。
>
> (2)第**2**段次（WHY）：為何「寡欲」、「知足」是「並立關係」。
>
> ① 以司馬光為正例，說明寡欲、知足能明哲保身。
>
> ② 以現代生活為反例，延伸說明欲望無限對環境生態的影響。
>
> (3)第**3**段次（HOW）：如何實踐「減少欲念，知足惜福」的方法。
>
> ① 從「節制自我」為先，而後「存感恩心」、「持之以恆」做依點論述。
>
> ② 總述三點的實踐進程。
>
> (4)第**4**段次：總結式結尾。
>
> ① 以蘇軾之名言為引言。
>
> ② 透過個人實踐、影響眾人、永續發展等三個層次，依次作結。

2.總講評

⑴本文開頭便融合儒道二家對寡欲、知足的討論視域，為後文提出強而有力的歷史界定。

⑵通篇文章的架構條理分明，也善於引用歷史例證、典故、議題時事例做佐證。

⑶部分「非」議題時事例的援引，缺乏代表性，可刪省或以其他例證更替。

(4)第三段次的實踐，進程說明可更精細，如：「節制自我」中提到理性、欲望；公利、私利的問題，這都是很大的議題，用三言兩語帶過，略顯空疏。

三、奇文共賞㈡

題目：勇氣往往與剛強之特性有關，我們稱讚人勇敢堅強、性格勇武，法國思想家蒙田尤其推崇：「在全部的美德之中，最強大、最慷慨、最自豪的，是真正的勇敢」，但老子卻說「慈故能勇」，孔子則說「仁者必有勇」。剛性的「勇」為何會與柔性的「慈」、「仁」相關連？請以「論慈故能勇」為題，作文一篇，申述其旨（須舉出具體實例加以論證）。（105年公務人員高考三級）

作者：張富詠

1

　　「慈者」，係指慈愛，愛惜，必以「仁」為本。而「仁」德顯諸於外，泛愛於眾，落實於行為上，小至個人犧牲奉獻，救濟他者；遠至感念天地好生之德，博愛萬物。「勇者」，指勇敢、勇猛，但斷非武勇、逞兇鬥狠之肅殺意氣。真正大勇、真勇，係是本於仁、慈，剛柔並濟，德澤於萬物。因此，如何使個人欲望不凌駕道德，化衝動之武勇，形塑出擁有成熟國民思維節操的「大勇」，著實重要。必先體悟「仁」之為本，揚發「慈」之精蘊，方能展現「勇」之品操。

2

　　欲涵養仁、慈，實賴個人努力與持續的精神。孔子曰：「仁遠乎哉？我欲仁，斯仁至矣！」又郭店楚簡《老子》也說：「絕偽棄詐，民復孝慈。」申言之，仁愛之心不遠，當親身力行，便能體會「勇」，故須篤進「慈」之心態。以下即從個人與國際援助兩面向論之。

在個人方面，烏拉圭前元首何塞‧穆希卡，當其為總統時，原當有警衛保護，但其家門前僅有幾名警察，和一隻三條腿的狗為他站崗。同時，他又將每月收入的百分之九十捐獻給慈善機構，足見仁慈寬厚，更能突顯大勇之器量，而不待總統名位之派頭，炫顯其威勢。

在國際援助方面，無論是慈濟等宗教團體之人道關懷各國弱勢族群，或我國贊助保加利亞東正教教堂辦理復活節救濟「棄養之家」孤兒的慈善活動，以及協助布吉納法索「興建教室」基礎暨識字教育計畫，與薩爾瓦多婦女城的社會基礎建設等等，都是基奠在「人飢己飢，人溺己溺」同理基礎上，展現高度真勇。

3

反之，倘若缺乏仁心，就會顯得過於粗鄙，遑論對社會、國家，均會造成一定的負面影響，便很難逐步達成真義勇之目標。如墨子〈兼愛〉：「當察亂何自起，起不相愛」，即明言兇勇作為往往出於無仁慈之度量與心態，此亦可由個人與國際思考兩方向思考。

前者有北韓領導人金正恩，為宣向其國人宣揚國威乃領導人的「慈愛」，其頻製造核武彈頭，發射飛彈，不顧國際輿論和經濟制裁的壓力，進而升高與鄰國日本、南韓，甚至美國環太平洋諸多國家的緊張局勢。實際上，國內民生早已陷入困頓。故其領導方式為小勇、武勇，而非大勇作為。

後者則有或因宗教理念，或因爭奪政治權力，導致恐怖主義猖獗頻仍，各國均傳出不少孤狼式的襲擊悲劇。諸如：兇嫌開車在西敏橋衝撞英國倫敦國會大廈門口，刺殺一名員警；以及法國尼斯貨車攻擊人群事件等，為達終極目的，不擇手段，突顯曲解仁心之可怕。又如伊拉克的伊斯蘭國、奈及利亞的博科聖地和索馬利亞的青年黨組織，亦造成社會和國際的恐慌，足謂不勇之行，實乃缺乏仁慈之德，更為不智。

4

　　知慈不難，行勇亦是。但要明曉慈之本意，在於拋下執見，將心比心；勇之本意，在於真勇，且以仁慈為依歸，展現真本事，實屬不易。故，「慈」與「勇」欲完美結合，需要的是毅力、堅持，與恆心，更需歸本於「仁心」，方能久長不輟。培養仁人之心，「己欲立而立人，己欲達而達人」，修身、端正自我的品格與操守，方能通達慈，藉此表現個人真勇，並漸漸影響他人，讓社會多一分溫暖與關懷，乃至國家、國際間的穩定與和平。

四、評析討論(二)

1.結構分析

　　題型：多軌題。

> (1)第**1**段次（WHAT）：何謂「慈」、「仁」、「勇」，並以「仁」為本。
>
> ①直接破題，解釋什麼是「慈」、「勇」，並題點「仁」為基礎。
>
> ②總述關係，說明有仁心，始能行慈，故能成勇。
>
> (2)第**2**段次（WHY）：正面論述和例證，即因「仁」、「慈」故能成「勇」之正面結果。
>
> ①總言，以儒家孔子與道家《老子》之言說明「仁」乃踐行「慈故能勇」之根基。
>
> ②個人面，以烏拉圭前元首為例，說明擁有捐獻之仁慈心，故能成大勇。
>
> ③國際面，以慈濟關懷與臺灣向各國提供援助的作為，說明仁慈能展現真勇。
>
> (3)第**3**段次（WHY）：反面論述和例證，缺乏「仁」、「慈」，難成「勇」之負面結果。

　　①總言，以缺乏「仁」心，並輔以墨子之言，進而說明無慈厚的胸
　　　懷，便難成大勇。
　　②個人面，以北韓領導人為例，說明「偽慈」的心態僅足為「小
　　　勇」。
　　③國際面，以恐怖主義為例，說明恐怖主義分子之作為，乃不
　　　「勇」之舉，並以不智之行作結。
⑷第■4■段次：總結式結尾。
　　①以知行論說明「慈」與「勇」欲緊密結合，更有賴「仁」之功
　　　夫。
　　②透過個人實踐、影響社會、國家永續發展等三個層次，依次作
　　　結。

2.**總講評**
　⑴本題題幹有三個主線，分別是：「仁」、「慈」、「勇」，但題目
　　卻是「論慈故能勇」，省略了「仁」，此是命題瑕疵，易誤導寫作
　　者忽略了「仁」，導致偏題。但本文作者以「仁」為根本，貫串
　　「慈」、「勇」，採多軌題書寫，面面俱到，實屬難得。
　⑵以正反面例證、個人與國際做對比，例證新穎不落俗；且舉證方向
　　多元，敘述簡潔有力，不拖泥帶水，展現作者識見廣博。
　⑶文中時用「仁慈」，或單用「仁心」，二者究為同一概念，或是不
　　同概念，宜清楚闡釋。
　⑷本文例證居多，論述較少，若行有餘力，可多加論述仁、慈、勇間
　　的關係。

五、第二錦囊：論兩造關係的「雙軌題」

　　通常題目有三類：單軌題、雙軌題、多軌題，解說如下：

1. 「單軌題」僅一個主題，如：「論人情」。
2. 「雙軌題」是兩個子題，如：「人情與法理」。
3. 「多軌題」有三個以上的子題，如：「論情、理、法」、「論禮、義、廉、恥」。

根據上文，先看看「雙軌題」的寫作要點，並另以「人情與法理」一題爲例。試問當以「三W型」的四段次分析雙軌題時，該如何舉列結構呢？而讀者是否緊握了題目的重點到底是什麼？一種值得商榷的結構分析如下：

第一段次：解說什麼是人情與法理。
第二段次：舉例說明什麼是人情。
第三段次：舉例說明什麼是法理。
第四段次：結語。

看出問題癥結了嗎？其一，層次不明。不斷解釋題目，始終停留在「是什麼（WHAT）」的層級，缺乏更進一步「爲什麼（WHY）」、「如何實踐（HOW）」之深度討論。

其二，偏題疑慮。再仔細看看這題目「人情與法理」與上述結構，少了什麼沒談？答案是「與」，即英文的「and」，更清楚來說，就是「關係」。雙軌題重點在兩個子題間的「關係」，上述結構徹頭徹尾的分論，就偏題了。

因此，如何談「關係」至關重要。共有五種關係：三種基本關係，兩種變化關係，分述如下：

★基本型：（絕大多數題目屬之）
1. 並立關係：兩個子題可並行不悖，無先後區別。
2. 對立關係：兩個子題呈現對立狀態。

3.主從關係：兩個子題有先後、輕重、緩急之別。

★變化型：（極少特殊題目屬之）

1.涵融關係：某一子題為另一子題所包含，如：「身教與言教」，若解釋成「言教是身教的一環」便是涵融關係。

2.承轉關係：由前一子題轉向後一子題，如：「化危機為轉機」、「坐而言不如起而行」，重點在承轉後的討論。

理解關係種類後，解題模式便不同，結構如下：

第一段次：解說什麼是人情？什麼是法理？兩者是○○關係？

第二段次：為何人情與法理是○○關係。

第三段次：如何解決（或改善、平衡、實踐）是○○關係的具體方法。

第四段次：結語。

雙軌題重點就在「與」、「關係」。於是，第一段分別解釋人情、法理後，立刻導入「關係」的討論，爾後第二段次開始到結語，都是架構在「論關係」之上。

該用什麼「關係」？「人情與法理」可以是並立，也可以是主從先後、對立、涵融等關係，一切由作者自主決定，沒有定論。當關係界定清楚後，後文脈絡跟著這關係走，就沒有問題。

再以上文〈清心寡欲，知足不辱〉為例，縱使題目隱藏了「與」，但作者馬上分隔出是「寡欲」、「知足」兩子題的對話，旋即在第一段次末，界定為「並立關係」。而後從第二段次開始到結束，都是架構在並立關係的論述，這就是雙軌題。

第三章 讀書學習類

第一節　話說類型

「讀書學習」即說明讀書、學習方法。此類型有兩層重點：一是獲得與實踐「純知識」；二是讀書、學習與「道德」之間的關聯。前者是純知識的養成；後者是論讀書、做人一貫之理。

第一型的純知識，聚焦學習過程的瓶頸與挑戰，以及克服問題的方法，這就關涉到新舊知識間的幾種關係，如：矛盾、斷裂、轉型、融合、創新。其次，「知」是否能「行」。知、行不必然是連結無礙的，一個人的態度、才學、環境……，皆可能導致知之與行之的落差，必須克服。如：「博學與專精」（91年醫事人員普考）、「知識就是力量」（92年建築師等高考）。

第二型的讀書、學習與道德的關聯，著重知識、品德並重。徒有純知識而無品德，不足以自喜，中華文化傳統論「學問」者，都是在此雙軌並進下的論述，宋代黃庭堅有說：「士大夫三日不讀書，則義理不交於胸中，對鏡覺面目可憎，向人亦語言無味。」面目是否可憎，不再於書讀得多寡，而在於「義理」是否充足，此之謂義理者，便是立基在道德品性修養下的哲理思考。諸如：「讀書與修德」（82年法院書記官等丙等特考）、「專心與虛心」（96年郵政人員士級晉佐級特考）、「知識分子是社會的良心」（101年律師高考第二試）。

最後，「終身學習」已是現代人所必需，那麼，「學習」的定義，就可界乎上述二者之間，等同重要的，如：「論終身學習」（85年專則報關人員等考試）、「終身學習，超越自我」（88年不動產經紀人考試）。

重點摘要

1.「讀書學習」是說明讀書、學習的方法。

2.分成兩型：一是純知識的獲得與實踐；二是讀書、學習、道德間的關聯。

3.延伸出終身學習的重要性。

第二節　名言典故集錦

1.子曰：不憤不啟，不悱不發，舉一隅不以三隅反，則不復也。

白話翻譯：孔子說：學習者若心不求通，教學者不主動去開啟；學習者若不主動開口發問，教學者不主動發言回答。舉出某一方向而不能觸類旁通以回應者，則不用再告知。延伸其旨，學習者宜自我勉勵向上。

典故出處：先秦・孔子：《論語・述而》

2.子曰：德之不修，學之不講，聞義不能徙，不善不能改，是吾憂也。

白話翻譯：孔子說：未能修養品德，不能進修學業，聽聞好事義舉不能跟著做，有了錯誤不能修正，這些是我所擔憂的。

典故出處：先秦・孔子：《論語・述而》

3.一曝十寒。

白話翻譯：曝曬一天，卻又置於寒處十天。比喻人的做事缺乏恆心，時時中斷。

典故出處：先秦・孟子：《孟子・告子》

細說典故

孟子曰：「無或乎王之不智也，雖有天下易生之物也，一日暴之，十日寒之，未有能生者也。吾見亦罕矣，吾退而寒之者至矣，吾如有萌焉何哉？今夫弈之為數，小數也，不專心致

志則不得也。弈秋，通國之善弈者也，使弈秋誨二人弈，
其一人專心致志，惟弈秋之為聽；一人雖聽之，一心以為
有鴻鵠將至，思援弓繳而射之，雖與之俱學，弗若之矣。
為是其智弗若與？」

⊕⊕⊕⊕ 白話典故

孟子說：「我很疑惑齊王是如此的不明智。縱使天下有容易生長的
　　　　東西，然而曝曬一天陽光，卻又置於陰暗處十天，沒有這
　　　　樣還能再生存下來的。我見到齊王的機會實在很少，當我
　　　　離開時，小人又進讒言，我又如何能萌發齊王的從善之心
　　　　呢？今天像是下棋這樣的事，不過是一件小事，不專心意
　　　　志去學習，就無法學好它。弈秋這個人，他是全國最會下
　　　　棋的人，假使讓弈秋教兩人下棋，其中一人非常專心，只
　　　　聽弈秋的教導；另一人卻是表面聽，內心卻想著外面的大
　　　　鳥即將要飛來，想要拿著弓箭射牠，縱使一起學習，但效
　　　　果卻大不同。這難道是智力不同嗎？」

4. **螗蜣不知春秋。**

　白話翻譯：寒蟬春生夏死，夏生秋死，故不知年。引申其意，形容
　　　　　　生命的短暫，或形容人孤陋寡聞，少見多怪。

　典故出處：先秦・莊子：《莊子・逍遙遊》

⊕⊕⊕⊕ 細說典故

　　小知不及大知，小年不及大年。奚以知其然也？朝菌不知晦
朔，螗蜣不知春秋，此小年也。楚之南有冥靈者，以五百歲為春，
五百歲為秋；上古有大椿者，以八千歲為春，八千歲為秋。而彭祖
乃今以久特聞，眾人匹之，不亦悲乎！

⽩話典故

　　擁有小聰明的人，趕不及有大智慧的人；短促壽命者，趕不上壽命長久者。如何得知趕不及的理由呢？一種只生長在白天的菌類，朝生而暮死，不知什麼是黑夜與白晝；寒蟬春生夏死，夏生秋死，故不知什麼是「一年」，這屬於壽命短促的一類。楚國南方有一種「冥靈樹」，人類寒暑由春到冬的兩千年，不過是它壽命的一年。上古更有一種「大椿樹」，以三萬兩千歲爲一年，這是壽命長久的一類。人瑞彭祖不過以活了八百歲獨聞名於世，大家還以此相比爲長壽，不是很悲哀嗎？

5. 井蛙不可以語於海者，拘於虛也；夏蟲不可以語於冰者，篤於時也。

　白話翻譯：井底之蛙不可以跟牠說大海，因爲其居住地狹隘；夏生
　　　　　　之蟲不可以跟牠論冬天的冰，因爲限於生命短促之故。
　　　　　　引申其意，人的識見短淺，不可以跟他說大道理。

　典故出處：先秦・莊子：《莊子・秋水》

細說典故

　　秋水時至，百川灌河。涇流之大，兩涘渚崖之間，不辨牛馬。於是焉河伯欣然自喜，以天下之美爲盡在己。順流而東行，至於北海，東面而視，不見水端，於是焉河伯始旋其面目，望洋向若而嘆曰：

　　　「野語有之曰：『聞道百以爲莫己若者』，我之謂也。
　　　且夫我嘗聞少仲尼之聞而輕伯夷之義者，始吾弗信；今
　　　我睹子之難窮也，吾非至於子之門則殆矣！吾長見笑於
　　　大方之家。」

北海若曰：「井蛙不可以語於海者，拘於虛也；夏蟲不可以語於冰
　　　　　者，篤於時也；曲士不可以語於道者，束於教也。今爾

出於崖涘，觀於大海，乃知爾醜，爾將可與語大理矣。
天下之水，莫大於海，萬川歸之，不知何時止而不盈；
尾閭泄之，不知何時已而不虛；春秋不變，水旱不知。
此其過江河之流，不可為量數。而吾未嘗以此自多者，
自以比形於天地而受氣於陰陽，吾在於天地之間，猶小
石小木之在大山也。方存乎見小，又奚以自多！計四海
之在天地之間也，不似礨空之在大澤乎？計中國之在海
內，不似稊米之在太倉乎？號物之數謂之萬，人處一
焉；人卒九州，穀食之所生，舟車之所通，人處一焉；
此其比萬物也，不似豪末之在於馬體乎？五帝之所連，
三王之所爭，仁人之所憂，任士之所勞，盡此矣！伯夷
辭之以為名，仲尼語之以為博，此其自多也，不似爾向
之自多於水乎？」

白話典故

　　秋水及時而至，上百條的川水流入大河中，水流之大，致使河
岸兩旁與水中沙洲上的動物是牛是馬，都分不清楚。於是，河伯高
興而自得，認為天下最美好的東西都被自己掌握，他順流水東行，
到達了北海，向東遠眺，看不見水的邊際。於是，河伯改變原本態
度，望著海洋而感嘆道：

　　「俗話有云：『聽聞許多道理，以為都不如我。』這就是
說我呀！而且，曾經聽聞有人說孔子的見聞淺薄，而輕視
伯夷的讓國之賢，剛開始我不信，今天我看到北海難以窮
盡，如果不是到了你家的大門，便危險囉，恐怕會貽笑大
方的。」

海神北海若說：

　　「井底之蛙不可以跟牠聊大海，因為他的居住地狹隘。夏

生之蟲不可以跟牠論冬天的冰，因爲生命短促之故。鄉野之士不可以說大道，因爲教育程度被侷限了。今天你走出河岸水邊，看到大海，才知道自己的醜樣，我將可以跟你說大道理了。天下的水，沒有比大海更大，所有細流都要歸於大海，不知何時才會停止，且永遠不盡。而大海的排水處，也不知何時才會流到枯竭。大海一年四季都不會改變，水旱災對海而言，都不會有知覺。而海已經超過了江河的流量，不可以衡量。我從未因此而自傲，我認爲形體是生於天地且稟於陰陽二氣所生，我在天地間好像小石頭在一座大山上，方感受自己的渺小，又怎能自以爲多呢？我衡量東西南北四海在天地之間，不就好像蟻穴在大水澤一般？而中國又在海之內，不好像小米在大倉庫一樣？世上物種繁多，以萬來計數，人不過是萬物之一。大概說來，九州之內，穀糧所生之地，車馬所通的地方，人只不過占其中一小處而已。以此比於萬物，不就好像秋毫之末的毛髮在一匹馬的身上嗎？五帝禪讓繼位，三王以武力爭王位，這是世俗仁者所擔憂的，賢能之士所勞心的，也不過就只爲了一國之事罷了。而伯夷辭去王位而得到名聲，孔子論《六經》而自以爲廣博，他們的自以爲多，不就像你剛才自認爲比水來要來得多嗎？」

6.邯鄲學步。

白話翻譯：指盲目的學習，反而效果更糟。

典故出處：先秦・莊子：《莊子・秋水》

細說典故

　　且子獨不聞夫壽陵餘子之學行於邯鄲與？未得國能，又失其故行矣，直匍匐而歸耳。

⑬⑬⑬⑬

　　你沒聽說過，燕國壽陵地方的年輕人到趙國邯鄲學他們走路的方法嗎？沒有學到趙國人的絕技，又忘了以前走路的方法，最後只能爬著回國了。

7. 君子生非異也，善假於物也。

　　白話翻譯：君子本性與一般人相同，而是善於借助客觀學習，成就了自己的品德。

　　典故出處：先秦・荀子：《荀子・勸學》

⑬⑬⑬⑬

　　吾嘗終日而思矣，不如須臾之所學也。吾嘗跂而望矣，不如登高之博見也。登高而招，臂非加長也，而見者遠；順風而呼，聲非加疾者，而聞者彰。假輿馬者，非利足也，而致千里；假舟楫者，非能水也，而絕江河。君子生非異也，善假於物也。

⑬⑬⑬⑬

　　我曾經整天苦思，還不如短暫學習更有成效。我曾跂腳遠望，還不如直接攀登高處看得更廣遠。站在高處招手，手臂沒有因此更長，但很遠的人都能看見；順著風向大聲呼叫，聲音沒有因此更大聲，但很遠的人都能聽得清楚。乘坐馬車的人，並不善於奔走，卻能一走千里遠；乘坐舟船的人，並非善於游泳，卻能橫渡江河。君子本性與一般人相同，而是善於借助客觀學習，成就了自己的品德。

8. 故不積跬步，無以至千里；不積小流，無以成江海。

　　白話翻譯：所以不累積半步半步的走，沒有辦法走千里之遠。不積細流，沒有辦法成爲大江大海。引申其意，說明學習需要經過累積，才會有成果。

典故出處：先秦・荀子：《荀子・勸學》

9.古之學者爲己，今之學者爲人。

白話翻譯：古代學者學習是爲了陶冶自己的品性，現在學者學習是
爲了別人。

典故出處：先秦・荀子：《荀子・勸學》

細說典故

　　君子之學也，入乎耳，著乎心，布乎四體，形乎動靜。端而
言，蝡而動，一可以爲法則。小人之學也，入乎耳，出乎口；口耳
之間，則四寸耳，曷足以美七尺之軀哉！古之學者爲己，今之學者
爲人。君子之學也，以美其身；小人之學也，以爲禽犢。

白話典故

　　君子的學習歷程，是將道理聽進去，牢記在心中，舉手投足
間都能展現學習的道理，日常行動也能合乎道德標準。他細微的言
語、行動，都可作爲他人的標準、楷模。相反的，小人的學習歷
程，是聽到什麼，馬上就說了出來，道聽塗說；這口耳之間的距離
不過四寸長，怎能彰顯一個人昂揚七尺的身軀呢？古代學者學習是
爲了陶冶自己的品性，現在學者學習是爲了別人。君子的學習，可
以修養身心；小人的學習，是欲取悅他人。

10.子巧於相踶馬而拙於任腫膝。

白話翻譯：你很懂得看馬會不會踢人，卻不懂得觀察牠的膝蓋是否
有問題。引申其意，對於要能全面認知事物，而不能只
觀察一隅。

典故出處：先秦・韓非：《韓非子・說林下》

細說典故

　　伯樂教二人相踶馬，相與之簡子廄觀馬。一人舉踶馬，其一人

從後而循之，三撫其尻而馬不踶，此自以為失相。

其一人曰：「子非失相也。此其為馬也，踒肩而腫膝。夫踶馬也
　　　　者，舉後而任前，腫膝不可任也，故後不舉。子巧於相
　　　　踶馬而拙於任腫膝。」

夫事有所必歸，而以有所，腫膝而不任，智者之所獨知也。

惠子曰：「置猿於柙中，則與豚同。」

故勢不便，非所以逞能也。

⚪白⚪話⚪典⚪故

　　伯樂教兩個人辨別會踢人的馬，他們一起到趙簡子的馬廄看
馬。一人直接指出會踢人的馬，另一人跟在馬的後方來回跟著，反
覆摸了馬的屁股，馬卻沒有踢人，指出會踢人者以為自己辨別錯
了。

摸馬的人就說：

　　　　「不是你辨別錯了，這確實是一匹會踢人的馬，但是牠的
　　　　前腿骨折膝蓋腫大。一匹馬踢人時，會舉起後腿，重心會
　　　　移到前腿，但是牠前膝腫了，無法承擔重量，所以後腿舉
　　　　不起來。你啊！確實會相馬，卻沒發現牠膝腫了。」

所以任何事情都事出有因，膝蓋腫了無法承擔重量，只有智者知
道。

惠施說：「把猿猴放在盒子中，就跟豬沒什麼兩樣。」

因此，是客觀條件的限制導致馬不能踢腿，使牠無法展現其本領。

11. 少而好學，如日出之陽；壯而好學，如日中之光；老而好學，如炳燭
　　之明。

　　白話翻譯：年輕時好學，如同剛升起的日出；壯年時好學，如同日
　　　　　　　正當中的陽光；老年好學，如同蠟燭所發出的光。引申
　　　　　　　其意，勉勵人要緊握學習的時機，無論在什麼時候。

典故出處：西漢・劉向：《說苑・建本》

細說典故

晉平公問於師曠曰：「吾年七十欲學，恐已暮矣。」

師曠曰：「何不炳燭乎？」

平公曰：「安有為人臣而戲其君乎？」

師曠曰：「盲臣安敢戲其君乎？臣聞之，少而好學，如日出之陽；
　　　　　壯而好學，如日中之光；老而好學，如炳燭之明。炳燭之
　　　　　明，孰與昧行乎？」

平公曰：「善哉！」

白話典故

晉平公問師曠說：

　　　　　　「我現在七十歲想要學習，恐怕已經晚了。」

師曠說：　　「既然晚了，為何不點起燭火呢？」

晉平公說：「哪有身為人臣還戲弄、開國君玩笑的？」

師曠說：　　「我這個瞎眼之臣怎敢戲弄國君？我聽說年輕時好學，
　　　　　　如同剛升起的日出；壯年時好學，如同日正當中的陽
　　　　　　光；老年好學，如同蠟燭所發出的光。擁有蠟燭之光比
　　　　　　摸黑行走，哪個好些？」

晉平公回應道：

　　　　　　「說得好啊！」

12.渡淮橘成枳。

　　白話翻譯：過了淮水的橘子就成為枳。引申其意，指外在學習環境
　　　　　　影響人的性情。

　　典故出處：西漢・劉向整理：《晏子春秋・內篇雜下》

細說典故

晏子至，楚王賜晏子酒，酒酣，吏二縛一人詣王。

王曰：「縛者曷為者也？」

對曰：「齊人也，坐盜。」

王視晏子曰：「齊人固善盜乎？」

晏子避席對曰：

　　「嬰聞之，橘生淮南則為橘，生于淮北則為枳，葉徒相似，其實味不同。所以然者何？水土異也。今民生長于齊不盜，入楚則盜，得無楚之水土使民善盜耶？」

王笑曰：「聖人非所與熙也，寡人反取病焉。」

白話典故

晏子到了楚國，楚王賜晏子酒，酒酣耳熱之際，有兩個官吏縛住一個嫌犯而面見楚王。

楚王說：　「被捉的是誰？」

官吏回答道：

　　「是齊國人，因為盜竊而被關。」

楚王看著晏子說：

　　「齊人本來就擅於偷竊嗎？」

晏子退席而回答：

　　「我聽說，橘子生於淮水之南，叫做橘子，生於淮水之北，就成了枳，二者只有葉子相似，其實味道不同。為什麼會這樣呢？因為水土之別啊！今天這個人生於齊國不偷竊，到了楚國反而偷竊，這是不是因為楚國的水土使人民善於偷竊呢？」

楚王笑說：「聖人是不可以與之爭光的，我反而是自討沒趣。」

13. 知不務多，而務審其所知；行不務多，而務審其所由；言不務多，而務審其所謂。

白話翻譯：求知不求貪多，而務必要審斷自己所知道的道理；行動不求多，而務必要審核自己行為的理由；話不貪多說，而務必要審慎知道自己說了什麼。

典故出處：西漢・戴德：《大戴禮記・哀公問五義》

14. 人之學也：或失則多，或失則寡，或失則易，或失則止。

白話翻譯：人們在學習的時候，有四項過失：或貪多不求甚解，或識見狹小不廣博，或容易見異思遷而不專一，或自我設限而不再進步。

典故出處：西漢・戴聖：《禮記・學記》

15. 學，然後知不足；教，然後知困。知不足，然後能自反也；知困，然後能自強也。故曰：「教學相長。」

白話翻譯：要確切學習，才會知道自己的學識有多不足夠；要實際去教人，才會知道自己困難不通之處。知道學識不足，才懂得自我反省；知道困難不通，然後才能夠自我圖強。所以說：「教與學都能相互成長。」

典故出處：西漢・戴聖：《禮記・學記》

16. 良冶之子，必學為裘。良弓之子，必學為箕。始駕馬者反之，車在馬前。君子察於此三者，可以有志於學矣！

白話翻譯：好的鐵匠之子，必先從補皮衣開始學習。優秀的弓箭工匠之子，必先從如何製作畚箕開始學習。剛開始學駕馬車的小馬，反跟在馬車後方學習，使車子在小馬之前。君子如能理解此三者，就可以立志向學了。引申其意，說明學習有進程，需由淺而深。

典故出處：西漢・戴聖：《禮記・學記》

17.人一能之己百之，人十能之己千之。果能此道矣，雖愚必明，雖柔
　必強。

　　白話翻譯：別人花一分力氣爲學，我花一百分力氣爲學；別人花十
　　　　　　　分力氣向學，我花一千分力氣向學。如果眞能實踐此精
　　　　　　　神，雖然本來愚笨，也能變聰明；縱使柔弱，也可以變
　　　　　　　強大。

　　典故出處：西漢・戴聖：《禮記・中庸》

18.管中窺豹。

　　白話翻譯：透過管子看豹。引申其意，即比喻所見甚小，未得其全。

　　典故出處：南朝宋・劉義慶：《世說新語・方正》

細說典故

王子敬數歲時，嘗看諸門生樗蒲。

見有勝負，因曰：

　　　　　「南風不競。」

門生輩輕其小兒，迺曰：

　　　　　「此郎亦管中窺豹，時見一斑。」

子敬瞋目曰：「遠慚荀奉倩，近愧劉眞長！」遂拂衣而去。

白話典故

王獻之才幾歲時，曾看見他父親的門生在賭博。

看到已經能分出勝負，於是便說：

　　　　　「南風有些弱。」

這些門生輕視他，於是嘲笑說：

　　　　　「這小傢伙就像是透過管子看豹，偶爾可看見到豹上的一
　　　　　　個斑點。」

獻之瞪大眼睛生氣的說：

　　　　　「我只比荀粲和劉眞長差一點。」說完拂袖而去。

19.以古爲鏡，可以知興替。

　　白話翻譯：以歷史爲借鏡，可以知道朝代的更迭與興替。用以說明
　　　　　　　學習歷史的重要性。

　　典故出處：唐・吳兢：《貞觀政要・任賢》

細說典故

　　太宗後嘗謂侍臣曰：「夫以銅爲鏡，可以正衣冠；以古爲
鏡，可以知興替；以人爲鏡，可以明得失。朕嘗保此三鏡，以防己
過。今魏徵殂逝，遂亡一鏡矣。」因泣下久之。

白話典故

　　唐太宗之後曾跟事奉他的大臣說：「以銅爲鏡子，可以端正衣
冠容貌，以歷史爲借鏡，可以知道朝代的更迭與興替。以他人爲照
鏡，可以端正自己的得失。我時常保有這三面鏡子，來防止自己的
過失。如今魏徵去世，於是失去了一面鏡子。」因而哭了良久。

20.孔子曰：「三人行，必有我師。」是故弟子不必不如師，師不必賢於弟
　子。聞道有先後，術業有專攻，如是而已。

　　白話翻譯：孔子說：「三人同行時，一定有可以做我的老師的
　　　　　　　人。」所以說，學生不必不如老師，老師也不一定要比
　　　　　　　學生高明。只不過是學習所謂的「道」有先後之別，而
　　　　　　　各自有專門研究的學術技藝，老師與學生的差別，不過
　　　　　　　如此。

　　典故出處：唐・韓愈：《昌黎先生集・師說》

21.人學始知道，不學非自然。

　　白話翻譯：人要學習才能知道道理，不學習則知識道理不會平白
　　　　　　　而生。

　　典故出處：唐・孟郊：〈勸學〉

細說典故

　　擊石乃有火，不擊元無煙。人學始知道，不學非自然。萬事須己運，他得非我賢。青春須早爲，豈能長少年。

白話典故

　　要敲擊石頭才會產生火花，不敲打連煙都沒有。人要學習才能知道理，不學習則知識不會平白而生。任何事情都需要自己去實踐，別人得到的知識不會成爲我的才能。應趁年輕早點打算，人生豈能永遠年少呢？

22.則其所能，蓋亦以精力自致者，非天成也。然後世未有能及者，豈其學不如彼邪？則學固豈可以少哉！況欲深造道德者邪？

　　白話翻譯：那他（王羲之）的能力，大概也是投入大量精神所得來的，不是天生如此。然而，後世的人沒有能企及者，難道不是學習精神不如他嗎？所以，學習豈能夠缺少的呢！更何況是想要精進道德的人呢？

　　典故出處：北宋・曾鞏：《元豐類稿・墨池記》

23.人若志趣不遠，心不在焉，雖學無成。

　　白話翻譯：人如果志向不遠大，心思不集中，縱使是學習，但也不會有成就。

　　典故出處：北宋・張載：《經學理窟・義理篇》

24.仲永之通悟，受之天也。其受之人也，賢於材人遠矣。卒之爲衆人，則其受於人者不至也。

　　白話翻譯：仲永這個人通達聰慧，這是天生的；如能接受人爲教育，將更勝於一般賢才很多。但最後與常人無別，是因爲後天教育不足所致。引申其意，無論天才與否，仍要重視後天學習。

典故出處：北宋・王安石：《臨川先生文集・傷仲永》

細說典故

王子曰：「仲永之通悟，受之天也；其受之人也，賢於材人遠矣。卒之爲衆人，則其受於人者不至也。彼其受之天也，如此其賢也，不受之人且爲衆人。今夫不受之天，固衆人，又不受之人，得爲衆人而已邪！」

白話典故

王安石說：「仲永這個人通達聰慧，這是天生的；如能接受人爲教育，將更勝於一般賢才很多。但最後與常人無別，是因爲後天教育不足所致。仲永天賦異秉，如此聰慧，不接受後天教育，尚且淪爲與常人無異。今天常人沒有那種天賦，本來就是個普通人，再不接受後天教育，那就只能安於成爲一個普通人了。

---

25. 書卷多情似故人，晨昏憂樂每相親。眼前直下三千字，胸次全無一點塵。活水源流隨處滿，東風花柳逐時新。金鞍玉勒尋芳客，未信我廬別有春。

白話翻譯：書籍是如此多情，就像我的老朋友，無論白天晚上，或憂傷快樂之時，無時無刻都與我相親近。我專心一致，一看數千字，内心沒有任何雜念。讀書的好處就像是活水源流般的取之不盡，用之不竭，又有如東風催促花柳盛開，不斷增長新知。那些富貴人家的子弟們，又怎能知道我的内心別有另一片春天呢！

典故出處：明・于謙：《于忠肅集・觀書》

26. 人非聖賢，安能無所不知？祇知其一，惟恐不止其一，復求知其二者，上也；止知其一，因人言始知有其二者，次也；止知其一，人言

有其二而莫之信者，又其次也；止知其一，惡人言有其二者，斯下之
下矣。

　白話翻譯：人不是聖賢，怎能夠知道所有事情？只知其一，恐怕不
　　　　　　只其一，更去追求其他內容者，是第一等的；只知其
　　　　　　一，因爲別人告知而知道有其他內容者，是次等的；只
　　　　　　知其一，別人告知有其他內容卻不相信者，是更次等
　　　　　　的。只知其一，而厭惡別人告知有其他內容者，是下等
　　　　　　中的下等的。

　典故出處：清・張潮：《幽夢影》

27.藏書不難，能看爲難；看書不難，能讀爲難；讀書不難，能用爲難；能
用不難，能記爲難。

　白話翻譯：收藏圖書不難，眞正看書很難；看書不難，眞正理解書
　　　　　　中內容很難；理解內容不難，能運用知識很難；能運用
　　　　　　知識不難，能牢牢記住這些知識很難。

　典故出處：清・張潮：《幽夢影》

28.是故聰與敏，可恃而不可恃也；自恃其聰與敏而不學者，自敗者也。昏
與庸，可限而不可限也；不自限其昏與庸而力學不倦，自立者也。

　白話翻譯：所以聰明與敏捷通達，看似可依靠，卻不可依靠。一個
　　　　　　人只靠聰明與敏捷通達，卻不去學習，是自取失敗。昏
　　　　　　聵糊塗與平庸，看似會被設限，卻不會被設限住。不因
　　　　　　自身的昏聵糊塗與平庸，而持續學習者，才是自我成功
　　　　　　之人。

　典故出處：清・彭端淑：《白鶴堂文集・爲學一首示子姪》

29.讀書不多，無以證斯理之變化；多而不求於心，則爲俗學。

　白話翻譯：讀書不多，無法體會道理在人事現象的變化；書讀得
　　　　　　多，卻沒有眞正用心去體會其間的道理，那所學都是粗
　　　　　　俗的。

典故出處：清‧全祖望：《鮚埼亭文集選注‧黃梨洲先生神道碑》

30.求業之精，別無他法，曰「專」而已矣。諺曰：「**藝多不養身**」，謂不專也。吾掘井多而無泉可飲，不專之咎也。

白話翻譯：追求學業的精通，沒有別的辦法，只有求專一而已。俗諺說：「過多的技藝，無法謀生」，就是說為學不夠專一。如同我挖了很多井，卻沒有泉水可喝，正是不專一而導致的過錯。

典故出處：清‧曾國藩：《曾文正公家書‧致澄弟溫弟沅弟季弟‧道光二十二年九月十八日》

第三節　考古大觀園

88年

1. 學識與道德　（88年第二次航海人員報務員等特考）
2. 論知識與道德　（88年各類科高考三級第二試）
3. 終身學習，超越自我　（88年不動產經紀人考試）
4. 子曰：「知之者不如好之者，好之者不如樂之者」試申其義。（88年各科別等高等二級考試）

89年

1. 學與問　（89年法務部調查人員三等考試）
2. 學與思　（89年第一次航海人員二等船副等特考）

90年

1. 書有未曾經我讀，事無不可對人言　（90年簡任升官考試）
2. 溫故與知新　（90年公務人員薦任升官考試）
3. 臨淵羨魚，不如退而結網　（90年消防設備人員等特考）

91年

1. 知識之追求與實踐　（91年醫事人員等高考）
2. 不經一事，不長一智　（91年中醫師等特考）
3. 終身學習，日新又新　（91年公務人員三等考試）
4. 博學與專精　（91年醫事人員普考）

92年

1. 要怎麼收穫，先那麼栽　（92年行政類各科別普考）
2. 知識就是力量　（92年建築師等高考）
3. 論知識分子的時代使命　（92年公路人員升資考試佐級晉員級）

94年

1. 讀書在明理，明理在於致用　（94年消防設備師等特考）

96年

1. 溫故與知新　（96年郵政人員佐級晉員級）
2. 專心與虛心　（96年郵政人員士級晉佐級）
3. 凡想在學識上有精粹的造詣，成為頂尖人才，國家棟梁，就必須先經過專心致志地勤苦鑽研，並無其他捷徑可尋，所以古人曾說：「書山有路勤為徑，學海無涯苦作舟。」請以「求知無坦途，學問無捷徑」為題，作文一篇。文長不拘，但必須加新式標點符號。（96年司法人員五等特考）

97年

1. 論「學然後知不足」　（97年公務人員初等考試）

98年

1. 開卷有益　（98年交通事業公路人員佐級晉員級）
2. 林肯說：「平時在學識與經驗上的努力，是我們到了危急關頭最有力的支持者。」試以「學識與經驗」為題，作文一篇。　（98年公

務人員三等特考）

99年

1. 《論語》全書第一句話便是「學而時習之，不亦說乎」，《荀子》首篇即是〈勸學〉：充分顯示古人對「學習」的重視；今日社會則重視「創意」，《論語》也說「溫故而知新，可以為師矣」。如何透過學習發揮創意，實為人生重大課題。試以「學習與創意」為題，寫一篇文章，文長不限。　（99年公務人員高等三級考試）

2. 英國思想家培根「知識就是力量」之說，具體展現西方對知識的肯定、推崇；但中國大哲老子卻說「知者不博，博者不知」，質疑知識與智慧的必然關係；莊子也以「吾生也有涯，而知也無涯。以有涯隨無涯，殆已；已而為知者，殆而已矣」，警惕世人不宜盲目追逐知識。試以「知識與智慧」為題，作文一篇，加以申述。　（99年第二次司法人員特考）

101年

1. 張潮在《幽夢影》中說：「善讀書者，無之而非書；山水亦書也，棋酒亦書也，花月亦書也。」人生於天地之間，如果能細心體會，不管任何事務，必能如同書本一般，讓我們入寶山而滿載歸。請以「讀書的收穫」為題，作文一篇。　（101年四等司法特考）

2. 胡適曾藉范仲淹〈靈烏賦〉的「寧鳴而死，不默而生」，來彰顯知識分子諫諍的傳統，並指出言論自由可以鼓勵人人肯說「憂於未形，恐於未熾」的正論危言，來替代小人們歌功頌德、鼓吹昇平的濫調。請以「知識分子是社會的良心」為題，詳加申論。　（101年律師高考第二試）

102年

1. 聯合國教科文組織指出，未來人們學習的方式有四大理念：(1)學做

人⑵學做事⑶學習「不斷學習」⑷學習與人共處。平心而論，此四大理念確實言近旨遠，允為我們應奉行不渝的信條。請就此四大理念，以「學習之道」為題，撰文一篇，分別申論其旨。　　（102年關務人員等二等特考）

103年

1. 未來學大師Alvin Toffler曾說：21世紀所稱的文盲，已不再是不能讀、不能寫，而是不懂學習、不懂汰除過時知識、不懂重新學習。請以「拒絕淪為21世紀的文盲」為題，作文一篇，加以闡述。（103年司法人員等三等特考）

106年

1. 閱讀好書，常可享受不少樂趣，或思想得到啟迪，有心領神會之樂；或眼界得以開展，有耳目一新之樂；或情緒獲得紓解，有怡情悅性之樂；或知能因而增益，有學藝精進之樂。請以「閱讀好書的樂趣」為題，作文一篇，加以論述。　　（106年司法人員等三等特考）

107年

1. 在現今社會裡，網路資訊爆炸，各種五花八門知識、真假虛實訊息隨手易得，各類專家、大師林立，而在社群媒體上人們也往往一知半解，任意評論發言。蘇軾在勉人為學時曾云：「博觀而約取，厚積而薄發」，面對當今急功好利的社會，現代人無論在專業為學、社會上的終身學習，或從事任何著述、發表，都非常需要遵循蘇軾此種精神。

請以「博觀而約取，厚積而薄發」為題作文一篇，針對現今社會現象加以論述，文中必須兼論「博觀約取」及「厚積薄發」二者的精神與意義。　　（107年外交人員等三等特考）

2. 《論語‧述而第七》，子曰：「德之不修，學之不講；聞義不能

徙，不善不能改，是吾憂也。」意思是：「人若不修養品德，不講
求學問；聽到應當做的事卻不能馬上做，有錯誤卻不能改正，這些
都是我（孔子）所擔憂的事。」簡單地說，修德、講學、徙義與改
善四者，就是孔子所憂患的人生大事。請以「修德講學，徙義改
善」為題，撰文一篇，文白不拘，申論上文在當今社會的時代意
義。　（107年公務人員二級高考）

108年

1. 古往今來人們莫不崇尚知識，韓愈說：「人生處萬類，知識為最
賢」，英國16、17世紀之際的哲學家培根所說的：「知識就是力
量」尤為經典名言。韓愈、培根所說的「知識」，與現今網路年代
所謂「知識爆炸」的「知識」，定義是否相同？請以「『知識』的
定義」為題，作文一篇，予以闡述，文中必須對上述兩類「知識」
的意義及其作用，加以討論說明。　（108年公務人員普考）

第四節　追蹤執行力

　　「學習」是抽象的名詞。學什麼，為何而學，如何學，以及如何實
踐於生活中，才至關重要。誠所謂：「學如不及，猶恐失之」，進入全球
化時代，不恥下問，終身學習，是現代人基本的條件。不僅如此，人的知
識、觀念也可能面臨到新舊交融或拒斥等種種問題。以下有四個問題分別
請教：

1. 如何能專心一致的學習？又博學與專精如何可兼得？請提出具體作法。
2. 應具備哪些態度，方能將抽象知識，落實在實際生活中，達到知行合一
的目的？
3. 當知識或觀念產生新舊、傳統與創新之隔閡時，該如何具體解決這樣的
問題？
4. 「道德」與「知識」如何取得一個平衡，請具體提出可行的作法。

第五節　奇文共賞與評析討論

一、奇文共賞㈠

題目：開卷有益（98年交通事業公路人員佐級晉員級考試）

作者：陳志揚

1

　　「開卷有益」，即透過讀書、學習，習得品德修養、專業知識、待人處世，以充實自我的方法。自家庭教育伊始，常以此被告誡，殆及步入一定年紀，既有的「道德基礎」早已潛移默化到自我素養；而漸進學習的基礎知識，更是建構「專門知識」的前哨。如此方知「開卷」不單設限在書本，更泛指生活一切的有形經驗，與道德理性的累積與傳承。益處是能指引自我品德、知識，與種種基本應世能力，以面對生活各式的挑戰。

2

　　因此，好的學習習慣須從年幼開始培養，久之，內化成自然，便能自然流露出以認真的態度蒞世，成為掌握成功的契機。若錯失培養好的學習習慣，隨著年齡增長，將難以體會開卷之益，夫《禮記‧學記》有云：「時過然後學，勤苦而難成」，正是此意。

　　但也不宜用此為藉口，自遺於社會學習之外，今日強調的「終身學習」，誠是一例。西漢劉向《說苑‧建本》說道：「少而好學，如日出之陽；壯而好學，如日中之光；老而好學，如炳燭之明。炳燭之明，孰與昧行乎？」此正說明開卷有益之學習，是不分年齡的。再者，《荀子‧勸學》說：「不積跬步，無以至千里；不積小流，無以成江海。」正說明付諸行動的重要。凡以古為鏡，可知興替，從書本、經驗中，學習前人的優點，並以前人的缺點為借鏡，再從中創造出新的精神與方法，使自我得到最大的充實與幫助。

　　將開卷有益落實到現代職場：充實專業知能、技術，能奠定工作

定位；善於待人處世，能和諧人際關係。這一切前提是要好學不倦、積極向上，學專業，更學品性。所以，知之要能行之，踐行不論身分、年齡，有心於學，則益處滿滿。

3

如何做到開卷有益，有賴以下四點：

一、廣泛涉獵，多元接納。在多元化的社會，宜廣泛吸收各類知識，如只懂自我專業，而未廣博攝取，終有閉門造車，不知變通之嘆。不同領域有不同觀念、知識，都能豐富對各議題的多視角認知，以理性化、客觀化我們的思惟。

二、專精領域，精益求精。專業化自己的學習領域，是立基於專門知識化的社會的重要基礎。惟有不斷精進，保持學習熱情，方能不爲「後浪推前浪」而遭淘汰。

三、謙卑自省，多方請益。不僅從有形書本中學習，更要謙卑請益身邊長輩、益友，乃至於晚輩。畢竟，書是原則性的「經」，無法究及事理、世理的一切，而人際間的相處，是寓經於權的實踐與反省。

四、逆境成長，挫折磨練。「經驗」是從每次失敗取得的教訓，煉製、累積而成的毅力基礎。壓力、逆境更是生命成長的歷練，成就人之所以爲人，爲天地核心的中介，宜以「不放棄」的精神迎接挑戰，切勿從失敗中找藉口，錯失學習機會。

要言之，「廣泛涉獵」、「專精領域」是外在學習之益；但人若缺乏品德，知識反而可能成爲作奸犯科的工具。故須以「謙卑自省」、「逆境成長」等內在修養爲根本，方能內外兼備。

4

歸總而論，「開卷有益」是逐漸在生活、職場上體會到書無百日工的意義後，隨著年齡、環境，有不同體認。小至個人的力學篤行，

生活、職場的多聞闕疑、謙虛學習；廣至社會由良善閱讀，以化民成俗，國家更須鼓勵支持，提升民眾素質，以應全球化時代的挑戰。亦即要讓「開卷」內化成自我，外化為社會國家向上的動力。須知現今社會已非萬般皆下品，惟有讀書高所能因應，所謂「三百六十行，行行出狀元」，以臨池學書的精神，廣泛學習與體驗，以好學深思的專精，敷以恪守品性為本，必能創造更美好的環境與人生。

二、評析討論㈠

1.結構分析

　　題型：單軌題。

> ⑴第**1**段次（WHAT）：什麼是「開卷有益」。
>
> 　①直接破題，解釋「開卷有益」。
>
> 　②延伸釋題，將開卷泛指為有形經驗、無形的品德修養，以閱讀人生為範疇。
>
> ⑵第**2**段次（WHY）：為何要懂得「開卷有益」。
>
> 　①正、反面論證時間對學習的重要性。
>
> 　②正面說明「終身學習」的重要。
>
> 　③正面將「開卷有益」落實在職場，申明重要性。
>
> ⑶第**3**段次（HOW）：如何實踐「開卷有益」。
>
> 　①以「廣泛涉獵」為開端，依次是「專精領域」、「謙卑自省」、「逆境成長」，做依點論述。
>
> 　②以外在、內在的結合，總述上四點的實踐進程。
>
> ⑷第**4**段次：總結式結尾。
>
> 　①透過個人實踐、影響眾人、永續發展，依次作結。

2.總講評

⑴從「開卷有益」，再將此「卷」從有形書本，擴及到有形的生活經驗、無形的道德理性，伸展度強，不拘於一隅。

⑵結構、層次清楚，文筆亦簡練而清爽。

⑶由於界定寬廣，兼顧道德涵養、專業知能、生活學習、職場技能之諸多面向，但匯集之後，如何成爲一個主題，很是重要。否則，顧此失彼實是在所難免。第三段次分述實踐方法，時而導向專業學習，時而是道德涵養，正是如此，不妨解釋題目之後，聚焦一至兩個面向的討論，可省去紛雜之失。

三、奇文共賞㈡

題目：論「學然後知不足」（97年公務人員初等考試）

作者：張富詠

1

　　處於二十一知識爆炸經濟的時代，理應嚴以律己，並培養多元能力，勇於挑戰，從中找尋契機，方能逐及適應快速變遷的社會。因此，「終身學習」已是身爲現代人，不可或缺的學習態度──「學」而後「知」，「知」而後「行」，故能「行」而「知」不足，並洞悉「學」然後「知」不足的進程。故，落實終身學習，當以「博學與專精」、「知識與道德」和「奉獻與回饋」三次第來探討如何彌補自我缺失，且持續精進，或能更穩固地立基於社會，無憂被隱沒之危機。

2

　　學習的首要目的在於「博學」與「專精」。因學而知不足，所以，更應該廣泛接觸不同的人、事、物，以期充實學習的「廣度」與「深度」。而欲拓寬廣度，即須擁有自我學習和處理問題癥結的能力，因此，無論是從新聞媒體，抑或是與同儕互動得知相關的政治、

經濟、社會、文化、國際的資訊時，透過吸收到最後真正消化，並內化為屬於自己的智慧時，才是真知識；另外，欲延展深度，即須從實踐的歷程裡，證明所學理論，如陸游曾言：「紙上得來終覺淺，絕知此事要躬行。」便強調踐行的重要。故，培養學習之廣度與深度，也正間接地養成博學與專精的能力，方能體會學然後知不足的精蘊。

3

　　學習的次要目的則著重於「知識」與「道德」。然而，欲將所學所聞，轉換成待人應物的準則，有賴社會磨練的經驗，和從中發現不足之處，故須學無止盡，持續精進。正如朱熹所言：「舉一而反三，聞一而知十，及學者用功之深，窮理之熟，然後能融會貫通，以至於此。」申言之，學習過程中，學而不思，又或者思而不學，一周一殆，便難通達事理，深明處世之道。又《莊子・天下》：「一尺之棰，日取其半，萬世不竭。」學習亦是如此，欲深究此理，愈會發現自己的「無知」，故須學思並重，並透過與人相處之文化，進而端正己身，以督促自我不斷上進。

4

　　學習的最後精隨乃著重於「奉獻」與「回饋」。其精神重於自主，因自願回報，決定貢獻社會，讓資源永續。換言之，學校教授知識理論，而理論的融通，則有待實踐，如：實習制度、產學合作、志工研習等等，除了能補充理論之不足，也更能清楚未來方向，學習承擔責任，進而回饋社會。如奧地利維也納政府鼓勵青年能親身投入工藝、旅遊……等職場工作，以及我國外交部規劃青年至海外多國志工服務的活動，除了對國家生產力有相當幫助，也替自己找到就業方向，並直接印證所學，使其從實踐中，體悟「學」然後「知」不足的過程，且擴大眼界，豐富生命藍圖，更能促進社會。

5

　　學習，固然漫長；知識，同為難取，所以，更當保持積極求知
欲，盡可能向長輩請教，抑是與平輩交流，相互砥礪。《鹽鐵論·制
議》：「多見者博，多聞者智，拒諫者塞，專己者孤。」即明言三
人行必有我師之道。又《禮記·學記》：「學然後知不足，教然後知
困。知不足，然後能自反也；知困，然後能自強也。」

　　即重反求諸己，自省不足，以養成終身學習之心態。若能再從以
上諸次第深化學習之意蘊，並將此風氣擴散於社會群體，乃至國家永
續經營之方，則當能豐富人類生活。

四、評析討論㈡

1.結構分析

　　題型：單軌題。

⑴第**1**段次（WHAT）：何謂「論學然後知不足」。

　①定義「學習」乃「終身學習」。

　②提出落實終身學習的三個次第。

⑵第**2**段次：分論1，「博學與專精」對終身學習的重要性。

　①欲達「博學」與「專精」，必須充實學習的「廣度」與「深
　　度」。

　②以陸游之言，強調踐行能證實「學然後知不足」。

⑶第**3**段次：分論2，「知識與道德」對終身學習的重要性。

　①欲融通知識、道德為處世之道，有賴社會經驗，因「知」不足而
　　「學」。

　②以朱熹、《莊子·天下》所言，說明學思並重，實能培養為人應
　　有之道德。

⑷第**4**段次：分論3，「奉獻與回饋」對終身學習的重要性。

① 解釋奉獻、回饋在於能貢獻社會，資源永續。

② 以奧地利學徒制度和我國海外志工為例，說明將所學奉獻與回饋於社會。

(5)第 **5** 段次：總結式結尾。

① 以《鹽鐵論・制議》與《禮記・學記》為引言。

② 透過個人實踐、影響社會、國家永續發展等三個層次，依次作結。

2.總講評

(1)作者透過「知」、「行」觀念詮釋「學然後知不足」，並且清楚透過「博學與專精」、「知識與道德」、「奉獻與回饋」三次第，以總提分論闡述題旨，架構清楚分明。

(2)論述多元，從廣義的「知識學習」，到「品德教育」，再到「終身學習」皆有觸及，充分展現出「學」的各種樣態。

(3)善於說解，能旁徵博引古代名言、社會生活之例證，佐證論點。

(4)由於使用總提分論寫作法，作者直接進到「如何」踐行「學然後知不足」，但對於「為何」要先學，而後方能知不足的成因思考，則礙於篇幅，未能提及。

五、第三錦囊：需拓延增量的「單軌題」

談完「雙軌題」，來看看只有一個主題的「單軌題」。相較於雙軌題，雖看似單純，反而更難發揮。

因為「雙軌題」的第一段次該解釋者有三：第一子題、第二子題、兩個子題的「關係」。當回歸到單軌題，關注焦點只剩下一個，常使人不知所措，苦惱於如何拓延增量。

有三個基本解題方法：其一，「援引例證法」。援引一抒情或敘事起

首，而後釋題，如下例：

> 遊戲大富翁中有所謂之「機會」和「命運」，每次走到這兩步，
> 心中不免緊張及害怕交互衝擊，既是期待能得到意外之獲利，
> 又是擔心無妄之災的降臨。機會和巧遇成就了機遇，兩者缺一不
> 可；許多時候機會明在眼前，卻不懂得把握，等到失去了，才怨
> 天尤人，最後自暴自棄而造成社會問題。但有時遇見機會，卻
> 一心認為它是個危機，不懂得化危機為轉機者，終究一事無成。
> （林筱喬：〈機遇〉）

一開始以大富翁遊戲入題，結合「機會」與「命運」解釋「機遇」，之後
是字面意義的討論。以大富翁做引例，顯得單薄；後半段以「缺一不可」
做兩面釋題，思慮細緻綿密，扳回一城。這種短例，以時事、人物入題，
對不善於釋題者，最是常見，惜拿捏不當，恐流於膚淺；而比例不均，
引例占去釋題空間，或忽略解釋，都是錯誤的。上文引例約1/3，釋題占
2/3，是得宜的作法。

　　其次，「名言錦句法」。即援引成語、典故，佐證題目的可行性，援
引第一章的佳文〈真正的財富〉為例：

> 孔子曰：「君子愛財，取之有道」，係指有德君子宜守道德原
> 則，取予財貨。當然，財物不只是實質需求品，更包含心靈滿
> 足。夫飲食、男女之欲，人皆有之，物質欲望誘人，過度耽溺，
> 汲營於競逐名利，恐身陷而無法自拔。精神心靈的提昇，更該是
> 基本物質滿足後，應更一步體證的。歐陽修〈醉翁亭記〉有謂：
> 「宴酣之樂，非絲非竹，射者中，弈者勝，觥籌交錯，起坐而喧
> 嘩者，眾賓歡也。」足見生命之真、善、美俯拾即是，不必定是

物質豐裕，但觀能否以「心」體會，珍惜眼前，活在當下，知足常樂，這便是「真正的財富」。（陳瑋成）

作者先徵引孔子，既而帶出歐陽修的〈醉翁亭記〉，而後釋題，定位能以心來體證社會的美好，就是「真正的財富」。

其三，「直接破題法」。這是最直接的釋題，單刀直入，唯作者要有深切感悟、知識背景，才能暢所欲言，上文〈開卷有益〉中，作者先界定出三個重點：品德修養、專門知識、待人處世。再將「開卷」從書的本身，擴及到有形經驗、無形道德理性，條理清晰而分明。

第四章　理想立志類

第一節　話說類型

　　「理想立志」係提出個人的理想抱負，而著重在實踐理想的方法。此類型與「人生哲理」、「品德修養」、「讀書學習」密不可分，因為，理想不外乎以道德品行、知識為前提，解讀這四類題目時，時可並論。

　　「立志」是理事之前的基礎，對未來計畫提出預期目標，而後大步邁進。最常見的問題有三：一是「堅毅力」。能否堅持不輟，承受壓力，有恆心與毅力面對問題，如：「困境與突破」（90年航海人員一等船副特考）、「化阻力為助力」（92年法務部調查局等三等特考）、「成就與壓力」（97年交通事業鐵路佐級晉員級升資考）。

　　二是「執行力」。任何的理想抱負都經過縝密的思考、計畫，而後方能執行，那麼，對於近程、中程、遠程之先後次序性的安排；又或者是由內而外，由外而內；或由上而下，由下而上；或由個人到團體，再到社會國家之林林總總的「漸進式」歷程，是落實理想實踐的具體方法。如：「理想與改革」（94年記帳士等普考）、「凡事豫則立，不豫則廢」（97年外交領事等四等特考）、「我願、我能、我做」（101年三等警察特考）。

　　三是「現實力」。要根於現實，實踐理想，才不至於有空談夢想的可能。如：「務實」（98年公務人員五等特考）、「論『個人理想』與『社會現實』」（100年民航人員等四等特考）。

　　千萬記得，上述並非裂分為三種。任何一個理想立志類的題目，都會有「堅毅力」、「執行力」、「現實力」的考量與需求，只是根據題旨偏向，有先後順序排列的不同。而「理想立志類」的題目，往往是在「預設將來」的立場進行申論，這種預設的本質，本來便充滿許多的不確定，很

容易在論述過程中,放言高調,不切實際。

　　所以,必須先清楚資源根柢有哪些,而後再來談理想立志,才會明確。譬如:「如何迎向未來」(88年各類科普考第二試),作者應先論述現實的重要性、現實是作為理想未來的基礎,再討論「如何迎向」的方法與進程。又如:「務實」,則必須清楚現在所擁有的、缺乏的,繼而才能來談改善,求進步,展望未來。

　　最後,部分題目因為論及「自己」,很容易與第十三類的「經驗分享類」混淆,如:「超越自我」(91年臺北市政府基層公務人員四等考試)、「走自己的路」(92年身心障礙人員考試)、「掌握自我,經營人生」(92年專利商標審查考)。若嚴格審題,上述題意指的是「『每個人』的自己」,而非獨為「『我』自己」,因此,仍屬於理想立志類。若題目特別提到「請以個人經驗為例」時,明顯是經驗分享類了,此必須辨明。

(((重點摘要

1. 「理想立志」是提出理想抱負,且著重如何實踐。
2. 三個思考方向:堅毅力、執行力、現實力。
3. 必權衡現實資源,而後思索立志方向,才不至於空泛。

第二節　名言典故集錦

1. 顏淵、季路侍。子曰:「盍各言爾志。」子路曰:「願車馬衣輕裘,與朋友共,敝之而無憾。」顏淵曰:「願無伐善,無施勞。」子路曰:「願聞子之志?」子曰:「老者安之,朋友信之,少者懷之。」

　　白話翻譯:顏淵、子路陪侍在孔子身邊。孔子問說:「何不說說你們的志向?」子路說:「我願意把我的車馬、衣服與朋友共享,即使破爛破舊了,也都沒有關係。」顏淵說:

「我不誇耀自己的能力，也不誇大自己的功勞。」子路說：「能能聽聽老師您的志向嗎？」孔子說：「願使老人老人能安享天年，願與朋友交往能誠信，願使年幼之人得到關懷愛護。」

典故出處：先秦・孔子：《論語・公冶長》

2. 曾子曰：「士不可以不弘毅，任重而道遠。仁以為己任，不亦重乎？死而後已，不亦遠乎？」

白話翻譯：曾子說：「士不可以不寬大堅毅，要有遠大抱負，意志堅強；要能長時間承擔沉重的責任而不輟。以愛人的仁德精神作為自己的人生任務，這不是很沉重的責任嗎？要到死的那刻，才算盡了責任，這不是很長遠嗎？」

典故出處：先秦・孔子：《論語・泰伯》

3. 子曰：「譬如為山，未成一簣，止，吾止也。譬如平地，雖覆一簣，進，吾往也。」

白話翻譯：孔子說：「譬如要堆成一座山，少了一筐土，停止了，這是自我設限而裹足不前。又譬如要堆成平地，再倒進一筐土，便能前進了，這是我自己願意前進的。」引申其意，無論是自強不息，或是中道而止，都是自己決定的。

典故出處：先秦・孔子：《論語・子罕》

4. 將治大者不治細，成大功者不成小。

白話翻譯：欲治理大事的，不用顧及生活瑣事；要成就大功業的，不用計較小小的利益。

典故出處：先秦・列子：《列子・楊朱》

細說典故

楊朱見梁王，言治天下如運諸掌。

梁王曰：「先生有一妻一妾而不能治，三畝之園而不能芸；而言治
　　　　天下如運諸掌，何也？」

對曰：　「君見其牧羊者乎？百羊而群，使五尺童子荷箠而隨之，
　　　　欲東而東，欲西而西。使堯牽一羊，舜荷箠而隨之，則不
　　　　能前矣。且臣聞之：吞舟之魚，不游枝流；鴻鵠高飛，不
　　　　集污池。何則？其極遠也。黃鐘大呂不可從煩奏之舞。何
　　　　則？其音疏也。將治大者不治細，成大功者不成小，此之
　　　　謂矣。」

(白)(話)(典)(故)

楊朱參見梁王，誇言說治理天下如在手掌上玩東西一樣的容易。

梁王說：「先生您有一妻一妾，尚且不能管理好；三畝大的菜園，
　　　　連草都除不好，而說治理天下如在手掌上玩東西一樣的容
　　　　易，這是什麼道理？」

楊朱回應說：

　　　「國君您見過人在牧羊嗎？百來隻的羊群，讓一個五尺高
　　　的小童拿著鞭子跟在後面，要羊群往東就往東，往西就往
　　　西。如果讓堯帝牽一隻羊，讓舜拿鞭子跟在後面，則羊群
　　　不會前進。而且我聽聞：能吞下小船的大魚，不會游於河
　　　流的支流。鴻鵠之鳥飛得高遠，不會聚集在污水池塘邊。
　　　這是為什麼呢？是因為牠們的目標遠大啊！像黃鐘、大呂
　　　的音律，不可搭配繁複節奏的舞蹈，這又是為什麼呢？因
　　　為它的聲調節奏莊嚴舒緩。欲治理大事的，不用顧及生活
　　　瑣事；要成就大功業的，不用計較小小的利益。正是這個
　　　道理。」

5. 以子之所長，**游於不用之國，欲使無窮，其可得乎？**

　　白話翻譯：以你們的專長，去到一個用不到此專長的國家，還想要

不窮困，這可能嗎？引申其意，做任何事情或立定志
向，要符合現實需求。

典故出處：先秦・韓非：《韓非子・說林上》

細說典故

魯人身善織屨，妻善織縞，而欲徙於越。

或謂之曰：「子必窮矣。」

魯人曰：「何也？」

曰：「屨為履之也，而越人跣行；縞為冠之也，而越人被髮。以子
　　之所長，游於不用之國，欲使無窮，其可得乎？」

白話典故

有個魯國人善於編草鞋，他的妻子善於織絹布，兩人想要遷徙到
越國。

有人便跟他們說：「去了，你們會變窮困。」

魯國人問說：「這是為什麼呢？」

此人回應道：「草鞋是拿來穿的，但越國人習慣赤腳走路。絹布是
　　　　　　拿來做帽子的，越國人卻習慣披散著頭髮。以你們的
　　　　　　專長，去到一個用不到此專長的國家，還想要不窮
　　　　　　困，這可能嗎？」

6. **燕雀安知鴻鵠之志哉！**

白話翻譯：小燕子麻雀怎能知道大鴻鳥的志向呢？形容人應立定遠
　　　　　大志向。

典故出處：西漢・司馬遷：《史記・陳涉世家》

細說典故

陳涉少時，嘗與人傭耕，輟耕之壟上，悵恨久之，曰：「苟富貴，
無相忘。」

傭者笑而應曰：「若為傭耕，何富貴也？」

陳涉太息曰：「嗟乎，燕雀安知鴻鵠之志哉！」

⬡白⬡話⬡典⬡故

陳涉年輕時，曾與人幫傭耕種，在田上休息時，他感慨良久，說：

　　　「如果有朝一日富貴了，大家別忘了彼此。」

一起幫傭的人回答說：

　　　「如果只是幫人耕種，怎麼可能富貴？」

陳涉嘆息說：

　　　「唉！小燕子麻雀怎能知道大鴻鳥的志向呢？」

7. 浴不必江海，要之去垢；馬不必騏驥，要之善走；士不必賢世，要之知道。

　　白話翻譯：洗澡不必去大江大海，重要的是能去除污垢；騎馬不必是千里馬，重要的是善於奔跑；選用士人不一定要賢人，重在能明白事理。引申其意，一個人的出身貴賤並不重要，重要的是他實際展現的作為、結果。

　　典故出處：西漢・司馬遷：《史記・外戚世家》

8. 騏驥之跼躅，不如駑馬之安步。

　　白話翻譯：千里馬躊躇不前，還不如劣馬緩慢前進。引申其意，說明縱使資質、背景再好，卻不行動，還不如願意努力向上的普通人。

　　典故出處：西漢・司馬遷：《史記・淮陰侯列傳》

9. 夫聽者，事之候也；計者，事之機也。聽過計失而能久安者，鮮矣！

　　白話翻譯：聽取別人的見解，是謀劃事情成功的徵兆；計畫周延，是事情能成功的關鍵。聽錯了見解又錯過了計畫，而想要能長久安樂的，實在很少。

　　典故出處：西漢・司馬遷：《史記・淮陰侯列傳》

10.夫隨廝養之役者，失萬乘之權；守儋石之祿者，闕卿相之位。

　白話翻譯：一個甘心做他人奴僕者，將失去掌握天下的機會；一
　　　　　　個只願守著微薄薪水的人，就會失去當上卿相官員的
　　　　　　機會。

　典故出處：西漢・司馬遷：《史記・淮陰侯列傳》

細說典故

　　夫隨廝養之役者，失萬乘之權；守儋石之祿者，闕卿相之
位。故知者，決之斷也；疑者，事之害也。審毫釐之小計，遺天下
之大數；智誠知之，決弗敢行者，百事之禍也。

白話典故

　　一個甘心做他人奴僕者，將失去掌握天下的機會；一個只願守
著微薄薪水的人，就會失去當上卿相官員的機會。所以，智者懂得
當機立斷，做事遲疑不決者，只會敗事。只為了計較雞毛蒜皮的小
事，將忽略了天下大事；一個人的智慧如果能夠知道天下大事的變
化，卻因決心不夠而失去行動力，就會成為事情成敗的禍端。

11.此人皆意有所鬱結，不得通其道也，故述往事，思來者。

　白話翻譯：這些人都是意志不順，未能表現個人的理想。所以他們
　　　　　　追溯往事，以期未來的人了解他們。

　典故出處：西漢・司馬遷：《史記・太史公自序》

細說典故

七年而太史公遭李陵之禍，幽於縲紲。乃喟然而嘆曰：

　　「是余之罪也夫！是余之罪也夫！身毀不用矣。」

退而深惟曰：

　　「夫《詩》《書》隱約者，欲遂其志之思也。昔西伯拘羑
　　里，演《周易》；孔子戹陳蔡，作《春秋》；屈原放逐，著

〈離騷〉；左丘失明，厥有《國語》；孫子臏腳，而論兵法：不韋遷蜀，世傳《呂覽》；韓非囚秦，〈說難〉、〈孤憤〉：《詩》三百篇，大抵賢聖發憤之所爲作也。此人皆意有所鬱結，不得通其道也，故述往事，思來者。」

於是卒述陶唐以來，至于麟止，自黃帝始。

(白)(話)(典)(故)

七年之後，司馬遷爲李陵變節一事而辯解，自己卻遭逢大禍，被關在監牢中。於是長嘆道：

「是我的錯啊！是我的錯啊！我的身體受到宮刑之罰，殘而無用了。」

但退一步深思，又說：

「像《詩經》、《尚書》的文句隱微深刻，目的是想表達人的意志、想法。以前周文王被關在羑里，推演《周易》；孔子被困在陳國、蔡國，寫下《春秋》；屈原被放逐，寫了〈離騷〉；左丘明失明後，而編著《國語》；孫臏受陷害削去膝蓋骨後，則大論兵法；呂不韋被放逐到蜀地，而編寫《呂氏春秋》；韓非被秦國囚禁，撰寫出〈說難〉、〈孤憤〉；《詩經》三百首，大抵都是先賢先聖發洩憤懣所著。這些人都是意志不順，未能表現個人的理想。所以他們追溯往事，以期未來的人了解他們。」

於是我敘次從唐堯以降，再到漢武帝獲得白麟那年爲止。從黃帝開始寫起。

12.得其所利，必慮其所害；樂其所成，必顧其所敗。

　　白話翻譯：得到一件事的好處，必須考慮可能帶來的壞處；高興一見事情的成功，也必須顧慮有失敗的可能。

　　典故出處：西漢・劉向：《說苑・敬愼》

13.務大者固忘小，務小者亦忘大也。

白話翻譯：幹大事的人容易忽略小事，而做小事的人也會忘卻大事。

典故出處：西漢・劉向：《說苑・雜言》

細說典故

太公田不足以償種，漁不足以償網，治天下有餘智。文公種米，曾子架羊，孫叔敖相楚，三年不知軶在衡後。務大者固忘小。智伯廚人亡炙鏬而知之，韓、魏反而不知。邯鄲子陽園人亡桃而知之，其亡也不知。務小者亦忘大也。

白話典故

姜太公種的糧食還不夠做來年的種籽，打的魚還不夠買魚網，但是他治理天下卻是綽綽有餘。晉文公把米當成種籽，曾子將木枷套在羊的身上，孫叔敖到楚國當了三年宰相，卻不知道車軶在車的衡木後面。幹大事的人容易忽略小事。智伯對廚師遺失的烤肉竹筐了解得很清楚，但是對於韓國、魏國要反叛他卻不知道。邯鄲子陽對於管果園的人丟掉了桃子十分清楚，對自己要滅亡卻不知道。做小事的人也會忘卻大事。

14.子待虎傷而刺之，則是一舉而兼兩虎也。

白話翻譯：你等兩隻老虎相鬥受傷時再去刺擊牠們，可一舉兩得啊！引申其意，如能利用雙方矛盾，掌握時機，便能有所成就。

典故出處：西漢・劉向編：《戰國策・秦策二》

細說典故

有兩虎爭人而鬥者，管莊將刺之，管與止之，曰：「虎者戾蟲，人者甘餌，今兩虎爭人而鬥，小者必死，大者必傷。子待虎傷而刺之，則是一舉而兼兩虎也。」無刺一虎之勞，而有刺兩虎之名。

⑤⑥⑦⑦

　　有兩隻老虎爲了爭吃死屍而相鬥，管莊準備刺殺之，管與止住他而説：「老虎是兇猛的動物，而人是牠們甘美的食物，今天兩虎爭死屍而相鬥，弱小的老虎必定會死，強大的老虎也必會受傷。你等兩隻老虎相鬥受傷時再去刺擊牠們，可一舉兩得啊！」這正是不需要費力去殺一隻老虎，卻能得到刺死兩隻老虎的美名。

15.**學者不患才之不贍，而患志之不立。**

　　白話翻譯：學者不必擔憂才能不充裕，而應擔憂沒有立定志向。

　　典故出處：三國·徐幹：《中論·治學》

16.**非澹泊無以明志，非寧靜無以致遠。**

　　白話翻譯：不慕名利，才能明確志向；心緒專一，才能實現遠大目標。

　　典故出處：清·張澍編：《諸葛亮集·卷一·誡子書》

⑤⑥⑦⑦

　　夫君子之行，靜以修身，儉以養德。非澹泊無以明志；非寧靜無以致遠。夫學須靜也，才須學也。非學無以廣才，非志無以成學。淫慢則不能勵精，險躁則不能理性。年與時馳，意與歲去，遂成枯落，多不接世，悲守窮廬，將復何及！

⑤⑥⑦⑦

　　一位君子的品性，要以沉靜穩重修養自身，以節儉培養德性。不慕名利，才能明確志向；心緒專一，才能實現遠大目標。學習需沉靜穩重，才識要靠學習而來，不學不能增廣才識，沒有立定志向，學習不會成功。放縱怠惰不能振奮精神，偏激浮躁不能修養性情。年華隨時光而逝去，志向隨年齡而漸衰，最後像枝葉一般枯落，只能悲哀守著窮困的居所，此時已追悔莫及。

17.蛟龍終非池中物。

　　白話翻譯：蛟龍終究不會久居於池中。形容人雖處於寒困，但終究
　　　　　　　會有所成就。

　　典故出處：西晉‧陳壽：《三國志‧周瑜魯肅呂蒙傳》

18.志不求易，事不避難。

　　白話翻譯：立志不求容易簡單，做事不避艱難。指立志要遠大。

　　典故出處：南朝宋‧范曄：《後漢書‧虞詡傳》

19.丈夫立志，窮當益堅，老當益壯。

　　白話翻譯：大丈夫立定志向，愈是窮困就愈要堅強，愈老愈要更加
　　　　　　　健壯。

　　典故出處：南朝宋‧范曄：《後漢書‧馬援傳》

20.丈夫生世會幾時，安能蹀躞垂雙翼。

　　白話翻譯：大丈夫在世上能有多少時間，怎能如小步行走，垂著翅
　　　　　　　膀的小鳥呢？

　　典故出處：南朝宋‧鮑照：〈擬行路難〉

21.夫義理不先盡，則多聽而易惑；志意不先定，則守善而或移。

　　白話翻譯：原則與道理沒有徹底弄清楚，則聽到許多言論就會感到
　　　　　　　疑惑。意志沒有先立定，則善念就很容易動搖。

　　典故出處：北宋‧程顥：《明道先生文集‧上殿札子》

22.道足以忘物之得喪，志足以一氣之盛衰。

　　白話翻譯：有道德而足以忘卻客觀事物的得失，志氣足以統率精神
　　　　　　　狀態的盛衰。

　　典故出處：北宋‧蘇軾：〈賀歐陽少師致仕啟〉

23.今人貪利祿，而不貪道義；要作貴人，而不要作好人，皆是不立志
　　之病。

　　白話翻譯：今人貪求功名利祿，而不去追求道意；想要當權貴之

人，而不想當個道德高尚的人，這都是不立定志向所導致的毛病。

典故出處：南宋・朱熹：〈又論學者〉

24.立志欲堅不欲銳，成功在久不在速。

白話翻譯：立定志向要堅定，而不要想躁進；成功要能持久，而不在速成。

典故出處：南宋・張孝祥：〈論治體札子・甲申二月九日〉

25.**物有甘苦，嘗之者識；道有夷險，履之者知。**

白話翻譯：物有甘甜或苦澀，必須吃才知道；人生路途有平坦與險阻，要走過了才知道。引申其意，要實踐才能有真知識。

典故出處：明・劉基：《誠意伯文集・擬連珠》

26.**志不立，天下無可成之事。**

白話翻譯：不立志，則天下什麼事都幹不成。

典故出處：明・王守仁：《教條示龍場諸生・立志》

┌─────────────────────────────────┐

細說典故

　　志不立，天下無可成之事。雖百工技藝，未有不本於志者。今學者曠廢隳惰，玩歲愒時，而百無所成，皆由於志之未立耳。故立志而聖，則聖矣；立志而賢，則賢矣。志不立，如無舵之舟，無銜之馬，漂蕩奔逸，終亦何所底乎？昔人有言：「使為善而父母怒之，兄弟怨之，宗族鄉黨賤惡之，如此而不為善可也；為善則父母愛之，兄弟悅之，宗族鄉黨敬信之，何苦而不為善為君子？使為惡而父母愛之，兄弟悅之，宗族鄉黨敬信之，如此而為惡可也；為惡則父母怒之，兄弟怨之，宗族鄉黨賤惡之，何苦必為惡為小人？」諸生念此，亦可以知所立志矣。

└─────────────────────────────────┘

⊙白⊙話⊙典⊙故⊙

　　不立志，則天下什麼事都幹不成。縱使任何工匠習得技藝，沒有不先立志而後成的。今天學者荒廢怠惰，貪圖安逸，虛度歲月，做什麼都不成功，都是沒有先立志的緣故。所以立志為聖人，就會成聖；立志為賢人，就會成賢。不立志，宛如沒有船舵的船，沒有馬嚼子的馬，漂泊放縱，最後將往何處去？以前人有說：「假使做善事但父母卻很生氣，兄弟也很怨恨你，宗族鄉里之人都輕賤而厭惡你，那就不要做善事了，這是可以的。反之，做了善事，父母喜歡而憐愛你，兄弟們也感到高興，宗族鄉里之人都尊敬而信任你，那何苦不做善事，不當個君子呢？假使做了壞事，父母反而喜歡而憐愛，兄弟們也感到高興，宗族鄉里之人因此尊敬而信任你，如此去做壞事，那是可以的。反之，做了壞事，父母很生氣，兄弟也怨恨你，宗族鄉里之人都輕賤而厭惡你，那又何必做壞事，去當個小人？」各位如果能想到這點，就知道立志的重要性了。

27.早成者未必有成，晚達者未必不達。不可以年少而自恃，不可以年老而自棄。

　　白話翻譯：年少就功成名就者，未必真的有所成就；晚遲顯達者，未必沒有顯達的機會。不可以因為年輕有成，就感到自負；也不可以因為年紀大，就自暴自棄。

　　典故出處：明・馮夢龍：《警世通言・老門生三世報恩》

28.明日復明日，明日何其多！我生待明日，萬事成蹉跎。

　　白話翻譯：明天接著明天，有多少個明天啊！如果我的人生都是在等待明天再做，那麼，所有事情都會做不成，讓光陰白白耗費。

　　典故出處：清・錢福：〈明日歌〉

⊙細⊙說⊙典⊙故

　　明日復明日，明日何其多！我生待明日，萬事成蹉跎。世人若被明日累，春去冬來老將至。朝看水東流，暮看日西墜，百年明日能幾何？請君聽我明日歌！

⊙白⊙話⊙典⊙故

　　明天接著明天，有多少個明天啊！如果我的人生都是在等待明天再做，那麼，所有事情都會做不成，讓光陰白白耗費。世上的人如果被明天拖累，時間過得很快，不自覺年老就要到來。白天看著水往東流，傍晚看著太陽西沉，人的一生有多少個明天？請你聽我唱唱明日歌吧！

29.士人第一要有志，第二要有識，第三要有恆。

　　白話翻譯：讀書人第一要有志向，第二要有見識，第三則是要有恆心。

　　典故出處：清·曾國藩：《曾文正公家書·致諸弟·道光二十二年十二月二十日》

⊙細⊙說⊙典⊙故

　　蓋士人讀書，第一要有志，第二要有識，第三要有恆。有志則不甘為下流，有識則知學問無盡，不敢以一得自足，有恆則斷無不成之事。此三者缺一不可。

⊙白⊙話⊙典⊙故

　　讀書人第一要有志向，第二要有見識，第三則是要有恆心。有志向就不會甘心居於下流，有見識便知道學無止境，不敢有一點收穫就心滿意足，有恆心則沒有事情是不能完成的。這三者缺一不可。

30.蓋志不能立，時易放倒，故心無定向；無定向則不能靜；不靜則不安其
　　根，只在志之不立耳。

　　白話翻譯：大概是沒有立定志向，很容易做事中斷，這是內心缺乏
　　　　　　　定向的緣故。缺乏定向，內心就不安靜；內心不安靜，
　　　　　　　則不能安定心性本根，這只是志向沒有被立定罷了。

　　典故出處：清・曾國藩：《曾文正公全集・日記選・癸卯正月》

第三節　考古大觀園

88年

1. 理想與現實　（88年公務人員等委任升等考試）

2. 如何迎向未來　（88年各類科普考第二試）

3. 理想與實踐　（88年物理治療師等考試）

4. 決心與信心　（88年技職各類科普考）

5. 立志與持志　（88年航海人員正駕駛等第三次特考）

6. 成功與失敗　（88年公務人員第二梯次初等考試）

7. 有備無患說　（88年消防設備師考試）

8. 對新世紀的期許　（88年各類科初等考試第一梯次）

9. 「事事務實，時時求新」說　（88年消防設備士考試）

10. 超越自己　（88年第二次航海人員副駕駛等特考）

89年

1. 論「持其志，無暴其氣」　（89年社會工作師等考試）

90年

1. 理想與現實　（90年警察四等特考）

2. 困境與突破　（90年航海人員一等船副特考）

3. 人無遠慮，必有近憂　（90年三等船副等特考）

91年

1. 論毅力　（91年第二次航海人員等特考）

2. 乘風波浪，勇往直前　（91年三等船長一次特考）

3. 接受挑戰　（91年三等船長二次特考）

4. 坐而言不如起而行　（91年航海人員二等船副二次特考）

5. 超越自我　（91年台北市政府基層公務人員四等考試）

6. 有恆為成功之本　（91年建築師等普通考試）

7. 人無遠慮，必有近憂　（91年建築師等高考）

92年

1. 自強不息，日新又新　（92年地方政府公務人員考）

2. 登高與築夢　（92年簡任升官考試）

3. 化阻力為助力　（92年法務部調查局等三等特考）

4. 求勝　（92年稅務人員、四等警察特考）

5. 走自己的路　（92年身心障礙人員考試）

6. 掌握自我，經營人生　（92年專利商標審查考）

7. 當困阻來臨時　（92年身心障礙四等特考）

8. 論風險觀念及其預防之道　（92年鐵路人員升等考試）

93年

1. 毅力與成敗　（93年身心障礙三等特考）

2. 坐而言，不如起而行　（93年公務人員四等特考）

3. 孟子以無法用手挾著泰山跳過北海比喻「不能」；以無法替長輩折取樹枝比喻「不為」。試以「不能與不為」為題，針對個人與社會狀況加以論述，文長不限。　（93年公務人員高考三級考試）

4. 朱柏廬〈治家格言〉說：「宜未雨而綢繆，毋臨渴而掘井。」試以其言檢驗目前社會現象或個人行事，以此為題，予以論述。　（93年法務部調查局人員三等考試）

94年

1. 理想與改革　（94年記帳士等普考）

2. 自力更生　（94年身心障礙人員三等特考）

95年

1. 理想與堅持　（95年地方公務人員特考）

2. 不能與不為　（95年身心障礙人員三等特考）

3. 千里之行，始於足下　（95年專門職業人員級技術人員高考）

4. 人生變化無窮，沒有人能承諾我們一生永遠是晴天；沒有人能知道
　草莽中是否藏著毒蛇猛獸；沒有人能事先勾勒出命運中的風霜雪
　雨。但是，外界雖不能把握，行動卻可以產生力量，這力量其實就
　來自堅定的信念。真正的信念永遠是不可戰勝的。當遇到挫折陷入
　困境時，只要心中有一個堅定的信念，全力以赴，一定會度過難
　關，取得勝利。請以「信念與成功」為題，寫一篇文章，文長不
　拘。　（95年地方公務人員三等考試）

5. 生於德國，後來遷居美國的數學家兼物理學家愛因斯坦（Albert
　Einstein, 1879-1955），小時候在一次勞作課時，同學們都交出了精
　美的作品，唯獨愛因斯坦沒有交，直到第二天，他才交出了一隻製
　作粗糙的小板凳。老師皺著眉頭說：「我想，世上不會有比這更糟
　的板凳了。」愛因斯坦說：「有的。」於是拿出兩隻更糟的板凳，
　對老師說：「這是我第一次和第二次做的，剛才交的是我第三次的
　作品，雖然還不能使人滿意，但比前兩次進步了很多。」試以「超
　越自己」為題，撰寫一篇文章。　（95年不動產估價師等高考）

96年

1. 知足與希望　（96年三等警察特考）

97年

1. 成就與壓力 （97年交通事業鐵路佐級晉員級升資考）

2. 美國故總統甘迺迪說：「不要問國家能夠為你做什麼，要問你自己能夠為國家做什麼。」但一般人性，卻都是只想收穫，不願付出。請以「付出與收穫」為題，作文一篇，寫出你的看法，文長不限。（97年警正警官員級晉高員級考試）

3. 凡事豫則立不豫則廢

   說明：做事情，有一定的步驟，必須預先規劃，妥為準備，纔能臨事不亂，應付裕如，因而進行順利，以至於成功。否則一定雜亂無章，事倍功半，甚至於失敗。此即《中庸》所謂：「凡事豫則立，不豫則廢。」請即以《中庸》此語為題，寫作一篇論說文。文言、白話不拘，但須標示新式標點符號。 （97年外交領事等四等特考）

98年

1. 有人說：「人不能選擇生在什麼家庭以及出生的模樣，卻可以活出自己的樣子。」誠然，人可以憑著後天的努力，活出自己想要的樣子。試以〈活出自己〉為題，作文一篇。 （98年身心障礙五等）

2. 「人，不能成天做白日夢，應當面對現實，踏穩腳步，努力追求實現自我的理想」，這是大家都認同的道理。現在請你以「務實」為題，寫一篇首尾俱全的文章。 （98年公務人員五等特考）

3. 蘇格拉底說：「最有希望的成功者，倒不是有多大才幹的人；卻是最能善用每一時機去發掘開拓的人。」試以「善用時機，發掘開拓」為題，作文一篇。 （98年警察人員四等特考）

100年

1. 抱持崇高理想，堅忍奮進不懈 （100年特考身心障礙三等特考）

2. 論「個人理想」與「社會現實」 （100年民航人員等四等特考）

3. 諺云：「通往失敗的路上，處處是錯失了的機會。」又有「悲觀者只看見機會後面的問題，樂觀者卻看見問題後面的機會」的說法。而人的能力就像肌肉，必須鍛鍊才能強韌；既有的能力不去運用，便會退化。試以「掌握機會，全力以赴」為題，作文一篇，申述其義。　（100年公務人員薦任升官等考）

4. 我們不能做所有的事，但總能做一些事。試以「總能做一些事」為題，作文一篇，申論其義。　（100年地方政府公務人員四等特考）

101年

1. 一位名家的文章裡這麼寫道：「為什麼十年前路上的大石頭到現在還是大石頭？原因無他，每個路過的人不認為這是他的事，也不相信自己能移動它。」這真是一針見血地指出了我們大部分人的自私與怯懦。現在請以「我願、我能、我做」為題，作文一篇，申述現代公民應有的心態與作為。　（101年三等警察特考）

103年

1. 熱情、理性都是人類所特有的，如果沒有熱情，就無行動的動機；熱情沒有理性的節制，將產生盲動之流弊；過度的理性堅持，亦將促使熱情逐漸銷聲匿跡。熱情、理性如何適度發揮，考驗著我們的智慧。請以「熱情與理性」為題，作文一篇，加以申論。　（103年身心障礙人員三等特考）

104年

1. 承擔往往帶給人沉重的負荷，使人容易心生恐懼與苦痛，於是推卸責任、害怕認錯也就成為人性普遍的弱點。然而成功者卻能克服這些，在他們身上，我們可以看見「勇於承擔」的共同特質。由於他們願意承擔，勇於面對問題和接受挑戰，因此激發了自己的潛能，證明了自己的能力，而機會永遠是留給勇於承擔的人的。請以「承

擔的苦與樂」為題，作文一篇，加以闡述。　　（104年第二次社會工作師高考）

2. 某院士說：「離開你熟悉的環境，接受挑戰。只有面對挑戰和困難時，腦細胞才會增長，智力、技能才會進步。」然而，不清楚問題與困難所在，是談不上面對挑戰的。請以「看清問題，迎接挑戰」為題，作文一篇。　　（104年公務人員普考）

105年

1. 某項奧運的世界紀錄，連續好幾屆未能打破，幾年後，有一位選手突破了。賽後記者訪問他：「你為何能打破此一世界紀錄呢？」他回答說：「我根本不知道世界紀錄是多少！我只是盡力突破自己的限制而已。」請以「突破自己的限制」為題，作文一篇，加以論述。　　（105年社會工作師第二次高考）

106年

1. 「堅持到底，永不放棄」是社會經常勉勵人們奮發努力的話語，「堅持」常常代表某種勇敢、恆心、毅力，是正面向上的象徵。但如果不能審時度勢，衡量是非對錯，只是一昧堅持，有時可能反而會招致負面結果。請以「堅持」為題，作文一篇，以申其理。
（106年公務人員特種考試身心障礙人員四等考試）

2. 請以「意志在那裡，路也在那裡」為題，作文一篇，闡述己見。
（106年外交領事人員等四等特考）

第四節　追蹤執行力

在進行某一件事，或學習，或從事某一工作前，我們都會有自己的理想與抱負，但過程中，很可能會遇到不同的壓力。

試請問，如何在考量現實情況下，奮力不懈，不畏前阻的堅持理

想，請提出具體可行的辦法。

第五節　奇文共賞與評析討論

一、奇文共賞㈠

題目：不能與不為（95年身心障礙人員三等特考）

作者：翁玉軒

1

　　「不能」，即目標或理想因現實環境或各項發展考量下，縱使身體力行，亦無法達成。「不為」，乃實際實行，可達、甚或必達成就，卻不願採取行動。可是，單以主觀判斷目標無法實踐，即認不能，此係囿於所見，而自陷囹圄，實非上策。又或因惰性、或自卑，能為卻不為，幻想成就從天而降，一切淪為空泛。「能不能，為不為」不外是知、行能否落實的態度，無論從做中學的「行而後知」；或者恪守原則，以應用於世的「知而後行」，最終皆欲成就「能」與「為」的知行一如。

2

　　以工商發展與環保為例。《荀子‧勸學》云：「不積跬步，無以至千里；不積細流，無以成江海」，工業迅速發展，造就便利生活、邁向新紀元，在追求更高層次享受的同時，卻也破壞了生態環境。已遭破壞者，不能全般回復，知如何使其不再加劇，卻不踐行，是「不為」而非「不能」。

　　又如：以往未顧及人類發展衍生的後果，一味開發資源，以成就滿足自己，直至生態環境驟變，才開始正視。時至今日，明瞭發展過程中，付出成本龐大、且難以挽回。如今，吃「暖」飯行業已具發展規模，眾多新興替代方案崛起，以彌補過失，欲以「尋找替代」取代「開發運用」。如：德國弗萊堡，開發「太陽能」，這便是「知能亦

知爲」。

　　實踐過程縱有艱苦，所謂：「物有甘苦，嘗之者識；道有夷險，履之者知。」欲柳暗花明，必自多次失敗中挺立。夫「知之」與「行之」，無論先知或先行，貴在一貫，此誠「知行一如」之謂也。

3

　　積極面對現實，迎向未來，以達成目標，有以下幾點方法。

一、洞燭先機，掌握未來。平日宜廣泛吸收新知，尤其多涉獵自己專業以外的知識，掌握「資訊流」，方能走在「藍海」尖端。如：德國人擅長「長程思考」，1973年的石油危機，不願被產油國控制，積極開發替代能源。2010年，便通過四十年後，即2050年的能源規劃願景。其「危機感」與「環保意識」，更是投入永續發展的原動力。

二、篤定信念，不爲動搖。蘇軾云：「道足以忘物之得喪，志足以一氣之盛衰。」能與不能，爲與不爲，常繫於「態度」。怠惰、挫敗……之負面能量，皆是導致不能與不爲之因。惟有先「立志」，認清「現實」而後計畫可及之未來，方能一除好高騖遠之弊，堅定信念，篤志力行。

三、勇於改變，動而不居。《禮記‧學記》云：「雖有佳肴，弗食不知其旨也；雖有至道，弗學不知其善也。」萬事起頭難，踏出自信第一步，才能產生新契機。關鍵要先「認清自我」，接受人都是不完美的，轉變目的在使自己過得更好。更好基礎則在「己立立人，己達達人」的仁心義行。若硜硜然因循故舊，終將不能也不爲。

四、持之以恆，鍥而不捨。《荀子‧勸學》云：「騏驥一躍，不能十步；駑馬十駕，功在不舍；鍥而舍之，朽木不折；鍥而不舍，金石可鏤。」成功非一蹴可幾，長久累積實力，期許自己能有

所爲、有所用。如：上述德國於2000年訂定相關法律，後勤奮爲之，促使再生能源比例漸增，近年更成爲他國典範。

綜上諸點，可知「爲與不爲」、「能與不能」，不是衝動操作，也非便宜行事，而是全盤考量下的成果。那麼，預先掌握良機，而後立定志向，勇於轉變，並篤實恆之，長久累積，則成就不遠。

4

「動機」在「不能」與「不爲」中占極大因素，若心無目標，夢想便不易達成；「計畫」更是「能能」與「能爲」的先決條件；亦爲「現實」與「理想」天秤的兩端，也是「知之」與「行之」的關鍵。從個人做起，謙卑自省，更易不良態度，並汲取眾人經驗，方能展望自我的將來。萬勿小看己力，只要在能力可及範圍，盡一己棉薄之力，並影響周遭，則社會就能多一分希望。

二、評析討論㈠

1.結構分析

題型：雙軌題。

(1)第**1**段次（WHAT）：何謂「不能」，何謂「不爲」，二者是什麼關係。
　①直接破題，分別解釋何謂「不能」、「不爲」。
　②延伸釋題，以知行觀念深入解釋「不能」與「不爲」。
　③迂迴提出二者爲「並立關係」。
(2)第**2**段次（WHY）：爲何「不能與不爲」是並立關係。
　①以「工商發展」與「環境保護」的矛盾爲正、反例，說明是「不爲非不能」。
　②再以環境破壞後的保護，發掘替代能源爲正例，說明「既爲且能」的重要性。

③ 結合「能與為」、「知與行」，說明落實在實踐之知行合一的重
　要性。

(3)第 **3** 段次（HOW）：如何能且為的實踐方法。

① 以「洞燭機先」為始，依次為「篤定信念」、「勇於改變」、
　「持之以恆」，依點說明實踐方法。

② 總述四點的實踐進程。

(4)第 **4** 段次：總結式結尾。

① 指出「動機」、「計畫」為「能知能為」、「知之行之」的關
　鍵。

② 透過個人實踐、影響眾人、永續發展，依次作結。

2.總講評

⑴單刀直入釋題，並以「知行觀」延伸解釋，抬升了論述深度。

⑵例證多元且深刻，從容交錯使用歷史例、議題時事例，兼具深廣度。

⑶第四段次提出事前要有「動機」、「計畫」，及其對「能之」、
　「為之」的影響，但前文並未提及相關想法，反於結語時，冒出兩
　個重點，略顯突兀。這可以在第一段次直接挑明，而不至於讀到末
　尾時，有橫生枝節之感。

三、奇文共賞㈡

題目：論「個人理想」與「社會現實」（100年民航人員四等特考）

作者：李冠燁

1

　　「個人理想」，係人生目標，人們對未來期許、期待達成特定鵠
的，實現訂定夢想。「社會現實」，係存在眼前事實與實際現況，涵
蓋層面甚廣，如：經濟、政治、人文……等層面的諸多限制。若以知

行關係而論，空有理想，不能看清社會現況；又或者過度屈從社會現實，保守而裹足不前，都將導致知之未必能行之，同樣會面臨失敗。故若欲知行合一，二者須相輔而成。

2

　　如：教育本應以根於自身興趣、專長以實踐理想為目的。但高等教育普及後，人人皆欲成為知識分子。當社會需求飽和，高學歷者又不願屈就勞力型行業，亦不願從基層做起，既造成勞動力分配不均，也迫使人力飽和之行業低薪化，形成高學歷，低成就的窘況。

　　再以伊斯蘭國崛起，德國總理梅克爾收容國際難民政策為例。因西亞爆發宗教性戰爭，各國人民北逃至歐洲，歐洲各國多以政策、收容量不足，拒於門外；反觀德國，則接收多達九十萬國際難民。儘管世界各國大讚其人道救援政策，然也為該國內政治、社會、經濟，埋下未爆彈。除了必須注入大量人力管理難民，卻也難顧及難民的生活，進而衍生出廉價勞工壓榨、社會治安不穩、生活條件下降、種族對立相輕等問題，隔閡隨之而來，犯罪亦同，使致治安拉緊報。但梅克爾仍以「基於政治、人道立場，我做出認為對的決定」，堅守立場。

　　反之，近來社會流行的「小確幸」，係指透過簡單物質享受，滿足眼前小小的幸福。許多人面對社會、生活上許多不確定感時，不是選擇勇敢面對，而是追求各種小確幸來麻痺自己。當未能認清社會現實，對人生缺乏積極進取心，則此小確幸終將是飲鴆止渴，曇花一現。

　　總上可知，個人理想與社會現實間的失衡，不僅會造成個人面對社會現實的挫敗；而位居權重者的一個決策，影響層面更廣及一國國情，乃至於國際紛擾，不可不慎。

3

　　如何平衡個人理想與社會現實間，以獲取最大收穫，有賴下列幾點：

一、困境突破成就壓力，此係「堅毅力」。《周易》：「天行健，正人以自強不息。」為人應有堅強意志，努力不懈，然理想遠大，壓力亦能使人正向成長。

二、近程中程遠程規劃，此係「執行力」。事物急否，應有相當規劃，影響小至個人、大至國家，故推動實踐過程，應循序漸進，倘政策過於迅速，問題亦一夕爆發，欲復原更需加倍時間。

三、根據現實實踐理想，此係「現實力」。晚清學者魏源有謂：「及之而後知，履之而後艱。」接觸後才了解、行動後才明白背後之辛勞，不使理念流於理想，除考量現況，應融入「信心」與「決心」。「信心」，以自身知能面對挑戰；「決心」，以目標為基礎奮發追求，勿半途而廢至功虧一簣，並考量現實情況調整，達最大值。

　　堅毅力、執行力、現實力缺一不可。權衡理想與現實，必以堅毅、執行為基礎，因二者間往往有落差，故通盤考量，訂定相關計畫，最後以行動付諸實踐尤為重要，倘空談計畫無行動，終究一場空。

4

　　人們常因理想而偉大，卻因現實而失敗。欲使理想成功，除腳踏實地，實事求是，勿有苟且心之外，更應明「融通權變」之理。面對世事變化時，宜懂得因地制宜，隨機應變；若膠柱鼓瑟，徒守個人理想，不辨世事，又不知變通，終將是盲行。故必結合上述三力，與融通權變之理，方能真正於社會現實中，踐行個人理想。

四、評析討論㈡

1. 結構分析

題型：雙軌題。

> ⑴第 **1** 段次（WHAT）：何謂「理想」，何謂「現實」，二者是什麼關係。
>
> ① 直接破題，解釋何謂「理想」、何謂「現實」。
>
> ② 延伸釋題，導入「知」、「行」觀念，說明徒有理想，缺乏社會現實；又未能正視社會現實，缺乏理想之弊。
>
> ③ 點出二者為並立關係。
>
> ⑵第 **2** 段次（WHY）：透過三個例證，說明平衡二者的重要性。
>
> ① 以高學歷低成就為例，論述徒有理想，未考慮現實之窘況。
>
> ② 以德國總理梅克爾收容難民政策為例，論述徒有理想，未考慮現實之窘境。
>
> ③ 以生活小確幸為例，論述缺乏理想，昧於社會現實之弊。
>
> ④ 總結上述三個例證，說明影響層面。
>
> ⑶第 **3** 段次（WHY）：如何平衡個人理想與社會現實關係的方式。
>
> ① 先以「困境突破成就壓力」，次之「近程中程遠程規劃」，最後「根據現實實踐理想」，依序說明如何平衡。
>
> ② 總述上列三點，作段次小結。
>
> ⑷第 **4** 段次：延伸式結尾。
>
> ① 延伸出新的議題點——「權變融通」的重要性。
>
> ② 提出缺乏「權變融通」，將造成的不良結果。
>
> ③ 結合權變融通，而能得到的好結果。

2. 總講評

⑴例證多元，體會深刻，把一般多僅著眼在自身的「個人理想與社會

現實」，拓展到教育，乃至於國際層面，視角開闊。

⑵結構層次分明，能從「堅毅力」、「執行力」、「現實力」等多面向，具體而微的思考實踐個人理想的方法，而非泛泛而論。

⑶內容偏向「『個人』面對社會現實時，要如何應對的方法」，對於「何謂社會現實」，較少論述。

⑷文末以「權變融通」做延伸式結尾，提供讀者更多思考空間，若能直指此乃知行、經權關係的延伸，使首尾呼應，更能彰明主題。

五、第四錦囊：「議題時事例」與「學理例」

論說文採行的主要例證有三種：一是「時事例」，二是「學理例」，三是「歷史例」。除「歷史例」留待第七錦囊再談，以下先談「時事例」。

講到「時事例」，大多數人會直接聯想到時下有哪些可資採用的「人物」、「事件」。但不可避免的是，一窩蜂的使用，將使例證通俗化，如：近幾年各行各業的「臺灣之光」，以及演藝圈、運動圈、政治圈的人物，又如社會刑案、政治事件等，也都很常見，千篇一律。

相形之下，「議題時事例」更顯深刻。「議題」是有群眾性、社會性、爭議性，具正、反兩面以上的意見，可供討論、溝通、辯證的題目或觀念。這是源於群眾對某一問題的不同理念而生，極具社會影響力，部分議題更是橫跨國界，如：環保、金融海嘯、全球化……等。茲歸整一些近幾年流行的「議題時事例」：

1. 全球化以及反全球化：橫越國界限制的網路世界，如言：世界是平的。國際合作，資源分享與人道救援，如：紅十字會、世界衛生組織、其他各領域跨國組織。多角化知識的來源，世界人才的流動。全球化與在地化之爭。逆全球化聲浪

……

2. 國際戰爭與世界和平：宗教與種族紛爭。恐怖主義的蔓延。國際難民。東西方政治強權與新冷戰時代。核武與軍備競賽。人權與民主革命／運動，如：阿拉伯世界的茉莉花革命、法國黃背心運動、香港反送中運動……

3. 國際金融競合與風暴：各經濟體間的競合關係，如：中美貿易戰、英國脫歐、中國一帶一路……。金融海嘯致使經濟與倫理秩序的重建。第三世界國家的經濟崛起與競合關係，如：金磚五國、中東產油國、東協十加三（東南亞十國加上中國、日本、韓國），連帶使國際勢力發生變化……

4. 民生經濟生活的變革：行動支付取代實體支付。網路經濟與宅經濟改變實體經濟。共享經濟的崛起，如：交通工具、換宿。M型時代的來臨：社會收入極端化，中產階級的消失。派遣人力取代正職工作。「快時尚」改變消費習慣。社會資源的分配是否均勻。勞資爭議與罷工行動。下流世代的來臨。企業藍海策略重視「創新」，及其在各領域的應用……

5. 少子化與高齡化社會：少子化影響教育資源的分配。人口結構老化，影響社會福利與健保支出。下流老人與獨居老人，以及長期照顧的問題。少子化與啃老族……

6. 網路與自媒體的力量：臉書與各種微網誌的興起。通訊軟體的變革。網紅經濟。網軍勢力。媒體識讀與真假新聞……

7. 多元價值並立的時代：後現代的新秩序，摒棄二元對立，尊重生命與生活型態多樣性，如：多元成家、善惡界限的改變……

8. 文化創意與產業發展：文創產業軟實力，創新精神創造新商機，如：傳統產業轉型為各種文化博物館。文創商品與商機。……

9. 道德品格與教育發展：初等教育紮根。技職教育崛起。高等教育全球化。高等教育商品化。高等教育轉型與退場。品德教育的實踐與落差。科學教育。閱讀與寫作的培養。親子、親師、師生關係。新住民與其後代教育問題。隔代教養問題。多元能力的培養，如：斜槓青年……

10. 社會治安與犯罪預防：無差別殺人事件。廢死與反廢死。性別平等與性別暴力（含騷擾、侵害等）。家庭暴力與高風險家庭。各層面的霸凌，如：團體關係、職場、校園、家庭、網路、性別、語言、肢體、混合霸凌等各種霸凌。醫病關係。精神障礙犯罪，如：思覺失調、反社會人格……。網路犯罪。犯罪前的預防……

11. 文明疾病與生命自主：文明疾病，如憂鬱症（含憂鬱症、躁鬱症）、三高疾病、失眠、癌症……連帶影響社會福利與健保制度的給付。安樂死與反安樂死……

12. 慢活風：晨型人。off學。蔬食與養生。品味學。……

13. 疫病的流行以及防治：sars。禽流感。伊波拉病毒。中東呼吸道綜合症（mers）。非洲豬瘟。新冠肺炎。流行性疾病與防治……

14. 環境生態破壞與保護：生態資源的掠奪與浩劫。大自然力量對人類世界的反撲，如：地震、海嘯、颱風、土石流、蝗禍……。全球暖化造成天候異常之氣候危機。生態劇變致使糧食短缺與動植物瀕絕。節能減碳，減少碳排放量。核能使用與核安危機。再生能源的利用。各種淨化環境的活動，如：淨灘……

15. 科技與道德法律矛盾：AI人工智慧的發展。基因與生命複製的道德與法律層面的問題。……

林林總總的議題得靠平日多方閱讀、吸收各類型資訊，增廣見聞。以上文「不能與不爲」一題爲例，作者結合工商發展與環保、藍海策略，提升關懷範疇，比起只談一個人或一件事要更具深廣度。此外，若牽涉到「政治」的時事例須留意。可能會因爲作者、閱卷者的立場不同，留有爭議，若流於謾罵，或過於偏向某一方，都可能造成誤解，宜儘量避免使用，或保持中立、中肯的論述態度。

其次談「學理例」。此係指透過個人專業知能，如：企管、法律、經濟、文學、物理、化學……，提出的「學理型例證」。從專業知能中的某一觀點、理論、定律、實例，證明講述的內容，如：心理學談「從眾效應」，教育學談「多元智慧」，經濟學的「總體經濟學」、「個體經濟學」，哲學的「形上學」、「知識論」、「倫理學」……

善用「學理例」有三個優點：一、避免通俗。礙於各人見識有多有寡，歷史例、時事例難免重出，以致流於通俗，學理例則可避免。二、開啟廣度。不同專業有不同觀點，可多角度闡釋問題，開啓新的討論空間。三、強化深度。任何學理都是經由假設、觀察、實驗、調查、統計之後，加以「歸納」或「演繹」的結果，若能善用，將呈現作者專業知識的深度。

使用時，應注意以下幾點：一、闡釋論點。由於閱卷者未必與寫作者有同樣的專業知能，所以書寫時，宜稍加闡釋論點，便於閱讀、理解。二、避免專斷。任何論點都有限制，沒有任何學理足以通貫天下一切道理，故須預留其他的可能性，避免「以偏概全」。三、簡明易懂。講述宜簡單明瞭，不宜過度深入，難以卒讀。

茲引一佳例如下：

平等，係人人朗朗上口之詞，唯內涵卻抽象而理論不一。現代重視人權觀點，故強調實質平等，即等者等之，不等者不等之，依

事件性質給予不同對待，而非起跑點式之機械平等。故合理之差別待遇並不必然違背平等權；至於未依事件類型區分卻予以相同處理，則可能違反「平等原則」。《韓非子・有度》謂：「法不阿貴，繩不撓曲。法之所加，智者弗能辭，勇者弗敢爭。刑過不避大臣，賞善不遺匹夫。」乃古代已有「法律之前，人人平等」之珍貴思想；就我國現代法治而言，憲法第7條已明文落實人民法律上一律平等，以訴訟為例，更強調「武器對等原則」，即雙方就攻擊防禦方法基於平等地位接受客觀、公正審判之重要性。為達法律之前人人平等，除法律須明確，使人民預知效果並為主張，更需審判者時時警惕是否有產生偏頗之虞，足以影響裁判結果，須改善當事人地位或資訊之不對等，方為平等之真正落實。

（賴佳慧：〈法律之前人人平等〉）

上文作者兼採「平等原則」、《中華民國憲法》、「武器對等原則」等法律相關的名詞為例，並能略做闡釋，即是好的學理例，同時，又採歷史例為輔助，更是通貫古今。而這樣的例證是否比一再重複出現的歷史人物、當下的流行人物要深刻許多？

PART 2

處世態度與
社會教化

第五章　待人處世類

第一節　話說類型

　　「待人處世」是建構在第二類「品德修養」的基礎之上，而更強調人際的互動關係。這種互動關係，著重在一個字──「報」的基礎上，如：報恩、回饋、關懷、服務、奉獻、取予、責任……等等，具體落實在兩個層面：一是要如何去愛人，關懷他人，重在和樂；二是分辨人、我之間的權利與義務，即分辨公私、義利，重在分別。

　　其一，愛人：愛的基礎在「仁」，此於第二章已說明，不再贅述。用現在的話來說，愛人就是要有「同理心」，以己之心度人之心，以己之愛施於他人。但不能濫用「同理心」，這樣就顯得鄉愿，流於濫情，缺乏理性。而必須奠基在合乎道德理分；約定俗成的禮儀、禮俗的基礎；甚至是合乎於法的前提下之考量，使情理兼備，理性與感性並存。

　　其二，分別公私義利：公私、義利兩組概念，無太大的區隔，皆用以分辨個人、團體的權利、義務。人生於世，任何問題的判斷，都脫離不了此範疇。當人際開始互動，內心開始思索，諸如：什麼是你的，什麼是我的；什麼是整體利益，什麼是個人利益；哪些是我應享有的權利、權力，哪些是我應盡的義務；又「私」、「利」指向為何？是可取或不可取？又該怎樣選取？有何界線等等，這些問題是否很貼近生活，也是討論相關議題，必須注意的。

　　在道德修養過程中，公私、義利似乎是互斥的。我們受傳統制式概念影響，常被要求得「捨身取義」、「捨己為群」，忘卻個人之利，成全公義，以達成「犧牲小我，完成大我」的至高境界。

　　但現實生活真是如此嗎？癥結在「私、利的屬性」。一旦被視為自私自利，罔顧公家利益，確有對立的可能。可是，如果指的是人性私欲，則

人人皆有，就不能直接與「公」對立，惟有不符合「約定俗成」的私欲，如：偷竊、貪污、……之作姦犯科的行為，才能與公、義對立。

　　所以，公私、義利既可以是兩兩並存的並立關係；也可以是公、義為主，私、利為輔的主從關係；又或是個別私、利，須涵攝於公、義之下的涵融關係。端看作者如何體會、解讀。可是，如果一開始就將公私、義利界定為兩兩互斥的對立關係，那後文恐怕很難有好的發揮，不妨從生活中思考，如下所列：

1. 私、利能否完全消失殆盡？人可以真正「無欲」嗎？
2. 當生存於世，至少會有飲食與男女（繁衍後嗣）之欲，這種欲望可否被接受？有哪些限制？
3. 人有好善惡惡、趨利避害的動物性；也有培養道德精神，落實於追求互愛、成全團體道德精神，二者都不能缺乏，要如何取得平衡？
4. 當社會不斷的進展，靠的就是人類欲望、私利的追求，這種「利」是否可取？有無限制？

由此可知，現實層面的公私、義利，不如原則性的對立二分，而具有更高的安協性、融通性、變動性，此題的引題有謂：「……群體的利益，是大於個人的利益，請以『舍己為群，關懷公益』為題，作文一篇，申論其義。」（100年民航人員等三等特考）「舍己」，絕不是沒有個人之私、利，而是強調在群體中，如何犧牲個人「部分」的私、利，來成全公、義。又如：「建立互愛的群體」（96年專利商標人員等三等特考），互愛的基礎，除了「報」、「愛人」，要克制私人欲望，尊重他人，才能維繫團體和諧。

　　這並不難理解，一般生活也常陷入公私、義利的兩難。譬如：工作上如何能公私、義利兩全？個人與團體間的和諧與矛盾？同僚同事間相互的

協助或暗中較勁……都可作爲思考的內涵。

最後，公私、義利擴延出去，從個人與個人，個人與團體，團體與團體，團體與社會，社會與社會，社會與國家，國家與國家，問題愈益複雜，舉例而言：當國與國發生戰爭，或經濟貿易的利益衝突，成全自己國家之私，使人民有更好的生活，但損及鄰國的利益，這是否還是公、義？於是，公私、義利還涉及到之後談到的「安邦治國」、「公權人權」、「徵拔人才」、「工作休閒」、「環境教化」等類型的解讀，甚爲重要。

> **重點摘要**
> 1. 「待人處世」著重人際間的互動。
> 2. 兩層落實面：一是愛與關懷他人；二是分別公私、義利的關係。
> 3. 根基在「品德修養」，延伸到「安邦治國」、「公權人權」、「徵拔人才」、「環境教化」、「工作休閒」、「環境教化」等類型。

第二節　名言典故集錦

1. 或曰：「以德報怨，何如？」子曰：「何以報德？以直報怨，以德報德。」

   白話翻譯：有人說：「不記別人的仇，反而用恩德去回報他，這樣的行爲怎樣呢？」孔子回應：「倘若以德報怨，那別人對我有德，要如何回報呢？要用正直之道對待有怨恨的人，要以恩德來回報別人的恩德。」

   典故出處：先秦・孔子：《論語・憲問》

2. 孔子曰：「益者三友，損者三友。友直、友諒、友多聞，益矣。友便辟、友善柔、友便佞，損矣。」

白話翻譯：孔子說：「有益處的朋友有三種，有害處的朋友也有三
　　　　　種。和公平正直的人為朋友，和誠信的人當朋友，和見
　　　　　識廣博的人做朋友，會有受益。與諂媚不正直的人為朋
　　　　　友，與阿諛奉承的人為友，與巧言善辯的人當朋友，會
　　　　　有害處。」

典故出處：先秦・孔子：《論語・季氏》

3.度德而處之，量力而行之。

白話翻譯：忖度自己的道德高低，再決定如何如何處理事情。衡量
　　　　　自己的力量大小，再權衡如何行動。引申其意，說明人
　　　　　要有自知之明，再去處理事情。

典故出處：先秦・左丘明：《左傳・隱公十一年》

4.當察亂何自起，起不相愛。

白話翻譯：曾經考察社會亂源是從何而生，是起源於人們的不相愛。

典故出處：先秦・墨子：《墨子・兼愛》

細說典故

　　聖人以治天下為事者也，不可不察亂之所自起。當察亂何自
起？起不相愛。臣子之不孝君父，所謂亂也。子自愛，不愛父，故
虧父而自利；弟自愛，不愛兄，故虧兄而自利；臣自愛，不愛君，
故虧君而自利，此所謂亂也。雖父之不慈子，兄之不慈弟，君之不
慈臣，此亦天下之所謂亂也。父自愛也，不愛子，故虧子而自利；
兄自愛也，不愛弟，故虧弟而自利；君自愛也，不愛臣，故虧臣而
自利。是何也？皆起不相愛。

白話典故

　　聖人以治理天下為務，不可不查察亂象是從何處發生的。亂
象是從何處興起的呢？是起於不相愛。身為臣子不忠於國君，不孝
於父，這便是所謂的亂象。兒子只愛自己，不愛父親，因而損害父

親而圖謀個人私利。弟弟只愛自己，不愛兄長，所以損害兄長而謀取個人利益。大臣只愛自己，不忠愛國君，故而損害國君而圖利自己，這就是所謂的亂。相反來說，身為父親不慈愛孩子，身為兄長不友愛弟弟，國君不寬愛大臣，這同樣會造成天下的亂象。因為父親只愛自己，不愛孩子，所以損害孩子而得到個人私利。兄長只愛自己，不愛弟弟，因此虧損弟弟而賺取個人私利。國君只愛自己，不愛大臣，因而虧損大臣而自我得利。這是為什麼呢？都是起源於不相愛啊！

5. 天時不如地利，地利不如人和。

白話翻譯：擁有適合的天候時令，不如擁有適合的地形。適合的地形又不如得民心來得重要。

典故出處：先秦・孟子：《孟子・公孫丑》

6. 楚人遺弓。

白話翻譯：楚人遺失了弓箭。引伸其旨，說明為天下著想才是大公無私的精神。

典故出處：先秦・公孫龍：《公孫龍子・跡府》

細說典故

龍聞楚王張繁弱之弓，載亡歸之矢，以射蛟兕於雲夢之圃，而喪其弓。左右請求之。

王曰：「止。楚人遺弓，楚人得之，又何求乎？」

仲尼聞之曰：「楚王仁義而未遂也。亦曰人亡弓，人得之而已，何必楚？」

白話典故

公孫龍子聽說楚王帶著弓箭，在雲夢之圃射蛟龍，而遺失了弓。他的僕從請求去尋找遺失的弓。

楚王說：　「算了吧！楚人掉的弓，讓楚人撿到，又何必強求
　　　　　　呢？」

孔子聽到後說：「楚王的仁義還不盡完全。不如說，有人掉了弓，
　　　　　　讓人撿到便可，何必一定要楚人呢？」

7.**體恭敬而心忠信，術禮義而情愛人，橫行天下，雖困四夷，人莫不貴。**

白話翻譯：外貌恭敬而內心忠信，學習禮義而能愛於眾人，這樣的
　　　　　人走遍天下，縱使被困在蠻夷之邦，人們沒有不尊貴
　　　　　他的。

典故出處：先秦・荀子：《荀子・修身》

細說典故

　　體恭敬而心忠信，術禮義而情愛人，橫行天下，雖困四夷，
人莫不貴。勞苦之事則爭先，饒樂之事則能讓，端愨誠信，拘守而
詳，橫行天下，雖困四夷，人莫不任。體倨固而心執詐，術順墨而
精雜污，橫行天下，雖達四方，人莫不賤。勞苦之事則偷儒轉脫，
饒樂之事則佞兌而不曲，辟違而不愨，程役而不錄，橫行天下，雖
達四方，人莫不棄。

白話典故

　　外貌恭敬而內心忠信，學習禮義而能愛於眾人，這樣的人走
遍天下，縱使被困在蠻夷之邦，人們沒有不尊貴他的。能搶於民眾
之先面對勞力辛苦之事，又能謙讓於民眾之後安享富饒安樂，正直
誠謹而守信，守著正道而明於事理，如此走遍天下，縱使是困在蠻
夷之邦，人們沒有不信任他的。外貌言語倨傲，而心存奸邪狡詐，
操以法家、墨家之術而情感雜亂污穢，不合禮義，如此而橫行於天
下，縱使能通達於四方，但沒有人不輕賤的。面對勞力辛苦之事就
推託躲避，面對富饒安樂便行動敏捷而進取，無所避忌，欲逞一己

> 快意而不檢束，如此霸行於天下，縱使能通達於四方，但沒有人不唾棄。

8. 一手獨拍，雖疾無聲。

白話翻譯：一隻手單獨空拍，速度雖快，卻無任何聲音。引申其意，指任何事情都必須上下相應，相互配合，才能成功。

典故出處：先秦・韓非：《韓非子・功名》

9. 入於澤而問牧童，入於水而問漁師。

白話翻譯：到了沼澤地就要向牧童請益，到了水上，就要向漁夫請教。引申其意，要虛心向群眾，以及熟悉情況的人請益。

典故出處：秦・呂不韋：《呂氏春秋・疑似》

10. 居視其所親，富視其所與，達視其所舉，窮視其所不爲，貧視其所不取，五者足以定之矣！

白話翻譯：平時看他接近誰，富貴時看他與誰交往，顯達時看他推薦誰，窮困時看他有什麼是不做的，貧苦時看他有什麼是不取的，此五者足以判斷一個人的好壞了。

典故出處：西漢・司馬遷：《史記・魏世家》

11. 乘人之車者，載人之患；衣人之衣者，懷人之憂；食人之食者，死人之事。吾豈可以鄉利倍義乎？

白話翻譯：乘坐別人的車子，就要分攤別人的災患；穿了別人的衣服，就要分擔別人的憂愁；吃了別人的飯，就要爲別人誓死效命。我怎麼可以爲了私利而背棄了道義呢？

典故出處：西漢・司馬遷：《史記・淮陰侯列傳》

12. 吾不以私事害公義。

白話翻譯：我不以私事妨害秉公行事之公義。

典故出處：西漢・劉向：《說苑・至公》

（細）（說）（典）（故）

晉文公問於咎犯：「誰可使爲西河守者？」

咎犯對曰：「虞子羔可也。」

公曰：「非汝之讎也？」

對曰：「君問可爲守者，非問臣之讎也。」

子羔見咎犯而謝之曰：「辛赦臣之過，薦之於君，得爲西河守。」

咎犯曰：「薦子者，公也；怨子者，私也。吾不以私事害公義。子
　　　　其去矣，顧吾射子矣。」

（白）（話）（典）（故）

晉文公問咎犯說：「誰可以做西河的長官？」

咎犯回答說：「虞子羔可以。」

晉文公說：「他不是你的仇人嗎？」

咎犯回答說：「國君您只問誰可以做長官，不是問我的仇人是
　　　　　　　誰。」

子羔見咎犯而向他道謝說：

　　　　　　「辛勞您赦免我的罪過，而向國君推薦我，而得以爲
　　　　　　　西河的長官。」

咎犯說：　　「推薦你，是爲了公義；怨恨你，是個人私事，我不
　　　　　　　以私事妨害秉公行事之公義。你快走吧！否則我以箭
　　　　　　　射你。」

13.美人絕纓。

　　白話翻譯：引申其意，說明施惠於人，必受其報答。

　　典故出處：西漢・劉向：《說苑・復恩》

（細）（說）（典）（故）

楚莊王賜群臣酒，日暮酒酣，燈燭滅，乃有人引美人之衣者，美人

援絕其冠纓，告王曰：「今者燭滅，有引妾衣者，妾援得其冠纓，
持之，趣火來上，視絕纓者。」

王曰：「賜人酒，使醉失禮，奈何欲顯婦人之節而辱士乎？」

乃命左右曰：「今日與寡人飲，不絕冠纓者不懽。」群臣百有餘人
皆絕去其冠纓而上火，卒盡懽而罷。

居二年，晉與楚戰，有一臣常在前，五合五獲首，卻敵，卒得勝
之。莊王怪而問曰：「寡人德薄，又未嘗異子，子何故出死不疑如
是？」

對曰：「臣當死，往者醉失禮，王隱忍不暴而誅也。臣終不敢以陰
　　　蔽之德，而不顯報王也。常願肝腦塗地，用頸血湔敵久矣，
　　　臣乃夜絕纓者。」

遂敗晉軍，楚得以強，此有陰德者必有陽報也。

白話典故

楚莊王賜群臣酒，日落時已喝得酒酣耳熱，突然間燭火熄滅，於是
有人偷拉楚莊王美人的衣服，美人則拉下那人的帽帶，告訴楚莊
王：「剛才燭火滅掉時，有人拉我的衣服，我趁機摘了那個人的帽
　　　帶，您拿著，取燭火上來，看誰的帽帶掉了。」

楚莊王說：「請人喝酒，他們喝醉而失禮，為何要因為顯見婦女的
　　　　　節操而羞辱一個士人呢？」

於是命令僕從說：

　　　　　「今天大家和我一起喝酒，不將帽帶拿下不夠盡興。」
　　　　　百餘位大臣都將帽帶摘下才點上燈火，終盡歡而罷。

過了兩年，晉楚大戰，有一臣子常衝在前面，五回合戰爭五次獲得
敵人的首級，退卻了敵人，終獲得勝利。楚莊王覺得很奇怪而問：
　　「我德薄，又沒有對你特別好，你為何要為我出生入死而不猶
　　豫？」

他回答說：「我該死，以前喝醉而失禮，王隱忍而沒有暴露身分而誅殺我。我始終不敢忘記您的隱蔽之德，但不敢公開報答您。我常願肝腦塗地，與敵人血戰。我就是那個暗中被摘掉帽帶的人。」於是打敗了晉軍，楚國因此得以強盛，這就是有陰德而必有陽報。

14.一生一死，乃知交情；一貧一富，乃知交態；一貴一賤，交情乃現；一浮一沒，交情乃出。

白話翻譯：歷經過生死，才知道交情的深淺；歷經過貧富，才知道世態人情；歷經過貴賤，交情才會出顯現；歷經過沉浮，交情才看得出來。

典故出處：西漢・劉向：《說苑・叢談》

15.見人不可不飾，不飾無貌，無貌不敬，不敬無禮，無禮不立。

白話翻譯：與人見面時，不可以沒有妝扮修飾；沒有妝扮修飾，便沒有得體的儀容；沒有得體的儀容，便是對他人不尊敬；不尊敬就是沒有禮節，人沒有禮節，就無法立足於世。

典故出處：西漢・戴德：《大戴禮記・勸學》

16.求木之長者，必固其根本；欲流之遠者，必浚其泉源。

白話翻譯：欲使樹木長得高大，一定要鞏固它的根本。想要讓河流流得遠，一定要疏浚它的泉源。引申其意，即做任何事要重視根本、根本。

典故出處：唐・魏徵：〈諫太宗十思疏〉

細說典故

　　臣聞求木之長者，必固其根本；欲流之遠者，必浚其泉源；思國之安者，必積其德義。源不深而望流之遠，根不固而求木之長，

德不厚而思國之理，臣雖下愚，知其不可，而況於明哲乎？人君當
神器之重，居域中之大，將崇極天之峻，永保無疆之休。不念居安
思危，戒奢以儉，德不處其厚，情不勝其欲，斯亦伐根以求木茂，
塞源而欲流長者也。

⒇話典故

　　臣聽說欲使樹木長得高大，一定要鞏固它的根本。想要讓河流
流得遠，一定要疏浚它的泉源。想要國家安定，一定要累積品德。
源流不深而期望水流能長遠，根柢不穩而期待樹木高大，品德不厚
實，而想要國家被治理，臣雖愚笨，也知道是不可能的，更何況是
洞察事理之人呢？人君持有國之權柄，居於國家之大位，地位與天
同高，擁有無止盡的福祿。不在安居樂業時思考危機，戒除奢侈而
節儉，又沒有厚實的道德基礎，不能節制情感的欲望，這是砍伐樹
根而冀求樹木茂盛，堵住水源而希望水流能夠長遠。

17.古之君子，其責己也重以周，其待人也輕以約。重以周，故不怠；輕以
　　約，故人樂為善。……今之君子則不然，其責人也詳，其待己也廉。
　　詳，故人難於為善；廉，故自取也少。
　　白話翻譯：古代有德君子，他們責備自己嚴苛而周密，他們對待別
　　　　　　　人則寬鬆而簡略。自我嚴苛而周密，所以能不懈怠；寬
　　　　　　　鬆而簡略，所以他人樂於做好事。……今日所謂的君子
　　　　　　　就不同了，他們責備他人很仔細，對待自己卻很寬鬆。
　　　　　　　因為對別人仔細，所以人與人之間不樂於做好事；因為
　　　　　　　對自己寬鬆，自己獲益就少。
　　典故出處：唐·韓愈：《昌黎先生集·原毀》

18.年少氣銳，不視幾微。
　　白話翻譯：年少氣盛，不能見到人事現象的隱微處。
　　典故出處：唐·柳宗元：《柳河東集·寄許京兆孟容書》

19.不立異以爲高，不逆情以干譽。

白話翻譯：不標新立異自以爲高明，不違背人情而博取好名聲。

典故出處：北宋·歐陽修：《歐陽文忠公集·縱囚論》

20.大凡君子與君子，以同道爲朋；小人與小人，以同利爲朋，此自然之理也。

白話翻譯：大抵來說，君子跟君子，以共同的道義爲同伴；但小人與小人，則是以利益爲一夥，這是再自然不過的道理。

典故出處：北宋·歐陽修：《歐陽文忠公集·朋黨論》

21.公，則人己不隔；私，則一膜之外，便爲胡越。

白話翻譯：能夠公正，則外人與我便無隔閡；自私的話，不過一層膜之外，人我的關係就像是北胡與南越的不相通了。

典故出處：南宋·朱熹：《大學或問》

22.與肩挑貿易，勿佔便宜；見貧苦親鄰，須多溫恤。刻薄成家，理無久享；倫常乖舛，立見消亡。

白話翻譯：與做小生意者往來，不要占對方的便宜；見到貧困窮苦的親人、鄰居，要多幫忙、救濟。以刻薄他人，而取得家業，則難以久享福分；做事違背天理倫常，將立刻衰亡。

典故出處：明·朱柏廬：〈朱子治家格言〉

23.對淵博友，如讀異書；對風雅友，如讀名人詩文；對謹飭友，如讀聖賢經傳；對滑稽友，如閱傳奇小說。

白話翻譯：面對知識深廣的朋友，如讀罕見之書；面對風流儒雅的朋友，如讀名人的詩篇文章；面對言行恭敬有禮的朋友，如讀聖賢留下來的經傳典籍；面對能言善辨，言辭流利的朋友，如讀傳奇小說一般。引申其意，人生在世，要多結交不同的朋友。

典故出處：清·張潮：《幽夢影》

24.密友不必定是刎頸之交，大率雖千百里之遙，皆可相信，而不為浮言
　　所動。

　　白話翻譯：最親近、要好的朋友，不必定要有共赴死難的交誼，大
　　　　　　　抵在千里之外，還可以相互信任彼此，而不為謠言所
　　　　　　　動搖。

　　典故出處：清‧張潮：《幽夢影》

　細說典故

　　　一介之士，必有密友。密友不必定是刎頸之交，大率雖千百里
之遙，皆可相信，而不為浮言所動；聞有謗之者，即多方為之辯析
而後已；事之宜行宜止者，代為籌畫決斷；或事當利害關頭，有所
需而後濟者，即不必與聞，亦不慮其負我與否，竟為力承其事，此
皆所謂密友也。

　白話典故

　　　一個忠心耿直之人，一定會有最親近、要好的朋友。這密友
不必定要有共赴死難的交誼，大抵在千里之外，還可以相互信任彼
此，而不為謠言所動搖；又聽聞有人毀謗名聲時，他能夠多方面
的辯解，釐清事實才會停歇；事情該停止或該持續下去，他能代為
謀劃定奪；或當事情處在重要的利害與損益時刻，有需要接濟幫忙
時，不一定要讓對方知道，也不用考慮心意是否會被辜負，能全力
承擔起事情。以上種種行為表徵，就是所謂的「密友」。

25.律己宜帶秋氣，處世宜帶春氣。

　　白話翻譯：要求自己應該要嚴謹，像帶有肅殺氛圍的秋天氣息；與
　　　　　　　人相處應該和煦，如溫暖寬厚的春天氣息。易言之，即
　　　　　　　嚴以律己，寬以待人。

　　典故出處：清‧張潮：《幽夢影》

26.世事洞明皆學問，人情練達即文章。

　　白話翻譯：能徹底了解世間事，便知處處都是學問。能夠熟知通達
　　　　　　　人情，則處處都可成文章。引申其意，說明人要能徹底
　　　　　　　了解人情世故。

　　典故出處：清・曹雪芹：《紅樓夢・第五回》

27.人死於法，猶有憐之者。死於理，其誰憐之？

　　白話翻譯：人如果死在法律的標準下，還有人會可憐他。如果死於
　　　　　　　天理之下，又有誰會憐惜呢？

　　典故出處：清・戴震：《孟子字義疏證》

28.寧可正而不足，不可斜而有餘。

　　白話翻譯：為人處世寧可端正而有所不足，也不可以歪斜走旁門左
　　　　　　　道而有餘裕。

　　典故出處：清・曾希陶重訂：《增廣賢文・平韻》

29.貧居鬧市無人問，富在深山有遠親。人情似紙張張薄，世事如棋局
　局新。

　　白話翻譯：貧窮者縱使居住在鬧市，也無人聞問；富貴者就算居住
　　　　　　　在深山中，也有人攀親帶故。人情就像紙一樣薄，人生
　　　　　　　世事就像下棋，變化多端，每局各有不同。

　　典故出處：清・曾希陶重訂：《增廣賢文・平韻》

細說典故

　　貧居鬧市無人問，富在深山有遠親。人情似紙張張薄，世事如
棋局局新。不信但看筵中酒，杯杯先敬有錢人。世人結交需黃金，
黃金不多交不深，縱令然諾暫相許，終是悠悠路行心。當局者昧，
旁觀者明。酒能壯膽，錢可通神。河狹水緊，人急計生。有錢道真
語，無錢語不真。飽暖思淫洗，飢寒起盜心。飛蛾撲燈甘就鑊，春
蠶作繭自纏身。

白話典故

　　貧窮者縱使居住在鬧市，也無人聞問；富貴者就算居住在深山中，也有人攀親帶故。人情就像紙一樣薄，人生世事就像下棋，變化多端，每局各有不同。不信的話，就看看宴席中喝酒的人，不都杯杯先向有錢人敬酒？人與人相交往需要靠金錢，金錢不多，交往就不深刻；縱使暫時答應了什麼，終究是飄渺敷衍著。發生事情往往是當局者迷，旁觀者才冷靜清楚。喝酒能夠壯膽，而錢可以買通鬼神。河流狹窄水湍急，人在困窘急難時，就會想出計謀。人往往以為有錢人會說真話，窮人的話不足相信，吃飽穿暖，就生恣縱逸樂之念；吃不飽穿不暖，就生盜竊之心。飛蛾不顧一切撲向燈火，是甘願受死；春蠶吐絲，最終卻是作繭自縛。

30.甚矣！人心之變也！自分類始。其禍倡於匪徒，後遂燎原莫遏，玉石俱焚。雖正人君子，亦受牽制而朋從之也。

白話翻譯：人心的變化真是太大了。從分種族、籍別，別敵我開
　　　　　始。這種禍端從行為不正的匪徒開始興起，隨後如同野
　　　　　火蔓延於草原，無法遏止，最後將導致兩敗俱傷。即使
　　　　　是正人君子，其舉止也會受到牽制而同類相從。

典故出處：清・鄭用錫：《淡水廳志・勸和論》

第三節　考古大觀園

88年

1. 公私之間　（88年警察人員三等考試）

2. 論治事以嚴，處事以和　（88年司法人員四等考試）

3. 談「博施濟眾」　（88年物理治療生等考試）

4. 服務的真諦　（88年電信人員佐級考試）

5. 論公德與私德　（88年中醫師檢定考）

6. 看重自己，尊重別人　（88年關務人員五等考試）

7. 義利之辨　（88年中醫師特考）

8. 助人為快樂之本　（88年公務人員委任補辦考試）

9. 個人的社會責任　（88年關務人員三等考試）

10. 顧客導向與服務態度　（88年鐵路人員士級考試）

11. 自律與公害　（88年警察人員聲紋組二等特考）

89年

1. 分工與合作論　（89年消防設備士考試）

2. 論團隊精神　（89年消防設備師考試）

3. 義利之辨　（89年警察人員三等考試）

4. 論分工與合作　（89年第二次航海人員三等船長等特考）

5. 公益與私利　（89年技職各類科普考）

6. 誠信與義利　（89年基層公務人員三等考試）

7. 律己與待人　（89年保險從業人員等考試）

90年

1. 人倫的社會價值　（90年航海人員二等船副特考）

2. 做人與做事　（90年普考第二試考試）

3. 愛與和平　（90年職能治療師等特考）

4. 論權利與義務　（90年職能治療生等特考）

5. 領導的藝術　（90年三等船長等特考）

91年

1. 享受與回饋　（91年不動產估價師等特考）

2. 人生與服務　（91年原住民四等特考）

3. 關懷他人，成就自己　（91年三等警察特考）

4. 嚴以律己，寬以待人　（91年公務人員初等考試）

5. 論當前的社會風氣　（91年民航人員考試）

6. 提升服務品質之我見　（91年臺北市政府基層公務人員三等考試）

7. 如何自我提升服務品質　（91年公務人員初等考試）

8. 自立與合群　（91年原住民五等特考）

92年

1. 君子成人之美　（92年民航人員三等特考）

2. 個人行為與團隊形象　（92年鐵路人員升資考）

3. 義與利　（92年公務人員初等考試）

4. 改善社會，從服務做起　（92年公務人員初等考試）

5. 淨化社會，從個人做起　（92年第二次地方公務人員考試）

6. 敞開胸襟做人，腳踏實地做事　（92年法務類等高等檢定考試）

93年

1. 責任心與使命感　（93年郵政人員士級晉佐級）

2. 論權力與責任　（93年關務人員薦任升等考試）

3. 論公私之間　（93年三等警察特考）

4. 行所當行，為所當為　（93年四等警察特考）

5. 朋友有好的，也有壞的。人人都想交到好朋友，然而如何方是好的？人人都想避開壞朋友，然而如何方是壞的？請以此為探討中心，論述「益友與損友」；文中至少必須活用五個成語。　（93年公務人員社會行政等初等考試）

6. 清人龔自珍〈己亥雜詩〉提到：「落紅不是無情物，化作春泥更護花。」花在盛開後萎謝，回歸大地，化為泥塵養分，滋養下一季的花開。由此可見，即使是自然界也有回饋的現象。我們在接受國家、社會、親人的栽培成長後，是不是也要抱持感恩之心以圖回報呢？請即以「落紅不是無情物，化作春泥更護花」為題，作文

一篇，寫出你（妳）的看法，文長不限。　　（93年外交領事三等
特考）

7. 據報載：今年八十四歲的李勤女士，一生以「如果不能為別人服
務，人生就沒有意思」為座右銘，在近半世紀的助產士生涯中，憑
著「愛心、熱心、用心」，不計酬勞，一村過一村，親手迎接了一
萬多個新生命，而且從未失誤。九二一大地震時，她去災區當志
工，雖已高齡，照樣搬石頭。這種以實際行動幫助他人的精神，實
在令人敬佩。請即以「愛心、熱心、用心」為題，作文一篇。

　　（93年公務人員五等特考）

94年

1. 肯定自己，讚美別人　　（94年身心障礙四等特考）

2. 見利思義　　（94年警察等四等特考）

3. 見利思義論　　（94年公務人員簡任升官等考試）

4. 普世價值與個人利益　　（94年地方公務人員三等特考）

5. 獨立思考與團隊精神　　（94年第二次地方政府公務人員三等特考）

6. 得道多助，失道寡助　　（94年三等警察特考）

7. 據報載：在臺東市中央市場賣菜維生的陳樹菊女士，民國四十六年
小學畢業時，因母親難產身亡，不得已放棄升學，接下母親的菜
攤。從青春年少到現在年過半百，日復一日在市場內用心工作，甚
至連自己的婚姻都耽誤了。但她仍然發揮大愛，聽說母校——仁愛
國小圖書館老舊計畫重建，基於對母校深厚的感情，立刻把賣菜所
賺的蠅頭小利，多少年來一元、十元慢慢儲存的辛苦錢四百五十萬
元全部捐獻出來。報上推崇「賣菜阿菊」的義舉最具教育意義，足
以啟迪人心。試以「感恩與回饋」為題，寫出你的看法，文長不
拘。　　（94年公務人員普考）

95年

1. 人間有愛　（95年港務人員佐級晉員級）

2. 論服務的人生觀　（95年社會工作師高考）

3. 職務與服務　（95年四等警察特考）

4. 社會急劇變化，世風也不如以前的純樸，人往往以自我為中心，而少能顧及他人。在修養方面，也常有兩套標準，不能容忍別人的一點小過錯，甚而極盡挑剔之能事，而對於自己大的過失，常存僥倖心態，希望蒙混過關，不知即時改正。所以人與人間，經常發生不快或衝突，要消除這種弊端，糾正這種人性的弱點，只有大家從嚴己寬人做起。試以「律己以嚴，待人以寬」為題，撰寫一篇文章。　（95年會計師等高考）

5. 孟子曰：「君子所以異於人者，以其存心也。君子以仁存心，以禮存心。仁者愛人，有禮者敬人。愛人者，人恆愛之；敬人者，人恆敬之。」（《孟子‧離婁》）試以「愛人與敬人」為題，作文一篇。　（95年民間之公正人等高考）

96年

1. 建立互愛的群體　（96年專利商標審查人員三等特考）

2. 權利與責任　（96年港務人員佐級特考）

97年

1. 自律與律人　（97年警察人員四等特考）

2. 愛心、耐心、同理心　（97年社會工作師高考）

3. 生活水準高低與否，除了以物質生活為衡量標準外，更重要的，還要視日常生活是否過得有尊嚴而定。臺灣的社會，物質生活堪稱富裕，生活的尊嚴，尚有很大改善空間，因為在生活環境中，受到輕侮、不被尊重的事，屢見不鮮。例如，上車插隊搶位子；行車搶

道，不但不重視自己生命，也不尊重別人生命；在公共場所交談，沒有輕聲細語，無視他人存在；在問政或言語溝通上，充斥語言暴力，不留口德。這些點點滴滴的行為和生活習慣，充分顯示臺灣需要一個謙讓有禮、互相尊重的社會，以提升國人的生活水準。請您以「臺灣需要一個相互尊重的社會」為題，闡述您的見解。　（97年公務人員高考三級試題）

98年

1. 公務人員除依法行政外，更應對民之所欲、民之所苦多所關注。試以「關懷」為題，作文一篇。　（98年四等警察人員考試）

99年

1. 以至誠的心意待人，才能取得他人的信任；用謹慎的態度處事，方可減少錯誤的發生，此立身處事之要訣，不可不知。請以「談至誠待人，謹慎處事」為題，作文一篇。　（99年會計師高考）

2. 每一個公務員都會面對公、私兩個領域，但是無論如何，公義與私情都必須有一個適當的分際，試以「論公私分際」為題加以討論，字數不限。　（99年警正警察官升官等考試）

3. 孟子曰：「雞鳴而起，孳孳為善者，舜之徒也；雞鳴而起，孳孳為利者，蹠之徒也。欲知舜與蹠之分，無他，利與善之間也。」（《孟子・盡心上》）程子逐以「善與利，公私而已矣」詮釋之，試由此申述「善與利」之辨。　（99年警察二等特考）

100年

1. 無論是個人、家庭、團體或是企業、政府、國家，激勵其不斷提升與進步的動力為何？請以「分享與競爭」為題，抒發己見。　（100年律師、會計師等高考）

2. 蔡元培（1868-1940）說：「群者，所以謀各人公共之利益也。然使

群而危險，非群中之人出萬死不顧一生之計以保群而群將亡，則不得已而有舍己為群之義務焉。」群體的利益，是大於個人的利益。請以「舍己為群，關懷公益」為題，作文一篇，申論其義。　　（100年民航人員等三等特考）

101年

1. 劉兆玄教授應邀於2012年國立臺灣大學畢業典禮中致詞，他以臺大校園最具代表性之椰子樹：「只顧自己往上長，連一點樹蔭都不給」的生物特色為喻，對即將進入社會工作之畢業生多所期許。請本此概念，以「卓越與關懷」為題，作文一篇。文體不拘，字數不限。　　（101年三等司法特考）

2. 美國太空人阿姆斯壯在登月時曾說：「這是一個人的一小步，卻是人類的一大步。」誠如所言，人類今日的文明發展已經隨著新科技的發明，邁入一個新的世紀。但是，許多的問題卻接踵而來，如人與人、人與自然、國與國、文化與文化之間的衝突，衝擊著我們的生存。請以「人類的下一步」為題作文，勾勒一個理想的未來。

（101年三等司法特考第二試考試）

102年

1. 有個種玉米的農夫長年榮獲藍色勳章。然而每一年他都將這最棒的玉米種子與每一個鄰居共享。有人問他：「你把得獎品種的玉米種子分給別人，這樣怎麼可能繼續得獎呢？」

這農夫說：「你不了解啊，風會把花粉四處散播。如果我要培育最優良的玉米，就必須確保我所有的鄰居也有最棒的玉米種子。如果他們的玉米種子差勁，會授粉給我的玉米，降低我的玉米品質。」

人生也是如此，我們都在同一塊田區耕耘。我們的人生，對於周遭人的生活品質，有直接的影響。閱讀上文，請以「自利與利他」為題，作文一篇，申述現代公民應有的心態與作為。　　（102年警察、

鐵公路三等特考）

2. 社會中的分子能否理性溝通、討論，是這個社會是否進步、文明的關鍵。請以「講理」為題，作文一篇，闡述相關意旨。　（102年公務人員普考考試）

3. 《論語・公冶長》載子路自言其志向云：「願車馬、衣輕裘，與朋友共，敝之而無憾。」古人歸納《孟子・梁惠王下》一章的大意，又有「獨樂樂不如與眾樂樂」之語。可見古人深知分享的樂趣。請以「分享」為題，作文一篇，抒發己見。　（102年司法人員四等特考）

103年

1. 由於家世、環境、身心障礙、命途遭遇等因素，社會普遍存在著生活艱困的弱勢者。對於他們的惶惑、失望，我們未必有切身感受，但在共通的人性處境上，可以想像、理解。唯能將別人的飢寒當作自己的飢寒、將別人的苦痛當作自己的苦痛，才能因關心而激發意志，進而採取行動改善對方的處境。愛的根源是一種認同的眼神與心理，是看別人如同看自己。請以「看見另一個自己」為題，申述你對社會弱勢者的關懷。　（103年社會工作師第一次高考）

2. 愛心帶來社會溫馨，耐心促使效率提升，對從事公職的人而言，二者尤不可或缺。請以「愛心與耐心」為題，作文一篇，闡述其義。　（103年警察人員、交通事業鐵路人員三等特考）

3. 《呂氏春秋・有始覽・聽言》：「聽言不可不察，不察則善不善不分，善不善不分，亂莫大焉。」《說苑・尊賢》：「觀其言而察其行。」二者都論及觀聽他人言行的重要。請以「聽言與觀行」為題，作文一篇，申論其義。　（103年律師高考第二試）

104年

1. 「明哲保身」一詞，出自《詩・大雅・烝民》：「既明且哲，以保

其身」，是讚賞周朝卿士仲山甫的德行。明哲是通達天下的事理，先於大眾知天下的事；保身是指順於理而不誤進退。唐朝白居易的文章也有「明哲保身，進退始終，不失其道」。總之，這句話在表示具有優越的智慧而懂道理，能正確判斷，對進路的選擇不會錯誤。但至今日，這四個字反而成為一種因怕連累自己而迴避原則鬥爭的處世態度。未來擔任公務人員的你，如何看待此四字。試以「明哲保身」為題作文一篇，文白不限，長短不拘。　　（104年公務人員高考二級）

2. 我們每天或許都會和許多人相處，相處的對象或是父母師長，或是兄弟姐妹，或是子女晚輩，或是同事朋友。和各種不同身分的人相處，怎樣才能彼此尊重，一團和氣呢？請以「論與人相處之道」為題，作文一篇，加以論述。　　（104年外交人員等四等特考）

3. 近年網路遊戲流行，導致部分民眾虛幻世界與現實生活混淆不清，往往產生失序行為，甚至造成社會悲劇，這種現象必須喚起注意，共謀改正。請以「遠離虛擬，回歸實境」為題，作文一篇，加以論述。　　（104年司法人員等三等特考）

4. 詳細閱讀下列文章之後，請以「損有餘，補不足」為題，作文一篇，闡述「有餘者損之，不足者補之」的道理。

「天之道，其猶張弓與！高者抑之，下者舉之；有餘者損之，不足者補之。天之道，損有餘，補不足；人之道，則不然，損不足以奉有餘。孰能有餘以奉天下？唯有道者。是以聖人為而不恃，功成而不處，其不欲見賢。」（《老子‧第77章》）
（104年不動產估價師高考）

5. 現在為多元化社會，每個人的想法與背景都不相同，如何待人處

世，愈顯得重要。試以「堅持與溝通」為題，闡發感想。 （104年公務人員升官佐級晉員級考試）

6. 報載全球市場研究機構Millward Brown公司表示，搜尋引擎巨擘Google已經超越蘋果，成為全世界最有價值的品牌。企業經營者講究品牌，為強化消費者對於自有品牌的品質信任度，無不想方設法，卯足全力擦亮。何止是企業經營，各行各業都必須努力經營自有品牌的品質。試以「品牌與品質」為題，作文一篇，加以論述。

（104年三等地方特考）

105年

1. 生命的意義與價值不在滿足自己的需求而已，時時把目光放在他人身上，發現他們的欠缺、了解他們的需要，盡力去關懷、去協助，才是一個能者該做的事。現在請以「看見別人的需要」為題，作文一篇，加以闡述。 （105年第一次社會工作師高考）

2. 老子《道德經》第79章說：「是以聖人執左契，而不責於人。」窮人的借據就是老子所說的「左契」；「不責於人」就是不向對方追討。老子因而將人與行事風格分為兩種：「有德司契，無德司徹」意思是：有德者就像持有借據的人那樣寬裕，無德者就像掌管稅收的人那樣苛取。

據報載，長久以來，羅東聖母醫院對沒有能力支付醫藥費的窮人，照樣給予妥善的醫療，只要在出院時寫張借據，等方便時再償還即可。若無力償還，院方也不會主動去追討，反而是每隔幾年就將窮人的借據燒掉，一筆勾銷，在今天的臺灣社會，讓我們看到了老子理想社會的實例。

請以「有德司契，無德司徹」為題，作文一篇，申論己見。 （105年會計師高考）

3. 清代錢大昕〈奕喻〉一文提及：曾在朋友家觀棋，見一客人總是輸

棋，遂自認客人的棋藝不如自己，並且不斷建議客人改變布局。後來，客人邀他下棋，結果自己反而輸了十三子，錢大昕羞愧之餘，因此悟出人生處世的道理，他說：「人固不能無失，然試易地以處，平心而度之，吾果無一失乎？吾能知人之失，而不能見吾之失；吾能指人之小失，而不能見吾之大失。」請就上引錢大昕原文的意涵，以「易地以處，平心而度之」為題，作文一篇，加以闡論。　　（105年司法官三等特考第二試）

4. 複雜多變的社會裡，民眾洽公出現的狀況也日趨多樣，如何以「同理心」面對民眾，處理事務，可能是你我執行業務、與人相處時必須思考的問題。請以「同理心」為題，作文一篇。　　（105年警察人員警正、員級晉高員級升官升資考試）

5. 立身處世，最重「敏於事」與「慎於言」。「敏於事」，指做事勤快敏捷；「慎於言」，則指說話謹慎小心。前者能促進事業發展，厚積國家資源；後者則能建立良好人際關係，締造和諧社會。此二者，對公務員的成敗榮辱關係尤大。請以「敏於事與慎於言」為題，撰文一篇。　　（105年公務人員高考二級）

106年

1. 現今生活方式，已由傳統的自給自足，發展到百業互助的形態。工作的目標，也由求自身的溫飽，進步為服務相關的人與事，使工作具有更好的意義—快樂。

快樂的產生，先由施比受有福的觀念開始。在服務的過程中，可能會有阻礙橫在眼前，若有堅定的信念，熱誠的態度，把吃苦當吃補。不斷調整步伐，繼續服務各界需要幫助的人。快樂也就在肯定自我，及服務他人的行為中散播出來。請以「服務社會的快樂」為題，作文一篇。　　（106年第一次社會工作師高考）

2. 在這個惶惶不安的崩落世代，奔競爭逐成為許多人生活的最大目標，任何的政策、計畫無不標舉「提升競爭力」為目標。所有的場域，都是人性的競技場。似乎沒有這樣拼個輸贏，便不足以炫耀成效。競爭成為人心的歇斯底里，因為只有不斷競爭，才能在對抗、混亂中，趁機表現，或博取利益。然而在過度競爭下，卻讓很多人活得只有自己，沒有別人。人與人之間為了競爭，緊張焦慮，凡事相互責怪，以致彼此厭憎。於是，這個社會看似開放，其實是封閉，看似進步，其實是倒退的。

人與人之間相互感通，彼此包容，是現代人最匱乏的精神生活，孤獨已成為人人無法免疫的心病。原因無它，是競爭過度，甚至是惡性競爭，使人與人之間，喧囂著曲解的批判，卻各嗇於了解的欣賞，形成了互相苛求彼此挫傷惡性對待。人與人之間，已遺忘了生命存在的本身，人與人之間已漸漸失去了直接感通的能力。

人生的兩難，一個是自我的前進與追求，一個是我與他人的競爭比較所帶來的紛擾。如何在自我追求的過程中，避開人際間的複雜與競爭的煩惱？請以「競爭與包容」為題撰文一篇，申述己見，文白不拘。　　（106年公務人員二級高考）

3. 現代人不患不聰敏，但患私欲過多，見利忘義，因而難成大業，甚且身敗名裂。所以孔子特別強調君子當見得思義。請以「見得思義」為題，作文一篇，申論其旨。　　（106年不動產估價師高考）

107年

1. 社會最小的單位是「我和你」，如果我們能把對自我的執著轉變為對他人的包容與尊重，就可以擁有愉悅的人生。請以「自我執著的轉變」為題，作文一篇，闡述題旨。　　（107年身心障礙人員四等特考）

2. 你是否經常閃過這樣的念頭：大家都這樣，我也要……，或是有過

類似的經驗：第一次光顧的餐廳，參考其他人點了什麼而跟著點；投票表決前，左顧右盼觀察大家的反應和態度，這些想法和行為，反映出十分常見的社會現象──從眾。從眾，讓人安心，但也可能蒙蔽我們，使我們看不清事實。那麼，何時該從眾？何時該自我決定？請以「從眾」為題，作文一篇，申述己見。　（107年警察人員警正升官考）

108年

1. 以往企業都以「負責」作為用人的重要考量，自1990年代之後，「當責」（Accountability）成了全球最熱門的企業管理概念。「負責」是指個人做好份內的工作，「當責」則是個人不只做完份內的事，也會為了組織或團隊有更好的成果、更好的績效，主動多做一點，願意將原本不屬於自己責任範圍的工作額外多做，以謀求企業組織最佳的成效。如果組織內成員的態度，都能從負責轉為當責，那麼企業主的管理，就會由原本消極的「事後追究責任」，提升到積極正面的「事先承擔責任」，一個當責的企業組織，當然能讓客戶得到最滿意的服務。請以「從負責到當責」為題，撰文一篇，加以申論。　（108年司法人員等三等特考）

2. 心理學研究有個理論叫「破窗效應」，就是說，一個房子如果有一扇窗戶破了，沒有人去修補，隔沒多久，其它窗戶也會莫名其妙的被人打破；一面牆如果出現了一處塗鴉沒去清洗，很快的，牆上就會佈滿亂七八糟、不堪入目的東西。一個乾淨的地方，人們會不好意思丟垃圾，但是只要出現一個垃圾，人們就會毫不猶豫的丟，而且不覺得愧疚。任何壞事，如果一開始沒有阻攔，形成風氣，日後就很難改變，就像河堤只要出現一個小缺口，就可能導致崩壞的危機。請以「從細微處建立秩序」為題，作文一篇，闡述其旨。

　（108年關務人員四等特考）

第四節　追蹤執行力

　　群居生活會遇上紛爭，歸結其因，不脫公私、義利的問題。簡單來說，什麼是公，什麼是私，人是否可自私，又有何限制之種種疑難。因此，如何律己？如何待人處世？這兩者有何關係？顯得格外重要。請權衡二者，提出在團體、社會中，平衡二者的方法。

（提示：在自由自主的社會中，人如何既能律己，又能夠兼顧他人感受，使個人之私既能有所發展，又不會害於社會之公。）

第五節　奇文共賞與評析討論

一、奇文共賞㈠

題目：據報載：今年八十四歲的李勤女士，一生以「如果不能為別人服務，人生就沒有意思」為座右銘，在近半世紀的助產士生涯中，憑著「愛心、熱心、用心」，不計酬勞，一村過一村，親手迎接了一萬多個新生命，而且從未失誤。九二一大地震時，她去災區當志工，雖已高齡，照樣搬石頭。這種以實際行動幫助他人的精神，實在令人敬佩。請即以「愛心、熱心、用心」為題，作文一篇。（93年公務人員五等特考）

作者：林峻葦

1

　　人之所以為人，之所以異於禽獸，是因為人存有內在的道德理性，有行諸於外的禮意禮儀、社會教化。故孟子認為人立於世，與人相交，不能沒有惻隱、羞惡、辭讓、是非之殊異於萬物的「四端之心。」據於上述引題，「愛心」除了是指自身對他人的愛慕，更隱含對他人的憐憫及無私；「熱心」是對熱衷事物，持有熱切期待，而懷有感恩、回饋；「用心」是專心一致於某事，而萌生的動力。此三者源自於四端之心，莫不是待人處世最根本的態度，缺一不可。但還必

須通過「眞心」來落實，若無眞心爲根柢，「三心」將成空泛之論，故欲眞誠踐行於生活，「眞心」實爲首要。

2

　　如：先秦墨子以「兼愛」、「非攻」理念爲自身理想，冀望人民、國家相親相愛、憐憫他人，以減少爭鬥，這與「愛心」理念頗相類。又如：青少年遠飛至非洲協助飢貧幼童，係是傳遞憐憫，以發揚愛心之道。

　　「愛心」不可脫離「熱心」。熱心不應是毫無準備，一頭栽進去的盲目濫情。北宋張載曰：「人若志趣不遠，心不在焉，雖學無成。」惟有先立志，確立方向，用心體會，知所不足而謙卑應世，方能有效散播愛心、熱心。

　　反之，若失去「愛心」，對事物無感，沒有期待；又或者表面「熱心」，將期待冀望在渺遠未來，不願付出誠意，這兩種情況都是缺乏待人應物的「眞誠」。

　　「眞誠」，人人會說，但是否「用心」以對，則未必然。故「眞心」必然要結合「用心」，眞正落實實踐，能做且能爲。倘若志不遠大，缺乏用心的積極力、行動力，徒有滿腔熱血，亦屬枉然。

　　要言之，愛心使人溫暖，熱心使人感動，用心使人積極，若缺乏「眞心」，三者不過是懸虛空想。南朝宋的范曄曾語：「志不求易，事不避難。」即立志不求容易之事，理事不避艱難，唯將「三心」宗以眞心，方可發掘自我對萬物的關懷，源源不絕發展下去。

3

　　欲以眞心牽引三者，其方法如下。

一、眞誠相待，視人若己。墨子曰：「視人之國，若視其國；視人之家，若視其家；視人之身，若視其身。」係是他人之所有如自我之有，以包容憐憫之眞心相待，使能感同身受。近年來天災釀成

的人禍，無論是九二一地震、四川汶川地震、日本311地震，各國不分彼此的人道救援，誠為表率。

二、真摯熱衷，勤而不息。西漢劉向曰：「少而好學，如日中之陽；壯而好學，如日中之光；老而好學，如炳燭之明。」說明年老也不該停止學習，即使手持燭火，也比摸黑自棄好。引申其旨，說明了不同年紀，都應對人事現象留有真誠與熱愛。爾來環保意識抬頭，經濟發展與環境保護爭議甚囂塵上，大家不論年紀、身分，理性提出數據做論辯，毋關雙方輸贏結果，此舉已是對社會與環境，付出了真摯的關懷。

三、真情以對，恆常不輟。為善不貴金錢多寡，貴在雪中送炭，貴能恆常，古有范仲淹購置義田，養活族中窮苦之人；朱柏廬〈治家格言〉亦云：「施惠勿念，受恩莫忘。凡事當留餘地，得意不宜再往。」都提醒對人應用真情，互助互惠，勿苛薄寡恩。

4

苟以「真心」為本，方能確切展露本真自我。以「真誠之愛心」予人，令其倍感溫馨。「真摯之熱心」於衷愛之事，方能使自己、他人備受感動。「真情之用心」，發揮積極動力，將愛散播出去。故做任何事，必以「真心」為起念的基礎，也惟有此，方能將愛心、熱心、用心發揮最大功效。

二、評析討論㈠

1.結構分析

題型：多軌題。

(1)第**1**段次（WHAT）：何謂「愛心」，何謂「熱心」，何謂「用心」，並以「真心」貫串。
　①破題法起首，分別解釋「愛心」、「熱心」、「用心」。

②另起一「真心」串連三者。

(2)第②段次（WHY）：為何「真心」可為「愛心、熱心、用心」的基礎。

①先援引例證點出「愛心」的重要性，並以「熱心」貫串。同時點出宜先「立志」的重要性。

②反面說明失去「愛心」、「熱心」的因由，在於缺乏「真誠」（真心）。

③正面強調「真心」之餘，還要「用心」落實。

④小結上述，確立「真心」之於「愛心」、「熱心」、「用心」的重要性。

(3)第③段次（HOW）：如何以「真心」，牽引、實踐「愛心、熱心、用心」。

①從「真誠相待」，到「真摯熱衷」、「真情以對」，依點論述，並各自在以例證證明。

②總述上三點，以「真心」貫串愛心、熱心、用心。

(4)第④段次：總結式結尾。

①以「真心」為本，分別從人、我關係，串連起真心與愛心；真心與熱心；真心與用心。

②申明「真心」為基礎作結。

2.總講評

(1)釋題清楚，能旁引「真心」作為貫串全文的核心，首尾呼應，實屬不易。

(2)第三段次從「真心」又繫連出「真」的不同樣態，足見巧思。

(3)第二段次又提出「立志」，且定義真心即是立志，實是又拉出一條新的論述主軸，反使文章主題過多，原本「三心」已鎔為一「真

心」，又多出「立志」，以至於第二段次分散了主線，論述紛雜。

(4)第四段次可作爲第三段次的小結，缺乏層次性、能推己及人的結尾。

三、奇文共賞㈡

題目：現代人不患不聰敏，但患私欲過多，見利忘義，因而難成大業，
　　　甚且身敗名裂。所以孔子特別強調君子當見得思義。請以「見得思
　　　義」爲題，作文一篇，申論其旨。（106年不動產估價師員高考）

作者：張皓程

1

　　「欲望」係由利益獲得滿足，貪得無厭將無法了解知足不辱之
理。因此，見到有利可圖時，考量是否合乎於義，合則取之，不合則
不取，即爲「見得思義」。面對利益衝突，應以道德良心爲天秤，宜
考量物我間的損益，以及對社會的影響。倘若無法在「權」與「利」
做出適當抉擇，短視近利便會導致「見得忘義」，信用破產且紛亂
不斷。

2

　　古諺云：「君子愛財，取之有道。」若只是汲汲營營取得私人財
富、名利，短視近利不能顧全大局，將造成彼此關係的冷漠與社會
不安。

　　以人際相處爲例。所謂「單絲不成線，獨木不成舟」，在職場
上，爲達成目的不擇手段，處處樹立敵人，將無法藉由團隊力量分工
合作，節省時間並發揮所長，增加辦事效率。行政管理學中，霍桑實
驗證明倘若缺少良好人際關係，不僅無法分享專業、互相協助，也不
能藉由抱怨談心紓解壓力，營造出和諧工作氣氛。

　　擴及經濟與環保之爭。人類不斷開發資源，造成環境破壞，如：
排放廢水污染河川，經由食物鏈，在食用魚類的同時，也將吃下許多

致癌物。又如：1952年倫敦霧霾事件，因大量燃燒煤礦，直接或間接造成四千多人因空氣污染而亡。再如：人與大自然爭地，大量砍伐、焚燒樹林，致使植被抓地力不足，易發生土石流，兼使二氧化碳濃度提高，溫室效應日漸惡化，冰川融化、土壤淹沒等災難接踵而至。

　　復以能源與國家發展為例。各國為享受大量資源，研究核能發電，但俄國車諾比輻射外洩、日本福島核電廠事故，都是很慘痛的教訓。當初能源災害分別因人為、地震與海嘯等因素，導致爆炸與外洩，大量生物、土壤受到輻射污染，釀成無數生命的犧牲。

3

　　古人云：「毀或無妨，譽則可怕。」指處事應正確看待名利，過分迷戀容易致自己於危險中，懂得察言觀色才能兼顧物質享受與精神生活兩層面。

　　因此，人際關係要能夠「圓融通達」。如：朱熹：「義者，心之制，事之宜也。」節制私欲，顯發於外，是合理與適當之待人處事，便能藉由團隊力量互利互惠，如同「雁行理論」中雁鳥以V字隊形飛行，彼此輪流領導，憑藉團隊力量激勵同伴以共渡難關。

　　面對經濟與環保要懂得「回饋感恩」。「企業責任理論」無形中給予企業道德壓力，強調在生產過程對消費者、環境及社會貢獻。廣受兒童歡迎的樂高積木，為減少塑膠廢棄物污染，轉型發展柔軟可擠壓非塑膠材質，不僅減少對地球傷害也不會因此踩到受傷。

　　能源與國家發展則要重「轉型再生」。氣候變遷推動各國能源轉型，擺脫褐色經濟中高污染、高排碳、高風險的能源產業。如：德國以俄國車諾比事件為鑑，部分小鎮政府與公民合作，以低投資門檻、低身分限制供民眾擁有光電、風力發電機，成功轉型成100%綠能村。得而思義，而非恣意妄取，彼此互利互惠，各退一步，便有更大的空間進步。

4

　　人非聖賢，但至少要成爲對得起自己。人們爲了生活打拚、追求
更高理想，圖謀利益乃人情之常，本無可厚非。然有利可圖時，法
律、國際協定等外在規範，或能遏止某些無窮盡的野心，卻無法眞正
改變人的行爲。惟有以「道德心」規範自己，體會名利、財富乃身外
物；再以「同理心」端視事情正反兩面，不僅不會因失去利益眼紅，
也能抱著樂觀態度等待下一次機會，甚至去創造機會。

四、評析討論㈡

1.結構分析

　　題型：單軌題。

---

(1)第 **1** 段次（WHAT）：何謂「見得思義」。

　　① 直接破題，解釋、界定「見得思義」的意義。

　　② 延伸意義，提出道德心權衡「見得思義」。

(2)第 **2** 段次（WHY）：以反面說明、例證，說明「見得不思義」的
　　後果。

　　① 提出論點。

　　② 分別從人際關係、經濟與環保、能源與國家發展之反例，明「見
　　　得不思義」造成的不良後果。

(3)第 **3** 段次（WHY）：以正面說明、例證，說明「見得思義」的
　　結果。

　　① 提出論點。

　　② 分別從人際關係、經濟與環保、能源與國家發展之正例，明「見
　　　得思義」的結果。

(4)第 **4** 段次：延伸式結尾。

　　① 總結法律或可制裁行爲，卻無法遏止內心。

②回歸本質的「道德心」，並延伸出「同理心」做結尾。

2.總講評

(1)作者以「得」、「欲」來闡釋「見得思義」，並從「人際關係」、「經濟與環保」、「能源與國家」等不同例證佐證說明，擴大了題目的詮釋空間。

(2)舉例多元且貼近生活，但並不通俗，且能引起讀者的共鳴。

(3)作者擅長從例證佐證論點，但為何人會有過多欲望，進而導致見利忘義等可能性，較缺乏論述。

(4)第四段次的「同理心」為延伸出的新論題，可多花些篇幅稍加說明，避免結語太過緊湊倉促。

五、第五錦囊：需凝練聚焦的「多軌題」(一)

在雙軌題、單軌題之後，緊接著是超過三個子題合成一個題目的多軌題。以第一層次的「解釋題目」來看：單軌題過於單薄；雙軌題穠纖合度；多軌題就顯得臃腫笨重，需要「瘦身」。

試想，當題目由一個主題，到兩個子題，再到三個以上的子題，那要多增加多少解釋篇幅？如無有效解題，光解釋題目就花上大半時間，後文也就甭發揮了。

多軌題與雙軌題一樣重「關係」，但更重如何「串連」。有兩種方法，此論其一。在多軌子題外，另取一個概念做串連，以上文「愛心、熱心、用心」為例，作者在第一段次解釋三個子題後，旋即提出「真心」為三者的基礎。如此一來，整體結構如下：

第一段次：什麼是愛心、熱心、用心？並以「真心」貫串。
　　　　　（WHAT）

第二段次：爲何「眞心」可爲「愛心、熱心、用心」的基礎。
　　　　　（WHY）

第三段次：如何以「眞心」，牽引、實踐「愛心、熱心、用
　　　　　心」。（HOW）

第四段次：結尾。

作者從頭到尾焦點只有「眞心」，以此爲主軸，去串題目中的三個子題，果然成功瘦身。但需留意題目是「愛心、熱心、用心」，萬萬不可以遺落這三個子題。上文作者很清楚此點，特別在第四段次以「眞誠之愛心」、「眞摯之熱心」、「眞意之用心」做首尾呼應，相當清楚而完整。

第六章　安邦治國類

第一節　話說類型

　　「安邦治國」，是指針對公共事務、國家安全、外交等議題，提出見解與解決之道。

　　所謂「公共事務」，係指處理公眾事宜者，此亦屬於安邦治國的一環，又與各種「專業知能」產生連結，如：「交通事業與國家建設」（85年鐵路人員高員級考試）、「如何提升郵政的經營績效與競爭力」（93年郵政人員升資佐級晉員級考試）、「電信自由化」（93年電信人員士級晉佐級升資考試）、「論經濟發展與永續經營」（97年第二次司法人員三等特考）。由於部分考題極具專業性，只適合報考該類型考科者書寫，故將挪到第十四章的「專業知能類」再行說明。

　　這種類型隨國情時事、國際時勢所趨，不斷更迭。例如：民國八、九零年代，民意高漲，選風盛行，如：「選風與社風」（83年航海人員一等船副等特考）、「論民意的探求」（84年情報人員等乙等薦任考試），就相當盛行。另如：因應國際情勢的變化，對本國造成的影響也很流行，如：「內政與外交」（89年外交領事人員等三等考試）、「經濟發展與對外關係」（90年外交領事人員等特考）。

　　近幾年來，通訊傳播發達，「全球化」議題正盛，區域化與全球化的互動、矛盾，也是重點，如：「在地行動與全球思維」（92年公務人員高考三級第二試）。

　　又因臺灣的國際地位提升，各行各業出現許多優秀、傑出人才，也轉變了出題模式，而趨向國家形象、品牌的建立，那麼，近年常見「文化軟實力」的輸出、文創產業的發展，以及各專業領域，如：科學、經濟國際之間的互動，都可謂是安邦治國的一環。如：「臺灣文化的特色何在？有

何具體作法來發揚這些特色以便與世界接軌？試申論之」（91年外交領事人員特考）、「論臺灣文化之多元性」（92年公務委任升等考試）、「科學研究與經濟發展」（92年建築工程二級考試）、「許臺灣一個未來」（94年民航人員三等特考）皆屬之。

　　欲寫好此類題目，要確切掌握時事脈動、資訊，同時注意自己的寫作身分，倘若將自己當成是政府官員在下政策指導棋，或不滿時政而謾罵聲不斷，都不適合。

重點摘要

1. 「安邦治國」是聚焦在公共事務、國家安全、外交等議題。
2. 延伸新方向係展現國家形象、品牌之「軟實力」。
3. 要能掌握時事脈動、資訊，方能從容回應。

第二節　名言典故集錦

1. 邾文公卜遷于繹。

　　白話翻譯：邾文公卜筮要遷都到繹地。引申其意，說明上位者體認
　　　　　　　到權力來自人民，一切應以民利為優先。

　　典故出處：先秦・左丘明：《左傳・文公十三年》

細說典故

邾文公卜遷于繹。

史曰：「利於民而不利於君。」

邾子曰：「苟利於民，孤之利也。天生民而樹之君，以利之也。民
　　　　既利矣，孤必與焉。」

左右曰：「命可長也，君何弗為？」

邾子曰：「命在養民。死之短長，時也。民苟利矣，遷也，吉莫如
　　　　之！」遂遷于繹。

五月，邾文公卒。

君子曰：「知命。」

⒝⒣⒟⒢ 白話典故

邾文公卜筮要遷都到繹地。

占卜的史官説：

「遷都對人民有利，但卻不利於您。」

邾文公説：「如果利於大眾，這就是我的利益。上天先生了人民，
　　　　　　而後才樹立國君，目的在使人民得利。當人民獲得了利
　　　　　　益，我便會得到利益的。」

僕從説：　　「命可以活得久一點，國君為何不要？」

邾文公説：「天命在於如何養民。早死晚死，是時間的問題。人民
　　　　　　如果能得利，沒有比這個更有福的。」於是便遷都到
　　　　　　繹地。

當年五月，邾文公死了。

君子説：「這是知天命啊！」

2.因人之力而敝之，不仁；失其所與，不知；以亂易整，不武。

　　白話翻譯：受人之幫助又反過來損害他，是沒有仁德之舉；失去了
　　　　　　　同盟好友，是缺乏智慧的行為；以相互攻戰而取代和睦
　　　　　　　相處，非善於軍事者之舉。

　　典故出處：先秦‧左丘明：《左傳‧僖公三十年》

3.亡國之君，非一人之罪也；治國之君，非一人之力也。將治亂在乎賢
使任職，而不在於忠也。故智盈天下，澤及其君；忠盈天下，害及
其國。

　　白話翻譯：亡國的國君，不是他一人的過錯；會治理國家的國君，
　　　　　　　也不是他一人的力量。欲治理動亂的國家，重在懂得任
　　　　　　　用賢能之人，而不在於有多少忠臣。所以，能多任用賢

能的人，國君就會得到恩澤；只靠任用忠臣，會傷害國家。引申其意，說明治國要知人善任，不能僅止於用「忠」而已。

典故出處：先秦‧慎到：《慎子‧知忠》

4. 無恆產而有恆心者，惟士為能。若民則無恆產，因無恆心。苟無恆心，則放辟邪侈，無不為己。

白話翻譯：沒有固定經濟來源卻能堅守道義之恆心者，只有士能辦得到。而一般民眾沒有固定的經濟來源，也就沒有了堅守道義的恆心。如果沒有恆心，則放肆、乖僻、奸邪、淫侈，沒有做不出來的。

典故出處：先秦‧孟子：《孟子‧梁惠王》

5. 彊本而節用，則天不能貧；養備而動時，則天不能病；循道而不貳，則天不能禍。

白話翻譯：加強農本而節省用度，則天不能使人貧困；養生完備周全而行動順時合宜，則天不能使人生病；循天道而沒有偏差，則天不能降禍於人。以上分別從工作、養生、修德三方面論述治國之道。

典故出處：先秦‧荀子：《荀子‧天論》

6. 夫政不簡不易，民不有近；平易近民，民必歸之。

白話翻譯：施政不簡化，就不易施行，人民也不願意親近。施政平和簡易且能貼近人民需求，則民意必然歸附。

典故出處：西漢‧司馬遷：《史記‧魯周公世家》

7. 國之將興，必有禎祥，君子用而小人退；國之將亡，賢人隱，亂臣貴。

白話翻譯：國家將要興盛時，一定有好的徵兆，即有德賢者受到重用，而奸佞小人被貶退。國家將要滅亡時，賢人退隱，而作亂之臣將受到重用。

典故出處：西漢・司馬遷：《史記・楚元王世家》

8.欲富國者務廣其地，欲強兵者務富其民，欲王者務博其德。

白話翻譯：想要使國家富強，必須拓展土地。想要國家軍力強大，務必要使百姓富有。想要稱王於天下，則務必要修養自己的品德。

典故出處：西漢・司馬遷：《史記・張儀列傳》

9.天下安，注意相；天下危，注意將。將相和調，則士務附。士務附，天下雖有變，即權不分。

白話翻譯：天下太平時，要注意任用能幹的宰相；天下危亂時，要留心任用武將。宰相、武將能夠和諧調和，士人就會全心歸附。士人能全心歸附，天下大局縱使有變化，但國家大權也不會被分落。引申其意，安邦治國要懂得任用人才。

典故出處：西漢・司馬遷：《史記・酈生陸賈列傳》

10.為治者不在多言，顧力行何如耳。

白話翻譯：統治者無須說得太多，而是要看他如何力行、實踐。

典故出處：西漢・司馬遷：《史記・儒林列傳》

11.民之治亂在於吏，國之安危在於政。

白話翻譯：人民的治與亂在於官吏好壞，國家的安與危在於政治的好壞。

典故出處：西漢・賈誼：《新書・大政下》

12.政之所興，在順民心；政之所廢，在逆民心。

白話翻譯：為政興昌的理由，在於能順應民意；政事廢亂的理由，在於違背民心。

典故出處：西漢・劉向：《管子・牧民》

13.苛政猛於虎。

　　白話翻譯：殘暴的政治比老虎還恐怖。

　　典故出處：西漢・戴聖：《禮記・檀弓下》

細說典故

孔子過泰山側，有婦人哭於墓者而哀，夫子式而聽之。

使子貢問之曰：「子之哭也，壹似重有憂者。」

而曰：「然，昔者吾舅死於虎，吾夫又死焉，今吾子又死焉。」

夫子曰：「何為不去也？」

曰：「無苛政。」

夫子曰：「小子識之，苛政猛於虎也。」

白話典故

孔子經過泰山旁邊，見到有位婦人在墳前哭得很傷心。孔子扶著車軾側耳傾聽。

便讓子貢去問這婦人：

　　　　　　「聽妳的哭聲，好像有很深的哀傷。」

婦人回說：「是啊！以前我的公公死於老虎之口，我丈夫也被老虎咬死了，如今我兒子也死於虎口。」

孔子說：　「那妳為何不離去呢？」

婦人說：　「因為此地沒有殘暴的政治。」

孔子聽了之後對弟子說：

　　　　　　「你們要好好記住，這殘暴的政治比老虎還恐怖。」

14.大道之行也，天下為公。選賢與能，講信修睦。

　　白話翻譯：正道能踐行之時，天下將不為一家一姓所私有。要能選拔任用賢能的人，講究信用，睦鄰修好。

　　典故出處：西漢・戴聖：《禮記・禮運》

細說典故

　　大道之行也，天下爲公。選賢與能，講信修睦。故人不獨親其親，不獨子其子；使老有所終，壯有所用，幼有所長，鰥、寡、孤、獨、廢、疾者皆有所養。男有分，女有歸。貨惡其棄於地也，不必藏於己；力惡其不出於身也，不必爲己。是故謀閉而不興，盜竊亂賊而不作，故外戶而不閉，是謂「大同」。

白話典故

　　正道能踐行之時，天下不爲一家一姓所私有。要能選拔任用賢能的人，講究信用，睦鄰修好。使人們不只親愛自己的親人，不只偏愛自己的兒子。使老人能被贍養以安享天年，使壯年人都能被任用，使年幼之人皆能被撫養長大，使老而無妻的鰥夫，老而無夫的寡婦，幼而無父的孤兒，老而無子的獨居者，殘廢、疾病之人，都能被安養。使男人都各自有職業，使女人各自有好的歸宿。天下的財貨能均爲人民所用，但不可浪費，也不占爲己有；做任何事情要竭盡自己的力量，各司其職，但不是自私爲己。如此一來，就沒有鄙詐之謀略，也沒有竊盜之事的發生，出門也不必關上門窗，這就是「大同社會。」

15.人君之道清靜無爲，務在博愛，趨在任賢。

　白話翻譯：身爲人君的方法，要能内心澄淨而不妄爲，一定要能廣泛的愛所有人，必定要能任用賢人。

　典故出處：西漢・劉向：《說苑・君道》

細說典故

晉平公問於師曠曰：「人君之道，如何？」
對曰：「人君之道清淨無爲，務在博愛，趨在任賢；廣開耳目，以察萬方；不固弱於流俗，不拘繫於左右；廓然遠見，踔然獨

　　　　立：屢省考績，以臨臣下。此人君之操也。」

平公曰：「善。」

⑬話⑱故

晉平公問師曠說：

　　　　「如何當一個好君主？」

師曠回答道：「身為人君的方法，要能內心澄淨而不妄為，一定要
　　　　　　　能廣泛的愛所有人，必定要能任用賢人。要廣泛接收
　　　　　　　各種資訊，增廣見聞，以遍察全國各地的情況。不被
　　　　　　　社會上流行的不良風俗習慣所影響，也不受身邊的人
　　　　　　　所牽制。要有遠大的目光，見識要高超特出。要經常
　　　　　　　考核官員們的政績，以保持一定距離面對臣屬。這就
　　　　　　　是人君應操持的治理之法。」

晉平公應道：「真是說得對。」

16.明主者有三懼：一曰處尊位而恐不聞其過，二曰得意而恐驕，三曰聞天
　　下之至言而恐不能行。

　　白話翻譯：明君有三件懼怕的事：一是處於尊位而聽不到自己的過
　　　　　　　失，二是過於得意而恐驕縱，三是聽天下至善的言論卻
　　　　　　　不能實踐。

　　典故出處：西漢・劉向：《說苑・君道》

17.桐葉封弟。

　　白話翻譯：引申其意，說明君王要謹言慎行，信守然諾。

　　典故出處：西漢・劉向：《說苑・君道》

⑭說⑱故

成王與唐叔虞燕居，剪梧桐葉以為圭，而授唐叔虞曰：「余以此封
汝。」

唐叔虞喜，以告周公。

周公以請曰：「天子封虞耶？」

成王曰：「余一與虞戲也。」

周公對曰：「臣聞之，天子無戲言，言則史書之，工誦之，士稱
　　　　　之。」

於是遂封唐叔虞於晉。

周公旦可謂善說矣，一稱而成王益重言，明愛弟之義，有輔王室
之固。

⊙白⊙話⊙典⊙故⊙

周成王與弟弟唐叔虞閒暇時，成王剪了梧桐葉做成圭形，而授給唐
叔虞說：

　　　　　「我用它為憑據分封領地給你。」

唐叔虞很高興，就告訴周公。

周公於是問成王：

　　　　　「天子您封了叔虞嗎？」

成王說：「我只是跟他說玩笑而已。」

周公說：「臣聽說，天子沒有戲言，所說的話，史書會記載，樂官
　　　　　會歌誦，士人會宣揚的。」

於是就封唐叔虞於晉國。

周公旦可算是善於勸諫的人。一說讓成王重視諾言，又能友愛兄
弟，使王室關係得以鞏固。

18.尊君卑臣者，以勢使之也，夫勢失則權傾。故天子失道則諸侯尊矣！諸
　侯失政則大夫起矣！大夫失宮則庶人興矣！由是觀之，上不失而下得
　者，未嘗有也。

　白話翻譯：君主處於高位，而臣子處於低位，這是勢力所致，一旦
　　　　　　失去勢力，權力也就傾倒了。所以，天子治理天下無

方，諸侯就會受尊興起。諸侯治國無道，大夫就會崛起。大夫失去政權，則一般百姓就會興起。由此觀之，上位者若沒有失去權勢，而下位者能夠得到權勢者，這是沒有過的。引申其意，凡治國無道者，就會失去權勢，而被推翻政權。

典故出處：西漢・劉向：《說苑・君道》

19.順大道而行者，救天下者也；盡規矩而進者，全禮義者也。

白話翻譯：能順著顧全大局而行動者，是能拯救天下的人；只按照規矩而行事者，是能夠保全禮義的人。

典故出處：唐・羅隱：〈辨害〉

細說典故

　　虎豹之為害也，則焚山，不顧野人之菽粟。蛟蜃之為害也，則絕流，則不顧漁人之釣網。其所全者大，所去者小也。

　　順大道而行者，救天下者也；盡規矩而進者，全禮義者也。權濟天下，而君臣立，上下正，然後禮義在焉；力不能濟於用，而君臣上下之不正，雖抱空器，奚所設施？

　　是以佐盟津之師，焚山絕流者也。扣馬而諫，計菽粟而顧釣網者也。於戲！

白話典故

　　有虎豹為害之時，就要焚燒山林，無法顧及山中居民的農作物。有水族動物為害時，只能阻斷水流，無法顧及漁民們釣鉤漁網的設備。這是要顧全大的利益，而不得不犧牲小的利益。

　　能順著顧全大局而行動者，是能拯救天下的人；只按照規矩而行事者，是能夠保全禮義的人。要先通權達變，拯救天下，之後君臣關係得以確立，上下名分有所分際，最後禮義便能存於其中。若力量不足以有拯救天下之大用，君臣上下關係也不明，不過徒有禮

義之虛名，又能有什麼作爲呢？

　　所以姜子牙輔佐周武王伐紂，曾焚燒山林，阻絕河川，目的是顧全大局。而伯夷、叔齊只拉著周武王的馬韁繩，要阻止周武王伐紂，只不過像那保全農作物、釣鉤漁網之小利者。眞是可嘆啊！

20.不以物喜，不以己悲，居廟堂之高，則憂其民；處江湖之遠，則憂其君。是進亦憂，退亦憂，然則何時而樂耶？其必曰：「先天下之憂而憂，後天下之樂而樂乎！」

　　白話翻譯：不因外在環境順利而感到高興，也不因爲自己的不得志而悲傷，居處在朝廷高位，能擔憂百姓安危；而遠在窮鄉僻壤之地，也能掛心國君。是在朝受重用時也憂心，在遠方不受重用時也憂心，然而，何時才能感到快樂？他們一定會說：「要在天下人感到憂心前而憂心天下事，要在天下人都感到快樂後，才能感到快樂啊！」

　　典故出處：北宋・范仲淹：《范文正公集・岳陽樓記》

21.主明臣直。

　　白話翻譯：國君明白事理，而臣下忠耿直諫。

　　典故出處：北宋・司馬光：《資治通鑑・唐紀》

細說典故

上嘗罷朝，怒曰：「會須殺此田舍翁。」

后問爲誰，上曰：「魏徵每廷辱我。」

后退，具朝服立於庭，上驚問其故。

后曰：「妾聞主明臣直；今魏徵直，由陛下之明故也，妾敢不
　　　賀！」上乃悅。

白話典故

唐太宗曾罷朝，生氣的説：「我應當殺了這個鄉下人。」

長孫皇后問到底是誰。

太宗說：「魏徵每次都在朝廷上公開羞辱我。」

皇后於是退下，並穿上上朝的衣服立於中庭，太宗十分訝異問她原因。

皇后說：「我聽說國君明白事理，而臣下才會忠耿直諫。今天魏徵的耿直，是因爲陛下您的明白事理，妾身怎敢不恭賀。」

　　　太宗很是高興。

22.夫當今生民之患，果安在哉？在於知安而不知危，能逸而不能勞。此其患不見於今，將見於他日。今不爲之計，其後將所不可救者。

　白話翻譯：當今民眾的憂患，到底在哪裡？在於知道安樂而不思危難，能逸樂卻不能承擔辛勞。這樣的憂患縱使不見於今日，也將會在他日浮現。今天如果沒有謀劃，之後將難以救治了。

　典故出處：北宋・蘇軾：《東坡全集・教戰守策》

23.天下之事，常發於至微，而終爲大患；始以爲不足治，而終至於不可爲。

　白話翻譯：凡天下有事情，往往是極細微處就有徵兆，最後演變爲大災患；原本以爲沒有什麼好治理的，最後導致無法治理。

　典故出處：明・方孝孺：《遜志齋集・指喻》

細說典故

　　余因是思之：天下之事，常發於至微，而終爲大患；始以爲不足治，而終至於不可爲。當其易也，惜旦夕之力，忽之而不顧；及其既成也，積歲月，疲思慮，而僅克之，如此指者多矣！蓋眾人之所可知者，眾人之所能治也，其勢雖危，而未足深畏；惟萌於不

必憂之地，而寓於不可見之初，眾人笑而忽之者，此則君子之所深畏也。

⬭白⬭話⬭典⬭故

　　我於是想到：凡天下有事情，往往是極細微處就有徵兆，最後演變為大災患；原本以為沒有什麼好治理的，最後導致無法治理。當容易治理的時候，卻吝於花費極少的力氣，忽略而不管它。等到災患成形，耗盡許多時間，絞盡了腦汁，也只能勉強克制，類如鄭君仲本來只因手指小病卻不幸過世的情形實在很多。大凡一般人能了解的事，一般人能治理的事，形勢雖然危險，但還不至於令人害怕。只有萌發於那些不被注意的地方，隱藏在看不到的徵兆，被一般人輕笑而疏忽之處，這才是君子該感到深恐畏懼的。

24.慮天下者，常圖其所難，而忽其所易；備其所可畏，而遺其所不疑。然而禍常發於所忽之中，而亂常起於不足疑之事。

　白話翻譯：思慮天下大事者，常常圖謀在他認為困難之處，卻忽略了簡單的地方。而準備他感到恐懼敬畏之處，反而忽略了未曾感到疑惑者。但是，禍端卻常起源於所忽略者，危亂也常發起於不未曾疑惑之處。

　典故出處：明·方孝孺：《遜志齋集·深慮論》

25.堯置敢諫之鼓，使天下得盡其言；立誹謗之木，使天下得攻其過。

　白話翻譯：上古的堯帝設立直諫的鼓，使天下人敢擊鼓求見；設立誹謗的木頭，讓百姓將朝廷之錯書寫其上，讓天下人能攻其錯。引申其意，指上位者能傾聽人民意見。

　典故出處：明·張居正：《帝鑑圖說》

26.一代之治，各因其時。建一代之規模，以相扶而成治。

　白話翻譯：一代的政治，各順著時代之別而有不同。建立一朝代的制度規模，需相互扶助而足以治理。

典故出處：清・王夫之：《讀通鑑論》

27.**無事袖手談心性，臨危一死報君王。**

白話翻譯：沒有事情發生時，就插著雙手大談心性道德，等到國家
　　　　　危難時，毫無應變能力，只好以一死來報答君王之恩。
　　　　　藉以諷刺讀書人不知讀書目的在經世濟民，通權達變，
　　　　　只是高談闊論，無益於家國大事。

典故出處：清・顏元：《存學編・學辨》

28.**一身動則一身強，一家動則一家強，一國動則一國強，天下動則天
下強。**

白話翻譯：一個人動，則一個人強壯；一家人動，則一家人都強
　　　　　壯；一國人動，則一國人都強壯；天下人動，則天下人
　　　　　都強壯。此說明治國平天下的根本在於「動」，而不是
　　　　　高談闊論。

典故出處：清・顏元：《言行錄》

29.**君子之治天下也，使人各得其情，各遂其欲，勿悖於道義。**

白話翻譯：君子治理天下的方法，是使人能各順自己的情感，能表
　　　　　達自己的欲望，但是不能違背於道義。

典故出處：清・戴震：《孟子字義疏證》

30.**夫史者，民族之精神，而人群之龜鑑也。代之興衰，俗之文野，政之得
失，物之盈虛，均於是乎在。故凡文化之國，未有不重其史者也。古
人有言：「國可滅而史不可滅。」**

白話翻譯：「歷史」，是一個民族的精神展現，也是人們行為舉措
　　　　　的借鏡。歷代的興衰，習俗的文明與野蠻，政治的德與
　　　　　失，物產的豐饒與匱乏，都在歷史之中。所以有文化的
　　　　　國家，沒有不重視歷史的。古人便有說：「國家可滅
　　　　　亡，但歷史不可滅。」

典故出處：清・連橫：《臺灣通史・序》

第三節　考古大觀園

88年

1. 論「民惟邦本，本固邦寧」　（88年各類科高考）
2. 洞燭機先，居安思危　（88年公務人員等簡任考試）

89年

1. 內政與外交　（89年外交領事人員各組等三等考試）

90年

1. 立足臺灣，放眼天下　（90年航海人員一等船副等特考）
2. 國家安全與個人自由　（90年國安局情報人員等特考）
3. 經濟發展與對外關係　（90年外交領事人員等特考）
4. 多元社會下的省思　（90年海岸巡防人員五等特考）
5. 人文與科技　（90年海岸巡防人員三等特考）

91年

1. 淨化人心，塑建臺灣新形象　（91年基層公務員五等考試）
2. 人和為施政之首要論　（91年基層公務人員四等考試）
3. 論機關史編纂的重要性與要領　（91年關務人員簡任升等考試）
   （提示：國不可無史，縣市、村里、社區亦然。假使你是機關首長，請略述你對編纂機關史的看法與做法）
4. 臺灣文化的特色何在？有何具體作法來發揚這些特色以便與世界接軌？試申論之　（91年外交領事人員特考）

92年

1. 在地行動與全球思維　（92年公務人員高考三級第二試）
2. 科學研究與經濟發展　（92年建築工程二級高考）
3. 論臺灣文化之多元性　（92年公務委任升等試題）
4. 當前臺灣社會的危機與生機　（92年公務人員升等試題）

5. 凝聚全民共識，提升國家總體競爭力　（92年一般行政高考試題）

6. 析論護照加註「臺灣」的利弊得失　（92年港務人員員級晉高員級升資考）

7. 論本土化與國際化　（92年公務人員二級高考）

8. 論中國偷渡犯死亡事件之賠償　（92年司法人員三等特考）

93年

1. 胡適之先生一生大力提倡「民主」與「自由」，晚年卻高呼「容忍比自由更重要」。試以〈容忍與自由〉為題，寫一篇文章闡釋容忍、自由與民主三者的關係。文長不限。　（93年公務人員法制組高考）

94年

1. 許臺灣一個未來　（94年民航人員三等特考）

2. 論民主國家的社會改革　（94年專門職業及技術人員高考）

3. 談國家安全與經濟發展的關係　（94年不動產經紀人等普考）

4. 維護和平反對侵略是文明世界的基石　（94年地方政府公務人員四等考試）

5. 論選舉是一時的，國家是永久的　（94年外交領事人員三等特考）

95年

1. 個人生命與國家前途　（95年國防部文職人員二等考試）

2. 我對城鄉差距的看法　（95年原住民族五等特考）

96年

1. 主動參與，共創國家前程　（96年原住民二等特考）

2. 本土化與國際化　（96年公務人員二級高考）

3. 行政中立又稱文官中立，係指公務人員在職期間應盡忠職守，推動由政府所制定的政策造福社會大眾；在處理公務上，立場應超然、

客觀、公正，一視同仁，無所偏袒；在執法或執行政務人員的政策
上，應採取相同標準，公平對待任何個人、團體或黨派，既不徇
私，也無畸重畸輕之別；在日常活動中不介入地方派系或政治紛
爭，以專業知能為民服務。臺灣諺語有云：「樹頭站乎在，不驚樹
尾作風颱」。就先進民主國家的經驗而言，中立而專業的公務人員
確實如同穩固的樹根一樣，在政權輪替的過程中經常發揮重要的安
定功能。以日本為例，二次戰後迄今歷經數度政權輪替而不致造成
政局動盪，有一大部分原因要歸功於公務人員堅持行政中立，以透
明無色的無印良品自許，不隨政黨的立場與顏色而改變其應有的專
業與敬業，贏得社會的信賴與好評。基於行政中立對國家利益的影
響，行政中立的法制化成為一種民主化的指標與趨勢。美國國會於
1939年通過「赫奇法案」（Hatch Act），限制公務人員參與政治
活動。我國立法院亦於民國96年5月14日初審通過「行政中立法草
案」部分條文，規定公務人員不得於上班時間從事政黨或其他政
治團體活動，但執行業務必要不在此限；條文保障公務人員集會結
社自由，但不得兼任政黨職務，也不得兼任公職候選人競選辦事處
職務；另外不得利用公務人員身分影響他人加入或拒絕政黨活動、
不得替政黨或參選人期約收受金錢等捐助，也不得阻礙他人依法募
款。請您以「行政中立與國家利益」為題，闡述您的見解與建議，
文長不限。　　（96年公務人員高考三級考試）

97年

1. 論經濟發展與永續經營　（97年第二次司法人員三等特考）

99年

1. 論民怨之產生及其消解之道　（99年海岸巡防人員二等特考）
2. 子路問政。子曰：「先之，勞之。」請益。曰：「無倦。」「先
之」，意謂以身作則；「勞之」，意謂盡心從事；「無倦」，意謂

持久不懈。請依據此一要旨，以「為政之道」為題，作文一篇，加以論述。　（99年海岸巡防人員三等特考）

3. 戰國策・燕策記載，蘇秦為燕遊說齊宣王歸還奪自燕國的十城，曾三度強調齊宣王應「轉禍而為福，因敗而為功」。事實上，這也正是國家公務人員面對內政或外交課題時都應具備的能力。試以「轉禍而為福，因敗而為功」為題，作文一篇，論述其旨。　（99年外交領事人員等三等特考）

4. 古人認為勤儉是美德，可以興家旺族、定國安邦。請以「勤儉・國富・民強」為題，申論如何將勤儉美德落實於公務體系中？　（99年公務人員高考二級考試）

100年

1. 立身處世若能長期堅持言行一致，可以建立個人信譽；國家治事若能長期堅持政策一貫，則足以樹立施政方針。請以「行之苟有恆，久久自芬芳」為題，撰文一篇，申論其旨，文長不拘。　（100年地方政府公務人員三等特考）

2. 《論語・子張》記載：魯國大夫孟孫氏任命曾子弟子陽膚為掌管司法的士師，陽膚向曾子請教任官之道，曾子說：「上失其道，民散久矣！如得其情，則哀矜而勿喜。」時移勢異，到了今天，曾子之說是否仍然值得遵循？試加評述。　（100年司法人員四等特考）

101年

1. 面對當前競爭激烈的時代，政府施政，除了講求政策內涵的穩妥外，執行是否適時、準確、落實，更是成敗的關鍵，孟子就說：「徒善不足以為政，徒法不能以自行。」試以「政策的制定與執行」為題，作文一篇，申論個中要旨。　（101年二等警察特考）

2. 全球化的文化潮流為人類帶來了更廣大的視野和更開闊的對話空間，這是無庸置疑的。然而，有論者指出，全球化是單一價值觀的

無限擴大，對於世界各地原生文化與傳統價值觀可能造成巨大的衝擊。因此，十餘年來各式各樣反全球化的活動也正方興未艾。請以「全球化的省思」為題，寫一篇首尾具足的文章加以論述。　　（101年公務人員二等特考）

102年

1. 臺灣擁有豐富的文化內涵，以及尊重生命、正確的價值觀和關懷社會、熱心奉獻等人文素養，如果有機會接待來臺旅客，您會推薦哪些引以為傲的特色？試以「欣賞臺灣的文化內涵與人文素養」為題，作文一篇。　　（102年警察、鐵公路二等特考）

2. 長期以來，GDP（Gross Domestic Product，國內生產總值）被用為衡量一國經濟發展與社會進步的主要指標。然而近年各國已逐漸揚棄經濟掛帥的迷思，轉而展開衡量人民福祉的相關研究，謂之「幸福指數」。此類評量並非依據民眾的主觀感受，而是採取多面向的架構，建立客觀的評量指標，如醫療水準、教育程度、貧富差距、社會福利等。據實考察幸福指數，必有助於一國上下齊心協力，追求共同的幸福前景。試以「政府當前如何提升國人幸福指數」為題，寫一篇內容完整的語體文。　　（102年公務人員一級暨二級高考）

3. 公務員在「多做多錯、少做少錯、不做不錯」的錯誤觀念下，為了明哲保身，處理事情時往往趨於保守。然而，身為國家行政主力的公務員若普遍具有此一心態，將會嚴重影響國家的進步。因此，請以「論公務員的保守心態與創新精神」為題，作文一篇，文長不拘。　　（102年公務人員升官薦任、員級晉高員級考試）

105年

1. 數位時代來臨，大數據方法為用日廣，上自天文氣候，下至日用生活，工商百業，無不使用大數據以立績效。公職人員制策施政，肩

負國家社會進步之重任，不宜故步自封，應與時俱進，不論處任何位階，或負擔任何職務，都應該主動學習，以提升行政效率，提高服務品質。請以「如何因應大數據時代」為題，作文一篇。　（105年警察人員二等特考）

2. 司馬遷在《史記‧貨殖列傳》嘗言：「『倉廩實而知禮節，衣食足而知榮辱』。禮生於有而廢於無。故君子富，好行其德；小人富，以適其力」。文中分別為由各地發跡致富者，和以「小業」、「薄技」出奇致勝的各式人物立傳。這些貨殖的人物，都非以特權謀私而富，而是流動相競、與時俯仰，又能固守價值，進而從容謀生者。司馬遷為這些「當世千里之中，賢人所以富者」立傳，明道德是可以建立在自由經濟基礎之上。

請依據上述短文意涵，以「誠壹而富」為題，詳加闡述，作文一篇。　（105年不動產估價師高考）

106年

1. 隨著雲端科技的發達，我們配戴智慧型手機、智慧手環等相關設備，記錄著血壓和心跳等統計資料，傳送到精密的電腦程式中，讓演算法來建議穿戴者如何調整飲食和生活習慣，系統就能監控你的呼吸、動作等，以改善健康。我們讓雲端網路自由存取各種統計裝置和醫療記錄，有了這樣的資料庫，也許可以提升為社會整體的資訊系統，提早預防流行病，甚至癌症。不只如此，生活上的方便亦不一而足，例如上網查詢或採購商品，電腦根據過去的資料，網頁會提供我們個人喜愛的商品資訊。我們與朋友交流，網路會根據我們的聯絡頻率，規劃更迅捷的連結方式。但隨之而來，我們的喜好，我們的交遊，我們的行為模式，我們的所有行蹤，也都被記錄在雲端。20 世紀前，雖然國家與市場都想對個人進行監測，卻缺乏有效的科技，如今這些技術越來越成熟，它為我們帶來便利，同

時也可能監測我們的思想與行為，侵犯我們的隱私與人權，對於這樣數位科技的未來，我們還沒有清楚的規範。請以「數位科技的規範」為題，作文一篇，提出自己的思考與見解。　（106年律師高考第二試）

107年

1. 商鞅命徙木賞金，秦民大服，秦國因而富強，世所共知。強調為政必先立信者，又不止法家，《論語‧顏淵篇》：子貢問政，子曰：「足食，足兵，民信之矣。」子貢曰：「必不得已而去，於斯三者何先？」曰：「去兵。」子貢曰：「必不得已而去，於斯二者何先？」曰：「去食。自古皆有死，民無信不立。」足見法家、儒家都強調「民信」的重要。請以「民無信不立」為題，作文一篇，申述己見。　（107年司法人員等三等特考）

第四節　追蹤執行力

　　國家安全的維護，人人有責。若擴大解釋「國家安全」，不僅是武力防備，還兼及當前我國社會現象的諸多反省，請以一個國民的立場，回答以下兩個問題：

1. 清儒顧炎武有說：「天下興亡，匹夫有責。」試請從個人的專業立場，說明如何能對安邦治國，盡一己棉薄之力。

2. 「全球化」是每個國家、每個人都要面對的問題，這包括文化軟實力、科技、經濟……等諸多面向。請問，要如何具體而微的展現臺灣精神，提升國家競爭力。（請擇一立場論述）

第五節　奇文共賞與評析討論

一、奇文共賞㈠

題目：許臺灣一個未來（94年民航人員三等特考）

作者：張智鈞

1

　　在臺灣經濟逐漸起飛，人才依然外流的一九七零年代，政府首長常公開宣稱：「臺灣缺資源、缺技術、缺資金、缺市場，最缺的還是人才。」進入二十一世紀已十餘年，此刻卻是：「最缺的不再是人才，而是人品。」「人品」反成為社會最稀罕的資源。沒有人，不能做事；沒有人才，不能做大事；沒有人品，不論做小事大事都會壞事。新加坡前總理李光耀對人才有嚴格要求，他指出：「愈是聰明的人，對社會造成的損害可能愈大。」

2

　　哈佛大學教授奈伊提出的「軟實力」即是運用自身特色，找出適合自己的發展方式來影響別人。以不丹為例，該國以「國民幸福指標」取代國民生產毛額，在全球掀起一股學習風潮，尤其是在市場經濟失靈、資本主義被檢討的今天，更被奉為替代發展道路的新典範。

　　回過頭來聚焦臺灣。在企業界，宏碁創辦人施振榮也提出「微笑曲線」的概念。即電子產業未來必須由過去的低毛利，逐步轉型為發展自有品牌。本土智慧型手機品牌能深植全球，即是運用知識經濟作「創新」，發揚臺灣軟實力。

　　文化界亦然，雲門舞集創辦人林懷民編製舞蹈時，走訪學習多國民風和傳統，揉合異國元素，融入本地特色，使舞者體現舞蹈的寬度又不失獨成一體的專業，並充分表現屬於臺灣特有文化而聞名於世界。

3

　　欲提升「軟實力」的價值，有三個養成態度，兩個實踐精神。

　　首先，養成態度應從以下幾點做起。

一、價值態度：不是每個人都要得成就大事業，社會更需要腳踏實
　　地、堅守岡位、熱愛工作的人。安於當一個有真實本領的「專業
　　人士」。這種不盲從、不攀附，講求真實，回歸基本的信念，是
　　我們社會最需要教育的價值觀。

二、品格教養：高希均教授在《閱讀救自己》對「人品」下的定義：
　　做事有原則；做人有誠信；態度上不爭、不貪、不獻媚；品德上
　　有格、有節、有分寸。品格是一種初心，良知是心中那把尺，延
　　伸來說，就是行為的判斷能力，不論身在何種位置，良好品格是
　　基本的核心價值。

三、藝術涵養：「美」是生活中重要的伴侶，能啟發創造力、想像
　　力，並有超越性，讓我們不斷往更好的方向前進。蘋果電腦公司
　　的創辦人Jobs（賈柏斯）被世人稱為「世界跟著他的想像走」，
　　其以藝術眼光改造科技，用豐富想像力，使科技產物為人類
　　服務。

　　次就實踐精神而論。

　　首先，熱情付出：專業使人稱職，熱情能邁向成功。新加坡瑞士
史丹福飯店法國餐廳總主廚江振誠，十六歲在念餐飲科時便到五星飯
店做學徒，二十歲隻身到法國闖天下，加入米其林主廚團隊。二零零
八年被評選為當年度「新加坡十大最具影響力人物」，就是憑著一股
專注、熱情，才會有今日成就。

　　其次，嚴謹紀律：沒有紀律，沒有永恆。著名舞蹈改革家瑪莎·
葛蘭姆就說：「一個真正開始跳舞之前，要花上十年的時間學習基本
功。」真正的創意需要技巧、紀律和訓練，天賦才能也是如此。惟有
不斷訓練，才能達到最佳狀態。

綜言之，一個人若能擁有崇高的價值觀、良好的品格、美學涵養
為基礎，並能對生命有源源的熱情，又能自我規範，那麼，不管從事
任何行業，遇到再大的挫折都不會退縮，反能化阻力為助力。

4

前捷克總統哈維爾說：「一個國家的公民在文化教養中的舉止習
慣的衰退，比大規模的經濟衰退更讓人震驚。」其著重精神，而不止
於物質生活。改變的開始、起點，以及真正力量掌握在自己的手裡。
「文化」及「創新」是臺灣最大的軟實力。過去的文化優勢，必須轉
變成臺灣未來核心教育的元素，國家要為未來準備人才，學校也必須
為青年發展天賦，故教育必須適時扮演這個救亡圖存的角色，用教育
「許臺灣一個未來」。

二、評析討論㈠

1.結構分析

題型：單軌題。

⑴第**1**段次（WHAT）：何謂「許臺灣一個未來」。

　①援引短例起首，講述臺灣不同時期的人力需求標準。

　②提出要「人品」、「人才」兼備，是「許臺灣一個未來」的
　　關鍵。

⑵第**2**段次（WHY）：說明為何臺灣的未來著重在人才、人品的
　發揮。

　①以「軟實力」為基礎，提出思考新典範。

　②舉「微笑曲線」為正例，強調創新的軟實力。

　③以文化界為正例，彰顯臺灣文化軟實力的特質。

⑶第**3**段次（HOW）：提供落實「軟實力」為「許臺灣一個未來」
　的方法。

> ① 三個養成態度：價值態度、品格教養、藝術涵養。
> ② 二個實踐精神：熱情付出、嚴謹紀律。
> ③ 綜述上述的養成態度、實踐精神。

(4)第 **4** 段次：總結式結尾。

① 以前捷克總統的話為引言。

② 透過個人實踐、教育影響眾人，最後「許臺灣一個未來」作結。

2.總講評

(1)從過往對臺灣人才需求的回顧，再到現代、未來臺灣對人才要求的目標，兼顧歷史的脈絡性，定義極具說服力。

(2)結構完整，層次分明，特別是第三段次從「態度」、「精神」兩大層面依次解說，思慮清晰且細緻。

(3)第一段次提出人才、人品兩面的兼顧性，但第二段次偏向人才，而忽略了「人品」的相關論述。

(4)第二段次著重在培育人才的重要性，但僅將焦點放在提出「軟實力」、「微笑曲線」的概念，反而隱沒了對「人才」的討論，宜直接表明人才與這兩個概念的關聯性。

三、奇文共賞㈡

題目：古人認為勤儉是美德，可以興家旺族、定國安邦。請以「勤儉·國富·民強」為題，申論如何將勤儉美德落實於公務體系中？（99年公務人員高考二級）

作者：林峻葦

1

　　孔子曰：「君子務本，本立而道生。」樹立自我之根本，道則自然生成，必先自身培養達成目標之根本，奠定基礎。清儒戴震曾語：

「生養之道，存乎欲者也；感通之道，存乎情者也。兩者自然相符，天下之事舉矣！」理性、欲望實是生命的兩個面向，不該捨此取彼，而應協調兩者，謀尋中道。顧如「勤儉」，即是合理欲望下，勤懇與儉約的應世態度，降低過多的追求。「國富」，除泛指國家經濟等條件狀態優良，更包含人民得付出、上位者的領導能力。至若「民強」，係指國民的競爭力、發展力，以期能益於社會、國家發展。綜觀三者，「國富」除需具備良好經濟、政策，更需人民「勤儉」，有效能地運作以達「民強」，後兩者融合後，使國家更壯碩堅強。

2

　　《左傳》有云：「儉，德之共也；侈，惡之大也。」此為「國富」之基，人民養成勤儉，方能使國家有所成長。夫勤為德，侈為惡，勤儉能使民心知足而不妄求，奢侈則使民心騷亂，故欲達成「國富」，莫過以「儉約」達成節約之效。

　　再者，大凡國民能提升自我競爭力、發展力，以臻「民強」，亦是「國富」的條件。如何以「創新」跳脫紅海，於此廉價競爭的環境中，走出藍海新途，這是全球化下，所有人都應正視者。明代劉基曰：「物有甘苦，嘗之者識；道有險夷，履之者知。」創新維艱，難在無前人步履可依循，難在能否成功的猶疑，難在身旁的冷嘲碎語。若不實踐，終是空言，唯有從中獲取經驗，方能擁有更堅強實力。

　　若不勤儉，揮霍無度，輕則傷己，重則亡國。《墨子》曰：「儉結則昌，淫佚則亡」，饒是如此。又唐代劉禹錫說：「天之所能者，生萬物也；人之所能者，治萬物也。」人類能領導萬物，在於道德與智慧，此乃天生賦予。無節度耗損，以為天地為我而備，取之不盡，用之不竭，將競爭力淪為競逐物欲的標竿，或可換得一時之富，卻損失更多賴以憑藉生存的自然環境，欲「國富」久長，豈可得之？因此，所謂「創新」，不該只界定在新發明、新方向，所獲取的利益，

而是立基在仁者愛人前提下，打造與萬物和平共存的生活模式。

3

欲達成「國富」，進而勤儉以民強，可按部就班如下。

一、根本教化首之。清儒顧炎武說：「目擊世趨，方知治亂之關，必在人心風俗。而所以轉移人心，整頓風俗，則教化綱紀不可闕矣！」道出移風易俗的重要性，將儉約、提升競爭力之方法、管道弘教於眾，使其有目標遵循。

二、自身實踐次之。《尚書》：「克勤于邦，克儉于家。」欲安邦治國，必由己及人，以勤奮之心，克盡本分。節儉持家，不為固守金錢財富而已，更是培養一種生活態度，珍惜所有，感恩還報。

三、風行草偃終之。古曰：「一身動則一身強，一家動則一家強，一國動則一國強，天下動則天下強。」「克勤克儉」非口號，養成「競爭力」須從國民素養開始提升，如：臺灣行之有年的垃圾分類，大幅降低垃圾量，致力環保的維護，遠高於鄰國。「國民素養」與「國富」成正比，惟有「富而好禮」的國家，才具有堅實的競爭力，西歐、北歐諸國，不正是如此？

綜而言之，先透過教化，養成國民的克勤克儉；進而反躬自省，自我力行，以期響應周遭；若能相互節制「私利」，成全符合民生萬有之「公利」，則「國富」指日可待。

4

李商隱曰：「歷覽前賢國與家，成由勤儉破由奢。」國家成敗與勤儉關係，即勤儉為興，奢侈則亡，故須儉約。至若《荀子》曰：「養備而動時，則天不能病。」強調國家已養備充足，則天不能使病之，故民強亦為要件之一。唯奠基兩者，方能「國富」，實是如此。

四、評析討論㈡

1.結構分析

題型：多軌題。

⑴第 **1** 段次（WHAT）：何謂「勤儉」，何謂「國富」，何謂「民強」，並以「國富」貫串。

① 以名言錦句起首，引用孔子、戴震之語，分別說明固本、合理理欲的重要性。

② 分別解釋「勤儉」、「國富」、「民強」，並以「國富」串連二個子題。

⑵第 **2** 段次（WHY）：為何勤儉、民強是國富的基礎。

① 正面以《左傳》說明何以勤儉是國富的基礎。

② 正面以「創新」說明何以民強是國富的基礎。

③ 反面說明缺乏勤儉、曲解「創新」的後果，且以「仁者愛人」為創新標準。

⑶第 **3** 段次（HOW）：融入勤儉、民強，提出達成國富的方法。

① 從「根本教化」為開端，依次是「自身實踐」、「風行草偃」做依點論述。

② 總述三點的實踐進程。

⑷第 **4** 段次：總結式結尾。

① 以李商隱、荀子之語為引言，總結上述論點。

2.總講評

⑴釋題清楚俐落，且能善用理、欲的概念，對題目進行深度詮釋。

⑵層次清楚分明，以「國富」作為子題間的貫串，能恪守主題發揮。

⑶第二段次的反面論述轉折太快，談了勤儉，談了國富，但民強呢？事實上，民強隱然在勤儉與國富之間，惜未具體提出。

⑷結語以李商隱、荀子之語爲引題，並以「國富與勤儉」、「國富與民強」兩個層次作結。不妨更進一步，從中拉出一條永續經營之未來性、前瞻性的理想，使結語更強而有力。

五、第六錦囊：需凝練聚焦的「多軌題」㈡

除了拉出另一個概念做串連，多軌題的第二種釋題模式，即從多軌子題中，提出一核心子題，貫串其他子題，以上文「勤儉・國富・民強」爲例，作者以「國富」貫串，並序列出以下的結構：

第一段次：解釋什麼是勤儉、國富、民強，並以「國富」貫串。
　　　　　（WHAT）
第二段次：爲何勤儉、民強是國富的基礎。（WHY）
第三段次：融入勤儉、民強，提出達成國富的方法。（HOW）
第四段次：結語。

如此一來，是否同樣達成凝練聚焦的目的？但串連之後要回歸多軌子題，不能僅論「國富」，這才完整而無偏題疑慮。

第七章　公權人權類

第一節　話說類型

　　「公權人權類」是由「安邦治國類」細分出來。「安邦治國」是一個國家對內、對外的關係，「公權人權」更強調一個社會下公權力的伸展，以及與人權間的互動。有些時候，也會有橫跨二類，界域模糊的情況，如：「公務人員的應為與不為」（97年公務人員初等考試）、「政策制定與執行」（101年警察二等特考），頗難區隔，不妨根據考試科別、個人觀點，自由選擇發揮，而勿拘泥。

　　公權人權的關鍵就在「情、理、法」的關係，有時亦作為「人情與法理」，但略有差異。「情」，即是人情，感性意念的揚發；「理」，是人理、道理，而非天理，是約定俗成的禮意、禮儀、禮俗，屬不成文的規條；「法」，是法律、法條，是透過一定程序制定下的成文法。倘若是「人情與法理」，即法理為一類，可視作「感性與理性」、「主觀與客觀」的延伸。其主要有三種子題型。

一、個人操守型。法、理的基礎在於「人情」，但人情不可無限上綱，而須受理、禮的規範，古云：「緣情制禮」，誠是如此。於是乎，對公權人權者而言，個人的操守，如：廉潔、誠信、忠勇、關懷……，就是論情的規範，論理的內涵，論法的基礎，如：「世風、吏治與人心」（84年法務部調查人員乙等各類組考試）、「廉潔自持，依法行政」（96年四等特考）、「論廉正、效能、關懷為建構良好文官制度之基石」（100年公務人員一級暨二級高考）。

二、民意基礎型。法律是最低底線的道德，「依法處理」也是從事公職最根本的態度，如何能在法律前提下，通權達變，符合民意所需，也是現代公務人員應有的基本態度，如：「傾聽民意」（99年地方政府

公務人員四等特考）、「服務的眞諦」（100年身心障礙人員四等特考）、「刑責之適切性」（100年司法人員三等特考），都著重於此。

三、基礎理論型。此子型結合上述，並論人情、人理、法律，進而著重人之主體與理、法之客體間，矛盾對立後的和諧。常見有：「論情、理、法兼顧」（84年警察人員丙等考試）、「論人治與法治」（87年第二次航海人員二等船副等特考）、「論徒善不足以爲政，徒法不能以自行」（85年公務人員高考三級考試、91年律師等高考）、「論公權力與人權」（91年警正警察升官等考試）。有趣的是，寫作者要注意「情、理、法」、「法、理、情」，序列不同，意義也不同，該以情爲先，以法、理爲先，都值得仔細估量，延伸至其他考題，皆可如此思考。

　　無論是安邦治國、公權人權，溯其源流，都是人際間的交流，即「待人處世類」的延伸，那麼，之前於第五章提到的公私、義利，都可作爲相關的基礎思考、討論。

⁽⁽⁽𝕒 重點摘要

1. 「公權人權」重視一個社會下的公權、人權間的互動。
2. 關鍵在「情」、「理」、「法」三者的關係與排序。
3. 分有三種子題型：一是個人操守型；二是民意基礎型；三是基礎理論型。

第二節　名言典故集錦

1. 法令滋彰，盜賊多有。

　　白話翻譯：法令愈滋生，盜賊反而愈來愈多。

　　典故出處：先秦・老子：《老子・第五十七章》

⑯說典故

　　以正治國，以奇用兵，以無事取天下。吾何以知其然哉？以此。天下多忌諱，而民彌貧；民多利器，國家滋昏；人多伎巧，奇物滋起；法令滋彰，盜賊多有。故聖人云：我無為而民自化，我好靜而民自正，我無事而民自富，我無欲而民自樸。

⑰話典故

　　以清淨之道打理國家，以奇巧靈機應變應用於軍事，以不妄為的態度治理天下。我如何知道是這樣的？以下面幾點觀之。天下忌諱愈多，人民愈貧困；人民愈多武器、權謀，國家愈昏亂；人民愈巧詐，愈多邪惡之事；法令愈滋生，盜賊反而愈來愈多。所以聖人說：我不妄為，人民就能自我化生長育；我好靜，人民能自我端正；我不生事端，人民自然富足；我降低欲望，人民便自然樸實。

2.**刑罰不中，則民無措手足。**

　　白話翻譯：刑罰不恰當，則人民將會不知所措。

　　典故出處：先秦‧孔子：《論語‧子路》

3.**謹權量，審法度，修廢官，四方之政行焉。**

　　白話翻譯：要能謹慎統一度量衡，要能慎重禮樂制度，要能修補起
　　　　　　　被廢置的官事，如此則四方的政事得以通達治理。

　　典故出處：先秦‧孔子：《論語‧堯曰》

4.**無法之言，不聽於耳；無法之勞，不圖於功；無勞之親，不任於官。官
　不私親，法不遺愛，上下無事，唯法所在。**

　　白話翻譯：不符合法律的言論，不要聽信；不合乎法律的功績，不
　　　　　　　算功勞；沒有功勞的親人，不授官職。不把官職私相授
　　　　　　　受於親人，施行法律不遺忘自己所愛之人，如此便能上
　　　　　　　下安然無事，這唯有依據法律才能辦到。

　　典故出處：先秦‧慎到：《慎子‧君臣》

5. 君不可與臣業，臣不可以侵君事，上下不相侵與，謂之名正。名正而法順也。

白話翻譯：國君不可以擾和於大臣們的工作，而大臣們也不可以侵犯國君的職權，上下不相侵犯，就叫做端正名實。能端正名實，國家法律施行才會順暢。引申其意，說明上下之間各有權責，宜各司其職。

典故出處：先秦・尹文：《尹文子・大道上》

6. 故治國無法則亂，守法而弗變，悖亂不可以持國。世易時移，變法宜矣。

白話翻譯：所以治國缺乏法令，就會有禍亂。固守法令而不知應時變通，將會違背情理無法治國。世局時代都會遷移，宜變法符合世用。

典故出處：秦・呂不韋：《呂氏春秋・察今》

7. 法與時轉則治，治與世宜則有功。

白話翻譯：法律能隨著時代轉變則政治能得治，治理能隨時空轉變而得宜，則會有成效。

典故出處：秦・韓非：《韓非子・心度》

8. 賞罰不信，則禁令不行。

白話翻譯：賞罰不講信用，則法禁命令難以施行。

典故出處：秦・韓非：《韓非子・外儲說左上》

9. 刑過不避大臣，賞善不遺匹夫。

白話翻譯：懲罰有罪過的人不避開大臣，獎賞做好事的人，不遺漏一般人。

典故出處：秦・韓非：《韓非子・有度》

10. 法者，憲令著於官府，賞罰必於民心，賞存乎慎法，而罰加乎姦令者也。

白話翻譯：所謂的「法」，就是將法令明定於官府之中，必使人民

相信賞罰必定會執行，賞賜要能守於法的分際，處罰則要施行在干犯法律者的身上。

　典故出處：秦‧韓非：《韓非子‧定法》

11.法之不行，**自於貴戚**。

　白話翻譯：法律不能施行，其阻力源自於皇親國戚。

　典故出處：西漢‧司馬遷：《史記‧秦本紀》

細說典故

　　孝公卒，子惠文君立。是歲，誅衛鞅。鞅之初爲秦施法，法不行，太子犯禁。

　　鞅曰：「法之不行，自於貴戚。君必欲行法，先於太子。太子不可黥，黥其傅師。」

　　於是法大用，秦人治。及孝公卒，太子立，宗室多怨鞅，鞅亡，因以爲反，而卒車裂以徇秦國。

白話典故

　　秦孝公死了，兒子惠文君即位。即位那年，便殺了商鞅。商鞅當時爲秦國行法，新法令尚未通行，連太子都干犯禁令。

　　商鞅說：「法律不能施行，其阻力源自於皇親國戚。國君如欲施行法令，要先從太子開始。而太子犯錯既不可以被黥面，那就黥他老師的臉。」

　　於是法律終被確切實行，秦人被好好治理。等到秦孝公死了，太子即位，宗室多怨恨商鞅執法嚴苛，商鞅逃亡，於是以他造反爲理由，最後被行車裂之刑死於秦。

12.法令所以導民，刑罪所以禁奸。

　白話翻譯：法令用來教育引領民眾。刑罰是用來懲處奸邪的。

　典故出處：西漢‧司馬遷：《史記‧循吏列傳》

13.**竊鉤者誅，竊國者侯，侯之門仁義存。**
　　白話翻譯：偷竊小東西的人，受到誅殺；偷竊國家王位、政權者，
　　　　　　　竟成為諸侯；而在諸侯門第之內，多講求仁義道德。藉
　　　　　　　以諷刺為官者的不公不義，假仁假義。
　　典故出處：西漢‧司馬遷：《史記‧遊俠列傳》

14.**故水至清則無魚，人至察則無徒。**
　　白話翻譯：所以，水質太過清澈，沒有魚能游於其中。人過分精明苛
　　　　　　　求，就沒有朋友。引申其意，施政待人，宜以寬厚為尚。
　　典故出處：西漢‧戴德：《大戴禮記‧子張問入官》

15.**為國而數更法令者，不法法，以其所善為法者，故令出而亂，亂則更為
　　法，是以其法令數更也。**
　　白話翻譯：治國而屢次更改法令，這是不把法令當法令。以個人喜
　　　　　　　好當作法令，法令一出就會造成混亂。一混亂又再次更
　　　　　　　改法令，導致法令一而再的更改。
　　典故出處：西漢‧劉向：《說苑‧理政》

16.**私道行則法度侵。**
　　白話翻譯：當謀求私利的途徑盛行時，律法矩度會受到侵害。
　　典故出處：西漢‧劉向編：《管子‧七主七臣》

細說典故
　　侵臣，事小察以折法令，好佞反而行私請。故私道行則法度
侵，刑法繁則奸不禁，主嚴誅則失民心。

白話典故
　　侵害法律的大臣的行為是：辦事時對小事情精明苛求而扭曲了
法令，行事狡詐違背常理，常為了私事而徇私情。所以當謀求私利
的途徑盛行時，律法矩度會受到侵害；刑罰、法律愈苛刻，奸行無
法被禁止；上位者嚴行誅殺，則會失去民心。

17.**喜無以賞，怒無以殺。**

　　白話翻譯：不因爲喜歡就賞賜，不因爲憤怒就濫殺。

　　典故出處：西漢‧劉向編：《管子‧版法》

18.**陟罰臧否，不宜異同。**

　　白話翻譯：獎勵與懲罰，品評與褒貶，不應標準不同。

　　典故出處：三國‧諸葛亮：〈前出師表〉，收入梁‧蕭統：《昭明
　　　　　　　文選》

細說典故

　　宮中府中，俱爲一體，陟罰臧否，不宜異同。若有作奸犯
科，及爲忠善者，宜付有司，論其刑賞，以昭陛下平明之治。不宜
偏私，使內外異法也。

白話典故

　　無論宮廷、府內的官員，都是一樣的，獎勵與懲罰，品評與褒
貶，不應標準不同。如果有作奸犯科，以及忠誠善良者，都應該交
給有關部門，來論刑罰或行賞，以彰顯您平正明查的治理。不宜有
所偏私，導致宮廷、府內的賞罰標準不同。

19.**夫治獄者得其情，則無冤死之囚。**

　　白話翻譯：掌管司法的人能了解眞實情況，則沒有被冤死的囚犯。

　　典故出處：西晉‧陳壽：《三國志‧魏書‧王朗傳》

20.**法立於上，教弘於下。**

　　白話翻譯：上面立定法度，教化廣布於下。

　　典故出處：西晉‧陳壽：《三國志‧魏書‧鍾會傳》

21.**刑賞之本，在乎勸善而懲惡。**

　　白話翻譯：刑罰與賞賜的根本，在於勸人爲善與懲罰做壞事者。

　　典故出處：唐‧吳兢：《貞觀政要‧刑法》

22. 宜深禁止，務在寬平。

白話翻譯：宜嚴加禁止嚴刑峻法，刑罰務必要寬厚公平。

典故出處：唐・吳兢：《貞觀政要・刑法》

細說典故

　　貞觀十六年，太宗謂大理卿孫伏伽曰：「夫作甲者欲其堅，恐人之傷；作箭者欲其銳，恐人不傷。何則？各有司存，利在稱職故也。朕常問法官刑罰輕重，每稱法網寬於往代，仍恐主獄之司，利在殺人，危人自達，以釣聲價。今之所憂，正在此耳。深宜禁止，務在寬平。」

白話典故

　　貞觀十六年，唐太宗跟大理卿孫伏伽說：「製作戰士用的甲衣想要堅固，恐會傷害了人；製作弓箭希望能銳利，卻唯恐不能去傷害人。這是為什麼呢？因為各有各的職責，欲能稱職的緣故。我常問法官實施刑罰輕重與否的問題，每每都回應說比前代要來得輕，但仍恐怕主管刑獄的官員，認為殺人有利於執法，使別人受到危害而自我顯達，以沽名釣譽。我今天憂患的就在於此。宜嚴加禁止嚴刑峻法，刑罰務必要寬厚公平。」

23. 刑濫，則小人道長；賞謬，則君子道消。

白話翻譯：濫用刑罰，會使卑劣小人的勢力增長；錯誤賞賜，會使有德君子力量衰弱。

典故出處：唐・吳兢：《貞觀政要・刑法》

細說典故

　　夫刑賞之本，在乎勸善而懲惡，帝王之所以與天下為畫一，不以貴賤親疏而輕重者也。今之刑賞，未必盡然。或屈伸在乎好惡，或輕重由乎喜怒。遇喜則矜其情於法中，逢怒則求其罪於事外；

所好則鑽皮出其毛羽，所惡則洗垢求其瘢痕。瘢痕可求，則刑斯濫矣；毛羽可出，則賞因謬矣。刑濫，則小人道長；賞謬，則君子道消。小人之惡不懲，君子之善不勸，而望治安刑措，非所聞也。

㊉㊀㊉㊀㊉㊀

　　刑罰與賞賜的根本，在於勸人為善，以及懲罰作惡。君主因此替天下劃定了同一的準則，而不依地位貴賤、親疏決定刑賞的輕重。但今天的刑賞未必如此。或者將是非曲直取決於個人好惡，或將刑賞輕重決定於個人喜怒。高興就將憐憫之情寄寓於法律中，不高興就在無關罪責處刻意搜求事證。自己喜好的人，鑽開皮都要找出如羽毛般細微的優點；自己討厭的人，洗淨了污垢還要去揭細小瘡疤般的挑出缺點。細小瘡疤被找到了，刑罰會被濫用；羽毛般的優點被尋獲，賞賜便有謬誤了。濫用刑罰，使卑劣小人勢力增長；錯誤賞賜，使有德君子力量衰弱。卑劣小人的罪惡不受到懲罰，君子的善舉不受到獎勵，還期待天下安治，刑罰可以擱置不用，這是從未聽聞過的。

24.世之專於法者，不患於不通而患於刻薄。

　　白話翻譯：世上執法的人，不擔憂其不精通於律法，而擔憂他過於苛刻、冷酷。

　　典故出處：北宋·歐陽修：《歐陽文忠公集·劍州司理參軍董壽可大理寺丞制》

25.夫意其必來而縱之，是上賊下之情也；意其必免而復來，是下賊上之心也。吾見上下交相賊，以成此名也，烏有所謂施恩德，與夫知信義者哉？

　　白話翻譯：（唐太宗縱囚歸去）的想法在於他們必定會回來，之後再放了他們，這是上位者去窺探下位者的情意。囚犯預料回來後一定會被赦免，於是才回來，這是下位者窺視上位者的想法。我只見到上下相互的揣度窺探，成就了

雙方的名聲，哪裡是眞正所謂的施予恩德，又怎有眞正
了解什麼是仁義呢？引申其意，此乃違背人情、律法求
取名聲。

典故出處：北宋・歐陽修：《歐陽文忠公集・縱囚論》

26.**古者以仁義行法律，後世以法律行仁義。**

白話翻譯：古人以仁義之心來行使法律，後人只是藉由法律規條來
行仁義。引申其意，指後人不懂得教化的重要性，只知
以法律規條限制人民行為，導致人們因懼怕法律而勉強
遵行，非從心底的服從與受教。

典故出處：北宋・蘇洵：《衡論・議法》

27.**好名則多樹私恩，懼謗則執法不堅。**

白話翻譯：喜好博取聲名，就會常常給予私人的恩惠。懼怕他人誹
謗，執法就不夠堅定。

典故出處：北宋・蘇洵：《嘉佑集・上韓樞密書》

28.**法者，所以適變也，不必盡同；道者，所以立本也，不可不一。**

白話翻譯：法律，必須適應時事變化而有轉變，不必全然相同。道
德，是人心的根本，不可不同。

典故出處：北宋・曾鞏：《戰國策目錄・序》

29.**士陷贓賄，則淪棄於時，名重於利，故士多清修；吏雖潔廉，終無顯**
榮，利重於名，故吏多貪污。

白話翻譯：士人身陷貪贓納賄，會被當時人淪落遺棄，因而重視名
節高過於利益，所以士人多守著節操。官吏本應不貪財
貨，立身清白，卻因不能顯赫榮耀，當追求利益高過於
名節，導致官吏多所貪污。

典故出處：北宋・司馬光等：《資治通鑑・唐德宗建中元年》，第
二百二十六卷

30.有治法而後有治人。

　　白話翻譯：先建立法度，才會有善於治理國家的賢人。

　　典故出處：清・黃宗羲：《明夷待訪錄・原法》

細說典故

　　即論者謂有治人無治法，吾以謂有治法而後有治人。自非法之法桎梏天下人之手足，即有能治之人，終不勝其牽挽嫌疑之顧盼；有所設施，亦就其分之所得，安於苟簡，而不能有度外之功名。使先王之法而在，莫不有法外之意存乎其間。其人是也，則可以無不行之意；其人非也，亦不至深刻羅網，反害天下。故曰：「有治法而後有治人。」

白話典故

　　一般議論者認為治理國家需要賢能的人，而不需依靠法度，但我認為先建立法度，才會有善於治理國家的賢人。自從以不合理的法度限制天下人民活動後，縱使有善於治理國家的人，也不能不受到牽制，以及為了避嫌而行動有所遲疑。縱使有什麼籌劃、措置，也只能限於職權本分，安於草率簡略，不能立下超越現行法度外的功業與名聲。假使先王法度還存在，莫不存有法度之外的惻隱仁愛之心。用對了人，可以堅守先王法度的精神；用錯了人，至少還不至於設下嚴苛法網，以殘害天下。所以我認為：「先建立法度，才會有善於治理國家的賢人。」

第三節　考古大觀園

88年

1. 論當前的社會風氣　（88年公務人員等薦任考試）
2. 執法與守法　（88年司法人員三等考試）

3. 守望相助與社會治安　（88年警政警察官升等考試）

4. 資訊社會與倫理　（88年公路人員佐級考試）

5. 民主與法治　（88年鐵路人員佐級考試）

6. 民無信不立　（88年公務人員簡任補辦考試）

7. 如何建立一個富而好禮的社會　（88年航海人員二等船副等第三次特考）

8. 公理和強權　（88年四等警察特考）

9. 現代社會與公德心　（88年鐵路人員高員三級考試）

10. 法治與人治　（88年退役軍人轉任公務人員三等考試）

`89年`

1. 守法與便民論　（89年土地登記專業代理人考試）

2. 論改善社會風氣之道　（89年第二次航海人員三等船副等特考）

3. 論厲行法治與保障人權　（89年第二次司法人員四等考試）

4. 俗謂：「治亂世用重典」，試抒己見。　（89年中醫師檢定考）

`90年`

1. 法律與人情　（90年四等警察特考）

2. 修德與守法　（90年三等警察特考）

`91年`

1. 論公權力與人權　（91年警正警察官升官等）

2. 權力與責任　（91年航海人員一等二次特考）

3. 徒善不足以為政，徒法不足以自行　（91年律師等高考）

4. 司法獨立與政黨政治　（91年司法人員三等特考）

`92年`

1. 法治主義與行政裁量　（92年法制類高考三級考試）

2. 執法與風紀　（92年四等警察特考）

3. 積極任事與奉公守法　（92年行政類三級高考第二試）

4. (一)說明：試以今年中秋節，臺鐵員工集合約八千人，採集體休假的
方式，赴總統府前抗議為例，就公務人員之權利、義務和現代社
會民營化趨勢來考量，提出自己的觀察、分析、推論。

(二)題目：平心論臺鐵中秋節罷工　（92年司法人員四等特考）

5. 閱讀下面節錄自英國作家佛斯特的名作「民主的優點」的短文，讀
後請就相關內容，抒發見解，自訂題目，申論成文。

雖然民主制度比起當今其他的政府型式，其實一樣有所可厭之
處，但是它應該值得我們某種程度上的支持。民主制度的立足
點在於相信每一個人都是重要的，相信我們的文明需要各種各
類人民的參與創造。民主制度下的人民，不會像在威權體制一
樣，被分為治人者與被治者兩個階層。我所讚美的是那些充滿
了敏銳創造力的人，他們不會從權力的角度詮釋人生，而這樣
的人也只能在民主制度下得到最好的發展。民主制度還有其他
優點，就是它允許批評，如果沒有公開的批評，就會有很多
被隱匿的犯罪醜聞。（譯自英國作家E. M. Forster's. Merits of
Democracy,. A Writing Apprenticeship, ed. By Norman a Britten,
1981）　　　　　　（92年港務人員佐級晉員級考試）

93年

1. 守法與便民　（93年退除役軍人轉任公務人員四等考試）

2. 論行政中立　（93年警正警察官升官等）

3. 刑罰在於教育大眾恪守法律，從而達到不用刑的境地，所以《尚
書‧大禹謨》有「刑期于無刑」的明訓。請即以「刑期無刑」為
題，作文一篇，寫出你的看法，文長不限。　（93年司法人員四等
特考）

4. 林啓玄、石羽豪自幼同在孤兒院長大，林啓玄瘦小懦弱常為人所
欺，石羽豪雄偉健壯，每在林啓玄受人欺凌時，即出面相護，十餘
年來如一日，二人情逾手足。離開孤兒院後，林啓玄考上法律系，
也順利成為幹練之知名律師。石羽豪混跡幫派，有多件刑事案件纏
身，皆由林啓玄辯護，石羽豪信任林啓玄至極，不論所犯為何，皆
向林啓玄吐實，從無欺瞞。對於自己的行為，石羽豪也向來敢做敢
當，未在法院狡辯推諉。十餘年來，石羽豪進出法院、監獄頻繁，
道上名號日響，勢力龐大。

石羽豪在五十歲時為警、檢控訴運輸毒品罪，仍由林啓玄辯護，石
羽豪對林啓玄言：「此為道上仇敵栽贓誣陷，非我所為。」審判前
數日，林啓玄向羈押在看守所的石羽豪說這個案子輸的可能性非常
高，石羽豪問：「你相信我沒犯這一條嗎？」

林啓玄誠心言：「我相信不是你幹的，但對你不利的證據太強
了！」

石羽豪問：「如果輸了，我會關多久？」

林啓玄答：「可能會無期徒刑。」

苦思良久，石羽豪相信林啓玄已盡力，嘆曰：「我不甘心，我自己
處理好了。」

數日後，林啓玄聞不利石羽豪之某一證人突然車禍死亡，石羽豪又
提出二證人名單要林啓玄傳喚。林啓玄請二位證人到事務所會談，
會談後雖然不能發現二人陳述有何破綻，但隱約覺得二人所述不
實。林啓玄返回看守所問石羽豪，石羽豪言：「你什麼都不要問，
你只要請求法院傳喚就好了，這樣對你比較好。」因為以下考慮，
林啓玄陷入掙扎，不知應如何為石羽豪進行辯護：

⑴若無石羽豪自幼怙護，林啓玄絕對不會有今日的成就；

⑵石羽豪絕對不會騙林啓玄，林啓玄確信石羽豪係遭人誣陷，事實

上為無罪之人；

(3)林啓玄自全部事情的來龍去脈判斷石羽豪所提二位證人都在說謊。林啓玄相信只要憑著自己的訴訟技巧，仍然得在審判中使法官相信證人所言，非常有可能產生對石羽豪有利的結果；

(4)如不傳喚石羽豪所提之證人，依既有之證據，石羽豪有極高度之可能會被判決有罪，科處無期徒刑，上訴成功的機會也微乎其微，待假釋出獄已不知何年，石羽豪在獄中必定會痛不欲生，甚至有可能自裁。

請就上述情節，論述正義、律師倫理與人性。　　（93年律師等高考）

94年

1. 論公務人員執法之分際　（94年公務人員委任升等考試）

2. 論公務人員的職業倫理　（94年第二次地方政府公務人員四等特考）

95年

1. 罪疑惟輕，功疑惟重　（95年二等警察特考）

2. 論立法與執法　（95年三等警察特考）

3. 維護社會公平正義之我見　（95年國際經濟商務三等特考）

4. 當司法人員面臨道德、情理與法律發生衝突的審判情境時，究竟該秉持法律至上的原則，抑或考量天理、人情、國法三者同時兼顧的妥協之道？請以「情理法的衝突與協調」為題，作文一篇，寫出你的看法。　（95年司法人員四等考試）

5. 孔子論以德禮與政刑治國之優劣，說：「道之以政，齊之以刑，民免而無恥；道之以德，齊之以禮，有恥且格。」《論語・為政》請以「論道德規範與法律刑罰」為題，作文一篇。　（95年公證人等三等特考）

6. 三國蜀漢劉備，臨終時訓勉兒子劉禪說：「勿以惡小而為之，勿以善小而不為。」前賢以為「居官者其尤不可不以為戒」。古人所謂

「居官者」就是今天的「從政者」、「公務人員」。請以〈公務人員應有的涵養和作為〉為題，對劉備的話加以闡釋、申論。　（95年高考試題）

96年

1. 公務員服務法規定：公務人員應誠實清廉，依法律命令所定，執行其職務。請以「廉潔自持，依法行政」為題，寫一篇首尾俱足、結構完整的文章。　（96年第二次司法人員四等特考）

2. 「風骨」一詞，常用以指剛正不阿的性格、氣概。請以「公職人員的風骨」為題，寫一篇首尾俱足、結構完整的文章。　（96年民航人員三等特考）

97年

1. 公務人員的應為與不為　（97年公務人員初等考試）

2. 論法務部擬廢除死刑之議　（97年警察與關務人員二等特考）

3. 行政院於本年6月12日第3096次院會通過〈公務員廉政倫理規範〉及〈中央廉政委員會設置要點〉，以落實廉政理念。請以「建立廉能政府之我見」為題，作文一篇。　（97年警察四等特考）

98年

1. 現在的「公務員」，在古代通稱「官吏」；一旦成為「官吏」，必須盡心盡力為百姓服務，不能作威作福，玩法刁難，更不可貪瀆。昔宋太宗節取五代後蜀國主孟昶所作〈官箴〉之語，親寫「爾俸爾祿，民脂民膏；下民易虐，上天難欺」十六字，頒布全國，立石刻字，告戒所有官吏要時時警惕。這就是「戒石銘」。請就自己的了解，申論這十六字「戒石銘」的義涵。題目自訂。　（98年公務人員普通考試試題）

2. 作為公務員，難免也有個人的人情網絡，但是公領域與私領域之間

必須明確劃分，不可使公務和私誼人情牽扯不清，這是身為公務員的基本認識。試以「公務與人情」為題，作一篇文章。　　（98年公務、關務人員薦任升官考）

3. 公務員是人民的公僕，理應勇於任事，但社會對公務員卻常有「多做多錯，少做少錯，不做不錯」的制式認知，其因值得深思。老子主張「無為」，卻又說：「圖難於其易，為大於其細。天下難事，必作於易；天下大事，必作於細。」試以〈易以圖難，敬細以謀大〉題，寫一篇文章，抒發你對身為公務員，乃至為人處事的看法。文長不限。　　（98年外交領事人員等三等特考）

4. 網際網路在現代傳播中扮演十分重要的角色。大量的資料，包括文字、圖片，因不同的原因、目的、途徑，有意或無意，毫無阻隔地散布於各地。資訊的真偽難辨，傳播的倫理受到衝擊。一旦貼上網的內容，即永久暴露，無法消除；個人安全資料也時有被偷窺、竊用之虞。

現在請以「網路時代隱私權的保護」為題，寫一篇結構完整的文章，抒發你對這一課題的看法。　　（98年國家安全情報人員等五等特考）

99年

1. 打擊違法，保障合法　　（99年警察四等特考）

2. 以法治提振善良風氣，以知能提高工作效率　　（99年警察三等特考）

3. 歐陽脩在〈瀧岡阡表〉一文中，提到他父親在夜裏點著蠟燭看一件判了死罪的案卷，雖然極力想為那死刑犯求得一條生路卻辦不到，因而多次停下來歎氣。非常傳神地刻畫他父親的仁心惠政，以及斷獄的謹慎。請以「視民如傷，臨事戒慎」為題，抒寫你的看法，文長不限。　　（99年司法四等特考）

4. 民主社會，人民總希望把困境向政府反映，也期望能得到政府的回應。而基層公務人員最接近民眾，也最能聽到人民的心聲。請就基層公務人員的身分，以「傾聽民意」為題，作文一篇。　（99年地方政府公務人員四等特考）

5. 桃應問孟子：「舜為天子，皋陶為士，舜的父親瞽瞍殺人，皋陶應該怎麼辦？」孟子回答：「把瞽瞍抓起來治罪就是了。」桃應又問：「難道舜不會阻止嗎？」孟子說：「舜怎能阻止皋陶？皋陶在執行舜交付他的職責啊。」桃應說：「如此，舜應該怎麼辦？」孟子說：「舜應該視天下如敝屣，丟棄天子的爵位，背起父親逃到天涯海角。」這是一則假設性的問題，顯見法理與親情的衝突。有人說，社會秩序應該以「法、理、情」為序，家庭應該以「情、理、法」為序，也就是說，社會是法治為先，家庭是情感為先。請以「法律與人情」為題，撰文討論這個兩難的困局。　（99年律師高考試題）

100年

1. 蘇軾在〈刑賞忠厚之至論〉一文中引《尚書‧大禹謨》「罪疑惟輕，功疑惟重」，又言「春秋之義，立法貴嚴，而責人貴寬」，此說在今日是否仍然適當？試以「刑責之適切性」為題，作文一篇，文白不拘。　（100年司法人員三等特考）

2. 在多元化社會中，公務人員的工作，可謂千頭萬緒、錯綜複雜；執行公務時如何審度法理，權衡情勢，拿捏分寸，為所當為，實須深思。試以「公務人員的應為與不為」為題，作文一篇。　（100年特考一般警察人員二等）

3. 我國文官以「廉正、忠誠、專業、效能、關懷」為核心價值。請以「論廉正、效能、關懷為建構良好文官制度之基石」為題，作文一篇，闡發其要義。　（100年公務人員高等考試一級暨二級考）

101年

1. 擔任公務員是神聖事業，必須大公無私，勞怨不避。能以無私之心律己，固已不易；欲以大公之智治事，更須兼具才、學、識，始能調停各方，措置妥當，此尤屬難上加難。至於自身長年之辛勞，民眾一時之怨謗，自是意料中事，惟有以勇毅之志承擔，俗謂「公門好修行」，由此可知公務員之難為。試以「大公無私，任勞任怨」為題撰寫一文，文白不限，長短不拘。　（101年公務人員高等考試一級暨二級考試試題）

2. 身為現代公務人員，必須內外兼修，除廉潔自持、詳悉法規、嫻熟溝通技巧外，並應人情事理練達，方能提供民眾滿意的服務。試以「衡情酌理，守正修仁」為題，作文一篇，加以論述。　（101年高考三級考試）

102年

1. 箴，是古代用來規戒的文體，古人為官常寫「官箴」以自警。民主體制下，從事公職的人被視為「公僕」，言行舉止，備受關注，更應戒慎惕厲。諸君既有志從事公職，請以「公僕之箴」為題，作文一篇，闡述己見。　（102年司法人員三等特考）

2. 胡適曾以「差不多先生」諷刺國人行事馬虎草率、得過且過的毛病。身為處理國家公共事務的公務人員，尤應以此為戒，避免因輕忽疏略而鑄大錯。請以「環環確實，步步落實」為題，撰文一篇，申論公務人員應有的工作方法與態度。　（102年關務人員等四等特考）

103年

1. 「循規蹈矩」一辭，原意為「行為準則遵守規矩，不予違背」，並無負面意義。但在今日運用，則有「拘限於舊準則，不敢變動、創

新」的負面意義。公務員處理公務必須依法行事，但民眾的需求又日趨變異。如何在遵守現有法令的準則之下，仍能保持開新、創發的精神，是一項極為嚴肅的課題。請以「依法行政與改革創新」為題，作文一篇。　（103年警察人員、鐵路人員佐級晉員級升官考試）

2. 主動負責、積極任事的公務人員，能保障人民的健康福祉，有其人矣；因循怠惰、苟且推諉的公務人員，成為危害人民生命安全的幫凶，有其人矣。身在公門，主動積極，非僅止於個人修行，實為全民福祉所賴，請以「主動負責，積極任事」為題，作文一篇。（103年地方政府公務人員三等特考）

3. 常言道：「三百六十行，行行出狀元」，「人生以服務為目的」；孟子說士要「尚志」，孔子志在「老者安之，朋友信之，少者懷之」。其實職業與志業是可以密切結合的，端看我們的觀念與做法而定。試以「如何讓公務員生涯成為高尚志業」為題，申論己見，撰文一篇。　（103年公務人員二級高考）

4. 公務人員上負政策制定，下肩庶務執行，雖位階不同，執掌有異，其於國家的重要性，則始終如一，略無差別。其任公職之初，為國家基礎磐石；磨練培養之後，將成國家棟樑人材，請以「公務人員的自我期許」為題，作文一篇。　（103年公務人員三級高考）

104年

1. 民主社會公共事務講求尊重多數，順應民意，聆聽群眾的聲音；若自以為是、剛愎自用的拒絕多數意見，顯然難以成事。但在媒體及網路聲浪充斥的現代社會裡，媒體名嘴及網路「鄉民的正義」往往會演變成多數群眾的暴力。主事者在面對社會上排山倒海的群眾壓力時，如何堅持正義的勇氣，不屈服於輿論壓力，成為極大的難題。就連私領域裡個人行事、生活的選擇方式，都因為手機、社群網站的普及，不免面臨親友或多數人的正反意見或批評。處在這樣

的社會，於公於私，我們該如何掌握原則、拿定主意？請以「如何面對喧嘩的眾聲」為題，作文一篇，論述己見。　（104年專門職業及技術人員高考第二試）

2. 「分工合作」說明一方面我們要有專業能力處理個別問題，另一方面也要有合作精神，而能與其他專業領域相融互補，共同解決問題。公務員處理龐雜之公共事務，分工合作更屬重要而必然。請以「公務員的專業能力與合作精神」為題作文一篇。　（104年公務人員升官薦任、員級晉高員級考試）

3. 言論自由是民主社會的基石，所以法律對言論自由給予明文保障，然而針對社會議題的批評，若查證不實，推論失當，則可能誤導群眾，毀人名譽，產生不良的後果。請以「言論自由與自律」為題，作文一篇，深入說明你的看法。　（104年公務人員高考三級）

106年

1. 法庭上正進行偷竊案件審理。法官最後詢問：「老婦人！妳為何一再竊取超市的麵包？」老婦哀戚地說：「孫子多日沒吃東西，我身上也沒有錢……。」此後一片沈寂，旁聽席的人都在等待宣判。終於法槌敲下，庭長說：「偷竊屬實，貧窮可憫，依法輕判拘役七日，亦可易科罰金三千。」老婦聞判，低頭不停地哭泣。旁聽席的人都望著庭長。庭長不疾不徐，從身上掏出三千元，請法警帶老婦去結案。從這則故事中，可看到法官既行公義，又富憐憫之心。目前社會上公義與憐憫抉擇兩難的事情也經常發生，請以「公義與憐憫」為題，作文一篇，闡述己見。　（106年警察人員等三等考試）

2. 無論做什麼事情，傾注熱情或淡漠以對，結果必然不同。公務員如果能點燃起奉公的熱情，一定能照亮社會上層層面面的幽暗，為國家帶來光明前景。所以政府當局和社會各界固應努力設法，以鼓舞公務員的熱情；身為公務員，尤其要打定主意，激發自身熱情，電

勉奉公，戮力從事。試以「點燃熱情，照亮幽暗」為題，作文一篇，申述其旨。　　（106年身心障礙人員三等特考）

3. 當前的社會已進入網路時代，人們的生活因可透過線上交流而方便許多。但由此滋生的不法事件與不良影響也所在多有；特別是在傳遞訊息與發表意見上，因撰寫人無須具名，可規避責任與懲罰，乃出現不少扭曲事實、汙衊霸凌等言論，不僅造成當事人無可彌補的傷害，也常引發社會的騷動與不安的氛圍。請以「如何善用網路言論」為題，作文一篇。　　（106年關務人員等四等特考）

107年

1. 俗語云：「道高一尺，魔高一丈。」近年來歹徒詐騙猖獗，國人深受其苦，請以「根絕詐騙」為題，作文一篇，論述己見。　　（107年司法官三等考試第二試）

2. 孔子說：「導之以政，齊之以刑，民免而無恥。」老子說：「法令滋章，盜賊多有。」二人似乎都認為苛細嚴峻的法令只會造成社會更多的動盪不安。司馬遷認同這樣的觀點，所以他說：「法令者治之具，而非制治清濁之源也。」請以「法律與制治清濁之關係」為題，作文一篇，文中須先就上述三人的觀點評論其得失，進而闡述自己的見解。　　（107年律師高考第二試）

108年

1. 在當代民主社會之中，個人自由是崇高的價值，卻也經常遭到誤用和濫用，故胡適〈個人自由與社會進步〉一文把個人主義區分成兩種：一是假的個人主義，是只顧自己個人利益的「為我主義」；一則是真的個人主義，是具備獨立思想的「個性主義」，而且個人要對自己的思想信仰負完全的責任，不怕威權，只認得真理。胡適同時說，後者的「個人主義」即「自由主義」；而新社會、新國家的創造需要這樣的人。請以「個人自由與社會進步」為題，作文一

篇，闡論胡適的說法，並舉實例探討當今社會的公民素養，以及個人自由與群眾利益之間的關係。　　（108年地方人員等三等特考）

第四節　追蹤執行力

　　公權、人權是每個公民應盡的義務與應享的權利，但「執法者」與「被執法者」易因立場不同，而生歧見，這就牽涉到「情、理、法」如何拿捏的問題，換個角度來說，就是「公權」與「人權」的兩難。

　　請問要如何權衡「公權」、「人權」天秤的兩端？請提出具體解決的辦法。

第五節　奇文共賞與評析討論

一、奇文共賞㈠

題目：論公權力與人權（91年警正警察官升官等）

作者：鄭仲洧

1

　　「公權力」是指國家或地方自治團體居於統治地位，以公法規定為基礎所從事的行為，主要以一般抽象的命令，或個別性的處分方式，給予人民一定義務，必要時採取強制力：「人權」定義範圍甚廣，一般是指屬於人類生活中基本，且密不可分的權利。凡基於人的生存、尊嚴與價值，所應享有的權利、自由以及福利生活者均屬之。公權力與人權難以拿捏，公權力若大於人權，有獨裁、執法過當之疑慮；若人權大過於公權力，一概以情感為準的，法紀將蕩然無存，裁量失衡，故二者宜為並立關係。

2

　　擬古而論，古有「商鞅變法」。其「連坐法」是變法中，於公權力最大的延伸，告發奸人者，可獲得獎賞；若隱蔽不實，將遭處相同

之罪。又《戰國策》形容其治，有說：「道不拾遺，民不妄取，兵革大治。」此雖奠定公權力的基礎，但卻使人民知法而畏法。

二十世紀中，金恩博士不遺餘力倡導黑人人權，並發表〈我有一個夢〉，冀望黑人與白人能有和平且平等共存的遠景，促使後來國會通過民權法案。此乃人權訴求下，修正原本公權力的良例。

爾來，臺灣都更議題甚囂塵上，應以公權力執法，又或以居住人權為考量，支持與否各有理據，兩方聲音實突顯出民主國家，對於如何維護最大公共利益的多元考量。另如多數歐洲國家主張「廢死」，立意基礎是深信人尚有良知，教化更甚於直接結束他人生命，亦使得歐洲人權日趨高漲。反觀「反廢死」，係取決於行為動機、結果的最終考量，認為已不適於居於人群、社會中，所做出的決斷。縱使意見分歧對立，但都是民情輿論與風俗的討論結果，沒有絕對的是非、對錯，卻可以見得公權力與人權間的攻防。

3

要如何權衡二者，有賴下列幾點。

一、歷史遺訓，殷鑑在前：再多法律詮釋、西方觀念的置入，都必須架構在傳統與現代，人情與法理進行省思，此惟有回溯到歷史文化的本身做思考。簡易的中西對比、移植，易忽略傳統文化的延續性，孔子曰：「舉直錯諸枉，則民服；舉枉錯諸直，則民不服」。什麼是直？除了本心良善，舉措合宜外，更要符合歷史文化的背景，非一概仿效。

二、樹立威信，堅定態度：當執行公權力，最重要莫過於「公信力」，戰國軍事家孫武言：「將在外，君命有所不受」，遂斬吳王二名寵妃，從此全軍肅然整齊，不恣意妄為，誠為一古例。若能確然執法，不因人而異，徇私枉法，相對而言，亦是維護人權之要途。

三、多方權衡，客觀納言：韓愈〈師說〉云：「聖人無常師，孔子師郯子、萇弘、師襄、老聃」，申言之，權衡公權力與人權，亦不外乎要能客觀接納多方意見，圓融議題的討論方向。最終意見或許與我相悖，亦能理性接受此為多數決的結果，展現現代公民的素養。

　　易言之，惟有先理解文化背景，次以誠信執法，並多方權衡，方能逐步臻及約定俗成的公平之理想。

4

　　公權力與人權皆非絕對。《孟子·離婁》言：「不以規矩，不成方圓。」作為「不同民意」基礎的人權，聲音日益高漲，但避免被濫用，有必要以公權力適時維護。然而，這兩種權，不該只是權力、權利的呼聲，更應導引至道德層面。如：孔夫子的「己立立人，己達達人」、「己所不欲，勿施於人」，以「仁」作為人之所以為人、之所以待人的基礎，更是重要。又言：「道之以政，齊之以刑，民免而無恥；道之以政，齊之以德，有恥且格。」若公權力只是「權」的伸張，而人權又是另一種「權」的抗衡，人民受刑卻不知恥，不過是表面服從，就長遠視之，實無益於社會。若導之以德，達教化之效，那麼，公權力與人權，將不再只是對立式抗衡，而是並立性督責，將更能大幅提升人與人之間的信賴關係，饒是重要。

二、評析討論㈠

1.結構分析

　　題型：雙軌題。

⑴第**1**段次（WHAT）：何謂「公權力」，何謂「人權」，二者是什麼關係。

　　① 破題法釋題，直接說明何謂「公權力」、「人權」。

　　②提出二者是「並立關係」。

⑵第❷段次（WHY）：說明為何公權力、人權是並立關係。

　　①以商鞅變法為反例，說明公權力大過於人權的問題。

　　②以金恩博士為正例，說明人權力量改變了公權力。

　　③以都更、廢死議題，突顯權衡公權力與人權的兩難。

⑶第❸段次（HOW）：提出權衡公權力與人權的方法。

　　①從「歷史遺訓」為先，而後「樹立威信」、「多方權衡」做依點
　　　論述。

　　②總述上三點的權衡方法。

⑷第❹段次：延伸式結尾。

　　①總結公權力、人權的並立性，而無絕對是非正誤。

　　②延伸出新的議題——宜提升至「道德層面」，並略微闡釋「仁」
　　　與「權」的關係作結。

2.總講評

⑴層次清楚，第一段次清楚分析兩者缺一不可的理由，為下文確立清
　楚有力的論述主線。

⑵第二段次的例證多元且切乎實際，並能從兩個子題間不能平衡，再
　提出達到平衡的兩難性，周詳且全面。

⑶第四段次採取延伸式結尾，將題目從現實兩權之攻防，抬升至道德
　修養層，開啓多元思考與討論的空間。

⑷公權力與人權的問題，主要與「法律」有關，無論是理論層面，或
　者是實際層面，如：立法與執法；執法者與被執法者間的關係……
　皆是。本文偏向泛論，難深入更專業之議論。

三、奇文共賞㈡

題目：法庭上正進行偷竊案件審理。法官最後詢問：「老婦人！妳為何
　　　一再竊取超市的麵包？」老婦哀戚地說：「孫子多日沒吃東西，我
　　　身上也沒有錢……。」此後一片沈寂，旁聽席的人都在等待宣判。
　　　終於法槌敲下，庭長說：「偷竊屬實，貧窮可憫，依法輕判拘役七
　　　日，亦可易科罰金三千。」老婦聞判，低頭不停地哭泣。旁聽席的
　　　人都望著庭長。庭長不疾不徐，從身上掏出三千元，請法警帶老婦
　　　去結案。從這則故事中，可看到法官既行公義，又富憐憫之心。目
　　　前社會上公義與憐憫抉擇兩難的事情也經常發生，請以「公義與憐
　　　憫」為題，作文一篇，闡述己見。（106年警察人員考試及鐵路人
　　　員三等特考）

作者：何忠穎

1

　　所謂「公義」，即公領域上之正義，社會對於判斷事物正確的價
值觀；又法、理乃人類社會中依風俗、道德等之最低限度所產，故其
為公義之體現。「憐憫」則為同情心，孟子有言：「惻隱之心，人皆
有之。」換言之，憐憫乃人之情感。人於待人處事上，常遇平衡公義
與憐憫之兩難，深入討論，公義乃突顯論斷事物之客觀面，憐憫則是
由主觀意識判斷是非，兩者即為法理與人情之拿捏。過度極端之「法
不容情」與「以情執法」，都是不辨情理，將造成負面後果，二者需
平衡，不能偏廢，故為並立關係。

2

　　社會中，侵犯社會公義者，縱使犯案者情有可原，斷不可因此漠
視法律，使其不受審判，唯若以情執法，將使犯罪率上升，法紀蕩然
無存，社會秩序難以維護。

　　又若審判者法不容情，僅就其行為科以刑責，忽略犯罪者背景及

犯罪原因得否憐憫，也將造成嚴重結果。M型社會問題日益嚴重，貧富差距加劇，低階層者所獲取社會資源有限，若僅據果論刑，無疑更顯見階級複製之困境。

　　誠如西漢武帝時期，董仲舒開始以《春秋》判決獄訟，目的是當時用法嚴苛下，經由儒家經典輔助判案，講究「原心定罪」，明法律不外乎人情之道，使判案更符合情理。但董仲舒也認知到，如要刻意陷害他人，只要被視為「意圖不軌」，同樣可以判罪，過度原心，反而被有心者濫用而流有弊端。此可顯見欲達公義與憐憫之兩難。

　　然而，隨著時代演進，法制也愈來愈完備，兼顧了法理與人情，在挪威有著國際知名的「烏托邦監獄」，其監獄制度不僅達到法律教化人民之功能，使該國犯罪率成為世界最低，更顧及了人權，為平衡公義與憐憫之良例。

3

　　如何具憐憫之心，又得以公義之社會規範客觀論斷是非，有賴以下方法：

一、堅守信念，確立標準：《淮南子》云：「法者，天下之度量，而人主之準繩也。」法律乃立國基石，規範人民何者應為與不應為，若因自身情感而左右既有之規定，以人情優於法理論斷是非，將使社會秩序產生動搖，人民無所適從，唯確立規矩，才得穩定國家治安。

二、經權變通，不失準繩：《朱子語錄》曾言：「經自經，權自權。但經有不可行處，而至於用權，此權所以和經也。」，國家之執法者應考量現實之各種狀況而予以不同裁量，兼顧社會公平與正義維護，唯切勿脫離法律之外。

三、多方思考，設身處地：誠如執法者根據法理判決正誤，亦應設身處地理解實情，兼顧人情之常，畢竟法律不外乎人情；且人情

亦為立法、執法之基礎，惟有多方且周延思考，方得使人民相信法律。

綜上所述，法理為維護社會秩序必要之惡，而人情則為關懷他人必要之善，欲平衡二者，須先確信自身之準繩，並具經權變通之能力，最後輔以設身處地為他人著想之心態，方得穩定國家支柱。

4

法律雖由國家所制定，在這人人提倡言論自由之時代，法令訂定已非由政府獨裁，有能力者更應具備「熱心」，主動為弱勢發聲，作為與公義間橋樑。若國家之人民皆自掃門前雪，恐使社會缺乏人情，弱勢毋得翻身，故除執法者本身應具憐憫心外，國家人民更應負起主動為他人發聲之態度，那麼將使公義與憐憫之平衡更加穩定。

四、評析討論㈡

1.結構分析

題型：雙軌題。

⑴第**1**段次（WHAT）：何謂「公義」，何謂「憐憫」，二者是什麼關係。
① 破題法釋題，直接說明何謂「公義」、「憐憫」。
② 延伸解釋，以「法理」與「人情」定義「公義」、「憐憫」。
③ 提出二者是並立關係。
⑵第**2**段次（WHY）：說明為何公義、憐憫為並立關係。
① 反面論述，分別以「法不容情」、「以情執法」論述兩者不平衡將造成的負面結果。
② 以董仲舒「春秋決獄」，說明平衡公義、憐憫的兩難。
③ 正面舉例，以挪威監獄制度為例，說明能平衡二者的結果。
⑶第**3**段次（HOW）：提出平衡「公義」與「憐憫」之方法。

> ① 從「確立標準」、「經權變通」、「設身處地」做依點論述。
>
> ② 總述上三點之權衡方法。
>
> ⑷第 **4** 段次：延伸式結尾。
>
> ① 延伸出新的議題點──具備「熱心」，能為弱勢發聲。
>
> ② 提出若缺少熱心，將導致缺乏人情的不良結果，並透過個人實踐、影響眾人、永續發展三方面作結。

2. 總講評

⑴作者透過公私、情理法間的對比，清楚討論「公義與憐憫」，且能關注到二者間的難處，平衡論述。

⑵本文以「法」為衡量標準，旁徵博引，博古通今，且能兼顧人情，與題旨相互呼應。

⑶本文將「公義」定位在是否合乎於「法、理」，進行討論。然而，公義可解釋為公平正義（justice），亦可解釋為社會正義（social justice），如能從「分配」是否合乎公義，並從：財富、社會地位、教育水平、權力欲望……等角度舉例，將可提出更多探討觀點，也能對「憐憫」有更多元的思考。

⑷「憐憫」究竟是一種消極認同的「同情心」，還是積極設身處地站在他人設想的「同理心」？可以再推敲細究。

五、第七錦囊：前人智慧下的「歷史例」

「歷史例」、「議題時事例」以及「學理例」，並為論說文最佳的舉例方式。前者可審見作者的文化水平；後二者足明知識視域的深廣度。

除了錯用歷史典故的張冠李戴，讓人啼笑皆非外，另一大問題是「流於通俗。」常被舉用的歷史人物，不外乎是勾踐、秦始皇、項羽、漢武帝、曹操、關羽、唐太宗、武則天、岳飛、秦檜、文天祥、慈禧太后、

國父孫中山、蔣中正……，或是西方的華盛頓、愛迪生、牛頓、海倫凱勒和蘇利文老師、萊特兄弟，以及印度國父甘地……等。當例證過於爲人知曉，只會拖累論證效力，因爲深度不足。

舉用歷史例，不應只著重人物故事，而應有所本，從史實典故、紀錄中，忠實呈現歷史事件、人物，甚至是議題原貌。舉例來說：以上文的「商鞅變法」爲例，若增改成：

據《史記・商君列傳》記載，商鞅嘗採行「連坐法」，有謂是：「令民爲什伍，而相牧司連坐。」大凡有罪匿藏者，同受罰；告姦與斬殺敵人者，同受賞。……

有了史書文本爲證，論證起來更有效力。

背誦歷史例有技巧，先有「分類」觀念，再增補例證、名言佳句，才不會不知從何學起。本書於每類之下羅列三十條名言、典故，提供許多歷史例證，平時準備個小本子，隨時按類別抄錄，不消多時，自能整理出更多、更切於己用的歷史例證。

此外，歷史既爲過往陳跡，便無重新再來一次的可能，舉凡：「假如歷史可以再來過……」、「如果當初……就不會有這樣的結果」等假設性的內容不宜再使用，這就成爲虛擬的「假設例」，而與眞正的歷史無涉。

回歸文言文的閱讀，是根本方法，如能確切閱讀國、高中數十篇文言文，業已足夠。教育部曾針對普通高中的國文課程，擬定基本教授的文言文內容，從95年度的暫時課綱，98年度課綱，101年課綱到最新的108年課綱，總共約五十篇，如能確切讀完，實力將不容小覷。坊間文白翻譯版的參考書很多，不妨買來一觀，相關課文篇目在本書的「附錄2」，以供參考。

第八章　徵拔人才類

第一節　話說類型

　　「徵拔人才」目的在選賢舉能，提出拔擢人才的標準，或說明爲他人所用的種種條件。

　　首先，從拔擢人才來看，如何「識才」很重要，品性、能力之間的平衡、取捨，會是重點；此外，如何將對的人放在對的位置，如：王安石〈材論〉一文提到：「於是銖量其能而審處之，使大者、小者、長者、短者、強者、弱者無不適其任者焉。」即人才不以優劣計，而能否適得其所爲首途。如：「王安石『論陶冶人才』曰：『教之、養之、取之、任之。』試申己見。」（87年中醫師檢定考）、「人才即國力」（93年消防設備人員等特考）、「論用人之道」（100年專門職業及技術人員普考）皆屬之。

　　其次，欲能爲他人所用，必須自負才華而有所準備，以及擁有敬業樂群的態度，那麼，專業能力的養成，積極樂觀的精神，就不能不注意，相關考題如：「專業與敬業」（85年技職各類科高考）、「論『君子不器』」（96年公錄人員升等員級晉高級）、「專業人士的服務精神」（101年公務人員高考）。又，近來也強調「博通」專業以外的技能，如何發展其他專長，強化生活、應用於世的能力，愈顯重要。相關考題有「通才與專才」（102年公務人員升官佐級晉員級考試）。

　　無論徵拔他人，或被他人徵拔，在職業倫理中，「品德」最爲重要，根據近幾年職場的有關調查，在普遍高學歷的時代，企業主、執事者認爲一個人的品格教育，更優於專業知識，因爲知識可培養，但品德卻是家庭、學校教育長期潛移默化下的結果，故如：「論職業道德」（88年土地登記專業代李人考試）、「道德教育與人才培養」（97年交通事業

鐵路與公路高員三級考試）、「專業與誠信」（101年公務人員普考）等
都是。

重點摘要
1.「徵拔人才」重在選賢舉能，拔擢人才的方法。
2.著重兩個層面：一是用人者如何能識才；二是被用者如何養
　成專業能力。
3.除了專業能力，更重視自我品德的要求。

第二節　名言典故集錦

1.人之有技，若己有之。
　白話翻譯：他人如果有某項才能，就好像自己所擁有的。引申其
　　　　　　意，要樂見人善，不妒他人賢才。
　典故出處：先秦：《尚書・秦誓》

2.仲弓為季氏宰，問政。子曰：「先有司，赦小過，舉賢才。」曰：「焉
　知賢才而舉之？」曰：「舉爾所知，爾所不知，人其舍諸？」
　白話翻譯：仲弓曾為季氏的家臣，問孔子有關治理的方法。孔子
　　　　　　說：「先設官分職，各有專司；再赦免部下的小過失；
　　　　　　然後推舉賢能之人。」仲弓說：「要如何知道誰是賢能
　　　　　　之人而推舉呢？」孔子說：「舉你所知道的人，你不知
　　　　　　道的賢才，其他人又怎會捨棄推薦？」
　典故出處：先秦・孔子：《論語・子路》

3.尊賢使能，俊傑在位，則天下之士皆悅而願立於其朝矣。
　白話翻譯：能尊重賢人，任用有才能者，任用才智傑出的人為官，
　　　　　　則天下的士人都會心悅臣服而願意在朝為官。
　典故出處：先秦・孟子：《孟子・公孫丑上》

4. 故天將降大任於是人也，必先苦其心志，勞其筋骨，餓其體膚，空乏其身，行拂亂其所為，所以動心忍性，曾益其所不能。

白話翻譯：所以天要給予此人重大的任務，必要先磨練他的意志，勞動他的身體，讓他忍受身體的飢餓，使他生活困窮，令其行為受到阻礙不順遂，如此驚動其心，堅忍其性情，以不違仁道，進而增加他的才能。

典故出處：先秦・孟子：《孟子・告子》

5. 川淵深而魚鱉歸之，山林茂而禽獸歸之，刑政平而百姓歸之，禮義備而君子歸之。

白話翻譯：川流淵潭水深，魚與鱉才會生存其中；山林茂盛，禽獸才會棲息其內；刑罰、政治清平，則百姓才會歸順；能以禮義治理天下，有道君子才會歸服其下。引申其意，領導者要能正己，而後人才、人民才會願意歸附。

典故出處：先秦・荀子：《荀子・致士》

6. 伯牙鼓琴。

白話翻譯：引申其意，指人需獲得賞識，才有發揮才能的時候。

典故出處：西漢・劉向：《說苑・尊賢》

細說典故

伯牙子鼓琴，鍾子期聽之，方鼓而志在〈太山〉，鍾子期曰：「善哉乎鼓琴！巍巍乎若太山。」少選之間，而志在〈流水〉，鍾子期復曰：「善哉乎鼓琴！湯湯乎若流水。」

鍾子期死，伯牙破琴絕弦，終身不復鼓琴，以為世無足為鼓琴者。賢者亦然，雖有賢者而無以接之，賢者奚由盡忠哉！驥不自至千里者，待伯樂而後至也。

白話典故

伯子牙彈琴，鍾子期聆聽。剛彈到表現〈太山〉一曲時，鍾

子期説：「琴彈得真好，巍峨氣勢宛如太山。」過了一會兒，彈到〈流水〉，鍾子期又説：「琴彈得好，廣大磅礴的氣勢真像流水。」

　　當鍾子期一死，伯牙就摔破琴，勾斷弦，一輩子不再彈琴，因爲世上再也沒有值得爲他彈琴的人。賢人也是如此，雖然有賢人卻無人接納，賢人要如何盡忠呢？良馬不會自動跑千里遠，而要等有伯樂而後才願意跑。

7. **且人固難全，權而用其長者。**

　　白話翻譯：況且人很難十全十美，要權衡他的長處而用之。

　　典故出處：秦・呂不韋：《呂氏春秋・舉難》

細說典故

　　甯戚欲干齊桓公，窮困無以自進，於是爲商旅將任車以至齊，暮宿於郭門之外。

　　桓公郊迎客，夜開門，辟任車，爝火甚盛，從者甚眾。甯戚飯牛居車下，望桓公而悲，擊牛角疾歌。桓公聞之，撫其僕之手曰：「異哉！之歌者非常人也。」命後車載之。

　　桓公反，至，從者以請。桓公賜之衣冠，將見之。甯戚見，説桓公以治境內。明日復見，説桓公以爲天下。桓公大説，將任之。

　　群臣爭之曰：「客，衛人也。衛之去齊不遠，君不若使人問之，而固賢者也，用之未晚也。」

　　桓公曰：「不然。問之，患其有小惡，以人之小惡，亡人之大美，此人主之所以失天下之士也已。」凡聽必有以矣。今聽而不復問，合其所以也。且人固難全，權而用其長者。當舉也，桓公得之矣。

白話典故

寧戚想向齊桓公謀求官職，但因為窮困而無法被舉薦，於是幫著商人趕貨車一路到了齊國，就夜宿在城門外。

桓公為了要迎接客人，晚上開了城門，要貨車讓開，當時火光甚是明亮，跟隨侍從也很多。寧戚此時正好在餵牛，看著桓公而自感悲傷，就拍著牛角大聲唱著歌。

桓公聽到了，便搭著侍從的手說：「奇特啊！這唱歌的人不是普通人。」命令後面的車載著他回去。

桓公回城後，到了宮廷，侍從問要如何安頓寧戚。桓公賞賜他衣帽，準備接見他。寧戚見到了桓公，說明如何治理國家的方法。隔天又召見寧戚，則告知桓公治理天下的方法。桓公很高興，想任用他為官。

但群臣爭著說：「寧戚是衛國人。衛國離齊國不遠，您不如派人去了解他的底細，如果真是賢德之士，再用他也不遲。」

桓公說：「不可。去問了以後，是擔心這個人有一些小毛病，以一些小毛病而忽略了他的大優點，這就是為何一般國君會失去天下人才的理由。」

凡是聽了別人的說法後，內心定然有了一個取捨標準。現在聽了他的觀點而不去追問其他的狀況，是因為他的主張合乎自己的標準。況且人很難十全十美，要權衡他的長處而用之。這便是舉用合宜得當，而桓公掌握此原則了。

8.**內舉不避親，外舉不避讎。**

　白話翻譯：諫舉人才，對內不避自己親人，對外則不避開仇人。即要取有真才實學的人。

　典故出處：秦・韓非：《韓非子・說疑》

⦿細⦿說⦿典⦿故

　　聖王明君則不然，內舉不避親，外舉不避讎。是在焉從而舉之，非在焉從而罰之。是以賢良遂進而姦邪并退，故一舉而能服諸侯。其在記曰：「堯有丹朱，而舜有商均，啓有五觀，商有太甲，武王有管、蔡」，五王之所誅者，皆父兄子弟之親也，而所殺亡其身殘破其家者何也？以其害國傷民敗法類也。觀其所舉，或在山林藪澤巖穴之間，或在囹圄緤紲纏索之中，或在割烹芻牧飯牛之事。然明主不羞其卑賤也，以其能、爲可以明法，便國利民，從而舉之，身安名尊。

⦿白⦿話⦿典⦿故

　　聖王明君不是如此，諫舉人才，對內不避自己親人，對外則不避開仇人。凡誰是正確的就舉用他們，錯誤的就處罰之。因此賢良之人受到晉用，品性不端的小人會被斥退，所以一舉能使諸侯心悅臣服。史書記載道：「堯帝有兒子丹朱；舜有兒子商均；夏啓有兒子五觀，商湯有不肖孫太甲，周武王有弟弟管叔、蔡叔作亂。」這五王所流放、誅殺的，都是父子兄弟之至親，爲何要流放、誅殺他們而使其家破人亡呢？因爲他們行爲殘害國家，傷害人民，敗壞法紀。再觀聖王舉用的人，或隱居在山林、沼澤湖泊、山洞之間，或者被關在牢獄之內、綁在繩索上，又或者從事宰殺烹調、割草放牧、飼養牛之事。但明君不嫌棄他們出身卑微，而以其能力、可彰明法度，有利於國家民眾等條件，據此提拔舉用，如此能安於君位且提高聲名。

9.是以泰山不讓土壤，故能成其大；河海不擇細流，故能就其深；王者不卻眾庶，故能明其德。

　　白話翻譯：所以泰山不捨棄任何一點的土壤，而能成就山的高大；

大河大海不選擇涓細流水，而能匯聚成河海的深廣；一個領導者要不能拒絕、推辭一般人，才能彰顯自我寬廣的德性。

典故出處：秦・李斯：〈諫逐客書〉，收入司馬遷：《史記・李斯列傳》

10.**夫華騮、綠耳，一日而至千里，然其使之搏兔，不如豺狼，伎能殊也。**

白話翻譯：華騮、綠耳之類的良馬，一日可以跑千里，然而使牠去捉兔子，反而不如豺狼，是因為技能不同。引申其意，指人與技各有所長，貴在揚其長而蔽其短。

典故出處：西漢・劉安：《淮南子・主術訓》

細說典故

夫華騮、綠耳，一日而至千里，然其使之搏兔，不如豺狼，伎能殊也。鴟夜撮蚤蚊，察分秋豪，晝日顛越，不能見丘山，形性詭也。夫騰蛇游霧而動，應龍乘雲而舉，猿得木而捷，魚得水而騖。故古之為車也，漆者不畫，鑿者不斲。工無二伎，士不兼官，各守其職，不得相奸，人得其宜，物得其安。是以器械不苦，而職事不嫚。夫責少者易償，職寡者易守，任輕者易權。上操約省之分，下效易為之功，是以君臣彌久而不相厭。

白話典故

華騮、綠耳之類的良馬，一日可以跑千里，然而使牠捉兔子，反不如豺狼，因為技能不同。貓頭鷹晚上能抓取跳蚤、蚊子，明察秋毫，但白天顛倒過來，連山丘都看不清楚，這是牠形體與性質殊異於常。一如騰蛇能游行霧中，翼龍能駕雲上升，猿猴在樹林中敏捷跳躍，魚得到水能游得迅速。所以古人製造車子，漆工不去畫圖，雕刻工不砍伐。當各類工匠只守本分不兼營他職，士人不身兼數職，各守崗位，不相互干擾，人人各得所宜，萬事萬物能得到

安定。故器械工具不受損傷，工作也不會被耽誤。所謂債少容易
清償，職責單純容易恪守，任務輕鬆容易承擔。上位者所操持的
治術能簡約，下屬容易盡職有功勞，如此則君臣能長久相處而不會
厭棄。

11.千羊之皮，不如一狐之掖；千人之諾諾，不如一士之諤諤。

白話翻譯：一千頭羊的羊皮，還不如一張狐狸腋下的毛皮；一千人
的唯唯諾諾稱是，還不如一個人願意直言諍諫。

典故出處：西漢・司馬遷：《史記・商君列傳》

12.察能而授官者，成功之君也；論行而結交者，立名之士也。

白話翻譯：能觀察他的才能而授與官職者，這才是成功的國君。考
察品行之後才結交為友者，這才是能樹立名聲的人。

典故出處：西漢・司馬遷：《史記・樂毅列傳》

13.貪夫徇財兮，烈士徇名；夸者死權兮，品庶馮生。

白話翻譯：貪財者願為財而死，烈士願意為了聲名而死。追求權勢
者為爭權奪利而死，一般人則是貪生怕死。引申其意，
世上的人各有所追求，如能洞悉他們的欲望，不失為掌
握人才的方法。

典故出處：西漢・司馬遷：《史記・屈原賈生列傳》

14.相馬失之瘦，相士失之貧。

白話翻譯：評價一匹馬，會因其外貌太瘦而誤認是劣馬；評價一個
人，會因為他的貧困，而錯認他不是人才。引申其旨，
勿以貌取人。

典故出處：西漢・司馬遷：《史記・滑稽列傳》

15.騏驥不能與罷驢為駟，鳳凰不與燕雀為群。

白話翻譯：千里馬不能與疲憊的驢子一起駕車，鳳凰也不會與一般
燕鳥麻雀同群。引申其意，即有物以類聚，人有其群的

意思。

典故出處：西漢·司馬遷：《史記·日者列傳》

16.親舉五羖大夫於係縲之中。

白話翻譯：親自舉百里奚於牢獄之中。指任用賢才不捨出身，亦表
　　　　　明舉賢的重要。

典故出處：西漢·劉向：《說苑·尊賢》

細説典故

齊景公問於孔子曰：「秦穆公其國小，處僻而霸，何也？」

對曰：「其國小而志大，雖處僻而其政中，其舉果，其謀和，其令
　　　不偷；親舉五羖大夫於係縲之中，與之語，三日而授之政，
　　　以此取之，雖王可也，霸則小矣。」

白話典故

齊景公問孔子說：

　　　「秦穆公的國土小，位置偏僻還能稱霸，這是為什麼
　　　呢？」

孔子說：「他的國家雖小，但志氣很大。雖地處偏僻，但治理國政
　　　適中合宜，他的行為果斷，他的謀略善於協調，他的命令
　　　不輕率，他親舉五羖大夫百里奚於牢獄之中，跟他談話，
　　　三天之後將國政授予他處理，任用像這樣的人才，稱王都
　　　可以了，只稱霸還嫌小呢！」

17.一樹一獲者，穀也；一樹十獲者，木也；一樹百獲者，人也。

白話翻譯：種植一個而能得到一個收穫的，是穀物；種植一個而能
　　　　　得到十個收穫的，是樹木；種植一個而有上百個收穫
　　　　　的，是培育人才。引申其意，指培育人才收益最大。

典故出處：西漢·劉向編輯：《管子·權修》

18.在上位不陵下，在下位不援上，正己而不求於人則無怨。上不怨天，下
　　不尤人。

　　白話翻譯：上位者不欺凌下屬，下位者不攀附上位者，端正自己而
　　　　　　　不求於他人，則不會有怨懟。對上不怨於天，對下不怪
　　　　　　　罪別人。

　　典故出處：西漢・戴聖：《禮記・中庸》

19.苟得其人，不患貧賤；苟得其材，不嫌名跡。

　　白話翻譯：如果得到有用的人，不要管他出身是否貧賤。如果得到
　　　　　　　人才，不要嫌棄他是否有名。

　　典故出處：東漢・王符：《潛夫論・本政》

20.劍不試則利鈍暗，弓不試則勁撓誣，鷹不試則巧拙惑，馬不試則良
　　駑疑。

　　白話翻譯：劍不試則不知其利與鈍，弓不試則不知其強與弱，老鷹
　　　　　　　不試則不知其巧與拙，馬不試則優與劣難分。引申其
　　　　　　　意，才需試而後明。

　　典故出處：東漢・王符：《潛夫論・考績》

21.不以求備取人，不以己長格物。

　　白話翻譯：不以要求完備的態度要求他人，不以自己的長處去推求
　　　　　　　他人或事物。

　　典故出處：唐・吳兢：《貞觀政要・任賢》

22.人欲自照，必須明鏡；主欲知過，必藉忠臣。主若自賢，臣不匡正，欲
　　不危敗，豈可得乎？故君失其國，臣亦不能獨全其家。

　　白話翻譯：人想要看到自己，必須依賴鏡子。君主想要知道自己的
　　　　　　　過咎，必須仰賴忠貞大臣。君主如果自以為賢明，而大
　　　　　　　臣又不能匡正，想要不危險衰亡，怎麼可能呢？如此一
　　　　　　　來，國君失去了國家，大臣也不能獨自保全自己的家。
　　　　　　　引申其意，說明下位者爭諫於上的重要性。

典故出處：唐‧吳兢：《貞觀政要‧求諫》

23.吶吶寡言者未必愚，喋喋利口者未必智。鄙樸忤逆者未必悖，承順愜可者未必忠。

白話翻譯：遲鈍而不多話的人不一定是愚笨的，話多而牙尖嘴利的，不一定有智慧。粗鄙樸拙看似忤逆的人，未必是真的違背；奉承看似滿意情況的人未必是忠心的。即說明識人不能見表面。

典故出處：唐‧陸贄：〈論朝官闕員及刺史等改轉倫序狀〉

24.世有伯樂，然後有千里馬。

白話翻譯：世上要先有伯樂，然後才會有千里馬，意指善於鑑別人才的人。

典故出處：唐‧韓愈：《韓昌黎集‧雜說第四》

細說典故

世有伯樂，然後有千里馬。千里馬常有，而伯樂不常有。故雖有名馬，祇辱於奴隸人之手，駢死於槽櫪之間，不以千里稱也。

馬之千里者，一食或盡粟一石。食馬者，不知其能千里而食也。是馬也，雖有千里之能，食不飽，力不足，才美不外見，且欲與常馬等不可得，安求其能千里也！策之不以其道，食之不能盡其材，鳴之而不能通其意，執策而臨之，曰：「天下無馬。」嗚呼！其真無馬邪？其真不知馬也。

白話典故

世上先有伯樂，然後才有千里馬。千里馬經常有，但伯樂不常見。雖然有千里馬，但埋沒在一般僕人的手中，最終與普通馬一起死在馬廄，無法得到千里馬之美名。

能日行千里的馬，一餐能吃完一石粟米。餵馬的人不知道他能跑千里遠，以一般方式餵養牠。這千里馬雖然有跑千里遠的能

力，但吃不飽，力氣不夠，才能無法顯見，想要與普通馬一樣都辦不到，又怎能要求牠一跑千里遠。驅趕方法不對，餵養牠又不能竭盡牠的才能，千里馬嘶鳴又不知道牠的意思，拿著馬鞭面對牠，而說：「天下沒有好馬。」是真的沒有好馬？還是不知如何識馬？

25. 天下之患，不患於材不眾，患上之人不欲其眾；不患士之不欲爲，患上之人不使其爲也。

　　白話翻譯：天下的禍患，不患於人才不多，而患上位者不希望人才多。不患士人不想有所作爲，而患上位者不讓他們有作爲。

　　典故出處：北宋・王安石：《臨川先生文集・材論》

26. 且人之有材能者，其形何以異於人哉？惟其遇事而事治，畫策而利害得，治國而國安焉，此其所以異於人者也。

　　白話翻譯：而且一個有能力的人，他的外貌與一般人豈有不同？只有當遇到事情時，事情能夠有效被治理；出謀畫策，而能得到好處；治理國家，而能夠國泰民安。這才能看得出一個有才能者與一般人的不同。

　　典故出處：北宋・王安石：《臨川先生文集・材論》

細說典故

　　且人之有材能者，其形何以異於人哉？唯其遇事而事治、畫策而利害得，治國而國安焉，此其所以異於人者也。故上之人苟不能精察之，審用之，則雖抱皋、夔、稷、契之智，且不能自異於眾，況其下者乎？世之蔽者方曰：「人之有異能於其身，由錐之在囊，其末立見，故未有有其實而不可見者也。」此徒有見於錐之在囊，而固未睹夫良馬之在廄也。駑驥雜處，飲水食芻，嘶鳴啼囓，求其所以異者蓋寡。及其引重車、取夷路，不屢策、不煩御，一頓其轡

而千里已至矣。當是之時，使駑馬並驅方駕，則雖傾輪絕勒，敗筋傷骨，不舍晝夜而追之，遼乎其不可以及也，夫然後騏驥騕褭與駑駘別矣。古之人君，知其如此，故不以天下為無材，盡其道以求而試之。試之之道，在當其所能而已。

⽩話典故

　　而且一個有能力的人，他的外貌與一般人豈有不同？只有當遇到事情時，事情能夠有效被治理；出謀畫策，而能得到好處；治理國家，而能夠國泰民安。這才能看得出一個有才能者與一般人的不同。所以上位者如不能仔細察究，審慎利用，則縱使擁有如皋、夔、稷、契等人的智慧，尚且無法自行顯露異乎常人的表現，更何況是不如他們的一般人？社會上不明事理的人說：「人的自身有特異才華，就好像是把錐子放在囊袋中，尖端處馬上顯見，所以未有實際本領卻不自我彰顯出來的。」這只是見到了錐子放在囊袋中，卻沒有看過良馬在馬廄的情況。良馬、劣馬雜處，一起喝水吃飼料，鳴叫咬牙，想要觀察出牠們的差別實在很難。等到拉重車，走在平坦路上，不用一直鞭策，不需主動駕馭，一鬆開韁繩，馬上就到了千里之遠。在這個時候，讓劣馬一起駕車，縱使輪子脫落，拉斷韁繩，使盡全力而受傷，不分日夜追趕，還是距離遙遠而追趕不及，然後良馬、劣馬便可分別出了。古代的國君，知道這個道理，所以不認為天下沒有人才，而是用盡一切方法去測試。測試的方法，在順著他的才華來測用之。

27. 人才以智術為後，而以識度為先。

　　白話翻譯：選人才以有智謀與否為次要，而以見識為首要。

　　典故出處：北宋・蘇軾：〈答喬舍人啟〉

28. 非才之難，所以自用者實難。

　　白話翻譯：有才能不難，所以能夠自我發揮才能者卻很難。

典故出處：北宋・蘇軾：《蘇東坡集・賈誼論》

細說典故

　　非才之難，所以自用者實難。惜乎賈生王者之佐，而不能自用其才也。夫君子之所以取者遠，則必有所待，所就者大，則必有所忍。古之賢人，皆有可致之才，而卒不能行其萬一者，未必皆其時君之罪，或者其自取也。

白話典故

　　有才能不難，所以能夠自我發揮才能者卻很難。可惜啊！賈誼是能夠輔佐君王的人才，但卻不懂得使用自己的才華。一個有德有能的君子所選取的志向遠大，則必定要有所等待，所成就的事功遠大，則必定要能忍耐。古代的賢人，都有可建立功業的才華，但最後無法實踐才華的萬分之一，未必都時當時國君的過咎，或者是自我招致的。

29.以驥待馬，則馬皆驥也。

　　白話翻譯：以對待良馬的方式對待普通馬，則普通馬都能成為良馬。引申其意，如果能善用人才，則可以把普通人變成人才。

　　典故出處：明・方孝孺：《方正學先生遜志齋集・深慮論第十》

30.使賢者皆當路在勢，其風民也皆以義，故道一而俗同。

　　白話翻譯：能使賢人都在朝為官，他們便能以禮義來教化民眾，因此大家想法一樣而風俗也相同。

　　典故出處：清・曾國藩：《曾文正公全集・原才》

細說典故

　　先王之治天下，使賢者皆當路在勢，其風民也皆以義，故道一而俗同。世教既衰，所謂一二人者不盡在位，彼其心之所嚮，勢不

能不騰爲口說而播爲聲氣，而眾人者勢不能不聽命而蒸爲習尚。於是乎徒黨蔚起，而一時之人才出焉。有以仁義倡者，其徒黨亦死仁義而不顧；有以功利倡者，其徒黨亦死功利而不返。水流濕，火就燥，無感不讎，所從來久矣。

⑭⑭⑭⑭

古代聖王治理天下，能使賢人都在朝爲官，他們便能以禮義來教化民眾，因此大家想法一樣而風俗也相同。之後天下教化衰微，這些的「賢人們」不一定都在位，但他們心中所嚮往的，勢必不能不成爲言論學說而傳播出去，民眾也勢必不能不聽從而成爲一股習俗風尚。於是志同道合之人興起，當時的人才也就出現了。有提倡「仁義」的人，與他志同道合的人就會願意因爲「仁義」而不顧性命；有提倡「功利」的人，與他志同道合的人就會願意因爲「功利」而不顧性命。水流向濕地，火因乾燥而燃燒，沒有不受感動而沒有回應、符合的，這種關係是由來已久。

第三節　考古大觀園

88年

1. 天生我材必有用　（88年身心障礙人員五等考試）

89年

1. 論創業與守成　（89年第一次航海人員三等船副等特考）

90年

1. 專業技術與人格修養　（90年醫事人員等高考）

93年

1. 一技在身，勝於萬貫家財　（93年身心障礙五等特考）

2. 人才即國力　（93年消防設備人員等特考）

92年

1. 敬業樂群　（92年社會福利工作人員四等考試）

94年

1. 天生我材必有用　（94年身心障礙五等特考）

95年

1. 「螺絲」是小小的零件，但我們日常生活裡的器物，幾乎都要使用到它；其物雖小，其用甚大，而且不可或缺。現在請以「一顆螺絲」為題，寫一篇首尾俱全的文章。　（95年一般行政初等考試）

96年

1. 論「君子不器」

提示：孔子曾經說過，君子不像器具一般，只限於一種用途。有才德的人應該具備各種能力，發展多元才能，同時要能高瞻遠矚，有遠見、有前瞻性，才不至於讓生命淪為器物。　（96年公路人員員級晉高員級升資考）

97年

1. 道德教育與人才培養　（97年交通事業鐵路與公路高員三級考試）

98年

1. 天生我才必有用　（98年交通事業公路人員士級晉佐級考試）

2. 長官與部屬是因工作而建立的人際關係，也是職場人際關係中，極為重要的一環。進入公職體系，我們可能只是部屬，也可能既是小單位的主管，又是高階長官管轄之下的部屬。身為公務員，該如何扮演長官或部屬的角色？該懷抱何種態度或理念與長官、部屬互動？遭遇瓶頸或「是」與「非」的衝突時，又該如何面對、解決？在公職生涯中，這些課題將不斷的考驗著我們。請以「長官與部

屬」為題，寫作一篇結構完整的文章，申論你的見解。　（98年公
務人員司法人員四等特考）

99年

1. 人們常說：「三百六十行，行行出狀元。」只要全心全力做好自己
所從事的工作，就能成為最出色的人嗎？請以「如何成為最出色的
人」為題，作文一篇，文長不拘。　（99年警察四等特考）

100年

1. 不論政府機構或民營企業，對於人才的要求，除了專業知識、解決
問題的能力之外，還有做事態度。請以「值得做的事就值得好好
做」為題，作文一篇，文長不拘。　（100年特考四等警察特考）

2. 韓愈詩：「大匠無棄材，尋尺各有施」。請嘗試從教育、企業、政
治……等角度，以「論用人之道」為題，闡述看法。　（100年專門
職業及技術人員普考）

3. 《貞觀政要》中說：「國家大事，惟賞與罰。賞當其勞，無功者自
退。罰當其罪，為惡者咸懼。則知賞罰不可輕行也。」在管理理論
上，西方也有所謂紅蘿蔔與棍子的說法。試以「談管理」為題，作
文一篇。　（100年一般警察人員三等特考）

101年

1. 《禮記》上說：「大道之行也，天下為公。……故人不獨親其親，
不獨子其子，……貨惡其棄於地也，不必藏於己；力惡其不出於身
也，不必為己。」請參酌此說法的意涵，以「專業人士的服務精
神」為題，作文一篇。　（101年公務人員高考）

102年

1. 《老子》第三十三章說：「知人者智，自知者明。」知人與自知都
是一個君子必要的修為。請以「知人與自知」為題，作文一篇，申

述其旨。　（102年司法人員三等特考第二試）

2. 近來國內大學畢業生的失業率有高於職校畢業生的現象，試以「通才與專才」為文論之。　（102年公務人員升官佐級晉員級考試）

106年

1. 職場競爭力的具備，主要有賴每個人的自我精進。因應時代變遷，不分年齡，惟有不間斷的學習，努力增進個人知能，並且把學習到的加以發揮，才能與時俱進，真正在工作職位上善盡職責，產生良好的服務效能。請以「自我精進」為題，作文一篇，申論其旨。

（106年公務、關務人員等佐級晉員級考試）

第四節　追蹤執行力

　　在某一專業領域有傑出表現者，可稱作「人才」。然人才非天生如此，乃是在適當時機與位置，充分展現能力者，請回答以下兩個問題。

1. 作為一個「領導者」，請問要用什麼方法，來識才、取才？請提出具體的方法。

2. 作為一個「被領導者」，要如何培訓自己，成為社會、職場所需的人才，請提出具體實踐的方法。

第五節　奇文共賞與評析討論

一、奇文共賞㈠

題目：韓愈詩：「大匠無棄材，尋尺各有施」。請嘗試從教育、企業、政治……等角度，以「論用人之道」為題，闡述看法。（100年專門職業及技術人員普考）

作者：蔡佩璇

1

　　北宋司馬光《資治通鑑》有言：「爲治之要，莫先於用人。」治理國家需依靠人才，此爲歷代明君治政之要。放諸現今社會亦然，「以人爲本」已是許多企業經營領導的核心理念，人才競爭更是大勢所趨。「用人之道」係指透過一定選拔制度有效任用人才，使其能處於適當職位發揮所長。並進一步培育人才，因應環境變動，增進個人專業技能，最後以考核或福利制度留才，創造最大效益。以有效治理國家、維持企業或機構團體的營運。

2

　　以企業掄才爲例，首重「制度化」。缺乏制度化的用人，難以精準篩選內部所需人才，此不以其能而位之的結果，將造成冗員過多，降低工作效率。

　　其次是「創新化」。夫謂：「學如逆水行舟，不進則退。」若企業本身缺乏整體危機意識，缺少進修機會，且亦未再積極學習，更新舊有產業資訊，員工又怎能自我提升知識、技能水平？缺乏創新的後果、將遭致市場的淘汰。

　　又次爲「合理化」。合理與否，往往在於不能明辨公私、理欲，此爲上述「制度化」的延伸。如：紊亂的考核或福利制度，易使工作熱忱消褪，進退失據，無所適從。惟有如《論語・顏淵》云：「使人者，器之。」又《晏子春秋》言：「任人之長，不強其短；任人之工，不強其拙。」使人盡其才、適才適所，再輔以配套升遷制度使整套流程趨於完整，有效任用人才。

3

　　善於任用人才，能提升企業績效，方法有四。

一、凝聚人心以爲「治」。《左傳》云：「千人同心則得千人力，萬人異心，則無一人之。」得人心者得天下，企業興衰與管理者是

否贏得內部員工的人心，有密切關係。管理之餘，雙方關係不應是截然上下的對立，只有贏得員工的認同與忠誠，上下團結一致，才能邁向共同目標。

二、知人善任以為「用」。充分掌握人才特性，篩選時應不拘一格，不計前嫌，不論親疏、貴賤，且能用人不疑，使其最大限度地發揮所長。歷史上，不計前嫌者者，齊桓之用管仲，唐太宗李世民之用魏徵；不拘貴賤者商湯之用伊尹，秦穆公之用百里奚，等皆為先例。夫謂：「內舉不避親」，還能「外舉不避仇」，才是所謂的知人善任。

三、品德操守以為「覈」。清聖祖康熙有言：「論才則必以德為本，故德勝才謂之君子，才勝德謂之小人。」古往今來用人第一標準為「德才兼備」，然人無完人，若才德不能兼具，當以德為先。擁有高尚品德之可貴處在於，其能忠誠於事、明辨是非、不輕易被私欲蒙蔽，較不易發生混水摸魚、陽奉陰違，損及組織企業利益之情事。近來，《天下雜誌》針對企業主對人才需求的調查，品性操守高居首位，遠高於學識、能力，誠是如此。

四、陟罰臧否以為「同」。給予員工信任與尊重的同時，也應有考核獎懲標準。適時獎勵，肯定貢獻；予以懲罰，殺雞儆猴，創造良性競爭的工作環境，激發眾人積極性，提升企業整體效益。

總上所言，徵拔人才需由上位者知「凝聚人心」，以德服人為始；其次是「知人善用」，才無論小大，將人放在對的位置，就會是人才。而後考覈人才首重「品德操守」，能忠於人，誠於事，才能減低管理成本；既而要「陟罰臧否」要公平，方能留住人才。

4

綜觀古今，人才任用已是企業經營、功業成敗之要素。唐太宗李世民認為要「致安之本，惟在得人」，就個人而言，不被表象所惑，

培養探求內涵本質的能力，經過時間的淬煉，方可慧眼識英雄，而非與人才擦身而過。又管仲曾云：「一年之計莫如樹穀，十年之計莫如樹木，終身之計莫如樹人。一樹一獲者，穀也；一樹十獲者，木也；一樹百獲者，人也。」王安石亦言：「蓋夫天下之大器也，非大明法度，不足以維持；非眾建賢才，不足以保守。」可見從教育著手實為根本，除了培植各類優秀人士外，亦應從求學階段，開始培養學子品德與領導能力，此方為用人之道之本，且品德尤其重要。立基其上，而後透過學習、實務經驗，了解管理者與員工雙方立場，進一步改革制度流程，如此則用人之道將更趨完善。

二、評析討論㈠

1.結構分析

題型：單軌題。

⑴第**1**段次（WHAT）：什麼是「論用人之道」。
　　① 名言錦句開頭，以司馬光之言，說明人才的重要性。
　　② 解釋、闡述用人之道在發揮、培育、考核人才。
⑵第**2**段次（WHY）：為何企業要懂得徵拔人才。
　　① 反面說明用人缺乏「制度化」對企業造成的負面影響。
　　② 反面說明用人缺乏「創新化」對企業造成的負面影響。
　　③ 反面、正面說明用人缺乏「合理化」對企業的影響。
⑶第**3**段次（HOW）：如何善用人才，提升效率的方法。
　　① 從「凝聚人心」為先，依次是「知人善任」、「品德操守」、「防罰臧否」等做依點論述。
⑷第**4**段次：總結式結尾。
　　① 以唐太宗、管仲、王安石之名言為引言。
　　② 透過個人實踐、品德教育影響、學習發展等三個層次，依次作結。

2.總講評

⑴以「企業用人」爲主題，從第二段次用人三化——制度化、創新化、合理化，再到第三段次企業績效提升的四法——治、用、羇、同，一氣呵成，條理分明。

⑵中規中矩，提出諸多可資參考的實踐方法，礙於篇幅所限，僅能提供大方向的思考，如：要如何「知人善任」？要如何考羇「品德操守」？細節未及申論，此爲客觀條件的限制。

⑶善用歷史例證做「原則性」的論證，足見深度。然而，既以現代企業用人爲題，也不妨多舉企業之正反實例爲證，更形貼切。

三、奇文共賞㈡

題目：人們常說：「三百六十行，行行出狀元。」只要全心全力做好自己所從事的工作，就能成爲最出色的人嗎？請以「如何成爲最出色的人」爲題，作文一篇，文長不拘。（99年警察四等特考）

作者：陳慶泰

1

「出色者」，指才學出類拔萃，超越平凡，具超卓出眾、儁拔突出者。北宋司馬光云：「才德兼備，謂之聖人；才德兼亡，謂之愚人。」其中，「才」可藉後天育成，以知識爲體，操作爲用，終運用於實務；至於「德」，爲人生於世之道德根基，顯現於社會互動、人際溝通、行爲舉止等各層面，影響甚廣。新加坡前總理李光耀曾提出：「愈是聰明的人，對社會造成的損害可能越大。」愈爲人才，更需要求其品德。若據以論何謂出色者？上述兩要件實爲之鑰。

2

《哈佛商業評論》指出：「面對高度競爭的二十一世紀，具有策略功能的『新人資』應運而生，成爲企業向上提升的重要關鍵。」換

言之，因應當今潮流，所有企業、公司皆需要具備核心優勢之關鍵人才，增進競爭力，誠如人才顧問公司億康先達顧問費羅迪曾言：「我們即將迎來人才策略的新時代，寧可一個都不用，也不願用錯人。」隨著教育普及，取得學位已易，人才評比已非僅只於學歷，其品行操守、價值觀及企圖心等，也納入選評中，故品德與學識尤爲並重。

然若有才無德，將對社會造成莫大爲害。如《資治通鑑・財德論》云：「自古昔以來，國之亂臣，家之敗子，才又餘而德不足。」要之，有才識而無品德之人，不足爲人才，受人玉成而背信棄義，處事以利益爲準則，亦非可用之才。

反之，有德無才亦非善。被喻爲明朝清官的海瑞，不受當國者張居正所重，係因張居正推行「多用循吏、少用清流」之政策。其以「循吏」乃基於服務國家、社稷及人民；「清流」則以自身聲譽爲目標，以成就日後名譽爲重。這類徒重清名者，不利於擔當重要職務，亦非任要職之人選，是故出色之人才德才須兼備，缺一不可。

3

故欲成爲出色的人，必須注意三項能力指標，下分述之：

一、品格力。司馬光云：「德者，才之帥也。」欲成爲出色者，必以品德爲端，心清品正，處事有條，爲人有信，方不貪圖蠅頭小利、汲營苟且。人際關係學大師卡內基言：「出色來自85%的人際關係，15%的專業知識。」自身品格操守，亦影響團隊間之人際關係，尤爲重要。

二、專業力。李奧貝納：「盡忠職守，勤奮工作，並且熱愛榮耀相信自己的直覺。」簡言之，透過深入進修、主動學習或參與相關課程，提升專業能力，進而於專業中獲得成就感及心理歸屬。

三、執行力。執行能力爲以邏輯性、依序性之推展，了解輕重緩急之需要，以達成鵠的。執行能力包含層面甚廣，而著重於處理事務

之能力，故云：「坐而言不如起而行。」思考爲執行之前置，訂定縝密周詳之計畫，有利於執行之流暢。再者，欲達成目的並非獨力完成，與他人之間的理解、協調、溝通亦爲重要。

　　綜上所述，欲成才幹，以品德操守爲體，專業能力爲用，執行能力爲行，並以學習能力爲貫串，個人之成長端賴自我態度及反省，以學習精進各項能力，進而成爲可用之才。

4

　　DDI《全球領導力展望》提及：「大多數的企業認爲『全球化』將是未來重要之策略方向。」《世界是平的》也提到，面對全球化時代，國與國之邊際不復存在，身處在「知識流」型經濟，應培養綜觀全球之國際價值觀及「活到老學到老」之終身學習理念，增進自身專業知能，以增進個人軟實力，進而成爲出色的全方位通才。

四、評析討論㈡

1.結構分析

　　題型：單軌題。

⑴第**1**段次（WHAT）：何謂「最出色的人」。
　①直接破題，解釋何謂「出色的人」。
　②援引司馬光之說，明德、才兼備的重要性。
　③援引李光耀之說，明有權位者，更須具備德性。
　④總結「出色者」需兼備德、才。

⑵第**2**段次（WHY）：為何「出色的人」需德才兼備。
　①正面說明，提出德、才兼備的重要性。
　②反面說明，舉《資治通鑑》之語，說明「有才無德」之爲害。
　③反面說明與舉例，以海瑞、張居正說明「有德無才」之反例，並總結德才兼備的重要性。

(3)第❸段次（HOW）：如何成為出色的人才。

　　① 提出從「專業」開始，其次是「執行」，又次是「品格」等三項
　　　能力指標。

　　② 總述上三點的實踐方式。

(4)第❹段次：總結式結尾。

　　① 採行DDI《全球領導力展望》及《世界是平的》的觀點作結。

2.總講評

(1)作者強調「品德」是成為人才的主要關鍵，亦不可偏廢「才能」，
而德、才得兼，方為最出色的人。並透過「品格力」、「專業
力」、「執行力」等，提出成為最出色的人的能力指標，論述全
面，且結構分明。

(2)例證博古通今，切合今用，且不落俗證，兼具思考性，甚善。

(3)第三段次的三項能力指標，因篇幅限制，多以介紹、概述性質居
多。另外，亦可於界定題目時，更聚焦議題，比方：「欲成為最出
色的人，以人際關係為要」，而後文便可專主「人際關係」做論
述。當凝練主題後，無論是舉例，或提出實踐辦法等，將更具體、
細緻。

(4)結語多聚焦在「個人」，僅有一個層次，若能連結前文的品德、人
際關係，使內容首尾呼應，會愈形完整。

五、第八錦囊：縝密思考的「依點論述」

　　仔細閱讀本書選錄的論說文「奇文共賞」，便會發現這些文章很大的
共通點，是採用「依點論述」，縝密提出思考進程或實踐方法，尤其是第
三段次「實踐方法（HOW TO DO）」清一色都是。

　　「依點論述」不是想到哪裡寫到哪裡，要有先後，主從，或由內而

外，或由外而內，逐層解說，並依序排列。

以上文「論用人之道」的第二、三段次爲例。第二段次中，作者以制度化、創新化、合理化，依序反面說明不能達到的後果。又於第三段次，以上位者本身的「凝聚人心」、「知人善任」；用人原則之「品德操守」、「陟罰臧否」，分述如何用人的方法，條理清晰且分明。

這與公文寫作一樣，無論是二段式的「說明」，三段式的「辦法」，都必須按照行事的次序性、重要性做先後的排列。

該如何學習「依點論述」？此非卒然可幾，而待時間涵泳、學習，方法不難，貴在是否有恆心。全書共十五種類型（除了非屬論說文的「時空記敘」、「感情抒發」以外），題目雖變化萬殊，解決的「實踐方法」很一致，故每章的「追蹤執行力」，正是融貫該類型所有考題後，提出的大哉問，以下述爲例：

類型：環境教化類

題目：人是大自然的一分子，因有慧智而改變自然原本的面貌，產生「文明」。過度的開發與逞能，卻導致自然界失衡，人類亦自受其害。當進入全球化時代後，人與人的關係，橫跨了國界限制，而國界本是人爲，自然界的反撲，可不會偏私某方。請從身爲社會一分子的角度，如何可從細微處影響大眾，具體提出人與自然和平共處之道。

回答：要如何從細微之處影響大眾，進而使人與大自然和平共處，有下列幾種方法：一、減少欲望。劉向：「禍生於欲得，福生於自禁。聖人以心導耳目，小人以耳目導心。」地球資源相當有限，若無法控制私欲，災害與禍端會隨之產生。二、適當發展。「藍海策略」爲企業經營之新方法，透過維護環境，永續發展理念創造更多資源，反之，

一味開發，而忽略生態，僅會加速現有資源的耗竭。三、珍惜知福。地球正處於貧富差距加速時期，對於當下擁有之資源，應懷有感激之心，並珍惜之，當能珍惜有限之物，差距會減少，環境亦會更美好。綜上述三點，減少個人欲望，屏除無謂之私欲，對於有限環境持有珍惜感激之心，以永續發展之理念，不過度開發，地球資源與環境即可保存。（梁宇謦）

這放在相關考題，如「如何培養環保的觀念」（83年港務人員佐級考試）、「論社會污染與心靈環保」（83年司法官等乙等特考）、「論地球村的襟懷」（91年航海人員二等船副等一次特考）都能適用。

　　所以，學會「依點論述」不難，多思考，多練習，多充實自我，當遇到限時寫作，自能才思敏捷。

第九章　工作休閒類

第一節　話說類型

「工作休閒」是從工作、休閒兩面，反思人生的價值性。人生除了睡眠、學習階段，工作、休閒占了極大比重，如何正面迎向工作挑戰，與透過休閒活動，舒緩生活壓力，十分重要。

此類型重點有三，根據不同題旨，有不同要求，分別是：一、工作；二、休閒；三、工作與休閒。

第一型的「工作」：焦點放在申述工作的「目的」與「意義」。首先，為什麼要工作，有哪些價值？比方：工作對一個人會有什麼精神性的提升、實際性的收穫、得到的樂趣、對人生的影響等等。其次，作者能提出什麼具體的「實踐進程、方法」，完成上述四種工作價值。工作甘苦人人有之，此類型的題目不是光聽你「敘述」與「抱怨」工作的種種不滿，甚而流於謾罵，而是要回到「工作」的本身，思考其目的與意義。

第二型的「休閒」：論及休閒，重點多半放在休閒之餘，你所得到的收穫，繼而正面積極的迎向未來人生。因此，當提出「休閒方法」時，就該從「休閒之後得到的種種收穫」進行反推，使身、心、靈得到怎樣的成長，方能捉住旨意。否則，休閒方法百百種，看電影是，做運動是，爬山也是，……最後真是沒完沒了。舉例來說：「善用休閒生活」（86年鐵路人員佐級考試），便是請問作者：你是怎樣善用休閒生活？在休閒之後，有哪些可與大家分享的收穫？進而提倡正面休閒生活的重要性。絕不僅僅是一大落一大落地羅列休閒方法。

第三型的「工作與休閒」：論述工作、休閒之間的關係。倘若工作、休閒的更替，是人生所應然，那麼，如何在工作、休閒取得平衡，格外重要。過度工作，缺少休閒；或是耽於逸樂，誤了工作，都不恰當。因

此，要如何權衡二者的關係，妥善安排生活，正是此型的重點。

　　最後，特別留意當題旨未要求作者表明自己的經驗時，請剋就「工作」、「休閒」的意義來談，勿畫蛇添足；相反的，題目要求「個人經驗」時，才請以「自身例」為基礎，而後申述。舉例而言：「工作的意義」（85年第一次航海人員副駕駛等特考題）與「我的工作信念」（85年殘障人員五等特考），看似相同，意蘊大有不同。前者明顯是論說文，不用強以「自身例」為論；後者是記敘兼論說文，需先記敘自己經驗，而後申述你的信念、如何實踐的方法。一旦識題不清，仍會陷入偏題、離題的窘境。

> **重點摘要**
> 1. 「工作休閒」是從工作、休閒來思考人生的價值。
> 2. 聚焦方向有三：一是談工作；二是談休閒；三是談工作與休閒。
> 3. 留心出題方向是否要求「個人經驗」或「普遍性見解」。

第二節　名言典故集錦

1. 力能則進，否則退，量力而行。

　　白話翻譯：有能力就前進，沒有能力就要先退卻，做事情一定要量力而為。

　　典故出處：先秦・左丘明：《左傳・昭公十五年》

2. 蜩與學鳩笑之曰：「我決起而飛，搶榆枋，時則不至而控於地而已矣，奚以之九萬里而南為？」適莽蒼者，三湌而反，腹猶果然；適百里者，宿舂糧；適千里者，三月聚糧。之二蟲又何知？

　　白話翻譯：蟬與小鳩笑著說：「我可以一下子就起飛，飛到榆樹、枋樹上，飛不到時就落在地面上，哪裡需要像大鵬鳥飛

上九萬里高空後再向南飛呢？」到蒼野郊外去，只要帶三餐糧食，便可往返，肚子還都飽飽的。到百里遠的地方，路程遙遠，則須用一整晚舂擣米糧準備糧食。往千里遠的地方，則要聚積三個月的糧食。這兩隻蟲鳥知道什麼呢？引申其意，有兩種解釋：一是大小不同，不需羨慕誰，有各自的逍遙快樂；二是引蜩與學鳩為喻，說明人的見識淺薄。

　　典故出處：莊子：《莊子・逍遙遊》

3.功者難成而易散，時者難得而易失。時乎時，不再來。

　　白話翻譯：要建立功業很難，但斷送功業很容易。得到好時機很難，但錯過好時機卻很容易。時機啊！時機，錯過就不再出現了。

　　典故出處：西漢・司馬遷：《史記・淮陰侯列傳》

4.故有技者不累身而未嘗滅，而色不得以常茂。

　　白話翻譯：所以有技藝的人，其技藝不會拖累自身，更不會被消滅，但一個人的外貌卻不能永保青春。

　　典故出處：西漢・劉向：《說苑・建本》

細說典故

虞君問盆成子曰：

　　「今工者久而巧，色者老而衰。今人不及壯之時，益積心技之術，以備將衰之色。色者必盡乎老之前，知謀無以異乎幼之時。可好之色，彬彬乎且盡，洋洋乎安託無能之軀哉？故有技者不累身而未嘗滅，而色不得以常茂。」

白話典故

虞君問盆成子說：

　　「現在有工藝技巧的人，時間愈久，手藝愈精巧，但人的容

貌卻因年老而色衰。現在有些人還不到壯年，就開始努力累積技術，以防備將來年老色衰之時。容貌一定在年老之前會逐漸衰老，但智謀卻不會因為年輕、年老而有不同。讓人喜愛的容貌，雖有文采但終有窮盡之時，這美盛容貌又怎能長留在無用的軀殼上呢？所以有技藝的人，其技藝不會拖累自身，更不會被消滅，但一個人的外貌卻不能永保青春。」

5. 謀先事則昌，事先謀則亡。

　　白話翻譯：事前先謀劃，就會興盛；沒有謀劃而行事，則會敗亡。

　　典故出處：西漢‧劉向：《說苑‧談叢》

6. 故非其道而行之，雖勞不至；非其有而求之，雖強不得。

　　白話翻譯：去走不應該走的正路，縱使辛勞也達不到目的地。去追求不應該獲得的東西，即便勉強去追求也得不到。引申其意，行事要盡己力，但不應好高騖遠，或走入非正途之路。

　　典故出處：西漢‧劉向：《說苑‧雜言》

7. 仲尼曰：「非其地而樹之，不生也；非其人而語之，弗聽也。得其人如聚沙而雨之，非其人如聚聾而鼓之。」

　　白話翻譯：孔子說：「在不適合的地方種樹，樹不會生長；對不適合的人說話，他們不會聽從；得到對的人，如同聚集沙子以雨水淋灌，選人不當，就像是聚集一堆聾子，而擊鼓給他們聽。」引申其意，做任何事情都要慎選、評估對象是否適宜。

　　典故出處：西漢‧劉向：《說苑‧雜言》

8. 麋鹿成群，虎豹避之；飛鳥成列，鷹鷲不擊；眾人成聚，聖人不犯。

　　白話翻譯：成群麋鹿群集在一起，虎豹之兇猛的動物都會迴避；飛鳥成隊群聚，則兇猛的老鷹不敢攻擊；眾人聚集在一

起，聰明人不會去冒犯。引申其意，意指要眾志成城。

典故出處：西漢・劉向：《說苑・雜言》

9. 起居時，飲食節，寒暑適，則身利而壽命益。起居不時，飲食不節，寒暑不適，則形體累而壽命損。

白話翻譯：生活起居要定時，飲食要節制，且能適應天候寒暖變化，此有益於身體而能延長壽命。生活起居不定時，飲食沒有調節，又不能適應天候寒暖變化，則身體疲累而損害生命。

典故出處：西漢・劉向整理：《管子・形勢解》

10. 事不豫辨，不可以應卒；內無備，不可以禦敵。

白話翻譯：事前不預先分辨、思考，不可以應付突發狀況；治內沒有防備，則不可以抵禦敵人。

典故出處：西漢・桓寬：《鹽鐵論・世務》

11. 處其位而不履其事，則亂也。

白話翻譯：在該有的位子而不去履行該做的事，就會造成混亂。

典故出處：西漢・戴聖：《禮記・表記》

12. 夫防決不備，有水溢之害；網解不結，有獸失之患。

白話翻譯：不整飭防備河堤口，將會有大水溢滿之害；捕獸網破了沒打個結補起來，將有野獸逃脫之患。引申其意，做任何事之前，都應有所準備。

典故出處：東漢・王充：《論衡・對作篇》

13. 不能盡其心，則不能盡其力；不能盡其力，則不能成其功。

白話翻譯：做事情不能盡心，就不能盡其力去完成；不能盡其力完成，便無法成功。

典故出處：東漢・班固：《漢書・賈山傳》

14.結廬在人境，而無車馬喧；問君何能爾，心遠地自偏。採菊東籬下，悠然見南山；山氣日夕佳，飛鳥相與還。此中有眞意，欲辯已忘言。

白話翻譯：居住在人聲鼎沸的地方，卻無車馬往來應酬的喧鬧。如果要問爲何能如此避開喧鬧？只要心情超逸，胸懷曠達，便能像住在偏遠之地一樣。我在東邊籬笆採收著菊花，閒適自得遠望遠方的廬山。傍晚時，山中雲霧之氣繚繞而霧茫茫一片，飛鳥相互返歸於巢。這其中定然有自然的意趣，想要分辨時，卻已心神領會，無須以言語多說了。

典故出處：東晉·陶潛：〈飲酒詩之五〉

15.方宅十餘畝，草屋八九間，榆柳蔭後檐，桃李羅堂前。曖曖遠人村，依依墟里煙，狗吠深巷中，雞鳴桑樹巓。

白話翻譯：有十餘畝的土地，有八九間的草屋，榆樹、柳樹的樹蔭遮蔽著後屋簷，桃樹、李子樹錯落在屋堂前。隱約可見遠的村子，正在炊煙裊裊，狗兒在深巷弄中吠叫著，雞鳴在桑樹之巓。

典故出處：東晉·陶潛：〈歸園田居·其一〉

⸺⸺⸺⸺⸺⸺⸺⸺⸺⸺⸺⸺⸺⸺⸺⸺⸺⸺⸺⸺⸺⸺⸺⸺⸺⸺⸺⸺⸺⸺

細說典故

　　少無適俗韻，性本愛丘山。誤落塵網中，一去十三年。羈鳥戀舊林，池魚思故淵。開荒南野際，守拙歸園田。方宅十餘畝，草屋八九間。榆柳蔭後簷，桃李羅堂前。曖曖遠人村，依依墟里煙。狗吠深巷中，雞鳴桑樹顚。戶庭無塵雜，虛室有餘閒。久在樊籠裏，復得返自然。

白話典故

　　年輕時就不適應世俗生活，而本性喜歡自然。誤入世間受到種種束縛，轉瞬間已十三年。一如籠中鳥想念往日生活的樹林，水池

中的魚思念舊時的深潭。我在南邊田野開墾荒地，安於愚拙，不慕名利而回歸田園生活。有十餘畝的土地，有八九間的草屋，榆樹、柳樹的樹蔭遮蔽著後屋簷，桃樹、李子樹錯落在屋堂前。隱約可見遠方的村子，正在炊煙裊裊，狗兒在深巷弄中吠叫著，雞鳴在桑樹之顛。家居生活沒有俗事紛擾，寧靜生活有很多閒暇的時間。久困於世俗牢籠中的我，又再次返還自然的懷抱。

16.昏旦變氣候，山水含清暉。清暉能娛人，遊子憺忘歸。

白話翻譯：早晚氣候變化不同，山水都蘊含著明淨的光澤、光輝。這樣的光澤、光輝能使人內心愉悅，令遊客都忘記了回家。

典故出處：東晉・謝靈運：〈石壁精舍還湖中作〉

17.心凝形釋，與萬化冥合。

白話翻譯：心神凝聚，形體消逝，已與天地宇宙融合為一。

典故出處：唐・柳宗元：《柳河東集・始得西山宴遊記》

18.苔痕上階綠，草色入簾青。談笑有鴻儒，往來無白丁。可以調素琴，閱金經。無絲竹之亂耳，無案牘之勞形。

白話翻譯：翠綠色的青苔布滿了臺階，青綠的青草色，映入了窗簾之內。與我交往的都是有名的儒者，來往沒有不識字之人。可以玩賞素樸的琴，也可以閱讀經典。沒有音樂擾亂耳朵，也沒有公務煩身。

典故出處：唐・劉禹錫：〈陋室銘〉

19.任其事必圖其效，欲責其效，必盡其方。

白話翻譯：做事情必定要有好的成效，想要追求好的成效，一定要採行各種方法。

典故出處：北宋・歐陽修：《歐陽文忠公集・翰林侍讀學士右諫議大夫楊公墓誌銘》

20. 情橫于內而性伏，必外寓于物而後遣。寓久則溺，以爲當然。非勝是而易之，則悲而不開。

　　白話翻譯：情感橫梗於內心，性情就會浮動，一定要寄託於外物而後能排遣、發洩。但寄託久了就會陷溺其中，以爲理所當然。如果沒有找到其他更好的嗜好來替代原有嗜好，內心就會悲傷而不開心。

　　典故出處：北宋・蘇舜欽：〈滄浪亭記〉

21. 善養身者，使之能逸能勞，步趨動作，使其四體狃於寒暑之變。

　　白話翻譯：善於調養身體的人，要讓自己時而放縱，時而辛勞，經常行走運動，使自己的身體能適應於季節冷暖的變化。

　　典故出處：北宋・蘇軾：《蘇東坡集・策別十六》

22. 從靜中觀物動，向閒處看人忙，才得超塵脫俗的趣味；遇忙處會偷閒，處鬧中能取靜，便是安身立命的工夫。

　　白話翻譯：以寧靜的心靈觀看萬事萬物的流轉，能悠閒看著他人爲名利而忙，這才有超越凡塵、脫離庸俗的趣味。在忙碌中能找到片刻休閒，處於熱鬧之中還能心靈寧靜，這便是精神能得到寄託的方法。

　　典故出處：明・洪應明：《菜根譚・應酬》

23. 霜天聞鶴唳，雪夜聽雞鳴，得乾坤清純之氣；晴空看飛鳥，活水觀魚戲，識宇宙活潑之機。

　　白話翻譯：在下霜的時節能聽到鶴鳴，在下雪的深夜能聽到荒雞夜鳴，從中可領悟到天地間存在一股清新純潔之氣。在晴朗日子看天空飛鳥翱翔，看流水中魚兒嬉遊，可認識宇宙之中一股活潑潑的生機。

　　典故出處：明・洪應明：《菜根譚・閒適》

24. 胸藏邱壑，城市不異山林；興寄煙霞，閣浮有如蓬島。

白話翻譯：內心有山林，縱使居住在城市，也與居住在山林沒有差別。將興致寄託在雲煙之中，則塵世也能有如蓬萊仙島。延伸其意，強調心靈開闊的重要性。

典故出處：清‧張潮：《幽夢影》

25.人莫樂於閒，非無所事事之謂也。閒則能讀書，閒則能遊名勝，閒則能交益友，閒則能飲酒，閒則能著書，天下之樂孰大於是！

白話翻譯：人生最大的樂事，沒有比有閒暇更快樂的，閒暇不是無所事事。閒暇可以讀書，閒暇可以交朋友，閒暇可以飲酒，閒暇可以寫書，天下沒有比閒暇更快樂的了。

典故出處：清‧張潮：《幽夢影》

26.春聽鳥聲，夏聽蟬聲，秋聽蟲聲，冬聽雪聲。白晝聽棋聲，月下聽簫聲，山中聽松風聲，水際聽欸乃聲，方不虛此生耳。

白話翻譯：春天聽鳥聲，夏天聽蟬鳴，秋天聽蟲叫，冬天聽落雪聲。白天聽下棋落子聲，月下聽吹簫聲，在山中聽風吹過松林的聲響，在水邊聽行船搖船槳聲，如此過生活才不枉此生。

典故出處：清‧張潮：《幽夢影》

27.能閒世人之所忙者，方能忙世人之所閒。

白話翻譯：能在眾人都汲汲營營的事情上不湊熱鬧，才能從眾人忽略的事情上，得到收穫。

典故出處：清‧張潮：《幽夢影》

28.花不可以無蝶，山不可以無泉，石不可以無苔，水不可以無藻，喬木不可以無藤蘿，人不可以無癖。

白話翻譯：有花不可以沒有蝴蝶，有山不可以沒有泉水，有石頭不可以沒有青苔，有水不可以沒有水藻，有大樹不可以沒有藤蘿纏繞，而人不可以沒有嗜好。

典故出處：清・張潮：《幽夢影》

29.不治生產，其後必致累人；**專務交遊，其後必致累己。**

白話翻譯：不從事勞務生產者，將來一定會拖累人；將精神全部放在結交應酬，將來一定會拖累自己。

典故出處：清・張潮：《幽夢影》

30.養生之法約有五事：一曰眠食有恆，二曰懲忿，三曰節慾，四曰每夜臨睡洗腳，五曰每日兩飯後各行三千步。

白話翻譯：養生的方法有五種：一是定時定量的休息與飲食，二是減少對外事外物的惱怒，三是節制過多的欲望，四是每晚睡前洗腳（以今人生活來看，重視個人衛生），五是每日早晚兩餐飯後，各走三千步。（即定時運動，保持健康）

典故出處：清・曾國藩：《曾文正公家書・致澄弟・同治五年六月初五》

第三節　考古大觀園

88年

1. 從工作中尋找樂趣　（88年鐵路人員員級考試）
2. 科技與生活　（88年電信人員員級考試）
3. 論職業道德　（88年土地登記專業代理人考試）

89年

1. 論提升人文素養，充實休閒生活　（89年第一次司法人員四等特考）

91年

1. 藝術與人生　（91年第一次航海人員等三等特考）
2. 論職業與事業

（說明：「職業」指的是賴以謀生的工作。「事業」指的是除賴以謀生之外，尚且追求自我尊嚴與實現理想的工作。）　（91年公務人員委任升等考試）

97年

1. 談流行　（97年交通事業鐵路人員士級晉佐級升資考）

2. 近來流行一句話：「魔鬼就藏在細節中。」意謂忽略工作細節，可能導致嚴重挫敗。試以「慮事精微，臨事敬慎」為題，作文一篇，寫出你的看法，文長不拘。　（97年地方政府公務人員三等特考）

98年

1. 享受工作　（98年公務人員初等考試試題）

99年

1. 工作的目標與動力　（99年第一次專門職業及技術人員高考）

100年

1. 《論語》中曾記載子張問政，孔子回答：「居之無倦，行之以忠。」意即對工作應懷抱熱忱，對職守須敬業盡責。時至今日，孔子的話仍允稱不刊之論。請以「恪盡職守，主動積極」為題，作文一篇，申論其義。　（100年公務人員高考三等）

103年

1. 著名散文家張秀亞曾在一篇文章中言及：「快樂是每個人所努力追尋的，痛苦則是每個人希望避免的。但是也有一些人有意的迴避快樂，甘願斟滿了自己的苦杯。」那麼，這種甘願面對與接受痛苦的人，究竟如何辦到？尤其置身各種社會問題的挑戰與挫折時，又要怎樣調適、轉化自己的心情？請以「工作中的痛苦與歡樂」為題，作文一篇。　（103年社會工作師第二次高考）

2. 我們常會習慣於某種固定的生活方式，如：到同一家餐廳用餐、維

持同一個髮型、使用同一品牌的電器等。日子久了，不免被同樣的生活習慣所限制，進而可能抱怨生活無趣、乏味！其實，人生是一場華麗的冒險，處處充滿驚豔，只要勇於嘗試不同的事物，便可開拓視野、享受創意，為生活注入源頭活水，請以「勇於嘗試，創造生活」為題，撰寫一篇文章。　　（103年關務人員三等特考）

104年

1. 孔子說：「不在其位，不謀其政。」許多人都將這句話奉為明哲保身的圭臬，不去過問自己職掌以外的事。但也有人認為「不在其位，不謀其政」的態度過於消極。試以「論不在其位不謀其政」為題，作文一篇，闡述看法。　　（104年不動產經紀人、記帳士普考）

105年

1. 因為網際網路，人與人溝通的方式改變了，工作的方式也改變了，網際網路時代已經是不可逆轉的潮流，試以「網路與生活」為題，作文一篇。　　（105年不動產經紀人、記帳士普考試題）

106年

1. 賢者有言：「工作要適時開始，享樂宜適時結束。」工作與享樂看似相反，實可相成，其中確有深意。請以「工作適時開始，享樂適時結束」為題，作文一篇，闡述己見。　　（106年會計師高考）

2. 司馬談〈論六家要旨〉云：「凡人所生者神也，所託者形也。神大用則竭，形大勞則敝，形神離則死，死者不可復生，離者不可復反，故聖人重之。」指出「神大用則竭，形大勞則敝」；而《國語‧魯語》〈敬姜論勞逸〉云：「昔聖王之處民也，擇瘠土而處之，勞其民而用之，故長王天下。夫民，勞則思，思則善心生；逸則淫，淫則忘善；忘善則惡心生。沃土之民不材，淫也；瘠土之民，莫不嚮義，勞也。」則強調「以勞治心」。二者都關切勞逸對

身心的影響，但論述的角度與思維顯然不同。請以「論身心與勞逸之關係」為題，作文一篇，申述己見。　　（106年第二次中醫師高考）

3. 將事情「做完」與「做好」的差別，關鍵往往就在容易為人所忽略的細節上。對每天重複做的平凡小事，能夠不找任何藉口，把每一個細節做好，就是不簡單的事。事實上，惟有以認真的態度，加上長期累積的經驗，注意細節，才能夠見微知漸、未雨綢繆，把事情順利而有效率地完成。請以「注重細節」為題，作文一篇，申述己見。　　（106年交通事業公路、港務佐級晉員級考試）

第四節　追蹤執行力

　　人生在世，工作、休閒占有極大的比重，請回答以下幾個問題：

1. 你認為工作對於人生的意義、目的是什麼？要如何確切履行工作的意義、目的？請具體說明。

2. 「休息，是為了走更長遠的路」，請問休息、休閒的目的是什麼？如何經由休息、休閒以為未來人生作準備？請具體說明方法。

3. 「工作」與「休閒」既是人生不可或缺，但也不能捨此取彼，請提出平衡工作、休閒比重的具體方法。

第五節　奇文共賞與評析討論

一、奇文共賞㈠

題目：工作與休閒（83年技職各類科普考）

作者：林庭揚

1

　　現代人整日為生活而工作，在忙碌社會裡，似乎不容許無所事

事。附以傳統觀念的「勤有功，嬉無益」，抑或是「小人閒居則不善」，以及當前整體經濟環境的變化，人們多汲汲營營，忽略休閒的重要。〈世界人權宣言〉第二十四條明文：「人人有休息及閒暇之……」休閒已是普世價值與權利，與工作同受保障，俗謂：「沒有休閒的工作是一種懲罰」，二者是並立依存的。

2

　　既然缺一不可，倘若兼籌並顧，可平衡生活，顧此失彼，亦將伴隨不良的影響。過度投入工作，缺乏休閒，久而久之，導致身心失調，除降低工作效率，更有甚者因過勞，賠上寶貴生命，得不償失。在勞團與企業界的努力下，國內企業開始效重視「強制休假」，例如：知名餐飲事業集團王品董事長戴勝益鼓勵員工「樂活」騎單車、組隊爬山，甚至提供旅遊補助等，即是一例。

　　反之，耽溺於休閒而無法認真工作時，將失去生活的樂趣、意義。法國諾貝爾文學獎得主紀德嘗言：「人應該透過工作去熱愛生命」，人生最大樂趣，係來自勞力付出而後的成就感。若只顧享樂，荒廢工作，小則個人、家庭受累，易失去人生鬥志；大則使社會風氣萎靡，好逸惡勞，國家終將走至衰敗顛覆局面。古有商紂王沉迷酒池肉林、不務朝政而滅朝之例；後有唐玄宗溺愛楊貴妃，朝政漸為佞臣把持，最終釀成安史之亂，誠為殷鑑。

　　因此，工作、休閒間的過猶不及，皆非良事。休閒的意義，在於適時舒緩工作壓力，亦只有在辛勞工作後方得突顯。中國漫畫之父豐子愷在講述創作靈感時亦曾云：「正當的休閒是辛苦的安慰，也是工作的準備。」道出了兩者間的共融性。惟有調和，達到平衡，人們方得以最佳狀態去追求理想。

3

　　如何求取工作、休閒的平衡？

一、「管理」與「規劃」。俗謂：「上帝給我們人類最公平的禮物便
　　是時間」，有效規劃的首務，便是「時間管理」。時間分配明
　　確，依輕重、緩急決定理事順序，便可在有限的時間裡完成工
　　作，使工作、休閒有清楚分野。

二、「權衡」與「取捨」。當工作與休閒產生衝突，應當如何權衡與
　　取捨？身兼作家的臺大教授郭瑞祥中年遭逢惡疾與喪妻之痛，後
　　方了悟前半生用功於教學、研究，縱有再多成就，但生命最美好
　　的風景──親情也錯失許多，因而轉變了生命態度，看見人生新
　　契機。

三、「學習」與「發展」。張潮《幽夢影》曰：「人莫樂於閒，非無
　　所事事之謂也。閒則能讀書，閒則能遊名勝，閒則能交益友，閒
　　則能飲酒，閒則能著書。天下之樂，孰大於是？」當休閒與自身
　　興趣相互輝映，可使人更加愉悅。如能善用時間，探索自身興趣
　　並多方學習，發展成終身志趣，對提升生活品質，有莫大助益。

四、「實踐」與「收穫」。任何計畫重在實踐執行，趨勢大師大前
　　研一致力提倡「OFF學」，即教人在「ON（工作）」、「OFF
　　（休閒）」之間，如何智慧轉換，以達身心平衡。

　　縱觀上述四點，必先提出時間管理、事前規劃；而後通盤權衡、
取捨工作與休閒之於人生的比重；如是而後開拓自身興趣，上山下海
無所不玩；最後，不但工作成效加倍，更可使人生保持活力，收穫
滿滿。

4

　　工作、休閒是一體兩面，前者使人們立定理想、目標，而後實
踐；後者是生活潤滑劑，輔助人們實現理想。雙方的適應、調和，
不但能相得益彰，還是門生活科學、藝術，看似有跡可循，卻也因人
的態度而異。故當從個人做起，體悟工作、休閒的衡平性，使身心盡

情舒展，進而能促使家庭和諧。而政府亦當爲之配合，無論是政策面的提倡，提供休閒場地、維護，並鼓勵各式活動的發展，則人民，社會，乃至於國家「幸福指標」的提升，將不再遙不可及。

二、評析討論㈠

1.結構分析

題型：雙軌題。

⑴第**1**段次（WHAT）：何謂「工作」，何謂「休閒」，二者是什麼關係。

　①引用短例開頭，透過反面、正面說明休閒、工作的不可偏廢。

　②說明「工作」、「休閒」是「並立關係」。

⑵第**2**段次（WHY）：為何「工作」與「休閒」是並立關係。

　①反面說明過度工作，而缺乏休閒的負面影響。

　②反面說明耽溺休閒，不認真工作的負面影響。

　③正面說明工作、休閒的並立性、共融性。

⑶第**3**段次（HOW）：如何達到「工作」與「休閒」平衡的方法。

　①從「管理與規劃」，到「權衡與取捨」、「學習與發展」、「實踐與收穫」做依點論述。

　②總述四點的平衡方法。

⑷第**4**段次：總結式結尾。

　①從工作、休閒的一體兩面為引題說明。

　②透過個人實踐、政策影響，永續發展等三個層次，依次作結。

2.總講評

⑴層次分明，從正、反兩面，具體說明工作、休閒平衡與否的影響；且能通盤全面的討論如何平衡的方法。

(2)掌握了「工作」、「休閒」的關鍵意義進行討論，不致流於瑣碎性的論述，如無確切認知，則可能落於有哪些工作類型、哪些休閒活動之俗濫解說。

(3)第一段次引題之後，少了確切對什麼是「工作」、「休閒」的完整界定。

(4)第三段次僅提供了大致的實踐方法，過於簡化，不夠詳盡，此係囿於篇幅設限所致。

三、奇文共賞㈡

題目：因為網際網路，人與人溝通的方式改變了，工作的方式也改變了，網際網路時代已經是不可逆轉的潮流，試以「網路與生活」為題，作文一篇。（105年不動產經紀人、記帳士普考試題）

作者：程煒璁

1

　　「網路」者，係指以電子系統架設而成之虛擬空間，可提供人們從事社會交流、資訊共享、財務金融等相關行為。「生活」者，係指人們在日常中之食衣住行育樂等活動，而網路乃歸屬於生活中一環，生活中一部分也包含著網路存在，於如今科技發達，人手一機的時代，網路更是附隨在現代化生活中密不可分，故二者為主從關係。

2

　　網路，對人們來說是把雙面刃，其優點能夠使生活變得進步且便利，缺點亦可以使生活徒增擾攘而紛亂，當今網際網路「一觸即發、一觸可得」的鍵盤操作特性下，倘得當使用，將為生活帶來正面且有意義之影響，反之，若一味偏重，極可能造成負面不良後果。

　　就其益處論之。西元2010年底北非突尼西亞所發起之茉莉花革命，肇因於該國經濟通貨膨脹、總統長期執政帶來政治積弊、貪污腐

敗、言論自由遭受壓抑等情勢交迫下，引發國內大規模爭取民主示威遊行與公民不服從運動。其透過新興社群軟體臉書、推特等傳播至境內各地。在各方集體串連下，一鼓作氣促成內部政權更迭，成為阿拉伯國家中，第一場因人民起義，推翻現有政權的革命。

　　從其弊端而言。自從網路蓬勃發展之後，電動遊戲、線上動漫等周邊產品逐漸興盛，若過度耽溺而不知自止，就變成近年來新興名詞「御宅族」一員，耽擱了學業或工作，更甚者足不出戶，缺乏與社會之間的互動，進而脫節，造成社會負擔。

3

　　透過上揭正反之例，更明瞭人們應在網路與生活之間取得一適當平衡，方能建構更安全網路環境，連帶造就更安心生活品質，應從本身要求開始做起，有賴於下列幾種方式：

一、妥適使用，遵守倫理：現實生活乃為生命之核心根本，當進入虛擬網路世界時必須具備自制能力，切莫過甚干擾日常生活重心，並應恪遵共同行為道德準則及法制規範等相關資訊倫理，共同營造優質網路環境。

二、審慎篩選，自我思辯：在資訊爆炸時代，網路傳播訊息是否經過審核、校正，接收者大多無從得知。因此，除了可從較具公信力與自省力之媒介，獲得訊息外，尤應培養自我思辯能力，經由邏輯思考、經驗推理、專業知識等，判斷可信度，而非人云亦云。

三、自我保護，互相尊重：有心人士透過網路行經濟犯罪、盜用個人資料等違法之事層出不窮，我們應有自我警覺，並採行防護措施。如：勿點擊匿名郵件、進入不明網站、在公開網域上暴露過多個人資料，以免遭致勒索詐騙，以維護個人權益。此外，亦應尊重他人發表意見權利，勿蓄意攻訐或行言論報復，以確保言論自由體現，並推展現代公民之同理氣度。

　　綜上所述，首要自我要求，遵守倫理；次之審慎篩選，自我思辯；繼而自我保護，相互尊重，從自我要求做起，三階段並進以達成網路與生活適當平衡。

4

　　全球資訊網創始者，被譽爲「WWW之父」的科學家伯納斯・李選擇不將自己所開發網際網路商業化以求獲利，且大方地分送給眾人使用，其本意在於爲人類更美好、便利生活做出貢獻。回溯近年來，科技蓬勃發展，連帶造就資訊接近爆炸之現況，諸多亂象叢生，新型態網路犯罪崛起，更深切地影響著眾人生活。除了從上揭自我開始實踐外，亦可教導他人相關資安要點或適時針對惡意言論加以善意提醒，以奠定未來網路永續發展之基石。

四、評析討論㈡

1.結構分析

　　題型：雙軌題。

⑴第**1**段次（WHAT）：何謂網路，何謂生活，二者是什麼關係。
　①破題法釋題，直接說明何謂「網路」、「生活」。
　②提出二者是「主從關係」。
⑵第**2**段次（WHY）：說明網路對生活的重要性與使用過猶不及之弊。
　①說明網路有一觸即發、一觸可得之特色。
　②正面例證，透過「茉莉花革命」，說明網路對生活改變之益處。
　③反面例證，透過「御宅族」，說明網路成癮對生活之不良影響。
⑶第**3**段次（HOW）：如何使網路與生活取得一適當平衡的方法。
　①提出從「妥適使用，遵守倫理」，到「審慎篩選，自我思辯」，再到「自我保護，互相尊重」等三層次，逐步落實。

②總述三點實踐的方法。

(4)第 **4** 段次：總結式結尾。

① 回溯網路發展，進而影響生活之歷程。

② 透過個人實踐、影響眾人、永續發展等三個層次，依次作結。

2.總講評

(1)層次結構分明，將網路影響擴及到公民權力等社會、國際面向，提升了內容深廣度。

(2)實踐層次從「倫理」到「思辨」，再到「尊重」，井井有條，各點內容雖因篇幅所圍，難以深論，但各點內容皆開啟多元探討空間，能令人深思。

(3)題目以「網路」、「日常生活」之關係為題，而例證中，如何從日常生活跳接到「茉莉花革命」，似缺乏一銜接進程。

(4)題幹提及「溝通」、「工作」方式的轉變，咸是提醒可寫作之面向。因此，本文可以帶入相關詞彙，以呼應題幹。

五、第九錦囊：總結與延伸式的「結語」

文章將盡，要如何結語總感困難，最常聽見的是「總結上述」，真是泛言。許多人的疑問是：「我前面的層次都完成了，那還要怎樣作結？重新再講一遍嗎？」當然不是如此。

論說文目的在實踐，結語自然要以「實踐」為目的，大抵分成兩種：一為「總結式」；一為「延伸式」。

「總結式」係針對前文，提出一總歸的說明，看似保守，若寫得好便很中肯。

「延伸式」是在上文之外，提出尚有哪些可發人省思的相關議題，可進一步延伸思考，留有餘韻。通常，專業性質的報告、學術論文等，都會

採取延伸式，申明研究議題的「未來性」。

以下針對兩種結語類型，各擬出具有層次性的結尾方式，可資一參考。先說「總結式結語」：

1. 個人實踐面：如何從個人做起。
2. 影響眾人面：由個人實踐擴延到社會實踐。
3. 永續發展面：透過「自身實踐」與「影響眾人」後，期許能朝向某種長期發展而不輟。

實際援引上文「工作與休閒」的結語為例：

（引語）工作、休閒是一體兩面，前者使人們立定理想、目標，而後實踐；後者是生活潤滑劑，輔助人們實現理想。雙方的適應、調和，不但能相得益彰，還是門生活科學、藝術，看似有跡可循，卻也因人的態度而異。（個人實踐面）故當從自身做起，體悟工作、休閒的衡平性，使身心盡情舒展，進而能促使家庭和諧。（影響眾人面）而政府亦當為之配合，無論是政策面的提倡，提供休閒場地、維護，並鼓勵各式活動的發展，（永續發展面）則人民，社會，乃至於國家「幸福指標」的提升，將不再遙不可及。

在一串引語後，作者以個人、家庭為首，其次是政府政策配合，將影響層面擴延至人民社會，最後以提升國家的「幸福指標」為長遠目標。

若改成「延伸式結尾」，如下：

1. 個人實踐面：主題以外的其他可能。
2. 影響眾人面：可能造成的影響。

　　3.永續發展面：透過「個人實踐」與「影響眾人」後，期許能
　　　朝向某種長期發展而不輟。

實際修改「工作與休閒」的結語為例：

　　（引語）工作使人們立定理想、目標，而後實踐；休閒是生活潤
滑劑，輔助人們實現理想。（個人實踐面）無論何者，更應從中
培養出「生活的美學」。基本上，「美」就是一種品味的養成與
提升，誠然每個人的界定不同，但「美」能令人愉悅。以此對待
工作，目標將不僅是豐富物質，還能樂在其中；以「美」來享受
休閒，更可進化為生活情調，甚至是生活的態度。培養品味要從
己身出發，敞開心靈，透過官能去呼吸、觸摸生活中的點點滴
滴，便會發現樂趣不待金錢富貴，而在內心方寸之間。（影響眾
人面）既而將此樂觀態度影響周遭，則能散播出一股正面能量，
（永續發展面）使社會不再空轉汲營於「如何而活」，而能在
「慢活」中，找到生命價值與意義。

「生活美學」、「品味」是作者欲進一步討論的，但礙於時間、篇幅之客
觀限制，無法論及，故於結語時略提到，作為將來延伸的張本。
　　兩種結語方式，實無優劣之分，端看自己能力所及。當然，結語絕不
是只有兩種，這只是提供一些思考方法。

第十章　環境教化類

第一節　話說類型

　　「環境教化」說明現實環境對於生活的影響，又可分作兩型：一是教育環境的重要性，古有「孟母三遷」，便是針對教育環境而來。二是指環保的重要性，《老子》第五章的「天地不仁，以萬物爲芻狗」，正好說明自然無所偏私，而人類過度的欲望，將對生存環境造成嚴重衝擊。此二者的共通性，是「教育」、「環保」都與人的生活息息相關。

　　談到「教育環境」，不免要從家庭、學校教育談起，這是影響人在社會發展的關鍵階段。教育的宗旨不光是培養讀書機器，求取功名利祿，而應追求德、智、體、群、美的五育均衡，同時能在「人生哲理」、「品德修養」、「讀書學習」、「理想立志」、「待人處世」的基礎下，培養正確價值觀與同理心。再者，「適性教育」也很重要，順由各人的性格特質與能力，提供專業、職能訓練，並體悟職業無貴賤之理。諸如：「論教育改革」（86年外交領事人員各組等三等特考）、「論家庭教育的重要」（89年鐵路人員佐級考試）、「落實全人教育」（93年公務人員普考）皆是。又次，擴而言之，則「教育環境」與「生活環境」也是息息相關。

　　至於「環保」，往往是掙扎在政治、經濟、科技、工業發展間的矛盾。有些環保議題更超越了國界限制，成爲國際間共同約束、規範的問題，如：節能減碳。更深層來看，這不外乎是理性、欲望間的衝突、制衡。如：「論環保與經濟發展」（89年第二次航海人員一等船副等特考）、「人與土地倫理」（97年原住民三等特考）、「用謙卑態度面對自然」（99年專門職業與技術人員普考）屬之。

　　最後，無論是教育、環保的相關議題，都在宣揚一種「改革」的聲浪。但這種「改革」是建構在一己之力如何扶危，不是大鳴大放的倡言

「革命」，認為眾人皆醉我獨醒，其他人都是錯的。同時，過度簡化的「盲從對比」，如：中西對比、傳統與現代的對揚，認為別人可以，我也一定可以，卻忽略諸多實際上的考量、限制，終將流於膚淺，不可不慎。

📡 重點摘要

1. 「環境教化」是說明現實環境對生活的影響。
2. 可分作兩型：一是教育與生活環境，二是環保議題。
3. 改革重在如何以一己之力扶危，非大倡「革命」。

第二節　名言典故集錦

1. **天地不仁，以萬物為芻狗；聖人不仁，以百姓為芻狗。**

   白話翻譯：天地不偏私，對待萬物如同祭祀的芻狗，用完即丟。聖人不偏私，對待人民如同祭祀的芻狗，不有所偏愛。

   典故出處：先秦・老子：《老子・第五章》

2. **人法地，地法天，天法道，道法自然。**

   白話翻譯：人效法於地，地效法於天，天效法於道，道以自然為本。

   典故出處：先秦・老子：《老子・第二十五章》

3. **天之道，不爭而善勝，不言而善應，不召而自來，繟然而善謀。天網恢恢，疏而不失。**

   白話翻譯：天不與人爭勝，卻總是能勝於人；天不曾說話，但萬物卻會應時而來；天不主動召喚萬物，但萬物會主動過來。因為天能坦然面對萬物，且善於為萬物籌謀。天就像張大網，能查知人的善惡而沒有失漏。

   典故出處：先秦・老子：《老子・第七十三章》

4. **小國寡民。使有什伯之器而不用；使民重死而不遠徙。雖有舟輿，無所乘之；雖有甲兵，無所陳之。使民復結繩而用之。甘其食，美其服，**

安其居，樂其俗。**鄰邦相望，雞犬之聲相聞，民至老死，不相往來。**

白話翻譯：理想國度是小小國家，而不需太多的民眾。即使有武器，也不去用它；使人民珍惜生命而不必遠赴他鄉。儘管有舟車，也不必乘坐以遠赴他鄉；雖有兵器，也不必陳列使用。而冀望人民能夠回到自然純樸的生活。儘管只是吃蔬食，也能感覺甜美。穿簡單的衣服，也能感到美麗而心滿意足。居住簡陋，也能感到安適，能樂於風俗的淳美。與鄰國雖近而相望，甚至雞鳴狗吠都能聽得到，但能自給自足，自得至樂，因此，不必對外欲求，從生到老死都不相往來，也是可以的。

典故出處：先秦・老子：《老子・第八十章》

5. **三人行，必有我師。擇其善者而從之，其不善者而改之。**

白話翻譯：三人在一起走路，當中一定有我可以學習的對象。從中觀察有好的，我就跟隨著學習，有不好的行為，我就自我反省而修正。

典故出處：先秦・孔子：《論語・述而》

6. **君子之德，風；小人之德，草。草上之風必偃。**

白話翻譯：君子之德如風，一般民眾之德若草，風吹草地則草必向風吹拂而過的方向倒下。形容上位者以德化民，收效很快。

典故出處：先秦・孔子：《論語・顏淵》

7. **子曰：「性相近，習相遠也。」**

白話翻譯：孔子說：「人的本性是相近的，但後天環境的習染不同，而使人的道德差距愈來愈遠。」

典故出處：先秦・孔子：《論語・陽貨》

8. **一傳眾咻。**

白話翻譯：一個人教他，其他人卻在擾亂他。比喻不好的環境會影
　　　　　響教化。

典故出處：先秦・孟子：《孟子・滕文公》

(細)(說)(典)(故)

孟子謂戴不勝曰：

　　「子欲子之王之善與？我明告子：有楚大夫於此，欲其子之齊
　　語也，則使齊人傳諸？使楚人傳諸？」

曰：「使齊人傳之。」

曰：「一齊人傳之，眾楚人咻之，雖日撻而求其齊也，不可得矣。
　　引而置之莊、嶽之間數年，雖日撻而求其楚，亦不可得矣。子
　　謂薛居州善士也，使之居於王所；在於王所者，長幼卑尊皆薛
　　居州也，王誰與為不善？在王所者，長幼卑尊皆非薛居州也，
　　王誰與為善？一薛居州，獨如宋王何？」

(白)(話)(典)(故)

孟子跟戴不勝說：

　　　　「你希望你的國君學好嗎？我明明白白的舉例給你聽
　　　　吧！有一個楚國的大夫在此，希望他的孩子學齊語，是
　　　　讓齊國人教他好呢？還是讓楚國人教他好？」

戴不勝回答道：

　　　　「當然是讓齊人教他好。」

孟子又說：「一個齊人教他，但一群楚人卻在旁擾亂他的學習，縱
　　　　使天天打他讓他學齊語，也是不可能學得好的。如果把
　　　　他放在齊國的莊地與嶽地幾年，縱使天天打他要他學楚
　　　　話，也是不可能的。你說薛居州是個優秀的人才，令他
　　　　居住在皇宮之中。在皇宮之中，如果人人都尊重他，那
　　　　麼，國君怎會學不好呢？在皇宮中，如果人人都不尊重

薛居州，國君又怎能學得好？如今只有一個薛居州，對宋王又有多大的影響？」

9. 人之患，在好爲人師。

白話翻譯：人們的毛病，在於喜歡當別人的老師，但自己又缺乏自知之明。

典故出處：先秦・孟子：《孟子・離婁》

10. 天地與我並生，萬物與我爲一。

白話翻譯：天地與我共生，萬物與我成爲一體。

典故出處：先秦・莊子：《莊子・齊物論》

11. 故君子居必擇鄉，遊必就士，所以防邪辟而近中正也。

白話翻譯：所以有德君子一定會選擇風俗淳美的鄉里，交遊對象必定是有德的賢士，因爲要防止乖謬不正，品性不端者的誘惑，而親近不偏不倚之正直之士。

典故出處：先秦・荀子：《荀子・勸學》

細說典故

　　南方有鳥焉，名曰「蒙鳩」，以羽爲巢，而編之以髮，繫之葦苕，風至苕折，卵破子死。巢非不完也，所繫者然也。西方有木焉，名曰「射干」，莖長四寸，生於高山之上，而臨百仞之淵，木莖非能也，所立者然也。蓬生麻中，不扶而直；白沙在涅，與之俱黑。蘭槐之根是爲芷，其漸之滫，君子不近，庶人不服。其質非不美也，所漸者然也。故君子居必擇鄉，遊必就士，所以防邪辟而中正也。

白話典故

　　南方有一種鳥，名叫「蒙鳩」，用羽毛、草編成鳥巢，而綁在蘆葦之上。風一吹，蘆葦被折斷，鳥蛋破了，幼鳥也死了。不是鳥

巢不夠堅固，而是綁的地方有問題。西方有一種樹木，名字是「射
干」，莖有四寸長，而能生長於高山上，面臨著百丈深的深淵，不
是其莖有多長，而是生長站立的地方高，所以看起來高。蓬草生於
麻叢之中，不靠外力扶持，就能自然站立；白沙在黑泥之中，跟黑
泥一樣變黑。香草「蘭槐」的根稱作芷，如果泡在臭水中，君子不
會接近它，一般人也不會佩帶它。不是它的本質不美，而是它浸泡
在臭水所導致。所以有德君子一定會選擇風俗淳美的鄉里，交遊對
象必定是有德的賢士，因為要防止乖謬不正，品性不端者的誘惑，
而親近不偏不倚之正直之士。

12.**教民親愛，莫善於孝；教民禮順，莫善於悌；移風易俗，莫善於樂；安
上治民，莫善於禮。**

　白話翻譯：教導人民相親相愛的方式，沒有比孝道更好的。教導人
　　　　　　民知禮守法，沒有比懂得敬重兄弟，長幼有序來得更
　　　　　　好。要能導正的習俗，沒有比提倡禮樂之和樂來得更完
　　　　　　善。使上位者安泰，對下治理民眾，沒有比注重禮的分
　　　　　　際來得更佳的方法。

　典故出處：秦漢之際：《孝經·廣要道章第十二》

13.**禍生於欲得，福生於自禁。聖人以心導耳目，小人以耳目導心。**

　白話翻譯：禍患因為貪欲而產生，福報源於能自我節制。聖人以內
　　　　　　在道德來導引官能欲望，小人則以官能欲望來導引自己
　　　　　　的心。

　典故出處：西漢·劉向：《說苑·叢談》

14.**子能更鳴，可矣；不能更鳴，東徙，猶惡子之聲。**

　白話翻譯：你（指貓頭鷹）如果能改變叫聲，那是可以的。如果不
　　　　　　能改變叫聲，縱使向東遷徙，人們還是會討厭你的聲
　　　　　　音。引申其意，如果不改變自身的缺點，到哪裡都不會

受歡迎。

典故出處：西漢‧劉向：《說苑‧叢談》

細說典故

梟逢鳩，鳩曰：「子將安之？」

梟曰：「我將東徙。」

鳩曰：「何故？」

梟曰：「鄉人皆惡我鳴，以故東徙。」

鳩曰：「子能更鳴，可矣；不能更鳴，東徙，猶惡子之聲。」

白話典故

貓頭鷹遇到鳩鳥，鳩鳥說：「你要往哪裡去？」

貓頭鷹說：「我要往東邊遷徙。」

鳩鳥說：「這是為什麼呢？」

貓頭鷹說：「鄉里之人都討厭我的鳴叫聲，所以要往東邊遷徙。」

鳩鳥說：　「你如果能改變叫聲，那是可以的。如果不能改變叫聲，縱使向東遷徙，人們還是會討厭你的聲音。」

15.與善人居，如入蘭芷之室，久而不聞其香，即與之化矣；與惡人居，如入鮑魚之肆，久而不聞其臭，亦與之化矣。

白話翻譯：與好人相處，就像是進入充滿香草的房間，時間長了，便聞不到香味，那是因為與香草之味融合為一。與惡人相處，便像進入腥臭的漁市，時間長了，便聞不到臭味，那是因為與腥臭之味融化為一。引申其意，說明環境對人的重要性。

典故出處：西漢‧劉向：《說苑‧雜言》

細說典故

孔子曰：「不知其子，視其所友；不知其君，視其所使。」

又曰：　　「與善人居，如入蘭芷之室，久而不聞其香，即與之化
　　　　　　矣；與惡人居，如入鮑魚之肆，久而不聞其臭，亦與之
　　　　　　化矣。故曰：丹之所藏者赤，烏之所藏者黑，君子慎所
　　　　　　藏。」

⬭白⬭話⬭典⬭故

孔子說：「不了解自己的兒子，可以看看他的朋友；不知道自己的
　　　　　國君，可以看看他使用的人。」

又說：　「與好人相處，就像是進入充滿香草的房間，時間長了，
　　　　　便聞不到香味，那是因為與香草之味融合為一。與惡人相
　　　　　處，便像進入腥臭的漁市，時間長了，便聞不到臭味，那
　　　　　是因為與腥臭之味融化為一。所以說：紅色所藏的地方，
　　　　　就是紅色的；黑色所藏的地方，就是黑色的。君子要慎重
　　　　　自己的身處環境。」

16.**騰蛇游霧，飛龍乘雲，雲罷霧霽，與蚯蚓同，則失其所乘也。**

　白話翻譯：騰蛇於霧中飛游，飛龍乘雲而飛行，一旦雲霧散去，牠
　　　　　　們就會跌落地面如同蚯蚓，因為失去了飛行的依憑。引
　　　　　　申其意，任何事物的發展，都會相互牽連，受到客觀環
　　　　　　境的影響。

　典故出處：西漢・劉向編輯：《慎子・威德》

17.**譬若練絲，染之藍則青，染之丹則赤。**

　白話翻譯：譬如白色的絲線，以藍顏料染色，便會呈現青藍色；以
　　　　　　丹紅色染色，便會呈現赤紅色。引申其意，指人性的善
　　　　　　惡變異，會受環境影響而有不同。

　典故出處：東漢・王充：《論衡・率性篇》

18.**無源何以成河，無根何以垂榮。**

白話翻譯：沒有水源，怎能成河流；沒有樹根，怎能使樹木茂密
　　　　　興盛。

典故出處：西晉・陳壽：《三國志・魏書・方技傳》

19.春生秋殺，天道之常。春一物枯即有災，秋一物華即為異。

白話翻譯：春天生長萬物，秋天萬物蕭瑟，是自然之常。春天有一
　　　　　物枯槁，即是有災異；秋天有一物榮華，即是有變異。

典故出處：南朝宋・范曄：《後漢書・張敏傳》

20.治水不自其源，末流彌增其廣。

白話翻譯：不從源流治理水患，到了下游，水流只會更加氾濫。

典故出處：南朝宋・范曄：《後漢書・傅燮傳》

21.窮高則危，大滿則溢，月盈則缺，日中則移。

白話翻譯：愈高愈是危險，愈滿則會溢出，月亮盈滿後就會有缺
　　　　　角，太陽過了中午就要偏斜。引申其意，做任何事情，
　　　　　都應適可而止。

典故出處：南朝宋・范曄：《後漢書・李固傳》

22.而況澆風易漸，淳化難歸。

白話翻譯：更何況浮薄的社會風氣很容易影響民眾，但想要使教化
　　　　　變得淳樸，卻很困難。

典故出處：唐・王勃：〈上劉右相書〉

23.水發於深，而為用且遠，能不違於道，可浮可載，可飲可灌，以濟乎生
物，及其導而不防，反為患矣！

白話翻譯：水從深處而發，能好好利用，能用之有規範，水便可以
　　　　　浮物、載物；也可以飲用、灌溉，對萬物有助益。水一
　　　　　旦引導失敗，反會釀成大患。

典故出處：唐・韓愈：〈擇言解〉

24.天之能，人固不能也；人之能，天也有所不能也。故余曰：「天與人交
相勝耳。」

　　白話翻譯：天能做到的，人有做不到的；人能做到的，天也有做不到的。所以我說：「天與人相互較量，而互有勝負。」

　　典故出處：唐・劉禹錫：〈天論上〉

25.天之所能者，生萬物也；人之所能者，治萬物也。

　　白話翻譯：天的能力是化生萬物，人的能力是治理萬物。

　　典故出處：唐・劉禹錫：〈天論上〉

26.服民以道德，漸民以教化。

　　白話翻譯：要以道德順服民眾，要以教育感化逐漸影響民眾。

　　典故出處：北宋・歐陽修：《歐陽文忠公集・三皇設言民不違論》

27.昔孟母，擇鄰處；子不學，斷機杼。

　　白話翻譯：以前孟母三遷，為的是讓孟子有更好的學習環境。某次孟子逃學回家，孟母剪斷織了一半的布，讓他知道，為學做事不能半途而廢。

　　典故出處：南宋・王應麟：《三字經》

28.順天者逸，逆天者勞。

　　白話翻譯：順於天意者，便能安享逸樂；悖於天意者，則會勞而無功。

　　典故出處：明・羅貫中：《三國演義・第三十七回》

29.目擊世趨，方知治亂之關，必在人心風俗。而所以轉移人心，整頓風俗，則教化綱紀為不可闕矣！

　　白話翻譯：親自見到社會的趨向，才知道治亂的關鍵，在於人心風俗。而能夠轉移人心與整頓風俗的方法，則教育的化育以及律法的維繫，是不可或缺的。

　　典故出處：清・顧炎武：《亭林文集・卷四・與人書九》

30.且苟能發奮自立，則家塾可讀書，即曠野之地、熱鬧之場，亦可讀書，負薪牧豕，皆可讀書。

白話翻譯：而且如果能自我奮起立志，則家中私塾可以讀書，即使
　　　　　是野外、熱鬧的地方，也都可以讀書，一邊背著柴薪，
　　　　　一邊放養著豬，也都可以讀書。引申其意，立志為先，
　　　　　如能立志向學，環境不成問題。
典故出處：清・曾國藩：《曾文正公家書・致澄弟溫弟沅弟季弟・
　　　　　道光二十二年十月二十六日》

細說典故

　　且苟能發奮自立，則家塾可讀書，即曠野之地、熱鬧之場，
亦可讀書，負薪牧豕，皆可讀書。苟不能發奮自立，則家塾不宜讀
書，即清靜之鄉、神仙之境皆不能讀書。何必擇地？何必擇時？但
自問立志之真不真耳！

白話典故

　　而且如果能自我奮起立志，則家中私塾可以讀書，即使是野
外、熱鬧的地方，也都可以讀書，一邊背著柴薪，一邊放養著豬，
也都可以讀書。如果不能自我奮起立志，則家中私塾不適合念書，
即使是再安靜的地方、神仙居住的仙境，都不能讀書。何必挑選地
方？何必挑選時機？只要問自己是不是真的立定志向即可。

第三節　考古大觀園

88年

1. 九二一大地震的省思　（88年航海人員副駕駛等第三次特考）

89年

1. 保護自然生態之我見　（89年原住民行政人員等四等考試）
2. 開拓理想的生活環境　（89年第二次航海人員二等船副等特考）
3. 論家庭教育的重要　（89年鐵路人員佐級考試）

4. 論環保與經濟發展　（89年第二次航海人員一等船副等特考）

91年

1. 論地球村的襟懷　（91年航海人員二等船副等一次特考）
2. 如何共創全民優質生活　（91年基層公務人員三等考試）
3. 請針對下文敘述的事況、情境，撰寫一篇短文加以評論。

　　爸爸指導讀小二的兒子寫作文，題目是「郊遊」。文章提到路邊樹上的小鳥。爸爸說：「……譬如你可以這樣寫：小鳥在樹枝上一邊跳舞，一邊快樂地唱歌。」等兒子寫好作文，爸爸一看，他寫的是：「樹上有小鳥一邊叫，一邊跳來跳去。」爸爸問：「怎麼不照我教的寫呢？」兒子說：「我覺得小鳥只是亂叫亂跳，根本不像唱歌跳舞！」　（91年不動產估價師等特考）

4. 請針對下文敘述之事況、情境，以「枯葉蝴蝶的命運」為題，寫一篇短文加以評論。

　　峨嵋山下，伏虎寺旁，有一種蝴蝶，比最美麗的蝴蝶可能還要美麗些，是峨嵋山最珍貴的特產之一。

　　當它闔起兩張翅膀的時候，像生長在樹枝上的一張乾枯了的樹葉。誰也不去注意它，誰也不會瞧它一眼。

　　它收斂了它的花紋、圖案，隱藏了它的粉墨、彩色，逸出了繁華的花叢，停止了它翱翔的姿態，變成了一張憔悴的，乾枯了的，甚或是枯槁的，如同死灰顏色的枯葉。

　　它這樣偽裝，是為了保護自己。但是它還是逃不脫被捕捉的命運，不僅因為它的美麗，更因為它那用來隱蔽它的美麗的枯槁與憔悴。人們把它捕捉，製成標本，高價出售。最後，幾

乎把它捕捉的再也沒有了，這時候，國家才下令禁止捕捉枯葉蝶。但是來不及了，國家的禁止更增加了它的身價，枯葉蝶眞是因此要絕對的絕滅了。（節錄自徐遲〈枯葉蝴蝶〉）　（91年專責報關等特考）

92年

1. 科技發展與人文精神　（92年專利商標審查人員二等特考）
2. 全民抗疫，共建臺灣命運共同體　（92年地方政府公務人員四等特考）
3. 論教育與改革　（92年省／市營事業機構人員第十二職等升等考題）
4. 閱讀下列短文。它節錄自故林茂生教授在日據時代留美所撰寫的博士論文《日本統治下臺灣的學校教育》。讀後請就相關內容，抒發見解，自訂題目，申論成文。

近代教育的目的在於從個人內部去發展，而不把發展從外面強壓諸在個人，因爲擔心這可能損害兒童的創造能力。同化的出發點，在於以它自己的標準，從外部強加於人，那是不爲人所渴望的，因爲同化的需要是不必要的，也不爲人所認知的。強加壓力於語言提供了一個好例子，雖然新語言在很多方面很有用，但是對一個小孩子來說，實際上，在家裡不需要它，個人通信也不需要它，反而，教授當地語言是有需要的，使當地語言精緻化將具有社會價值。以同樣客觀態度看待教授日本母國歷史，而忽略當地歷史的學習。這種對語言與歷史的態度，不僅隱含強迫性，也隱含文化自卑感。（林茂生《日本統治下臺灣的學校教育》）　（92年國安局情報人員三等考試）

93年

1. 民生樂利，環保為先　（93年建築師等普考）
2. 海洋與大陸　（93年軍法官考試）

3. 當前教育一味強調學業成績，忽略健全人格與正確人生觀、價值觀的養成，實為社會一大隱憂。試以「落實全人教育」為題，作文一篇，寫出你的看法，文長不限。　（93年公務人員行政類普考）

4. 約翰下榻挪威一家旅館，無意間聽見一段吵耳的鋼琴聲，原來是小女孩在按琴鍵，不斷發出叮叮聲，叫人心煩意亂。後來有一位男士走到女孩身旁坐下，在小女孩的叮叮琴聲空隙之間彈奏，合起來就成了動聽的樂聲。這位男士不是別人，正是女孩的父親，也就是俄國著名作曲家鮑羅廷（Alexander Borodin）。這是一則真實故事。鮑羅廷用他的素養與智慧，把女兒亂彈的噪音變成美聽的樂音，化腐朽為神奇。當我們面對生活周遭種種不美的狀況時，自己能做什麼呢？試以「彩繪我們的家園」為題，作文一篇，予以闡發，文長不限。　（93年公務人員技術類各科別普考）

94年

1. 論社會變遷與傳統美德　（94年公務人員等薦任升官考試）

95年

1. 街頭巷尾　（95年港務人員士級晉佐級升資考）

2. 如何培養鄉土情懷　（95年建築師等普考）

3. 1960年諾貝爾生醫獎得主梅達華（Peter Medawar）說：一個人只要有好的普通常識與一般的想像力，就可以成為一個有創意的科學家。意思是說：有創造力的人，不一定要很聰明，但是一定要「對某些東西很聰明」。美國多元智能（multipleIntelligences）的提出者迦納（Dr. Howard Gardner）也說：智慧是一種處理訊息的生理與心理潛能，這種潛能在某種文化環境下，被引發去解決問題或是創作該文化所重視的作品。試以「如何提高自己的創造力與競爭力」為題，加以論述，文長不限。　（95年公務人員高考三級考試）

96年

1. 論文化價值與永續發展　（96年不動產經紀人等考試）

2. 美國加州大學海洋研究專家Charles D. Keeling自1958年起在夏威夷的Mauna Loa研究站，每月監測大氣中二氧化碳的含量，發現三十年來二氧化碳含量由315ppm上升到約358ppm（即百萬分之一）。

近年來隨著二氧化碳或溫室氣體含量的增加，科學家們發現許多警訊，諸如：自20世紀初開始，地球呈現持續暖化趨勢，近百年來全球平均氣溫上升約0.3-0.6℃；南北極上空平流層臭氧氣濃度下降；全球森林面積銳減；全球海水面比兩百年前上升15公分；每天有10-15動物或植物種滅絕……

我國為因應氣候變化綱要公約，抑制溫室氣體減量，善盡地球村一份子的責任，於1998年舉行第一次「全國能源會議」，提出以提升能源效率為主的諸多「無悔策略」（no regret policy），期望透過能源結構及產業結構調整，達到抑制溫室氣體減量之目標，然而，執行成效不如預期。再於2005年舉行第二次「全國能源會議」，希能藉此次會議有效整合政府與民間力量，共同探討在面對國際新規範架構下，提出能兼顧「經濟」、「能源」與「環境」的永續發展策略，進而達成溫室氣體減量的目標。

為解決全球暖化對地球生態環境帶來各種衝擊及對人類生存之威脅，必須減少溫室氣體排放。試以「溫室氣體減量策略」為題，加以闡述，文長不限。　（96年公務人員三等高考）

97年

1. 地震之聯想　（97年警察與關務人員三等特考）

2. 人與土地倫理　（97年原住民三等特考）

3. 請以「居住環境與生活美學」為題，寫一篇結構完整的文章　（97年地政士高考）

4. 論自然保育與高山產業發展

（近年來臺灣發生多次的自然災害，造成土地的嚴重破壞和生命財產的損失，引發災後自然保育與國土復育的新思惟。試針對自然保育與高山農業、林業、旅遊業發展的關係，抒發己見。）　（97年原住民四等特考）

5. 《論語‧里仁》子曰：「里仁為美，擇不處仁，焉得知？」《左傳‧昭公三年》：「非宅是卜，唯鄰是卜。」高明《琵琶記‧第四齣》：「自古道：千錢買鄰，八百買舍。」皆在強調住家必須選擇好鄰居。誠然，選擇一個好鄰居，比買一座好宅院還更重要。但選擇好鄰居，不如營造好社區；知識份子有責任改善不良風氣，使社會趨向祥和。試以「營造優質社區」為題，撰寫一篇文章。　（97年不動產估價師高考）

98年

1. 土地資源與社會發展　（98年專門職業及技術人員普考）

2. 山海的啟示　（98年原住民三等特考）

3. 近日風災重創南臺灣，橋斷路毀，土石洪水漫流，家園殘破，人命財物損傷，令人不忍卒睹。有人認為，我們應該重新反省人與自然的關係，反省人與土地的關係。請以「面對自然的態度」為題，撰文一篇。　（98年律師等高考）

4. 論如何節能減碳以化解地球暖化的危機　（98年交通事業公路人員員級晉高員級升資考）

5. 「家」不僅僅是一間屋子而已！「家」是人的聚合，是特定生態環境下的人際網絡，也是生活實踐的物質與精神的總集，「家」是一種文化；家可以是現實的描述，也可以是理想的寄託。請以「家」為題，把握上述要旨寫一篇首尾俱足、結構完整的文章。　（98年原住民族四等特考）

99年

1. 經歷八八水災及國道三號3.1K順向坡崩塌意外之後，國人除了對氣候劇變提高警覺外，也不斷檢討土地過度開發的流弊；生態保育觀念，日見重視。試以「用謙卑態度面對自然」為題，作文一篇，寫出你的看法。　（99年專門職業及技術人員普考）

2. 「傳統」是一個族群特色形成的根源，「潮流」則可能激發我們開創新局；處於當今這個社會多元與變化快速的時代，對於二者之間當如何取擇與因應？請以「維護傳統與因應潮流」為題，撰文一篇，申論其旨，文長不限。　（99年地方政府公務人員三等特考）

100年

1. 文化差異的省思　（100年原住民族三等特考）

2. 我們一方面享受科技發展帶來的經濟成長與社會進步，另一方面，為了防止過度開發危害到自然環境，避免背負太多生活負擔而引發「過勞死」的憾事，回歸簡約生活成了趨勢。有人從返璞歸真、找回自我的理念倡導簡約生活，也有人從環境保護、理性消費、公平合理等不同的角度來宣揚簡約生活。

試以「簡約生活帶來的好處」為題，闡述你的看法，並提出實踐簡約生活的方式。　（100年公務人員普考試題）

102年

1. 胡適先生論「新思潮的意義」時曾說：「新思潮唯一的目的是什麼呢？是再造文明。」又說：「再造文明的下手工夫，是這個那個問題的研究。再造文明的進行，是這個那個問題的解決。」請試以「文明再造之道」為題，作文一篇，闡述己見。　（102年外交領試人員等三等特考）

2. 衡量一個物件或一件事情的價值，可以有不同層面的考量，例如：它可以帶來多少實質利益、它可以帶來多少生活幸福、它可以帶來

多少長遠效益……。近年臺灣頻頻發生關於某塊土地如何開發使用的爭論，這其中涉及的往往是「一塊土地，它的價值是什麼」的基本問題。請以「一塊土地的價值」為題，針對近年臺灣發生的土地使用爭論事件，從土地價值的角度論述你的看法。　　（102年地政士等普考）

103年

1. 近年來國人環保意識抬頭，社會上普遍倡言保護我們所居住的鄉土，以利永續使用。其實，土地問題牽涉的層面廣泛而複雜，它包括：土地分配、土地利用、土地資源的珍惜、水土保持的落實等。現在，請以「最迫切的土地問題」為題，寫一篇文章，加以闡述，並提出你對解決問題的看法。　　（103年地政士普考）

104年

1. 人們往往因求學、工作、婚姻、遊歷種種原故而離開家鄉，暫居其他城市，有人因認同臨時居住地的環境風習，從此便以他鄉作故鄉，定居下來，過著愜意的生活。試以「人間處處有樂土，此心安處是吾鄉」為題，作文一篇，加以闡述。　　（104年外交人員等三等特考）

2. 蘇軾說：「夫國之長短，如人之壽夭，人之壽夭在元氣，國之長短在風俗。」請以「人之元氣與國之風俗」為題，作文一篇，加以闡釋。　　（104年第二次中醫師高考）

105年

1. 人類生存的目的，除了延續自身生命之外，同時也是為下一代創造更理想的生活，因而與社會永續發展密切相關的環保、教育、醫療等議題就備受關注。試以「這一代和下一代」為題，結合上述議題，作文一篇，闡述其旨。　　（105年公務人員普考）

2. 《管子‧權修》說：「一年之計，莫如樹穀；十年之計，莫如樹木；終身之計，莫如樹人。」樹穀、樹木、樹人實為民生國計的重大課題，時至今日，更與環境保護、社會永續發展密不可分。請以「樹穀、樹木、樹人」為題，作文一篇，闡論其旨，並申己見。（105年外交、民航等三等特考）

106年

1. 家庭生活中，每天所面對的瑣事，都是耗費時間與精力的工作，是一種「責任」的擔當。家務實作中，更隱含著家人默默付出的「關懷」。家是相互照顧及合作親密又甜蜜的組合。試以「責任與關懷」為題，作文一篇，請申其義。　（106年關務人員三等特考）

108年

1. 某國外電視臺曾有一個實境節目，主題為「窮富家庭互換生活一週」，互換包括了住所、生活方式、工作內容。富家庭的代表是一對夫婦（先生叫泰瑞）與一位女兒，泰瑞原本是一間公司的老闆，後來將公司出售後，擁有十億（新臺幣）以上資產，不需要工作，全家住在一棟豪宅中。窮家庭的代表則是一位單親媽媽（名字叫芭比）與她的四個小孩，他們一家人一週的生活費用不到泰瑞家一週的十分之一，五口人住在一般公寓內，芭比還必須兼三份工作才能養家。

一週過後，雙方回到節目上分享感想。芭比說，過去這一週我終於有時間可以放下工作，專心的看一本書、陪伴孩子，雖然我的生活費很寬裕，但是我仍珍惜每一分錢。她還告訴孩子們「只要肯努力，日後就能過著這樣的生活。」至於泰瑞的太太，回到節目上表示，雖然我們過去這一週無法上高級餐廳、盡情購物，但我和先生下班後回到家分享工作情形、交換工作心得，並且和孩子也有較多的話題與更親密的互動。

閱讀上文後，請針對兩個家庭交換一週後的感想，提出你的評論；同時，對該節目的設計與安排，你認為有何目的？它會有效果嗎？請說明你的看法。 （108年第二次社會工作師高考作文第一題）

第四節　追蹤執行力

　　「環境」之於人，甚為重要，請分別從教育環境、環保等議題，回答下面兩個題目。

1. 《禮記‧學記》提到：「是故古之王者，建國君民，教學為先。」此處的教學不是純知識，而是廣義的教育。易言之，教育是建立國家，管理人民首要的條件，非常重要。請提出營造優質教育環境，提升生活品質的方法、進程。

2. 人是大自然的一份子，因有智慧而得以改變自然的原本面貌，產生人類的文明。然而，過度的開發與逞能，卻導致自然界失衡，人類亦自受其害。當進入全球化時代後，人與人之間的關係橫跨了原本的國界限制，而國界之界定本是人為，自然界的反撲，可不會偏私某方。請從身為社會一份子的角度，如何可從細微處影響大眾，具體提出人與自然和平共處之道。

第五節　奇文共賞與評析討論

一、奇文共賞㈠

題目：經歷八八水災及國道三號3.1K順向坡崩塌意外之後，國人除了對氣候劇變提高警覺外，也不斷檢討土地過度開發的流弊；生態保育觀念，日見重視。試以「用謙卑態度面對自然」為題，作文一篇，寫出你的看法。（99年專門職業及技術人員普考）

作者：羅宛真

1

　　近年來，國內外天災不斷，如：四川汶川地震、莫拉克颱風襲擊臺灣造成土石流、海地地震、澳洲水災和日本大地震引發海嘯造成嚴重傷亡與核災引起全球恐慌。這些「天災」更啓發「人禍」之省思。西方的工業革命，使人類社會產生巨大變革，開始現代化進程，人之所以有價值，因其與自然萬物不同，具有靈性、道德理性、智慧和創造性，但追求物質生活過程中，卻也因圖謀享受，破壞、更易大自然平衡與面貌，自然界反撲的後果終究得回到原點，重新省思人與大自然相處之道，一掃「人定勝天」之想法，以謙卑態度面對自然。

2

　　湯馬斯・佛里曼在《世界是平的》提出科技日新月異、全球化過程中，世界正被抹平。三年後又發表《世界又熱又平又擠》提出當今社會面臨「三大衝擊」：全球暖化、能源枯竭、人口爆炸。還有「五大問題」：資源供需、能源匱乏、石油獨裁主義、氣候變遷和喪失動物多樣性。問題肇因莫過於人類過度開發、無止境濫用資源，造成污染嚴重、能源殆盡、環境改變、生態變遷，進而使氣候詭譎異常，不僅天災頻率增加，規模擴大。縱使科技再高明，防禦再多，卻也敵不過使天災來臨時，人類的無招架之力與脆弱，愈顯人類渺小。此一再讓人類反省、回思過往作爲，並重新思考如何與自然和平共處。

　　避免繼續破壞自然，創造新思維與建設、推動綠色經濟已刻不容緩，諸如：以風力、水力、潮汐、生質能、太陽能、地熱等天然資源取代有限資源：石油、天然氣、煤礦；又研發環保物品、綠色建築、綠色交通工具和綠色電源，例如節能燈泡、高效能混合動力車、替代能源等，以期全面的「綠化」，減輕環境負擔，方能永續發展。

3

　　雖「綠化」已是當前熱門議題，唯全面性的實踐，還有待努力推

廣。用謙卑態度和自然共處，不妨從自身做起，方法如下。

一、環保意識。正視當前問題，不再視「節能減碳」爲口號，將內化
　　爲意識、認同之並正視環保議題，培養環保意識。

二、親身實踐。所謂「坐而言不如起而行」，具有環保意識後便應履
　　行、落實，從自我習慣開始改變，諸如：隨手關燈、資源回收、
　　節約用水、不浪費資源等，並配合政府相關環保政策、措施，齊
　　力節能。

　　再者，還必須擴延到公眾領域，使「德之不孤」，其方法如下。

一、產業綠能化。即哈佛大學教授麥可‧波特提出「波特假說」，指
　　出「規劃良好的環保法規，將會刺激技術創新，使得成本降低，
　　並且提升品質」，人類的創造力引領新興潮流，綠能產業將開啓
　　新的工作機會，認識「綠領工作」，並認同、推廣、投入。

二、綠能全球化。分享與共享，是拓展綠能議題的最佳途徑，《老
　　子》的「天地不仁，以萬物爲芻狗」，說明了自然不會有任何的
　　偏私；又《禮記‧學記》云：「君子如欲化民成俗，其必由學
　　乎？」所以，要經由教育倡言環保意識，提升國民素養，繼而透
　　過行動落實，爲環境而努力，以期影響更多人。畢竟，天災不因
　　國界而有界域限制，沙塵暴、天候暖化造成生態鉅變，不正是如
　　此？透過全球化的分享、共享綠能資訊，宣揚節約理念，方能確切
　　落實告知世人其重要性，如：「地球關燈日」，以關燈一小時，
　　提倡節能減碳，全球數十國皆響應，正是分享、共享的明證。

4

　　由上述可知，「維護自然」已是全球議題，身爲社會一份子，自
不能置身事外，需用積極、謙虛態度與自然和平相處，拋開以往的自
私自利，由身邊做起。進而影響他人，以人類的智慧和正面力量，還
復自然本然面貌，以無污染再生能源創造綠色奇蹟，此突破性創新將
成爲轉捩點。在人和自然世界之間取得和諧、永續發展。

二、評析討論㈠

1.結構分析

題型：單軌題。

> ⑴第１段次（WHAT）：什麼是「用謙卑的態度面對自然」。
>
> 　①引用短例，以新聞時事、歷史入題。
>
> 　②從「天災」引發「人禍」的反省，解釋「用謙卑的態度面對自然」。
>
> ⑵第２段次（WHY）：為什麼要「用謙卑的態度面對自然」。
>
> 　①反面說明破壞自然對人、環境造成的不良影響。
>
> 　②正面說明要正視自然的影響，並減輕環境負擔。
>
> ⑶第３段次（HOW）：如何落實「用謙卑的態度面對自然」。
>
> 　①以自身落實，有兩層方法，依序是：「環保意識」為先，而後「親身實踐」。
>
> 　②擴延到公眾領域的兩層方法，分別是：「產業綠能化」、「綠能全球化」。
>
> ⑷第４段次：總結式結語。
>
> 　①透過個人實踐、影響眾人，永續發展等三個層次，依次作結。

2.總講評

⑴第一段次以人之所以為人，與萬物的差異，點出人對自然應盡的責任，作為後續討論的開端，頗為深刻。

⑵多視角提及自然災害對環境、生物、人類造成的影響，關懷議題很全面。

⑶第三段次剋就「綠化」、「綠能」，從自身實踐的兩個層次，到公眾領域實踐的三個層次，緊密而周延。唯於該段次之末，可再小結上述諸進程，層次性更清楚。

(4)論述主線多放在當前環境的改革、創新，係為治標性的討論。若能更深層論述從心靈、品德教育開始的革心與革新，便可進一步推衍到治本性的論述。

三、奇文共賞(二)

題目：人類生存的目的，除了延續自身生命之外，同時也是為下一代創造更理想的生活，因而與社會永續發展密切相關的環保、教育、醫療等議題就備受關注。試以「這一代和下一代」為題，結合上述議題，作文一篇，闡述其旨。（105年公務人員普考）

作者：張皓程

1

「浩瀚海洋，源於細小溪流；偉大成就，來自艱苦勞動。」今日豐功偉業，歸功於前人辛勞，代代相承，互為因果，藉由學習過往成就，並以前車之鑑為鏡，使其更加進步。如：工業與科學革新、法國大革命、中國辛亥革命，經過前人極力奮鬥，才能提供來者新穎知識與技術，也才有當今民主自由社會。因此，今人享受前人智慧結晶的同時，也在為下一代創造歷史。茲以環保、教育、醫療為例。

2

首論「環保」。隨人口成長與交通革新，便利生活背後，也嚴重衝擊環境生態。如：現以「碳足跡」計算產品、活動直接或間接碳排放量對環境造成之影響，破除了「有煙囪才有污染」觀念。

次論「教育」。當要求孩子贏在起跑點，且主流價值對職業類別亦有貴賤等級之判時，導致孩子盲目追求智識之餘，無法適性發展。但吾等卻忽略傳統教育實講求的是因材施教。透過適性且多元發展，不壓抑個性特質，方能化解兩代代溝，亦能獲得人才大用，誠如：王安石〈材論〉所謂：「使大者、小者、長者、短者、強者、弱者，無

不適其任者焉。」正是如此。

　　復論「醫療」。自二十世紀末，臺灣創建「全民健康保險」制度，本欲改善醫療環境，造福大眾。然而，民眾過度與不當使用健保，浪費既有醫療資源，更造成財務短絀，壓縮健保給付空間，使本應是前人種樹，後人乘涼，卻成犧牲下一代的醫療福祉。

　　前人建業，創造美好生活，不僅爲自身，更應爲下一代著想。但美好不能止於當前或私於個人，忽略永續經營之必要。

3

　　經由上述眾例，欲在兩代間取得平衡，有以下方法：

一、感恩珍惜：享受資源也應懷有同理心，考量其有限性與負面效益，不以一己之利作爲考量依據。企業取之於社會並做出回饋，稱爲「企業社會責任理論（CSR）」，要求商人對社會負責，不單純只捐款，如IKEA設計「平整包裝」減少精美包裝與運輸空間浪費。

二、理想創造：突破自我，精進專業技能，爲下一代帶來正面效益，如：《看見臺灣》導演齊柏林，辭去公務員身分，靠房屋貸款籌錢拍攝，讓大眾看見臺灣之美，並了解經濟發展背後，不爲人知的環境浩劫，不僅技能可以貢獻，經驗也可以影響他人。

三、與時俱進：策略制度的擬定，應隨不同時間、環境做出適當應對辦法，即爲「權變理論」，過度墨守成規只會停滯不前，舉例來說，科技產品日新月異，人們生活多采多姿，彈指間便能將資訊傳遞，卻產生網路霸凌、智慧型犯罪、駭客等問題，因此，制度應隨時代更迭有所調整。

四、永續發展：人口持續成長，應該要把握有限資源，畢竟地球只有一個，大自然反撲、全球暖化、海平面上升……不分國界，追求經濟發展與自然資源時，必須承擔破壞生態系統之責任並提出適

當解決辦法，考慮未來人類與落後國家需求。

　　懷抱同理心考量下一代生存環境，精進專業知能爲社會奉獻，隨時代腳步做出適當調整，並依據權變理論使後人也能共享資源。

4

　　「上一代的態度，決定下一代的成就」，除上述三層面外，政府應有完善政策擬訂與經濟計畫保障下一代權利。「己欲立而立人，己欲達而達人」，海外還有許多國家處於低度開發狀態，拋開私欲投入更多關心與人道資源；因爲保衛地球，眾人有責；更是跨越國界與種族，應共同面對的全球化危機。

四、評析討論㈡

1.結構分析

　　題型：雙軌題。

(1)第**1**段次（WHAT）：何謂「這一代」，何謂「下一代」，二者是什麼關係。

　　① 援引名言開頭，解說兩代之間有因果相承的關係。

　　② 延伸釋題，以前人奮鬥、後人收穫，連結兩代的關係。

　　③ 延伸釋題，以今人奮鬥，為下一代創造歷史，連結兩代的關係。

(2)第**2**段次（WHY）：從三個層面，分層檢視兩代之改變。

　　① 從環保層面，以「碳足跡」為例。

　　② 從教育層面，以「適性教育，多元發展」為例。

　　③ 從醫療層面，以「全民健保」為例。

(3)第**3**段次（HOW）：如何在「這一代和下一代」取得適當平衡。

　　① 從「感恩珍惜」、「理想創造」、「與時俱進」、「永續發展」依點論述。

　　② 總述四點的實踐方法。

(4)第 4 段次：延伸式結尾。

　　① 以政府宜擬定政策與計畫，延伸出新的思考點。

　　② 透過個人實踐、影響眾人、永續發展等三個層次，依次作結。

2.總講評

(1)題幹限定內文得從環保、教育、醫療等議題著手，卻未指明是否擇一，或皆須論述。作者能在極短篇幅中，分別舉出生活中的實際例證，而不至於偏題，並能提出解決問題之道，誠屬不易。

(2)結構層次分明，提出的各個關懷面向皆能引人思考，充分展現這一代對下一代的教化之責，進而提出永續經營的重要性。

(3)題目是「這一代和下一代」的關係，但何謂「這一代」？有無時間斷代上的限定？又如何避免寫成「上一代和下一代」，宜特別留意。

(4)第三段次，作者援引諸多例證，藉以解釋這一代與下一代平衡、平和相處之道，但如何與前一段次的三個主題「環保、教育、醫療」相銜，合為同一條論述主線？可再思考。

五、第十錦囊：部分否定的「論述態度」

　　書寫論說文要堅定立場，不能模稜兩可；或過於鄉愿，認為什麼都對，失去立場。此處提及的態度，與現實層面的思考有關。

　　否定詞的「不」有兩種解釋：一是完全否定，什麼都沒有；二是部分否定，即有所「缺乏」。進行反面論述時，定然要仔細思考是完全否定，或是部分否定。舉例來說：「這個社會全部都充斥著功利思想，沒有人道關懷」、「這個社會多充斥著功利思想，缺乏了人道關懷。」是否後者比較客觀？又或者「大清的滅亡，都是慈禧太后專政所害」、「大清的滅亡，與慈禧太后的專擅有關。」前者過於武斷，後者則保留其他可能性的空間。另常見的有說：「古代沒有法律，只有人情」、「中國古代沒有科

技」……眞是如此？還是知識不豐的褊狹之見？

　　一般思考問題時，我們會很情感式判斷是非善惡。但不妨思考孰爲是？孰爲非？善惡、美醜、好壞、公私、理欲……看似對立的詞彙，在生活中是否截然對立？顯然不是。因此，寫作要注意論述態度的「客觀性」，任何事件的起因、過程，有各種可能性，不要貿然阻絕其他可能。

　　這不單是爲了寫作，更是活化、綿密思考的學習方法，也能使自己說話、待人處世更加圓融。

PART 3

感物生情與
情景交融

第十一章　時空記敘類

第一節　話說類型

「時空記敘」是透過人、事、時、地、原因、結果等六大要件的組合，從時間來敘事，從空間來記事，或合併時空一起敘寫的記敘文。而記敘文則始於周遭環境，如：「時空描摹」、「萬物百態」爲先。

記敘文、抒情文，是基礎寫作的文類，中小學時，常見的「我的家庭」、「我的媽媽」……多屬此類。從人類心智發展觀之，從情感爲主，逐步有了理智，學習寫作也一樣，要從簡易敘事，到抒情感性，再到理性論辨。因此，本類型與下一個類型「情感抒發類」少見於國家級考試，較常出現在高中、大學、四技二專之升學考試，以及大學轉學考。

雖然這二十餘年來，純記敘、抒情的文類考題屈指可數，但先記敘或抒情，而後論說經驗分享者，愈趨流行，此爲「經驗分享類」，第十三章再述。但最根本的記敘原則是重要的，如何表述一個時空場景，描景繪物，節選出幾點重要的原則，略作說明：

(一)知剪裁，顯主線

寫記敘文，最怕「流水帳」敘述模式，主要理由有二：一是缺乏寫作前的結構擬定，想到哪兒便寫到哪兒；二是未明寫作者與讀者立場、關係的差異。

首先，任何寫作都需要有結構，以規範內容走向，事前沒有結構概念，很容意岔出主線，不知所云。以往記敘文寫作經驗中，若有「缺乏重點」、「敘事繁雜」、「離題偏題」、「敘事不通」、「每段各有段旨，不能串連」等近似的評語，多半是結構出了問題。

其次，在寫作者眼中，一件事情的經過皆有精彩之處，即便是微不足道的過程，但心情上的轉折，都值得大大書寫。可是，讀者終究未親歷整

個過程，不可能完全複製當時情境，點出事件重點，突出主線即可，其他枝節大可省略。

(二)重視感官描摹與感官交錯的應用

記敘文是主觀情感的投射，感官描摹正是情感附麗的依憑，透過不同的知覺能力，可更清楚將抽象情感化作意境，使讀者經由想像力如見其實，「還原」出作者企圖展現的場景。僅管讀者無法身歷其境與還原，但是，如何運用感官摹寫，使讀者展現想像力，這是寫作者應完成的目標。

(三)時空結構布局

結構布局是構成文章重要的骨幹，若缺乏完整性，易支離散漫，難以終篇。而記敘文結構與論說文的起、承、轉、合不同，只要有起首、內容、結尾三部分即可。但三部分不是只分成三段，而是在三部分中自我發揮，不必拘泥於段數。記敘文結構最為重要的是——「時空布局」。須知，記敘是敘寫事、物「歷程」的創作，讀者從歷程中，去想像、還原寫作者試圖表現出的創作世界，因此，創作前，作者本身應具備時間感，空間感，又分成以下幾種排列。

　　1.時間排列。敘事原則中，基本時間排列有四種——順敘法、倒敘法、插敘法、補敘法。而「時間」不一定是真正的時間先後，也可能是同一時空中，根據事件合理性排定的先後。

　　2.空間順序。空間結構須依照次序呈現，作者如同導遊，將空間景象逐一介紹、描述；讀者就是遊人，跟著作者腳步，一步步探索這未知空間，直到能在想像中，構繪出一幅圖像。如果作者用跳躍式思考來構圖，空間結構便可能扭曲、變形。

　　將空間順序劃分成靜、動二類。靜景比較容易書寫，「靜景」非靜而不動的空間，也包括移動緩慢者，此時，只要注意空間敘述的順序，如：上下，前後、左右、遠近、東西南北。若是移動速度極快的動景，得更注意移動者方位，避免明明是同一空間內的活動，卻是各做各的，南轅

北轍，譬如：武俠小說中，兩方套招對打，若無留意方位，可能一個往東打，一個往西打，就啼笑皆非啦！

舉例來說：

自渴西南行，不能百步，得石渠，民橋其上。有泉幽幽然，其鳴乍大乍細。渠之廣，或咫尺，或倍尺，其長可十許步。其流抵大石，伏出其下。踰石而往，有石泓，昌蒲被之，青鮮環周。又折西行，旁陷巖石下，北墮小潭。潭幅員減百尺，清深多儵魚。又北曲行紆餘，睨若無窮，然卒入於渴。其側皆詭石怪木，奇卉美箭，可列坐而庥焉。風搖其巔，韻動崖谷。視之既靜，其聽始遠。（唐・柳宗元：《柳河東集・永州八記・石渠記》）

石渠之事既窮，上由橋西北，下土山之陰，民又橋焉。其水之大，倍石渠三之一，亙石為底，達於兩涯。若床若堂，若陳筵席，若限閫奧。水平布其上，流若織文，響若操琴。揭跣而往，折竹箭，掃陳葉，排腐木，可羅胡床十八九居之。交絡之流，觸激之音，皆在床下；翠羽之木，龍鱗之石，均蔭其上。古之人其有樂乎此耶？後之來者，有能追予之踐履耶？得意之日，與石渠同。（唐・柳宗元：《柳河東集・永州八記・石澗記》）

以上出自〈永州八記〉。〈石渠記〉中，柳宗元從到石渠之橋後展開敘述，由上游往下游描繪，邊寫水岸之景，邊敘寫水流方向，一路流到了小潭，出了小潭又流到水反流處的袁家渴。第二篇〈石澗記〉接著石渠事後，往西北方走去，到了兩山之底的石澗，他開始描繪石澗之內的景致：澗底遍布大石，直到兩涯邊，石底既平淺且廣，水平流其上如布織，可以踏水前往，並放上十來張輕便可折疊的胡床，坐於其上，可聽水流過胡床，又有木、石之蔽蔭。你是否已能跟著柳宗元，構繪出一幅想像中的石

渠圖、石澗圖呢？

請儘量用簡單的空間構圖，從一個端點出發，朝某一方向描述下去，寧可先寫一個方向，新起一段再從端點往另一方向而去。完成後，還得抽離寫作者角色，當一個讀者，跟隨行文順序，逐一檢視是否能在腦中勾勒出圖像，如此一來，就能掌握空間描述的概念了。

(四)善用修辭與修辭的侷限

「修辭」目的是修飾文句，使原本平凡無奇的語句增添情蘊；也可以將抽象而不著邊際的意念、想法，轉化成具體的意象，增進表意功能，甚至是將普通的語言文字，提升到藝術與美學的境界，豐富文化底蘊。所以要懂修辭，要學修辭。然而，修辭貴立其誠，技巧固然不可缺，過於「賣弄」而缺乏誠意，也不會成就一篇好文章。

「賣弄」有二：一是過於刻意的想表達，連綴使用不同修辭法，反使記敘主體湮沒無聞；二是勉強而為，明明不需要卻硬湊。後者問題遠大於前者。有一種極錯誤的認知，甚至很多老師以此告訴學生：好文章就是要善用很多修辭技巧。導致拚了命去譬喻、轉化、誇飾……，但都不是出於內心的體會。這種觀點真是大錯特錯。寫作目的就是與人進行溝通，如果缺乏誠意的基礎，怎會是一篇好文章？因此，修辭的基礎是生活中對所見所聞，發自內心的詠嘆，並經過大量閱讀、寫作經驗後，自然流露的情感。修辭貴「原創性」，拾他人牙慧就不是好修辭。

不善修辭亦無妨，平鋪直敘也很好。無論說話、寫作，「平鋪直敘」是最直接且清楚的溝通方式，直抒胸臆能使人感受真誠，也是落落大方的美。

由於「時空記敘」本不屬於論說文的範疇，不需提出什麼「具體的實踐方法」，原第四節的「追蹤執行力」將省略。此外，時空記敘範疇太廣，故「名言典故集錦」將以四季景色、書寫大自然情懷為主，一來可增進對萬物的認知，二來可學習繪寫出一個具體的時空場景，與描景繪物的方法。

重點摘要

1. 「時空記敘」著重人、事、時、地、原因、結果之六大敘事要件的排列。
2. 宜留意寫作主線、感官描摹、時空布局、勿八股結語、善用修辭。
3. 平鋪直敘也很好，修辭出自眞心，萬勿刻意修辭而爲文。

第二節　名言典故集錦

1. 秋風蕭瑟天氣涼，草木搖落露爲霜，群燕辭歸雁南翔。【秋景】

　白話翻譯：秋風凜冽天氣已轉涼，草木紛紛凋零，而露水也凝結成霜，燕群南離而歸鄉，燕鳥亦向南方翔飛而去。

　典故出處：三國魏‧曹丕：〈燕歌行之一〉

2. 天朗氣清，惠風和暢，仰觀宇宙之大，俯察品類之盛，所以游目騁懷，足以極視聽之娛，信可樂也。【春景】

　白話翻譯：天氣晴朗清爽，溫暖的春風溫和舒暢，抬頭可仰望宇宙天地之大，低頭可俯觀萬物品類的繁盛，所以目光隨意四處觀望，可以開暢胸懷，足以享受視覺與聽覺的娛樂，這眞是很快樂的事啊！

　典故出處：東晉‧王羲之：〈蘭亭集序〉

3. 土地平曠，屋舍儼然。有良田、美池、桑竹之屬。阡陌交通，雞犬相聞。其中往來種作，男女衣著，悉如外人；黃髮垂髫，並怡然自樂。【田園風光】

　白話翻譯：土地平坦廣闊，房屋整齊的排列。有肥沃的農田，有美麗的池塘，有桑樹、竹子一類的植物。田間小路交錯，時可聽見雞鳴狗吠聲。其中來往耕作之人，男男女女的衣服像是外人，與常人不同；老人小孩，都能自得

其樂。

　　典故出處：東晉・陶潛：《靖節先生集・桃花源記》

4.春冬之時，則素湍綠潭，回清倒影。**絕巘多生怪柏，懸泉瀑布，飛漱其間，清榮峻茂，良多趣味。**【春、冬景】

　　白話翻譯：春、冬之際，三峽雪白的急流，青綠的潭水，迴旋的清
　　　　　　　波可倒映著影子。極爲高聳的山峰生著形狀怪異的柏
　　　　　　　樹，懸於高壁的泉水瀑布，飛蕩其中，水的清澈，樹的
　　　　　　　榮盛，山的高險，草的茂密，實在有很多趣味。

　　典故出處：北魏・酈道元：《水經注・江水注》

5.其疊巘秀峰，奇構異形，固難以辭敍。**林木蕭森，離離蔚蔚，乃在霞氣之表。仰矚俯映，彌習彌佳，流連信宿，不覺忘返。目所履歷，未嘗有也。**【高山景致】

　　白話翻譯：層層疊疊的山崖與秀麗的峰巒，形狀結構相當奇特，很
　　　　　　　難以言語辭彙來形容。樹林茂密，枝葉盛多而垂落且茂
　　　　　　　盛，皆聳立在雲氣之上。無論是仰視或俯觀，愈看就愈
　　　　　　　覺得美好，流連此地住了兩晚，不知不覺忘了要歸去。
　　　　　　　眼前所看到過的景色，都是未嘗有過的。

　　典故出處：北魏・酈道元：《水經注・江水注》

6.竹深留客處，荷淨納涼時。【夏景】

　　白話翻譯：竹林深處，正是留客嬉遊的好地方，水面滿布夏荷，正
　　　　　　　是納涼好時分。

　　典故出處：唐・杜甫：〈攜妓納涼晚際遇雨〉

7.千山鳥飛絕，萬徑人蹤滅。孤舟蓑笠翁，獨釣寒江雪。【冬景】

　　白話翻譯：重重的高山，沒有飛鳥的痕跡；所有的小路上，沒有任
　　　　　　　何人的蹤影。只有那孤獨船上穿戴著蓑衣和笠帽的老
　　　　　　　翁，獨自在寒冷下雪的江畔垂釣。

典故出處：唐‧柳宗元：〈江雪〉

8.潭中魚可百許頭，皆若空游無所依。日光下澈，影布石上，怡然不動；俶爾遠逝，往來翕忽，似與遊者相樂。【魚游之景】

白話翻譯：小石潭中的有一百多條魚，都好像在空中浮游，無所依憑。日光透澈水面，魚影散布倒映在石頭上，呆呆的不動。突然間又游走了，往來輕快而迅速，好像與遊客相取樂一樣。

（編按：柳宗元以動靜、平面立體之對比的方式描寫小石潭的魚，先靜而後動，先平面而後立體，最後以人、魚同樂，以達到情景交融。）

典故出處：唐‧柳宗元：《柳河東集‧永州八記‧至小丘西小石潭記》

9.鈷鉧潭在西山西。其始蓋冉水自南奔注，抵山石，屈折東流，其顛委勢峻，蕩擊益暴。齧其涯，故旁廣而中深，畢至石乃止。流沫成輪，然後徐行，其清而平者且十畝餘，有樹環焉，有泉懸焉。【溪景、潭景】

白話翻譯：鈷鉧潭在西山的西邊。潭水源自於冉水往南急速奔流，遇到了山石阻擋，就轉往東邊流去，溪流上下游水勢湍急，激盪沖擊更加激烈。水流沖刷侵蝕著潭岸，以至於潭邊寬廣而流水卻很深，一直流到了石岸邊，水流才停頓。水流激盪形成車輪狀的漩渦，然後緩慢流去，潭面清澈而平緩約有十多畝這麼大，潭的四周有樹環繞，有泉水懸流而下。

（編按：由此可見，柳宗元對鈷鉧潭的空間敘述。先由鈷鉧潭源頭之「冉水」開始描繪，確定方位後，再形容水勢之湍急；而水注入潭後，便平面化的描寫潭水之

景；最後大略描述鈷鉧潭四周的景致，形構出整體意象。）

典故出處：唐・柳宗元：《柳河東集・永州八記・鈷鉧潭記》

10.有小山出水中，山皆美石，上生青叢，冬夏常蔚然。其旁多岩洞，其下多白礫，其樹多楓、楠、石楠、梗、櫧、樟、柚，草則蘭、芷。又有異卉，類合歡而蔓生，轇轕水石。每風自四山而下，振動大木，掩苒眾草，紛紅駭綠，蓊勃香氣。衝濤旋瀨，退貯谿谷，搖揚葳蕤，與時推移。其大都如此，余無以窮其狀。【小山之景】

白話翻譯：有小山突出於水中，小山盡是美麗的石塊，石塊上還有叢生的花草樹木，無論冬天夏天，都很茂密。旁邊有很多山洞，下邊鋪滿著白石子，又有很多的楓樹、楠樹、石楠樹、梗樹、櫧樹、樟樹、柚樹錯落其間，而香草則有蘭草與芷草。還有很奇特的花卉，很像是馬櫻花，卻是蔓生的，交錯糾纏在水中的石頭上。每當風從山上四面颳吹而下，振動了大樹，偃倒了一片小草，紅花紛飛，綠葉飄落，充滿了濃郁香氣。而水衝起了波濤，急流迴旋，水又倒流到了溪谷。隨著時間的移動，風吹草木而飄搖且紛紛下垂。景致大抵如此，我實在很難盡述其形狀。

（編按：柳宗元從水中突出的小山開始描述，再轉而從小山上往山腳位移，直回到水中石頭。接著，又從山風往下吹拂，由山景到水景，再到草木之景，最後以難盡述景致作結。當中趣味之處，在於能多識花草樹木之名，又敷以鮮活的色彩，如：紅、綠色等，並及以風吹之動景，具象化、立體化整體空間。）

典故出處：唐・柳宗元：《柳河東集・永州八記・袁家渴記》

11.前有喬松十數株，修竹千餘竿；青蘿爲牆垣，白石爲橋道；流水周於舍
　下，飛泉落於簷間；紅榴白蓮，羅生池砌。【山林景色】

　　白話翻譯：屋前有十幾株大松樹，有千餘根筆直的竹子。以松蘿攀
　　　　　　　附在牆壁上，以白石鋪在橋面上。流水環繞在房子邊，
　　　　　　　瀑布泉水灑落在屋簷上。紅色的石榴，白色的蓮花，遍
　　　　　　　布生長在池塘的岸階。

　　典故出處：唐‧白居易：《白氏長慶集‧與元微之書》

12.松下問童子，言師採藥去。只在此山中，雲深不知處。【山景】

　　白話翻譯：在松樹下詢問小童：「你的老師在哪裡？」小童回應
　　　　　　　說：「老師到山上採草藥去了。」只知道人在這座山
　　　　　　　裡，卻是雲深繚繞，不知身在何處。

　　典故出處：唐‧賈島：〈尋隱者不遇〉

13.春水碧於天，畫船聽雨眠。【春景】

　　白話翻譯：此處春天水色之青美比天色還青，在畫船上聽著雨聲入
　　　　　　　眠。

　　典故出處：五代‧韋莊：〈菩薩蠻‧人人盡說江南好〉

細說典故

　　人人盡說江南好，遊人只合江南老。春水碧於天，畫船聽雨
眠。鑪邊人似月，皓腕凝霜雪。未老莫還鄉，還鄉須斷腸。

白話典故

　　大家都說江南真美好，遊客認爲江南適合住到老。此處春天
水色之青比天色還青，在畫船上聽著雨聲入眠。酒家女宛若天邊明
月，潔白的手腕宛如凝結的霜雪。未老千萬別回家鄉，回家鄉會極
度思念這裡而感到悲傷。

14.碧雲天，黃葉地，秋色連波，波上寒煙翠。【秋景】

白話翻譯：青雲遍布於天幕，枯葉染黃了大地。秋意正濃的景色連
　　　　　著水波，水波上一片青翠水煙繚繞。

典故出處：北宋・范仲淹：〈蘇幕遮・碧雲天〉

細說典故

　　碧雲天，黃葉地。秋色連波，波上寒煙翠。山映斜陽天接
水，芳草無情，更在斜陽外。　黯鄉魂，追旅思，夜夜除非，好夢
留人睡。明月樓高休獨倚，酒入愁腸，化作相思淚。

白話典故

　　青雲遍布於天幕，枯葉染黃了大地。秋意正濃的景色連著水
波，水波上一片青翠水煙繚繞。遠方山巒與斜陽相映，天與水接連
成一片，然而芳草卻如此無情，綿綿不絕蔓延著，更在斜陽之外。

　　我思念故鄉而內心悲傷頹喪，滿懷羈旅在外的愁思，除非夜夜有
個好夢，才能安然入睡。有明月的夜晚，不應獨自站在高樓上，內
心憂思鬱結，吞酒入愁腸，都化作相思的眼淚。

15. 至若春和景明，波瀾不驚，上下天光，一碧萬頃；沙鷗翔集，錦鱗游
　　泳；岸芷汀蘭，郁郁青青。而或長煙一空，皓月千里，浮光耀金，靜
　　影沉璧；漁歌互答，此樂何極。【春景】

　　白話翻譯：到了春天天氣晴朗的時候，水波平靜，湖光水色與天相
　　　　　　互輝映，呈現一整片的碧綠。沙鷗飛翔聚集，魚兒嬉戲
　　　　　　水中；岸邊的芷花，水中小沙洲上的蘭花，長得十分茂
　　　　　　盛。有時候瀰漫在空中的霧氣消散，明亮的月光一瀉千
　　　　　　里，月光投映在水中金光閃閃，閒靜的月影如同沉落水
　　　　　　中的璧玉。漁歌相互應和著，這種快樂是永無止盡的。

　　典故出處：北宋・范仲淹：《范文正公集・岳陽樓記》

16. 若夫日出而林霏開，雲歸而巖穴暝，晦明變化者，山間之朝暮也。野
　　芳發而幽香，佳木秀而繁陰，風霜高潔，水落而石出者，山間之四

時也。朝而往，暮而歸，四時之景不同，而樂亦無窮也。【山中四季
景色】

白話翻譯：當日出之時，樹林中的雲氣漸散；傍晚雲氣聚集而洞穴
　　　　　變得昏暗，這或暗或明的變化，正是山中的早晚之景。
　　　　　野花發出淡淡的清香，樹木繁盛而林陰濃密，天高氣爽
　　　　　而霜色潔白，溪水退去而石頭浮出，這正是山中的四
　　　　　季。早上前往，晚上歸來，四季景色各有不同，而快樂
　　　　　也是無窮盡的。

典故出處：北宋・歐陽修：《歐陽文忠公集・醉翁亭記》

17.亂紅飛過秋千去。【春景】

白話翻譯：零落的花瓣紛紛飄落，飄向秋千而去。用以形容春天落
　　　　　英繽紛的美景。

典故出處：北宋・歐陽修：〈蝶戀花・庭院深深深幾許〉

細說典故

　　庭院深深深幾許。楊柳堆煙，簾幕無重數。玉勒雕鞍遊冶
處，樓高不見章臺路。　雨橫風狂三月暮，門掩黃昏，無計留春
住。淚眼問花花不語，亂紅飛過秋千去。

白話典故

　　這庭院很深遠，但有多深遠呢？楊柳籠罩在煙霧之中，如同重
重簾幕無可計數。富貴子弟的車馬擠滿聲色冶遊之地，樓高而看不
見那冶遊之處。　暴雨、狂風的暮春三月，想用大門關住黃昏，但
卻沒有方法能將春天挽留下來。我噙著眼淚問著花，花自無言，只
見那零落的花瓣紛紛飄落，飄向秋千而去。

18.水光瀲灩晴方好，山色空濛雨亦奇。欲把西湖比西子，淡妝濃抹總相
宜。【山光水色】

　　白話翻譯：水光閃耀，天晴的時候，正顯其美好。下雨時，山色空
　　　　　　　遠迷濛，雨景亦顯得奇幻迷人。我想將西湖之美比擬爲
　　　　　　　西施，則無論是宛如「山色空濛」的淡妝，或是「水光
　　　　　　　瀲灩」的濃妝，都很適合。

　　典故出處：北宋・蘇軾：〈飲湖上初晴後雨〉

19.料峭春風吹酒醒，微冷，山頭斜照卻相迎。回首向來蕭瑟處，歸去，也
　無風雨也無晴。【春景】

　　白話翻譯：微寒的春風吹醒了酒意，稍稍感覺到冷，山頭的夕陽正
　　　　　　　迎接著我們。回首剛剛走來時的風雨瀟瀟，回去時，已
　　　　　　　無風雨而天色也漸暗。

　　典故出處：北宋・蘇軾：〈定風波・三月七日沙湖道中遇雨，雨具
　　　　　　　先去，同行皆狼狽，余不覺，已而遂晴，故作此。〉

細說典故

　　莫聽穿林打葉聲，何妨吟嘯且徐行。竹杖芒鞋輕勝馬，誰
怕？一蓑煙雨任平生。　料峭春風吹酒醒，微冷，山頭斜照卻相
迎。回首向來蕭瑟處，歸去，也無風雨也無晴。

白話典故

　　不要去聽那雨落樹林穿打樹葉的聲音，何不大聲呼嘯吟唱而漫
步雨中呢？拿著竹杖穿著芒草鞋，勝過騎著快馬，這下雨天有什麼
好怕？讓我穿著蓑衣在這雨中過一輩子也是可以的。　微寒的春風
吹醒了酒意，稍稍感覺到冷，山頭的夕陽正迎接著我們。回首剛剛
走來時的風雨瀟瀟，回去時，已無風雨而天色也漸暗。

20.滿地黃花堆積，憔悴損，如今有誰堪摘？守著窗兒，獨自怎生的黑？梧桐
更兼細雨，到黃昏、點點滴滴。這次第，怎一個、愁字了得！【秋景】

　　白話翻譯：滿地凋零的黃花堆積，遍是憔悴折損的模樣，如今又有
　　　　　　　誰願意摘取？守在窗邊，天怎是這般的昏暗陰沉？細雨

落在梧桐葉上，到了黃昏，仍是點點滴滴的落下，這般的光景，怎一個「愁」字所能形容的呢！

典故出處：北宋・李清照：〈聲聲慢・尋尋覓覓〉

（細）（說）（典）（故）

尋尋覓覓，冷冷清清，淒淒慘慘戚戚。乍暖還寒時候，最難將息。三杯兩盞淡酒，怎敵他、晚來風急！雁過也，正傷心、卻是舊時相識。　滿地黃花堆積，憔悴損，如今有誰堪摘？守著窗兒，獨自怎生的黑？梧桐更兼細雨，到黃昏、點點滴滴。這次第，怎一個、愁字了得！

（白）（話）（典）（故）

我四處尋找著，這眼前景象卻是如此冷清，讓我的心情感到如此淒涼且憂愁而哀傷。在這由暖轉涼的初秋時節，最難排遣調息。喝了幾杯淡酒，又怎敵得過這寒涼夜風。雁鳥由北南來，刺痛了我的情緒，我們不正是昔時的老朋友嗎？　滿地凋零的黃花堆積，遍是憔悴折損的模樣，如今又有誰願意摘取？守在窗邊，天怎是這般的昏暗陰沉？細雨落在梧桐葉上，到了黃昏，仍是點點滴滴的落下，眼前這般的光景，怎一個「愁」字所能形容的呢！

21. 山重水複無疑路，柳暗花明又一村。【山光水色】

白話翻譯：一重重的山，一道道的水隔在前面，彷彿沒有了去路，然而，穿越之後，卻是綠柳成蔭，百花明妍，前邊又是一個村落。引申有陷於困境後突現轉機的意思。

典故出處：南宋・陸游：〈遊山西村〉

22. 枯藤老樹昏鴉，小橋流水人家，古道西風瘦馬。夕陽西下，斷腸人在天涯。【秋景】

白話翻譯：眼前有枯老的藤蔓、老樹、烏鴉；有小橋、流水、住家；有古老的道路、吹著西風、瘦弱的馬。夕陽西下

了，只有滿腹哀傷的人在遙遠的地方。

典故出處：元‧馬致遠：〈天淨沙‧秋思〉

23.孤村落日殘霞，輕煙老樹寒鴉，一點飛鴻影下。青山綠水，白草紅葉黃花。【秋景】

白話翻譯：眼前是孤零零的村莊、夕陽落日、殘餘的晚霞；有清淡的煙霧、老樹、寒天的烏鴉，突然一隻鴻雁迅速飛落地面。只見眼前一片的青翠山巒、碧綠流水，還有那白草、紅葉、黃花。

典故出處：元‧白樸：〈天淨沙‧秋〉

24.春山暖日和風，闌干樓閣簾櫳，楊柳秋千院中，啼鶯舞燕，小橋流水飛紅。【春景】

白話翻譯：春天的山，溫暖的日光，與和煦的微風。欄杆、樓閣與捲簾。楊柳與秋千在庭院中。啼叫的鶯鳥與飛舞的燕子，小橋、流水與滿天落英繽紛的花瓣。

典故出處：元‧白樸：〈天淨沙〉之一

25.由斷橋至蘇隄一帶，綠煙紅霧，瀰漫二十餘里。歌吹為風，粉汗為雨，羅紈之盛，多於隄畔之草，艷冶極矣！【春日湖景】

白話翻譯：從西湖斷橋到蘇隄一帶，花木繁盛而多彩，蔓延遍布有二十餘里長。歌聲與吹奏聲隨風飄送，美女們流下的汗如雨下，穿著華服的遊客之多，多過於蘇隄畔的青草，實在是艷麗到了極點。

典故出處：明‧袁宏道：《袁中郎集‧晚遊六橋待月記》

26.高柳夾堤，土膏微潤，一望空闊，若脫籠之鵠。於時冰皮始解，波色乍明，鱗浪層層，清澈見底，晶晶然如鏡之新開，而冷光乍出於匣也。山巒為晴雪所洗，娟然如拭，鮮妍明媚，如倩女之靧面，而髻鬟之始掠也。柳條將舒未舒，柔梢披風，麥田淺鬣寸許。遊人雖未盛，泉而

茗者，罍而歌者，紅裝而蹇者，亦時時有。風力雖尚勁，然徒步則汗
出浹背。凡曝沙之鳥，呷浪之鱗，悠然自得，毛羽鱗鬣之間，皆有喜
氣。始知郊田之外未始無春，而城居者未之知也。【郊景、春景】

白話翻譯：高大的柳樹夾在河堤兩岸，肥沃泥土還微微濕潤著，放
眼望去是如此開闊寬廣，我們就像是離開鳥籠的鵠鳥。
這個時候水面的薄冰剛剛解凍，波光突然明亮了起來，
波浪如層層魚鱗，清澈可看見水底，明亮閃光就好像是
剛剛打開了鏡子，有道冷光從鏡匣出來。連綿的山峰如
同被天晴後的積雪洗過，秀麗的姿態宛若剛剛擦拭過，
是如此鮮艷、明亮而美好，就好像是美女洗臉，輕柔地
把那髮髻向後梳理著。此時的垂柳將要舒展卻又沒有舒
展，柔軔的柳梢正迎著春風搖曳生姿，而麥田的麥苗才
剛剛竄出沃土不過一寸許高。遊客雖然不多，引泉水
煮茶的，飲酒唱歌的，盛裝打扮騎著弱馬的，這樣的遊
人常常可見。此時風力雖強，但徒步行走還是會汗流浹
背。無論是在沙上曬太陽的鳥兒，飲浪的魚兒，都能從
容自在，無論是天上飛的水中游的，都帶有喜悅之氣。
我這才知道郊外田野間未嘗沒有春色，只可惜居住在城
內的人卻不知道啊！

典故出處：明·袁宏道：《袁中郎集·滿井遊記》

27. **霧淞沆碭，天與雲、與山，與水，上下一白；湖上影子，惟長堤一痕，
湖心亭一點，與余舟一芥，舟中人兩三粒而已。【冬日雪景】**

白話翻譯：白色冰晶狀的霧淞凝結在枝頭上，雲霧瀰漫，天與雲、
山、水，四方上下都是雪白一片。西湖上的影子，只有
一條蘇隄的痕跡，一小點的湖心亭，以及我們的一條小
船，還有船中兩三粒如米粒般的我們而已。

典故出處：明·張岱：《陶庵夢憶·湖心亭看雪》

28.西湖七月半，一無可看，止可看看七月半之人。看七月半之人，以五
類看之。其一，樓船簫鼓，峨冠盛筵，燈火優傒，聲光相亂，名為
看月而實不見月者，看之。其一，亦船亦樓，名娃閨秀，攜及童孌，
笑啼雜之，環坐露台，左右盼望，身在月下而實不看月者，看之。其
一，亦船亦聲歌，名妓閑僧，淺斟低唱，弱管輕絲，竹肉相發，亦在
月下，亦看月，而欲人看其看月者，看之。其一，不舟不車，不衫不
幘，酒醉飯飽，呼群三五，躋入人叢，昭慶、斷橋，嘄呼嘈雜，裝假
醉，唱無腔曲，月亦看，看月者亦看，不看月者亦看，而實無一看
者，看之。其一，小船輕幌，淨几暖爐，茶鐺旋煮，素瓷靜遞，好友
佳人，邀月同坐，或匿影樹下，或逃囂裏湖，看月而人不見其看月之
態，亦不作意看月者，看之。【描摹人物情態】

白話翻譯：七月半中元節的西湖，沒有什麼好看的，只可看看七月
　　　　　半的人。要看看七月半的人，可分成五類來看。第一
　　　　　種，遊船上有絲竹管弦的演奏，士大夫們開著盛大的筵
　　　　　席，船上燈火通明，帶著倡優與僕人，聲音與火光相交
　　　　　錯著，這種人是名義來賞月，實際上根本沒在賞月者，
　　　　　這種人可以看看。第二種，也有樓船，是美女跟大家閨
　　　　　秀們，帶著漂亮的小男童，相互笑鬧說話，環座在樓船
　　　　　的平臺上，左看看右看看，這種人是身在月下，實際上
　　　　　沒有看月亮者，這種人可以看看。第三種，有船也有人
　　　　　唱歌，是有名的妓女與閒適的僧人，他們低調喝酒唱
　　　　　歌，輕柔彈著樂器，絲竹聲伴隨歌聲，這種人是身在月
　　　　　下，也看月亮，而更希望別人看他們在看月亮的，這種
　　　　　人可以看看。第四種，不搭船不乘車，不穿長衫不帶頭
　　　　　巾，喝足吃飽後，呼朋引伴，擠入人群中，在昭慶寺，
　　　　　在斷橋上，狂呼亂叫，十分嘈雜，裝喝醉酒，唱著不成
　　　　　腔調的歌，這種人是看月亮，看月亮的人他們也看，不

看月亮的人他們也看，而實際什麼都沒有看到的，這種人可以看看。第五種，乘著小船，船上籠罩著輕薄的帷幔，船內有乾靜的小桌子與暖爐，茶壺上不斷煮著茶，雅潔的瓷杯靜靜傳遞著，有好友與美人，同坐於明月之下，或躲在樹下，或為了躲避喧囂逃到裏湖，這種人是在賞月，而別人沒看到他們在賞月的情態，也不刻意裝賞月者，這種人可以看看。

典故出處：明・張岱：《陶庵夢憶・西湖七月半》

29. 水之為聲有四：有瀑布聲，有流泉聲，有灘聲，有溝澮聲。風之為聲有三：有松濤聲，有秋葉聲，有波浪聲。雨之為聲有二：有梧葉、荷葉上聲，有承簷溜竹筒中聲。【自然聲響】

白話翻譯：水聲有四種：有瀑布聲，溪流泉水聲，有流水沖擊灘頭聲，有田間水道流水聲。風聲有三種：有風撼松林如波濤洶湧之聲，有秋天落葉聲，有風捲水波浪的聲音。雨聲有兩種：有雨落梧桐、荷葉聲，有雨落屋簷，順著竹筒滑落的聲音。

典故出處：清・張潮：《幽夢影》

30. 梅令人高，蘭令人幽，菊令人野，蓮令人淡，春海棠令人艷，牡丹令人豪，蕉與竹令人韻，秋海棠令人媚，松令人逸，桐令人清，柳令人感。【植物意象】

白話翻譯：梅花令人感到高雅，蘭花令人感到清幽，菊花令人感到自然而不加修飾，蓮花令人感到澹然，春海棠令人感到艷麗，牡丹令人感到豪邁，蕉葉與竹子令人感到韻味橫生，秋海棠令人感到冶艷，松樹令人感到超逸閒適，梧桐令人感到清越高潔，柳樹則發人感懷。

典故出處：清・張潮：《幽夢影》

第三節　考古大觀園

94年

1. 無論城市或鄉村、山巔或海濱，隨處可見街道。這些街道可能是通衢大道，可能是窄街狹巷，也可能是羊腸小徑。每一條街道，都蘊藏著各色各樣的故事，讓人難忘、回憶或讚嘆。在你心中，應該也有這樣一條街道，它可能位在你的家鄉，可能在你工作的城鎮，也可能是你旅行時讚嘆歡喜的街道。請以「一條街道的故事」為題，寫出你所知道，或懷念的街道的故事。限臺灣城鄉街道，文長不拘。　（94年公務人員初等考試）【另可置於「感情抒發類」】

102年

1. 時代的飛速發展，讓我們生長的土地面貌日異，許多風景、人事遂只存於記憶之中，無能重現。請以「原鄉的記憶」為題，作文一篇，書寫自己心中的原鄉形象以及記憶。　（102年原住民四等特考）【另可置於「感情抒發類」】

第四節　奇文共賞與評析討論

一、奇文共賞

題目：無論城市或鄉村、山巔或海濱，隨處可見街道。這些街道可能是通衢大道，可能是窄街狹巷，也可能是羊腸小徑。每一條街道，都蘊藏著各色各樣的故事，讓人難忘、回憶或讚嘆。在你心中，應該也有這樣一條街道，它可能位在你的家鄉，可能在你工作的城鎮，也可能是你旅行時讚嘆歡喜的街道。請以「一條街道的故事」為題，寫出你所知道，或懷念的街道的故事。限臺灣城鄉街道，文長不拘。（94年公務人員初等考試）

作者：朱偉誌

1

　　我想回到那個地方，但那裡現在什麼都不剩。放眼望去，能看見的全是風沙和土石，原本的溪水也乾枯，被填滿沙石後，成為一大片寸草不生的荒涼，唯獨採石場的規模，比以前更大……，還能回憶的，只有山腰上的那家雜貨店，仍然屹立，以及店前那一小段剩餘的殘破道路，是每次必經的一段，也是唯一一條，通往我到不了的童年。

　　小的時候在爺爺家長大，不過，從有記憶以來，我們就住在近城鎮的新家。舊家在山上，還是很古味的三合院，爺爺是做農的，那兒有些田地，不過面積都不算太大。那時候，每天都伴隨著爺爺到舊家去耕種，但因為年紀太小，幫不了什麼忙，不給添麻煩，就是萬幸！

　　到舊家的途上，雜貨店是必經之道，小時候都稱作「大坡」，其實只有一小段較為傾斜，之後的路面還是平坦。從雜貨店出發，下了「大坡」後，大概兩、三百公尺，就能到舊家，在這段路上，兩旁幾乎都是雜草和檳榔樹，有印象中，較特別的是下了「大波」後的左邊有一間小木屋，屋裡養著山羊，每次經過總是「咩、咩、咩」的叫著，我和羊群玩過幾回，不知是你逗我，或是我逗你的，可是，那裡頭散發出的味道實在不太親切，之後就很少靠近。

　　不曾再到過的地方，不代表不再想念，也不是已經淡忘。

2

　　長時間在外地，忙碌著空泛的忙碌，什麼時候開始，連家都很少回了，習慣一個人的生活，但每當房間淨空、夜燈孤獨，空氣裡只剩喇叭不斷播出的樂曲，反覆的旋律，一遍又一遍。此刻，真深怕浸在這種過分靜謐的夜晚，思緒隨著黑夜，越陷，越深。害怕、恐懼、逃避，我只想找個依靠，於是，躲回到夢境裡，那唯一安逸之處。

3

是半夢半醒吧！周遭不斷晃動，微微睜開眼，視線有些朦朧，看見車窗，模糊移轉的風景，心想：「我是在車上」，接著，又昏睡了。沒多久，聽見車門打開的聲音，有人好像下了車，於是醒了來，驚訝地發現自己杵在舊家的三合院。

我下了車，竹林在風吹動後沙沙作響，深紅色的屋瓦上面有些青苔附著，灰白的牆面也有些剝落的痕跡，暗黃色的轎車停在屋前的空地，我依然記得這裡的一景一物，即使我再也到不了。

這條道路，接通記憶，也接通兩個世界。

屋角的紗門被推開了，一隻小白狗跑了出來，跑向我腳邊停住，吐舌，仰望著我。我的眼眶開始泛紅，多久不見的牠，趕緊擁入懷，不斷地撫摸。若有似無的記憶，我們明明分隔了兩個世界？那刻起，我好似回到了童年的時光，追逐，嬉鬧，跑遍田野，穿遍房舍每個角落，在舊家的每一處，充滿歡笑。

天空已有些昏黃，我們在「大坡」跑上跑下，即使不時有難聞的氣味飄過，也無法減去這分喜悅，羊群發出的叫聲彷彿也是快樂的，世界好像在此時停了下來。我們到了雜貨店前，暗黃色的轎車朝我們開來，小白狗奔了過去，也許最幸福的時光，莫過此刻。

4

突然間，天色灰暗了下來，烏雲密布，開始下起了大雨，我心裡的不安在瞬間擴大，當他們仍在「大坡」上，我匆忙地叫著：「快！快點過來！」我能感覺到不祥的預兆，剎那，一陣紛亂吵雜的聲音越來越大、越靠越近，當我來不及意識，一波大洪水沖了過去，我嚇得倒在地上，洪水在短短的幾秒內，把雜貨店前的一切全部帶走，我不知所措，接著，不停地對著眼前的一切大吼，眼淚灑滿一地……

夢與現實？不論真假，都如這殘破的道路，不再完整。我無須去

感慨這些世事無常,因為我知道,不再能行的道路,是唯一通往我心的方向。

二、評析討論

1. 結構分析

> (1)第 1 段次:起首,懷念曾走過某段的記憶。同時以「殘破道路」為雙關,既是指一條路,也是回不去的童年。
> (2)第 2 段次:回到現實,又透過記夢境,從現實轉回到過去記憶的拉扯。
> (3)第 3 段次:透過夢境,重回那條記憶中的路,連結的是記憶深處的「家」與童年時的「伴」。
> (4)第 4 段次:一場大雨,沖刷著記憶,也拉回現實作結。

2. 總講評

　　本文情景交融,以一條記憶中的路,拉起現在與過去的連結,也是現實與夢境的交錯。也許敘事內容、情節不夠新穎,卻有真摯情意,係以記敘兼抒情的作品。

　　在記敘的部分,作者很清楚掌握了時間與空間。「時間」採取的是「現在,過去,現在,過去,現在」的錯綜,並著以不同情緒的感嘆,頗具轉折性。「空間」上,尤其是對「路」、「老家」的描述,能仔細按著空間順序描繪,讓讀者能夠在腦中構築出一幅清楚的圖像,未形成空間的扭曲。其他如:描繪景致也頗為細膩、逼真,使通篇文章的整體意象鮮活。

　　至如光影、色彩的搭配,可再調整。宛如一臺老相機,或膠卷影片,如何在泛黃,又或者是黑白等主色調中,將老家那既擁有童年的歡樂,又朦朧間有著對過往的慨嘆,譜出一個記憶中的影像,整體意象愈形

豐富。

　　此外，雖以記敘文爲主體，但不妨用各種「官能」、「肢體動作」去觸碰記憶，去嗅出那曾有的眷戀，可使文章更爲立體生動。

三、第十一錦囊：引導命題的釋題方法

　　引導式、情境式的作文，是近年流行的出題模式。這股趨勢從國高中升學考試，延伸到國家級的高普特考，以及研究所、博士班的作文。所謂「引導式作文」，其意在於：

　　引導式作文是在作文之前先提供材料，有的很簡短，只有一、二句話或格言，有的是一首新詩，有的是一段短文或一段寓言，有的則是一段新聞或一種現象、流行的描述，或只是一小段說明文句，也有的是二段短文或更多到七、八段的……，不一而足。而引言之後的題目或採閉鎖式—題目已經固定；或採開放式—自訂題目；或採半開放式—如：請以「××的啓示」、「我對××的看法」或「○○是什麼？」……爲題；有的甚至除題目之外，還列出題綱式的指引，讓應考人根據指引寫作。藉此可以測驗應考人在受到指定寫作方向限制之下，類推、聯想、表達的能力。

（考選部：〈國家考試國文科「作文」題型範例〉）

「引導式作文」優點是解決傳統作文題目時而過於抽象的問題，也能激發作者的想像力與問題意識。

　　但有些限制是不得不知。首先，「引題」已設定書寫方向，不能朝反方向書寫，否則將視爲離題。其次，不可以「完全抄襲引題」，這會被嚴重扣分，引題目的指引方向，不是造句、造文，引例如下：

【題目】古人云：「積學以儲寶，酌理以富才。」意在強調累積學識與明辨事理的重要，而這也是一個公務人員應有的自我要求。請結合個人讀書與工作的經驗，以「積學與酌理」為題，作語體文一篇，文長不限。（97年地方政府公務人員四等特考）

【擬釋題】「積累學識」與「明辨事理」，乃是現代公務人員應具備自我條件。清代學者全祖望有云：「讀書不多，無以證斯理之變化；多而不求於心，則為俗學。」簡言之，學乃是證理的根源，而理之證則是學之用，兩者缺一不可。若「學而不思」或「思而不學」，也就不能酌理於心。因此，「積學」與「酌理」有其並立性。

由上例可知，扼要闡述引題後，就要自行發揮，不可再依賴引題。再以佳文「一條街道的故事」為例，引題中拉雜講述了一些大街小徑，但作者確認題旨後，就直接進入主題描寫，而未再徵引引題，正是如此。

第十二章　感情抒發類

第一節　話說類型

　　「感情抒發」係指追求個人情感的抒發，即是「抒情文」，國家考試也甚少出現。

　　此與「時空記敘類」很難區隔。抒發情意過程中，很難不帶有記敘色彩；反之，記敘時，如涉及內心部分，也難以劃分抒情或記敘，端看作者如何界定題目、構思內涵，如：「中秋記趣」一題，描述過節時的熱鬧場景，是記敘文；若因中秋而引發人事物的感懷，就偏抒情文。所謂的「記敘兼抒情」或「抒情兼記敘」，更是常見。

　　學者朱艷英將抒情文分成兩類：「直接抒情」、「間接抒情」。前者即直接訴情；後者又可分成四類，有：依附於事的抒情（以敘寄情，寓情於事）、依附於景的抒情（借景抒情，寓情與景）、依附於物的抒情（托物言志，寓情於物）、依附於理的抒情（以情馭理，寓情於理）。[1]大抵來說，第一至三類是屬於抒情與記敘的交融；後者則是抒情與論說的結合，此不贅述，留待第十三章「經驗分享類」再議。

　　抒情文有幾項特質：一、抒發作者對客觀環境的情感；二、寫作目的欲能引起讀者共鳴；三、不需完整情節描述，以感情為主，記敘為輔；四、文辭須有抒情性、節奏感。[2]其中一、二點屬於「構思內涵」的問題；第三點是說明「寫作結構」；第四點著重在「文辭表達」。

1　朱艷英主編：《文章寫作學——文體理論知識部分》（高雄：麗文文化公司，1994年11月），頁242-243。

2　以上四點歸整自金振邦：《文章體裁辭典》（高雄：麗文文化公司，1995年9月），頁3。

　　寫作方法與「時空記敘類」頗異曲同工，凡「知剪裁，顯主線」、「重視感官描摹與感官交錯的應用」、「勿作八股式結語」、「善用修辭與修辭的侷限」等四種原則皆可適用。獨抒情文著重情感描述，可不必做完整的時空描述。唯透過官能——眼、耳、鼻、舌、身、意等「六識」，去探索世界，感知心靈，誠屬重要。最簡單的說，便是得領略生活的點點滴滴，將生活的酸、甜、苦、辣、鹹，或七情之喜、怒、哀、樂、愛、惡、欲，透過文字連綴而呈現。

　　於是，好的抒情文有幾個特質：一、能走進內心世界，回到情感最深處。二、發揮想像力，將情感附麗在修辭技巧上，以表達情思。三、留心外在環境引起的情感反應，一花一草，時節更替，人事變化，自然物移，都能勾起情思。四、獨創語彙，貴在創新。

　　誠然，上述所及，都必須根基在自己對周遭一切生發出的感懷，同時需閱讀大量的「經典」、「情文」，如：古今詩歌、詞曲、散文、小說……等，豐富我們的情蘊與詞彙。一旦缺乏，最好的方式還是平鋪直敘，確切表達自己的感懷，千萬不要虛構造假，這是非常容易被看穿的。

　　一如「時空記敘」不屬論說文範疇，原第四節的「追蹤執行力」亦省略。「名言典故集錦」則提供各種情緒感懷之詩文、名句，以供參考。

📶 重點摘要

1. 「感情抒發」是抒發個人情感，或透過情感建立個人道德價值。
2. 好的抒情文特質有四：一、能走進內心世界；二、發揮想像力，並附麗於修辭；三、留心外在環境引發的情思；四、獨創語彙，貴創新。
3. 平鋪直敘亦佳，勿虛構造假。

第二節　名言典故集錦

1. **關關雎鳩，在河之洲。窈窕淑女，君子好逑。**【追求愛情】

　　白話翻譯：關關鳴叫的鳩鳥，在河中的小沙洲上，那美好的淑女，

　　　　　　　是君子的佳偶。

　　典故出處：先秦：《詩經·周南·關雎》

細說典故

　　關關雎鳩，在河之洲，窈窕淑女，君子好逑。

　　參差荇菜，左右流之，窈窕淑女，寤寐求之。

　　求之不得，寤寐思服，悠哉悠哉，輾轉反側。

　　參差荇菜，左右采之，窈窕淑女，琴瑟友之。

　　參差荇菜，左右芼之，窈窕淑女，鐘鼓樂之。

白話典故

　　關關鳴叫的鳩鳥，在河中的小沙洲上，那美好的淑女，是君子的佳偶。

　　參差不齊的荇菜，從左邊右邊去摘取，那美好的淑女，輾轉反側都想追求她。

　　追又追不到，無論睡覺或清醒時都還思念著她，我不斷的思念，翻來覆去還是睡不著。

　　參差不齊的荇菜，從左邊右邊去摘取，那美好的淑女，我彈琴鼓瑟去接近她。

　　參差不齊的荇菜，從左邊右邊去摘取，那美好的淑女，我用敲鐘打鼓使她感到高興。

---

2. **相去日已遠，衣帶日已緩。**【思念】

　　白話翻譯：相離開的日子愈來愈長，因為思念，人愈顯消瘦而衣帶漸寬。

典故出處：東漢・無名氏：《古詩十九首・行行重行行》

⦿細說典故

　　行行重行行，與君生別離。相去萬餘里，各在天一涯。
　　道路阻且長，會面安可知？胡馬依北風，越鳥巢南枝。
　　相去日已遠，衣帶日已緩。浮雲蔽白日，遊子不顧返。
　　思君令人老，歲月忽已晚。棄捐勿復道，努力加餐飯。

⦿白話典故

　　走了又走，不斷的走，與你硬生生將要分離。相隔一萬多里，各自在天際的一邊。

　　路途有阻礙且很遠長，能否再見又怎能知道？胡馬南來仍依戀著北風，越鳥北飛後仍向南面的樹枝築巢。

　　相離的日子愈來愈遠，因為思念，褲腰帶也愈來愈鬆。浮雲遮蔽了陽光，在外遊子不想回家。

　　思念你讓我變得衰老，時光匆匆，又是歲末時分，拋開這些不再多說，請多吃點飯多多保重吧！

3. 生年不滿百，常懷千歲憂。晝短苦夜長，何不秉燭遊！爲樂當及時，何能待來茲？愚者愛惜費，但爲後世嗤。仙人王子喬，難可與等齊。
　　【爲樂及時】
　　白話翻譯：人的年紀還不滿百年，卻去記掛著千年以後的憂愁。總是抱怨白天太短，暗夜太漫長，何不拿著燭火夜遊去。行樂要趁早，何必要等到以後呢？愚笨的人事事計較而貪戀錢財，最後只能被後人嘲笑。傳說有個仙人名叫王子喬，一般人想像他一樣成仙可不容易啊！
　　典故出處：東漢・無名氏：《古詩十九首・生年不滿百》

4. 來日苦短，去日苦長。【嘆時光流逝，人生苦短】

白話翻譯：未來的日子苦於太短，而已逝去的日子苦於過長。

典故出處：西晉・陸機：〈短歌行〉

5. 已矣乎！寓形宇內復幾時，曷不委心任去留，胡爲遑遑欲何之？富貴非
吾願，帝鄉不可期。懷良辰以孤往，或植杖而耘耔，登東皋以舒嘯，
臨清流而賦詩。聊乘化以歸盡，樂夫天命復奚疑！【感懷人生】

白話翻譯：算了吧！一個人寄寓在世上又有多少時間？何不隨心之
自然而決定去留，爲何要驚恐匆忙，心神不定，想要去
何方呢？富貴不是我所想要的，而當神仙也不是可以期
待的。我獨自趁著良辰美景去走走，或扶著拐杖在田中
除草翻土，或登東邊的高地仰天長嘯，或親近溪流而在
水邊吟詩。姑且順著大自然的變化而安享天年，快樂的
享受自然的賦予，又有什麼好疑慮的呢？

典故出處：東晉・陶潛：《陶淵明集・歸去來辭》

6. 既自以心爲形役，奚惆悵而獨悲？悟已往之不諫，知來者知可追；實迷
途其未遠，覺今是而昨非。【感懷人生】

白話翻譯：既然自認爲內心被形骸所拘束，爲何要惆悵而獨自感到
悲傷？已經了悟過去不可挽回，知道未來還可以補救，
實是我走入迷途而未走遠，覺得今日是對的，而昨日是
錯的。

典故出處：東晉・陶潛：《陶淵明集・歸去來辭》

7. 年年歲歲花相似，歲歲年年人不同。【嘆人事變化】

白話翻譯：每年所開的花相似，每年賞花的人卻都不同了。

典故出處：唐・劉希夷：〈代悲白頭翁〉

8. 海上生明月，天涯共此時。【思親】

白話翻譯：望著海上升起的明月，想著各在天涯一方的親人，共觀
此月而相思。

典故出處：唐・張九齡：〈望月懷遠〉

細說典故

　　海上生明月，天涯共此時。情人怨遙夜，竟夕起相思。滅燭憐光滿，披衣覺露滋。不堪盈手贈，還寢夢佳期。

白話典故

　　望著海上升起的明月，想著各在天涯一方的親人，共觀此月而相思。多情如我怨長夜漫漫，整晚失眠懷念著遠方親人。蠟燭雖滅，但更憐愛這滿室月光，我披著衣服而感到夜露浸染的寒涼。我無法捧起這月色送給遠方的你，只能期待在夢中相會。

9. 人生不相見，動如參與商。【相見無常】

　　白話翻譯：人生因相隔遙遠且難以再見，宛如天邊的參星與商星一般。

　　典故出處：唐・杜甫：〈贈衛八處士〉

細說典故

　　人生不相見，動如參與商。今夕是何夕，共此燈燭光。少壯能幾時，鬢髮各已蒼。訪舊半為鬼，驚呼熱中腸。焉知二十載，重上君子堂。昔別君未婚，兒女忽成行。怡然敬父執，問我來何方？問答未及已，驅兒羅酒漿。夜雨剪春韭，新炊間黃粱。主稱會面難，一舉累十觴。十觴亦不醉，感子故意長。明日隔山嶽，世事兩茫茫。

白話典故

　　人生因相隔遙遠且難以再見，宛如天邊的參星與商星一般。今晚是什麼樣的特殊夜晚，能在此相聚。年輕力壯的日子已不多，再見面卻各自白了鬢髮。訪問故友一半已過世，見到老友驚呼，內心一片暖意。怎知在二十年之後，還能再到你家來拜訪。以前離別時

你還未婚，忽然兒女已成群。孩子們自在的向父親朋友致上敬意，問我從何處而來。問答尚未完畢，朋友就呼喚兒女準備酒水。夜晚細雨中剪下的韭菜入菜，剛煮好的黃粱與米飯入食。朋友說見一次面很困難，一舉杯就連喝十杯酒。十杯酒我也沒喝醉，感謝你對故舊知交的深遠情意。明天你我又要被山嶽所分隔，這人情與世事竟如此渺茫不清。

10.故園東望路漫漫，雙袖龍鍾淚不乾。馬上相逢無紙筆，憑君傳語報平安。【思鄉】

白話翻譯：舉目東望故鄉，而故鄉之路是如此漫長，我止不住的淚水沾濕了衣袖。與故交偶然相會於騎馬途中，但卻沒有紙筆，只能憑藉著你替我傳話，向家人報聲平安。

典故出處：唐‧岑參：〈逢入京使〉

11.還君明珠雙淚垂，恨不相逢未嫁時。【癡情】

白話翻譯：我只能將明珠奉還而淚不停落下，只恨不是在我未出嫁前就認識彼此。

典故出處：唐‧張籍：〈節婦吟‧寄東平李司空師道〉

細說典故

君知妾有夫，贈妾雙明珠。感君纏綿意，繫在紅羅襦。妾家高樓連苑起，良人執戟明光裡。知君用心如日月，事夫誓擬同生死。還君明珠雙淚垂，恨不相逢未嫁時。

白話典故

你知道我有丈夫，還贈送我一對明珠。感念你對我的纏綿情意，於是將明珠繫在紅綢短衣上。我家的高樓就連著皇宮後院，丈夫正拿著兵器在宮殿值班。我知道你對我的情意是日月可表，但我發誓與丈夫同生共死。我只能將明珠奉還而淚不停落下，只恨不是在我未出嫁前就認識彼此。

12. 曾經滄海難爲水，除卻巫山不是雲。取次花叢懶回顧，半緣修道半緣君。【悼亡愛侶】

　　白話翻譯：曾經看過大海，那一般江河就不足爲奇；看盡了巫山之雲後，其他的雲也就不算什麼。隨便經過花叢也都懶得回看一眼，一半的理由是爲了修道，一半是爲了你。

　　典故出處：唐‧元稹：〈離思五首之四〉

13. 天若有情天亦老。【人生無常】

　　白話翻譯：倘若天如人一般的多情，那麼，天也會承受不了而衰老的。

　　典故出處：唐‧李賀：〈金銅仙人辭漢歌〉

14. 問君能有幾多愁，恰似一江春水向東流。【憂愁】

　　白話翻譯：試問我有多少的憂愁？正像一江的春水往東流去，綿綿不絕。

　　典故出處：南唐‧李煜：〈虞美人〉

細說典故

　　春花秋月何時了，往事知多少。小樓昨夜又東風，故國不堪回首月明中。雕闌玉砌應猶在，只是朱顏改。問君能有幾多愁，恰似一江春水向東流。

白話典故

　　春天的花與秋天的月亮，這良辰美景何時會結束？這勾起了我多少的往事。小閣樓上昨晚又吹起的東風，月明的夜晚想起故國一切，是如此不忍回顧。那皇宮精美雕刻的欄杆與玉石臺階應該都還在，只是我的容貌變了。試問我有多少的憂愁？正像一江的春水往東流去，綿綿不絕。

15. 剪不斷，理還亂，是離愁。別是一般滋味在心頭。【離愁】

白話翻譯：剪也剪不斷，愈梳理愈亂的是那離別時的憂愁。此刻，
　　　　　別有一番離愁憾恨湧上了心頭。

典故出處：南唐‧李煜：〈相見歡‧無言獨上西樓〉

細說典故

　　無言獨上西樓，月如鉤。寂寞梧桐深院鎖清秋。　剪不斷，理
還亂，是離愁。別是一般滋味在心頭。

白話典故

　　獨自無語走上西邊高樓，此時彎月如鉤鉤。深沉的庭院裡有寂
寞的梧桐樹，鎖著那冷清的秋意。　剪也剪不斷，愈梳理愈亂的是
那離別時的憂愁。此刻，別有一番離愁憾恨湧上了心頭。

16.自是人生長恨水長東。【憾恨】

白話翻譯：可嘆人生有無盡的憾恨，如那流水東去，永無休止。

典故出處：南唐‧李煜：〈相見歡‧林花謝了春紅〉

細說典故

　　林花謝了春紅，太匆匆，無奈朝來寒雨晚來風。　胭脂淚，相
留醉，幾時重？自是人生長恨水長東。

白話典故

　　林間花朵紛紛凋落，染紅大地一片，春天實在走得太急，無奈
暮春時分早晨又冷又雨，晚上又有急風摧殘，如此薄情。　美人和
著胭脂的眼淚滾滾而落，留人買醉一貪歡愉，此般良辰美景何時能
再見？可嘆人生有無盡的憾恨，如那流水東去，永無休止。

17.執手相看淚眼，竟無語凝噎。【離愁】

白話翻譯：拉著手淚眼對看，竟默然無語而哽咽。

典故出處：北宋‧柳永：〈雨霖鈴‧寒蟬淒切〉

細(說)(典)(故)

　　寒蟬淒切，對長亭晚，驟雨初歇。都門帳飲無緒，方留戀處，蘭舟催發。執手相看淚眼，竟無語凝噎。念去去、千里煙波，暮靄沉沉楚天闊。　多情自古傷離別，更那堪、幾落清秋節。今宵酒醒何處？楊柳岸、曉風殘月。此去經年，應是良辰好景虛設，便縱有、千種風情，更與何人說。

(白)(話)(典)(故)

　　寒蟬淒涼悲切的鳴叫著，面對著傍晚時分的踐別長亭，大雨剛才停止。在都門外設宴踐別，沒有好心情。才正留戀著，小船上已催促出發。拉著手淚眼對看，竟默然無語而哽咽。想到愈去愈遠，眼前是千里無邊煙霧蒼茫的水面，傍晚雲霧如此低深濃厚，楚地天空也寬闊了起來。　自古多情人對離別最是傷感，更哪能承受、這冷清的清秋時分。今晚酒醒身將在何處？在楊柳夾岸的水邊，伴著晨風與將西沉的月亮。這一去是年復一年，這好時辰與美景都虛設了，即便有千種風雅的情趣，又能與誰訴說呢？

18.心似雙絲網，中有千千結。【憂愁】

　　白話翻譯：內心憂愁像是雙絲結成的網，中有無數個結。　　　　・

　　典故出處：北宋・張先：〈千秋歲・數聲鶗鴂　〉

19.去年元夜時，花市燈如畫。月上柳梢頭，人約黃昏後。　今年元夜時，月與燈依舊。不見去年人，淚濕春衫袖。【憶舊】

　　白話翻譯：去年元宵的夜晚，熱鬧街市的燈如白畫。我們相約黃昏後，那月升上柳樹梢的時分。　今年的元宵夜晚，明月與燈市依然如昔。只不見那去年舊相識，只能淚灑春衣衣袖。

　　典故出處：北宋・歐陽修：〈生查子・去年元夜時〉

20.人生自是有情癡，此恨不關風與月。【癡情】

　　白話翻譯：人生本來就會因感情而癡迷著，這種離別的愁恨，跟風
　　　　　　　月之外在景物，沒有關係。

　　典故出處：北宋・歐陽修：〈玉樓春・樽前擬把歸期說〉

細說典故

　　樽前擬把歸期說，未語春容先慘咽。人生自是有情癡，此恨
不關風與月。　離歌且莫翻新闋，一曲能教腸寸結。直須看盡洛城
花，始共春風容易別。

白話典故

　　在離別的筵席上拿著酒杯，準備要告知歸期，孰料話還沒說出
口，便已愁容滿面，悲傷到話都說不出來。人生本來就會因感情而
癡迷，這種離別的愁恨，跟風月之外在景物，沒有關係。　離別的
歌曲不用再翻唱新曲，只消一首曲子便能讓人哀傷到柔腸寸斷。只
要能看遍洛陽城的飛花，便能從容與春風話別。

21.人言落日是天涯，望極天涯不見家。【思鄉】

　　白話翻譯：人們常說夕陽落下處便是天之邊際，然而望盡了天涯，
　　　　　　　卻仍看不見家。

　　典故出處：北宋・李覯：〈鄉思〉

22.今宵賸把銀釭照，猶恐相逢是夢中。【久別重逢】

　　白話翻譯：今晚我們果真重逢，我舉起銀製的燈盞照了又照，猶恐
　　　　　　　是幻影，又只能夠夢中相逢。

　　典故出處：北宋・晏幾道：〈鷓鴣天・彩袖殷勤捧玉鍾〉

細說典故

　　彩袖殷勤捧玉鍾，當年拚卻醉顏紅。舞低楊柳樓心月，歌盡
桃花扇底風。　從別後，憶相逢，幾回魂夢與君同。今宵賸把銀釭

照，猶恐相逢是夢中。

⽩話典故

　　想當年，穿著彩衣的歌女情意深厚的捧著酒杯敬酒，而我舉杯暢飲是滿臉通紅。歌女不斷的跳著舞，直到掛在楊柳梢，光灑樓中的明月逐漸西沉；而不斷唱著歌曲，直到那桃花扇都搧累了而停了下來。　自離別後，總惦著能再相逢。幾回都是在夢中夢見與你相遇。今晚我們果真重逢，我舉起銀製的燈盞照了又照，猶恐是幻影，又只能夠夢中相逢。

23.揀盡寒枝不肯棲，寂寞沙洲冷。【孤芳自賞，不與人同流合污】

　　白話翻譯：挑盡了樹枝卻不肯任意棲息，眼前只有一片寒冷而寂寞
　　　　　　　的沙洲。

　　典故出處：北宋・蘇軾：〈卜算子・黃州定惠院寓居作〉

細說典故

　　缺月挂疏桐，漏斷人初靜。時見幽人獨往來，縹緲孤鴻影。驚起卻回頭，有恨無人省。揀盡寒枝不肯棲，寂寞沙洲冷。

⽩話典故

　　缺角的月亮掛在稀疏的梧桐樹上，夜深了人們才剛剛安靜休息了下來。有時見到幽獨被放逐之人獨自往來走著，宛如那高遠隱約的孤單鴻鳥。　突然鴻鳥受到驚嚇回頭看，內心有無限憾恨卻沒人知道。牠挑盡了樹枝卻不肯任意棲息，眼前只有一片寒冷而寂寞的沙洲。

24.此情無計可消除，才下眉頭，卻上心頭。【相思】

　　白話翻譯：這份憂愁情思沒法消除了，才抒放眉頭，卻又湧上了
　　　　　　　心頭。

　　典故出處：北宋・李清照：〈一翦梅・紅藕香殘玉簟秋〉

細說典故

　　紅藕香殘玉簟秋，輕解羅裳，獨上蘭舟。雲中誰寄錦書來？雁字回時，月滿西樓。　花自飄零水自流。一種相思，兩處閒愁。此情無計可消除，才下眉頭，卻上心頭。

白話典故

　　紅蓮殘餘著香氣，如玉般光華的竹席透露著秋的涼意，輕輕解開紅綢裙，獨自登上了木蘭舟。在雲中誰將寄信來給我？等成列而飛的雁群歸來時，已是月光灑滿了西樓。　花自然的凋謝，流水顧自的流遠，而年華也逐漸老去。同樣的相思，卻在兩處平添無端無謂的憂愁。這份憂愁情思沒法消除了，才抒放眉頭，卻又湧上了心頭。

25.今古恨，幾千般，只應離合是悲歡？江頭未是風波惡，別有人間行路難。【世道險阻，人心難測】

　　白話翻譯：由古至今的人間恨事，多到難以計數，難道只有離合的悲歡嗎？人生的險阻，不在風浪的可怕，而是人世間人心的難測。

　　典故出處：北宋‧辛棄疾：〈鷓鴣天‧送人〉

細說典故

　　唱徹〈陽關〉淚未乾，功名餘事且加餐。浮天水送無窮樹，帶雨雲埋一半山。　今古恨，幾千般，只應離合是悲歡，江頭未是風波惡，別有人間行路難。

白話典故

　　唱完了〈陽關三疊〉，眼淚還未乾。功名不過是多餘，還是多多飲食，保重身體吧！天際、水邊相連，似將夾樹送到無窮之遙，烏雲挾帶著雨，湮沒了山巒的一半。　由古至今的人間恨事，多

到難以計數，難道只有離合的悲歡嗎？人生的險阻，不在風浪的可怕，而是人世間人心的難測。

26.少年不識愁滋味，愛上層樓。愛上層樓，爲賦新詞強說愁。　而今識盡愁滋味，欲說還休。欲說還休，卻道天涼好個秋。【遍嘗人生百態】

白話翻譯：年輕時不知什麼是眞正的愁，喜歡上高樓。喜歡上高樓，爲塡新詞而故作憂愁。　而今日遍嘗人間冷暖，了解什麼是眞正的愁，想要說卻不知如何說起。想要說卻不知如何說起，反卻故作平靜，說：「天氣清涼了，眞是好個秋天啊！」

典故出處：北宋・辛棄疾：〈醜奴兒・書博山道中壁〉

27.紅酥手，黃縢酒。滿城春色宮牆柳。東風惡，歡情薄，一懷愁緒，幾年離索。錯！錯！錯！　春如舊，人空瘦，淚痕紅浥鮫綃透。桃花落，閑池閣，山盟雖在。錦書難託，莫！莫！莫！【癡情】

白話翻譯：想起過去妳用那紅潤的手，倒著一杯杯黃縢酒。而今滿城的春意盎然，妳卻如那宮牆內的柳樹，遠不可及。東風是如此險惡，夫妻歡情如此淡薄，内心滿懷的愁緒，想起這幾年的離散分居。眞是錯了！錯了！錯了！　春天依舊，但妳人卻瘦了，沾染胭脂的淚水浸濕了手帕。桃花飄落，落在在靜寂的池塘樓閣。想當初的海誓山盟還在，書信卻難寄出。眞是罷了！罷了！罷了！

典故出處：南宋・陸游：〈釵頭鳳・紅酥手〉

28.問世間，情是何物，直教生死相許。【癡情】

白話翻譯：問這世間，愛情到底是什麼呢？直教雙飛雁以生與死相互許諾。

典故出處：金・元好問：〈摸魚兒・雁丘詞〉。乙丑歲，赴試并州，道逢捕雁者云：「今旦獲一雁，殺之矣。其脫網者

悲鳴不能去，竟自投於地而死。」予因買得之，葬之汾水之上，累石爲識，號曰雁丘。時同行者多爲賦詩，予亦有〈雁丘詞〉，舊所作無宮商，今改定之。

⬭細⬭說⬭典⬭故

　　問世間，情是何物，直教生死相許。天南地北雙飛客，老翅幾回寒暑。歡樂趣，離別苦，就中更有癡情兒女。君應有語，渺萬里層雲，千山暮雪，隻影向誰去？　橫汾路，寂寞當年簫鼓。荒煙依舊平楚，招魂楚些何嗟及。山鬼暗啼風雨，天地妒。未信與、鶯兒燕子俱黃土。千秋萬古。爲留待騷人，狂歌痛飲，來訪雁丘處。

⬭白⬭話⬭典⬭故

　　問這世間，愛情到底是什麼呢？直教雙飛雁以生與死相互許諾。這對雙宿雙飛於天地南北的大雁，相依偎已好幾個年頭。有團聚的歡樂，也有死別的痛苦，眼前雙飛雁竟比世間男女更加癡情。自投而亡的孤雁應該有情要訴吧！曾共同飛上幽遠無盡的萬里雲層，越過千山暮雪的艱險，而形單影隻，又將何去何從？　想當初漢武帝渡汾水遊幸，是如此喧鬧，鑼鼓聲天。如今放眼望去，卻是荒涼一片，蕭條而冷落。亡者已逝，如今招魂也於事無補。山神枉自悲啼風雨，也無法喚回亡者。這對雙飛雁的情深款款連上天都嫉妒，你們也絕不會像一般鶯兒燕鳥般死後不過是回歸塵土。你們的情意將永流傳，留待後世文人來此雁斷魂處，替堅貞情意，歌頌哀悼。

29.**少年聽雨歌樓上，紅燭昏羅帳。壯年聽雨客舟中，江闊雲低斷雁叫西風。　而今聽雨僧廬下，鬢已星星也。悲歡離合總無情，一任階前點滴到天明。【嘆人生無常】**

　　白話翻譯：年輕的時候，在歌樓上聽雨聲，在那昏昏紅燭光的羅帳內。中年時，是在異鄉舟船上聽雨，只見江面如此寬

　　　　　闊，雲霧低迴與江水連成一線，雁鳥在西風中哀鳴著。

　　　　　　　如今年歲已老，在僧舍中聽雨，鬢髮已斑白。想起人
　　　　　生的悲歡離合就這麼過了，毫不留情，就聽憑那小雨滴
　　　　　滴答答到天亮吧！

　　典故出處：南宋・蔣捷：〈虞美人・聽雨〉

30.有山林隱逸之樂而不知享者，魚樵也，農圃也，緇黃也；有園亭姬妾之
　　樂而不能享、不善享者，富商也，大僚也。【享樂條件】

　　白話翻譯：能擁有在山林間隱遁樂趣卻不知享受者，有漁夫樵夫，
　　　　　　　有農夫，有僧人道人；有庭園樓閣與妻孥之樂卻不能享
　　　　　　　受，不善於享受者，是富有的商人、大官。引申其意，
　　　　　　　無論物質條件是否充裕，而要有心、有閒暇來享受。

　　典故出處：清・張潮：《幽夢影》

第三節　考古大觀園

94年

1. 我的初戀　（94年公務人員初考）【另可置於「時空記敘類」】

2. 無論城市或鄉村、山巔或海濱，隨處可見街道。這些街道可能是通
　　衢大道，可能是窄街狹巷，也可能是羊腸小徑。每一條街道，都蘊
　　藏著各色各樣的故事，讓人難忘、回憶或讚嘆。在你心中，應該也
　　有這樣一條街道，它可能位在你的家鄉，可能在你工作的城鎮，也
　　可能是你旅行時讚嘆歡喜的街道。請以「一條街道的故事」為題，
　　寫出你所知道，或懷念的街道的故事。限臺灣城鄉街道，文長不
　　拘。　（94年公務人員初等考試）【另可置於「時空記敘類」】

102年

1. 作家劉克襄嘗言：「作家在長年的生活歲月裡，以家園山川作為背
　　景，展開生命悸動的書寫，描繪自己的成長，往往是一塊土地最深

沉感人的文字紀錄和生活刻畫。」身處寶島臺灣這塊土地，每一個人對於孕育自身成長之家鄉歷史、人文、山川地理、風物文化，定當有深刻感受，請以「家鄉之美」為題，在「地理景觀」與「心靈風景」之間，作文一篇，見證您與土地的微妙互動。　（102年社會工作師等第一次高考）【另可置於「環境教化類」、「時空記敘類」】

第四節　奇文共賞與評析討論

一、奇文共賞

題目：雨（83年鐵路人員士級考試，本題原分類於「時空記敘類」，此以「感情抒發類」書寫。）

作者：莊雅筑

1

　　這是窗邊的第四雙鞋了，最右邊的白色帆布鞋還有點濕冷，泥巴在上頭一點一點地漾成新的圖案，我不耐煩的拿起又放下，以為早已適應這城市的一切：匆忙的步調、各式樣的人、高度的商業化、便捷的交通運輸，以及那靜乎窒息的冷漠，惟有在這又悶又雨的季節，鄉愁隨著空氣中混和出體味、汗味的那股酸臭，進入鼻腔，滲透至心裡，才明白這些年所帶來的，並非適應，而是不得不的習慣與迫於無奈。

2

　　家鄉並非不下雨，東北季風來時，那雨那風咆哮起來比什麼都恐怖，咻咻地伴著我度過那段苦讀的歲月。依稀記得，那一年，我們窩在走廊上彼此靠著，鮮紅的外套下除了制服，還加上毛衣或衛生衣。新聞說是今年最強的寒流，厚重的衣物，並沒有伏貼著我們體溫，而只能一邊發抖，一邊等著下一節考試的鐘聲響起。鄭和幾時下西洋？

孟子說了哪些話？三角函數如何解答？理它的！這些我都早已忘記，卻始終記得當時的我們，即便瑟瑟地發抖，仍仰賴那顆堅定的心，相互扶助而往夢想前進。

3

　　夏天的花東，雨量也是相當驚人，在沒有任何屏障之下，首當其衝地迎接每一個颱風。家的對面有幾棵大樹，每一次我都看著它們在強勁風力的吹襲下，不停地搖擺，即便是幾十年的老樹了，看著那劇烈的擺動，心中仍為它們牽掛著，一種家人般的牽繫。有時，颱風半夜來襲，被急促的颼颼風聲驚醒，我躡腳走到窗邊，看橘黃燈光旁，它們用生命跳動的舞姿，此刻風雨彷彿不再驚人，而是一首首激昂的樂曲，最終在指揮劃下休止符時，天亮了，表演也結束了。遠方山脈依舊翠綠，眼前老樹仍然直挺，唯一證明昨夜不是場夢的證據是：滿地惱人的落葉，以及電視新聞中，記者奮不顧身的災情報導，一樣是另一種的生氣勃勃。

　　忘了哪一年夏天，通往屋頂的門被風吹開，我爬著梯子上去，費了好大的力氣才將門拉回、關上，那時曬衣間早已一片凌亂。稍做整理後，也不記得為什麼，或許是瓦斯沒了吧！我和母親兩人在房間裡用快煮壺煮起餃子，無語。沒有父親的我，與母親也不親暱，但這麼多年來，每當我回到家鄉，吃到母親親手包的水餃，總會想起那一年風雨中，她挨著我，三兩下便是一顆生餃子，那樣沉默卻溫暖。

4

　　當命運將我載往這座城市，當我穿梭在每一個異鄉人的腳步中，雨聲帶來的，不再是當時奮鬥的精神，也不是母親的味道，而是上下班的壅塞；是為了搶車位而爭執的人們；是一窩蜂湊熱鬧下，商品架的空空如也；是一個人吃著泡麵的房間。盆地地形讓每年的四五月又濕又悶，乾不了的鞋襪衣裳晾在窗邊，吹風機轟隆隆地為明日的形象做準備，這城市的雨啊！多了嘈雜和喧囂，卻也多了寂寞與冷清。而

我，終究是過客。

　　這夜，又是大雨，另一座城市的妳們，過著什麼樣的日子？是否記得家鄉的模樣？記得大雨過後青草的味道？記得太平洋的藍與黑、記得矮房子裡豬腳的醬油鹹香？驟雨尚未停止，鄉愁如黴菌般膩黏地緊貼，我們的寄居生活依然無止盡，突然想起年輕時的我們，在校園夜晚的操場上漫步著，朗聲暢談社運與理想。爾後，雨開始一滴滴的落，逐漸變大，直到它變得扎人，而我們開始奔跑──跑進一場沒有終點的賽局，從一場雨跑進下一陣雨，從平穩的PU跑道，跑進各自的人生旅途，我們就此別離，卻同樣踏進同樣顛簸的夢想之路，不知終點何方。

5

　　這夜，窗臺旁的第四雙鞋，驟雨，未止息，鄉愁漫漫，也未曾停歇，支撐著我度過這嘈雜且孤寂的一晚的是──母親所寄上來的那幾包餃子，以及那些年我們所暢談的夢想藍圖，在遠方。雨水和著淚水，鄉愁，在心上。

二、評析討論

1.結構分析

> ⑴第**1**段次：從「雨的季節」中的鞋子、味道、城市的步調為開端，而以「不適應」拉起情緒的開端。
>
> ⑵第**2**段次：將思念拉回故鄉，想起冬天的雨與人。
>
> ⑶第**3**段次：再由冬雨轉到夏雨，還不是一般的雨，是颱風的雨，並牽起一股淡淡的親情。
>
> ⑷第**4**段次：回到現實的當下，感受到的是暮春初夏的雨。又從與連結到遠方，是空間距離的遠，也是時間過往的遠。
>
> ⑸第**5**段次：以雨水和著鄉愁作結。

2.總講評

　　這是一篇以「雨」和「味道」串起來的抒情文。不同時節的雨，有不同的感觸與懷念，而思鄉、憶往之情，就在雨、味道的引領下，蔓延開來，形成一個個記憶中的漣漪。

　　相當有意思的，是作者感情濃淡、冷熱間的對比。一是濃烈的青春揮灑，對比看似淡然的母女情，又在不經意的小動作中，牽繫起割捨不斷的親情。二是家鄉與寄居城市的對比，鄉愁悲涼，卻是記憶深處最溫暖的；寄居生活煩悶之躁，卻是一抹冷漠的寒涼湧上心頭。作者對情緒的拿捏與感觸，頗為細緻。

　　至於「味道」，品嚐起來可不那麼容易。作者感觸的「味道」，是附麗在當下情緒的感觸。但究竟是什麼「味道」呢？酸的，甜的，苦的，還是辣的、鹹的？「雨」一樣有味道，而不止於大小、聲響，如果能著墨在「雨的味道」，並延伸出「鄉愁之雨的味道」、「季節之雨的味道」、「寄居之雨的味道」，則更能突顯「雨」的多姿。

三、第十二錦囊：毋再勸世勵志唱高調

　　批閱作文時，經常改到許多「勸世」、「勵志」類的文字，如用反詰語氣提問、作結而說：「朋友啊！醒醒吧！你還要蹉跎時光到何時？」「我相信你一定會認同我的，是嗎？」「你，還坐在那邊當看倌嗎？為何不趕緊起身力行呢？」「讓你我一起攜手向前，迎向光明的未來吧！加油！」有些是自問自答，如：「對！沒錯，這的的確確是父母的苦心。」「我想，該是時候了，讓我們來比較看看兩國的教育資源吧！」……

　　還有一種情況，以大量誇飾、轉化、譬喻、呼告來表現正向光明面，如：「我相信只要我努力，路邊的野花就會為我綻放，天上鳥兒會為我喝采。」「臺灣之光○○○，他就像是禁得起打撞岩石的浪花。」「人生有許多荊棘與坎坷，所以我們應該要立志，斬斷這些荊棘，迎向光明璀璨的未來吧！」這種狀況還很多，諸如：岩石浪花、小草大樹、野花小

花、羊腸小徑與康莊大道、世界大同與宇宙和平……等等，結果卻是愈寫愈錯，分數愈拿愈低。疑問是這些語句可不可以用？該何時用？

　　這些文句在中小學課本、讀物很常見，一來可認識修辭法，二來具有正面光明的勵志性，很適合培養小學生、青少年待人應物的關懷。等年紀稍長，這些語句沒有消失，轉往「勵志散文」去了，無論是談愛情、友情、人生、教育、職場……市面上許多暢銷作家的作品，都屬此類。

　　如果是這樣，那我們如法炮製，有什麼問題？答案出在「身分不同」、「文體、文類不同」。勵志散文的作者必須是個「心靈導師」，指引對人生種種課題感到困惑的讀者，走出生命中的困境。所以，這些作者常在文章中與讀者對話，時而像嚴父，時而像慈母，有時停下來要讓你想一想，思考、回答同不同意這些觀點。

　　論說文非然。論說文是在作者、讀者對等的情況下，於某個題目提出論辨，作者可不是讀者的心靈導師。所以論說文講求理性思考，立場堅定，而不訴諸主觀情感。用語修辭不主花俏，以平鋪直敘，能清楚說明白理念為佳。若一篇論述強而有力的論說文，結語突然來個「你說，不是嗎？」不正是自打嘴巴？削弱了論述力量。

　　再者，許多人寫記敘文、抒情文也有相同狀況。總以為結語就應該光明，卻弄巧成拙，陳腐老套，如謂：「我相信，只要我努力，我大學這四年一定會闖出一番屬於我自己的天空！」「成功，就在那山洞盡頭的微光處。」

　　本書所有論說文的「奇文共賞」都避開這個問題，絕不用華而不實的文句。平鋪直敘，挾帶大量的典故、歷史例、議題時事例、學理例充實內文，展現平日知識累積的實力。又如「時空記敘」、「感情抒發」兩類佳文，也都是將情意迂迴於當下，或綿延無盡，使讀者回味無窮，非勵志勸世作結，反而破壞了原本的意境。

PART 4

經驗分享與
學以致用

第十三章 經驗分享類

第一節 話說類型

論說文講求客觀性，需避免主觀情感的主導，因此，用「歷史例」、「議題時事例」、「學理例」佐證，實屬必然。以個人經驗為主的「自身例」，不具有普遍性、客觀性的特質，本不該出現。

獨獨「經驗分享類」是特例。此類題型特點是先提供個人經驗，其次提出經驗分享，佐以實踐方法，供他人參考。「自身例」便不可避免，使得文章內容形成：記敘文兼論說文，抒情文兼論說文，記敘、抒情兼論說文等幾種可能。

看似簡單的經驗分享，卻不易寫得好，理由有四。

一是經驗、識見的深淺。如這個引導式作文題是「幸福人生」，請「描述你內心深處所憧憬的幸福人生，或論述你對於幸福人生的看法」（98年社會工作師等類高考）。不同年齡，不同的生活歷練，又怎能冀求一樣的結果？人生經驗不豐富的人，難有發揮空間。

二是偏離主題。這類型題目定然結合「經驗」與「分享」，如只偏某一方面的單方面書寫，就有偏離或離題之憂。

三是錯解寫作方法。經驗分享類的題目多屬「行而後知」的思考模式，即透過自身經驗「親自踐行」，或「將要踐行」後，得到哪些收穫的「體驗之知」。然後，再從體驗之知歸整出能夠落實的「實踐方法」，以表明不但自己受惠，更能從中指引、點撥讀者。

以「親自踐行」為例，如：此引導作文題是：「……請以『享福與喫苦』為題，作文一篇，寫出你（妳）的親身體驗或看法。」（92年社會福利工作人員三等考試）略微解釋題目後，緊接著就應該透過自身例，寫出自己經驗與得到的「體驗之知」；再於下一段落開始，提出「實踐方

法」。

　　至如「將要踐行」，係指本無經驗，欲請寫作者虛擬經驗來撰文者，如：「如果我是公務人員」（94年原住民五等特考的題目），在解釋題目後，可以說說自己對於公務人員的印象，以及影響你報考的理由。緊挨著下個段落，就可以申寫成為公務人員後，自己要如何實踐工作理念、理想。

　　四是模糊焦點。「經驗分享類」著重個人的「直接經驗」，而少用「間接經驗」。若用間接經驗書寫，容易被視為偏題或離題，譬如：用「書中曾看到……」、「海倫凱勒曾說過……」、「曾聽別人說過……」、「我朋友的經驗……」等。對命題者或閱卷者而言，他們預期所見者，是寫作者歷經某經驗後所得到的「收穫」，而不是他人的經驗與收穫。除非題目允許使用「間接經驗」，如言：「……結合你的經驗或見聞予以闡述」，其中的「經驗」為「直接經驗」；而「見聞」則是「間接經驗」；加上以「或」貫串，則直接、間接擇一書寫即可。但如果是「……舉自身的經歷、觀察為例」，使用「頓號」貫串，有「和、與」的功能，不妨直接、間接經驗一併書寫。

　　因此，面對此類型題目，實際寫作要領有二。

　　一是簡單的敘事。「經驗分享類」是記敘、抒情，兼論說，在時間有限與凝聚主線的情況下，敘寫自身例以簡單為尚，清楚俐落表達經驗、想法即可。過於繁複展示寫作技巧，如：情節對話、類小說式的敘寫，都不適合。

　　二是注重實踐方法。當無法驟然提升經驗，更不能無中生有，評閱重點就會放在分享的「實踐方法」，作者本人能否確切實踐，還是癡人說夢而已？如：「換個角度思考問題」（101年公務人員三等特考的題目），要寫作者「請就生活體驗」撰文一篇。除了各自體驗之別，焦點就在體驗後的實踐方法，即換個角度思考問題後，你得到什麼樣的收穫，而可以與他人分享，提供借鏡。

　　最後，該如何分辨何者是「經驗分享類」的題目？基本上，此類題型大多會以「自己」、「我」、「你」、「個人」為主語，請先提出主觀情感、敘事，而後表述具體可行的「啟示」、「感想」、「心得」、「觀點」、「解決方法」……等。少部分題目，如：「投入警察工作之抉擇」（94年四等警察特考），儘管缺少代名詞的主語，但題意明顯就是要寫出自己的選擇。

　　請記得有些例外，如說：「……之我見」、「試申己見（以抒己意）」、「說說你的觀點（想法、看法）」、「您的見解、建議」者，仍屬於論說文範疇，因為拿掉這些辭彙後，題意並未改變。

　　舉例而言：「……請您以『臺灣需要一個相互尊重的社會』為題，闡述您的見解。」（97年公務人員高考三級試題）若改成：「……請以『臺灣需要一個相互尊重的社會』為題，闡述見解。」旨意一樣。又如：「……請以『分享與競爭』為題，抒發己見。」（100年律師、會計師等高考）若改成：「……請以『分享與競爭』為題，作文一則。」肯定是同一個題目。

　　務必在面對題目前，審慎評估題目要求的是「個人的經驗分享」，還只是請你提出「一般性的見解」。前者是經驗分享類的題目，後者就是純論說文了。弄錯旨意，對嚴格的閱卷者而言，這就是偏題、離題。

　　檢測方法就是看到題目出現關鍵辭彙，如：「你」、「您」、「我」、「個人」、「自己」為主語時，先遮住這些辭彙，然後判斷抽離關鍵辭彙後，題意是否改變，如未改變，就是一般類型的論說文；一旦改變，就是「經驗分享類」的題型。若一時之間無法判定，則可使用自身例，輔以歷史例、議題時事例、學理例，亦不失為一個補強的方法。

　　因為「經驗分享類」本可分屬到其他類型，所以，原第二節的「名言典故集錦」、第四節的「追蹤執行力」都可參見原繫屬類型，故省略之。其次，將於「考古大觀園」中的每個題目，依據年分，再按「群組」、「類型」的先後做繫屬，俾使能全方位掌握所有的考題類型、變化。

重點摘要

1. 「經驗分享」以個人經驗爲基礎，而後分享經驗，提出實踐方法，與一般論說文重視「歷史例」、「時事例」、「學理例」不同。

2. 不易寫好的四個理由：一、經驗、識見的深淺；二、偏離主題；三、錯解寫作方法；四、模糊焦點。實際寫作要領有二：一是簡單敘事；二是重實踐方法。

3. 要釐清是「一般論說文」還是「經驗分享類論說文」。

第二節　考古大觀園

88年

1. 一位社會工作者的自我期許　（88年社會工作師考試）【可繫屬於「公權人權類」】

2. 我最喜愛的運動　（88年第一次航海人員副駕駛等特考）【可繫屬於「工作休閒類」】

89年

1. 新年新希望　（89年港務人員佐級考試）【可繫屬於「理想立志類」】

91年

1. 吾愛吾鄉　（91年原住民三等特考）【可繫屬於「環境教化類」】

92年

1. 俗諺說：「喫得苦中苦，方爲人上人。」但多數人都希望享福，不願喫苦，卻不曉得「享福」如果不從「喫苦」中得來，就沒有滋味，就不值得回味，你（妳）是不是也有同感？請以「享福與喫

苦」為題，作文一篇，寫出你（妳）的親身體驗或看法。　（92年
社會福利工作人員三等考試）【可繫屬於「人生哲理類」】

93年

1. 當今社會秩序崩壞、個人主義高漲，生活與工作場所中的禮儀益顯
重要。禮儀不僅是表面的客套，更是有意識的規範行為；禮儀的本
質亦應是合乎道德，而且順從群體利益的法則。試以「論禮儀」為
題，舉生活或工作的經驗為例，加以闡述，文長不限。　（93年公
務人員行政類各科別高考）【可繫屬於「待人處世類」】

94年

1. 投入警察工作之抉擇　（94年四等警察特考）【可繫屬於「安邦治
國類」、「公權人權類」】

2. 如果我是公務人員　（94年原住民五等特考）【可繫屬於「安邦治
國」、「公權人權類」】

3. 子曰：「其身正，不令而行；其身不正，雖令不從。」又曰：「苟
正其身矣，於從政乎何有？不能正其身，如正人何？」（《論語·
子路》）在在強調為政者應「以身作則」，才能發揮領導的作用。
國家司法人員，更應遵守典章律法，自律自重，自我要求，以作為
群眾表率，引導社會風氣。反觀近日，極少數司法人員，言行脫
序，操守淪喪，嚴重打擊司法形象與尊嚴。請針對此一敗壞風紀之
亂象，抒發感想並提出挽救之道，作文一篇。題目自訂，文長以
一千字為度。　（94年司法人員四等特考）【可繫屬於「公權人權
類」】

4. 政府公務人員處理某項公務時，有時會同時面對民眾兩種不同的期
待。有些民眾認為公務人員凡事應該依法辦事，才能維持政府的公
信力和公平性等等。有些民眾則認為公務人員更重要的是要會彈性
調整作法，不要繼續執行不合時宜的法令制度或措施，才能減少民

怨和增進民眾服務滿意度等等。

譬如，根據法律規定，購買政府十年期公債者，若未在屆期後五年內兌現，此後政府就沒有償還本金的義務，但卻有位退休長者，在屆期後第六年才發現，並要求政府從寬處理，補發原本他用所有退休金購買的150萬元本金。

參酌上述的背景說明，請你撰寫一篇「依法辦事的正反價值」文章。文章內容至少必須討論到以下幾項重點，但如何安排文章結構的起始、段落間的承轉和全文書寫的邏輯，請自行構思。

(1)引伸陳述何以兩個觀點，分別都是公務人員處理公務時，應該重視的原則。

(2)論述當同時面對民眾兩種不同期待時，應該如何處理的一般性見解。

(3)以所舉個案為例，陳述該個案背後所涉及兩種不同期待的狀況，以及你對如何處理該案的看法。

　　　　(94年公務人員高考三級考試)【可繫屬於「公權人權類」】

95年

1. 清朝時京城有一位大官，老家在鄉下，有一次老家的人為了巷子圍牆爭地，和鄰居吵得不可開交，一怒之下寫了一封信要京官施壓。京官於是寫了一首詩給老家的人：「千里修書只為牆，讓他三尺又何妨，長城萬里今猶在，不見當年秦始皇。」閱信，兩家人都覺得慚愧，各讓三尺，因而造成了有名的「六尺巷」。請以「讓則有餘，爭則不足」為題，發揮你的經驗及想法。文言、白話、文長不拘，須加新式標點符號。　　(95年司法人員五等特考)【可繫屬於「品德修養類」】

96年

1. 社會一旦發生重大犯罪案件，媒體動輒大篇幅報導，最後結論都是感嘆治安日漸敗壞；從各種民意調查中亦可看到，民眾對治安多所期待；政府近年來更是投注大量心力於治安。請以此為背景，撰寫一篇文章，題目為：「我的治安主張」。　（96年警察二等特考）【可繫屬於「公權人權類」】

2. 人生的每一次抉擇，都可能是轉捩點。因此，在選擇一項終生的志業時，大都經過深思熟慮，或是受到某些關鍵的人或事的影響後，而作出決定。請您以「我選擇警察這一行」為題，作文一篇，談談您選擇從事警察工作的因緣、動機，以及自我的期許。（96年警察四等特考）【可繫屬於「公權人權類」】

3. 假設，你（妳）是政府機關單位的主管。現在你（妳）的單位裡，有一科長職缺，卻出現大量匿名黑函，抹黑可能獲得該職缺的同仁。為了促使同仁推誠相與，和衷共濟，事事公開，人人互信，防杜誣告濫控，全力謀求機關內部之團結合作，你（妳）決定要寫一封公開信，痛斥匿名黑函並維護被抹黑者的人格，同時表達將以公平、公正的方式辦理升遷。現在，就請你（妳）開始寫這封公開信。　（96年退除役軍人轉任公務人員三等考試）【可繫屬於「公權人權類」】

4. 您順利通過警察人員三等特考後，分發派任某警察派出所的所長一職。您必須領導派出所的警察同仁，針對轄區治安的情勢與民眾的需求，做好維護治安和服務民眾的工作。試以「假如我是派出所所長」為題，作文一篇，論述您如何透過有效的領導作為，發揮警察團隊精神，達成警察任務。　（96年警察人員三等特考）【可繫屬於「公權人權類」】

1. 古人云：「積學以儲寶，酌理以富才。」意在強調累積學識與明辨事理的重要，而這也是一個公務人員應有的自我要求。請結合個人讀書與工作的經驗，以「積學與酌理」為題，作語體文一篇，文長不限。　（97年地方政府公務人員四等特考）【可繫屬於「讀書學習類」、「工作休閒類」】

2. 我的座右銘

　　說明：古人常於座位旁邊書寫文字，用以戒惕或勉勵自己，稱為座右銘。現代人未必會真正的寫下座右銘，但總有一些話語可以戒勉自己。請寫出你的座右銘（自撰或引用現成者皆可），並說明為何選擇此座右銘？以及自己的受益情形。　（97年民航人員三等特考）【可繫屬於「人生哲理類」、「品德修養類」、「讀書學習類」、「理想立志類」】

1. 世界許多知名畫家常留下個人的自畫像，自畫像往往傳達畫家當時的心境、個性與人生觀。試以〈我的自畫像〉為題，寫一篇文章。

　　注意：不可在答案紙上寫出姓名、地址，或作畫。　（98年身心障礙人員四等特考）【可繫屬於「人生哲理類」】

2. 人類的生活不外精神與物質兩方面，精神與物質孰重孰輕，由於觀點不同，生活形態不同，立論也就見仁見智，各不相同。但無論如何，人類的生活總離不開精神與物質的範疇。物質享受絕非壞事，更不是罪惡，可怕的是它太容易消磨一個人的志氣，腐蝕一個人的靈魂。試以「精神的力量」為題，闡述你在求學或工作中親身之體驗，領悟到精神力量引導你前進而走向成功。　（98年水利人員與水土保持人員三等特考）【可繫屬於「人生哲理類」】

3. 幸福人生是人類亙古不變的追求目標。不過，每個人對於幸福人生

的界定，不盡相同。請以「幸福人生」為題，描述你內心深處所憧憬的幸福人生，或論述你對於幸福人生的看法。　（98年社會工作師等高等考試）【可繫屬於「人生哲理類」】

4. 原住民歌手胡德夫，日前公開演唱〈我就是力量〉：「你知道我可以飛多高？你知道我可以跨多遠？這一切盡其在我，我就是力量。我們能否擁有和平？我們是否可以共享愛？這一切盡其在我，我就是力量。我就是力量，可以讓一棵樹成長，可以移動山巒，可以讓我自由。我就是力量，可以讓我知道，我就是那個改變世界的人。」

請以「我就是力量」為題，寫一篇結構完整的文章，抒發自我的期許、夢想與規畫。　（98年原住民五等特考）【可繫屬於「理想立志類」】

5. 相信大家在小學時都寫過「我的志願」這個作文題目，對自己的未來充滿期待。今天，你走進初等考試的考場，是不是也懷抱著想當公務人員的志願？請以「我為什麼立志當公務人員」為題，寫一篇首尾俱全的文章。　（98年公務人員初等考試試題）【可繫屬於「理想立志類」、「安邦治國類」、「公權人權類」】

6. 作為一名具有專業知能的服務人員，工作不僅僅是換取薪資，養家餬口而已。試以「服務的真諦」為題，闡述你從日常生活中得到的體會。　（98年不動產經紀人、記帳士等普考）【可繫屬於「待人處世類」】

7. 颱風過後，海邊堆積了不少漂流木。清早出現幾部貨車，將堪為棟樑之用的分批運走。不久出現一群村婦，將可作為薪柴之用的撿拾回去；留下幾塊奇形怪狀的大樹根，認為是無用之材，棄而不顧就走了。黃昏時候，一位藝術家偶然路過，看到樹根，喜出望外，雇工將它們運回。數日後，無用的樹根變成了精美的藝術品。

讀了上文的描述，你有什麼感想或啟發嗎？現在請以「材與用」為題，寫作一篇結構完整的文章，抒發自己的體認與看法，文體不拘，但不得以詩歌體寫作。　　（98年公務人員司法人員五等特考）

【可繫屬於「徵拔人才類」】

8. 美學家朱光潛（1897-1986）說：「人生本來就是一種較廣義的藝術。」法國傳記學家莫洛亞（Andre Maurois, 1885-1967）在論及「工作的藝術」時說：「使人們憎惡他們的工作，是人類社會上一種嚴重的錯誤。還有什麼能比人們喜愛他們所做的更自然呢？工作驅除煩惱、惡行與貧窮。它是一切可想像的弊害的治療法。有一位英國上校在1914歐戰時常對我說：『上帝保佑工作的人。』（就我的經驗來說）此句是值得恭聽的祈禱詞。雪萊說：『心靈的愉快在於動作。』自發自動的去工作，可以救了自己；懶惰使人成為無益的懊悔，危險的幻想，嫉妒與憎恨的犧牲品。」（譯文用秦雲的翻譯）

試以「我的工作藝術」為題，闡述自己對工作的認知、體會，以及如何將工作提升到藝術境界的構想。　　（98年公務人員高等考試三級考試）【可繫屬於「工作休閒類」】

99年

1. 有些事在我們的心目中，具有無與倫比的意義與價值，我們因而願意辛苦的追尋、漫長的等待、無悔的付出。你認為生命旅途中，何者最具意義與價值？請以「最有意義的一件事」為題，闡述你個人的經驗與見解。　　（99年社會工作師高考）【可繫屬於「人生哲理類」】

2. 老子曰：「致虛極，守靜篤。萬物並作，吾以觀復。」〈16章〉又曰：「天下之至柔，馳騁天下之至堅，無有入無間。」〈43章〉請以「守靜守柔」為題，作文一篇，申論其義並述一己之心得感悟。

（99年中醫師高考）【可繫屬於「品德修養類」】

100年

1. 我所遵行的普世價值　（100年司法特考三等第二試）【可繫屬於「品德修養類」】

2. 每個人都有理想，但是往往礙於現實環境，無法追尋與實現自己的理想。試以「理想與現實之間」為題，抒寫自己過往權衡理想與現實的經歷，並抒發感想。　（100年交通事業佐級晉員級升資考）【可繫屬於「理想立志類」】

3. 臺灣四面環海，海洋和我們的生活息息相關，試以「海洋」為題，抒寫自己對海洋的觀察、了解，以及從中得到的啟發。　（100海岸巡防人員四等特考）【可繫屬於「理想立志類」、「環境教化類」】

4. 《公務人員服務守則》第九條：「公務人員應具備同理心，提供親切、關懷、便民、主動積極的服務、協助與照護，以獲得人民的信賴及認同。」請依照自己的生活經驗和對於本條守則的理解，乃至於對於未來從事公職的自我期許，書寫一篇以「服務的真諦」為題的文章。　（100年身心障礙人員四等特考）【可繫屬於「公權人權類」】

5. 司馬遷《史記・伯夷列傳》：「舜禹之間，岳牧咸薦，乃試之於位；典職數十年，功用既興，然後授政；示天下重器，王者大統，傳天下若斯之難也。」即使是禪讓政治，舜也需要經由數十年的觀察，才授政予禹。請以「知人任事」為題，作文一篇，寫出你在用人取才或受人重用的經驗，並述感想。　（100年交通事業員級晉高員級升資考）【可繫屬於「徵拔人才類」】

101年

1. 在日常生活中，他人的一種行為、一段話語，或是一件新聞、一篇

故事，乃至於自己經歷過的人與事，往往都能帶給我們一些思考和反省。請以「生活中的一個啟示」為題，作文一篇。　（101年公務人員四等特考）【可繫屬於各種類型，依得到什麼啟示而定。】

2. 成長的道路曲曲折折，成長的故事豐富多樣，對於自己的成長，你一定有許多話要說。請以「成長」為題，寫出你的經歷與感受。
　　（101年四等身心障礙特考）【可繫屬於「人生哲理類」】

3. 「幸福指數」為近年來的熱門話題。前一陣子有問卷調查各縣市民眾的幸福指數，澎湖縣民雖然物質生活不富裕，但在主觀「幸福指數」得分居冠，這件事很值得吾人深思。試以「幸福」為題，抒發個人的觀察、感受及體會。　（101年原住民族四等特考）【可繫屬於「人生哲理類」】

4. 人生有悲有喜，有失有得，有困阨有順遂，以不同的角度對待，會產生不同的感覺。不僅人生如此，社會上許多問題，如果換個角度思考，也往往能夠「柳暗花明」。請就生活體驗，以「換個角度思考」為題，寫作一篇文章。　（101年公務人員三等特考）【可繫屬於「人生哲理類」】

5. 臺灣原住民族的居處環境、文化傳統、風俗習慣，都與其他族群不同。試以「我的部落風」為題，作文一篇，詳加敘寫，並述所思所感。　（101年原住民族三等特考）【可繫屬於「環境教化類」】

102年

1. 人生在世，必定擁有許多資產，不管是有形的，還是無形的；是先天賦予的，還是後天掙取的。有的人能經營資產，為人生創造許多美好的盈餘；有的人卻揮霍資產，不知珍惜，最後形成負債人生。請以「善用人生的資產」為題，抒發你的體驗和見解。　（102年身心障礙三等特考）【可繫屬於「人生哲理類」】

2. 「誠信」，是先賢先哲們屢屢稱述的立身之道。《大學》所舉的

「誠意」被後代學者發揮得淋漓盡致，認為是獨對天地之際，絲毫無欺的坦蕩誠實。《論語》說：「自古皆有死，民無信不立。」誠信，是父母師長致力傳承於後輩的重要德目，是宗教經典中一再出現的主題，也是當代企業家和成功人士經常談論的經營之道。然而，在實際的人生歷練中，難免遇到無法依據「誠信」的最高標準律己責人的情況。漢代名著《鹽鐵論》便曾說：「故雖有誠信之心，不知權變，危亡之道也。」可見古人也早有兩難的處境和深刻的反思。請從你的個人經驗出發，以「誠信與權變」為題，撰文一篇，說明你如何在看似兩極的「誠信」與「權變」中做出取捨？過程中有何價值衝突？對生命或社會的本質有何新的體悟或思考？

（102年律師高考第二試）【可繫屬於「品德修養類」、「綜合融通類」】

3. 時代的飛速發展，讓我們生長的土地面貌日異，許多風景、人事逐只存於記憶之中，無能重現。請以「原鄉的記憶」為題，作文一篇，書寫自己心中的原鄉形象以及記憶。　（102年原住民四等特考）【可繫屬於「時空記敘類」、「感情抒發類」】

103年

1. 張潮在《幽夢影》一書中，說明自己處世觀為「立品須發乎宋人之道學，涉世須參以晉代之風流。入世須學東方曼倩，出世須學佛印了元。」張潮以宋人莊嚴之心審察人世，以晉人風流遊戲人間。入世則學東方朔莊諧並具，出世學習佛印不絕欲自苦。每一個人都有自己對待周遭人、事、物的一套看法，試以「我的處世觀」為題，作文一篇。　（103年司法人員等四等特考）【可繫屬於「人生哲理類」、「品德修養類」、「待人處世類」】

2. 憧憬，並非不切實際的幻想，而實蘊涵了企望能一展所長、自我實現的心志。請以「憧憬」為題，抒寫自己報考外交行政人員、原住

民族考試的初衷，以及對未來的期許。　　（103年外交領事人員及外
交行政人員、原住民族四等特考）【可繫屬於「理想立志類」】

3. 多元社會中不同的價值觀需要寬容的胸襟彼此包容與對話，才能夠
經營和諧的人際關係與社會氣氛。請以「化戾氣為和平」為題，闡
述如何轉化心情、以平靜理性的思維取代衝突的實際體驗和感想。
　　　（103年警察人員、交通事業鐵路人員二等特考）【可繫屬於「待
人處世類」】

4. 有人說：「人才是讚美出來的。」專家認為，被讚美的人更懂得感
恩，擁有自信。請以「讚美的力量」為題，闡述「讚美」在您耳聞
親歷的人生當中發揮過何種正面的功效。　　（103年警察人員、交通
事業鐵路人員四等特考）【可繫屬於「人生哲理類」、「品德修養
類」、「待人處世類」、「徵拔人才類」、「環境教化類」】

104年

1. 古人云：「德者事業之基，未有基不固而棟宇堅久者。」意謂人的
品德是一切事業的基礎，如同蓋房子一定要先打好地基。基礎不堅
固牢靠，則無論做任何事業都不會持久，遑論有成。試以「品德、
事業、人生」為題，結合個人經驗，作文一篇，加以闡述。　　（104
年二等一般警察人員等考試）【可繫屬於「人生哲理類」、「品德
修養類」、「工作休閒類」】

2. 人的一生，是由許多經驗累積而成的。其中有些經驗對你一定有所
啟示，或因此增長了自信，或因此變得更謹慎。無論如何，都可以
作為自我調適的殷鑑。試以「一次經驗的啟示」為題，作文一篇。
　　（104年警察人員四等、鐵路員級、退除役軍人轉任四等特考）【可
繫屬於「人生哲理類」、「品德修養類」、「待人處世類」】

3. 同樣的一件事情，從不同的角度往往會有不同的看法。因此我們必
須將心比心，尊重、包容每一個觀點不同的人。請以「雅量」為

題，就自我的認知、經驗、省思，作文一篇，詳加闡述，文長不限。　（104年警察人員三等、鐵路高員三級、退除役軍人轉任等特考）【可繫屬於「品德修養類」】

4. 中央銀行公布今年（104年）第1季本國銀行營運績效，每位行員年化貢獻度總平均196.52萬元，其中半數銀行行員貢獻獲利超過200萬元。事實上，每個人在工作崗位上都有他的責任，也該有他的貢獻，現在你參加國家考試，如果順利上榜任職，自忖能做出什麼貢獻？請以「貢獻」為題，作文一篇。　（104年司法人員等四等特考）【可繫屬於「專業知能類」】

5. 曾被媒體譽為「美國現代舞之母瑪莎·葛蘭姆的傳人」、中央社評為「2006 年臺灣十大潛力人物」之一，並獲總統頒贈「五等景星勳章」的許芳宜，在她口述的傳記《不怕我和世界不一樣》中說：「我不怕被笑，我不怕失敗，我害怕的是，面對未來不再有夢想，面對自己失去希望。有句話說，在陽光下跳舞，你會找到光。所以我也相信，在希望下成長，就有機會找到希望。」的確，生命的高度取決於你對人生的態度。請以「不一樣的人生」為題，作文一篇，說明你的理想為何，並規劃出一張專屬於你且不一樣的人生藍圖。　（104年四等地方特考）【可繫屬於「人生哲理類」、「理想立志類」】

6. 四時交替，天地運行，在我們現今所處的時代，盲目地奔跑，追尋所謂的前衛與巔峰，我們每個人，都像被制約一般地推進了如此的迴圈，沒有停滯過。身處這樣的時代，我們身不由己，不敢有一刻的停留，就怕一轉眼，就在這股潮流的後頭被淘汰了。

時代發展的意義是為了要有更進步的未來，在追尋所謂的前進與巔峰之際，我們真正需要的是更好的生活，如果沒有更好的生活，則進步的同時無疑是一種精神的倒退。時勢造英雄，英雄也造時勢，如何以積極態度來面對時代的變遷，新思潮與舊觀念究竟要如何才

能取得平衡，傳統與新變要如何取得兼顧？請以「在我們的時代」
為題，作文一篇，提出你對這個時代種種現象的反思與應變之道。
（104年第一次社會工作師高考）【可繫屬於「綜合融通類」】

7. 銀行的存摺用來儲存金錢，存摺必須有存款才能提領，存款愈多就
能提領愈多。人生的種種也可以是一本本的存摺，有形的存摺如：
黃金、股票、房屋、保險單……；無形的存摺如：親情、健康、知
識、人際關係……。你打算擁有怎樣的存摺？如何運用你的存摺？
請以「人生的存摺」為題，撰寫一篇文章。　　（104年關務人員、身
心障礙人員等四等特考）【可繫屬於「人生哲理類」、「品德修養
類」、「讀書學習類」、「理想立志類」、「待人處世類」】

105年

1. 尼克胡哲是澳洲「生命不設限」組織創辦人，他天生沒有四肢，但
勇於面對身體殘障，創造了生命的奇蹟。他曾說過：「錯的並不是
我的身體，而是我對自己的人生設限，因而限制了我的視野，看不
到生命的種種可能。」人們經常自我設限，身體殘障人士固然往往
受限於先天的障礙，然而身體健全人士又何嘗不是常常受限於種種
心靈、環境的障礙呢？請以「人生不設限」為題，寫作一篇加以闡
述，並舉例說明你曾經受限於那些因素，以及應該如何突破限制。
（105年關務、身心障礙人員四等特考）【可繫屬於「人生哲理類」】

2. 子曰：「飯疏食飲水，曲肱而枕之，樂亦在其中矣。不義而富且
貴，於我如浮雲。」（論語·述而）「不義而富且貴，於我如浮
雲」在當今社會尤具正面意義。試以所見所聞實例，闡述「不義而
富且貴，於我如浮雲」之意，作文一篇。　　（105年民間之公證人特
考）【可繫屬於「品德修養類」】

3. 有一篇雜誌文章的標題是「別再抱怨了！工作不快樂，最大問題在
自己」。不管是否讀過這篇文章，或者是否認同文章標題的見解，

　　我們在工作時，確實會有快樂與不快樂的時候。值得思考的是：什麼時候會感到快樂或不快樂？為什麼快樂？為什麼不快樂？我們應該如何面對？請以「工作的快樂與不快樂」為題，作文一篇，分享自己的經驗。　　（105年警察人員升等、郵政人員佐級晉員級考試）【可繫屬於「工作休閒類」】

4. 無論從事何者職務，皆有其應盡的責任與義務。所謂稱職，就是指自己的才能足夠勝任所擔負的職務。但是有一個不可忽略的關鍵是：能否清楚認識到什麼是應盡的責任與義務？請以「本分」為題，作文一篇，闡述自己對於工作的態度與期待。　　（105年警察人員三等、鐵路人員高員級特考）【可繫屬於「工作休閒類」】

106年

1. 在真實的生活中，每個人都有自己熟悉與立足的地方。然而身處科技日新月異、開發無止無盡的現代，你所熟悉的環境或將遭到劇烈的改變，其中的利與弊、收穫與失去，都讓人難以因應。請以「我心目中的那道風景」為題，勾勒你心目中宜家安居的願景。　　（106年專門職業及技術人員地政士普等考試）【可繫屬於「環境教化類」】

2. 十七世紀中期，愛爾蘭有一醫生名叫布朗尼（Thomas Browne, 1605-1682），他每天夜裡巡視完病房之後，就搬張椅子坐在病榻旁，自口袋裡掏出一張紙，低聲朗誦，附近的病人也側耳而聽。那不是病人的病危通知書，也不是保險給付的最新規定，而是他給「病人的一封信」，內容感人，用詞優美，一方面安慰病人的憂傷，一方面鼓勵病人懷抱希望。

　　布朗尼醫生曾經研究雞蛋的胚胎結構，在科學史上被稱為「第一個胚胎學家」，但是他影響後世的是他在夜裡為病人朗誦的信件，日後結集成為《給朋友的一封信》（*A Letter to aFriend*），布朗尼為

什麼這麼做？他說，他期待存摺裡最多的不是錢，而是愛。

請以「我的人生存摺」為題，作文一篇，申述己見。　　（106年警察人員四等特考）【可繫屬於「人生哲理類」、「品德修養類」、「待人處世類」】

3. 愛因斯坦說：「人生就像騎腳踏車，為了保持平衡，你必須一直前進。」你認為愛因斯坦的旨意是什麼呢？對你個人又有什麼啟發？請以「持續前進，保持平衡」為題，作文一篇，闡述己見。　　（106年公務人員普通考試試題）【可繫屬於「理想立志類」】

4. 讀萬卷書、行萬里路，是人們增長知識、拓展見聞的最佳方式。「開澎進士」蔡廷蘭於清道光十五年（1835）被颱風連人帶船吹到越南中南部的廣義省，堅持由陸返閩，走路回家，並且將沿途所見所聞結合所閱覽的歷史文獻撰成《海南雜著》一書，因而名留青史，便是一例。請以「閱讀與旅行」為題，作文一篇，陳述自己的相關經驗與心得。　　（106年試司法人員等四等特考）【可繫屬於「工作與休閒類」】

5. 有什麼人、事、物、理念是你願意付出時間、心力恆久照顧或堅持的？請以「我想守護的對象」為題，作文一篇。　　（106年原住民四等特考）【可繫屬於「環境教化類」、「時空記敘類」、「感情抒發類」】

107年

1. 駱駝辛辛苦苦穿過沙漠，蒼蠅趴在牠背上，一點力氣不花，也過來了。蒼蠅譏笑駱駝：「你費好大勁終於把我馱過來，真不易啊！再見了，傻瓜！」駱駝瞥了蒼蠅一眼，說：「你根本沒什麼重量，別把自己看得太重。」上文駱駝與蒼蠅的行為和對話，都饒富興味，值得細細反思。請以「駱駝與蒼蠅」為題，作文一篇，論述二者的差異，並抒發自我的感受與啟示。　　（107年關務人員三等特考）

【可繫屬於「品德修養類」、「待人處世類」】

2. 「跑道」可以提供飛機航班起落，也可以是田徑、滑冰種種比賽的場地。人生同樣有千百條不同形態的「跑道」，可能曲徑通幽，可能荒榛密布，也可能大海阻隔，總之一段從A至B的路程，不可能永遠是康莊坦途，或許一條岔路就改變了一生的軌跡。試以「跑道」為題，作文一篇，抒寫自身的體悟。　（107年關務人員四等特考）
【可繫屬於「人生哲理類」、「理想立志類」】

3. 花蓮門諾醫院前院長薄柔纜醫師（Dr. Roland P. Brown）曾經意味深長的說：「到美國很近，來花蓮很遠。」他的話感動不少醫師前往花蓮提供醫療服務。當我們全心力投入，再遙遠的外太空都可以到達；當我們想都不想，再美麗的後花園也不會吸引我們移動腳趾頭－而這一切都是心的作用。試以「心的方向」為題，作文一篇，闡釋題旨，並抒發自己的看法與感受。　（107年身心障礙人員三等特考）【可繫屬於「理想立志類」】

4. 時代在變，環境在變，但是人性和基本需求卻是一樣的。《孔子家語‧顏回》說：「達於情性之理，通於物類之變。……若此可謂成人矣。」指出：能具備通達人情與物情，了解一切現象變化的感知和思考能力，才算是個才德兼備的人。在瞬息萬變的當代社會，尤其需要具備這些素養以分辨釐清，站穩腳步。

請以「通情達理、明察事變」為題，舉自身的經歷、觀察為例，作文一篇，申述己見。　（107年地方公務人員三等特考）【可繫屬於「待人處世類」】

5. 機會對於每個人來說都是平等的，只是有的人善於抓住機會，從而獲得了成功；有的人眼看著機會在自己的手中溜走，卻始終都沒有發覺。有些挫折是在考驗一個人的意志，有些錯誤是在考驗一個人的判斷力，所以不要輕視那些逆境，機會就在其中。歐陽脩〈讀書

詩）：「是非自相攻，去取在勇斷。」是非可以互相轉化，逆順當然也能互相轉化，是去是取在勇於決斷。請以「逆境與機會」為題，作文一篇，敘述自己的生命體驗或一己之見。　（107年司法人員等四等特考）【可繫屬於「人生哲理類」、「理想立志類」】

6. 全世界首都房價飆漲，迫使人們不斷尋思因應之道。在英國倫敦工作的上班族，許多人選擇搬到郊區，用通勤時間換取高品質的舒適生活空間；也有不少人買艘小船，過起「枕水人家」的船屋生活，以狹窄的居住空間換取時間的便利性。試以「換取時空」為題，作文一篇，抒寫個人處於高房價時代，對住家的體會與抉擇。　（107年地政士普考）【可繫屬於「環境教化類」】

7. 龔自珍〈與秦敦夫書〉云：「夫士大夫多瞻仰前輩一日，則胸中長一分丘壑；長一分丘壑，則去一分鄙陋；潛移默化，將來或出或處，所以益人家邦與移人風俗不少矣。」文中認為個人的崇敬對象，其人格、德行、志向往往會影響自己，請以「我心中的典範人物」為題，作文一篇，說明自己敬佩的對象，其人格事蹟，以及對自己的影響與啟示。注意！典範人物可以來自歷史或中外傳記等閱讀，也可來自生活周遭或傳說，但請勿以三親等以內親屬作為寫作對象。　（107年會計師高考）【可繫屬於「品德修養類」】

8. 法國文學家紀德說：「不願長時間告別海岸，就不會發現新大陸」。長時間離開熟悉的舒適圈，其實需要不小的勇氣；即使最終沒有發現新大陸，這趟航程也將為生命帶來不同的成長。
請以「敢於冒險，增長歷練」為題，寫一篇文章，結合你的經驗或見聞予以闡述。　（107年地方公務人員四等特考）【可繫屬於「理想立志類」】

9. 春秋時期，宋國有人得到璞玉，把它獻給司城子罕，子罕卻不接受，說道：「我以不貪為寶，你以璞玉為寶，你若把璞玉送我，而

我接受，我們便都失去了珍寶，還不如各自擁有原來的珍寶。」子罕的話透示了「拒絕」與「接受」的深義。試以「拒絕與接受」為題，作文一篇，闡述子罕言辭的深義，並抒發自己的感悟。　（107年警察人員三等特考、鐵路人員高員級考試）【可繫屬於「待人處世類」】

10. 德國哲學家叔本華（Arthur Schopenhauer, 1788-1860）根據自己的長相描繪天才的特徵，他說天才的脖子短，如此心臟的血液才能快速地行抵腦部。

大象的脖子比叔本華更短，但卻非什麼「天才」，而是演化上不得不的「設計」。大象體型龐大，是為支撐體重；為了維持時速約二十哩的奔跑，四條腿也變得粗壯，而且膝關節下降。還有，為了支撐碩大的頭部，必須將頭盡可能靠近肩膀上方，所以脖子就變得特別短。這樣一來，頭部的活動不方便，又難以彎身飲水，於是只好長出一個又長又靈活的鼻子來代勞。

其實很多生物界的演化現象都告訴我們，對一件事情，乃至對一個人、一個群體……都宜避免孤立地觀察，而應該把它放在一個更大的結構裡，才能看出它的意義來。人類與其他物種一樣，不論與生俱來有任何長項或缺陷，都是相對性的。請以「尺有所短，寸有所長」為題，作文一篇，闡述其中的道理和一己的感受。　（107年警察人員四等特考、鐵路人員員級考試）【可繫屬於「待人處世類」】

11. 《慎子》云：「愛赤子者，不慢於保；絕險歷遠者，不慢於御。此得助則成，釋助則廢矣。」這段話指出，疼愛小孩的人，一定不敢怠慢保姆；遊歷遠方險阻的人，一定不敢忽視駕御車馬的人。社會上每一個人，都有他不同的角色與功能，惟有具備這樣的體認，尊重他人，才能合作共好。請以「尊重他人、合作共好」為題，以自

己或他人經驗為例，作文一篇加以闡述，文長不限。　　（107年第一次社會工作師高考）【可繫屬於「待人處世類」】

108年

1. 處於競爭激烈的現代社會，父母長輩往往鼓勵我們事前做好充足準備，「不要輸在起跑點上」是耳熟能詳的一句話。凡事豫則立，立足於良好的起跑點，的確佔了先機富於優勢，但愛因斯坦卻說：「成功常常不是取決於起始點，成功常常是取決於轉折點上。」然而一般人畢竟不像愛因斯坦那般天才優異，要能自我改變，適時把握轉折點，似乎並非容易。請以「起跑點與轉折點」為題作文一篇，加以闡述說明。文中必須包含以下兩點：

(1)你對上文括弧裡兩句話的看法、評論。

(2)列舉所見聞之具體例證或個人親身經歷，以輔助說明你的論點。

　　（108年第一次社會工作師高考）【可繫屬於「人生哲理類」、「理想立志類」】

2. 毛毛蟲即將化蝶，必須破繭而出。當初作繭並非自縛，而是沉潛在內，蘊育更豐富的生命。待破繭一刻，立即展現出美麗身影。請以「讓世界看見我的美麗」為題，作文一篇，印照自我生命，抒發自己的感受或啟示。　　（108年身心障礙人員三等特考）【可繫屬於「人生哲理類」】

3. 人們多半不喜歡吃苦，然而，像茶和咖啡這類初嘗帶著苦味的食物，在苦味漸散後，會在舌間留下淡淡的清甜。人生也是如此，往往歷經種種苦澀之後，才能嘗到真正的甘甜。請以「回甘」為題，寫一篇完整的文章，敘寫自己親歷的經驗和體悟。　　（108年司法、移民行政人員四等特考）【可繫屬於「人生哲理類」】

4. 每一個人與生俱來，都有自己的天賦能力，但有時仍受限於先天、後天條件的束縛。因此，在生命的過程中，如何建立自身價值──

「做好自己」，便是最重要的課題。

請以「做好自己」為題，作文一篇，抒發自己的看法與體會。（108年身心障礙人員四等特考）【可繫屬於「人生哲理類」、「理想立志類」】

5. 現代人好談公平，口口聲聲要求公平，但是人手五指長長短短，不可能齊平；雙胞胎離開母體，必有先有後，不會同時出生。此外，狼群分食獵物，既讓強壯者分得最多的食物，卻也不會讓弱小者忍飢挨餓；福利國家對所得高者加重課稅，用意即藉以照顧弱勢。上述事例顯示了：所謂「公平」，並不能簡單的定義，應有更深刻的多元視角。請以「公平的真諦」為題，結合自己的經驗與體會，作文一篇加以闡述。（108年外交人員、民航人員、稅務人員三等特考）【可繫屬於「待人處世類」】

6. 排灣族亞榮隆・撒可努在《走風的人》提到：「小時候部落裡輪流供應獵物，我們幾乎都不用買豬肉。我記得父親捕獲大公豬時，幾乎全村都到齊，大家一起分享。支配獵物的人，並不會計較任何的代價和利益，因為那是男人的榮耀。」文中作者父親捕獲公豬分享村人，完全不計較任何代價和利益，令人感佩。然而，現實人生中亦實有不得不計較的代價和利益。請就你一己的經驗、體會，以「不須計較與必須計較的代價和利益」為題，作文一篇，分別具體舉例，加以論述。（108年原住民三等特考）【可繫屬於「待人處世類」】

7. 蘭嶼達悟族人對海洋有著深厚的情感，回到原鄉的夏曼・藍波安說：「達悟男人們的思維、每句話都有『海洋』的影子。倘若自己沒有潛水射魚的經驗，沒有暗夜出海捕飛魚，沒有日間頂著灼熱烈陽，體會釣鬼頭刀的寶貴經驗，那是不會深深迷戀海洋的；沒有這樣的愛戀，就不會珍惜自己民族長期經營的島嶼，包括文化。」

夏曼‧藍波安因為親身經歷，深深愛戀海洋，進而珍惜自己的島嶼和文化。對夏曼‧藍波安的這種體會，你應該能夠了解；而或許也有相似的經驗和體會。請以「愛戀與珍惜」為題，作文一篇，加以敘寫。　（108年原住民四等特考）【可繫屬於「環境教化類」】

8. 目前的社會，習慣以金錢的多寡，來衡量一個人是否成功。因此擁有大量財富的人，往往被視為成功的人，受人仰慕。然而也有人說：「沒有好的身體，是健康的窮人；沒有智慧，是精神的窮人；沒有閒暇，是時間的窮人。如果只有金錢而沒有健康、沒有閒暇、沒有智慧，這樣的人生，怎麼可以稱為富有呢？」可見「什麼是富有」，值得深思。請以「創造真正富有的社會」為題，作文一篇，申論你的體驗與心得。　（108年高考二級）【可繫屬於「人生哲理類」】

9. 德國哲學家費希特（Fichte）在普魯士被拿破崙佔領之後的第二年回到柏林，便著手計畫一個新的大學——即今日的柏林大學。當時柏林還在敵國駐兵的掌握裡，費希特繼續講學，往往在他講學的地方還聽得到敵人駐兵操演回來的笳聲。在危險的環境裡費希特發表了「告德意志民族」，忠告德國人不要灰心喪志，不要驚慌失措，他說：德意志這個民族有一個上天託付的使命，就是要在世間建立一個精神文明，就是德意志文明，後來費希特計畫的柏林大學果然成為世界知名的學府。
胡適以這個故事勉勵時人，在紛繁的世事中，仍有更難、更可貴的任務，值得我們去努力——那就是要立定腳跟、打定主意，把自己塑造成一個有眼光、有能力的人；同時認清自己「性之所近，而力之所能勉」的方向，積極進取——這便是我們應盡的任務。
請以「性之所近，而力之所能勉」為題，申述你如何充分利用現今所處的位置與環境，力求自我生命的圓滿。　（108年公務關務、

交通薦任、員級晉高員級升官考試）【可繫屬於「人生哲理類」、「理想立志類」】

10. 從前有一位醫生，抓到一隻蝦蟆。尋常蝦蟆已經夠醜陋了，但這隻蝦蟆卻比所有蝦蟆都更醜陋，因為牠長有四隻前腳、六隻後腳。醫生將蝦蟆裝進一個玻璃箱內，蝦蟆從如鏡面的玻璃中，第一次看到自己醜陋的形象，嚇得擠出一身油來。醫生收取這些油，用來治療病人的燒燙割傷，據說具有奇效。

上述文章引自某作家對人類負面心理的分析，「蝦蟆的油」象徵我們生命中的負面經驗。面對此負面經驗，人們通常採取不想、不看、不聽、不說的方式來逃避。其實負面經驗亦是一種能量，往往具有療癒自己與他人的效果。

請以「那件事發生以後」為題，寫一篇首尾具足的文章，加以描述：那件事發生後的心情為何？又如何走過艱辛，走出幽谷？那件事對自己有什麼啟示？　（108年交通佐級晉員級升官考試）【可繫屬於「人生哲理類」】

11. 在過去的時代裡，所謂「閱讀」，讀的是紙本的書籍，但在今天的數位時代，由於人們普遍使用電腦、網路、手機，閱讀的習慣改變了，愈來愈多的人不再接觸紙本書籍，這樣的改變有什麼得與失呢？請以「數位閱讀的得與失」為題，作文一篇，闡述你的體會與看法。　（108年一般警察三等特考）【可繫屬於「讀書學習類」、「環境教化類」】

12. 1943年，法國聖修伯里出版童話名著《小王子》。在故事裡，小王子原本獨自住在遙遠的星球上，有一天，他決定環遊星際，最後來到了地球。他在沙漠裡，遇見了狐狸並且和牠成為好朋友。狐狸告訴小王子一個祕密：「只有用心才能看得清楚；真正重要的東西，光憑眼睛是看不見的」。狐狸講出來的祕密，其實很平凡：眼睛所

看到的，往往只是事物的表象；只有用心去體會，才能真切掌握事物的精髓。請以「用心」為題，抒寫自己切身的經驗以及因之而得到的體認。　（108年第二次社會工作師高考作文第二題）【可繫屬於「綜合融通類」】

13. 達爾文進化論說：「物競天擇，適者生存。」他說的是：「能繼續生存的不是最強壯，也不是最聰明的物種，而是對改變做最佳反應的物種。」當代環境瞬息萬變，置身於其中，如何面對新狀況成為非常重要的課題。請就達爾文的說法，以「對改變做最佳反應」為題，舉出自己所體認的具體重大改變，並闡述個人對這些改變的反應之道。　（108年一般警察二等特考）【可繫屬於「綜合融通類」】

14. ㈠西班牙聖塔芭芭拉舉行的公路越野自行車賽，暫居第三的伊斯梅爾在近終點處，自行車突然爆胎，於是扛著車子往前衝。原本緊追在後的奧古斯丁，放慢速度騎在伊斯梅爾後面，直到終點。伊斯梅爾想將季軍獎盃送給奧古斯丁，但被他拒絕。

㈡里約奧運女子田徑5000公尺預賽，美國選手迪阿寇斯蒂諾不慎摔了一跤，身旁的紐西蘭選手漢布林也跟著跌倒。迪阿寇斯蒂諾膝蓋受傷，仍盡力扶起漢布林，示意她繼續往前跑。當漢布林發現迪阿寇斯蒂諾沒有跟上時，又折回去攙扶著她，直到她能夠繼續跑步才放手。兩人最終都完成比賽。

運動員揮汗練習、拚戰，無不渴望在比賽中獲勝。上述報導中的運動員，則以行動說明：除了名次，還有更值得重視的東西；然而，人生確實又如競技場，似乎不可避免要爭「輸贏」。請以「輸贏之間與輸贏之外」為題，作文一篇，抒發自己的體悟與看法。　（108年司法官、律師高考第二試作文第二題）【可繫屬於「人生哲理類」】

15. 以下是一篇文章的摘錄：

傳統社會以「君臣有義，父子有親，夫婦有別，長幼有序，朋友有信」作為維繫五種基本人際關係的原則，透過這「五倫」，人與人間的相處進退，各有所據。

1980年代初的臺灣，隨著經濟起飛，既有的倫常觀念逐漸產生變化。以商品消費為導向的現代社會，特別是都會區，一個人接觸互動的對象，很多時候是「不知名的第三者」。這些人都不在傳統「五倫」的網絡中，「五倫」的規範已難完整肆應新的人際關係。

當時的李國鼎先生有感於此，為重建工商社會中人類精神文明的價值理念，於是倡導心靈改革，強調以「誠」來連結疏離的群己關係，孫震先生名之為「第六倫」，意指彼此不認識的非人情關係，無論任何形式的往來，當以誠信自我要求。這樣做，既是尊重自己同時也是尊重他人的人格與權益，人我可互蒙其利，增進社會和諧，此即「群己倫理」。

21世紀以來，科技日新月異，地域輻射廣泛，人際往來多元，新型態的群己關係普遍受到關注。美國哈佛大學丹尼爾・戈爾曼教授在《情感智商》（Emotional Intelligence）一書中，將人際關係概括為五個內容，其中有「以誠相待」的「人際互動效能」一說。當代心理治療專家維傑尼亞・薩蒂爾，經過醫學追蹤，積累大量臨床個案，認為現代社會的人際關係要素，除了「控制和調整自我」之外，還需要「以誠待人」、「尊重他人」。兩者都強調人際間「誠」的重要，與前述的「第六倫」不謀而合。

時至今日，人人處於複雜多樣的社會網絡中，如何面對瞬息萬變的人我互動？其中的群己倫理確實值得深思。請以「當今社會的群我關係」為題，撰文一篇，就上文中以現代社會裡的群己關係作為「第六倫」，以及東西方皆以「誠」作為人際往來之道，予以評

議；並參酌一己經驗與體認，詳加闡述。　（108年會計師、不動產估價師高考作文第一題）【可繫屬於「待人處世類」】

16. 一個地方之所以會對人產生不同的意義，往往由於親密的接觸或特別的記憶。

　　明末文人張岱曾多次往遊西湖，西湖留存了當時江南繁華富庶與他青春多彩的身影。國亡家破後，西湖成為張岱心中永恆的印記：「余生不辰，闊別西湖二十八載，然西湖無日不入吾夢中，而夢中之西湖，實未嘗一日別余也。」（《西湖夢尋・序》）

　　而徐志摩康橋求學，啟迪了他的心眼、開闊了他的生命境界，他不斷詠嘆：「康橋！汝永為我精神依戀之鄉！」「康橋！你豈非是我生命的泉源？」（〈再會吧康橋〉）

　　請選擇一個曾經去過或生活過的地方，以它作為題目，敘寫你在其間留下的記憶，並說明這個地方對你所具有的特別意義。　（108年會計師、不動產估價師高考作文第二題）【可繫屬於「環境教化類」、「時空記敘類」、「情感抒發類」】

17. 人生難能可貴的是能夠從事自己很快樂很享受的事。孔子曾說：「發憤忘食，樂以忘憂，不知老之將至云爾。」（《論語・述而》）一個人不論是在求學、工作或是終身學習上，若能達到此種樂以忘憂的境界，則早已超越成功了。請以「樂在其中」為題，寫一篇作文，仔細描述你自己從事某項工作或學習時樂在其中的心境感受，並具體說明公務人員工作時如何養成樂在其中的心境。（108年地方人員等四等特考）【可繫屬於「讀書學習類」、「工作休閒類」】

18. 「他正在機場跑道旁檢查燈號，儘管天空如此平靜，但他明白，在最後一班貨機尚未安全抵達之前，『今天』還是充滿未知數的。」（改寫自安東尼・聖艾修伯里《夜間飛行》）在工作崗位上，如何

衡量一天的「開始」與「結束」？抱持「充滿未知數的今天」是什麼樣的工作態度？從一天的開始到結束，你如何對待工作上的「今天」？請以「今天還是充滿未知數的」為題，作文一篇。 （108年一般警察四等特考）【可繫屬於「工作休閒類」】

第三節　奇文共賞與評析討論

一、奇文共賞

題目：我所遵行的普世價值（100年司法三等第二試）

作者：李燕宜

1

　　「普世價值」的概念，為抽象性思想之延伸，從人類文明伊始，便開始孕育，從生活經驗到歷史背景不斷累積，結合文化傳統價值，無形中達成約定俗成的共識，進而成就社會秩序與日常生活的運作。

　　我所遵行的普世價值，是「舍己為群，關懷公益」。「舍己為群」乃不計己利，以群為重；「關懷公益」為關心公眾議題，明瞭大眾需求取向並爭取福利。要將個人私欲，耽於逸樂與物質生活的物質之性，從侷限於本身的「小愛」，拓展到對群體、對族群，甚至對宇宙環境的「大愛」，誠然不易。如：顧憲成於東林書院所題：「家事，國事，天下事，事事關心。」節制本身的欲望、私利，轉而關切公利、公益，是謂普世價值觀對社會道德應有之期待。

2

　　因團結一致的追尋公益，而非自掃門前雪，才能因應時代的變遷，符合大眾需要，促進社會進步。高中時期，因學校課程的啟發，友人便常與我相約至養老院陪伴長者們散步、談天，傾聽他們年少奮鬥與人生歷練。使流於制式化而顯寂寥的養老院，多了歡樂與心安的

笑聲，不再只是等待生命結束的白髮牢籠。活動通常需持續整個下午，或利用假日早晨，即便無法擁有屬於自己空閒活動安排，內心卻踏實愉快。而今雖因課業繁忙，無法從事志工服務，但依舊會不定期利用網絡通訊關心養老院的狀況。

　　從事公益活動，是從公眾角度探討社會問題，帶給社會溫馨且正面的力量，割捨自己有限時間，卻創造無限價值，這正是服務的真諦，也是普世價值影響的實現。清代學者龔自珍云：「落紅不是無情物，化作春泥更護花。」即使喪失原有或既得之好處，卻可益於群體，反得受惠。

3

　　據於上述經驗，誠以為欲達成「捨己為群，關懷公益」之目的，有幾點收穫、付諸實踐的進程。

一、檢視道德操守，從己身做起。《論語・顏淵》云：「克己復禮為仁，一日克己復禮，天下歸仁焉。為仁由己，而由人乎哉？」又《大學》云：「君子有諸己，而後求諸人。」即恪守「仁」為心性本體，自我存養，以致本心之良知，而後能影響眾人。

二、減少物質欲望，由真心出發。印度詩人泰戈爾說：「抵不住眼前的誘惑，便失掉未來的幸福。」處在當今資源有限，欲望無窮的時代，宜以儉約為上，節制物質欲望的無限上綱，將有限資源留給更需要的人，達到供需均衡，及有效分配的目的。

三、影響周遭他人，得外界支持。在資訊爆炸，且多元文化、價值觀洗禮下，不妨經由許多社交平臺，將有關公益探討議題提出、分享並做討論，讓本侷限在特定族群的問題，獲得重視，將行動理念廣泛宣傳。

四、號召共同實踐，將理念遠播。明代劉基有言：「物有甘苦，嘗之者識，道有夷險，履之者知。」將言論化為行動，以抽象轉成具

體，除本身做起並深入生活，使他人有所感受並投身其中，成為一同推動的力量。

總言之，為德由自己開始，而後能影響他人。且為善有強大渲染力，能帶動社會風氣，故須假他人之力，申而彰之，此非矜揚己善，而欲能化民成俗，實不得不辨明。

4

「舍己為群，關懷公益」，是以道德標準期待世人能在公益前提下，舍個人小我之私，以成全國家公益之大義。自身與大眾公益的結合，將創造更多成功契機，也能凝聚族群意識，於是「舍己」已不是犧牲而委屈成全，反是從中獲取的學習與成長。值得注意的是，追尋公益，並不只是一頭栽進不公不義的控訴，與對損失者福利的訴求，而是對大環境制度下的省思、檢視，期能有所改革，以真正改善社會，促成實質平等的正義，邁向優質品質的生活，而這正是我所遵循的普世價值的最終目的。

二、評析討論

1.結構分析

題型：單軌題。

(1)第**1**段次（WHAT）：什麼是「我所遵行的普世價值」。

　①解釋何謂「普世價值」。

　②提出「我所遵行的普世價值」是「舍己為群，關懷公益」。

(2)第**2**段次（WHY）：為何以「舍己為群，關懷公益」為遵行的普世價值。

　①正面以自身從事公益活動為例。

　②說明從事公益活動對個人、社會的影響。

(3)第**3**段次（HOW）：如何落實「舍己為群，關懷公益」之普世價值。

　　①從「檢視道德操守，從己身作起」為先，而後「減少物質欲望，
　　　從由真心出發」、「影響周遭他人，得外界支持」、「號召共同
　　　實踐，期概念遠播」做依點論述。
　　②總述四點的落實方法。
　(4)第 **4** 段次：總結式結語。
　　①近說「舍己」與「公益」的連結。
　　②遠說「公益」對現實環境、制度的省思，以永續發展作結。

2.總講評

　(1)將普世價值建構在「舍己為群、關懷公益」，從「小我之愛」擴及
　　到「大我之愛」，釋題深刻。
　(2)第二段次敘事簡明扼要，不拖泥帶水，情理交融。
　(3)多為正面論述，亦可再強化「反面論述」，辯證是非然否。
　(4)整體的篇章布局，除了第一、四段次的起首與結尾，第二段次的經
　　驗分享，第三段次的論述實踐方法各占一半，比例勻稱。另外，倘
　　若第三段次不著重依點論述的實踐方法，也可以搭配經驗分享，舉
　　例說明。茲請該作者在一、四段次不變的情況下，改寫第二、三段
　　次，以供參考。

第2段次

　　猶記高中時期，友人邀我一同利用假日至養老院從事義工服務，
當時僅認為是消磨假日炎熱午後的悠閒差事。偌大的養老院裡，老人
們有以發抖的手依拄拐杖，有以孱弱地推動著自己的輪椅，在院內緩
慢穿梭。我們分別帶長者至戶外散步、曬太陽，或坐在園內的涼亭傾
聽他們談話。從他們眼神中，有著逐漸走向凋零的寂寞及渴望與人談
心的喜悅，彷彿只是一段閒話家常，便有了真正存活的充實。經過多

次義工服務後，我們對公益有了最初概念：年紀如同自己祖父母的長輩們，無法有子女在旁陪伴，只能孤單走完人生最後旅程。而自詡為知識分子，理應回饋於社會公的我們，如能以本身行動帶動風氣，使更多人重視老人安養問題，即使力量棉薄，亦可影響他人！因此，我們在校創立了服務性社團，而今，母校學妹們依舊繼承活動理念，每逢假日，就會有許多學生參與志工服務活動，一同共襄盛舉。

第3段次

　　團結一致追尋公益，而非各自為政，自掃門前雪，才能因應時代的變遷，符合大眾需要，促進社會進步。如：面對全球化時代來臨，《世界是平的》一書，便說明因為通訊交通的發達，已逐漸消除國界，目前正處於「競賽場正被剷平」的世代，若仍是自私小利，很快會被生產鏈取代。而社會大眾的福祉，也將不再單靠企業埋頭苦幹，而是綜合所有機能，合作帶動國家競爭力、服務力、公益力的提升。又如春秋時期，晉文公問祁犯推舉官員之事，祁犯不因私恨，推薦虞子羔任官，曰：「吾不以私事害公義。」可見其遠見及宏觀。清人龔自珍有言：「落紅不是無情物，化作春泥更護花。」引申其旨，即便喪失原有或既得優勢，卻可益於群體，反得受惠。雖時代背景的差異與人文環境的不同，但無論周遭如何異動，從個體乃至國家，所獲得的「好處」無不牽動所有群體，唯拋棄成見，把握相同目標齊心努力，才可達成最大效益。

三、第十三錦囊：避忌出現的「例證種類」

　　論說文寫作，除了「經驗分享類」是特例，必須採用「自身例」，其他情況下都不宜採用，這在本章之初已經清楚說明。此外，還有四類型的例證，也不宜出現，包括：尋常例、假設例、寓言例、宗教例，以下分別說明。

　　首先是「尋常例」，指不待說明的常識，寫與不寫沒有分別，例

如：「魚在水中游，鳥在天上飛，獸在地上走」、「我們都知道，警察的工作就是維護治安，記者的工作就是揭露社會弊端。」此類例證運用於口語言說尚能被接受，但舉筆成文，膚淺乏味，難引起閱讀興味。

第二是「假設例」，指自行捏造，與無法確切說明出處，還有從不真實狀況中舉例者。例如：「履歷如雪花般的飛來，應徵者各個都是出類拔萃的菁英，一開口便是：『您好，我是○○大學的畢業生。』這可令張董苦惱了……」這是自行捏造，編纂故事。又如：「電視媒體常說，目前的經濟景氣正慢慢復甦……」是什麼媒體？當出處無法確認時，最嚴格的評閱標準下，也是假設例的一環。再如：「因為諸葛亮萌生『空城計』，而改寫了三國時蜀、魏的歷史。」這便是混同小說與歷史的結果。

第三是「寓言例」，透過寓言說明論點者。古人常以寓言論辯「事理」，但我們受到現代學術規範的影響，論說要講求確切實證，寓言故事就不應該出現。因為「寓言」是透過假託的故事，或「自然擬物」說明某道理，已滿足假設例的條件。

最後是「宗教例」。這必須分成兩種情況。從信仰角度來看，無論是「釋迦牟尼佛說……」、「上帝說……」這是個人主觀的信仰與體證，不能成為客觀普遍的例證。但若當作「歷史文本」，如：「《金剛經》提到……」、「《聖經》有謂……」、「《古蘭經》說……」便可以採行，但須留心舉例前提是「歷史」，而非「傳教」。但一般說來，當舉列「宗教例」時，會寓有一種「不可侵犯的權威性」，導致成為「不待證明的確實存在」，這對於著重論辨經過的論說文來說，真是背道而馳。

上述可結合「第四、七錦囊」的「議題時事例」、「學理例」、「歷史例」一起參讀，讀者可清楚知道，寫好一篇論說文的條件是有足夠的「知識背景」，以闡述論點，舉例證明。過往寫抒情文、記敘文，生活中俯拾即是的「自身例」，反是英雄無用武之地，這是初學論說文時，最難適應的轉換。

第十四章 專業知能類

第一節 話說類型

「專業知能類」是按照作者身分而設計的題型，只適用報考該類的考生。如：「論提升鐵路營運之道」（89年鐵路人員高員級考試）、「部落發展之我見」（93年原住民五等特考）。

由於具有特殊性，作者必須對於報考的類科有專業的認知，至少要能回答出以下幾個概念：

1. 你欲報考該類科的理由？
2. 你知道該類科的工作內容嗎？
3. 你進入、得到這個機會後，要如何展現自己的能力？
4. 你對於該類科的工作前景與未來，有何認知與籌謀？
5. 你認為該類科的「核心價值」、「社會使命」是什麼？又要如何實踐？
6. 你要如何提升該類科的現代性？
7. 你了解該類科發展至今的沿革、歷史嗎？

上述問題應該是立志報考之際，就應該有的認知，只是未必周全思考過。

儘管這些考題具有特殊針對性，卻能隨時轉化成為各種類型的應試考題，譬如：「論民間之公證人執業應有的心態」（97年民間之公證人高考），是否能改為「論公務人員應有的心態」；欲報考警察特考者，又能否改為「論基層警員應有的心態」或「論警務人員應有的心態」呢？又如：「當代中醫發展之我見」（101年中醫師特考），能否改為「當代法律人發展之我見」、「當代外交人員發展之我見」？如此也就不宜輕忽。

　　尤須謹守報考者的立場、身分作答,提出懇切可踐行的實踐方法,非躐等躁進而大唱高調,使文章空泛而不切實際。

　　最後,在「考古大觀園」的部分,另將通論性的「專業知能」題目,如:「專業技術與人文素養」,繫於本類。再者,某些題目明顯可繫屬於前面某些類型者,都於各年分之下,依「群組」、「類型」的先後排列、註明,方便查考;實未能繫屬者,暫從缺而不論。

> 🔊 重點摘要
> 1.「專業知能」是按照作者身分設計的題型。
> 2.宜對於報考的類科有專業的認知。
> 3.雖題目有特殊針對性,但不妨轉化為自己的專業知能做思考。

第二節　名言典故集錦

1. **不患寡而患不均,不患貧而患不安。蓋均無貧,和無寡,安無傾。**

　　白話翻譯:不需擔憂土地、人口少,而應擔憂人民財富不均平;不用擔憂人民貧窮,而應擔憂民心不安定。只要財富分配公平,則不會有貧窮;人民和樂就不會土地、人口稀少,社會安定國家就不會滅亡。

　　典故出處:先秦‧孔子:《論語‧季氏》

2. **居同樂,行同和,死同哀,是故守則同固,戰則同強。**

　　白話翻譯:和平的時候一起同樂,行軍作戰時情感和睦,有人死亡能共同感到哀傷,如此則防守時能堅不可破,作戰則能勇敢頑強。

　　典故出處:先秦‧左丘明:《國語‧齊語》

3. **全治而無闕者,大小多少,各當其分;農商工仕,不易其業;老農長商,習工舊士,莫不存焉。**

　　白話翻譯：欲能使國家全面被治理而無缺憾，便要懂得使大大小小
　　　　　　　的事情，都能被穩妥安排，使各行各業的人守其職業而
　　　　　　　不更改。並讓資深的老農人、擅長經商的商人、嫻熟技
　　　　　　　能的工匠、老成的官吏，都能在自己的工作崗位上，發
　　　　　　　揮專長。

　　典故出處：先秦・尹文：《尹文子・大道上》

4. **國無常強，無常弱。奉法者強則國強，奉法者弱則國弱。**

　　白話翻譯：國家沒有永久的強或弱。執法者強，則國家就會強；執
　　　　　　　法者軟弱，則國家就會衰弱。

　　典故出處：先秦・韓非：《韓非子・有度》

5. **瘠地之民多有心者，勞也；渥地之民多不才者，饒也。**

　　白話翻譯：生活在貧困地區的人多有上進心，因爲生活勤苦而懂得
　　　　　　　要勤奮向上；生活在富庶地區的人大多不成才，因爲生
　　　　　　　活過得太逸樂。

　　典故出處：西漢・劉安：《淮南子・修務訓》

6. **故善者因之，其次利道之，其次教誨之，其次整齊之，最下者與之爭。**

　　白話翻譯：治理的最好方法是順其自然的發展，其次是引導到好的
　　　　　　　方向，復次是設法以教化來改變，又其次是以強力統一
　　　　　　　他們的行爲，最下等的是直接與民爭利。

　　典故出處：西漢・司馬遷：《史記・貨殖列傳》

7. **人各任其能，竭其力，以得所欲。故物賤之徵貴，貴之徵賤，各勸其業、樂其事，若水之趨下，日夜無休時，不召而自來，不求而民出之。**

　　白話翻譯：各行各業的人要憑藉自己專業，努力展現能力，以滿足
　　　　　　　欲望。所以，物品價格過低人人搶買，就是開始變貴的
　　　　　　　徵兆；物品價格過高人人不買，是價格由貴轉降的徵
　　　　　　　象。各自努力從事自己的工作，並以自己的職業爲樂，

如同水之往向下流，日夜永無止息。如此一來，不必去徵召，他們就會自己去工作；不必去求取，人民便自己會去生產。

　　典故出處：西漢・司馬遷：《史記・貨殖列傳》

8.《周書》曰：「農不出，則乏其食；工不出，則乏其事；商不出，則三寶絕；虞不出，則財匱少，財匱少而山澤不辟矣。」此四者民所衣食之原也。原大則饒，原小則鮮；上則富國，下則富家；貧富之道，莫之奪予。

　　白話翻譯：《逸周書》提到：「農人不生產，就會缺乏食物；工人不做工，就會缺乏生活器具；商人不交易，則食物、器具、財貨等三寶就無法流通交換；掌管山林者不生產，則財貨就會缺乏，財貨缺乏，山林的資源就不會被開發了。」以上的農、工、商、虞四者，是人民生活一切衣食的來源。來源充足，就會富有；來源短缺，就會物資缺乏。上足以富國，下可以滿足一家所需。以上種種，即是導致貧困或富有的方法，沒有人能改變這個道理。引申其意，強調各種行業各司其職，都對社會有貢獻。

　　典故出處：西漢・司馬遷：《史記・貨殖列傳》

9. 故一心可以事百君，百心不可以事一君。是故誠不遠也。夫誠者，一也。一者，質也。

　　白話翻譯：所以專心一意可以侍奉百位君主，但三心二意，連一個君王都侍奉不了。因此，誠實離人不遠。誠實，就是專心一意。而專心一意，就是人應具備的本質。引申其意，說明人宜專心與誠意的重要性。

　　典故出處：西漢・劉向：《說苑・反質》

10. 惡聞嬉戲之遊，罷其所治之民乎？

白話翻譯：怎有聽過因為嬉戲遊樂，而使被管理的民眾如此疲憊呢？引申其意，上位者不可因自私而擅自擾民。

典故出處：西漢·劉向：《說苑·反質》

細說典故

魯築郎囿，季平子欲速成，叔孫昭子曰：「安用其速成也。以虐其民，其可乎？無囿尚可乎？惡聞嬉戲之遊，罷其所治之民乎？」

白話典故

魯國在「郎」這個地方修築君王畋獵的圍場，季平子想要趕緊完成，叔孫昭子就說：「為什麼要趕緊完成呢？這樣會虐待民眾，可以這樣治民嗎？不建這個圍場是不是也可以？怎有聽過因為嬉戲遊樂，而使被管理的民眾如此疲憊呢？」

11.故善為國者，天下之下我高，天下之輕我重。……是則外國之物內流，而利不外泄也。異物內流則國用饒，利不外泄則民用給矣！

白話翻譯：所以善於治國的人，當天下某種貨品價格低廉時，便提高貨物的收購價格，讓別國貨物流進我國而囤藏，不使貨品外流。……所以當其他國家貨物流入我國，財利就不會外洩。將外國各地的貨品流入我國，國家便豐饒富足；財利不外流，百姓生活便能充裕。引申其意，透過貿易、控制物價，增加本國貨品的儲備量，同時也降低他國的實力。

典故出處：西漢·桓寬：《鹽鐵論·力耕》

12.有沃野之饒而民不足於食者，器械不備也；有山海之貨而民不足於財者，商工不備也。

白話翻譯：有豐饒的土地，但人民卻吃不飽，是因為缺乏農具；有

山珍海味之豐饒，人民卻民生不足，是因爲商業、工業貿易不發達。引申其意，治理天下必須工欲善其事，必先利其器。

典故出處：西漢・桓寬：《鹽鐵論・本議》

13.生財有大道，生之者衆，食之者寡；爲之者疾，用之者舒；則財恆足矣。

白話翻譯：生財是有方法的，生產的人多，但消費者少；又或者生產者能加速生產，而消費者能緩慢使用，如此一來，國家財富便能恆常足夠了。

典故出處：西漢・戴聖：《禮記・大學》

14.仁者以財發身，不仁者以身發財。未有上好仁而下不好義者也，未有好義其事不終者也，未有府庫財非其財者也。

白話翻譯：有仁德之人懂得藏富於民，而能得到人民的擁護；缺乏仁德之人卻想盡辦法爲自己謀利。沒有上位者喜好仁德，下位者卻缺乏仁義；也沒有行爲恪守仁義，事情卻不得善終；沒有國家府庫的財產是不歸於國君所有。

典故出處：西漢・戴聖：《禮記・大學》

15.衣食足而知榮辱，廉讓生而爭訟息。

白話翻譯：衣食等民生供應充足，人民才會知道修養品德；能夠懂得廉潔、謙讓，則官司紛爭就會止息。

典故出處：東漢・班固：《漢書・食貨志》

16.糴甚貴傷民，甚賤傷農；民傷則離散，農傷則國貧。故甚貴與甚賤，其傷一也。善爲國者，使民毋傷而農益勸。

白話翻譯：米價太貴，會傷害從事一般行業的民衆；米價太便宜，反而傷害了農民。傷害一般民衆，人民就會離開逃散；傷害了農民，國家就會貧困。所以米價太高或太低，對人民造成的傷害，卻是一樣的。善於治國的人，既不能

　　傷了人民，又要能獎勵務農。引申其意，理政者宜權衡
　　制度的設計，懂得因地制宜，善取有餘而補不足。

典故出處：東漢・班固：《漢書・食貨志》

17.帝王之道，莫尚乎安民。安民之術，在於豐財。豐財者，務本而節用也。

白話翻譯：要成為至高的領導者，沒有比安撫穩定民心更重要的。
　　　　　安撫穩定民心的方法，在於豐富人民的財用。能豐富財
　　　　　用的方法，在於致力於生產的根本，且能節省用度。

典故出處：西晉・陳壽：《三國志・魏書・杜畿傳》

18.但使倉庫可備凶年，此外何煩儲蓄！後嗣若賢，自能保其天下；如其不
肖，多積倉庫，徒益其奢侈，危亡之本也。

白話翻譯：只要儲備可度過凶災之年的糧食即可，此外，何必過度
　　　　　積累糧食、財貨？後代若賢能，自懂得如何安保天下；
　　　　　如果後代不肖，積累再多糧食，只會讓他們更加奢侈，
　　　　　這是國家生存危急與存亡的根本道理。

典故出處：唐・吳兢：《貞觀政要・辨興亡》

19.盡己而不以尤人，求身而不以責下。

白話翻譯：做事情要盡自己之力，而不是埋怨別人；要反求自身，
　　　　　而不是苛責屬下。

典故出處：唐・吳兢：《貞觀政要・公平》

20.人不可使窮，窮之則姦宄生；人不可數動，動之則災變起。

白話翻譯：人不可過於窮困，窮困則易作姦犯科；人不可常處於變
　　　　　動不安，過於變動不安就會釀生災禍。

典故出處：唐・陳子昂：《陳子昂集・上軍國利害事・人機》

細說典故

　　夫百姓安則樂生，不安則輕其死，輕其死則無所不至也。
故曰：「人不可使窮，窮之則姦宄生；人不可數動，動之則災變

起。」姦宄不息，災變日興，叛逆乘釁，天下亂矣！

白話典故

　　民眾生活安樂就能樂於生存，生活不安則無畏死亡。當無畏死亡，什麼事都做得出來。所以說：「人不可過於窮困，窮困則易作姦犯科；人不可常處於變動不安，過於變動不安就會釀生災禍。」作姦犯科層出不窮，災禍也愈來愈多，反叛者趁機而起，則天下大亂。

21.大匠無棄材，尋尺各有施。

　　白話翻譯：技藝高超的木匠手中，沒有可放棄的材料；任何再細微
　　　　　　　的材料，都會有用處。

　　典故出處：唐・韓愈：《韓昌黎文集・送張道士序》

22.任人各以其材而百職修。

　　白話翻譯：任用人才時，能使各人發揮專才，則各種職位與事務都
　　　　　　　能夠被整飭。

　　典故出處：北宋・歐陽修：《歐陽文忠公集・文正范公神道碑銘序》

23.衣食不足，盜之源也；政賦不均，盜之源也；教化不修，盜之源也。

　　白話翻譯：物質民生的供應不足，是產生盜賊的根源；國家稅賦不
　　　　　　　公平，也是產生盜賊的來源；不好好教導化育，亦是產
　　　　　　　生盜賊的來由。

　　典故出處：北宋・劉敞：《公是集・卷四十・患盜論》

24.戶口滋多，則賦稅自廣，故其理財常以養民為先。

　　白話翻譯：（唐代宰相劉晏說）戶口愈多，則國家賦稅自然增加，
　　　　　　　所以理財之道，在於以養育人民為優先。引申其意，透
　　　　　　　過對民眾有利的政策制度，可促進人口、經濟發展，國
　　　　　　　家自然收到的賦稅亦多。

典故出處：北宋‧司馬光等：《資治通鑑‧唐德宗建中元年》，第
　　　　　二百二十六卷

25.彼有所損，則此有所益，吾未見奢之足以貧天下也。

白話翻譯：此處有所損失，但對另一方而言，就會有增益，我沒見
　　　　　過奢侈會導致天下貧困的。引申其意，消費即是「開
　　　　　流」，能比節儉更能使天下富足，強調經濟發展的重
　　　　　要性。

典故出處：明‧陸楫：《蒹葭堂雜著摘抄‧崇奢論》

細說典故

　　論治者數欲禁奢，以為財節則民可與富也。噫！先正有言：天
地生財，只有此數。彼有所損，則此有所益，吾未見奢之足以貧天
下也。自一人言之，則一人儉則一人或可免於貧；自一家言之，一
家儉則一家或可免於貧。至於統論天下之勢則不然。治天下者將欲
使一家一人富乎？抑亦欲均天下而富之乎？

白話典故

　　論治理天下的人屢次想要禁止奢侈，以為節用可以使民眾富
有。啊！前代賢人有言：天地之間的財富，就只有這麼多。此處有
所損失，但對另一方而言，就會有增益，我沒見過奢侈會導致天下
貧困的。自一人來看，一個人節儉則一人或可免於貧困；以一家人
來看，一家人節儉或可免於一家的貧困。至於總論天下大勢就不一
樣了。治天下者，只想讓一家一人富有？還是想使天下均富呢？

26.我業治駝，但管人直，那管人死。

白話翻譯：我的本業是治療駝背，只管把背壓直，哪管人會不會
　　　　　死。引申其意，諷刺官吏只求完成工作，卻不顧民生
　　　　　疾苦。

典故出處：明‧江盈科：《雪濤閣集‧催科》

細說典故

　　昔有醫人，自媒能治人駝背，曰：「如弓者，如蝦者，如曲環者，延吾治，可朝治而夕如矢。」

　　一人信焉，而使治駝。乃索板二片，以一置地下，臥駝者其上，又以一壓焉，又即躐焉。駝者隨直，亦復隨死。其子欲鳴諸官，醫人曰：「我業治駝，但管人直，那管人死？」

白話典故

　　以前有個醫生，自我推薦說能治駝背，便說：「無論是背如弓，背如蝦子，背彎曲的人，請我去醫治，可以早上治療晚上就回復像箭矢一樣直。」

　　有一個人相信了，請他治駝背。於是拿了兩片板子，一片放在地上，使駝背者躺臥在上面，再以另一片板子壓上去，馬上踩踏上去。駝背者背旋即直了，但馬上就死了。他的兒子想要告官，醫生卻說：「我的本業是治療駝背，只管把背壓直，哪管人會不會死。」

27.仕宦芳規清、慎、勤。

　　白話翻譯：爲官任職宜恪守的規範：清廉、謹慎、勤勞。

　　典故出處：清‧周希陶重訂：《增廣賢文‧上韻》

28.夫人之智力有限，今世之所謂名士，或縣心于貴勢，或役志于高名，在人者未來，在己者已失。

　　白話翻譯：人的智力是有限的，今天所謂的「名士」，或心裡總是惦念著富貴權勢，或内心被高貴的名聲所使役，操控於他人手中的富貴名利尚未得到，操之於己的心力卻已衰竭。

典故出處：清‧洪亮吉：《洪北江詩文集‧與孫季逑書》

29.衛身莫大於謀食。農工商勞力以求食者也，士勞心以求食者也。故或食祿於朝，教授於鄉，或為傳食之客，或為入幕之賓，皆須計其所業，足以得食而無愧。

白話翻譯：自我保衛，沒有比懂得謀食更重要。農夫、工人、商人，都是靠勞力來謀生，而士人則是以勞心謀生。或是在朝廷領取俸祿，或在鄉間教學，或是輾轉工作為食客，或是成為他人幕僚，都應該要衡量自己的學業、能力，能有應得的報償而無愧。

典故出處：清‧曾國藩：《曾文正公家書‧致澄弟溫弟沅弟季弟‧道光二十二年九月十八日》

30.凡人多望子孫為大官，余不願為大官，但願為讀書明理之君子。勤儉自持，習勞習苦，可以處樂，可以處約，此君子也。

白話翻譯：一般人多希望子孫能當大官，但我不願子孫為大官，而但願你們能成為讀書，明道理的君子。能夠自我勤勞儉約，能吃苦耐勞，能享安樂，但也可以處於貧困，這就是所謂的君子。

典故出處：清‧曾國藩：《曾文正公家書‧諭紀鴻‧咸豐六年九月二十九日》

第三節　考古大觀園

88年

1. 如何建立廉能公正的司法風紀　（88年司法官三等特考）【可繫屬於「品德修養類」、「公權人權類」】
2. 論專業知識與國際宏觀　（88年外交領事人員各組等三等特考）

89年

1. 論司法人員的良知與操守 （89年第二次司法人員三等特考）【可繫屬於「品德修養類」】

2. 論提升鐵路營運之道 （89年鐵路人員高員級考試）【可繫屬於「安邦治國類」】

90年

1. 專業技術與人文素養 （90年建築師等高考）

2. 司法人員應有的義利之辨 （90年三等司法人員特考）【可繫屬於「品德修養類」、「公權人權類」】

91年

1. 交通建設與國計民生 （91年鐵路人員員級考試）【可繫屬於「安邦治國類」】

92年

1. 科學研究與經濟發展 （92年建築工程等二級高考）【可繫屬於「安邦治國類」】

2. 部落與國家 （92年原住民五等特考）【可繫屬於「安邦治國類」】

3. 新聞自由與國家安全 （92年地方政府與公務人員三等特考）【可繫屬於「安邦治國類」、「公權人權類」】

4. 試論如何建立互相承認、彼此尊重的族群關係 （92年原住民三等特考）【可繫屬於「安邦治國類」】

5. 紮根本土，擁抱海洋 （92年港務人員士級晉佐級升資考）【可繫屬於「安邦治國類」、「環境教化類」】

6. 「假設你是某社會福利機構的社會工作者，最近，議會接到一封陳情函，陳情人A女士提到她是原住民單親家長，又因失業，家境清

寒，尤其她懷疑就讀國中的女兒透過網路與不明男士發生性關係。三個月前，她曾到貴機構求助，社工B小姐接待她，問清案情後，答應幫她申請社會救助，或是轉介民間慈善會，希望能得到補助，也答應將本案轉介就業服務機構，並承諾協助她處理女兒的問題。可是，日子一天一天過去，她女兒最近也失蹤了，貴機構都沒有回應。她準備向社會局及報社投訴貴機構騙人，造成她二度受害。」你的主管接到所轉來之陳情函後，要求你（你不是社工B，但你接替她的工作，她已離職）立刻草擬一份足以說服議會、媒體、社會大眾，以及同行的報告以為答辯，以免事態擴大，影響機構聲譽，請你下筆。　（92年社會工作師等高考）【可繫屬於「公權人權類」】

7. 戮力從公、回饋原鄉　（92年原住民四等特考）【可繫屬於「安邦治國類」、「環境教化類」】

93年

1. 提升專業知識，促進行政效能　（93年原住民三等特考）

2. 論企業經營中醫醫院之利弊　（93年第一次中醫師高考）

3. 包熙迪（Bossidy）與夏蘭（Charan）在「執行力」（Execution）一書中，強調組織要改善現狀，追求卓越，除了「硬體制度」的改善外，必須同時配合「社會軟體」的強化，才能達到變革的功效。所謂社會軟體，指的就是組織成員的價值、信念和行為規範。惟有建立正確的核心價值，從最根本的組織文化與價值基礎進行變革，才能達到組織之基本使命。例如，我國行政院評估當前公務人員落實政府重要施政必須具備的價值觀念，經研議評選「創新、進取與專業」等三項核心價值，通函行政院所屬各機關具體落實，期能有效改善政府機關之行政文化。

在六〇年代，會計師專業廣為各界所尊敬，但近年來隨著安隆、世

界通訊、博達等事件之發生，會計師成為各界指摘之對象，似乎有重新塑造核心價值之必要。試以「會計師之核心價值」為題，寫一篇文章，說明您對會計師核心價值之看法，及具體落實該核心價值之建議。　（93年會計師等高考）【可繫屬於「品德修養類」、「徵拔人才類」】

4. 歐美及日本等國家之估價師制度建立時期較長，運作也比較完善，故估價師社會地位高。反觀我國估價師制度才建立數年，估價師之專業能力及操守，也常常因為某些弊案，而受社會大眾所質疑，這也是造成目前估價師之社會地位不高之部分原因。有論者建議應從制度面著手，積極採取各種措施，建立估價規範及杜絕弊端發生之可能機會，以逐漸建立社會大眾對估價師之信任；亦有人認為，估價工作是一種需要高度專業判斷與經驗之工作，甚難完全以估價準則或通則加以規範，防弊措施亦無法盡善，故應從職業倫理及教育面著手，才能建立社會大眾對估價師之信任感。請您就此主題，自訂論文題目，寫一篇論文，表達您的看法，文長不拘，但至少包括下列一項內容：

1. 制度面努力及職業倫理與教育面著手兩者間之功效。
2. 估價師個人本身應如何努力，才能建立社會大眾對其專業能力之肯定與信任。
3. 估價師專業團體應如何努力，才能建立社會大眾對估價業者之信任感。
4. 政府可採取或應採取之措施，以便健全估價制度，達維護社會公平與正義之目標。

（93年專門職業及技術人員高考）【可繫屬於「品德修養類」、

「環境教化類」】

5. 大醫習業 （93年第二次中醫師高考）【可繫屬於「讀書學習類」】

6. 電信事業之經營，需要來自各種不同專業領域的人一起努力，有的人從事技術性工作、有些人從事業務性工作、有人從事規劃管理工作、也有些人從事行政支援工作，每個人站在自己的工作崗位上貢獻所長，各部門就能發揮相輔相成的效果，公司的整體經營績效就能突顯出來。尤其是在引進新技術、推出新業務的時候，更能突顯出分工合作的重要性。現今中華電信正面臨民營業者強大競爭的壓力，請您以「團結力量大」為題目，寫一篇文章，表達您的看法。 （93年電信人員士級晉佐級）【可繫屬於「待人處世類」】

7. 中華郵政創辦迄今已一百多年，一直深受各界的好評。民國九十二年一月一日毅然改制為中華郵政股份有限公司，期能順應時代潮流，開創新局。請即以「如何提升郵政的經營績效與競爭力」為題，作文一篇，寫出你（妳）的看法，文長不限。 （93年郵政人員升資佐級晉員級考試）【可繫屬於「安邦治國類」】

8. 早期電信事業之經營，考量其對國家經濟發展及國家安全之重要性，同時也需要大量資金、技術及人才，在世界各國大多是由政府經營。然而，電信科技之發展非常快速，必須不斷引進新技術並推出新服務，而一般企業對通訊之質與量的需求也日益提高。為了因應如此快速變化之產業環境，近年來世界各國紛紛採取電信自由化之政策，將國營電信事業公司化、甚至民營化。同時，也引入競爭機制，開放多家業者經營各種電信業務。請您寫一篇文章，發表您對「電信自由化」的看法。 （93年電信人員士級晉佐級升資考試）【可繫屬於「安邦治國類」】

9. 電信科技的發展與電信事業的經營，創造了很多令人印象深刻的傳

奇。從類比交換，到數位交換；從固定地點通訊的有線電話，到隨時隨地可以通訊的行動電話；國際電話因為光纖網路技術的快速發展，以及新業者的競爭，使其利潤大不如前；市內電話，因為ADSL技術的成熟，以及民眾上網需求的增加，替公司創造亮麗的營收，擺脫過去績效不彰的狀況；最近又有人說，講電話要收費已經是上個世紀的觀念了。請您以電信為背景，寫一篇文章，談「變」。

（93年電信人員升資佐級晉員級考試）【可繫屬於「安邦治國類」、「綜合融通類」】

10. 論社會工作與基本人權的關係　（93年律師等高考）【可繫屬於「公權人權類」】

11. 論司法人員的法學素養與人文關懷　（93年司法人員三等特考）【可繫屬於「公權人權類」】

12. 部落發展之我見　（93年原住民五等特考）【可繫屬於「環境教化類」】

13. 族語能力與原住民族公務人員　（93年原住民四等特考）【可繫屬於「環境教化類」】

94年

1. 隨著資本主義的發展，社會分工日益精細，使得社會對具有各種專門知識乃至技術能力之人才需求日益殷切，因此透過證照制度以確認人們擁有某些專門知識乃至技術能力已成為社會必然之走向。由於社會分工之精細，一般民眾對於許多需要專門知識乃至技術能力之專業領域並不熟悉，為了使專技人員在社會發展中扮演其應有的角色，並使一般民眾之權益受到保障，請就下列題目撰寫一篇論文：論專業與責任。　（94年專門職業及技術人員高考）

2. 近年來，社會各界對於司法獨立的質疑較少，但對於司法官的操守與風範仍頗有微詞。不久前，某檢察官利用職務故入人罪，收取賄

賂，兄弟多人盡皆涉案，嚴重傷害司法官的信譽，令人痛心。除了操守之外，間有極少數司法官，開庭時對當事人言詞不遜，對律師語帶嘲諷，給人留下惡劣印象。請問，如果你是司法官，當應如何砥礪操守，展現風範？又問，大學法律教育，除了傳授專業之外，如何陶冶心性，使成為社會敬重的司法官？試以「司法官的操守與風範」為題，闡述己見。　　（94年司法人員三等特考）【可繫屬於「品德修養類」、「公權人權類」】

3. 族群認同、專業知能與原住民公務人員　　（94年原住民四等特考）【可繫屬於「安邦治國類」、「環境教化類」】

4. 請從清末民初的學術巨擘王國維在《人間詞話》中的一段話，談您的感想。

古今之成大事業大學問者，必經過三種境界「昨夜西風凋碧樹，獨上高樓望盡天涯路」此第一境；「衣帶漸寬終不悔，為伊消得人憔悴」此第二境；「眾裡尋他千百度，驀然回首，那人正在燈火闌珊處」」此第三境。第一境寫：發現理想時的嚮往心情。第二境寫：追求理想時的艱苦經歷。第三境寫：完成理想時的滿足喜悅。

題目：司法人員的理想與堅持　　（94年司法人員三等特考）【可繫屬於「公權人權類」】

5. 母語教育之我見　　（94年原住民五等特考）【可繫屬於「環境教化類」】

6. 原住民傳統與現代化的調適　　（94年原住民三等特考）【可繫屬於「環境教化類」】

95年

1. 論專業知能與品德修養　（95年二等警察特考）

2. 中醫薪傳老幹新枝之特質　（95年第二次中醫師高考）【可繫屬於「讀書學習類」、「理想立志類」】

3. 給族人的一封信　（95年原住民族三等特考）【可繫屬於各類型，依信的內容而定】

4. 全球化與部落發展　（95年原住民族二等特考）【可繫屬於「安邦治國類」】

5. 部落、族群與國家　（95年原住民族四等特考）【可繫屬於「安邦治國類」】

96年

1. 專業倫理與服務精神　（96年專利商標審查人員生物技術特考）

2. 論中醫在實證醫學的重要性　（96年第二次中醫師高考）

3. 不動產估價師必須秉持專業良知與職業道德，依其本職學能訓練，提供專業之判斷與諮詢，為社會服務以取得委託人之信任。然自建立不動產估價師制度以來，社會大眾對不動產估價師之角色與功能不甚了解，不動產估價師及其相關公會對於市場秩序之建立尚有努力空間。目前估價市場規模擴大不易，估價從業人員可能為爭奪市場，巧取服務機會，而鬆動對專業良知之堅持，以致可能配合委託人之意圖，調整了本於專業技能而查估之價格，影響社會對不動產估價師之形象認知。因此，從業人員如何堅持自己的專業與職業規範，不僅是一種社會責任，也是一個義務。爰此，請就下列題目撰寫一篇論文：「一位不動產估價師的社會責任」　（96年不動產估價師高考）【可繫屬於「品德修養類」、「待人處世類」】

4. 國內最近幾年來陸續爆發博達、力霸、嘉食化、中華銀行、力華票券等重大掏空公司資產案，其金額動輒以新臺幣十億、百億元計，

震驚各界,廣大之投資社會大眾與全國納稅人因而淪為受害人,然就被掏空公司之財務報表製作與簽證過程來看,公司負責人掏空公司資產顯然是有計畫且係持續性進行之行為,會計師貴為專技人員,其受委任就公司相關財務報表之簽證本可以允當的查證與揭露,何以卻未能有效發揮糾舉之責任,甚至放任舞弊案件之發生與繼續擴大,導致事發後會計師亦連同紛紛被移送刑事偵辦及行政上停業、撤銷簽證核准之嚴厲處分,因此如何防範掏空公司資產、粉飾公司財務帳簿之行為,一直為大家共同努力之目標。試以「會計師應有之道德風險與法律責任」為題,撰述一篇文章,文長不拘,表達您的見解。 （96年會計師高考）【可繫屬於「品德修養類」】

5. 醫者不失人情 （96年中醫師檢定考補考）【可繫屬於「待人處世類」】

6. 在社會工作的助人哲學中,有一句流行的諺語:「給他魚吃,不如給他釣竿,教他釣魚」,請自擬題目,申論這句諺語在社會工作的適用性。 （96年社會工作師高考）【可繫屬於「待人處世類」】

7. 臺灣係海島型經濟國家,對外貿易之依賴程度甚深,在整個國際貿易過程中,進口、出口通關作業是十分重要的環節,海關為此一重要環節的執行者。近年來我國海關於面臨人力短缺而貿易量激增的衝擊下,如何積極推動通關便捷化,以提高通關作業效率、增加廠商對政府之向心力、提升國家總體競爭力。請您以「通關便捷化促進國家經濟發展」為題,寫一篇文章,表達您的看法。 （96年關務人員三等特考）【可繫屬於「安邦治國類」】

8. 海關把守國家大門,辦理貨物之進口及出口通關,除課徵進口關稅外,並肩負查緝走私及查緝違法漏稅等工作,因此海關對於國家經濟發展、政府稅收及維護社會治安等負有重責大任,關務人員能否

善盡職責，發揮知能，勇於任事，關係海關整體績效及榮譽。請就「如何做一個稱職的關務人員」為題，寫一篇文章，表達您的看法。　　（96年關務人員四等特考）【可繫屬於「安邦治國類」、「公權人權類」】

9. 依據「海關緝私條例」規定，緝私為海關法定權責，應在中華民國通商口岸沿海二十四海里以內之水域，及依本條例或其他法律得為查緝之區域或場所為之。目前我國海關為查緝之需要配置有緝私艇，執行海上查緝，打擊不法。請就「海關如何加強緝私艇功能及配備，提升查緝效能」為題，發表您的看法。　　（96年關務人員五等特考）【可繫屬於「安邦治國類」、「公權人權類」】

10. 世界人權宣言第11條第1項揭示「凡受刑事控告者，在未經依法公開審判證實有罪前，應視為無罪，審判時並須予以答辯上所需之一切保障。」

我國刑事訴訟法第154條第1項規定「被告未經審判證明有罪確定前，推定其為無罪。」同法第27條第1項規定「被告得隨時選任辯護人。犯罪嫌疑人受司法警察官或司法警察調查者，亦同。」同法第31條第1項規定「最輕本刑為三年以上有期徒刑或高等法院管轄第一審案件或被告因智能障礙無法為完全之陳述，於審判中未經選任辯護人者，審判長應指定公設辯護人或律師為其辯護；其他審判案件，低收入戶被告未選任辯護人而聲請指定，或審判長認有必要者，亦同。」第5項規定「被告因智能障礙無法為完全之陳述，於偵查中未經選任辯護人者，檢察官應指定律師為其辯護。」

最高法院91年台非字第152號判例闡述「刑事司法之實踐，首重保障人權，亦藉由程序之遵守確保裁判之公正；本件被告涉犯為唯一死刑之罪，亦經原確定判決處以極刑，第二審法院判決『未經辯護，逕行審判』，顯然剝奪被告防禦權及辯護人倚賴權之行使，致辯護

人未能於審判期日提出有利之證據及辯護,喪失對被訴事實及不利證據陳述意見之機會,影響及於法院對於證據之調查、取捨、事實之認定及刑之量定。原確定判決未為糾正,不惟使被告無法享有法院依法定程序縝密審判之保障,與正當程序之規定相違背,亦影響於公平正義之維護。」

請就上述背景說明,以「我對人權保障與刑事辯護制度關係的體認」為題,論述己見。 (96年律師高考)【可繫屬於「公權人權類」】

11. 論「自我管理與持續改進」的企業精神 (96年郵政人員員級晉高員級升資考)【可繫屬於「徵拔人才類」】

12. 民國91年4月24日施行「地政士法」以來,我國不動產交易安全維護以及人民財產權益保護之相關管理制度,均益趨健全。然而,相較於不動產估價師,地政士之社會地位仍有待提升;另地政事務所之「跨所」收件與審查,以及不動產經紀業者指定地政士以及壟斷買賣與抵押業務等,致使個別案源減少,均對地政士業務造成衝擊。爰此,如何強化地政士自身之專業素養與健全地政士公會之運作,以及建立合理之地政士獎懲制度等,均屬重要且迫切之議題。請您以上文所述為主題,自訂論文題目,寫一篇文章,表達您的看法,文長不拘,惟至少須包括下述一項子題:

一、地政士應如何強化自身之專業素養;

二、地政士中央主管機關應如何研訂相關措施,以提高地政士之競爭力;

三、與不動產經紀人相較,地政士之優、劣點分析。

(96年地政士普考)【可繫屬於「徵拔人才類」】

13. 論臺灣原住民族文化的傳承與發展 (96年原住民四等特考)【可繫屬於「環境教化類」】

97年

1. 中醫現代化與中醫科學化　（97年第二次中醫師高考）

2. 子貢問曰：「鄉人皆好之，何如？」子曰：「未可也。」「鄉人皆
   惡之，何如？」子曰：「未可也；不如鄉人之善者好之，其不善者
   惡之。」（《論語·子路》）試據此文文意，以「論民間之公證人
   執業應有的心態」為題，撰文一篇。　（97年民間之公證人高考）
   【可繫屬於「品德修養類」、「待人處世類」】

3. 中醫之繼承與發揚　（97年第一次中醫師高考）【可繫屬於「理想
   立志類」】

4. 試論當代中醫應有的國際視野　（97年中醫師檢定考補考試題）
   【可繫屬於「理想立志類」】

5. 落實原住民族文化傳統「返本開新」之我見　（97年原住民五等特
   考）【可繫屬於「環境教化類」】

98年

1. 對醫者來說，醫病倫理是必須重視且用心實踐的。請以「苦口婆
   心」為題，寫一篇文章加以闡發。　（98年中醫師高考）【可繫屬
   於「待人處世類」】

2. 警察在現代社會中的角色　（98年警察人員二等特考）【可繫屬於
   「公權人權類」】

3. 醫者意也，貴於臨機應變　（98年第一次中醫師高考）【可繫屬於
   「綜合融通類」】

99年

1. 身為醫生貴能有醫術又有醫德，請以「尊德性而道問學」為題，寫
   一篇文章，加以闡發。　（99年中醫師高考）【可繫屬於「品德修
   養類」、「讀書學習類」】

2. 孫思邈認為，欲為大醫，不僅須熟讀醫典，熟通醫理，尚須博覽五經、三史、諸子、內經、老莊等群書，如此，方能於醫道無所滯礙，盡善盡美。

群書與醫道有何關係？孫氏此言有何深旨？請作文一篇闡論其要義。　（99年第一次中醫師高考）【可繫屬於「讀書學習類」】

3. 臺灣原住民族文化多元豐富，但長期受制於商業體系，以手工藝品為例，趨於制式、粗糙，不具文化特性，很難引起深層感動。請以你的體察，論述「如何將生意做成文化」。　（99年原住民族三等特考）【可繫屬於「安邦治國類」】

4. 〈大學〉說「止於至善」，做事很難真正完美，因此公務員總要期許自己能夠把事情做得更好，日新又新，進步再進步。試以「把事情做得更好─談公務員的自我期許」為題，寫一篇文章，字數不限。　（99年交通事業佐級晉員級升資考）【可繫屬於「安邦治國類」、「公權人權類」】

5. 《潛水鐘與蝴蝶》的作者尚‧鮑比因腦幹中風而全身癱瘓，意識雖清醒卻不能言語、動彈，全身唯一能和外界溝通的，就只剩下左眼還能眨動而已，他就藉著眨動的左眼對外界表達訊息。外人看來遭遇悲慘的鮑比告訴我們：他的身體雖被困在沈重的潛水鐘裡，心靈卻能像蝴蝶般輕盈飛翔。台灣的漸凍人患者陳宏佳，也曾說過「身如頑石，心如飛鳥」。請以一名身心障礙者的親身經歷，寫一篇以「形體有限，心靈無限」為題的文章，說明你的體驗與感受。

（99年身心障礙四等特考）【可繫屬於「經驗分享類」、「人生哲理類」、「理想立志類」類】

100年

1. 請詳細閱讀下列文章，並請作文一篇闡述你的觀點。（作文題目請自行擬定）

歐陽文忠公嘗言：「有患疾者，醫問其得疾之由，曰：『乘船遇風，驚而得之。』醫取多年柂牙為柂工手汗所漬處，刮末雜丹砂茯神之流，飲之而愈。」今《本草注・藥性論》云：「止汗，用麻黃根節及故竹扇為末服之。」文忠因言：「醫以意用藥多此比。初似兒戲，然或有驗，殆未易致詰也。」（蘇軾《東坡志林》卷三）　（100年第一次中醫師高考）

2. 法律人的使命　（100年律師高考）【可繫屬於「安邦治國類」、「公權人權類」】

101年

1. 會計師的工作可能面臨各種類型的客戶，對應不同的經營態度：有些公司負責人勤勉從公，內外兼修；有些公司老闆徇私舞弊，掏空舉債。會計人員處理財務報表時如何權衡公私，不致同流合污，觀念、心態至為重要。請以「和而不流，中立而不倚」為題，撰寫一篇文章，文長不限。　（101年專門職業及技術人員高等考試）【可繫屬於「品德修養類」】

2. 臺灣因地狹人稠，致使多數地區之不動產價格居高不下，而不動產也因此成為人們最重要的身家財產。地政士作為此類業務代理人，不但需面對複雜之法令規章，更動輒經手百萬、千萬計的大筆款項，其任務十分艱鉅。請你藉由上述說明，以「專業與誠信」為題，寫一篇文章，論述這項工作的意義與重要性。　（101年地政士普考試題）【可繫屬於「品德修養類」、「徵拔人才類」】

3. 中醫文化源遠流長，其理論體系已經經歷了兩千餘年，其問診、臨床兼具玄學與科學。今日中醫的發展在西方醫學理論與臨床強大的衝擊之下，該何去何從？當代中醫如何創造出融合古今精華、新舊精粹、中西精神的發展之路？請以「當代中醫發展之我見」為題，

作文一篇，書寫您的觀點。　　（101年中醫師高考）【可繫屬於「理想立志類」】

4. 中醫學有體有用，診病主望聞問，用藥依君臣佐使，倘欲據此體用來治國牧民，請以〈治國如醫病〉為題，作文一篇，加以論述。（101年第二次中醫師高考）【可繫屬於「安邦治國類」】

5. 警察人員、消防人員、海岸巡防人員，在調解糾紛、救濟災難及維護治安方面，經常站在第一線，遭遇之特殊事件必不少，請以「一個驚心動魄的經驗」為題，作文一篇，描寫感受。文長不限。【可繫屬於「經驗分享類」、「時空記敘類」、「感情抒發類」】

102年

1. 社會係由各行各業所構成，每個行業的執業者也都有應盡的社會責任，請你以「一位中醫師的社會責任」為題，作文一篇，闡述你對於臺灣中醫師如何肩負起社會責任的自我期許。　　（102年中醫師第一次高考）【可繫屬於「待人處世類」】

2. 隨著人類生活的變化與科技的進步，現代中醫師如何因應醫學的快速發展，已成為重要的課題。請以「傳承與應變」為題，作文一篇，申論其旨。　　（102年中醫師第二次高考）【可繫屬於「綜合融通類」】

3. 臺北捷運往蘆洲、新莊路線已先後通車，信義路捷運正在加緊興建，不久將通車。全臺高速、快速公路不斷地增建，最近五楊高速路段也順利通車。高速公路收費方式即將改變。各縣市公車大多煥然一新，車廂空間寬敞，外型新潮。此外，鐵路、公路尚有諸多革新，在在講究迅速、方便、美觀、安全、舒適。預料未來將有更多更大更好的改變。凡此種種，皆與二十年前的交通迥異。請以「臺灣鐵路與公路的過去、現在」為題，作文一篇，文長不限。　　（102年警察、鐵公路四等特考）【可繫屬於「安邦治國類」】

4. 近年來，原住民族傳統的宗教祭儀、音樂、舞蹈、雕塑、編織、圖案、服飾、民俗技藝等文化資產，雖已深受大眾重視，但在現代化的過程中，若未能及時設法保存，將有伴隨時間流逝及部落耆老記憶的消磨而凋零之虞。請以「保存臺灣原住民族文化資產之我見」為題，作文一篇。　（102年原住民三等特考）【可繫屬於「安邦治國類」】

103年

1. 《靈樞‧逆順》云：「上工治未病，不治已病。」中國古人也強調防患於未然，可見中醫思想頗能矯正現代社會短視近利的毛病。請以「中醫思想在當代社會的價值」為題，作文一篇。　（103年中醫師第一次高考）【可繫屬於「待人處世類」】

2. 各行各業皆有其倫理，中醫師的「醫道」倫理應該體現在哪些方面？請就此議題為文一篇，闡述你的觀點。　（103年中醫師第二次高考）【可繫屬於「品德修養類」】

104年

1. 《論語‧陽貨》有如下的一則記載：子之武城，聞弦歌之聲。夫子莞爾而笑曰：「割雞焉用牛刀？」子游對曰：「昔者偃也聞諸夫子曰：『君子學道則愛人，小人學道則易使也。』」子曰：「二三子，偃之言是也，前言戲之耳。」
身為一個法律人，對子游的治理之道有何看法？就今日社會追求「法治」而言，人人「學道」，又能發揮何種功能？試就上述問題，作文一篇，加以闡論。　（104年司法官三等特考第二試）【可繫屬於「安邦治國類」、「公權人權類」】

2. 政府為解決高房價難題，近年以低價提供土地予民間廠商，興建社會住宅（例如浮洲合宜宅及林口A7合宜宅皆是），其房價確實較市場行情為低，但戶數有限，中籤率不高，無法滿足多數「無殼蝸

牛」的需求。更因建築有瑕疵，品質難令人放心，傳出不少購屋糾紛。唐代詩人杜甫棲居成都時，身受破屋之苦，曾發出「安得廣廈千萬間，大庇天下寒士俱歡顏，風雨不動安如山」的感慨。當今社會不但有住宅「量」的供需問題，還有「質」的把關責任問題。如何使民眾既有屋住，又住得安全、安心？請以「追求居住正義」為題，寫一篇文章，論述房市畸形發展的緣由，並對政府的住宅政策、管理監督的職能提出建言。　　（104年地政士普考）【可繫屬於「公權人權類」】

3. 宋人吳曾《能改齋漫錄》記載范仲淹的話：「古人有云：『常善救人，故無棄人；常善救物，故無棄物。』……夫能行救人利物之心者，莫如良醫。」請以「能行救人利物之心者，莫如良醫」為題，撰文一篇，闡論其義。　　（104年第一次中醫師高考）

4. 專門職業及技術人員從事的業務攸關民眾生命、健康與財產權益，也涉及公共利益；因此提升專業素養、嫻熟國家法規、具備服務熱忱，並時時以公益為念，允為現代專門職業及技術人員的基本條件。請以「公益與私利之區辨」為題作文一篇，加以論述。　　（104年會計師高考）【可繫屬於「待人處世類」、「公權人權類」】

105年

1. 《孟子・公孫丑》上云：「所以謂人皆有不忍人之心者，今人乍見孺子將入於井，皆有怵惕惻隱之心」；可見怵惕惻隱之心人皆有之。請以「凡醫者必具備惻隱之心」為題，作文一篇，加以闡發。
　　（105年第一次中醫師一高考）【可繫屬於「品德修養類」、「待人處世類」】

2. 地政士是我國第一線的土地、房屋、不動產專業服務人員，直接與人民接觸，受人民委託，處理地政相關業務。由於金額龐大，事涉人民一生積蓄，因此身為地政士必須具備：專業的素養、高度的熱

誠、廉潔的品德以及守法的精神，如此才能不負所託。請以「地政
士應有的涵養」為題，寫一篇文章，可以依上文發揮，或自抒己
見。　（105年地政士普考）【可繫屬於「經驗分享類」】

3. 《中庸》強調「執中」、「用中」，故君子遇事必明辨正反利弊兩
端，取其確當合宜，力求恰如其分。試問中醫望、聞、問、切，治
病之道；君、臣、佐、使，用藥之理，是否與「用中」、「執中」
相通？請以「允執厥中」為題，作文一篇，加以論述。　（105年第
二次中醫師一高考）【可繫屬於「品德修養類」】

4. 部落文化的衰微導致原住民的認同困境，面對現代新思潮的衝擊，
傳統文化究竟該堅持或變革？請以「原住民族文化的變與不變」為
題，作文一篇，闡述己見。　（105年原住民三等特考）【可繫屬於
「綜合融通類」】

5. 許多原住民為了就業不得不移居於城市，留守在原鄉部落的多為老
人與孩童。如何重建弱勢偏鄉，為原民青年創造更多返鄉機會，乃
當今社會發展的重要課題。請以「歸鄉的路」為題，作文一篇，
抒發己見。　（105年原住民族四等特考）【可繫屬於「徵拔人才
類」、「工作休閒類」、「環境教化類」】

106年

1. 近年來，老年人口與日俱增。如何維繫老人健康，照顧年邁長輩，
已成為我國政府施政的重要課題。而中醫師所能提供的相關服務與
資源，頗為豐富而多元。請以「論中醫師對老人長照的貢獻」為題
目，舉例闡論，撰寫一篇結構完整的文章。　（106年第一次專門職
業及技術人員高等考試中醫師考試）【可繫屬於「待人處世類」、
「安邦治國類」】

107年

1. 《史記・扁鵲倉公列傳》記載：「扁鵲過齊，齊桓侯客之。入朝

見，曰：『君有疾在腠理，不治將深。』桓侯曰：『寡人無疾。』扁鵲出，桓侯謂左右曰：『醫之好利也，欲以不疾者為功。』後五日，扁鵲復見，曰：『君有疾在血脈，不治恐深。』桓侯曰：『寡人無疾。』扁鵲出，桓侯不悅。後五日，扁鵲復見，曰：『君有疾在腸胃間，不治將深。』桓侯不應。扁鵲出，桓侯不悅。後五日，扁鵲復見，望見桓侯而退走。桓侯使人問其故，扁鵲曰：『疾之居腠理也，湯熨之所及也；在血脈，鍼石之所及也；其在腸胃，酒醪之所及也；其在骨髓，雖司命無奈之何。今在骨髓，臣是以無請也。』後五日，桓侯體病，使人召扁鵲，扁鵲已逃去。桓侯遂死。」上引故事，反映了一種醫病互動的關係。請以「扁鵲診疾對現代醫病關係的啟示」為題，作文一篇，暢抒己見。　（107年第一次中醫師高考）【可繫屬於「待人處世類」】

2. 王安石〈登飛來峰〉言：「不畏浮雲遮望眼，自緣身在最高層」，而蘇軾〈題西林壁〉則說：「橫看成嶺側成峰，遠近高低各不同。不識廬山真面目，只緣身在此山中。」民間之公證人除專業素養外，更需具備「換位思考」之視角，及「與時俱進」之開闊視野，方能適當權衡法、理、情各種面向，請以「視角與視野」為題，作文一篇。　（107年民間之公證人高考）【可繫屬於「公權人權類」】

3. 弱勢文化與主流文化、社會相處時，若無法堅持傳統，常會面臨被強勢文化同化，或終至被併吞消失的局面，但拒絕與外界交流互動又難免故步自封，無法隨時代應變。

請以「和而不同」為題，舉出具體例證，討論原民文化在與主流文化接觸時，當如何和諧共處，卻又能保持原民文化的特色。

（107年原住民三等特考）【可繫屬於「安邦治國類」、「環境教化類」】

4. 原鄉部落的星空多麼澄澈、美麗而不受文明光害污染，那片滿天星斗的寧靜、燦爛，是原民心中故鄉淨土的象徵。

請以「原鄉的星空」為題，作文一篇，描寫自己原鄉部落的星空，並說明自己心目中理想的原鄉面貌，以及如何保持原鄉特色不受外界污染的方法。　（107年原住民四等特考）【可繫屬於「環境教化類」】

108年

1. 唐代醫界先賢孫思邈曾提示：「凡太醫治病，當安神定志，無欲無求，先發大慈惻隱之心，誓願普救含靈之苦。」西方醫聖希波克拉底的誓約說：「無論在何處，我當竭盡能力以醫術救治病人，禁犯任何故意的傷害與過失。」迄至今日，很多醫院、診所都強調「視病猶親」的仁愛精神，可以說「良醫如母」乃為普世醫者的典範。相對來看，病人是否應「視醫如親」，亦是值得重視的問題。現代社會人際關係複雜，倫理價值觀變遷劇烈，醫病雙方要真正做到「視病猶親」、「視醫如親」，其實並不容易。請以「視病猶親與視醫如親的當代省思」為題，作文一篇，闡述你的見解。　（108年第一次中醫師高考）【可繫屬於「待人處世類」】

2. 景公病疽，在背。高子國子請于公曰：「職當撫瘍（診治傷口）」。高子進而撫瘍，公曰：「熱乎？」曰：「熱」。「熱何如？」曰：「如火」。「其色何如？」曰：「如未熟李」。「大小何如？」曰：「如豆」。「墮（傷勢）者何如？」曰：「如屨辦（草鞋開口）」。二子者出，晏子請見。

公曰：「寡人有病，不能勝衣冠以出見夫子，夫子其辱視寡人乎？」晏子入，呼宰人具盥，御者具巾，刷手溫之，發席傅薦（鋪席襯墊），跪請撫瘍。公曰：「其熱何如？」曰：「如日」。「其色何如？」曰：「如蒼玉」。「大小何如？」曰：「如璧」。「其

墮者何如？」曰：「如珪」。晏子出，公曰：「吾不見君子，不知野人之拙也」（《晏子春秋・內篇雜下》）。

同樣為景公撫瘍，高子、晏子的言談舉止有何不同？齊景公為何會說「吾不見君子，不知野人之拙也。」就一個為病人診治的醫者而言，引文的故事給你什麼樣的啟發？請以「醫者應有的態度與作為」為題，用高子、晏子破題作文一篇，加以闡述。　　（108年第二次中醫師高考）【可繫屬於「待人處世類」】

第四節　追蹤執行力

身為一個社會人，必有自己的專業能力。這不單是增長知識，還得兼顧服務社會、大眾的精神與熱忱。請思考以下兩個問題。

1. 請以欲報考的「專業知能」為思考點，談談如何能具體提升專業知能，強化服務大眾之能力。
2. 請思考「專業知能」與「品德修養」關係，並具體說明如何平衡兩者關係的方法。

第五節　奇文共賞與評析討論

一、奇文共賞

題目：法律人的使命（100年律師高考）

作者：賴子敏

1

德國法學大儒薩維尼曾言：「解釋法律，係法學的開端，並為其基礎，係一項科學性的工作，但又為一種藝術。」一語道出法律人，係以專業智識解釋法律，運用法學嚴密論證之體系，將具體個案事實置於法律規範中，獲致一定之法律結果，並用以處理社會複雜關係，而從事法律相關職業者。且法律人為實現公平正義願景、秉持崇高法

治核心理念，除以認知之經驗事實爲基礎，做理性客觀價值判斷，更應守經達權，權衡義利之分際，節制私利而踐行公理，探尋個體與整體利益之平衡。又，爲何法律人常自矜其能，以經國治世、保障人權、伸張正義？源於其身兼最重要的使命有三：政治使命、社會使命、道德使命。

2

何以此三個使命最爲重要，茲述如下：

首先是「政治使命」。法律與現實政治實係密不可分。如：17世紀英國國會驅逐奉行君權神授的詹姆士二世，迎回瑪麗公主與威廉王子共治，並通過權利法案，完成光榮革命。相較法國大革命，英國緣於其民主法治之圓熟，能將政治問題法律化，方避免政治流血衝突。

其次是「社會使命」。法律人動輒陷入法律文本及社會公眾兩難的困境。白玫瑰運動，法官輕判性侵女童惡狼，民眾表達傾聽民意、正視司法弊端的訴求，即可窺知：由民主法制下選出來的民意代表雖已相當程度地符合大眾的期待，唯兩者間的迥異與脫勾卻俯拾即是。法律人在實踐法律外，亦需尊重國民法律感情之社會使命。

最後是「道德使命」。常言道：法律是最低限度的道德。如：近年遺棄罪新增訂之條文，父母若曾對子女有侵害生命、身體、妨害性自主等犯罪行爲，成年後之子女縱使未盡扶養義務，仍可免其罪責，即是考量道德和義務間之衡平。又如與人權拉扯甚深之死刑廢除與否、通姦之除罪化、生物科技複製人等議題在在都顯示法律人所承載之道德使命。

由建立完善之政治體制，進而使社會能和諧運作，個人後得以安身立命，法律人可謂任重而道遠。

3

然法律人又應如何去實現這些使命？有賴以下幾點。

一、專業。一個專業法律人之養成過程，具備分析評判的頭腦、熟悉操作法律的能力，紮實的法學基底定然不可少。且專業面與實踐面緊密結合、相輔相成，誠如：美國知名前大法官霍姆斯謂：「法律的生命不在邏輯，而在於經驗。」

二、深度。當一個法律事實的出現，應即刻產生問題意識，藉由此點，連接成線和面，進行整體深度的思考，更甚者，應適時跳脫出框架思緒之桎梏，而非拘泥於文字，流於削足適履、食古不化窘境。

三、敏銳。「習法之人，得預見未來」一語概括預防法學理念。當前社會變遷迅速，現行法之制定往往無法與時俱進，屢屢充斥漏洞及錯誤立法，法律人便擔負以敏銳前瞻之觸角，檢視、解讀和理解當今社會與法律適用衝突與矛盾所在之責。

　　所以，法律人必以專業做後盾，具備深度思維和敏銳感受力，背負之使命自然得從容以對。

4

　　身為法律人，務求在法學專業上精益求精，並充分認識在法律演進之背後，與其因襲相關之歷史沿革與政經人文條件，衡諸立法意旨、深層理解制度規範目的，激發不同思考面向，此由拓寬自身視野和培養人文素養開始。法律人於靈活運用法律規範之餘，應實踐穩定基本政治、社會風氣、道德體系之使命，可為國家整體帶來推波助瀾之效。而加強法律人的使命意識及洞察所處社會環境的能力，則有賴優良的「法治教育」，塑造兼具專業、深度和敏銳的法律人。切勿自命不凡而不食人間煙火，成為只知按圖索驥，不懂得通權達變的一介法匠。

二、評析討論

1.結構分析

題型：單軌題。

⑴第 **1** 段次（WHAT）：解釋什麼是「法律人的使命」。

　① 名言錦句開頭，以德國法學大儒薩維尼之語起首。

　② 點出法律人的三個重要使命：政治使命、社會使命、道德使命。

⑵第 **2** 段次（WHY）：為何「政治」、「社會」、「道德」為法律人的使命。

　① 正面舉歷史例，說明政治使命的重要性。

　② 正面舉時事例，說明社會使命的重要性。

　③ 正面舉議題時事例，說明道德使命的重要性。

⑶第 **3** 段次（HOW）：如何實踐三個使命。

　① 從「專業」為先，而後「深度」、「敏銳」，做依點論述。

　② 總述三點的實踐進程。

⑶第 **4** 段次：總結式結尾。

　① 透過個人實踐，拓展「個人專業」為先。

　② 展延說明「一個法律人」可對社會、國家造成的影響作結。

2.總講評

⑴充分表達出法學素養，論理清晰，展現一定的專業知能。

⑵第二段次的「政治使命」到「社會使命」，再到「道德使命」，表現出公權人權類型中的最大爭議，即究竟是「情、理、法」，還是「法、理、情」，顯然作者著重於後者。

⑶本文主要聚焦在「現實層面」之「法律人的使命」，而無抬升至「法、理、情」之「精神、原則層面」的討論。如能於第一段次、第四段次稍加表述，更為全面。

三、第十四錦囊：論說文如何「引經據典」

寫作時，引經據典或適當使用「熟語」，能靈活運用文辭，也可感受作者知識學養的豐富。

熟語係由固定的片語組成，範圍極廣，舉凡成語、俗語、諺語、歇後語、格言、典故、俚語……都是。我們運用在論說文寫作時，是否皆適用？顯然不是。

凡俗語、諺語、歇後語、俚語具有「地域性」、「方言性」，就不適合放在給所有人閱讀的論說文。但這些熟語卻能在抒情、記敘時，使人物活靈活現，譬如：描寫人物對話，不同層級與族群的用語便會有差別，若能妥善運用諺語、俚語、俗語……，可立體化人物形象，倘不能掌握該方言特質，很難凸顯角色性格。

但論說文嚴謹得多，在最嚴格要求下，只能採行成語、典故、格言等較爲「廣泛化」、「經典化」、「雅正化」的熟語類型。這些語彙歷經時空的洗禮，已然橫跨地域，成爲共同使用的語彙。

但凡上述的「熟語」，咸有豐富的文化特質，使用時機是受制於不同文體、文類特徵，無關好壞。要先掌握文體、文類，才能運用得恰到好處，恰如其分。

第十五章　綜合融通類

第一節　話說類型

「綜合融通類」重視「原則性」、「抽象性」的概念思考，放在前述「第一、二群組」各類的論說文皆適用。它沒有既定方向，而是等作者賦予一個解讀方向。

舉例來說：「論變與不變」（89年港務人員員級考試），題旨要提問的是：「○○的變與不變」。那麼，作者便應該在題目之前，預設解題立場，如：（人生哲理的）變與不變，或（品德修養的）變與不變，或（讀書學習的）變與不變……假使沒有預設前提，內容將空泛而不切實際；相反的，如果預設的前提太多，什麼都想談，則會過度紛雜，失卻論述主軸，難以深入。最好的方式是集中在某一至兩類，仔細申述「變與不變」在這一兩種類型的影響。其他如：「進與退」（86年退役軍人轉任公務人員三等考試）、「明辨是非」（91年船長等三等特考）、「守舊與革新」（91年航海人員一等船副等三次特考）皆有此特質。

根據我的觀察，有三個至為關鍵的融通基礎：一是「經與權」；二是「知與行」；三是「善與惡」，論是與非的評價。後者已講於第二章，此不重覆。

一、經與權：經者，常道也，指不變的道理。權，融通權衡之理。即變與不變之間的課題。人生在世，是否有永恆不變的生存法則？例如：「道德」是做人處事的基本原則，但每個人道德標準不一，又該如何磨合？又如：求學階段，學校所習得的內容，通常理論多過於實際操作，一旦進入職場，是否能全然依據理論來操作？恐有很大的落差，這正是經與權的差異。

這是否意味著「經」不重要？絕非如此。「經」是人類約定俗成下的

規範、原則，也是群聚生活的妥協之道。每個族群都有各自的規範，來維繫團體秩序；族群與族群間，也有互信互惠的協商空間。於是，「經」是處理問題的根本原則，也是解決權變的最後防線、所以然之理。

「權」重視融通與變動。生活中的事理紛然多變，「經」作為原則，不可能洞析所有變化，就必須權衡實際狀況，權宜解決問題。但權可不是沒有原則的亂變，或為所欲為、自由心證，而是依附於「經」，在合情、合理、合法下做出的通變，如：「孝道」是不變原則，但「孝行」可隨時代轉變。

二、知與行：「知」指「認知」，「行」乃「實踐」。原則上，有「先知而後行」、「先行而後知」、「知行合一」等三種排列組合。行動上，則有「知難行易」、「知易行難」「知易行易」、「知難行難」等多種組合。

無論何種狀況，關鍵在於「知必能行，行必能知。」從原則上的前兩種關係來看，各有盲點，如：「先知而後行」問題出在知之後是否必然能行。「先行而後知」的問題是不能盲行，有否記取教訓、接納新知。問題必須一一克服，才不會有行動上的礙難。

「知行」既可以是精神層面的道德認知、實踐，也可以是生活層面的認知、履行。所以，前面任何類型考題，都會有知行是否平衡的問題。

綜觀經權、知行，無不是人生的重要課題。過分重視經，太過拘泥；權變逾越了經的原則，會亂而無序。又知而不行，理想成為夢想、空想；行而不知，忙亂盲從，缺乏目標。

由此反觀所有題型，不正是經權、知行，以及善惡之間的拉鋸與妥協。

((●)) 重點摘要

1. 「綜合融通類」重原則性、抽象性，適用於前面任何一類。

2. 需自行預設解題類型，且類型貴精不貴多。貴多會紛雜而失

　　　去論述主線。

　　3.三個重要的融通基礎：經與權（即變與不變）、知與行、善
　　　與惡（即是與非）。

第二節　名言典故集錦

1.言必信，行必果，使言行之合，猶合符節，無言而不行也。【知行】

　　白話翻譯：説出來的話，一定要誠信；行事作爲，一定要堅決果
　　　　　　　斷，使言與行的結合，像是兩方手持各半的符節，能夠
　　　　　　　相合爲一，沒有説了卻不能做到的。引申其意，即能言
　　　　　　　行、知行一致。

　　典故出處：先秦・墨子：《墨子・兼愛下》

2.是非隨名實，賞罰隨是非。【是非】

　　白話翻譯：判斷事物的是非正誤，要以「名」與「實」是否相符來決
　　　　　　　定。而獎賞或處罰，則應隨著行爲的是非正誤以判定。

　　典故出處：先秦・尸佼：《尸子・發蒙》

3.權者何？權者反於經，然後有善者也。權之所設，舍死亡無所設。行權
　有道，自貶損以行權，不害人以行權。【經權】

　　白話翻譯：什麼是權變？權變就是與常道相反，然後能得到好的結
　　　　　　　果。權變的設立，如果不畏懼死亡，那就不須設立權變
　　　　　　　了。行使權變是有方法的，要自我貶損而後行使權變，
　　　　　　　不能夠爲了行使權變而害人。

　　典故出處：先秦・公羊高：《春秋公羊傳・桓公十一年》

4.嫂溺不援，是豺狼也。男女授受不親，禮也；嫂溺援之以手者，權也。
　【經權】

　　白話翻譯：嫂嫂溺水而不去援救，是如豺狼般的禽獸行爲。男女有
　　　　　　　別，不宜逾越矩度而過分親近，這是禮儀；但嫂嫂溺水

而以手援救，這是權宜之下的行為。

典故出處：先秦‧孟子：《孟子‧離婁》

細說典故

淳于髡曰：「男女授受不親，禮與？」

孟子曰：「禮也。」

曰：「嫂溺則援之以手乎？」

曰：「嫂溺不援，是豺狼也。男女授受不親，禮也；嫂溺援之以手者，權也。」

曰：「今天下溺矣，夫子之不援，何也？」

曰：「天下溺，援之以道，嫂溺，援之以手。子欲手援天下乎？」

白話典故

淳于髡說：「男女之間接受、給予不能過於接近，這是禮嗎？」

孟子說　：「是禮。」

淳于髡說：「嫂嫂溺水，是不是可以用手援救呢？」

孟子回說：「嫂嫂溺水不去援救，是豺狼般的禽獸行為。男女有別，不宜逾越矩度而過分親近，這是禮儀；但嫂嫂溺水而以手援救，這是權宜之下的行為。」

淳于髡說：「現在天下大亂，人民都陷溺了，你不去援救，這是為什麼？」

孟子應道：「天下淪陷，要回復以正道扶持，不能只靠權宜；嫂嫂溺水，我可以用手救她。難道我能用一人之手援救天下嗎？」

5.是亦彼也，彼亦是也。彼亦一是非，此亦一是非。【善惡是非】

白話翻譯：我自認是對的，但別人認為是錯的；我認為別人是錯的，但別人認為自己是對的。我有一套是非標準，他人

也有一套是非標準。引申其意，世事無真正客觀的是非
標準。

典故出處：先秦・莊子：《莊子・齊物論》

6. 不聞不若聞之，聞之不若見之，見之不若知之，知之不若行之，學止於
行而止矣。行之，明也；明之，為聖人。【知行】

白話翻譯：不去聽聞，不如真的聽聞；聽聞又不如親眼所見；親眼
所見，不如實際去認知；實際認知不如真正去踐行，學
習要從聽聞到踐行為止。能踐行，就能明白事理，能明
白事理者，即為聖人。引申其旨，知要能行，而以行
為要。

典故出處：先秦・荀子：《荀子・儒效》

7. 是是非非謂之知，非是是非謂之愚。【善惡是非】

白話翻譯：知道分辨對的事，且能分別不對的事，這是所謂的「智
慧」。把對的事看做是錯的，或把不對的事當成對的，
這是所謂的「愚笨」。

典故出處：先秦・荀子：《荀子・修身》

8. 荊人尚猶循表而導之，此其所以敗也。【變化】

白話翻譯：楚國人還按著舊紀錄而渡河，這就是他們失敗的理由。
引申其意，世事變化無常，人應該應時而變。

典故出處：秦・呂不韋：《呂氏春秋・察今》

細說典故

荊人欲襲宋，使人先表澭水。澭水暴益，荊人弗知，循表而夜
涉，溺死者千有餘人，軍驚而壞都舍。向其先表之時可導也，今水
已變而益多矣，荊人尚猶循表而導之，此其所以敗也。

⯃白⯃話⯃典⯃故⯃

　　楚國人要偷襲宋國。先使人去量澭水的深淺。澭水暴漲，楚國人不知道，依循舊的紀錄而夜間偷渡，結果上千人因而溺斃，楚軍驚恐萬分如同房屋崩塌。之前測量時還可以渡河，但今天水量已經轉變而暴升，楚國人還按著舊紀錄而渡河，這就是他們失敗的理由。

9. 權者，聖人所獨見也。故忤而後合者，謂之知權；合而後舛者，謂之不知權。不知權者，善反醜矣！【經權】

　　白話翻譯：善於通權達變，這是聖人獨到的見識。所以先違反常規，但後來能合乎事理，就叫作知道權變；先合乎常規，但後來違背了事理，就是不知權變。不知權變，會把原本是好的，變成不好的。

　　典故出處：西漢·劉安：《淮南子·氾論訓》

⯃細⯃說⯃典⯃故⯃

　　權者，聖人所獨見也。故忤而後合者，謂之知權；合而後舛者，謂之不知權。不知權者，善反醜矣！故禮者，實之華而僞之文也，方於卒迫窮遽之中也，則無所用矣！是故聖人以文交於世，而以實從事於宜，不結於一跡之涂，凝滯而不化，是故敗事少而成事多，號令行於天下而莫之能非矣！

⯃白⯃話⯃典⯃故⯃

　　善於通權達變，這是聖人獨到的見識。所以先違反常規，但後來能合乎事理，就叫作知道權變；先合乎常規，但後來違背了事理，就是不知權變。不知權變，會把原本是好的，變成不好的。所以禮法之原則，如同未結果實的花，又好像人為的文飾，面對緊急窮困的時候，就沒有什麼用處了。所以聖人以禮法為文飾，作為待

人處世的原則，用實際行動使事情能處理得宜，絕不僅守著一條途徑，也不會凝止停滯而不懂得變化。所以他們行事很少失敗，而常成功，能號令於天下，沒有人能非議其舉措。

10.塞翁失馬，焉知非福。【變化】

　白話翻譯：塞上之人失去了馬，本為壞事，但怎知不會有好事發生？引申其意，說明人生禍福難測，而好壞、是非轉換也無定論。

　典故出處：西漢・劉安：《淮南子・人間訓》

細說典故

　夫禍福之轉而相生，其變難見也。近塞上之人，有善術者，馬無故亡而入胡，人皆弔之。其父曰：「此何遽不為福乎？」

　居數月，其馬將胡駿馬而歸，人皆賀之。其父曰：「此何遽不為禍乎？」

　家富良馬，其子好騎，墮而折其髀，人皆弔之。其父曰：「此何遽不為福乎？」

　居一年，胡人大入塞，丁壯者引弦而戰，近塞之人，死者十九，此獨以跛之故，父子相保。故福之為禍，禍之為福，化不可極，深不可測也。

白話典故

　所謂「禍福相依」，之間變化很難透見端倪。靠近邊境有個善馬術的人，他的馬無緣無故逃到了胡人地盤，人們都同情安慰他。他的父親便說：「怎知不會有福呢？」

　幾個月後，他的馬回來了，還帶回另一匹胡人的駿馬，人們都恭賀他。他父親且說：「怎知不會生禍端呢？」

　家裡有好馬，兒子又愛騎馬，結果摔了下來傷了大腿骨，人們

又同情安慰他。他的父親又說：「怎知不會有福呢？」

　　一年後，胡人闖入邊境，壯丁都被徵召作戰，死傷高達九成，但他的兒子因為跛腳，父子兩人都相安無事。所以是福還是禍，又或者是禍還是福，其變化不可究極，深不可測啊！

11.耳目之察，不足以分物理；心意之論，不足以定是非。【是非】

　　白話翻譯：憑藉著耳朵、眼睛來考察事物，並不足以釐清事理；依靠內心主觀的論斷，也不能夠定出真正的是非。

　　典故出處：西漢·劉安：《淮南子·覽冥訓》

12.夫物盛而衰，樂極則悲；日中而移，月盈而虧。【變化】

　　白話翻譯：事物達到極盛，就會走向衰亡；逸樂到了極點，就會轉向悲傷。如同太陽過了中午，就要偏移；月亮盈滿之後，就會逐漸虧缺。

　　典故出處：西漢·劉安：《淮南子·道應訓》

13.何謂之智？先言而後當。凡人欲舍行為，皆以其智先規而後為之。【知行】

　　白話翻譯：什麼是「智」呢？要先知而後行為才會適宜。換言之，人要暫停行為的衝動，先以智識做規範，而後才行動。引申其旨，做任何事要先知而後行。

　　典故出處：西漢·董仲舒：《春秋繁露·必仁且智》

細說典故

　　何謂之智？先言而後當。凡人欲舍行為，皆以其智先規而後為之。其規是者，其所為得，其所事當，其行遂，其名榮，其身故利而無患，福及子孫，德加萬民，湯武是也。其規非者，其所為不得，其所事不當，其行不遂，其名辱，害及其身，絕世無復，殘類滅宗亡國是也。

⽩話典故

　　什麼是「智」呢？要先知⽽後⾏為才會適宜。換⾔之，⼈要暫停⾏為的衝動，先以智識做規範，⽽後才⾏動。當規範正確，⾏為便有所得，⾏事就會得當，⾏動會成功，也能得到名聲之榮耀，對⾃⼰是有利⽽無害，更能福延⼦孫，恩德遍澤百姓，像商湯、周武王就是這⼀類的⼈。反之，規範不正確，會導致⾏為無所得，⾏事不得當，⾏動不成功，⾃⼰聲名受辱，禍及⾃⼰更會斷絕無後，最後同類相殘，夷滅宗族，最終導致國家衰亡。

14. 目者，⼼之符也；⾔者，⾏之指也。【知⾏】

　　⽩話翻譯：眼睛，是⼼靈的信號；⾔語，是⾏為的指針。

　　典故出處：西漢‧韓嬰：《韓詩外傳》

15. 是以物盛則衰，時極⽽轉，⼀質⼀⽂，終始之變也。【變化】

　　⽩話翻譯：任何事物發展到最強盛時，就要轉向衰亡；時勢到達巔峰時，就要逆轉為下了，宛如質樸與⽂采，不斷交替變化著。

　　典故出處：西漢‧司⾺遷：《史記‧平準書》

16. 能⾏之者，未必能⾔；能⾔之者，未必能⾏。【知⾏】

　　⽩話翻譯：會做的⼈，不⼀定能說；會說的⼈，不⼀定能做。

　　典故出處：西漢‧司⾺遷：《史記‧孫⼦吳起列傳》

17. 非知之難也，處知則難矣！【知⾏】

　　⽩話翻譯：認知事理並不難，但如何運⽤這些知識就很難了。

　　典故出處：西漢‧司⾺遷：《史記‧⽼⼦韓非列傳》

18. 物至則反，冬夏是也；至⾼則危，累棊是也。【變化】

　　⽩話翻譯：事物⾛到盡頭就會返還，如同冬夏之際的交替；太⾼就會危險，如同堆累愈⾼的棋⼦⼀樣。

典故出處：西漢・劉向：《新序・善謀》

19. 人各是其所是而非其所非。【是非】

　　白話翻譯：人們各自肯定自己所認可的，卻否定自己所認定是錯
　　　　　　　誤的。

　　典故出處：東漢・揚雄：《法言・吾子》

20. 非知之難，行之惟難；非行之難，終之斯難。【知行】

　　白話翻譯：知道事理不困難，困難的是去實踐。去實踐不難，難的
　　　　　　　是要能堅持到最後。

　　典故出處：唐・吳兢：《貞觀政要・慎終》

21. 夫不知者，非其人之罪也；知而不爲者，惑也。【知行】

　　白話翻譯：如果是不知道，那不是這個人的罪過；但如果知道了，
　　　　　　　卻不去踐行，會產生疑惑。

　　典故出處：唐・韓愈：《韓昌黎文集・送浮屠文暢師序》

22. 經非權則泥，權非經則悖。……知經而不知權，不知經者也；知權而不
　　知經，不知權者也。【經權】

　　白話翻譯：只知常道而不知權變，則拘泥不通。只知權變而不懂依附
　　　　　　　　常道，則會悖亂。……知常道而不知權變者，不是真懂
　　　　　　　　得常道。知權變卻不知常道者，不是真懂得權變之理。

　　典故出處：唐・柳宗元：《柳河東集・斷刑論》

23. 夫性者，人之所受於天以生者也。善與惡必兼有之，是故雖聖人不能無
　　惡，雖愚人不能無善。【是非】

　　白話翻譯：本性，是天生於人的。本性必然兼有善、惡的兩面性，
　　　　　　　　所以，縱使是聖人，不能沒有惡端，而最佞愚之人，也
　　　　　　　　不會沒有善端。引申其意，人性既然有善有惡，那麼，
　　　　　　　　人事現象的是是非非也不是固定不變。

　　典故出處：北宋・司馬光：《司馬文正公傳家集・卷六十六・性辯》

24. 知之深，則行之必至，無有知之而不能行者。知而不能行，只是知得淺。【知行】

　　白話翻譯：對某事知道得很深，行動也一定會隨之而至。沒有只知道卻不能行動落實的。知道卻沒有行動，那是知道得太淺，不夠深刻的緣故。引申其旨，此著重在知而後行，且知必能行。

　　典故出處：北宋・程頤：《河南程氏遺書》，卷十八

25. 勉強行者，安能持久？除非燭理明，自然樂循理。【知行】

　　白話翻譯：勉強去行動，怎能長久？除非是洞明事理，自然樂於尋著事理而行動。引申其旨，此著重知而後行，且知必能行。

　　典故出處：北宋・程頤：《河南程氏遺書》，卷十八

26. 經自經，權自權。但經有不可行處，而至於用權，此權所以合經也。【經權】

　　白話翻譯：常道是常道，權變是權變。大凡常道無法觸及的地方，便可以用權，這正是權必須要合乎於經的理由。申述之，有別於漢代的權變可以「反經為常」，宋代論經權，強調權不可以「反經」，而是經有未及之處，以權補充說明，實則經就是權，權就是經。

　　典故出處：南宋・朱熹：《朱子語錄》，卷三十七

27. 知行畢竟是二事，當各自用力，不可謂知了，便自然能行。【知行】

　　白話翻譯：知與行畢竟是兩件事，當各自努力，不能以為知道了，就以為自然能落實。引申其意，說明「知」與「行」間有落差。

　　典故出處：南宋・饒魯：《饒雙峰講義》，卷二

28. 執顯然共見之輕重，實不知有時權之而重者於是乎輕，輕者於是乎重。

【權變】

白話翻譯：拿著一般人顯然易見的共同意見評判事物的輕與重，卻不知道應時而有權變，有時重的會變輕，輕的會變重。引申其意，說明人不懂得權變。

典故出處：清・戴震：《孟子字義疏證・權》

細說典故

古今不乏嚴氣正性、疾惡如讎之人，是其所是，非其所非；執顯然共見之輕重，實不知有時權之而重者於是乎輕，輕者於是乎重；其是非輕重一誤，天下受其禍而不可救。

白話典故

古往今來不缺少秉性剛毅純正、嫉惡如仇的人，是對的就是對的，是錯的就是錯的。拿著一般人顯然易見的共同意見評判事物的輕與重，卻不知道應時而有權變，有時重的會變輕，輕的會變重。只要對是非、輕重的判斷有誤，天下將受其災禍而不可救了。

29. 經者何？常也。常者何？久也。「《易》窮則變，變則通，通則久。」未有不變通而能久也。【經權】

白話翻譯：「經」是什麼？就是常的意思。「常」是什麼？就是持久的意思。《易・繫辭下傳》提到：「《易》的道理就是事物發展到極致就產生變化，有了變化才會暢通，暢通之後才能長久。」所以沒有不變通而欲能久常的。

典故出處：清・焦循：《雕菰集・說權第四》

30. 故天下事惟患於不能知耳，倘能由科學之理則，以求得眞知，則行之決無所難。【知行】

白話翻譯：所以天下事情惟患於不能知道，倘若能經由科學的理則、脈絡，來求得眞正的知識，那麼，行為實踐就絕對

不是問題。引申其意，此乃知難而行易的觀點。

典故出處：民國・孫文：《孫中山全集・心理建設第五章》

第三節　考古大觀園

88年

1. 危機與轉機　（88年公務人員等薦任考試）

2. 危機與轉機　（88年航海人員一等船副等第三次特考）

89年

1. 論知與行　（89年經濟部專利審查人員三等考試）

2. 論變與不變　（89年港務人員員級考試）

3. 守舊與創新　（89年經濟部專利審查人員二等考試）

90年

1. 傳統與創新　（90年中醫師等特考）

2. 鑑往可以知來　（90年專技二等船副等特考）

91年

1. 明辨是非　（91年三等船長等三次特考）

2. 守舊與革新　（91年航海人員一等船副等三次特考）

93年

1. 論「危機與轉機」　（93年郵政員級晉高員級）

2. 舊傳統與新典範　（93年公務人員高考）

94年

1. 尋根以振葉　（94年中醫師檢定考）

98年

1. 一個人立身處事，應該堅守原則，卻也不宜膠柱鼓瑟，故歷來成大

事者，不會墨守成規，畫地自限。例如孔子，對於禮儀的改易，如果不影響內心的誠敬，他是贊同的；反之，如果儀節的改變反映了內心的僭越，即使違逆時勢，他還是持反對態度。內心的誠敬就是行禮不可改易的「經」，儀節器物的因時因地制宜則是可變的「權」。禮儀、制度、法令都有其建立的背景與精神，但在實際施行時，亦當「應時權變，見形施宜」；其間當如何拿捏，值得深思。請以「守經與通權」為題，寫作一篇首尾俱足、結構完整的文章，文言、白話不拘，但不得以詩歌、書信體裁寫作。　（98年公務人員特種考試司法人員考試試題三等）

2. 太湖石因頑固而受重視，天空雲彩因變化而受注目。面對人生抉擇時，變與不變，見仁見智。當如何處理？考驗個人智慧。試以「堅持與變通」為題，寫作論說文一篇。　（98年警察三等特考）

3. 「有借必有貸，借貸必相等」，這是會計的首學。在財務報表中，強調借與貸必須平衡；而在每個人的人生天秤中，也常會遇到親情與愛情、義與利、公與私、進與退、借與貸……等的衝突與權衡。要選擇什麼，放棄什麼，如何兼顧，達成平衡，即是一門高明的處世學問和藝術。請就「選擇與放棄」這個題目，撰寫一篇作文，字數不拘。　（98年會計師等高考）

102年

1. 古人說：「非知之難，行之為難；非行之難，終之斯難。」將一件事情從頭至尾，專心一意的完成，是一件不容易的事。請以「慎終如始」為題，作文一篇，申論其旨。　（102年律師等高考）

103年

1. 判斷與決斷　（103年不動產估價師高考）

2. 《易經》：「窮則變，變則通，通則久。」指當事物發展到窮盡時，就必須求變通，才能通達、長久。請以「改變帶來契機」為

題，作文一篇。　　（103年身心障礙人員四等特考）

3. 孔子一生栖栖皇皇周遊列國，求行道於世，時人視之為「知其不可而為之者」。「知其不可而為之」究屬固執冥頑抑或勇毅堅定？其是否允為今日吾人應具備之理念與精神？請以「知其不可而為之」為題，加以論述。　　（103年外交領事人員及外交行政人員、原住民族等三等特考）

4. 世人做事，往往趨易避難；因為趨，所以成功；因為避，所以難者恆難，無法解決。試以「難易之辨」為題，作文一篇，闡述個人看法或意見。　　（103年地方政府四等特考）

105年

1. 蘇洵說：「事有必至，理有固然。」所以有人堅持「真相只有一個」、「真理不容置疑」；莊子說：「彼亦一是非，此亦一是非。」所以有人認為世間充滿了相對的是非，不容置疑的真理並不存在。由是，面對人世種種紛爭歧見，前者信守「絕對真理」，後者奉行「相對真理」。請以「當信守絕對真理或奉行相對真理」為題，作文一篇，加以論述。行文中，須舉實例闡釋，並力求說理明白曉暢。　　（105年律師高考第二試）

106年

1. 仰觀天象俯察人事，讓人認知到「無動而不變，無時而不移」。前賢以為，人必須明白時勢的變換，並因應時勢為所應為，才能創造新局綿傳久遠。請以「與時遷移，應物變化」為題，作文一篇，闡述己見。　　（106年外交領事人員及外交行政人員等三等特考）

2. 王大均為民眾辦理一件罕見的特殊事務，由於缺乏明確法條或先例可資依循，以致始終不得要領。在經過仔細思考、查閱書籍和文件資料以及請教各部門相關人員之後，終於找出可行的處理方式，兩天內迅速幫民眾辦好該事務。他如釋重負的回到家中，卻見太太滿

臉不悅的拿著他藏在書桌下的菸灰缸質問他:「你明知抽菸有害健康,又規定兒子不許抽菸,但自己戒菸卻斷斷續續戒了多少次都不成功,最近工作一忙,為何又開始背著我偷抽?」

從上文例子看來,究竟是「知易行難」有理,還是「知難行易」正確?請以「論知易行難與知難行易」為題,作文一篇,探討「知易行難」與「知難行易」兩種說法的論點與立場,並舉出例證說明你的觀點。　(106年地方政府公務人員三等特考)

3. 有人看風吹草動能知風從何處吹來,故俗諺說:「一根稻草能指示方向」。這句話跟「一葉知秋」的意思相近,也與「見微知著」有關。請以「一根稻草能指示方向」為題,作文一篇,闡述己見。(106年原住民三等特考)

107年

1. 現代人往往以為「舊」傳統是「新」科技的對立面,其實喜歡、欣賞傳統不一定只是懷舊,毋寧也是生存的必要。先進國家經常透過「現代化」的手段保護傳統,像是致力研究環境生態的變化,其實是嚮往回歸傳統的單純素樸。很多科技的研發,最終目的正是希望保有傳統的生命信仰與人的基本價值。請以「讓現代與傳統對話」為題,列舉例證,作文一篇,抒發己見。　(107年公務人員高考)

2. 徐復觀說:「凡是他人在證據上可以成立的便心安理得地接受,用不著立異;凡是他人在證據上不能成立的便心安理得地拋棄,無所謂權威。」徐氏之言旨在強調:遇事當理性思辨,視有無證據來判斷事情是否合宜確當。試以「論理性思辨之重要」為題,作文一篇,闡述己見。　(107年公務人員普考)

108年

1. 每一個時代都必須面對不同的挑戰,當挑戰來臨時,能正確判斷,及時因應,化危機為轉機,就會成功;倘若誤判情勢,因應錯誤,

就會以失敗收場。請以「挑戰與因應」為題，作文一篇，闡述其旨。　（108年關務人員等三等特考）

2. 日常生活中，總會遇到結果不確定的狀況：要提前多久出門，才能準時抵達機場？該不該離開穩定的工作，到另一個新單位任職？是否要投入資金與人力，研發新產品？……不論個人或團體，其實每天都承擔著大大小小的風險。然而風險雖存在危險，卻也往往充滿希望。請以「承擔風險」為題，具體闡述如何衡量風險的不確定性，並讓自己承擔可承擔的風險。　（108年外交、稅務人員四等特考）

第四節　追蹤執行力

1. 面臨任何事情，皆可能遇到「經」與「權」的問題。要如何權衡二者的關係？請任選一個類型（如：「人生哲理」是一個類型），「具體」說明可實踐的做法。

2. 同樣的，行事過程也會有「知」與「行」的問題。要如何權衡二者的關係？請任選一個類型，「具體」說明可實踐的做法。

3. 又次，原則性的「善」與「惡」，與現實人生遇到的「善」與「惡」，恐不盡相同。請任選一個類型，具體說明分辨「善與惡」的方法是什麼。

第五節　奇文共賞與評析討論

一、奇文共賞㈠

㈠題目：太湖石因頑固而受重視，天空雲彩因變化而受注目。面對人生抉擇時，變與不變，見仁見智。當如何處理？考驗個人智慧。試以「堅持與變通」為題，寫作論說文一篇。（98年警察三等特考）

㈡作者：林庭揚

1

　　「堅持」是站穩根基，是創造夢想的基礎，亦是對人生負責的態度；「變通」則是懂得權變，古云：「窮則變，變則通」，遇到挫折時，能知所權變，方能緊握達到人生理想的關鍵。所以，有了堅持，穩定住「信念」，可立定志向，奮勇向前；懂得變通，方能寬容接納異於自己的意見，以更寬廣的視域待事理物，照觀世界，而不拘於井底方寸，是故，堅持與變通是通往成功的兩大因素，兩者並存而立，缺一不可。

2

　　倘若過度傾向某方，則會有偏頗，動輒會造成不平衡的現象。只偏重原則面的堅持，而忽略現實面的變通，則判斷便有失靈活，甚至淪為固執、守舊，而陷入窠臼，進而導致不良結果。如：長者與年輕人之間的「代溝」，往往是價值觀不同所致，各所堅持而不相讓，自難溝通，時釀成許多社會問題。何不各自降低堅持，懂得變通，傾聽對方言語，以能和諧以對。

　　反之，若只重變通，凡事僅以「求變」虛應故事，捨棄應有的內在堅持，投機且不切實際，將會亂而無序。古云：「梧鼠五技而窮」，係指什麼技能都會，卻樣樣不精通，落實在人生抉擇，什麼都嘗試，卻失去基本堅持時，變通只會是多頭馬車而人云亦云，難有好結果。

　　所以，「堅持」應是依循著常道，在不變的原則中保有個人立場；「變通」則是融通權衡之理，意在常規中求變。申言之，「堅持與變通」即是一種經權之論。清代畫家石濤在《畫語錄》中云：「凡事有經必有權，有法必有化。一知其經，即變其權，一知其法，即功於化。」無論是畫畫，還是做人處世之理，萬事萬物皆有一體兩面之分，過分堅持則顯拘泥；過分權變則顯紛亂。唯有思考兩者並從中求取其衡平性，方可避免顧此失彼。

3

　　因此，面對人生的抉擇，應如何忠於堅持，又納變通於內，達成兩端的平衡？下列幾點不失為自我培養之法。

一、終身學習，閱讀人生。時代的脈動瞬息萬變，我們很難去預見未來，唯有透過不間斷的學習、成長，方能自行掌握人生方向。在一個終身學習的時代，閱讀已不可或缺，但閱讀不單是有形閱讀，而是要懂得閱讀、品味人生。那麼，從道德品性的修養，再到廣泛的汲取新知，要「全方位」的自我學習，才有判斷經權的能力。

二、多方請益，廣納意見。在追求人生目標的過程中，必然會遭受到原則之外，求變與否的抉擇。那麼，〈學記〉所言「屈志老成」，親近年長有德之人，實屬重要；而多結交「友直，友諒，友多聞」者，在需要協助時，能誠懇相待，如此才不易流於偏執己見。

三、冷靜分析，正確判斷。情感是人際交流的基礎，但情感必受到禮、法的節制，才能使團體和諧共榮。倘若受制於主觀操控，純以個人之好憎愛恨解決問題，失去客觀理性的一面，則恐怕變與不變，將導向情緒化，是拘泥又或是紛亂，將在所難免，也就失卻堅持於變通的權衡。

　　四、付諸行動，虛心自省。劉基曾云：「物有甘苦，嘗之者識；道有夷險，履之者知。」在經過仔細評估之後，便要付諸行動，否則都是枉然。此外，必須保持一顆謙沖自牧的心，因為虛心才能廣納百川，虛懷若谷，自省才能知所不足而改進。

4

　　綜觀上述，堅持與變通係相輔相成，不可偏廢。「堅持」固然是人生價值觀的根基，也是行事的動力來源，但亦須應時「變通」，方

得從容應對，斟酌利弊。以個人而言，得兩者之衡平性則可以近中庸之道，調整理事應物的方針，做出最適當的取捨。如能將此「堅持與變通」拓及到各個領域，便可知道「經、權」與「變、不變」的抉擇，絕不限於個人，而是所有人都將面對的人生課題，如能從態度上開始轉變，小至個人，大至團體、社會、國家，都將充滿正面積極的能量。

二、評析討論㈠

1.結構分析

　題型：雙軌題。

(1)第❶段次（WHAT）：何謂「堅持」，何謂「變通」，二者是什麼關係。

　①直接破題，說明何謂「堅持」、「變通」。

　②說明二者為「並立關係」。

(2)第❷段次（WHY）：為何「堅持」與「變通」是並立關係。

　①反面舉例，只重堅持而缺乏變通的負面影響。

　②反面說明，只重變通而缺乏堅持的負面影響。

　③正面說明，將堅持與變通定位是經權之論，並強調二者須兼重。

(3)第❸段次（HOW）：如何使「堅持」與「變通」平衡的方法。

　①從「持續勤學，廣泛閱讀」為先，而後「多方請益，廣納意見」、「冷靜分析，正確判斷」、「付諸行動，虛心自省」做依點論述。

(4)第❹段次：總結式結語。

　①以「堅持與變通」的相輔相成為引言。

　②透過個人實踐、影響眾人，永續發展等三個層次，依次作結。

2.總講評

⑴結構井然有序，論理清楚。

⑵「堅持與變通」，實是指「經、權」的概念，任何事情都有經有權，不過此文引提已確立在「人生抉擇」，必須從「人生哲理」的角度加以發揮。

⑶作者於第二段次確實點出此為經權之論，如能於第一段次開宗明義的界定，就更為清楚。

⑷人生哲理的堅持與變通，往往是面臨人生挫折後的反省與轉變，故可多琢磨挫折對人的影響，再如何求變，以改變、創造新人生。

三、奇文共賞㈡

題目：明辨是非（91年三等船長等三次特考）

作者：林依慈

1

明辨是非，係指在揉合個人所學知識、匯集過往經驗及擷取他人優越觀點後，權衡道德良劣，並分析利弊得失下的抉擇。是與非，其界定非明確的黑或白，須賴道德、時間，方能論定二者。明朝薛瑄《讀書錄》直言：「心如水之源，心清則流清，心正則事正。」內心保持清明且肅正，才能避免行差踏錯，輔以學識經驗相佐，更能遏止憂患於細微時。《史記・司馬相如列傳》：「明者遠見於未萌，智者避危於無形。」冀望於災厄之始即發現端倪，準確辨明對錯優劣並付諸行動，做好每一個抉擇是不二法門。

2

明辨是非看似簡單，其背後所匯集的能力卻極為繁雜；高度道德與敏銳洞察才能培養犀利的眼光，浩瀚學識與豐富經驗方可支援無畏的行動，而所做出的選擇，不僅能左右個人人生，更足以顛覆一朝一

代。以下茲以安邦治國、公權人權之例爲證。

唐代名相魏徵，敢於犯顏直諫，爲國計民生直陳君王過失之處；爲君者亦能虛納諫言，不聽信讒言，不囿於自身上位者尊嚴，魏徵名篇〈諫太宗十思疏〉流傳至今，成就千古君臣佳話。

反之，若缺乏足夠知識經驗，無法識破欺詐詭計，或蒙昧於短視近利捨本逐末，終將自取滅亡。明朝名將袁崇煥，投筆從戎鎮守邊關，使清軍無法越雷池一步，然而崇禎皇帝卻因反間計，使其下獄冤死，明朝從此國門洞開，成爲改朝換代的原因之一。

由此可知，每個抉擇都能影響人生軌跡，每次行動皆可左右未來生命。在時代潮流中，治國者的抉擇，無形牽引國家命運的盛衰興亡。至如：臺灣走向民主化的歷程，歐美冷戰的結束，時至最近的中東的茉莉花革命，莫不是在公權與人權的是非論辯中，取得的勝利。

3

也因此，在這瞬息萬變的時代，欲明晰地辨別是非對錯，並能不遲疑地堅持到底完成目標，有賴下列原則。

一、端正操守，立爲根基。品格是人生之舵，往何處揚帆皆靠其指揮，良好的道德品行必能無畏風雨，終致成功。《呂氏春秋》有謂：「私視使目盲，私聽使耳聾，私慮使心狂。」人生旅途中欲耳聰目明保持本心不違初衷，擁有良好的道德操守是不二法門。

二、廣泛學習，學無止境。《禮記‧學記》云：「學，然後知不足。」學無止境，學得越廣泛越深入，越能反究己身之不足，將外在學問內化爲自身所蘊，是面對困厄時衝破關卡最堅實的力量。《孫子兵法》有云：「勿恃敵之不來，正恃吾有以待之。」養兵千日便待用於此。

三、擷取意見，不拘一格。閉門造車容易陷入觀念褊狹的窠臼，聽取多方不同觀點去蕪存菁，才能補強自身的未及，明代陳惕龍曾

說：「大智興邦，不過集眾思；大愚誤國，不過好自用。」能融
合他人優點將擴展個人力量使之無窮盡。

四、充實經驗，多元接納。各式各樣的經驗可砥礪個人涵養，開拓視
　　野並培養面對挑戰時沉著冷靜的態度。清代沈靜思曾言：「草木
　　不經霜雪，則生意不固；吾人不經憂患，則德慧不成。」學識融
　　合經驗，才能為理想奠立基礎。

　　將「明辨是非」落實在個人生命，定然要先「端正操守」，而後
「廣泛學習」，才能有所是非，知曉對錯。然學必有友，則「擷取意
見」自不可或缺，佐以審慎思考加以判斷，並為達成目標不斷努力實
踐，此乃明辨是非的方法。

4

　　此外，更須正視人與社會的「多元樣態」。多元不是盲目依附，
或鄉愿的是其所非，非其所是，而有賴前述的操守、學習、意見、經
驗的積累，堅毅自己的態度，以端正是非。推己及人，若能落實健全
品德教育，端正社會道德風氣，群策群力之下，將使生活更臻美好。

四、評析討論㈡

1.結構分析

　　題型：單軌題。

> ⑴第**1**段次（WHAT）：什麼是「明辨是非」。
> 　①直接破題，說明何謂「明辨是非」。
> 　②援引薛瑄、司馬遷之語延伸解題。
> ⑵第**2**段次（WHY）：為什麼要「明辨是非」。
> 　①以「安邦治國」、「公權人權」為論證主線，言「明辨是非」的
> 　　重要。
> 　②正面舉例，以唐太宗、魏徵君臣相知為例。

③反面舉例，以崇禎皇帝聽讒言殺袁崇煥為反例。

④正面舉例，以公權力與人權的時事例為例。

(3)第**3**段次（HOW）：如何落實「明辨是非」的方法。

①從「端正操守，立為根基」，到「廣泛學習，學無止境」，「擷取意見，不拘一格」，「充時經驗，多元接納」依點說明。

②總述前三點。

(4)第**4**段次：總結式作結。

①點出「多元接納」的重要性，並從個人實踐、影響眾人，永續發展等三個層次，依次作結。

2.總講評

(1)本文作者主要將「是」與「非」作為一個整體，故以單軌題形式呈現，而非「雙軌題」。

(2)任何形而上或形而下世界的判斷，都有是非正誤，或善惡的區別，為避免散論，缺乏主線，故在第二段次中，作者清楚以「安邦治國」、「公權人權」舉例說明。

(3)孰為「是」？孰為「非」？不同立場、價值觀，對於是非的詮釋也不同。除了道德原則上的善惡分明外，世間一切的是是非非，誠屬一流動性的變動，往往以己之是，度他人之非。如能對此有深刻體認，將有不同的表述。

(4)第四段次實為第三段次的小結，用來做總結式結語，氣勢略弱。如能將前一點論及的是非分辨，拿來作為延伸式結語，可昇華主題的價值性。

五、第十五錦囊：正向負向的「平行論證」

「第二錦囊」論及雙軌題談到五種關係，分別是基本型的「並立關

係」、「對立關係」、「主從關係」；變化型的「涵融關係」、「承轉關係」。釐清關係後，該如何論證？換言之，若進行反面論證，該如何書寫？可將雙軌題分成三種「平行論證」如下：

1. 正向平行論證：兩個子題皆是正向的，如：「守法與便民」、「專心與虛心」、「論經濟發展與永續經營」。
2. 負向平行論證：兩個子題皆是負向的，如：「不能與不為」、「知者不博，博者不知」、「不經一事，不長一智」。
3. 正負向平行論證：兩個子題一正向，一負向，如：「危機與轉機」、「論『個人理想』與『社會現實』」、「守舊與革新」。

第三種「正負向平行論證」最為容易，兩個子題互為反面連結，只要思索子題之間「不能平衡」會產生哪些不良影響即可。「堅持與變通」、「明辨是非」等題，咸屬於「正負向平行論證」，只要有不能平衡的理由，就方便解題了。

　　而「正向平行」、「負向平行」是同一方向，就必須在確立關係之後，朝兩個子題的「共通的相反方向」做思考。以「守法與便民」一例來說：

1. 先預設「守法」與「便民」是並立關係。
2. 預設二者無法並立的共通問題是「缺乏法治觀念。」

又以負向平行論證的「不經一事，不長一智」為例，由於子題已是負面，反轉時，就要回歸正面論述：

1. 先預設「不經一事」與「不長一智」是主從關係。

2. 二者如果能夠「先經事而後長智」會有什麼好的發展。

要言之，學習「平行論證」有助於快速釐清題目的方向，迅速解題，更能抱注思考問題的速度，很是重要。

附錄一　十五種作文類型之簡明題解

1. 人生哲理類：探索生命內在的價值，或說明人生的抉擇與不變的至理。
2. 品德修養類：針對個人道德品性提出見解、反省，以及如何實踐在生活中。
3. 讀書學習類：說明讀書、學習方法，以及道德與知識間的關係。
4. 理想立志類：提出個人的理想抱負，而著重在實踐理想的方法。
5. 待人處世類：構在第二類「品德修養」的基礎之上，而更強調人際的互動關係。
6. 安邦治國類：針對公共事務、國家安全、外交等議題，提出個人見解與解決之道，並延伸出「國家軟實力」的討論。
7. 公權人權類：強調一個社會下公權力的伸展，以及與人權之間的互動。
8. 徵拔人才類：選賢舉能，提出拔擢人才的標準，或說明為何能為他人所用的種種條件。
9. 工作休閒類：是從工作、休閒兩面，反思人生的價值性。
10. 環境教化類：說明現實環境對於生活的影響，分作兩型：一是教育環境的重要性，二是指環保的重要性。
11. 時空記敘類：透過人、事、時、地、原因、結果等六大要件的組合，從時間來敘事，從空間來記事，或合併時空一起敘寫的記敘文。
12. 感情抒發類：指追求個人情感的抒發，即是「抒情文」。
13. 經驗分享類：先提供個人經驗，其次提出經驗分享，佐以實踐方法之命題。
14. 專業知能類：是按照作者身分而設計的題型，只適用於報考該類的考生。
15. 綜合融通類：重視「原則性」、「抽象性」的概念思考，它沒有既定方向，而是等作者賦予一個解讀方向。

附錄二　高級中學「國文」95、98、101、108課綱之基本文言文選

時代	篇次	「作者」與「篇名」	95 暫綱	98 課綱	101 課綱	108 課綱
先秦	1	《左傳・燭之武退秦師》	◎	◎	◎	◎
	2	《禮記・大同小康》	◎	◎	◎	◎
	3	《孫子》（選）	◎			
	4	《荀子・勸學》	◎	◎	◎	
	5	李斯：〈諫逐客書〉	◎		◎	◎
	6	屈原：〈漁父〉	◎	◎	◎	
	7	《戰國策・馮諼客孟嘗君》	◎	◎	◎	
漢魏六朝	1	賈誼：〈過秦論〉	◎	◎		
	2	司馬遷：〈鴻門宴〉	◎	◎	◎	◎
	3	徐淑：〈答夫秦嘉書〉	◎			
	4	曹丕：〈典論論文〉	◎		◎	
	5	丘遲：〈與陳伯之書〉			◎	
	6	王粲：〈登樓賦〉	◎			
	7	諸葛亮：〈出師表〉	◎	◎	◎	◎
	8	陶淵明：〈桃花源記〉	◎	◎	◎	◎
	9	劉義慶：《世說新語》（選）	◎	◎	◎	
	10	王羲之：〈蘭亭集序〉	◎	◎	◎	
唐宋	1	魏徵：〈諫太宗十思疏〉			◎	
	2	李白：〈春夜宴從弟桃花園序〉	◎	◎	◎	
	3	韓愈：〈師說〉	◎	◎		◎
	4	柳宗元：〈始得西山宴遊記〉	◎	◎	◎	
	5	杜牧：〈阿房宮賦〉		◎		

時代	篇次	「作者」與「篇名」	95 暫綱	98 課綱	101 課綱	108 課綱
	6	杜光庭：〈虯髯客傳〉	◎		◎	◎
	7	范仲淹：〈岳陽樓記〉	◎	◎	◎	
	8	歐陽修：〈醉翁亭記〉	◎	◎	◎	
	9	蘇洵：〈六國論〉		◎		
	10	司馬光：〈訓儉示康〉	◎	◎		
	11	王安石：〈傷仲永〉	◎			
	12	沈括：〈夢溪筆談選〉	◎			
	13	蘇軾：〈赤壁賦〉	◎	◎	◎	◎
	14	蘇轍：〈上樞密韓太尉書〉	◎	◎		
	15	李清照：〈金石錄後序〉（可節選）		◎		
明清	1	劉基：〈郁離子選〉	◎	◎	◎	
	2	方孝孺：〈指喻〉	◎	◎		
	3	歸有光：〈項脊軒志〉	◎	◎	◎	◎
	4	袁宏道：〈晚遊六橋待月記〉	◎	◎	◎	
	5	張岱：〈陶庵夢憶〉（選）		◎		
	6	黃宗羲：〈原君〉	◎	◎	◎	
	7	顧炎武：〈廉恥〉	◎	◎	◎	
	8	蒲松齡：〈勞山道士〉	◎		◎	◎
	9	方苞：〈左忠毅公逸事〉	◎	◎	◎	
	10	龔自珍：〈病梅館記〉	◎	◎		
臺灣題材	1	陳第：〈東番記〉	◎	◎		
	2	郁永河：〈裨海紀遊選〉	◎	◎	◎	
	3	陳夢林：〈望玉山記〉		◎		
	4	藍鼎元：〈紀水沙連〉	◎	◎		
	5	鄭用錫：〈勸和論〉		◎	◎	◎

時代	篇次	「作者」與「篇名」	95 暫綱	98 課綱	101 課綱	108 課綱
	6	吳德功：〈放鳥〉		◎		
	7	洪繻：〈遊關嶺記〉		◎		
	8	洪繻：〈鹿港乘桴記〉				◎
	9	連橫：〈台灣通史序〉	◎	◎	◎	
	10	張李德和：〈畫菊自序〉				◎
			共40篇	共40篇	共30篇	共15篇

附錄三　歷屆國家考試公文試題分類（90年～108年）

　　除了作文，國文考科另一重點是公文寫作，占總分的20%。身為公務人員，定要熟稔公文程式、流程。然而，參加考試、實際撰擬公文仍有差異。前者著重全面性、周延性，最好採三段式的主旨、說明、辦法，鉅細靡遺層遞出各種可行之道；後者則重務實，簡單明瞭，能兩段式就不消三段式，直接告知解決方法即可。

　　國家考試的公文題目，大多取材時事，相擬於作文題廣羅人生各個面向，公文試題相對容易準備。除基本公文程式外，相關法規的認知、時事的掌握度，咸為撰寫良窳之關鍵。欲認知基本公文程式與注意事項，必以行政院秘書處的《文書處理手冊》、行政院研考會的《文書流程管理作業規範》二書為底本，坊間亦有許多參考書，可逕行參考，此不贅述。

　　《孫子・謀攻》有云：「知己知彼，百戰不殆。」我彙編了民國九十年開始，到最近國家考試所有公文試題，俾使讀者嫻熟出題方向、模式，儲備基本戰力。

　　同時，根據內容導向，分成三大議題群組：政治、社會、生活；從中細分成八類，計有：「內部事務與服務類」、「兩岸互動與外交類」、「社會治安與法治類」、「災情預警與應變類」、「民生樂利與經濟類」、「衛生健康與環保類」、「觀光推廣與交通類」、「文化發展與教育類」等，若能仔細閱讀，必有所成。然部分試題或有兼該二類的可能，讀者可自行判讀。

　　閱讀公文考題的附加價值，是能迅速掌握、刪裁重點新聞議題，替作文提供寫作素材。由於公文不離時事議題，讀者宜養成每日閱讀新聞的習慣，撰擬「辦法」時，才不顯空泛。而且從中可找到許多「議題時事例」（詳參本書第四章「理想立志類」之「第四錦囊」），成為作文舉例的參考，真是一舉數得。

　　那麼，該閱讀什麼新聞？又如何有效閱讀？將新聞時事與八類型考題搭配如下：

　　1.政治新聞：內部事務與服務類
　　2.外交新聞：兩岸互動與外交類
　　3.社會新聞：兩岸互動與外交類、社會治安與法治類、災情預
　　　　　　　　警與應變類、觀光推廣與交通類、文化發展與教
　　　　　　　　育類
　　4.財經、民生新聞：民生樂利與經濟類
　　5.醫藥新聞：衛生健康與環保類
　　6.環保新聞：衛生健康與環保類
　　7.觀光新聞：觀光推廣與交通類、文化發展與教育類
　　8.文教新聞：文化發展與教育類

　　簡單來說，欲寫好作文、公文，定要從關心周遭生活為先。但不是東家長、西家短的聽聞八卦，道聽塗說，而是能主動關心國家、社會、自然之各項議題。此既是身為公務員的基本條件，亦為現代知識分子必備的根本素養。

　　以下為歷屆考題，放入隨書所附光碟中。每章各分兩小節：第一節的「話說類型」，解釋題旨與撰寫的注意事項。第二節的「考古大觀園」，則按年代編排歷屆考題，供作參考。

附錄四　國家考試審題方法分析

　　「審題」是寫作前對題目的判斷，但應試人經常拿到題目便振筆疾書，忽略審題的重要性，也漠視了題目的要求，縱使文筆再好，也可能因偏題、離題而抱憾。

　　一般來說，命題者、閱卷者、應試人應該已對題目達成一致共識，實則不然，如：應試人未必懂得命題者預設、提供的寫作方向；或閱卷者與命題者對題目解讀的差，而生評閱歧見；或命題瑕疵，如：用語、標點不精確，造成題意模稜兩可，使人錯解等。因此，各類型作文考試、比賽在實際閱卷前，多會由主試單位組織閱卷會議，儘量找出不同狀況、等第的範例卷，再由命題者、閱卷者形成共識，以維護公平性。

　　對應試人而言，能夠作的是預先理解命題規則，仔細審題，避免遊走於偏離題之間；對命題者、閱卷者而言，掌握命題規則既能清楚確立命題、閱卷標準，亦能避免出題或閱卷時的失誤，有鑑於此，我將審題方法撰成專文。以下將從幾個觀察角度逐一檢視說明，讀者可參酌本書各章內容一併閱讀。

「題型」是單軌？雙軌？多軌？

　　「題型」依據題目設定分成三種：一是只有一個主題的「單軌題」，如：「自信的眞諦」、「雅量」。二是有兩個子題的「雙軌題」，如：「尊重與包容」、「愛心與寬容」等。三是囊括三個以上子題的「多軌題」，如：「習慣、性格、命運」、「論情、理、法」等。但凡「雙軌」、「多軌」就必須說明、論辨各子題間的「關係」，相關解說可參見本書第二、三、五、六章的錦囊說明。

　　有些單軌與雙軌不容易區分，諸如：「實事求是，無徵不信」、「讀書在明理，明理在於致用」、「舍己爲群，關懷公益」、「易地而

處，平心而度之」、「恪盡職守，主動積極」……等，僅以逗號連接兩個子句，而非以「和」、「與」、「以及」、「、」連接，究竟是一件主題（一件事）？還是兩個子題（兩件事）？如果兩個子句拆開後是兩件事情，便為雙軌題，譬如：「恪盡職守，主動積極」，盡責只是消極完成使命，主動任事是積極達成使命，是兩種不同的應世態度，故為雙軌題。倘若兩個子句指同一概念或事件，又或者前後兩個子句意思相互補充，便是單軌題。如上述的「實事求是，無徵不信」指同一概念；再如「易地而處，平心而度之」，後一個子句作為後一個子句的補充，皆是單軌題。

　　有極少數的特殊例證，如：105年公務人員普考作文題目「人類生存的目的，除了延續自身生命之外，同時也是為下一代創造更理想的生活，因而與社會永續發展密切相關的環保、教育、醫療等議題就備受關注。試以『這一代和下一代』為題，結合上述議題，作文一篇，闡述其旨。」這個題目看似為雙軌題，但又各自牽扯到「環保」、「教育」、「醫療」等三個議題，形成了一個雙軌題加上一個多軌題的複雜組合，然而，此一題目欲應試人在短時間內完整回應，誠屬不易。

　　又如：105年外交、民航三等特考作文題目「《管子‧權修》說：『一年之計，莫如樹穀；十年之計，莫如樹木；終身之計，莫如樹人。』樹穀、樹木、樹人實為民生國計的重大課題，時至今日，更與環境保護、社會永續發展密不可分。請以『樹穀、樹木、樹人』為題，作文一篇，闡論其旨，並申己見。」但凡三個子題以上者，直接會被歸類為多軌題，題幹也明確提到「樹穀、樹木、樹人實為民生國計的重大課題」，指實是多軌題。

　　但細究題旨，這真是三件事嗎？如何在「環境保護、社會永續發展」前提下談「樹穀、樹木、樹人」？考原文旨意：一種是以前兩段話為引，帶出末段的「終身之計，莫如樹人」，如此一來，本題純粹是談人才教育的重要性，可是這難與環境保護直接牽連。二是將前兩段話放在環保意識上談環境保護的重要性，然後「終身之計，莫如樹人」談人才教育，

便成爲談環保與教育人才並重的雙軌題。可是，環保與人才教育的養成又有什麼關係？是兩個關係薄弱的兩個子題／雙軌題？還是應組合爲「論環保人才教育的養成」，成爲一個主題／單軌題？在引題說明模稜兩可情況下，如何作答眞令人費解，是命題應避免的情況。

「題幹」是閉鎖式？半開放式？全開放式？

　　現今國考作文無論是「引導式命題」或採「多元型式作文」，都會提供一長串的文句或一小段文章爲題幹指引寫作方向，而題幹可分成「閉鎖式」、「半開放式」、「全開放式」。

　　一、閉鎖式：題幹確切指引、主導、提供完整的概念或方向，必須配合題幹敘寫，而題幹中的「關鍵詞、句」主導書寫方向，未能據此發揮便已偏、離題。例題如下：

> 爲人處事，「眞誠」是基本原則。眞誠是一種心態，能夠坦誠面對自己，願意了解、認清眞相，更重要的是要以身作則、誠信待人。孟子說：「以德服人者，中心悅而誠服也。」在講法治的社會裡，除了遵守法律規範，也不能忽略道德與人情。請以「以德服人，以誠相感」爲題，作文一篇，闡述己見。　　（107年第二次社會工作師高考）

上述題目除了解釋何謂「眞誠」，更嚴格規範「以德服人，以誠相感」需在「在講法治的社會裡，除了遵守法律規範，也不能忽略道德與人情」前提下書寫，若未掌握關鍵句而將「以德服人，以誠相感」置於其他的情境中，都是偏、離題。再舉一例如下：

> 春秋時期，宋國有人得到璞玉，把它獻給司城子罕，子罕卻不

接受，說道：「我以不貪爲寶，你以璞玉爲寶，你若把璞玉送
我，而我接受，我們便都失去了珍寶，還不如各自擁有原來的珍
寶。」子罕的話透示了「拒絕」與「接受」的深義。試以「拒絕
與接受」爲題，作文一篇，闡述子罕言辭的深義，並抒發自己的
感悟。　　（107年警察人員三等特考、鐵路人員高員級考試）

這個題目先援引宋人得玉，子罕拒之的例證，再以「拒絕與接受」爲題。
當中有一段關鍵句「闡述子罕言辭的深義，並抒發自己的感悟」，易言
之，應試人須先闡述子罕拒絕的理由，再根據其觀點、角度抒發自己「拒
絕與接受」的態度。如果未依據子罕之言就自顧自的抒言「拒絕與接
受」，同樣是偏、離題。

　　二、半開放式：題幹僅輔助、提供基本的概念或方向，而不主導寫作
內容。例題如下：

某項奧運的世界紀錄，連續好幾屆未能打破，幾年後，有一位
選手突破了。賽後記者訪問他：「你爲何能打破此一世界紀錄
呢？」他回答說：「我根本不知道世界紀錄是多少！我只是盡力
突破自己的限制而已。」請以「突破自己的限制」爲題，作文一
篇，加以論述。　　（105年社會工作師第二次高考）

某院士說：「離開你熟悉的環境，接受挑戰。只有面對挑戰和困
難時，腦細胞才會增長，智力、技能才會進步。」然而，不清楚
問題與困難所在，是談不上面對挑戰的。請以「看清問題，迎接
挑戰」爲題，作文一篇。　　（104年公務人員普考）

無論某項世界紀錄或某院士所說，都只是從旁協助、開啓應試人的思考方
向，而未限定、主導應試人必須從哪個角度、方向切入，應試人有廣大詮

釋空間，這就是開放式題幹的特點。

　　三、全開放式：從命題來看，全開放式與半開放式差別在於全開放式是「自訂題目」，半開放式則已確立題目方向。若從題意來看，全開放式是半開放式、閉鎖式的延伸類型，有的題意實屬「開放式」，如：

> 有人說：「人品的定義是：做事有原則，做人有誠信，態度上不
> 爭、不貪、不諂媚。」請自訂題目，作文一篇，以闡述其旨趣。
> （103年警察人員警正、鐵路人員員級晉高員級升官考試）

上述題幹僅輔助、提供對於人品定義的基本概念或方向，並不主導寫作內容，故偏向開放式。但如以下題目便是閉鎖式的：

> 閱讀下列短文。它節錄自故林茂生教授在日據時代留美所撰寫的
> 博士論文《日本統治下臺灣的學校教育》。讀後請就相關內容，
> 抒發見解，自訂題目，申論成文。
> 近代教育的目的在於從個人內部去發展，而不把發展從外面強壓
> 諸在個人，因爲擔心這可能損害兒童的創造能力。同化的出發
> 點，在於以它自己的標準，從外部強加於人，那是不爲人所渴望
> 的，因爲同化的需要是不必要的，也不爲人所認知的。強加壓力
> 於語言提供了一個好例子，雖然新語言在很多方面很有用，但是
> 對一個小孩子來說，實際上，在家裡不需要它，個人通信也不需
> 要它，反而，教授當地語言是有需要的，使當地語言精緻化將具
> 有社會價值。以同樣客觀態度看待教授日本母國歷史，而忽略當
> 地歷史的學習。這種對語言與歷史的態度，不僅隱含強迫性，也
> 隱含文化自卑感。（林茂生《日本統治下臺灣的學校教育》）
> （92年國安局情報人員三等考試）

上述題目要求根據林茂生教授博士論文中的一段話，自訂題目書寫成文，題幹確切指引、主導、提供完整的概念或方向，應試人無論同意與否，咸須據此申論成文，故屬閉鎖式題目。

　　寫作前一定要釐清題幹的種類。錯將閉鎖式寫成半、全開放式，漠視閉鎖式的限定條件、關鍵詞句，內容再行雲流水也無濟於事；反之，誤將半、全開放式寫成閉鎖式，緊跟隨著引題書寫，反是自我限制發揮空間，內容將流於平淺。

「分類」是說明型？為何型？如何型？如何為何型？

　　國家考試甚少以純記敘文、抒情文命題，多是論說文或夾敘夾議的雜文體，最終目的是說明或論辨某論題，又可分成「說明型」、「為何型」、「如何型」、「如何為何型」等四類。

　　一、「說明型」（what，是什麼）：此型是透過各種角度定義、說明題旨，屬於論說文中的「說明文」。此型題目只消說清楚題目即可，不必正反論辨的過程，也不必提出實踐的方法。基本寫作結構是先有一個主題，如：「地球暖化」，接著就圍繞這個主題，可透過定義、解釋、歷史源起、特色、對比、分類、舉例、圖表、數據等各種角度說明「什麼是地球暖化」。這常出現於理論型的文章、教科書，如：「何謂心理學」、「什麼是經濟學」等。

　　唯國家考試考純粹說明文的機率較低，而更偏重言理論辨的議論文。但有兩種特殊狀況：一是少數如：「『患生於多欲，害生於不備』說」（85年中醫特考）、「『禍起隱微，危生安逸』說」（86年中醫特考）、「『防患於機先，慮禍於隱微』說」（86年物理治療師特考）看似說明文，但題目中隱然含有正反論辨的特性，仍屬於議論文的範疇。二是某些應試人面對雙軌題、多軌題寫作也會使用說明型，以「道德教育與人才培養」一題為例，若其寫作結構為：

第一段次：說明什麼是道德教育。（what）
第二段次：說明什麼是人才培養。（what）
第三段次：說明道德教育與人才培養的關係。（what）
第四段次：結語。
【段次可分為四段次，但不限段落數量】

這便是說明型結構。但大多數題目不只希望考生只是說明便罷，而期待看到論辨過程。再者，若題目形式為「論○○與○○」時，如：「論人情與法理」，題目既已強調「論」，自應透過論辨以辨證然否，不適合使用上述結構。

　　二、「為何型」（why，為什麼）：「議論文」之一種，透過正反論辨，辨正出某論題的是非正誤者。同樣以上題為例，基本寫作結構可改成：

第一段次：說明什麼是道德教育、人才培養，以及二者的關係。
　　　　　（what）
第二段次：當道德教育與人才培養兼得的結果。（why，正面）
第三段次：當人才培養缺乏道德教育，或太顧及道德教育而缺乏
　　　　　人才專業能力培養的結果。（why，反面）
第四段次：結語。
【段次可分為四段次，但不限段落數量】

　　三、「如何型」（how，如何作）：「議論文」之一種，此型係在為何型的基礎上，於正反論辨後提出解決問題的方法。題目有確切要求提出作法，或要求應試人提出感性或理性，或情理兼備的反思回饋者，都屬於如何型，如：「……請以『如何成為最出色的人』為題，作文一篇，文長不拘。」（99年警察四等特考）又如「……請以『環環確實，

步步落實』為題，撰文一篇，申論公務人員應有的工作方法與態度。」
（102年關務人員等四等特考）」以上皆是直接且明顯要求提出作法者。
再如「……請以『雅量』為題，就自我的認知、經驗、省思，作文一
篇，詳加闡述，文長不限。」（104年警察三等等特考）其中的「認知」
是界定「何謂雅量（what）」；「經驗」是透過例證證明雅量的重要性
（why）；至於「省思」，便可從理性或感性等不同角度說明經歷前述經
驗之後，如何改變或影響了自己的價值觀（how）。若再以「道德教育與
人才培養」為例，其基本結構便是：

第一段次：說明什麼是道德教育、人才培養，以及二者的關係。
　　　　　（what）
第二段次：當道德教育與人才培養兼得的結果。（why，正面）
第三段次：當人才培養缺乏道德教育，或太顧及道德教育而缺乏
　　　　　人才專業能力培養的結果。（why，反面）
第四段次：如何兼顧道德教育與人才培養的具體作法。（how）
第五段次：結語。
【以上第二、三段次亦可併為一個段次】
【段次為四段次，但不限段落數量】

最後，在「如何型」結構中，我們是否可跳過「為何why」，界定完
題目後，直接進入「如何型」呢？即如上述例證僅保留第一、四、五段
次。這沒有不行，但不是很好。按照思維邏輯的順序，任何作法（how）
都要先經過論辨，才會歸結出解決問題之道。若跳過論辨，逕自寫出解決
方法，思維架構就不完整了，亦無法得知此作法是從何而來，形成跳躍性
思考。因此，還是根據三W的順序為宜。
　　四、「如何為何型」（why or how）：只要題目沒有確切強調要如
何作（how），應試人就可自行決定使用「為何型」或「如何型」，如

「……請以『知人與自知』爲題，作文一篇，申述其旨。」（102年司法人員三等特考第二試）此題目、引題題幹沒有具體要求提出作法，便可自行決定寫作方法。

以上有關「爲何型」、「如何型」的詳盡解說，可參見本書第一個錦囊。最後總結本點可以發現，「爲何型」（why）、「如何型」（how）必然以「說明型」（what）爲前提。換言之，任何「論辨」要先定義（what），定義清楚後才能站穩腳跟作論辨，因此，論辨之前得先「說明」。這也解釋了說明文、議論文的關係，即：議論文以說明文的基礎，議論之中含有說明的成分；但說明文不需論辨，一但加入論辨，就會轉變成議論文。

「身分」是未限定立場？有限定立場？

論說文爲避免主觀性，儘量少用第一人稱「我」、「我的」爲敘述主語，譬如：「我認爲吸菸有害身體健康」、「吸菸有害身體健康。」前者較爲主觀，是應試人的主觀認定，抽離「我認爲」後，就是未限定身分的所有人都這麼認爲，相對客觀。

然而，某些類型的題目是有限定身分的。一是本書第十三章「經驗分享類」的論說文，定得以「自己的經驗」或「所見所聞的他人經驗類」爲例，「我」就成爲主角。二是本書第十四章「專業知能類」的論說文則限定寫作視角，譬如100年律師高考的「法律人的使命」、101年中醫師高考的「……請以『當代中醫發展之我見』爲題，作文一篇，書寫您的觀點。」則要考生以其報考的專業領域作答。

若未明辨題目要求，譬如：明明要敘寫、分享個人經驗，如：「請就生活體驗，以『換個角度思考』爲題，寫一篇文章。」（101年公務人員三等特考）若徒用議題時事例、學理例、歷史例，或他人間接經驗爲證，便是偏離主線。至於各種例證的類型與舉例原則、時機等，可參見本書的第四、七、十三錦囊。

「目的」是客觀見解？還是主觀的直接經驗或間接經驗？

「一般論說文」以「客觀見解」爲目的，宜避免以自身例、尋常例、假設例等客觀性不足的例證爲論據，宜以時事例（尤其是時事議題）、歷史例、學理例爲佳。相對的，「經驗分享類論說文」則透過應試人的「個人主觀經驗」（即「直接經驗」）或「他人經驗」（即「間接經驗」）爲論據。彙整出目的的常見用語表列如下：

目的分類	常見用語	論說分類
理性見解	闡論、闡述、論述、闡述題（其）旨、闡述看法、闡述其義、闡述其旨趣、闡述相關旨意、闡發其要義、申述、申論其旨（其意、己見）、論述其旨（己見）、發揮其義、試申其義（其說）、申論其義、予以闡述、以（試）抒己見（意）、加以討論、真義、意見、觀點、看法、「以……為題，作文一篇」、「……之我見」、「談……」、「論……」、「說……」、一己之見	一般論說文
直接經驗	體驗、經驗、經歷、感受	經驗分享類論說文
間接經驗	觀察、見聞、所見所聞、聽聞	經驗分享類論說文

要留意直接經驗、間接經驗的差異。「直接經驗」務必是應試人的「親身經驗」，不可假他人經驗；「間接經驗」要求較寬鬆，應試人所見聞他人的經驗、事蹟皆可納入。儘管應試人總辯稱「我曾聽過我爸爸說過……」、「我在某書中看到作者的經驗是……」算親身經驗的一種，但應試人不會有機會與閱卷委員當面爭辯其正誤，莫不如認清命題目的爲妥。有關直接、間接經驗的詳細分殊，可參見本書第十三章的話說類型。

「收穫」是「感性的」？還是「理性的」？

　　「經驗分享類論說文」在敘寫「親身／直接經驗」或「他人／間接經驗」之後，定會要求應試人分享自己的「收穫」，而「收穫」可分成「感性的」、「理性的」、「感性理性皆可」、「理性具體革新之道」等四類，以下是彙整出收穫的常見用語：

收穫分類	常見用語
感性收穫	感想、感悟、所感、心得感悟
理性收穫	看法、想法、見解、抉擇、討論說明
感性理性皆可	省思、反思、思考、思索、思索所得、期許、展望、啓悟、啓發、啓示、收穫、心得、體悟*、體認*、體會*
理性具體革新之道	評論、建議、規劃

*備註：
　　「體悟」是指「體味領會」；「體認」是指「體察認識」；「體會」是「體驗領會」。這三個詞彙本作動詞／術語使用，後面應加一受詞／賓語，如：「體悟到的見解」、「體會出的感想」。
　　但這三個詞彙的詞性在題目中常轉為名詞，如：「體會與看法」。也源於意思相近，難完全區分具體差異，因此，該視為理性或感性的收穫，得要視題目而定。如：「體認與看法」便可看作感性加上理性的收穫，此處「體認」是感性的；若為「經驗與體認」時，則此處「體認」當作理性或感性皆可。

中文有許多詞彙意思相近或相通，諸如上述這些表達「收穫」的用語，很難精準區分其中異同。如何精確的定義「收穫」？可粗分成「主觀感覺」、「理性思考」二大類。還有些詞意遊走在主觀與理性的模糊地帶者，便可根據題意，自行歸類為感性或理性，甚至二者皆可，譬如：問得到哪些「啟發」時，便可從感性、理性擇一書寫，或通通都寫。

　　此外，還須留心二點。一是「直接或間接經驗」與「收穫」間的比例應該是「1（經驗）：1（收穫）」，花多少篇幅書寫經驗，就該以對等篇幅書寫收穫。最常見的問題是花了大部分篇幅書寫經驗，卻簡單兩三句話帶過收穫，譬如：「……最後，這個事件改變了我的價值觀，這就是我的心得。」改變了哪些價值觀？「如何」改變了價值觀？這才是閱卷重點，值得大書特書的。否則，徒以經驗的精彩、聳動程度來評分，不造就更多以誇飾或造假人生經驗為例的「假設例」，怎會公平？

　　二是上述四種收穫主要訴諸應試人歷經某些經驗後，有哪些「改變」、「成長」，並期望未來面對相同經驗時，能作出更明確的決定，因此，不妨將此歸類到「如何型」的分類中。詳細寫作方法亦可參見本書第十三章的範文。

「要求」是「或（or）還是與（and）」、「『一還是多」？

　　命題者對應試人在「收穫上的要求」有兩個需注意的關鍵：首先是「或（or）還是與（and）」。「或（or）」是二者擇一，；「與（and）」（還包括「和」、「以及」、「、」等）則是前後必須兼備。透過以下表格，看看有關「收穫」常出現「或」、「與」的用詞，以及不同要求。

　　其次是「一還是多」。如果題目特別指定為單數的「一」，就勿畫蛇添足為多數，如：「使我受益最多的一句話」（83年航海人員二等船副第一次特考）、「我最難忘的一次航行」（83年航海人員二等船副第三次特考），若寫成兩個以上的受益話語、航行，就是偏、離題。反之，若未限定是「一」，在時間足夠前提下，不妨多一些面向的思考，多舉列不同例證為論據，更能評測得出應試人內涵的深廣度。因此，一字之差就會錯解題目要求，不可不慎。

要求	常見用語
或（or）	1.經驗分享或一般論說文皆可：「經驗或看法」、「自己的生命經驗或一己之見」 2.個人或他人經驗皆可：「結合你的經驗或見聞予以闡述」 3.感性或理性收穫皆可：「體悟或思考」、「看法或意見」、「感受或啟示」
與（and）	1.個人經驗＋感性收穫：「切身的經驗以及因之而得到的體認」 2.個人經驗＋間接經驗＋感性收穫：「觀察、感受與體會」 3.個人經驗＋理性收穫：「經驗與見解」，「體悟與見解」 4.個人經驗＋「理性或感性」收穫：「經驗、省思」、「體驗與心得」、「經驗和體悟（會、認）」、「經驗與看法」* 5.感性＋理性的收穫：「體認（悟）與看法」、「看法與體會（體會與看法）」、「看法與感受」、「感受與啟示」、「體會與抉擇」、「闡述其中的道理和一己的感受」 6.理性收穫＋革新之道：「看法、評論」、「見解與建議」 7.觀點＋經驗：「看法與經驗」*

*備註：

「經驗」擺放位置不同，其前後要求語彙的意義也有不同。一般來說，此類型命題大多是在「經驗」之後，得到理性或感性，或情理兼備的「收穫」。

倘若更改順序，如將「經驗與看法」命成「看法與經驗」時，自不可能在經驗之前便有收穫，這不符合邏輯的排序。因此，放在經驗之前的「看法」，其意義就從收穫變成了應試人針對某題目提出的「觀點」（或定義、立場），然後以此觀點的基礎下，再提出經驗。為什麼會產生這樣的狀況？主要是這些語彙的語意不夠精確所致。同理可證，若將看法換成其他詞彙，一樣是經驗在後，如：「見解與經驗」、「想法與經驗」、「省思與經驗」……等，只要在經驗之前者，都可解釋為應試人的「觀點」。

實際寫作時，儘管命題者於經驗之後，未加上任何要求的詞彙，應試人都應主動書寫感性或理性，或情理兼備的「收穫」，而其比例該是接近1（觀點、定義、立場）：1（經驗）：1（理性或感性收穫，或情理兼備的收穫），如此一來，方能完整作答。

實戰演練

　　我將上述各項解說併及本書的「十五種寫作類型」，彙整成以下九項檢視項目表，以下舉列兩個題目透過表列與說明審題方法。

　　例一：

　　法庭上正進行偷竊案件審理。法官最後詢問：「老婦人！妳爲何一再竊取超市的麵包？」老婦哀戚地說：「孫子多日沒吃東西，我身上也沒有錢……。」此後一片沈寂，旁聽席的人都在等待宣判。終於法槌敲下，庭長說：「偷竊屬實，貧窮可憫，依法輕判拘役七日，亦可易科罰金三千。」老婦聞判，低頭不停地哭泣。旁聽席的人都望著庭長。庭長不疾不徐，從身上掏出三千元，請法警帶老婦去結案。從這則故事中，可看到法官既行公義，又富憐憫之心。目前社會上公義與憐憫抉擇兩難的事情也經常發生，請以「公義與憐憫」爲題，作文一篇，闡述己見。　　（106年警察人員等三等考試）

序次	項目	實際屬性
1	類型 ※參見本書的「十五種類型歸類」	公權人權類
2	題型【單軌／雙軌／多軌】	雙軌
3	題幹【閉鎖式／半開放式／全開放式】	半開放式
4	分類【說明型／爲何型／如何型／爲何如何型】	爲何如何型
5	身分【未限定立場／有限定立場】	未限定立場
6	目的【客觀見解／主觀（直接／間接）經驗】	客觀見解
7	收穫【感性／理性／感性理性／具體革新之道】 ※只出現在「經驗分享類論說文」	╱
8	要求1【或（or）／與（and）】	【未要求】

序次	項目	實際屬性
9	要求2【一／多】	多方詮釋、舉例
文字說明	本題題目「公義與憐憫」為「公權人權類」的命題，其內涵是討論「人情與法理之爭」。其題型為「雙軌題」，個人認為要先維護公義，再來討論憐憫，故為「主從關係」。 　　由於題幹未明確指引寫作方向，但已指定了題目，屬於「半開放式」的題幹，可從多元角度詮釋的題目，而不必限於題幹內的敘事。此外，題目也未要求提出具體解決「公義與憐憫」的方法，用「為何如何型」擬定結構皆可。 　　此外，本題沒有要求要個人經驗，故為「未限定立場的一般論說文」，著重「客觀見解」，可援引議題時事例、歷史例、學理例為證，儘量避免使用自身例、尋常例、假設例。最後，本題題目沒有其他特別如限定「一個」的要求，可多援引各種例證為論據，豐富文章內容。	

例二：

讀萬卷書、行萬里路，是人們增長知識、拓展見聞的最佳方式。「開澎進士」蔡廷蘭於清道光十五年（1835）被颱風連人帶船吹到越南中南部的廣義省，堅持由陸返閩，走路回家，並且將沿途所見所聞結合所閱覽的歷史文獻撰成《海南雜著》一書，因而名留青史，便是一例。請以「閱讀與旅行」為題，作文一篇，陳述自己的相關經驗與心得。　　（106司法人員等四等特考）

序次	項目	實際屬性
1	類型 ※參見本書的「十五種類型歸類」	形式：經驗分享 內容：工作休閒
2	題型【單軌／雙軌／多軌】	雙軌

序次	項目	實際屬性
3	題幹【閉鎖式／半開放式／全開放式】	半開放式
4	分類【說明型／為何型／如何型／為何如何型】	偏如何型
5	身分【未限定立場／有限定立場】	有限定立場
6	目的【客觀見解／主觀（直接／間接）經驗】	主觀（直接）經驗
7	收穫【感性／理性／感性理性／具體革新之道】 ※只出現在「經驗分享類論說文」	感性理性皆可
8	要求1【或（or）／與（and）】	與（and） （個人經驗＋「理性或感性」收穫）
9	要求2【一／多】	多方詮釋、舉例
文字說明	本題題目「閱讀與旅行」形式為「經驗分享類」，但內容則是「工作休閒類」的命題，目的是討論「休閒的意義」，而偏重「如何」透過閱讀、休閒以增廣見聞的方法。其題型為「雙軌題」，二者同樣重要，故為「並立關係」。 　　再者，題目未明確指引寫作方向，卻已指定題目，屬於「半開放式」的題幹，而不必限於題幹內的歷史敘事。但題幹明確要求訴諸於「自己的主觀、直接的經驗」，所以不可用他人經驗取代。除了經驗，還要求要寫出「既可感性也可理性的心得」。為能具體而微的表現個人在此題目思考下的成長，故可採「如何型」的結構書寫。 　　最後，由於本題沒有限定例證數量，可多舉幾個自己的經驗，從不同角度分析，拓展文章討論的廣度。	

　　當採用以上審題方式，再配合本書作文十五種類型的特點、各種例證舉列方法，相信已能清楚的審題，只要多加練習，自能熟能生巧，從容不迫的理解、分析題旨。

餘思

　　「審題」是寫作的第一步，命題者命題時都會擬定書寫的預期方向

與內容，作爲評閱良窳的標準。應試人若未能洞悉題目要求，審題出現偏差，內容再精彩、篇幅量再多也無濟於事。於是我重新翻閱這二十餘年的歷屆考題，分析出以上各種審題原則。

除了審題，命題也是門學問。當檢視這些考題時，少數歷屆考題有：要求過甚、不合邏輯、過於抽象、定義不清等問題。因此，命題時誠可反思命題目的爲何，有無掌握命題原則，思考題目設計能否合乎客觀條件，如：有限時間內，應試人能否完整作答。如此方能眞正甄別優劣。故本文亦可作爲命題設計之參考，從而客觀設定評閱標準，公允給分。

附錄五　專技人員「多元型式作文」寫作方法分析

　　自108年6月開始，考選部取消民間公證人、不動產估價師、地政士、不動產經紀人、記帳士、律師（第二試）、社會工作師、中醫師（一）、會計師等九項專技人員考試國文考科的測驗題，改採多元型式的作文題命題。據考選部〈專門職業及技術人員考試國文考科「多元型式作文」試題參考範例〉指出：

　　　專門職業及技術人員除需具備專業知識外，亦應具備基本人文素養及語文能力。考選部自108年6月起專技人員考試國文考科取消「測驗」題型，改以多元型式作文為評量內容，並將依據不同評量目標綜合組卷，藉以同時評量應考人之同理感受與理性論述等不同能力。

　　　試題內容除「引導式作文」外，將增加撰寫公開信、接續引文寫作……等多樣貌的試題類型。此外，國文科作文題亦可能會以分設多個子題的方式呈現，以加強題幹引文與題目間的連結。

首先，就形式來看，相關作文命題不再只是「引導式作文」；若根據91年6月考選部編印的《國家考試國文科專案研究報告》，當時已設計出十四種「限制式的寫作題型」，計有：「翻譯」、「修飾」、「組合」、「改寫」、「縮寫」、「擴寫」、「設定情境作文」、「引導式作文」、「文章賞析」、「文章評論」、「文章整理」、「仿寫」、「看圖作文」、「應用寫作」，以上各種題型應用在各種級別的入學考、入職考早已行之有年。再加上「公開信」、「接續引文寫作」、「運用關鍵字寫作」……，型式多元，如何掌握命題方向，至是關鍵。

　　其次，就目標來看，有兩個重點：一是「評量目標」著重「同理感

受與理性論述等不同能力」。考選部參考範例中，進一步提出「書寫表述」、「統整判斷」、「情境感受」、「人文關懷」四項目標。二是「加強題幹引文與題目間的連結」，解決過往忽略題幹引文便作答的習慣，應考人必然得先閱讀、統整後再來寫作。因此，本書附錄4的審題方法對於應考「多元型式作文」更形重要。

　　復次，本文非欲猜測正在發展中的新型態命題模式，而是教導原則性的寫作方法，當能確切掌握這些方法後，自能隨機應變，不必擔憂。以下分別從「『理性與感性』命題趨向」，到「『檢視題目』提問要求」，再到「『閱讀引題題幹』有訣竅」、「『正與反』的思考論辨」等四點作說明。

「理性與感性」命題趨向：多元型式作文的寫作類型

　　專技考試「多元型式作文」分成兩大題：一題偏「說理論辨」，一題偏「敘事抒情」。其中又可細分小題。「說理論辨」著重理性分析；「敘事抒情」訴諸感性的「經驗」；此外，尚有「混合式的命題」，即夾敘夾議、夾情夾議的命題。以下援引一些考題為例：

　　（以下題幹引文略……）

1.……請仔細理解圖示，以「我對溝通的體認」為題，分析「喬哈理窗」所呈現的四種情境，並以切身**觀察、感受，申論溝通這門藝術及其影響**。文長不限。　（專門職業及技術人員考試國文考科「多元型式作文」試題參考範例參考試題一之二題）

2.……作者以非常特殊、反傳統、反邏輯的語法來寫這首詩。其實本詩所欲表達的現象是原本「一湖一湖的荷花」變成是「一地一地的泥土」，不多久，又蓋起「一間一間的樓房」，

後來，樓房又變成「一池一池的沼澤」、沼澤又長滿「一池
一池的荷花」，而後又蓋起「一屋一屋的樓房。」呈現空間
劇烈變遷、物換星移、滄海桑田的景象。請參酌上文，以
「變遷」爲題，結合自己的經驗，寫一篇文章。文長不限。
（專門職業及技術人員考試國文考科「多元型式作文」試題
參考範例參考試題二之一題）

3.⋯⋯請以「當今社會的群我關係」爲題，撰文一篇，就上文
中以現代社會裡的群己關係作爲「第六倫」，以及東西方皆
以「誠」作爲人際往來之道，予以評議；並參酌一己經驗與
體認，詳加闡述。　（108年會計師、不動產估價師高考作文
第一題）

4.請選擇一個曾經去過或生活過的地方，以它作爲題目，敘寫
你在其間留下的記憶，並說明這個地方對你所具有的特別意
義。　（108年會計師、不動產估價師高考作文第二題）

5.⋯⋯閱讀完上文後，請以「我與網路社群媒體」爲題，撰文一
篇，先對文中的實驗提出評論，並結合自身經驗，敘述從中
得到的啟發。　（109年第一次社會工作師高考作文第一題）

6.⋯⋯人生難免孤獨，孤獨並不完全等於寂寞。有時孤獨可以是
自我的圓滿，有時孤獨則是自身的感傷。請以「孤獨」爲題，
作文一篇，詮釋上述王維與李白的孤獨，並抒發自己孤獨的
經驗與體會。　（109年第一次社會工作師高考作文第二題）

是否能看得出以上四個例證提問的脈絡與共性？大抵1、3、5例偏向「說
理論辨」；2、4、6例偏向「敘事抒情」。

　這類型題目是欲測得應考人在引文題幹中把握住哪些資訊，再透過理
性思辨或感性的自身經驗，觀察應考人得到哪些「收穫」。而此「收穫」
依據題目訴求，或爲理性的「分析」，或是感性的「賞析」，而非單純講

述個人經驗便罷。故這類型題目多屬於本書第十三章的「經驗分享類」，絕少是純粹敘事的第十一類「時空記敘」與第十二類的「感情抒發」。

　　為什麼甚少以單純的記敘與抒情命題？主要是過度強調「經驗」容易造假，間接鼓勵變造或創造聳動的經驗，最常見的如消費長輩親友過世之經驗，想博得青睞與同情。再有若應考人的人生歷練與經驗平淺無奇，是否就不利於他們來應試？因此，徒靠經驗深淺寬窄為評分依據，實難找出客觀評分的基準。

　　總結來看：其一，「感性類型考題」以經驗結合分享、收穫；其二，「理性類考題」是閱讀後的客觀分析；其三，「感性兼理性類考題」是評論加上經驗、分享、體認等。無論何者，命題目的與答題要領，是從題幹或經驗中淬煉出的「收穫」。換言之，經驗可以平凡無奇，但收穫的書寫方式、體會的深廣度將成為評閱關鍵。如何書寫，可參閱本書第十三章「經驗分享類」的話說類型、附錄4〈國家考試審題方法分析〉一文對於「收穫」的界定與說明。

「檢視題目」提問要求：從「是什麼」到「為什麼」，再到「如何作」

　　「三W」是思考問題的根本思考模式，依序由：是什麼（what，發生力、界定力）、為什麼（why，原因力）、如何作（how，實踐力、解決力）組成，而「多元型式作文」題目也多是圍繞此三者的提問。

　　首先，「是什麼」（what）是對題幹引文重點的認知與界定，如要求應考人歸納題幹引文重點，提出自己的定義、見解，再分析或延伸討論。一般來說，非文學的寫作多以定義論點、範疇為先，以作為後續討論、議論的基礎。本書所有「奇文共賞」範文的第一段次皆是針對題目的解釋，這就是「是什麼」。

　　此外，書寫任何「評論」、「看法」前，也應先歸納題幹引文的重點再討論分析；若未歸納便直接分析，易因基礎未穩，偏離論述核心，使主

線散逸。以下列題幹為例：

> （題幹引文略……）
> 閱讀上文後，請針對兩個家庭交換一週後的感想，提出你的評論；同時，對該節目的設計與安排，**你認為有何目的？它會有效果嗎？請說明你的看法。**　（108年第二次社會工作師高考作文第一題）

針對上述提問最完整的回答，是先簡明扼要歸納題幹引文兩個家庭如何交換，節目設計與安排了什麼環節，再帶出應考人的「看法」，即感想、評論、目的、效果等，而非直接書寫感想。然礙於時間壓力，歸納的目的只是摘要重點以提起下文，簡單幾句話陳述因果即可，而非耗時費力「重述」引題題幹，占去作答時間。

其次，「為什麼」（why）是指生成此現象或議題的原因。若從命題角度來看，便是命此題目的理由、目的，即前述「多元形式作文」：書寫表述、統整判斷、情境感受、人文關懷等四個目標。

再從命題內容來看，可發現任何題目都是源自現實人生的關懷，而非憑空想像。「為什麼」是找出命題者的關懷預設，再呼應其預設作答。所以，本書將歷年國家考試題目分成十五大類，並於各章第一節的「話說類型」解析其命題重點，正是掌握「為什麼」的基本方法。譬如說：

> （題幹引文略……）
> 問題：
> 1.請評論前述三胞胎／雙胞胎實驗，科學研究的合理性與道德性（正、反面皆可）。
> 2.請推敲引文第7點的訊息，對實驗主持人紐鮑爾醫生的作為，提出你的看法。　（108年司法官、律師高考第二試作文第一題）

上正屬於第二類「品德修養類」的題目。華人世界論品德修養多架構在儒、道二家核心思想，以及具普世性的「善與惡」、「理與欲」的討論，此題便指科學實驗之於道德善惡，以及實驗主持人對道德理性與科學研究欲望的掙扎。又好比下題：

> （題幹引文略……）
> ……隨著臺灣社會的高齡化，在不為人知的角落中有許多類似上述的故事正在上演。請你寫一封公開信給我們這個社區的居民，喚起大家對當地獨居老人的關懷。（專門職業及技術人員考試國文考科「多元型式作文」試題參考範例參考試題一之一題）

這是「待人處世類」的考題。待人處世兩大原則即是「愛人」、「分別公私義利」，隨著高齡化社會的來臨，人們是否能超越個人利益，以同理心關愛需要幫助的長者？

當總結上述的「為什麼」，可知命題目的往往是反映、觀照當前社會現實、種種現象之「已然」，而欲討論其背後的「所以然」，這都與我們生活息息相關，若能時刻關懷世界的脈動，自能從容應對。

復次，「如何作」（how）是針對題目所需，提出「具體」實踐或解決問題的辦法、思考，或得到哪些「收穫」，這個階段也最能觀察到應考人的感受與思考的深廣度。

平日若無習慣思考或多加練習，短時間內要提出個人的看法、見解（個人經驗後的見解）、心得、反思……等或理性，或感性，或感性兼理性的「作法」、「收穫」，真非易事，如何迅速構擬出思考面向的問題，我彙整出以下「議題型」、「通用型」兩大類，共十五種思考面向提供參考。

㈠「議題型」實踐方法：以具體議題，「有方向性」的提出實踐方法。

序次	種類	解說	提問思考
1	品格力	強化道德品性、品行，從個人出發，進而影響他人。	1.是否須自我反省？ 2.須提升哪些品格修養？ 3.是否須將個人品格感染、推行於大眾？
2	立志力	立志改善現況，迎向人生的新契機。	1.是否須立下決心突破？ 2.是否突破逆境，達成目標？
3	學習力	指學習的功效，有三取向：一是可以強化專門知識、專業技能。二是在「品格力」、「立志力」基礎上，強調道德與學習並重。三是廣泛學習，學無止盡。 特別注意學習不僅於報章雜誌、書本教科書而已，視野要更寬闊。	1.是否須強化學習能力？ 2.是否須強化專業能力？ 3.是否須充實各方經驗？
4	教育力	指教育力量的重要性，此又是在品格力、立志力學習力的基礎下，強化教育力量的重要性。	是否須教育提升品性？
5	人才力	指「徵拔人才」，以及「個人與團隊合作的重要性」。 是不是人才，能否合作無間，往往決定於品格力、立志力、學習力、教育力等四層基石之上。	1.是否須徵拔優秀人才？ 2.是否把自己變成人才？ 3.是否須團隊互動成長？

序次	種類	解說	提問思考
6	考核力	針對行事的結果，給予考核。考核重點不是物質金錢之獎賞，而應考量情、理、法能否兼顧。又考核基礎是建構在品格力、立志力、學習力、教育力、人才力等五層之上。	1.是否須公平公開考核？ 2.是否須給予獎勵懲處？
7	社服力	指社會服務的力量，包含兩個層次，一是人與人之間的社會觀懷；二是人對物的生命、環境的關懷。	1.是否須關懷社會弱勢？ 2.是否須關懷環境生命？
8	法政力	指經由法律的力量，達成人權與公權力之間的平衡。	1.是否須法律維繫公平？ 2.是否須妥協公權人權？
9	文化力	透過文化的饗宴，薰陶個人品性與生活。	是否須文化、藝術、人文的薰陶？
10	休閒力	透過休閒的方式紓解、釋放壓力，達成身心靈的平衡。	是否須休閒調劑身心？
11	其他	（從略）	（從略）

(二)「通用型」實踐方法：以抽象的思考、行為，「無方向性」提出實踐方法，適用於各類議題。

序次	種類	解說	提問思考
1	判斷力	判斷、評估各種狀況，以達成正面目的。	1.是否要懂得辨別公私？ 2.是否能分辨善惡是非？ 3.是否懂得經、權之理？
2	行動力	透過具體行動，達成目標。而行動最主要的就是「知」與「行」的平衡。	1.是否提升自我競爭力？ 2.是否有規劃後而行事？ 3.是否能夠持續而不輟？ 4.是否知而能行？或者行而後能知？

序次	種類	解說	提問思考
3	感染力	不僅自身受益，還要影響大眾，使眾人皆能獲益。	1. 是否需「宣導」，傳播理念？（影響他人） 2. 是否須聽取意見，改變自我？（受他人影響）
4	其他	（從略）	（從略）

「閱讀題幹引文」有訣竅：從關鍵詞順藤摸瓜找出閱讀關鍵的方法

「是什麼」、「爲什麼」、「如何作」亦可當作閱讀題幹引文的方法。題幹引文如同一篇小文章，從中至少可得到以下幾項資訊：

1. 題幹引文內容的主旨是什麼。（what）
2. 題幹引文作者／命題者的問題意識爲何？想討論、論辨，或解決哪些問題？即作者／命題者書寫的立場。（why）
3. 題幹引文有無提出解決問題的辦法？還只是拋出思考方向，等待應考人解決。（how）

找到「關鍵詞」是很重要的功夫，其前後上下文意就是「關鍵句」。而最基本的關鍵詞就是「題目」，其他的關鍵詞定然圍繞題目而生。當關鍵詞、句出來後，接著要判斷文意。而判斷文意，確定題幹引文的重點內容，有以下兩種方法。

其一，找出「肯定」或「否定」，還有「說明原因」的句子。肯定、否定是作者對是非價值的判斷；「說明原因」則是表明作者／命題者的觀點或理論基礎是什麼。

其二，理解「對話對象」。任何人書寫時，都會預設、確立對話對象，比方說：作者想呼應、批駁誰的觀點；或想向哪些人說理、說教；或預期在某些人的反應中得到怎樣的回饋。知道對話對象是誰，是什麼身分

背景、程度後，就更能知道作者／命題者寫這些話的意味，自能讀出更多興味。

　　要言之，依據關鍵詞找關鍵句，再順藤摸瓜地思考題幹引文肯定什麼，又否定什麼，其對話對象是誰，想對話的內容有哪些，若能一一釐清，重點將呼之欲出。

「正與反」的思考論辨：兼明「申論」作答技巧

　　思考論辨有技巧，一方面要能站穩立場，與不同立場者在理性基礎上展開論辨；一方面要懂得條理性的將觀點想法完整呈現以下從「『正與反』的思考論辨」、「兼明『申論』作答技巧」以習得基本思考模式和表述方法。

　　首先，「多元型式作文」在「說理論辨」的題型中，經常訴諸正、反立場的表述。何謂「反面」？「反面」與「翻案」不同，反面是站在事理的否定角度來看，而翻案則是完全推翻先前的立論。又何謂「否定」？將其與「肯定」同觀，可分成四類，即：「全稱（完全）肯定」、「全稱（完全）否定」、「特稱（部分）肯定」、「特稱（部分）否定」。

　　應考人應先確立書寫的立場、觀點「是什麼」（what），再進行正、反面評論。對專技考試而言，「是什麼」可以應考人專業為基準，譬如：「從律師的角度來看，……」、「根據社會工作的原則省視……」、「以中醫師的專業素養與從醫的道德天職觀之……」莫只停滯在「我以為」、「我認為」、「我覺得」等一般性、普遍性的觀點，如此一來，當能提深寫作深度與專業度。譬如前引109年第一次社會工作師高考作文第一題中，題幹引文說到：「請以『我與網路社群媒體』為題，撰文一篇，先對文中的實驗提出評論，並結合自身經驗，敘述從中得到的啟發。」若能以社會工作觀察角度作出回應，內容更具專業性。

　　確立書寫立場後，如何提出正面或反面，即肯定或否定的論述內容？此時，應考人定得認清當下一「全稱／特稱支持肯定」或「全稱／特

稱反對否定」的價值判斷時，是根據什麼立場、觀點作出的反應，一定要
有前提，而不能流於情感式的肯定或否定。

　　書寫反面立場易犯的錯誤是直接落入「全稱／完全否定」，如言：
「社會風氣敗壞，『都是』學校品德教育不彰所致。」果真如此嗎？若
將「全稱／完全否定」改成「特稱／部分否定」，如：「缺乏」、「不
足」、「基於……立場，我有限認同；但若從……角度來看，我持保留態
度，還有其他……等的可能。」會否更客觀？相關討論可參見本書的「第
十錦囊：部分否定的『論述態度』」。

　　其次，「多元型式作文」命題除了作文，還可出「申論題」。而作
文與申論的差異，在於作文至少有「前言」、「正文」、「結語」三個層
次，以完成一篇架構完整的文章為目的；申論題不需寫成一篇文章，而是
根據題目「依點論述」逐層展現出應考人的觀點。

　　如何設計出一完整的回答模式？以下酌參葉晗主編《大學寫作》，再
佐以其他方法，分成「『回應』的順序」、「明確的『觀點』」、「分析
的次序」等三大項書寫申論題、依點論述的方法：

　　1.回應的順序：
　　　⑴邏輯順序：「總─分」、「總─分─總」、「宏觀─微
　　　　觀」、「總體─具體」、「是什麼─為什麼─如何（怎
　　　　麼）作」、「依據時間順序回答」。
　　　⑵層次順序：「首先……，其次……，復次……最
　　　　後……」、「一是……，二是……，三是……」、「一方
　　　　面……，另一方面……」、「主要……次要……」、「直
　　　　接……間接……根本」。
　　　⑶並列順序：「其一……，其一……，其一……」。
　　2.明確的觀點：明確交代提出觀點的「原因」、「影響」、
　　　「危害」、「後果」、「為什麼要解決問題」等。

3. 分析的次序：

(1) 序列性分析順序：「由低到高」、「由簡單到複雜」、「由顯到隱」、「由外到內」、「由重到輕」、「由主要到次要的事物客觀順序」、「由近到遠」、「表達順序」。

(2) 相對性分析順序：「內因外因」、「量變質變」、「對立統一」、「原因結果」、「偶然必然」、「現實可能」、「內容形式」、「現象本質」、「積極消極」、「表面實際」等。[1]

不僅申論如此，「說理論辨型」作文寫作也應條屢分明展現作者的觀點，上述諸點誠可作為參考。

結語

「多元型式作文」開啟了新的寫作模式，從積極面來看，此類型題目關懷面向比「引導式命題」更多元豐富，部分題型也不再有固定答案，而是要理解應考人如何切入探討，以及解決問題的能力。因此，博覽世事的經權變化很重要，細微的觀察力也很重要；既要有抒情敘事的能力，也要有言理論辨的能力。

本文提供了寫作方法、技巧，至於內容的深刻度與否，端賴應考人的平日準備。如：從個人的專業學識涵養為切入點；關心周遭時事，理解與感受宇宙天地之間的變化；從過往歷史殷鑑中習得教訓等，這都不是一天兩天的工夫，而是得長期涵詠的。

但我們大可不必妄自菲薄，認為缺乏上述能力就無法寫出好的「多元型式作文」。實際上，我們都對生活有感受，也常評議社會現象，只是如

1　酌參葉晗主編：《大學寫作》（浙江：浙江大學出版社，2014年8月），頁474-475。

何帶有情感卻不只是情緒的自身感受；又如何站穩專業立場，講求理據作評論，而非氣盛理弱的叫囂，是需要學習之處。本書各章末的錦囊便分述了寫出一篇好文章的各項條件，值得細讀。

　　當然，此類型的命題也得正視當題型多元，如何訂立客觀評閱標準的問題。多元價值並立的年代，命題者、閱卷者能否接納不同的聲音、意見？誠如「正與反的思考論辨」應著重在論點、論據、論證過程是否完整的表述，若應考人支持非主流道德的觀點，命題者、閱卷者能否只根據其思考論辨是否合乎理則，而非有否靠攏主流道德爲據？若命題過於明顯表現出主流與非主流道德間的差異，應考人最終恐怕還是會揣摩、迎合閱卷者的心態而書寫，這就背離了多元命題的初衷。這問題不僅發生在多元型式作文，引導式作文亦然。如103年外交人員等三等特考題目：

　　　　孔子一生栖栖皇皇周遊列國，求行道於世，時人視之爲「知其不可而爲之者」。「知其不可而爲之」究屬固執冥頑抑或勇毅堅定？其是否允爲今日吾人應具備之理念與精神？請以「知其不可而爲之」爲題，加以論述。

雖然題目提問：「『知其不可而爲之』究屬固執冥頑抑或勇毅堅定？」但很明顯，「勇毅堅定」才是命題者想要的答案。若選擇固執冥頑，則後面的提問「其是否允爲今日吾人應具備之理念與精神？」倒也不必回答了。所以，如何兼顧不同思考面向而不預先作出價值預設？這樣的問題廣泛出現在「道德與法律」、「道德與科技」、「道德與經濟」之間的論辨，是命題時應注意者。

　　最後，無論是「引導式作文」，還是「新型態作文」，儘管命題型式不同，但運用的基本寫作原則與方法卻萬變不離其宗。讀者閱讀時，或多或少都可在本書他處找到可相映證的內容，因此，把握寫作原則，開啟閱讀視野，體會生命與生活流轉的變化，下筆時自能文思泉湧。

Note

Note

國家圖書館出版品預行編目資料

國家考試作文：得分技巧及寫作要領／李智平
　　作. -- 七版. -- 臺北市：五南，2020.09
　　面；　公分
　　ISBN 978-986-522-079-2（平裝）

1.漢語　2.作文　3.寫作法

802.7　　　　　　　　　　　　109008664

1X3J　應用文系列

國家考試作文
得分技巧及寫作要領（第七版）

編　　著 — 李智平(81.6)

發 行 人 — 楊榮川

總 經 理 — 楊士清

總 編 輯 — 楊秀麗

副總編輯 — 黃惠娟

責任編輯 — 高雅婷

封面設計 — 姚孝慈

出 版 者 — 五南圖書出版股份有限公司

地　　址：106台北市大安區和平東路二段339號4樓

電　　話：(02)2705-5066　　傳　　真：(02)2706-6100

網　　址：http://www.wunan.com.tw

電子郵件：wunan@wunan.com.tw

劃撥帳號：01068953

戶　　名：五南圖書出版股份有限公司

法律顧問　林勝安律師事務所　林勝安律師

出版日期　2013年9月初版一刷
　　　　　2020年9月七版一刷

定　　價　新臺幣580元

經典永恆・名著常在

五十週年的獻禮——經典名著文庫

五南，五十年了，半個世紀，人生旅程的一大半，走過來了。

思索著，邁向百年的未來歷程，能為知識界、文化學術界作些什麼？

在速食文化的生態下，有什麼值得讓人雋永品味的？

歷代經典・當今名著，經過時間的洗禮，千錘百鍊，流傳至今，光芒耀人；

不僅使我們能領悟前人的智慧，同時也增深加廣我們思考的深度與視野。

我們決心投入巨資，有計畫的系統梳選，成立「經典名著文庫」，

希望收入古今中外思想性的、充滿睿智與獨見的經典、名著。

這是一項理想性的、永續性的巨大出版工程。

不在意讀者的眾寡，只考慮它的學術價值，力求完整展現先哲思想的軌跡；

為知識界開啟一片智慧之窗，營造一座百花綻放的世界文明公園，

任君遨遊、取菁吸蜜、嘉惠學子！